BASTEI
LÜBBE

Taschenbücher von WILLIAM SARABANDE
im BASTEI-LÜBBE-PROGRAMM

13 432 Land aus Eis
13 465 Land der Stürme
13 510 Das verbotene Land
13 554 Land der vielen Wasser
13 610 Land der heiligen Steine
13 662 Land des Donners

DIE URZEIT-SAGA

William Sarabande

LAND AM ENDE DER WELT

DIE GROSSEN JÄGER

Ins Deutsche übertragen
von Bernhard Kempen

BASTEI LÜBBE

BASTEI-LÜBBE-TASCHENBUCH
Band 13 705

Erste Auflage:
November 1995

Deutsche Lizenzausgabe 1995
Bastei-Verlag Gustav H. Lübbe
GmbH & Co., Bergisch Gladbach
Originaltitel:
The Edge of the World
Lektorat: Beate Stefer
Titelbild: Mark Harrison
Umschlaggestaltung:
Quadro Grafik, Bensberg
Satz: KCS GmbH,
Buchholz/Hamburg
Druck und Verarbeitung:
Brodard & Taupin,
La Flèche, Frankreich
Printed in France
ISBN 3-404-13705-1

Der Preis dieses Bandes
versteht sich einschließlich der
gesetzlichen Mehrwertsteuer

Für Les Grant,
dem ich gar nicht genug danken kann!

Großer Bär
DER GROSSE SEE
ENDE DER WELT

Der
Wächter
Zwillings-
brüder
Große Schlange
Tundra
Wald
Grasland
LAURENTISCHES
INLANDEIS
Laurentisches
Inlandeis
Karten-
ausschnitt
Nordamerika
vor ca. 12.000 Jahren
RON TOELKE '93

Sie kommen,
Hay yah! Auf den Flügeln des Nordwindes
Kommen sie,
Hay yah! Der Rabe ist ihr Bruder.
Der Bär sagt es,
Hay yah! Der Erste Mann und die Erste Frau wenden sich ab.
Sie kommen vom Himmel,
Hay yah! Sie werden eure Kinder fressen!

Teil 1

Totemtöter

Was ich zu sagen versuche, ist schwer zu erklären und schwer zu verstehen … es sei denn … du warst selbst am Rand des Tiefen Canyons und bist heil zurückgekehrt …

Ältester der Tewa
aus *Seeking Life* von V. Laskin

1

Sie kamen wie Wölfe über das Land. Langsam und vorsichtig drangen sie mit dem Wind vor, schlanke Männer und Jungen, schwarz und rot mit Asche und Ocker bemalt, und ihre noch schlankeren Hunde in den Farben des stürmischen Himmels und des spätsommerlichen Grases.

Im klaren, wilden Licht des eiszeitlichen Mittags blickte Cha-kwena auf den Hund hinab, der ihm am nächsten stand. Er hatte keine besondere Zuneigung zu Hunden, aber trotzdem beneidete er das Tier. Genauso wie seine Artgenossen um ihn herum gehörte der Hund zu den Besten aus dem Jagdrudel des Stammes, und Cha-kwena wußte, daß das Tier instinktiv das Notwendige tun würde, wenn der Augenblick gekommen war, zur Tat zu schreiten.

Möge ich an diesem Tag auf der Jagd ebenso gut sein wie du, Hund, Bruder des Wolfes und des Kojoten! Er stieß ein leises, hoffnungsvolles Seufzen aus. *Denn wenn ich es nicht bin, gibt es etliche in diesem Menschenrudel, die das Fleisch auf meinen Knochen über dem abendlichen Lagerfeuer rösten würden!*

Cha-kwena hatte nicht laut gesprochen, aber irgendwie schien der Hund seine Gedanken gespürt zu haben und hatte den Kopf herumgedreht. Cha-kwena achtete jedoch kaum darauf. Der Blick seiner dunklen Augen war jetzt auf andere Tiere gerichtet.

Er stieß zusammen mit den anderen vor, schlich sich lautlos um Felsblöcke herum und gab acht, nicht auf lose Steine zu treten. Cha-kwena war ein junger Mann von schmaler und dürrer Gestalt, aber er reagierte genauso kräftig, flink und geschickt auf seine Umgebung wie die kleine goldbraune Gabelantilope aus seinem fernen Heimatland. Unter ihm, vielleicht tausend Schritte entfernt, graste eine kleine Herde braun gestreifter Pferde mit dicken Bäuchen am Fuß der hohen Klippen und am schmalen Ende einer Schlucht, zu dem er und die übrigen Jäger sie seit Tagesanbruch getrieben hatten.

Endlich haben wir sie dort, wo wir sie haben wollen! Cha-kwena war so angespannt vor Erwartung, daß er kaum atmen konnte. *Zu lange mußten meine Jagdkameraden ohne Fleisch, das Männern würdig ist, und ohne Beute auskommen, über die unsere Frauen vor Stolz singen werden!* Als er auf die Pferde hinunterblickte, erschien auf seinem Gesicht ein breites, zufriedenes Grinsen. Zu Anfang des Tages hatte er befürchtet, die Jagd könnte vorbei sein, bevor sie überhaupt begonnen hatte. Die Pferde waren wegen frischer Bärenspuren unruhig geworden. Die Jäger hatten die Hunde angeleint und sich vorsichtig auf den Weg gemacht, denn sie wußten, daß sie behutsam vorgehen mußten, um nicht die Gunst der Geister zu verlieren. Andernfalls könnte ihnen die Herde entkommen und sie selbst einem Raubtier zum Opfer fallen, das viel größer und erschreckender als ein Mensch war.

In jenem Augenblick war Cha-kwena wieder eingefallen, daß er als Schamane darauf achten mußte, seinem Ruf gerecht zu werden. Er hatte den Medizinbeutel an seinem Hals gespürt und den heiligen Kopfschmuck aus Eulenfedern, und er hatte sich ins Gedächtnis zurückgerufen, daß er einst – und das war noch gar nicht so lange her – seine Anhänger in einem großen Krieg gegen ihre Feinde zum Sieg geführt hatte. In diesem Wissen hatte er einen Gesang an den Bären gerichtet und Großer Tatze geraten, sich lieber nicht auf einen Kampf mit einem so mächtigen Schamanen wie Cha-kwena aus der Roten Welt einzulassen. »Wenn du nach süßen Wurzeln und reifen Beeren und Mäusen in der Erde suchst«, hatte er hinzugefügt, »gehst du in die falsche Richtung, denn im Land, durch das meine Jäger ziehen, gibt es nichts dergleichen.«

Offenbar war seine Beschwörung erhört worden, denn nach einer Weile hatten die Jäger jede Spur des Bären verloren und waren den Pferden zwischen langgestreckte, von Wind und Wetter erodierte Hügel gefolgt, die so trocken, unfruchtbar und zerfurcht waren wie das Geschlechtsteil einer uralten Frau. Die anderen nannten es schlechtes Land, aber sie waren trotzdem weiter durch eine Landschaft gezogen, in der es nichts Bedrohlicheres als die Hinterlassenschaften von Nagetieren, Eulen und gelegentlich auch Mammuts gab. Nun hatte die Herde endlich ihre Bestimmung erreicht. Am Ende der Schlucht gab es Gras und Wasser. Die Pferde waren beinahe in Speerreichweite. Dank des zerklüfteten Terrains, des ständigen Windes und des Geschicks der Jäger, die die natürlichen Gegebenheiten zu ihrem Vorteil nutzten, entdeckten die Pferde keinerlei Hinweis auf die Menschen und Hunde, von denen sie als Beute ausgesucht worden waren.

Cha-kwena seufzte erleichtert. Es würde also doch noch ein guter Tag werden. Bald würde die Verfolgungsjagd vorbei sein. Bald würden seine Jagdkameraden wieder Anlaß haben, ihrem Schamanen freundlich gesonnen zu sein, da sie soviel Fleisch zu ihren hungrigen Frauen und Kindern bringen konnten. Dann würden sie ein provisorisches Schlachtlager errichten und sich ausruhen, bevor sie sich auf die lange Reise zurück zum Dorf machten. Cha-kwena empfand eine überwältigende Dankbarkeit. Die bisherige Wanderung hatte ihn zwar nicht erschöpft, aber seine Füße schmerzten, und er sehnte sich danach, endlich die neuen Mokassins auszuziehen, die seine Frau für ihn gemacht hatte. Irgend etwas stimmte nicht mit den Nähten, denn Grassamen hatten sich durch die Lücken gearbeitet, so daß sie nun gnadenlos in die weiche Haut zwischen seinen Zehen und in die harte Hornhaut auf seinen Fersen stachen.

Cha-kwena runzelte die Stirn. Sobald er ins Dorf zurückgekehrt sein würde, mußte er einmal ein ernstes Gespräch mit seiner eigensinnigen jungen Frau über ihre nachlässige Arbeit führen. Mah-ree weigerte sich beharrlich, die komplizierten Nähkünste und Sitten der Stämme des Graslandes zu übernehmen, mit denen ihr kleiner Stamm seit dem Krieg eine vorteilhafte, wenn auch nicht unproblematische Allianz eingegangen war. Trotz ihres Standes als Häuptlingstochter der südlichen Stämme der Roten Welt – wo sie beide geboren waren – und ihrer beachtlichen Fähigkeiten als Medizinfrau rümpften viele der Menschen aus dem harten Norden seit einiger Zeit die Nase über sie.

Cha-kwenas Gesichtsausdruck unter dem Schnabel und den Steinaugen seines Kopfschmucks wurde immer mürrischer. Er mußte sich beherrschen, um sich nicht an den wunden Stellen seiner Füße zu kratzen, aber er blieb hart. Es war gefährlich für einen Schamanen, der behauptete, in der Gunst des Totems zu stehen, wenn er auf einer Jagd, von der das Überleben des Stammes während des Winters abhing, wunde Füße bekam. Wenn die ehemaligen Krieger des Graslandes jetzt das Vertrauen in ihren Schamanen verloren, wußten nur die Vier Winde, was mit ihm und seinem kleinen Stamm geschehen würde. Er hatte sie voller Versprechungen über ein neues und besseres Leben in dieses Land geführt, doch bislang hatten sie nur mit Hunger und Entmutigungen zu kämpfen gehabt.

Ein Stück vor Cha-kwena und ein wenig zu seiner Rechten lief Shateh, der Jagdanführer und Oberhäuptling der vereinigten Stämme des Graslandes und der Roten Welt, der nun anhielt und seinen Speerarm hob. Cha-kwena blieb sofort stehen, genauso wie alle anderen. Niemand bewegte sich. Sogar die Hunde waren wie erstarrt. Aller Augen, auch die Cha-kwenas, waren auf Shateh gerichtet. Wie fast alle Jäger aus dem Grasland war auch der Häuptling groß und kräftig gebaut. Die unregelmäßigen senkrechten Streifen seiner Körperbemalung ließen ihn sogar noch größer wirken, und seine Narben und das ergrauende hüftlange Haar zeichneten ihn als Überlebenden vieler Jagdzüge und Kämpfe aus. Um den Hals trug er einen prächtigen Schmuck aus den Flugfedern eines Goldadlers.

Cha-kwena, der jetzt überhaupt nicht mehr an seine schmerzenden Füße dachte, hob seinen knöchernen Speerwerfer und einen langen Speer mit hölzernem Schaft und steinerner Spitze, um sich auf den Wurf vorzubereiten. Er erkannte die Anspannung im breiten Rücken und dem erhobenen Arm des Oberhäuptlings. Die letzte Phase der Jagd hatte begonnen.

Der junge Schamane behielt seine Position bei, während die anderen ihre Waffen nahmen und ausschwärmten, um sich über den hohen Felsabhang zu verteilen. Sein Platz als Schamane in der Nähe von Shateh war ein großes Privileg, und Cha-kwena war sich dessen bewußt. Die Jäger beobachteten ihn aufmerksam und warteten darauf, daß er ein letztes Mal die Geister der Jagd um ihre Hilfe anrief. Was auch immer von jetzt an geschah, ob es gut oder schlecht sein mochte, so wußte er, daß die Männer ihren Schamanen dafür verantwortlich machen würden.

Ernüchtert über diese Last der Verantwortung hob er seine sonnengebräunte linke Hand an den ledernen Medizinbeutel, der an einer geflochtenen Sehnenschnur um seinen Hals hing. Dabei bemerkte er die Veränderung, von der die Männer in seiner Nähe ergriffen wurden. Der heilige Stein, der sich in diesem Beutel befand, enthielt eine uralte und überirdische Zauberkraft. Seine Hand schloß sich um das Amulett, das seit Anbeginn der Zeiten im Besitz der heiligen Männer seines Stammes gewesen war. Es war ein kleiner Stein, kaum größer als sein Daumen. Nur seine Gestalt – wie der Reißzahn aus dem Maul einer Säbelzahnkatze – erlaubte einen Hinweis auf die in ihm wohnende Gewalt. Doch alle wußten, daß der Wächter des Steines aus der schützenden Macht der Vorfahren Stärke bezog, während er den Geistern der Erde und des Himmels befahl, seinen

Stamm zum Sieg im Kampf und zu allen guten Dingen auf dem Weg des Lebens zu führen.

Cha-kwenas Hand klammerte sich um den heiligen Stein. Er fühlte sich weder stark noch gewaltig oder mächtig. Wenn die Jagd erfolgreich sein sollte, mußte er den Mächten der Schöpfung befehlen, auch andere Wünsche seiner Anhänger zu erfüllen. Es erschien ihm ungerecht, daß eine solche Verantwortung auf den Schultern eines einzelnen Menschen lag. Er hatte niemals ein Schamane sein wollen. Durch das Erbrecht, den Krieg und andere Umstände, die zu schrecklich waren, als daß er sich daran erinnern wollte, hatten die Geister der Vorfahren ihn erwählt, derjenige zu sein, durch den sie zu ihrem Stamm sprechen wollten.

Und so war der heilige Stein in seine Obhut gelangt. Jetzt war es seine Aufgabe, ihn unter Einsatz seines Lebens zu bewachen, so wie es sein geliebter Großvater, der alte Schamane Hoyeh-tay, vor ihm getan hatte. Viele Menschen hatten gekämpft und waren gestorben, weil sie ihm den Stein rauben und für ihre eigenen Zwecke hatten benutzen wollen. Und alle hatten versagt … bis auf Shateh.

Jetzt blickte der Häuptling zu ihm hoch und wartete geduldig darauf, daß er die Macht des Steines anrief. Ihre Blicke trafen sich. Es hatte eine Zeit gegeben, als Cha-kwena diesen Mann zu seinen Todfeinden zählte, doch Shateh hatte sich entschieden, im Kampf an seiner Seite zu stehen. Gemeinsam hatten sie ihre Feinde geschlagen und sie in alle Vier Winde zerstreut. Als Shateh ihn seinen Bruder genannt und darauf bestanden hatte, daß sich ihre zwei Stämme vereinten, hatte Cha-kwena es ihm nicht ausschlagen können. Und so kam es, daß Shateh jetzt über den heiligen Stein *und* den dazugehörigen jungen Schamanen verfügte, nicht durch Einsatz von Gewalt, sondern weil Cha-kwena dem Häuptling sein Leben schuldete, seine Treue und die Gunst der Geister auf mindestens einer Jagd in all den vielen Monden.

Geister des Steins, ihr müßt diesen Mann erhören! Ein Zittern ging durch Cha-kwenas Körper, als er die Augen schloß und den Kopf erhob. Während er immer noch seinen Medizinbeutel in den Händen hielt, rief er stumm die elementaren Geister aller belebten und unbelebten Dinge an, um ihnen seine Hoffnungen und Ängste anzuvertrauen. *Das Leben in diesem neuen Land, in das der Krieg uns geführt hat, ist hart und voller Hunger für den Stamm Shatehs und Cha-kwenas. Unsere Feinde sind nun überwunden. Jene, die das heilige Mammut jagten und die Traditionen der Ahnen verachteten, wurden getötet. Die Stämme Shatehs und Cha-kwenas sind nun ein Stamm. Gemeinsam ehren wir die Traditionen der Ahnen und folgen dem heiligen Mammut nach Osten ins Gesicht der aufgehenden Sonne. Doch bis zu diesem Tag hat dieses Land den Menschen kein Fleisch gewährt, das Männern würdig ist. Also müßt ihr zu diesen Pferden sprechen! Ihr müßt ihnen von unserem Hunger erzählen. Ihr müßt sie bitten, uns ihr Fleisch zu geben. Geister des Steines, zum Wohl meines Stammes müßt ihr diesem Mann eine gute Jagd gewähren, wenn der Stamm Shatehs nicht jedes Vertrauen in mich und in eure Macht verlieren soll!*

»Vielleicht wäre das gar nicht so schlecht!«

Cha-kwena riß die Augen auf. Wer hatte gesprochen? Er wußte, daß keiner der Jäger diese Worte von sich gegeben hatte. Die Stimme war entweder aus ihm selbst oder vom heiligen Stein gekommen. Die anderen beobachteten ihn immer noch und warteten auf sein Zeichen, das besagte, daß sein Gebet um eine erfolgreiche Jagd erhört worden war. Er starrte geradeaus, ohne zu blinzeln und ohne etwas zu sehen. Wie es manchmal geschah, wenn er versuchte, mit den Mächten des Amuletts zu sprechen, verschob die Eindringlichkeit seines Gebets die Wirklichkeit, und ohne Vorwarnung stürzte sein Geist sich in das Labyrinth der inneren Wahrnehmung, in dem sich nur ein Schamane bewegen konnte. Cha-kwena strömte mit dem Blut seiner Adern durch die gewaltigen Schluchten seines Selbst, spürte die mächtige Bewegung seiner Lungen und hörte den festen, regelmäßigen Schlag seines Herzens. Dann führten die Tunnel seiner inneren Vision aus der Dunkelheit hinaus, als er nämlich mit seinem eigenen Atem seinen Körper verließ und mit ausgebreiteten Armen zurück in die Wirklichkeit fiel.

Erschrocken bemerkte er, daß die anderen Jäger ihn immer noch erwartungsvoll und besorgt beobachteten. Als sich sein Blick wieder mit dem des Oberhäuptlings traf, wurde Cha-kwena plötzlich bewußt, daß Shateh mit ihm unzufrieden war.

»Dein Gebet hat sehr lange gedauert, Schamane!«

Cha-kwena schluckte. Nervös ließ er seinen Medizinbeutel los und antwortete schnell mit einem kurzen Nicken, um den anderen zu zeigen, daß seine Beschwörung abgeschlossen war. Nur die Vier Winde wußten, ob sie auch erhört worden war.

Shateh senkte mit ernstem Blick, doch ansonsten ohne sichtliche Regung, den Kopf und winkte den anderen, mit dem Vorstoß zu beginnen. Cha-kwena legte hastig das stumpfe Ende seines neuesten Speeres in den hakenförmigen Dorn seines Speerwerfers und folgte dem Häuptling. Das schmale, leicht gekrümmte Knochenwerkzeug lag auf seiner rechten Schulter, und den Speer mit der Steinspitze hielt er zwischen Daumen und zwei Fingern seiner rechten Hand bereit. Das Herz des jungen Schamanen begann zu rasen, und er zitterte unwillkürlich vor Aufregung ob der bevorstehenden Jagd und des anschließenden, lang vermißten Festmahls.

Und dann geschah es. Der Lieblingshund unter den drei Tieren des Häuptlings ließ sich von der Nervosität mitreißen. Eben noch lief er gehorsam an Shatehs Seite, doch auf einmal winselte er geifernd und versuchte sich von seiner Leine loszureißen. Schon im nächsten Augenblick hatte der Oberhäuptling dem Tier mit dem stumpfen Ende seines Speeres den Schädel eingeschlagen, und der Hund fiel tot um. Ohne anzuhalten, löste Shateh die Leine des Tieres und führte seine Jäger weiter.

Cha-kwena jedoch blieb stehen. Shateh und seine Leute schafften es immer wieder, ihn aus der Fassung zu bringen. Er verstand zwar, daß der Hund beinahe die Pferde mit lautem Gebell auf die Anwesenheit der Jäger aufmerksam gemacht hätte, aber die beiläufige Nachlässigkeit brachte ihn aus der Fassung, mit der der Häuptling das ungehorsame Tier getötet hatte. Erinnerungen stachen in seine Eingeweide, viel heftiger als die verfluchten Grassamen in seine Fersen. Shateh tat immer das, was für seinen Stamm das beste war, ganz gleich, was es ihn kostete. Wenn die Jagd heute nicht erfolgreich verlaufen sollte, wußte Cha-kwena sehr gut, daß Shateh einen unnütz gewordenen Schamanen mit derselben Leichtigkeit töten konnte, wie er es gerade mit seinem Lieblingshund getan hatte.

Plötzlich drehte sich der Wind. Wie eine Schlange, die sich wand, schlug er auf einmal von hinten zu und ließ wehenden Sand von fernen Dünen und den umgebenden Ödländern gegen die unbekleideten Stellen von Cha-kwenas Haut prasseln. Der junge Mann keuchte erschrocken angesichts der unerwarteten, der Jahreszeit unangemessenen Kälte. Der Wind peitschte die Fransen seiner Mokassins schmerzhaft gegen seine Knöchel, dann riß er ihm den Eulenfederschmuck vom Kopf und trug ihn den Pferden entgegen – zusammen mit der Witterung aller Menschen und Hunde der Jagdgruppe.

Das enttäuschte Aufstöhnen aller anderen, die ebenso vom Wind überrascht worden waren, spürte Cha-kwena eher, als daß er es hörte. Shateh, der unmittelbar vor ihm stand, schüttelte wütend seinen Speer gegen den Himmel, während der Wind sein Haar vor seinem Gesicht flattern ließ. Cha-kwena strich sich sein eigenes Haar aus den Augen und blinzelte am Häuptling vorbei. Er sah, wie der Leithengst seinen Kopf hob und mit einem schrillen, befehlenden Wiehern seine struppigen Stuten und Fohlen auf die drohende Gefahr aufmerksam machte. Im nächsten Moment stürmten alle Pferde mit zurückgelegten Ohren und wehenden Schweifen davon. Ihre Hufe zerfetzten im Galopp den Grasboden und ließen nur eine Staubwolke zurück, als die Tiere aus der Schlucht und vor den Jägern flohen.

»Ay yah!« schrie Shateh wütend und verzweifelt. Seine tiefe Stimme schien genauso gefährlich wie sein Speer mit der Steinspitze, der von seinem Speerwerfer davongeschleudert wurde.

Ohne auf den Befehl des Häuptlings zu warten, warf auch Cha-kwena seinen Speer. Als Schamane, der gerade darin versagt hatte, das Verhalten des Windes während einer wichtigen Jagd vorherzusehen, fühlte er sich verpflichtet, irgend etwas zu tun. Noch nie hatte er einen Speer mit solcher Kraft geschleudert. Angesichts der Entfernung zwischen ihm und den Pferden wußte er, daß seine Anstrengung lediglich die Vergeudung einer hervorragenden Speerspitze war. Als die Waffe seinen Speerwerfer verließ, fühlte sich der Wurf jedoch so gut an, daß Cha-kwena längst nicht so überrascht war wie die anderen Männer der Jagdgruppe, als sein Speer in hohem Bogen über Shatehs hinwegflog und sich in die Schulter einer Stute grub. Das Pferd ging zu Boden, überschlug sich und strampelte mit den Hufen in der Luft, während der Rest der Herde sich zerstreute und in den östlichen Hügeln verschwand.

»Hay yah!« schrie Cha-kwena triumphierend. Die Geister des Steines hatten sein Gebet erhört. »Jetzt wird es doch noch ein guter Tag!«

Viele Meilen entfernt stand eine kleine, sonnengebräunte Frau nackt im knietiefen, steinigen Bach am Fuß des Dorfes auf der Klippe, von dem die Jäger bei Morgengrauen aufgebrochen waren. Mah-ree war der Sonne zugewandt, als sie einen weiteren Fisch mit der Schlaufe am Ende ihres Fischstocks aus dem Wasser zog und ihn in den Korb aus geflochtenem Schilf warf, der an ihrer schmalen Hüfte hing. In diesem Augenblick knackte ein Zweig im bereits ungewöhnlich gelben Weidendickicht, mit dem das südliche Ufer bewachsen war. Gleichzeitig flog ein kleiner Vogel vom Gebüsch zu den sonnenbeschienenen Felsen am rechten Ufer.

Mah-ree erstarrte. In ihrem Geist blitzten Bilder von Löwen und Riesenwölfen, von knurrenden Bären und pumagroßen Sprungkatzen mit Fangzähnen so lang wie der Unterarm eines Mannes auf. Sie hielt den Atem an. Genauso die anderen Frauen, die mit ihren Kindern, Babys und Hunden zum Bach gekommen waren, um zu baden, ihre Wasserschläuche aufzufüllen und die karge Ernte des Spätsommers an Beeren und Wurzeln einzusammeln.

Mah-ree war zur Flucht bereit, bemerkte jedoch erleichtert, daß die Hunde nicht beunruhigt schienen. Nur zwei Tiere hatten die Köpfe gehoben, um zu lauschen und zu wittern. Sie tat es ihnen nach und roch die starken, vertrauten Gerüche des kleinen Tals, in dem ihr Stamm vor fast einem Mond die Fellhütten errichtet hatte. Dann lauschte sie auf das leise, stetige Plätschern des Wassers auf dem Kiesbett, das unregelmäßige Rauschen des Windes in den Bäumen und Sträuchern am Ufer und den monotonen Singsang der irren und tauben Kahm-ree, die nackt und mit gespreizten Beinen im seichten Wasser hockte. Mah-ree empfand Mitleid für die alte Frau, doch an den Gerüchen und Geräuschen dieses Ortes konnte sie nichts Bedrohliches feststellen.

Hoch über ihr kreischte ein Teratornis. Mah-ree blickte erschrocken auf. Der seltene kondorähnliche Vogel strich über das Gesicht der Sonne. Sie blickte stirnrunzelnd seinem Schatten nach, doch schon im nächsten Moment waren die breiten Flügel vom Wind davongetragen worden, so daß die Sonne wieder hell schien.

Mah-ree wagte es, wieder zu atmen, als ihr Blick zum größten Felsblock am Ufer wanderte. Der junge Gah-ti saß mit untergeschlagenen Beinen auf dem flechtenbewachsenen

Stein. Das Sonnenlicht glänzte auf der großen roten Narbe, die seine rechte Kopfhälfte überzog. Sie runzelte erneut die Stirn, wie sie es immer tat, wenn sie die schrecklichen Folgen seiner Begegnung mit dem Löwen sah, durch den er vor vielen Monden auch einen Arm verloren hatte. Doch Gah-tis Wunden waren verheilt, der Junge war wieder zu Kräften gekommen und wachte mit Falkenaugen, um bei Anzeichen einer Gefahr die Wachen zu alarmieren – den alten Krieger Teikan und einen jungen Mann namens Ishkai, die sich auf einer Klippe in der Nähe aufhielten. Wenn im Wäldchen hinter dem Bach irgendeine Gefahr lauerte, hätten die Wachen die Frauen schon längst darauf aufmerksam gemacht.

Sie blickte zu Teikan und Ishkai hinüber. Die Männer unterhielten sich, während ringsum mehrere mit Schlingen bewaffnete Jungen auf der Klippe hockten und Knochenwerfen spielten. Teikan erwiderte ihren Blick mit unverhohlen lustvollem Interesse. Sie funkelte zurück, damit er sah, wie sehr ihr dies mißfiel. Sie hielt sein Benehmen für geradezu empörend. Sie war Mah-ree, die Medizinfrau, und würde sich niemals dazu herablassen, sich dem Vergnügen eines einfachen Jägers hinzugeben, wo sie doch als einzige Frau die Schlafmatte mit Cha-kwena teilte, dem Wächter des heiligen Steins, dem Schamanen des Stammes der Roten Welt und des Stammes des Graslands. Mit einem verächtlichen Schnaufen kehrte sie dem dreisten Teikan den Rücken zu und konzentrierte sich wieder auf den Fischfang.

Doch ihre Gedanken wurden von der Strömung des Baches davongetrieben. Sie fragte sich, wo Cha-kwena jetzt sein mochte. Dachte er auch mit Liebe und Wärme im Herzen an sie, wie sie es umgekehrt gerade tat? Mit einem wehmütigen Seufzer wünschte sich Mah-ree, daß ihr Mann auf der Jagd an diesem Tag viele Pferde erlegte, und träumte dann davon, wie es sein würde, wenn er mit den anderen zurückkehrte. Es würde ein Festmahl geben und ein großes Lagerfeuer, an dem der ganze Stamm singen und tanzen würde. Alles wäre wieder so wie in den Tagen kurz nach dem Krieg, als die Stämme der Roten Welt und des Graslandes ihren Sieg gefeiert und geschworen hatten, für immer Brüder und Schwestern zu sein. Die Spannungen und das Mißtrauen, die seitdem die Atmosphäre zwischen den zwei Stämmen immer mehr vergiftet hatten, würden vom Wind weggeblasen werden wie die Sporen eines bösartigen Pilzes.

Mah-rees Grübeleien endeten mit einem Schauder. Der Wind hatte sich gedreht und war kalt geworden.

»Wir hätten uns wärmere Kleidung anziehen sollen!« rief Wehakna vom Ufer herüber. »Der Ostwind des Morgens ist davongeweht. Jetzt kommt der Nordwind. Komm aus dem Wasser und zieh dich an, Schamanenfrau! Du hast für heute genügend Fische gefangen. Außerdem weißt du sicher, daß nur du und deine Leute aus der Roten Welt davon essen werden!«

Mah-ree stöhnte mißmutig auf. Da Wehakna die erste Frau des Oberhäuptlings war, mußte man ihr gehorchen. Verärgert zog sie ihren Fischstock aus dem Wasser, legte ihn zu ihrer beträchtlichen Beute in den Korb und watete dann zum sandigen Ufer zurück, auf dem sie ihren Umhang und den Rock aus Elchfell zurückgelassen hatte. Mit Ausnahme der alten Kahm-ree, die immer noch im Wasser war und auf der Suche nach Larven und Krebsen die Steine umdrehte, hatten sich alle Frauen mit ihren Kindern dort versammelt. Sie legten ihre Kleidung an und kämmten sich die langen Haare, bevor sie zu ihren warmen Hütten zurückkehren würden.

»Wenn so viele über Hunger jammern, ist jeder willkommen, von diesen Fischen zu essen, nachdem ich sie mit Samen und Piniennüssen gefüllt und langsam über einem Feuer aus Süßgras und Salbei geröstet habe«, sagte Mah-ree, während sie ihren Rock aufhob und hineinstieg.

Ihre Mutter Ha-xa und ihre Schwestern Ta-maya und Tlanee kamen, um ihren Fang zu bewundern. Dann stießen die

Mutter ihres Mannes, U-wa, und Cha-kwenas kleine Halbschwester Joh-nee hinzu.

Wehakna verzog angewidert das Gesicht, als sie in den Korb blickte. »Fisch ist keine angemessene Nahrung, vor allem nicht für Frauen, die neues Leben in sich tragen!« rief sie.

Ihre Meinung wurde sofort von Cheelapat, der jüngsten Frau des Häuptlings, unterstützt. »Will Mah-ree etwa, daß wir Babys mit Schuppen, Schwänzen und Kiemen zur Welt bringen?«

U-wa lachte. »Was könntet ihr noch essen, ihr lebensspendenden Frauen des Graslandes, wenn ihr wirklich glauben würdet, eure Babys nähmen das Aussehen dessen an, was ihr eßt?«

»Etwa Kamel?« fragte Ha-xa belustigt.

»Oder Faultier?« fügte U-wa hinzu, die grunzend und schnaufend herumwankte und in der Erde scharrte, um das Tier nachzuahmen, von dem sie gesprochen hatte.

Die Kinder waren begeistert.

Die drei Frauen Shatehs und die anderen Frauen aus dem Grasland konnten nicht darüber lachen.

»Spottet nur über uns, Frauen der Roten Welt, aber wir wissen, daß Mah-ree sich nichts aus Babys macht«, meinte Senohnim, die zweite Frau des Häuptlings. Sie saß auf dem Boden und stützte sich mit einer Rückenlehne aus bemaltem Hirschleder ab, das über einen Rahmen aus geflochtenem Holz gespannt war. Sie bedachte Mah-ree mit einem Grinsen und rieb sich stolz den straffen, schwangeren Bauch. »Mahree ist die Schamanenfrau und kann Medizin machen, aber sie und ihr Mann haben es immer noch nicht geschafft, den richtigen Zauber zu beschwören, damit ihr ein Kind im Bauch wächst! Khat und Tinah, kommt und helft eurer Mutter auf die Beine und bringt mir mein Kleid! Der Wind ist kalt geworden. Ich möchte zurück in unsere Hütte. Der Anblick von soviel unwürdiger Nahrung beleidigt mich!«

Mah-ree fühlte sich verletzt. Ihr Angebot, den Fisch zu teilen, war großzügig und ernst gemeint gewesen. Ihre schlanken Arme umklammerten den Korb. Ihre schmalen dunklen Augen mit den schweren Wimpern überblickten den Strand, wo die Kinder nun um die Tragen der Babys tobten.

Wie zu erwarten war, hatte Ta-maya sich um die Kleinen gekümmert. Mah-ree sah zu, wie ihre ältere Schwester ruhig und ohne Mühe mit den Kindern umging. Obwohl sie ihre blinde kleine Stieftochter Doh-teyah auf der Hüfte trug, gelang es ihr, einen alten Hund zu verscheuchen, der nicht mit dem Rest seines Rudels auf die Jagd gegangen war. Er sprang davon und verfolgte schnüffelnd etwas, das offenbar nur er bemerkt hatte. Kurz darauf hatte Ta-maya die Kinder dazu gebracht, ihre verstreuten Spielsachen aufzulesen und jedem ihrer Wünsche Folge zu leisten. Mah-ree seufzte, als sie ihre hübsche Schwester betrachtete. Ta-maya war genauso wie Senohnim hochschwanger.

Mah-ree unterdrückte ihre Tränen. Sie sehnte sich so sehr danach, auch ihrem Mann neues Leben zu schenken! Sie wollte so sehr ein Kind – viele Kinder! Cha-kwena hatte ihr versichert, daß ihre Zeit als Mutter schon noch kommen würde. Doch sie war schon sechzehn und wurde immer älter, während ihr Bauch flach blieb. Ihre Brüste schwollen nicht mit Milch an, und ihr Mondblut kam mit unbarmherziger Regelmäßigkeit. In einem Dorf mit vielen Frauen, die entweder ein Baby stillten oder sich in verschiedenen Stadien der Schwangerschaft befanden, schämte sich Mah-ree. Und sie machte sich große Sorgen. Sie hatte mitgehört, wie der alte Lahontay hinter Cha-kwenas Rücken erzählt hatte, daß ein Mann, der seiner Frau kein neues Leben machen konnte, gar kein richtiger Mann war – und schon gar nicht der Schamane, der er sein wollte. Wieder erschauderte sie vor Verlangen nach einem Baby, während ihre Angst immer größer wurde, daß ihr Versagen das ohnehin gefährdete Ansehen ihres geliebten Mannes weiter schwinden ließ.

»Komm, Tochter!« sagte Ha-xa und legte Mah-ree ihren Mantel über die Schultern, bevor sie sich ihren eigenen Umhang aus Jaguarfell überwarf. Obwohl er zerfranst und oft geflickt war, trug sie ihn voller Stolz. Er hatte einst einem Häuptling gehört, und außer ihren Töchtern war das Kleidungsstück nun das einzige, was Ha-xa noch an ihren verlorenen Status und ihren vor langer Zeit gestorbenen Mann erinnerte. »Hör nicht auf sie, Mah-ree! Wenn sie Heilung von Krankheiten benötigen, werden sie sich daran erinnern, in freundlichen Worten über die Schamanenfrau zu sprechen.«

»Die Schamanenfrau glaubt, alles besser zu wissen!« schnaufte Vral, die Frau des Jägers Teikan. »Die Schamanenfrau hält sich selbst für eine Schamanin! Vielleicht will sie es sogar Sheela oder der unfruchtbaren Ysuna gleichtun!«

Die Frauen und Mädchen blickten entsetzt.

Wehaknas Augen funkelten zornig. »Sprich ihre Namen nicht aus, damit die Geister der Frauen des Wachenden Sterns nicht aus der Welt jenseits dieser Welt zurückkehren und erneut über die Menschen herfallen!«

Mah-ree bedachte Vral mit einem zornigen Blick. Wie fast alle Frauen aus dem Grasland war auch Teikans Frau stämmig gebaut, hübsch und unübersehbar schwanger. Stolz auf ihren Körper hatte sie ihre Kleidung im Dorf zurückgelassen, als sie zum Baden gegangen war. Jetzt stand sie nackt vor Mah-ree. Im kalten Wind hatten sich ihre Brustwarzen wie reife rote Apfelbeeren aufgerichtet. Mah-ree starrte sie an und sagte mit einem spöttischen Grinsen: »Zumindest weiß ich soviel, daß ich meine Kleidung nicht im Dorf vergessen habe, um mich vor der Kälte zu schützen. Du solltest lieber schnellstens zum Dorf zurückkehren, Vral, bevor dir die Spitzen deiner Brüste abfrieren. Woran sollen dein neues Baby oder dein Mann saugen, wenn das geschieht?«

Cheelapat verzog amüsiert das Gesicht, als sie Vrals unbehagliche Reaktion bemerkte. »Mach dir keine Sorgen wegen Teikan! Der Mann hat in letzter Zeit sowieso nur Augen für junge Mädchen. Ich glaube nicht, daß er sich in Geduld üben wird, bis du dich wieder für ihn öffnen kannst oder bis im Frühling seine neue Braut zu ihm kommt. Bis dahin wird er seinen Mannknochen schon längst zwischen die Schenkel einer anderen Frau gesteckt haben!«

Die drei heranwachsenden Mädchen, die in einer Gruppe zusammenstanden, kicherten, und Eira, die Tochter Lahontays und künftige Braut Teikans, errötete.

Vral zog es vor, nicht auf die Mädchen und Cheelapats Beleidigungen zu reagieren. »Wer wußte schon, in welche Richtung sich der Wind drehen wird?« fragte sie hochmütig, während sie die Arme vor den Brüsten verschränkte.

»Draußen auf der Jagd hat es mein Schamane bestimmt gewußt!«

Wehakna war immer wütender geworden. »Bist du sicher? Mein Shateh war Oberhäuptling *und* Schamane, bevor der Krieg uns aus unserem Land vertrieb. In jenem Krieg stand Cha-kwena in der Macht des Totems und des heiligen Steines, so daß mein Shateh ihn als Schamanen über sich selbst stellte. Aber wo ist Cha-kwenas Macht jetzt? Sieh dir nur das Land an, in das er uns geführt hat! Wo ist das hohe Gras? Wo sind die großen Herden der Bisons und Elche? Wo ist das Fleisch für Männer?«

»Das alles ist hier«, erwiderte Mah-ree mit unerschütterlicher Überzeugung. »Mein Schamane wird es finden!«

Wehaknas stechender Blick fixierte die junge Frau. »Wenn er es nicht schafft, wird mein Shateh wieder Schamane sein, und wir werden ins Grasland zurückkehren.«

»Und du und deine Leute aus der Roten Welt, ihr werdet unsere Sklaven sein«, fügte Senohnim mit offensichtlicher Genugtuung hinzu.

»Und die Männer des Graslandes werden die Medizinfrau nehmen und ihr den Baby-Zauber beibringen, den ihr ›Schamane‹ nicht zusammen mit ihr beschwören kann!« höhnte Cheelapat mit einem Seitenblick auf Vral. »Ich habe gehört, wie dein Teikan sagte, er würde es gerne mit ihr versuchen.«

Vral wollte sich daraufhin auf sie stürzen, doch Cheelapat wich ihr leichtfüßig aus und lachte boshaft.

»Nehmt euch in acht vor dem, was ihr sagt, Frauen von Shateh!« sagte Mah-ree schnell. »Wenn mein Schamane es hört, könnte er die Mächte der Schöpfung gegen euch wenden! Wo ist euer Vertrauen geblieben? Ihr habt euch entschieden, mit Cha-kwena zu gehen! Seine Macht hat euch für eure Feinde unbesiegbar gemacht. Ihr dürft nicht an dem zweifeln, der in der Gunst der Ahnen steht, sonst werdet ihr es bald bereuen. Vergeßt das Grasland! Es ist weit weg!«

Jetzt hatte Vral Cheelapat an den Haaren gepackt, und die zwei Frauen prügelten mit Armen und Beinen aufeinander ein.

»Du wirst anders sprechen müssen, Schamanenfrau, falls Cha-kwena es wagt, unsere Jäger aus dem Dorf zu führen, ohne mit Fleisch zurückzukehren, das Männern würdig ist!« warnte Wehakna.

Mah-ree verzichtete auf jeden weiteren Kommentar. Sie wußte, daß es nur eine Verschwendung von Worten wäre. Plötzlich gingen Vral und Cheelapat zu Boden und rauften sich kreischend und beißend wie zwei kämpfende Luchse.

Sogar die Frauen und Kinder der Roten Welt rückten lautstark und aufgeregt zusammen, um den Kampf zu verfolgen, während die Wachen auf der Klippe anfeuernde Rufe ausstießen. Mah-ree war angewidert von diesem gewalttätigen Verhalten der Menschen aus dem Grasland, das jedoch, wie sie in den vergangenen Monaten miterlebt hatte, ihrer Art entsprach. Sie hob verächtlich den Kopf, drehte sich um und stapfte mit ihrem Korb auf der Hüfte davon.

Erst als sie schon ein Stück weit den Weg am Bach hinaufgegangen war und die Hälfte der Strecke bis zum Dorf auf den Klippen zurückgelegt hatte, blieb Mah-ree unvermittelt stehen, weil sich in den Geräuschen, die vom Ufer zu ihr heraufdrangen, etwas verändert hatte. Die Hunde bellten, und die Frauen riefen nicht mehr, sondern schrien jetzt. Die Kinder lachten nicht mehr, sondern jammerten. Und dann war Teikans laute Stimme über dem Lärm zu hören: »Lauft weg! Verteilt euch! Schnell!«

Mah-ree wirbelte herum. Unten am Ufer war ein großer gelber Bär mit hohem Buckel durch das Weidengebüsch gebrochen und griff an.

Cha-kwena war sich intensiv der verstreichenden Zeit bewußt, als er regungslos im kalten Wind dastand. Niemand sprach, und niemand rührte sich. Atemlos vor Erregung zählte er die Augenblicke am Schlag seines Herzens, bis er nicht mehr konnte und wieder Luft holen mußte. Immer noch rührte sich niemand und sprach niemand. Irritiert wartete er und fragte sich, warum niemand seinen erfolgreichen Wurf lobte. Dann machte Shateh sich mit einem Grunzen auf den Weg hügelabwärts – Cha-kwena wußte nicht, ob aus Anerkennung oder mit Widerwillen. Ohne ein Wort folgten ihm die anderen. Cha-kwena starrte ihnen nach und nutzte die Gelegenheit, sich an den Fersen zu kratzen, bis er vor Erleichterung aufseufzte. Erst nachdem die anderen die gestürzte Stute erreicht hatten und sich im Kreis darum versammelten, stieß er zu ihnen.

»Diese Beute gehört Cha-kwena«, gab Shateh zu und hob den Eulenfederschmuck auf, der direkt neben dem Pferd zu Boden gefallen war, um ihn dem jungen Schamanen zurückzugeben.

Die Jäger murmelten etwas Unverständliches.

Trotz der beißenden Kälte des Windes brannte in Cha-kwena die wohltuende Hitze des Stolzes, und er setzte sich den Kopfschmuck wieder auf. Der Speer des Häuptlings hatte die Stute verfehlt; nur sein eigener hatte getroffen. Die

Geister des heiligen Steins hatten sein Gebet also doch erhört! Er hatte endlich eine gute Jagdbeute erlegt!

Obwohl der Schaft durchgebrochen war, als die Stute sich überschlagen hatte, war ihm noch nie etwas Schöneres zu Augen gekommen. Die Stute hatte sich beim Sturz zwischen Kopf und Widerrist das Rückgrat gebrochen. Sie lebte noch, aber ihr Leben würde nicht mehr lange währen. Ihre Augen wurden bereits glasig.

Als Shateh jetzt den zerbrochenen Speer des jungen Schamanen aus den zitternden Schultermuskeln des Pferdes zog und ihn hochhob, damit die anderen Jäger den Beweis sahen, konnte Cha-kwena seinen Jubel kaum noch unterdrücken. Niemand würde daran zweifeln, daß der Überrest des roten Schaftes mit der blauen Umwicklung ihm gehörte – das Rot ehrte die ferne Rote Welt, in der er geboren war, und das Blau bezeichnete seinen Rang als Schamane jenes sonnenverbrannten Landes. Die Heiligen Männer aus den verstreuten Dörfern des trockenen Landes hatten sich einstmals auf heiligen Tafelbergen versammelt und ihre Haut in der Farbe des Himmels bemalt, damit die Himmelsgeister sie als angemessene Mittler anerkannten, wenn sie bereit waren, zu den Menschen zu sprechen.

Jetzt waren sie fast alle tot, jene stolzen weisen Großväter mit hohem Kopfschmuck aus Grasbüscheln und Halskrausen aus heiligem Salbei und Umhängen aus Kaninchenfell, die ihre zähe, trockene und lose Haut bedeckten, welche genauso runzlig wie die Haut der Eidechsen war, aus denen der größte Teil ihrer kargen Mahlzeiten bestand. Was würden sie sagen, wenn sie ihn jetzt sehen könnten?

Du hast es gut gemacht, Cha-kwena!

Er zuckte zusammen, als er die Stimmen aus der Vergangenheit hörte. Sein Blick traf sich mit dem Shatehs, und als der Häuptling ihm den Speer reichte, sah Cha-kwena gar nicht den Häuptling, sondern andere Männer: den knochigen, zahnlückigen Shi-wana von den Blauen Tafelbergen, den phlegmatischen, humorlosen Naquah-neh von den Weißen Hügeln und seinen eigenen jähzornigen, helläugigen Großvater Hoyeh-tay aus dem Dorf am See der Vielen Singvögel. Auf Hoyeh-tays knochiger Schulter hockte eine sich mausernde Eule mit gelben Augen. Der Raubvogel war der ständige Begleiter und helfende Tiergeist seines Großvaters gewesen. Cha-kwena trug jetzt die Federn dieser Eule auf dem Kopf.

Er mußte unwillkürlich bei diesen Bildern lächeln, obwohl der Vogel und alle drei Männer von ihren Feinden, dem Stamm des Wachenden Sterns, getötet worden waren. Als die geisterhaften Gestalten seiner Vision verblaßten, war er überzeugt, daß sie die Geister waren, die sein Jagdgebet erhört hatten.

»Ich danke euch«, sagte Cha-kwena zu den Geistern der Vergangenheit. Er hob den Kopf und reckte seinen mageren, muskulösen Körper, der in den Jagdfarben seines neuen Stammes bemalt war, und nahm stolz den Speer von Shateh entgegen.

Ein mißmutiges Raunen ging durch die Jäger aus Shatehs Stamm. Sie warfen sich verstohlene Blicke zu und starrten dann Cha-kwena abschätzend mit Wolfsaugen an.

Cha-kwena war überrascht. Da er den Grund für ihre plötzliche Feindseligkeit nicht verstand, achtete er nicht weiter darauf. Begeistert über seinen Erfolg reckte er seinen Brustkorb und verkündete tapfer: »Dieser Mann Cha-kwena erweist dem Häuptling Shateh seinen Dank, daß er die Jäger zum Fleisch geführt hat!«

Die Worte waren eine einfache Feststellung, keinesfalls jedoch ein Eingeständnis eigener Schwäche. Sie bildeten die obligatorische Einleitung zur traditionellen Dankesrede, die von jedem Mann und vor allem von einem Schamanen erwartet wurde. Er blickte auf die sterbende Stute hinab und sprach weiter: »Dieses Pferd wird in jenen weiterleben, die sein Fleisch in sich aufnehmen. Das Blut dieses Pferdes wird jene, die sein Fleisch essen, stark und schnell machen. Der Stamm wird leben, weil dieses Pferd ihm sein Fleisch geschenkt hat. Dieser Mann dankt dem Pferd. Und dieser Mann dankt den Geistern der Vorfahren, denn sie waren ihm an diesem Tag günstig gesonnen und trugen seinen Speer auf dem Wind davon.«

Ein bedrückendes Schweigen folgte.

Cha-kwena hatte den Kopf wieder erhoben, doch auf seiner Stirn standen Falten. Warum starrten ihn alle an, als hätte er gerade etwas Lasterhaftes gesagt?

Sogar die Jäger aus der Roten Welt – Xet, K-wok, Tleeaneh, Hah-ri, der mutige Kosar-eh und drei seiner ebenso mutigen Söhne – wirkten unglücklich. Ihre mangelnde Begeisterung bereitete ihm Sorgen. Cha-kwena wußte, daß er eine gute Rede gehalten hatte. Verwirrt starrte er zurück, bis sein Blick auf die feindseligen Augen des kleinen Warakan traf.

Cha-kwena war verärgert. Daß dieser Junge wütend auf ihn war, war zu erwarten, obwohl er keine Ahnung hatte, warum Warakan ihn so sehr haßte. Im Gegensatz zu vielen anderen hatte er sich dem Waisenkind seiner Feinde, dem Stamm des Wachenden Sterns, gegenüber nie unfreundlich verhalten. Warakan war tapfer und klug, und seit Shateh dem Kind die Ehre erwiesen hatte, es als seinen Sohn zu bezeichnen, hatte Cha-kwena seinen neuen Platz an der Feuerstelle des Häuptlings respektiert, auch wenn er ihn niemals ansehen konnte, ohne an seine verachtenswerte Herkunft erinnert zu werden. Vielleicht spürte Warakan dies. Cha-kwena war sich nicht sicher. Doch obwohl der Junge deutlich das kleinste Mitglied der Jagdgruppe war und nur eine Hand und zwei oder drei Finger brauchte, um die Anzahl seiner Jahre anzugeben, war die Feindschaft in seinen obsidianschwarzen Augen so mächtig, daß Cha-kwena tatsächlich zusammenzuckte. Ungehalten löste er den Blickkontakt mit Warakan und schaute wieder auf die Stute hinab.

Sie war tot.

Er kniete sich hin, legte seinen heiligen Kopfschmuck beiseite und drehte das Sehnenhalsband herum, so daß der Medizinbeutel mit dem Amulett auf seinem Rücken lag und ihm bei der blutigen Arbeit, die er jetzt verrichten mußte, nicht im Wege war. Danach holte er sein rundes, handflächengroßes Messer aus Stein aus seinem ledernen Jagdbeutel, den er am geflochtenen Gürtel befestigt hatte, der seinen Lendenschurz aus Hirschleder hielt. Ohne Mühe öffnete er den Hals des getöteten Pferdes. Nachdem er die Reste verklebten Pferdehaars und Gewebes von der Klinge gewischt hatte, entfernte er mit einem geschickten Schnitt die Zunge. Dann stand er gemäß den Jagdtraditionen der Stämme des Nordens auf und bot dem Häuptling das kostbarste Stück seiner Jagdbeute an.

Die Zunge dampfte in der inzwischen bitterkalten Luft. Blut sickerte aus dem Fleisch und lief in heißen Rinnsalen an Cha-kwenas Unterarmen hinunter. Einen Augenblick lang betrachtete Shateh die blutige, rote Masse, als wäre es keine seit langem vermißte Delikatesse, sondern etwas Abscheuliches. Dann schnaufte er voller Verachtung: »Ich, Shateh, habe die ersten Spuren der Pferde entdeckt, die Cha- kwena über das Ende der Welt getrieben hat. Ich habe dich zu deiner Beute geführt, ›Schamane‹! Ich werde dieses Fleisch nicht zurückweisen!« Damit riß er Cha-kwena die Zunge aus den Händen – wie jemand, der einen Tribut von einem unwürdigen Gegner entgegennimmt.

Die übrigen Jäger und die Hunde versammelten sich wie ein Rudel hungriger Wölfe um Cha-kwena. Er wußte, was sie wollten, und gab es ihnen. Er schlitzte die Stute von der Kehle bis zur Harnöffnung auf und winkte sie heran, damit sie sich die Organe ihrer Wahl herausnehmen konnten, während er sich daranmachte, das Fell vom Kadaver zu lösen. Die Jungen blieben ihrer Stellung gemäß zurück und hielten die Hunde fest, während die Männer sich herandrängten. Cha-kwena mußte sich Mühe geben, ihnen nicht in die Quere zu kommen, als sie wie Hunde knurrten und sich drängelten, um an die besten Stücke zu gelangen. Kurz darauf hatten die Stärksten alle anderen weggeschoben und langten in die Bauchhöhle der Stute.

»Ho! Ein Fohlen!« rief ein Mann namens Ranamal und hob den unerwarteten Schatz hoch, damit alle es sahen. »Shateh, komm! Der Schamane hat heute sogar zwei Pferde erlegt!«

Cha-kwena blickte mißmutig, und zwar nicht nur wegen Ranamals sarkastischem Kompliment. Das zarte Fleisch ungeborener Grasfresser war für die Männer des Graslandes eine besondere Delikatesse. Genauso wie die Zunge war es das Fleisch des Häuptlings. Niemand würde davon essen, bevor es nicht zuerst Shateh angeboten worden war. Cha-kwena war auf unerklärliche Weise bestürzt über die Tatsache, daß er ein trächtiges Tier getötet hatte. Er blinzelte im Wind zu der Stelle hinüber, wo der Häuptling bei Warakan und den Hunden stand, mit denen er großzügig die Zunge teilte.

»Unsere Frauen und Kinder mußten lange das Fleisch entbehren, das ihrer würdig ist«, sagte Shateh zu Ranamal. »Heb das Ungeborene und die weiblichen Drüsen dieses Pferdes als besonderes Geschenk für sie auf!«

Mit einem enttäuschten Schulterzucken gehorchte Ranamal und wandte sich dann wieder den Innereien der Stute zu. Cha-kwena sah zu, wie er sich mit Hilfe seiner Ellbogen an die Stelle des ersten Schlachters drängte. Die anderen rückten beiseite und überließen ihm den Platz, während er schnitt und schluckte und dann Stücke des Herzens und der Nieren, der Leber und der Eingeweide an diejenigen austeilte, die bislang noch nichts zu essen bekommen hatten. Unbrauchbare Reste warf er immer wieder den Hunden zu.

Cha-kwena fühlte sich angewidert. Im Gegensatz zu den anderen Männern aus der Roten Welt hatte er sich immer noch nicht dazu überwinden können, einen ebenso großen Geschmack an rohem, noch warmem Blutfleisch zu entwickeln wie die Stämme des Nordens. Er kniete vor dem Brustkorb der Stute, so daß er nicht mit ansehen mußte, wie die anderen sich gütlich taten. Den Wind im Rücken konzentrierte er sich auf die Arbeit und ärgerte sich darüber, daß niemand es für nötig hielt, ihm zu helfen, das Fell des Pferdes abzuziehen, das er vom Muskelgewebe trennte.

»Wir danken dem Schamanen der Roten Welt, daß er uns *ein* Pferd geschenkt hat«, sagte Lahontay sarkastisch, der mit einem tropfenden Stück roher Leber in der Hand neben ihn getreten war. »Vielleicht reitet der Geist dieses *einen* Pferdes gerade auf dem Wind davon, zusammen mit den *vielen* Pferden, die nicht zu Fleisch für den Stamm geworden sind, an diesem Tag, an dem nur der Speer unseres Schamanen Blut geschmeckt hat.«

Cha-kwena blickte zu dem verbitterten alten Mann auf. Er verlor seinen Stolz und verspürte nun nur noch Wut. »Wir werden der Herde folgen. Wir werden ...«

»Und wie viele Nächte müssen wir noch unser Jagdlager aufschlagen, bevor wir wieder in ihre Nähe kommen?« wollte Lahontay wissen. »Und wie viele Nächte folgen dann noch, bis wir eine neue Stelle gefunden haben, die für einen Hinterhalt geeignet ist?«

»Was ist Cha-kwena für ein Schamane, daß er den Wind gegen Shateh drehen und die Pferde über das Ende der Welt hinaus fliehen läßt?« klagte Warakan an.

»Ein Schamane, der in der Macht des heiligen Steines und des Totems steht«, antwortete Shateh langsam, als wäre er sich nicht sicher, ob er an seine eigenen Worte glauben sollte.

»Und ich sage, daß das Totem gar nicht mehr lebt!« knurrte Lahontay und zeigte anklagend mit dem Finger auf Cha-kwena. »Dieser Schamane der Roten Welt hat damit geprahlt, daß er den großen weißen Mammutgeist Lebensspender getötet und dessen Macht in sich aufgenommen hat.

Das war eine großartige Tat! Viele, einschließlich Shateh, haben davon geträumt, sie zu vollbringen. Ich weiß nur, daß die Ahnen sagten, der Mann, der das Totem tötet, sein Fleisch ißt und sein Blut trinkt, wird selbst zum Totem! Also sind wir diesem Cha-kwena gefolgt, dem Totemtöter, und haben ihn zu unserem Schamanen ernannt, damit seine Macht auch unsere Macht ist! Also haben wir seinen Stamm in unseren Stamm aufgenommen und gesagt, daß wir ein einziger Stamm sein werden. Aber wie kann die Macht des Totems mit diesem Schamanen der Roten Welt sein, wenn das Land, in das er uns geführt hat, genauso fruchtlos wie der Bauch seiner Frau ist, wenn sich der Wind gegen ihn wendet und wenn das erste manneswürdige Fleisch, das dieser Mann seit vielen Monden gesehen hat, vor den Speeren der Jäger flieht, die an seiner Seite gehen?«

Cha-kwena war fassungslos über diese Anschuldigungen. »Ich habe wirklich das große weiße Mammut getötet«, entgegnete er hitzig. Doch innerlich war er genauso kalt wie der Wind, denn diese Tat war kein Zeichen überlegener Tapferkeit gewesen – wie er die Jäger glauben ließ – sondern ein Akt der Gnade. Denn er hatte das Totem seiner Vorfahren gefunden, nachdem es von Raubtieren zerfleischt in einem großen See feststeckte, der in den Niederungen eines Landes lag, das die Menschen jetzt das Tal der Toten nannten. Er erstarrte bei dieser Erinnerung und unter Lahontays starrem Blick. Die Augen des alten Mannes waren genauso scharf und schneidend wie die steinerne Speerspitze, mit der Cha-kwena die große Herzschlagader des weißen Mammuts geöffnet hatte.

Cha-kwena senkte den Kopf und schloß die Augen, als könnte er sich damit der Feindseligkeit entziehen, die ihm von Shatehs Männern und auch seinen eigenen entgegenschlug. Sie hatten jedes Vertrauen in ihn verloren. Wenn er ihnen doch nur die wunderbare Wahrheit anvertrauen könnte, die er all die vielen Monde vor ihnen geheimgehalten hatte! Ja, er hatte das Totem getötet und sein Fleisch und Blut in sich aufgenommen, als er im blutigen und kotigen See beinahe ertrunken wäre. Doch die Macht des Totems lebte nicht in ihm.

Das große weiße Mammut hatte sich noch gepaart, bevor es gestorben war. Jetzt wuchs die unsterbliche Seele des Totems in der Mutterkuh der kleinen Mammutherde heran, der Cha-kwena seit den letzten Tagen des großen Krieges ständig nach Osten gefolgt war. Sobald das Totem wieder in diese Welt geboren wurde, würde sich alles ändern. Die Mächte im heiligen Stein würden wieder erwachen … Mammuts, Bisons, Pferde und Elche würden in großer Zahl in ein wieder ergrüntes Land zurückkehren … und jene, die dem Wächter des heiligen Steins folgten, würden in der Macht ihres Schamanen unbesiegbar werden, der alle Wunden und Krankheiten heilen konnte und dafür sorgen würde, daß seinen Anhängern viele männliche Kinder geboren wurden.

Cha-kwenas Herzschlag beschleunigte sich beim bloßen Gedanken daran. Er sehnte sich danach, den anderen dieses Wissen mitzuteilen, aber die Geister hatten nur ihm und seiner kleinen Mah-ree gestattet, Zeugen der wunderbaren Wahrheit zu werden. Und wenn jemand laut von einem großen Geheimnis sprach, forderte er damit böswillige Geister auf, das Gute zu verhindern, bevor es sich erfüllen konnte. Deswegen hätte Cha-kwena es niemals gewagt, dieses Geheimnis zu offenbaren.

Also hob er nur selbstbewußt den Kopf und fühlte sich durch das Wissen gestärkt, daß bald auch die anderen verstehen würden, warum seine Macht nicht so groß wie vor dem Tod des großen weißen Mammuts war. Doch jetzt hatte das Fleisch der Stute ihr Blut erhitzt, und sie waren wütend und enttäuscht, daß sie seinetwegen nicht mehr davon bekommen würden.

»Die Sonne steht immer noch hoch«, sagte er ruhig. »Wir

entehren dieses Pferd mit unseren zornigen Worten. Kommt, wir wollen Lose ziehen, um den zu bestimmen, der das Fleisch bewacht, während wir den Brüdern und Schwestern dieser Stute nach Osten folgen und ...«

»Nein!« rief Lahontay wütend. Dann wandte er sich Shateh zu und gestikulierte mit seinen blutigen Händen. »Ich sage, daß wir schon viel zu weit in dieses schlechte und unbekannte Land vorgedrungen sind.« Er zeigte mit dem Finger nach Osten. »Das Land endet dort! Alle Menschen wissen das! Inzwischen sind die Pferde längst über den Rand der Welt gestürzt und in dem Teil des Himmels verbrannt, aus dem die Sonne jeden Morgen geboren wird! Warum will der Schamane, daß wir weitergehen? Vielleicht ist er gar kein Schamane, sondern ein Feind!«

Cha-kwena war erschüttert, aber er versuchte ruhig zu bleiben, als er erwiderte: »Jenseits des trockenen Landes ist Gras und gutes Wasser und reichlich Nahrung für Jäger und Sammler gleichermaßen. Ich spreche wahre Worte zu dir, Lahontay. Wenn es dort kein gutes Land geben würde, würden die Mammuts uns nicht dorthin führen. Sie brauchen Wasser und Weidegründe viel nötiger als Menschen. Seit Anbeginn der Zeiten, seit das große weiße Mammuttotem Lebensspender den Ersten Mann und die Erste Frau aus der Geisterwelt in die Welt der Lebenden führte, haben die Menschen auf dem Weg der Mammuts immer viel Fleisch und Wasser und andere gute Dinge gefunden. So wird es auch für uns sein. Du mußt daran glauben!«

Lahontay schüttelte den Kopf, legte sich seine Worte zurecht und spuckte sie dann aus. »So war es auch im Grasland, als Shateh noch unser Häuptling *und* Schamane war. Im jenem fernen Land jagten wir Mammuts, bis es dort keine mehr gab. Dann schickten die Geister unserer Vorfahren uns Bisons – mit hohen Hörnern, kurzen Hörnern, langen Hörnern, Hörnern in jeder Form! Das Land war schwarz von Bisons, bis der Stamm des Wachenden Sterns in unser Land kam, auf der Suche nach Gefangenen, die sie in einem Krieg mit alten Feinden machten, und ...«

»... die Macht Cha-kwenas uns zum Sieg über diese Feinde führte!« warf Kosar-eh ein.

Cha-kwena war dankbar und überrascht. Der große Jäger aus der Roten Welt hatte sich verändert, seit sie das Dorf ihrer Vorfahren am See der Vielen Singvögel verlassen hatten. Und Cha-kwena benötigte nicht die Macht eines Schamanen, um zu wissen, daß er nicht nur durch die Liebe Tamayas, seiner angebeteten Frau, verändert worden war. Nach den Sitten der Nordstämme hatte Kosar-eh sich seit den letzten Tagen des großen Krieges nicht mehr die Haare geschnitten. Nachdem er sich die Namen Löwentöter und Mann, der seinen Feinden ins Gesicht spuckt, verdient hatte, hatte er sich so vollständig den Kriegern des Graslandes angepaßt, daß es für Cha-kwena manchmal kaum zu glauben war, daß er nicht in ihrem Stamm geboren war.

»Shateh stand an Cha-kwenas Seite!« erwiderte Lahontay auf Kosar-ehs Einwurf. »Genauso wie Shatehs Krieger! Wer weiß, ob Cha-kwena auch ohne Shateh und die Kämpfer aus dem Grasland siegreich gewesen wäre?« Sein falkenhaftes Gesicht wandte sich wieder Shateh zu. »Ich sage, es war besser für uns, als Shateh noch unser Häuptling und Schamane war. In den vergangenen Monden, seit wir dem Mann der Roten Welt und den Mammuts nach Osten folgen, hat Cha-kwena genausowenig Macht bewiesen wie der Stein, den er trägt.«

Die Anklagen und Beleidigungen kamen so schnell und wütend, daß Cha-kwena sich davon erschlagen fühlte. Er war sprachlos, bis Shateh ihn mit leicht zusammengekniffenen Augen musterte und nachdenklich sagte: »Gemeinsam *waren* wir wie ein Sturm, der unsere Feinde über das Land davonblies.«

Die Erleichterung wärmte Cha-kwena wie ein Sonnenstrahl an einem eisigen Wintertag. »So ist es! Und gemeinsam *werden* wir an diesem Tag wieder jagen!« Er mußte einfach so entschieden sein. Wenn er jetzt Schwäche zeigte, würde er damit nur weitere Verachtung herausfordern, und dann wußten nur die Mächte der Schöpfung, was die Jäger als nächstes taten. Cha-kwena dachte an den Hund, den Shateh mit solcher Leichtigkeit getötet hatte, und richtete sich zu seiner vollen Größe auf, während er sich wünschte, er wäre größer. »Unsere Frauen und Kinder werden nicht mehr hungern, wenn der Große Weiße Winter in dieses Land zieht«, verkündete er mit sicherer Stimme. »Das sage ich, Cha-kwena, der Totemtöter!«

»Der Eidechsenfresser!« entgegnete Warakan beleidigend.

Cha-kwena blickte auf den Jungen hinab und vergaß in seiner plötzlichen Wut völlig, daß das Kind der angenommene Sohn des Häuptlings war. »Ja!« gab er zurück. »In einem harten und hungrigen Land hat mein Stamm Eidechsen gefressen, als es dort weder Bisons noch Elche, Kamele oder Pferde gab. Er hat sogar Ameisen, Maden und Schlangen gefressen. Aber wir haben uns nicht gegenseitig gefressen, und das ist mehr, als ich von denen behaupten kann, die dich als ihren Sohn bezeichneten. Wo ist dein Stamm, Warakan? Wo sind deine menschenfressenden und mammutjagenden Leute, die all jene verschlingen wollten, die sich ihnen entgegenstellten? Ich werde dir sagen, wo sie sind – sie wurden in alle Vier Winde zerstreut, bis nicht mehr genug von ihnen am Leben waren, um jene zu bedrohen, deren Schamane ich bin! Weil ich, Cha-kwena, in der Macht des heiligen Steines und des großen weißen Mammuttotems stehe, habe ich Shatehs Krieger zum Lager deines Stammes geführt, um ihn zu vertreiben! Mit den Vier Winden als Verbündete habe ich Shatehs Krieger und die meines eigenen Stammes gegen deine Leute geführt, so daß sie für immer vom Wind davongetragen wurden.«

Das Gesicht des Jungen wurde bleich. Einige seiner Altersgenossen grinsten schadenfroh.

Die anderen Jäger nickten anerkennend über Cha-kwenas Worte und die Kraft, mit der sie gesprochen worden waren. Sogar Lahontay schien für einen Augenblick davon beeindruckt. Cha-kwena fühlte sich besser, aber dieses Gefühl sollte nicht von Dauer sein. Als sein Blick den des Oberhäuptlings traf, sah er, daß Shateh nicht lächelte.

»Der Schamane spricht zu überheblich. Der Schamane hat vergessen, daß Shateh der Häuptling ist!« Seine Stimme war kalt und scharf. »Und kein Mann – ob Schamane oder nicht – hat Shateh jemals irgendwohin geführt, wozu er sich nicht selbst entschieden hätte!«

»Aber die Pferde ... wenn wir ihnen jetzt folgen, können wir immer noch ...«

»Schweig, Schamane – falls du überhaupt noch ein Schamane bist. Ich, Shateh, sage, daß wir an diesem Tag nicht mehr jagen werden!« Damit wandte der Häuptling sein Gesicht dem Himmel zu und musterte blinzelnd die dünnen Wolkenstreifen, die aus dem Nordosten heranzogen. Sein Mund spannte sich an, und seine Stirn legte sich in tiefe Falten. Als er Cha-kwena wieder ansah, war sein Gesicht ernst und unerbittlich. »Der Winter ist noch ein paar Monde entfernt, aber sein kalter Atem dringt mit diesem Wind bereits zu uns. Es wird Schnee geben, bevor die Sonne sich morgen schlafen legt. Wenn mir ein Sturm auf den Fersen ist, werde ich keine Jagdgruppe in ein unbekanntes Land führen. Wir haben uns nicht auf eine Winterreise vorbereitet. Nein, wir werden dieses Pferd schlachten und dann zum Dorf zurückkehren. Wir bringen das Fleisch, das der Speer des Schamanen uns gegeben hat, zu unseren hungrigen Frauen und Kindern. Es ist nicht viel Fleisch, aber es wird genügen, um ihren Hunger zu stillen, bis der kommende Sturm vorbei ist.« Erneut hielt er inne und blickte zum Himmel hinauf. »Du hast weder diesen Wind noch den kommenden Sturm vorausgesehen, Schamane! Was wird uns dieser Tag noch bringen, das du nicht vorausgesehen hast?«

Mah-ree schrie nicht. Ihre Augen waren vor Schreck weit aufgerissen. Während sie immer noch ihren Fischstock in der rechten Hand hielt und den Sammelkorb auf der Hüfte trug, starrte sie von oben herab und versuchte das Bild zu verdrängen, wie Ishkai mutig von der Klippe gesprungen und ungünstig gelandet war. Sein Bein war gebrochen. Er war gestürzt und lag dem Bären nun direkt im Weg. Das Tier hatte angehalten, sich auf den Hinterbeinen aufgerichtet, den Kopf geschüttelt und seine geifernden Kiefer zugeschnappt. Einen unglaublichen Moment lang war Mah-ree sicher gewesen, daß der Bär sich wieder zurückziehen würde. Dann hatte der erste von Teikans Speeren sein Ziel gefunden und gleichzeitig hatten sich die Hunde auf die Bestie gestürzt. Dann hatte Große Tatze den Hunden das Fliegen beigebracht und mit einemmal zwei von ihnen mit einem Hieb in die Bäume geschleudert. Der zweite Schlag galt Ishkai. Danach hatte er sich nicht mehr gerührt – nur das Blut war noch aus einem Halsstumpf geschossen, an dem sich nun kein Kopf mehr befand.

Der Bär hatte sich von all dem nicht aufhalten lassen, obwohl jetzt zwei Speere aus seinem hohen Schulterbuckel ragten und ihm ein leichterer Speer des Jungen in der Seite steckte. Ohne sich um diese Verwundungen zu kümmern, stürmte er weiter. Die Hunde auf seinen Fersen, bewegte sich Große Tatze direkt auf den Bach zu, wo sich die Frauen befanden.

Mah-ree konnte nur vorübergehend aufatmen, weil der Angriff auf Ishkai den Frauen und Mädchen ein wenig Zeit verschafft hatte, vor der Bestie zu fliehen. Mit den Kindern und Säuglingen auf den Armen und auf dem Rücken hetzten sie den Weg hinauf zu Mah-ree. Als sie den Bären beobachtete, mußte sie darüber staunen, wie ein Tier von solcher Größe und solchem Umfang sich so anmutig und geschickt bewegen konnte. Trotz allem, was geschehen war, erschien es ihr auf erschreckende Weise schön.

»Lauf, Tochter! Dreh dich um und flieh!« kreischte Ha-xa, als sie mit der dreijährigen Tla-nee auf dem Rücken atemlos zu ihr aufschloß. Die anderen hasteten an ihnen vorbei, hinauf zum Dorf auf den Klippen. »Mah-ree! Wach auf!« Ha-xa packte ihre schlanke Tochter an den Schultern und schüttelte sie. »Was ist los mit dir, Mädchen? Lauf, sage ich!« Dann setzte sie gemeinsam mit den anderen die Flucht fort.

Mah-ree folgte ihnen nicht. Sie konnte sich nicht von der Stelle rühren. In ihrer Sorge um die Kinder hatten die Frauen bei ihrer überstürzten Flucht völlig vergessen, daß die taube alte Kahm-ree immer noch im Wasser des Baches hockte, wo sie unbeschwert nach Krebsen suchte. Auch die zweite Frau des Häuptlings war zusammen mit ihren zwei Töchtern zurückgeblieben. Der Bär kam genau auf Senohnim und die Mädchen zu, während Teikan verzweifelt versuchte, seine Speere wieder einzusammeln, die ihr Ziel verfehlt hatten. Gah-ti rief die Jungen an beiden Ufern zusammen, wo sie heulend mit Steinen und Speeren warfen.

Was für tapfere Männer und Jungen! dachte Mah-ree, als sie zusah, wie sie sich dem Bären von hinten näherten und seine Aufmerksamkeit auf sich zu lenken versuchten. Gah-ti war es verboten, einen Speer zu benutzen, damit seine Mißbildung nicht die Waffe und die Beute entehrte. Die anderen warfen ihre Speere, doch sie gingen entweder daneben oder glitten von ihrem Ziel ab, während der Bär sich durch das Bachbett bewegte und nur leicht von den Hunden behindert wurde.

Mah-ree empfand Stolz auf die Tapferkeit des Rudels. Jetzt waren die Hunde keine Lasttiere mehr, die nur Gepäcktaschen trugen und Schlitten von einem Jagdlager zum nächsten ziehen sollten. Jetzt waren sie wieder das, was sie unzählige Jahrtausende lang gewesen waren – die wilden Verwandten von Wölfen und Kojoten, denen kein Mensch befehlen mußte, was sie zu tun hatten. Sie umzingelten den Bären und griffen ihn immer wieder an, sie verwirrten die

Bestie, bissen ihr in die Seiten und Schultern und schnappten nach ihrem Gesicht. Große Tatze blieb wieder stehen, richtete sich zwischen all den Hunden auf und bereitete einem jaulenden Angreifer, der nicht rechtzeitig davonspringen konnte, ein blutiges Ende.

Das schrille Jaulen des sterbenden Hundes ließ Senohnim im vollen Lauf einen Blick über die Schulter werfen. Doch das war ein Fehler. Vor Schreck geriet sie ins Stolpern. Das Gewicht ihres schwangeren Bauches brachte sie aus dem Gleichgewicht, so daß sie auf alle viere stürzte. Khat und Tinah versuchten schreiend, ihre Mutter wieder auf die Beine zu bringen. Als sie es nicht schafften, überließen sie Senohnim ihrem Schicksal und rannten um ihr Leben.

In wenigen Augenblicken hatten die zwei heranwachsenden Mädchen Mah-ree erreicht, stießen sie beiseite und flüchteten panisch den Weg hinauf. Ihr Fischkorb kippte um und verstreute seinen wertvollen Inhalt auf den Boden. Doch sie bemerkte es kaum. Teikan näherte sich zusammen mit Gah-ti dem Bären von hinten und heulte genauso wie die Jungen, als er mit Ishkais Speeren in der Hand angriff.

»Ho, Bär!« höhnte Teikan voller Wut über den Tod eines seiner Lieblingshunde. »Bist du schon so alt und schwach, daß du das Fleisch von Frauen suchst? Ha! Du hast meinen Hund getötet! Jetzt stell dich diesem Mann, wenn du es wagst!«

Der Bär, der immer noch aufgerichtet dastand und nach den Hunden schlug, blickte auf den Krieger hinab. Das Tier riß die Schnauze auf und zeigte ihm sein beeindruckendes Gebiß, während es brüllend den schweren Kopf schüttelte.

In diesem Augenblick drehte Kahm-ree sich um und bemerkte zum erstenmal, welche Gefahr zwischen ihr und den Jägern im Bachbett stand. Der Schleier, durch den sie die Welt wahrnahm, lüftete sich sofort. Mit aufgerissenen Augen kam sie auf die Beine und kroch splitternackt und mit dürren Gliedern in Sicherheit. Die Angst verlieh ihr eine unglaubliche Behendigkeit, so daß sie kurz darauf das Wasser und das Ufer verlassen hatte und zwischen den Weiden verschwunden war.

»Ho, Bär!« Gah-ti sprang von Teikan fort und winkte mit dem Arm, um das Interesse des Bären von der Bewegung der nackten alten Frau abzulenken. »Dieser Mann hat keine Angst vor dir, Bär! An mir gibt es nicht soviel Fleisch wie an meinem Jagdbruder, aber komm nur her zur mir … hierher … komm und friß mich, wenn du kannst!«

Während der Bär die wilden Gesten des einarmigen jungen Mannes beobachtete, lud Teikan den Speerwerfer, den er an einer Schnur um seine Taille bei sich trug. Kurz darauf flogen der erste, zweite und dritte Speer auf die ungeschützte Kehle des Bären zu. Zwei davon trafen ins Ziel. Der dritte war mit solcher Verzweiflung geworfen, daß er über das Ziel hinausschoß und ein Stück unter Mah-rees Standort auf dem Weg landete, wo er schlitternd über den felsigen Boden weiterrutschte, bis er erstaunlicherweise unversehrt vor ihren Füßen zur Ruhe kam.

Mah-ree hielt den Atem an, denn irgendwie konnte sie die Schmerzen des Bären spüren. Vor Schreck über die Verletzungen biß und krallte er nach den schmerzenden Speeren und fiel dann mit einem wuchtigen Aufprall auf die Seite, worauf sich sofort die überlebenden Hunde des Rudels auf ihn stürzten.

Teikan und Gah-ti schrien triumphierend auf. Überall am Bachufer jubelten die Jungen vor Stolz und Erleichterung. Die alte Kahm-ree lugte durch das Weidengebüsch, und die Frauen und Kinder schrien oben auf der Klippe, wohin sie sich geflüchtet hatten, begeistert auf.

Mah-ree wunderte sich darüber. Denn der Bär lag zwar im Sterben, aber er war noch nicht tot. Große Tatze schüttelte die Hunde ab, erhob sich und stand wieder aufrecht. Er bemühte sich, mit den zerrissenen und geschwächten Halsmuskeln seinen Kopf zu heben und zu drehen, um zurück zum Bach zu blicken, wo Senohnim wieder aufgestanden war und den Weg hinaufhastete.

Und dann sah Mah-ree fassungslos, wie der Bär erneut angriff. Mit Teikans Speeren im Körper machte er einen letzten verzweifelten Ausbruch. Mah-ree wußte, daß er Senohnim mit in den Tod reißen würde, wenn er nicht aufgehalten wurde.

»Aiyee ...«, jammerte Senohnim, als sie sich umblickte. Sie wedelte mit den Armen und suchte vergeblich nach Halt, als das Gewicht ihres Bauches sie wieder in die Knie gehen ließ.

Niemand kann dir jetzt noch helfen, zweite Frau von Shateh! dachte Mah-ree. *Dein Leben gehört Große Tatze, es sei denn* ...

In diesem Augenblick erinnerte sich Mah-ree an den Speer. Sie blickte zu ihm hinunter. Es war ein großer Speer mit langem Schaft und schwerer Spitze. Ihr als Frau war diese Waffe verboten, und nur ein Mann von Teikans Größe und Kraft konnte wohl richtig damit umgehen. Aber jetzt war keine Zeit, sich Gedanken über solcherlei Beschränkungen zu machen. Vor langer Zeit, noch bevor Cha-kwena sich mit Shateh verbündet hatte, hatte Mah-ree aus Sorge um die Sicherheit des Stammes heimlich gelernt, mit dem Speer umzugehen. Kosar-eh hatte ihr geholfen, bis Cha-kwena entdeckt hatte, was sie taten, und dem ein Ende gesetzt hatte. Doch obwohl sie ein Tabu der Vorfahren gebrochen hatte, waren die Geister offenbar nicht beleidigt gewesen, denn ihr Stamm hatte trotzdem über seine Feinde gesiegt. Und jetzt fragte sich Mah-ree, ob die Mächte der Schöpfung ihr Teikans Speer vielleicht aus gutem Grund geschickt hatten. Ja, so muß es sein, dachte sie, denn jetzt stand nur noch sie zwischen Großer Tatze und dem Seelenfänger!

Mit einem tiefen Atemzug, der die brennende Entschlossenheit in ihrem Herzen schürte, hob Mah-ree den Speer auf und stürmte schreiend damit los.

2

Es war spät. Die Sonne war schon vor langer Zeit versunken, der Mond aber noch nicht aufgegangen. Die Sterne schimmerten auf dem riesigen schwarzen Mantel der Nacht, als die Jäger anhielten und zum Dorf blickten. Später würden einige aus der Jagdgruppe schwören, daß sie die Rufe des Seelenfängers gehört hatten, lange bevor die Klagen der Frauen an ihre Ohren gedrungen waren, doch Cha-kwena wußte, daß die Jäger logen. Niemand hatte mit dem gerechnet, was auf sie wartete, während sie sich näherten. Sie gingen schnell, um sich im zunehmend kälter werdenden Wind warm zu halten, und wechselten sich ab, das Fleisch und die verwendbaren Knochen des Pferdes zu schleppen und auf Tragen zu ziehen, die sie aus dem Fell des getöteten Tieres hergestellt hatten.

Teikan kam ihnen entgegen, mit einer ölgetränkten Fackel in der Hand, deren Schein sein Gesicht und seine Gestalt in ein seltsames, überirdisches Leuchten tauchte, in dem es schien, als würde er durch ein Meer aus flüssigem Licht schwimmen. Als er stehenblieb, sagte er zunächst nichts, sondern blickte nur jeden Mann und jeden Jungen der Jagdgruppe nacheinander ernst an.

Dann sprach er. »Große Tatze ist zu unserem Stamm gekommen. Er hat die Seele Ishkais mitgenommen und sie vom Wind davontragen lassen.«

Lahontay erstarrte, als er die Nachricht vom Tod seines jüngsten und einzigen überlebenden Sohns hörte.

Teikan sprach weiter. »Der Sohn Lahontays hat sich tapfer in den Kampf geworfen, um die Frauen und Kinder des Stammes zu verteidigen. Tapfer stellte er sich dem Seelenfänger, als er in der Gestalt eines Bären zu ihm kam. Teikan hat noch nie einen solchen Bären gesehen! Große Tatze kam in aller Stille. Er war so groß wie ein Mammut und verbarg sich im Wind. Er tötete viele mutige Hunde. Und er hat bewirkt, daß die Schamanenfrau vergaß, daß sie eine Frau ist. Mahree aus der Roten Welt hat Große Tatze entehrt, als sie den letzten Speer in ihn stieß! Bevor ich sie aufhalten konnte, verletzte sie schamlos die Gebote der Ahnen und …«

»Sie ist … unverletzt?« Cha-kwena schwindelte vor Furcht, als er diese Frage flüsterte.

Teikans Gesicht verzog sich, als er zur Bestätigung nickte. »Sie erwartet dich in deiner Hütte, Schamane, unversehrt, heil und lebend, während der Geist des Bären beschämt durch das Dorf streift, weil er es nicht wagt, sich seinen Brüdern und Schwestern in der Welt jenseits dieser Welt anzuschließen. Denn er hat sein Leben durch die Hand einer Frau verloren. Jetzt zehrt er in seinem Zorn von den Seelen des Stammes. Ishkai und die Hunde waren ihm noch nicht genug. Er hat Senohnim gerufen und den Geist des männlichen Kindes gefordert, das in ihrem Bauch war.«

»Ein Sohn …« Shatehs Worte waren im Wind und im Prasseln der Fackel kaum zu verstehen. »Senohnim hat mir in dieser Nacht der Trauer einen Sohn geschenkt?«

»So ist es, Shateh«, antwortete Teikan. »So ist es leider.«

Der Oberhäuptling atmete zischend durch die Zähne ein und ließ seinen Kopf hängen. Cha-kwenas Herz blutete aus Mitleid. Die anderen Jäger wandten den Blick ab, damit sie Shateh nicht beschämten, indem sie seinen Schmerz sahen, denn unter den Stämmen des Graslandes durfte kein Kind, das in der Zeit der Trauer geboren wurde, am Leben bleiben, damit das neue Leben nicht die Geister der Toten eifersüchtig machte.

Der Häuptling stand reglos im Wind, als hätten Teikans Worte ihm jede Lebenskraft geraubt. Niemand sprach ein Wort. Jeder wußte, wie sehr sich Shateh ein männliches Kind gewünscht hatte. Der Häuptling war stark und mächtig, aber er war ein alter Mann, der seine vielen Söhne überlebt hatte. Nur Warakan nannte ihn noch Vater, doch auch wenn ein

Mann im Herzen der Vater eines angenommenen Kindes sein konnte, brauchte er einen männlichen Nachkommen von seinem eigenen Blut, damit seine Seele in die Welt der Lebenden wiedergeboren werden konnte. Ohne einen Sohn oder Enkel, der seinen Namen zum Zeitpunkt seines Todes übernahm, würde Shateh für immer sterben.

»Wehakna hat getan, was getan werden mußte«, sprach Teikan weiter. »Bevor das Leben zu Leben werden konnte, wurde es mit einer zarten Hand verhindert, die ihm das Atmen verwehrte. Ich habe die Jungen angewiesen, den Scheiterhaufen für Ishkai und die Hunde vorzubereiten und für den, der Shatehs Sohn geworden wäre. Jetzt stimmen die Frauen Gesänge der Trauer an und bitten die Mächte der Schöpfung darum, daß die Seele unserer Schwester Senohnim in ihrem Körper bleiben darf, damit sie – die dem Bären keine Unehre machte – den Sohn noch einmal gebären kann, dessen Seele jetzt vom Geistermaul des Bären verschlungen wurde.«

Shateh erzitterte, als er nickte. »Und der Körper dieses Bären?«

»Mit meinen eigenen Händen habe ich das Fell, den Kopf und das Herz von Große Tatze ins Dorf gebracht«, sagte Teikan. »Nachdem Shateh jetzt zurückgekehrt ist, werden wir die Toten betrauern und den Mut dieses Bären ehren, der von der Frau des Schamanen entehrt wurde.«

»Es war der Schamane, der diesen Bären zu uns gerufen hat!« sagte Lahontay mit einem leisen Zischen der Verachtung. »Im Licht des Morgens sahen wir die Spuren dieses Bären! Wir alle hörten, welche Worte der Schamane an ihn richtete: ›Geh diesen Jägern aus dem Weg, Bruder! Such dir anderswo Nahrung!‹ Mit dem heiligen Stein in der Hand hat er den Bären beschworen und ihn aus dem Land der Jäger fortgeschickt, damit er über unsere Frauen und ungeborenen Kinder und Söhne und Hunde herfallen solle!« Seine Stimme hatte den Tonfall einer Klage angenommen, doch dann brach der Mann zusammen. »Ishkai!« jammerte er. »Ishkai!«

»Es ist nicht so, wie Lahontay sagt!« protestierte Cha-kwena. »Warum sollte ich so etwas tun?«

Shateh warf ihm einen eiskalten Blick zu. Mit einer Erschöpfung, die an den Tod zu grenzen schien, entgegnete er: »Du hast nicht vorausgesehen, daß sich der Wind drehen würde. Du hast die Pferde, die für uns das Winterfleisch werden sollten, zum Ende der Welt getrieben. Du hast die Spur des Bären gekreuzt und dich nicht umgeblickt. Wären wir an diesem Morgen zum Dorf zurückgekehrt, wären Ishkai und viele Hunde noch am Leben, und mein ungeborener Sohn würde immer noch im Bauch seiner Mutter schlafen! Warum hast du all das getan, Schamane? Vielleicht weil du gar kein Schamane mehr bist?«

»Er ist unser Feind!« rief Lahontay.

»Wir werden noch sehen, was er ist«, erwiderte Shateh. »Jetzt müssen wir um die Toten trauern und einen Bären ehren, bevor ...«

»Ich werde die Trauergesänge singen!« unterbrach ihn Cha-kwena. »Ich werde den heiligen Rauch aufsteigen lassen! Ich werde ...«

»Du wirst zu deiner Hütte gehen und dort zusammen mit deiner den Gesetzen untreuen Frau warten, bis ich, Shateh, dich rufe und dir sage, was du tun wirst!« wurde er wiederum vom Häuptling unterbrochen. »Vier Tage und Nächte lang werden wir fasten und nach der Tradition unserer Vorfahren Totenwache für die Geister der Gestorbenen halten. Dann werde ich den Rat einberufen. In der Zwischenzeit kannst du meinetwegen deine eigenen Gesänge und deinen eigenen Rauch machen. Ruf die Pferde zurück, die du ans Ende der Welt getrieben hast! Beschwöre den Sturm, der bald auf dem Rücken des Nordwindes zu uns kommen wird, uns zu verschonen! Singe zum Geist des Bären und zu den Mächten der Schöpfung, nicht nach der Seele meiner Frau zu verlangen! Tu all dies, ›Schamane‹, wenn du wirklich ein Schamane bist! Denn wenn du am Morgen des fünften Tages versagt hast, werde ich wissen, daß ein Mann, der einst in der Macht des heiligen Steines und des Totems stand, nun keine Macht mehr hat!«

»Ich habe die Macht des Steines, Shateh, und ich allein kann für das Totem sprechen. Aber die Geister kann ich nur bitten, ich kann ihnen nichts befehlen.«

»Nein? Warum sollte ich dir dann folgen, Totemtöter? Meine Feinde sind vernichtet. Die Knochen des großen weißen Mammuts liegen im Tal der Toten, und ich sehe kein Anzeichen dafür, daß seine Macht auf dich übergegangen ist. Ich bin Shateh – Häuptling *und* Schamane. Wenn die Zeit der Trauer vorbei ist und du meinen Befehlen nicht gehorcht hast, wirst du aus diesem Stamm verstoßen. Dann werde ich meine Jäger auf die Jagd nach mehr Fleisch schicken als das, was du über den Rand der Welt hast entkommen lassen!«

Ranamal nickte eifrig, als er Teikan mitteilte: »Heute früh haben wir Spuren von Mammuts gefunden, die im Ödland grasen. Eine der großen Kühe würde genug Fleisch geben, um ...«

»Mammuts sind heilig!« rief Cha-kwena entsetzt. »Ihr Fleisch ist verboten!«

»Deinem Stamm, nicht meinem«, erwiderte Shateh.

Cha-kwena war so erschüttert, daß er mit offenem Mund starrte, ohne zu merken, daß er sich die Fersen aneinanderrieb, als er dem Häuptling ins Gedächtnis rief: »Seit sich die Stämme Shatehs und Cha-kwenas vereinigten, lebten sie wie ein Stamm zusammen. Sie haben geschworen, gegenseitig die Traditionen des anderen zu achten und zu respektieren!«

Shateh kniff die Augen zusammen. »Heute hat deine Frau dies vergessen. Heute ist Ishkai gestorben. Heute ist ein Sohn von mir gestorben, bevor er seinen ersten Atemzug tun konnte, und Senohnim liegt in der Frauenhütte und ist zu schwach, um um ihn zu trauern! Du hast meinen Stamm in ein ödes und karges Land geführt, Cha-kwena. Ich werde nicht untätig zusehen, wie du den Seelenfänger rufst, damit er über Senohnim herfallen kann. Wenn du tatsächlich noch ein Schamane bist und die Macht des Totems in dir lebt, mußt du es beweisen. Und bereite deine Frau darauf vor, sich vor den Geistern für die Beleidigung des Bären zu rechtfertigen!« Er hielt inne, und Wut und Verzweiflung, Enttäuschung und Trauer verzerrten sein Gesicht. »Worauf wartest du noch? Was starrst du mich so an? Geh! Ich, Shateh, habe gesprochen! Ich bin der Häuptling! Und bis zum Anbruch der fünften Morgendämmerung werde ich auch der Schamane sein!«

Cha-kwena hatte Angst. Die Nacht schien ihn zu erdrücken, als er allein zu seiner Hütte ging. Der Wind verhöhnte ihn, als er sich dagegenstemmte und versuchte, nicht unter seiner bitteren Kälte zu erzittern. Er blickte durch lange dünne Wolkenschleier zu den Sternenkindern des Mondes hinauf. Er sah das breite Bett des Himmelsflusses. Er ließ seinen Blick wandern und fand bald die Ansammlung der Vielen Alten Frauen und die kalten, böswilligen Augen der ewig kämpfenden Zwillingsbrüder. Nicht weit vom Großen Bären sah er mit bleichem Leuchten genau im Norden und in den Jagdgründen der Großen Schlange den Wächter, den einzigen feststehenden Stern, um den herum sich alle anderen zu drehen schienen.

Cha-kwenas rechte Hand fuhr an seine Kehle, während er weiterging, und als er nach dem heiligen Stein griff und das Sternenlicht in seinen Augen schimmerte, flammte plötzlich eine grellrote Vision in seinem Kopf auf. Es war wie der Blick durch zerrissene Wolken auf den Sturmhimmel.

»Norden.« Cha-kwena sprach das Wort laut aus. Alles Dunkle und Unheilverkündende, das es jemals in seinem Leben gegeben hatte, war aus dem Norden gekommen. Seine Kiefernmuskeln spannten sich an. *Einschließlich Shateh!* dachte er. Er blieb eine Weile im starren, kalten Licht des

Nordsterns stehen, bevor er in den Kreis der Lagerfeuer des Dorfes trat. Er hatte seine eigene Hütte erreicht und war froh, daß sie ein Stück von den anderen entfernt stand. Er wollte jetzt niemanden sehen – nur Mah-ree.

»Cha-kwena!«

Er blickte auf. Der Ruf war von Mah-rees Mutter gekommen. Cha-kwena sah, wie Ha-xa sich von den Frauen und Mädchen löste, die um das Feuer tanzten, das auf dem freien Platz inmitten der großräumig angelegten Hütten entfacht worden war. Sie war die letzte, mit der er jetzt reden wollte. Ha-xa hatte stets darauf geachtet, daß ihre Töchter niemals vergaßen, daß sie die Kinder eines Häuptlings waren. Seiner Ansicht nach war die Frau für Mah-rees Dickköpfigkeit und Überheblichkeit verantwortlich. Mit einer erzürnten Handbewegung wies er sie ab, drehte sich um und schob sich wütend an der Türklappe aus Elchfell vorbei in seine Hütte.

Mah-ree wartete bereits auf ihn. »Wenn ich nicht mit Teikans Speer losgerannt wäre, wäre Senohnim jetzt tot!« überschüttete sie ihn sogleich mit ihrer Rechtfertigung. »Sie haben kein Recht, böse auf mich zu sein! Sie sollten mir danken, statt mich in unsere Hütte zu verbannen!«

Cha-kwena konnte sie deutlich im Licht der Steinöllampe erkennen. Eine kleine, fast nackte Gestalt, die niedergeschlagen auf ihren ordentlich gemachten Schlaffellen kniete. Sie sah so jung und verletzlich aus, daß er es nicht übers Herz brachte, ihr zu sagen, daß Shateh gerade befohlen hatte, sie sollte sich vor den Geistern für ihre Beleidigung des Bären verantworten. Er fragte sich, was man von ihr verlangen würde. *Ihr Leben*. Davon war er überzeugt.

»Ich sage dir, mein Schamane, die Mächte der Schöpfung schickten diesen Speer von Teikans Hand in meine! Ich habe nichts dazugetan!«

»Du hast das Gebot der Vorfahren verletzt, Mah-ree!«

»Und ein Leben gerettet«, entgegnete sie bockig.

»Hast du das?«

Sie schürzte die Lippen und schüttelte den Kopf. »Die Mächte der Schöpfung hätten mir den Speer nicht geschickt, wenn sie gewollt hätten, daß Senohnim …«

»Wirst du jemals damit aufhören, dir Gedanken zu machen, was die Geister wollen könnten, Mah-ree?« Cha-kwena wurde plötzlich wütend auf sie, als er sich bückte, seine Mokassins auszog und sie ihr entgegenwarf. »Hier! Nimm sie! Dank deiner Nachlässigkeit und Halsstarrigkeit hätten mich diese Schuhe heute fast umgebracht!« Er wandte sich von ihrem überraschten Blick ab und kehrte ihr den Rücken zu, während er sich seine aufgeschürften und entzündeten Füße rieb. Mit einer Hand hielt er die Felltür ein Stück auf, und die andere schloß sich um den heiligen Stein, als er in den Wind und die Dunkelheit starrte, die sich zwischen seiner federgeschmückten Hütte und dem Hauptteil des Dorfes ausbreitete.

Die Szene, die Cha-kwena sah, verbrannte seine Sinne. Shateh und die anderen hatten sich jetzt den Tänzern am Lagerfeuer angeschlossen. Männer, Frauen und Kinder – von seinem und von Shatehs Stamm – tanzten jetzt gemeinsam heulend und jammernd zur Trauermusik der Flöten und Trommeln um die Flammen unter der Bärenpuppe, die Teikan gebaut hatte.

Cha-kwena hatte sie in seiner Verzweiflung überhaupt nicht bemerkt, als er ins Dorf zurückgekehrt war. Jetzt war ihr Anblick überwältigend. Auf einem Gerüst aus geraden, kreuzweise verschnürten Pfählen hatte Teikan den Kopf befestigt und das Fell des Bären gespannt, so daß das Tier auf die Tänzer herabzublicken schien – mit ausgebreiteten Vordertatzen, dem Herzen im Maul und den Hals mit Girlanden aus heiligem Salbei geschmückt, den die Frauen und Kinder geflochten hatten.

»Du könntest vielleicht sagen, daß du dich freust, daß Große Tatze mich nicht gefressen hat«, sagte Mah-ree gereizt. »Das hätte nämlich leicht passieren können! Ich war ihm jedenfalls nahe genug, bevor ich den Speer geworfen habe. Und dann zerrte ich Senohnim fort, als er tot vor unseren Füßen zu Boden stürzte.«

Cha-kwena stellte sich vor, wie sie auf das leibhaftige Monstrum zugestürmt war, das jetzt auf den Pfählen über dem Feuer hing. Obwohl er von ihrer Tat beeindruckt war, wollte er ihrer Überheblichkeit keine neue Nahrung geben, indem er es eingestand. Er starrte auf den Bären und fragte sich, ob er den Mut gehabt hätte, ihm gegenüberzutreten. Die Krallen seiner Hinterbeine berührten noch den Boden, und doch erhob sich das Tier mehr als drei Meter über dem Berg aus seinen eigenen Muskeln und Knochen, der vor ihm aufgetürmt worden war. Er wurde wieder wütend. Wie konnte Mah-ree so gedankenlos ihr Leben riskieren und das Stammesgesetz brechen, um das Leben der selbstgefälligen und egoistischen zweiten Frau des Häuptlings zu retten?

Cha-kwena runzelte die Stirn. Der Stamm litt Hunger, aber wenn die Fastenzeit vorüber war, würden die Menschen das vier Tage alte Fleisch der geschlachteten Stute essen, aber nicht das Fleisch eines Tieres anrühren, das Menschen und Hunde getötet hatte. Doch weil eine Frau ihres Stammes diesen Bären beleidigt hatte, würden sie seine Seele ehren, indem sie sie durch das Feuer in die Welt jenseits dieser Welt schickten. Bald würden sie das Feuer auch mit seinem Fleisch und seinen Knochen nähren – dasselbe Feuer, dem sie bereits Ishkai und Shatehs neugeborenen Sohn anvertraut hatten. *Doch vorher werden sie meine Mah-ree holen.* Ihm wurde übel vor Angst, als er das Ritual weiter beobachtete.

Angeführt von Shateh begannen die Mitglieder von Ishkais Familie jetzt damit, sich selbst mit Steinmessern zu verstümmeln, während seine Witwe den Besitz ihres Mannes den Flammen übergab. Der alte Lahontay war so nackt und blutig wie bei seiner Geburt und heulte mit erhobenen Armen wie ein verwundeter Wolf in die Nacht.

»Wende dich von diesem Anblick ab, mein Schamane, und verschließe unsere Hütte vor ihrer Musik, ihrem Geheul und dem Gestank ihrer Opfergaben! In Zeiten wie diesen sind ihre Sitten nicht unsere Sitten. Ich verstehe nicht, wie die Menschen, die mit uns aus der Roten Welt gekommen sind, sich ihnen anschließen können ... sogar meine eigene Mutter und meine Schwestern!«

Cha-kwenas Blick verfinsterte sich. Kein einziger der Männer und Jungen aus der Roten Welt hatte zu seiner Verteidigung gesprochen. Und jetzt tanzten und klagten sie zusammen mit ihren Frauen, schlitzten ihre Haut zum Zeichen des Respekts vor den Toten auf und heulten, bis sie überhaupt nicht mehr von Shatehs Kriegern und Frauen zu unterscheiden waren.

»Sie sind keine Menschen der Roten Welt mehr.« Er roch den Gestank nach verbranntem Fleisch, Knochen, Fett und Haar. Plötzlich ergriff ihn eine Vision – und versengte ihn –, bis ihm davon übel wurde. Blut quoll dick und warm in seiner Kehle hoch, drang durch seine Augen und Nasenlöcher. Er konnte es schmecken und riechen. Es war das Blut seiner Vision. Benommen ließ er die Felltür los und drehte sich zu seiner Frau um. »Wir müssen diesen Ort verlassen«, sagte er zu ihr.

Mah-ree hielt seine Mokassins hoch. »Ich brauche etwas Zeit, um diese hier zu reparieren.«

»Wir haben keine Zeit. Wir müssen sofort gehen!«

»Was sagst du da, mein Schamane? Niemand darf das Dorf verlassen, bis die Zeit der Trauer vorbei ist – vier Tage und vier Nächte lang. So lange werden die Geister der Toten in der Welt der Lebenden umherstreifen. Wenn sie uns ganz allein außerhalb des Schutzes des Dorfes antreffen, werden sie uns in ihrem Hunger nach Leben fressen!«

Cha-kwena sah, wie ihre sanften braunen Augen ihn besorgt im schwachen Licht der Steinlampe musterten. Er konnte ihr nicht antworten. Wie konnte er seiner kleinen

Frau erklären, daß er den Tod gesehen hatte, der ihm in Gestalt eines Raben vorausflog, während bemalte und gesichtslose Männer in Wolfsfellen ein heiliges Mammut jagten? Unter einem blutroten Himmel rissen sie das ungeborene Totem aus dem Leib seiner Mutter, um es zu verzehren. Wie konnte er zugeben, daß er sich selbst gesehen hatte, wie er machtlos und nackt im Nebel einer großen schwarzen Schlucht hockte, während ein gewaltiger Bär aufrecht wie ein Mann dastand, um ihm den Zugang zu einem Traumpfad zu verwehren, der mit Stoßzähnen und Schädeln und zerstreuten Knochen von Mammuts übersät war? Er kannte diese Knochen. Sie glänzten wie Eissplitter im kalten Licht eines erbarmungslosen Wintermondes. Es waren die Knochen des ungeborenen Totems. Es waren Mah-rees Knochen! Und seine eigenen.

»Wir können nicht an diesem Ort bleiben«, sagte er. »Pack deine Reisesachen zusammen. Mach schnell! Ich werde die Jagdschuhe tragen, die ich aus der Roten Welt mitgebracht habe. Wir dürfen nicht mehr hier sein, wenn sie kommen, um dich zu holen.«

»Um mich zu holen? Wer wird kommen? Warum?«

Er erkannte, daß er es ihr sagen mußte. »Shateh hat mich aufgefordert, dich darauf vorzubereiten, daß du dich vor den Geistern für deine Tat verantworten mußt.«

Sie verzog verärgert das Gesicht, konnte damit jedoch nicht ihre Furcht verbergen. »Ich habe mein Leben riskiert, um diese Frau zu retten! Dafür soll *er* sich vor *mir* verantworten!«

Mit einem entrüsteten Schnaufen stand sie auf und ging zu ihrem Mann. Sie brachte sein Schlaffell mit und legte es um seine und ihre Schultern. Irgendwo außerhalb der von Holz und Knochen gestützten Wände ihrer kleinen Behausung trompetete ein Mammut im Osten, und Wölfe sangen zusammen mit dem Wind und dem Klagen der Trauernden ein Lied in hellen Tönen.

»Hör doch!« flüsterte sie und kuschelte sich an ihn. »Die Mammuts sind in die Nähe des Dorfes gekommen. Ich habe keine Angst mehr, wenn sie bei uns sind. Ich werde zu Shateh gehen. Er wird meinen Worten zuhören und mich verstehen.«

»Sein ungeborener Sohn ist tot, Mah-ree. Er ...« Cha-kwena erstarrte. Die Mammuts trompeteten wieder, diesmal jedoch viel näher. Der junge Schamane lauschte gebannt. Wieder flackerte eine deutliche Vision auf. Er zog seine Frau zu sich heran und sprach wie im Traum. »Die Vorfahren haben überliefert, daß zu Anbeginn der Zeiten ein großes weißes Mammut den Vater und die Mutter aller Menschengenerationen aus der Welt der Geister in die Welt der Lebenden führte. Sie kamen über ein Meer aus Eis, durch ein Tal der endlosen Stürme und durch verbotene Länder. Und immer ging ihnen das große Mammut Lebensspender voraus, das für immer ihr Totem und das ihrer Kinder ist ... Und so soll es für immer sein, bis zum Tag, wo das letzte Mammut, das über die Erde zieht, nicht mehr ist, denn an diesem Tag werden auch der Mensch und alle seine Kinder nicht mehr sein!«

»Jeder kennt diese Geschichte. Warum erzählst du sie mir jetzt, mein Schamane?«

Cha-kwena erschauderte. Er war in die Wärme seiner kleinen Hütte und die der Arme seiner Frau gehüllt, doch weder das eine noch das andere konnte seinen geplagten Geist trösten. »Soweit wir wissen, Mah-ree, sind diese Mammuts, die dort draußen in der Nacht trompeten, die letzten ihrer Art! Wenn du nicht um dein eigenes Leben fürchtest, so solltest du statt dessen um ihr Leben fürchten.«

»Ich verstehe nicht. In diesem Land gibt es keine Mammutjäger.«

»Shateh war einst ein Mammutjäger. Er wird wieder ein Mammutjäger sein.«

Sie blickte mit aufgerissenen Augen zu ihm auf. »Aber er

hat geschworen, es nie wieder zu tun! Er hat dich seinen Bruder genannt! Er hat unseren kleinen Stamm in den Schutz seiner großen Jagdgemeinschaft aufgenommen und unseren Stamm zu seinem Stamm gemacht. Ich weiß, daß sich seine Frauen und einige seiner Jäger über dieses schlechte Land beschweren, aber Shateh hat dem Land seiner Vorfahren den Rücken zugekehrt, weil er daran glaubt, daß die Macht des Totems in dir lebt, und weil ...«

»Er glaubt nicht mehr daran. Hör ihnen doch zu, Mah-ree! Du hast es selbst gesagt: Ihre Sitten sind nicht unsere Sitten. Es war ein Fehler, daß ich jemals daran geglaubt habe, unsere beiden Stämme könnten zusammenleben. Bevor die Zeit der Trauer vorbei ist, will Shateh, daß du dich mit deinem Leben vor dem Geist des Bären verantwortest. Dann wird sein Stamm Mammuts jagen – und seine neuen Brüder aus der Roten Welt werden ihm zur Seite stehen. Ich werde sie nicht aufhalten können, wenn ich nicht ...« Er verstummte. Seine Hand suchte nach dem Medizinbeutel. Als er den heiligen Stein fest in seiner Faust hielt, wußte Cha-kwena, was er tun mußte. »Der Nordwind spricht mit der Stimme des Großen Weißen Winters und kündigt frühen Schnee an, der unsere Spuren verhüllen wird. Während die anderen trauern, werden wir jetzt das Dorf verlassen. Wir werden die Mammuts vor uns hertreiben, über das Ende der Welt hinaus, wo sie sicher vor jenen sein werden, die sie jagen wollen.«

Mah-ree hielt entsetzt den Atem an. »Wir können nicht allein zum Ende der Welt gehen, wenn uns ein Sturm folgt! Dort gibt es keine Menschen! Es gibt dort kein Wild! Du mußt Shateh unser Geheimnis anvertrauen, Schamane! Er wird nicht mit den anderen auf die Mammutjagd gehen, wenn er erfährt, daß die Seele des Totems nicht in dir weiterlebt, sondern im ...«

Cha-kwena schlug sie. Es war ein kräftiger Schlag mit der flachen Hand gegen ihre untere Gesichtshälfte, und als sie sich die Hand vor den Mund hielt, sah er, wie ihr Tränen in die Augen traten. Aber sie tat ihm nicht leid. »Du hast mich heute mit deiner nachlässigen Näharbeit beinahe verkrüppelt! Du hast es gewagt, eine Waffe zu benutzen, die deinem Geschlecht verboten ist! Und jetzt fließen Worte über deine Zunge wie Wasser zur Frühlingsflut in einem Fluß! Eines Tages werden deine Worte und deine Eigenwilligkeit die Ufer der Vorsicht überfluten und uns beide darin ertränken! Von einem großen Wunsch zu sprechen, bevor er Wirklichkeit geworden ist, beschwört böse Geister herauf, die es zu verhindern suchen! Du weißt das genausogut wie ich!«

Sie nickte schuldbewußt.

Er entspannte sich.

Schniefend kämpfte sie gegen ihre Tränen, während ihre Fingerspitzen vorsichtig die aufgeplatzte Oberlippe betasteten. »Wenn wir jetzt gehen, ohne den anderen etwas zu sagen, was wird dann mit unserem Stamm geschehen?«

»Sie gehören jetzt alle zu Shatehs Stamm!« erwiderte er ungeduldig und wandte sich von ihrem Gesicht ab, das Erschrockenheit spiegelte. Die Blutung und Schwellung mußten ihr Schmerzen bereiten, die er gerne mit einem Kuß gelindert hätte. »Sie haben sich dafür entschieden. Tleea-neh und Xet haben sich Frauen aus dem Grasland genommen. Ghree und ihre Tochter sind jetzt die Frauen von Männern aus dem Grasland. Ranamal hat seinen Blick auf meine Mutter geworfen und sie gebeten, seine Frau zu werden. Ihnen wird nichts zustoßen, wenn wir fort sind.«

»Aber wann werden wir sie wiedersehen?« Ihre Kehle war wie zugeschnürt, und ihre Stimme kaum mehr als ein Krächzen.

»Niemals«, sagte er und versuchte, nicht auf ihr Schniefen und Schluchzen zu achten, als er hastig damit begann, die Kleidung und die Dinge zusammenzusuchen, die sie in den kommenden Tagen und Nächten der langen Kälte benötigen würden.

»Niemals ist eine sehr lange Zeit, Cha-kwena.«

Er verdrehte die Augen, während er arbeitete. »Mah-ree, tu bitte einmal in deinem Leben das, was von dir verlangt wird! Ich werde dich nicht zurücklassen, damit du unser Geheimnis an Shateh verraten kannst!«

»Oder mich vor dem Geist des Bären zu verantworten?«

»Du hättest nicht weniger verdient«, erwiderte er. »Dann wäre ich dich wenigstens los!«

Sie sog zischend den Atem ein – wie jemand, der gerade einen Stich ins Herz erhalten hatte. »Ich bin deine Frau, mein Schamane. Ich werde nicht zulassen, daß du ohne mich über das Ende der Welt hinaus flüchtest! Aber wenn ich meine Schwestern oder meine Mutter niemals wiedersehen darf …«

»Vergiß sie! Du mußt dich jetzt zuerst um dich selbst sorgen, bevor man von dir verlangt, dein Leben dem Geist des Bären zu opfern!«

3

Wolken verhüllten die Sterne, als Wehakna aus der Bluthütte trat, in der Senohnim lag.

»Die Seele von Shatehs zweiter Frau kämpft immer noch darum, in ihrem Körper zu bleiben! Doch Senohnim ist von der Geburt geschwächt, und die Macht des Geistes des Bären, der durch eine Frau beschämt wurde, ist stark.«

Das Feuer brannte immer noch hoch. Die Tänzer hielten inne. Alle starrten auf Wehakna und dann auf ihren Häuptling. Er erwiderte den Blick aufrecht, stumm und erschöpft. Es verging eine Weile, bis seine Augen Ha-xa unter den Frauen und Mädchen fanden.

»Geh! Bring deine gesetzesuntreue Tochter an das Feuer!

Die Schamanenfrau muß Große Tatze um das Leben von Senohnim bitten. Die Gesetzesbrecherin muß sich für ihre Tat verantworten. Wenn der Bär heute nacht nach dem Fleisch einer Frau verlangt, wird er das Fleisch einer Frau aus der Roten Welt bekommen, die ihn …«

»Shateh …«, warf Ta-maya, die zwischen den Frauen und Mädchen stand, mit bebender Stimme ein. Sie trat vor und blickte den Häuptling an. »Meine Schwester hatte nicht die Absicht …«

»Schweig, Tochter der Roten Welt! Ich will in dieser Nacht nichts von dir hören!« Die Stimme des Häuptlings war genauso hart und unerbittlich wie seine Miene. »Du, Ha-xa! Du wirst gehorchen!«

Ha-xa zog den Mantel aus Jaguarfell enger um ihre Schultern und hob den Kopf. Seit Cha-kwena sich geweigert hatte, ihrer Warnung zuzuhören, die sie ihm unbedingt hatte mitteilen wollen, war sie voller Furcht gewesen. Doch sie ließ nicht zu, daß es jemand bemerkte. Während des Tanzes hatte sie immer wieder zur Hütte des Schamanen hinübergeblickt und zu sehen gehofft, daß der einsame Kegel aus pollengelbem Licht verblaßte, als Zeichen, daß die Öllampe unbeaufsichtigt verlosch und Cha-kwena mit Mah-ree fortgelaufen war. Doch sogar jetzt noch leuchtete die Schamanenhütte sanft in der windigen Nacht, und sie sah eine schattenhafte Gestalt, die sich darin bewegte.

Ach, meine zweite Tochter! Du warst mutig genug, das Gesetz zu brechen, um den Bären anzugreifen! Warum warst du nicht mutig genug, den Geistern der Toten zu trotzen und in dieser Nacht fortzulaufen? Warum hat Cha-kwena dich nicht zur Flucht getrieben?

»Ha-xa!« brüllte Shateh.

Sie erwiderte seinen Blick, ohne mit der Wimper zu zucken. Sie verstand seine Zwangslage. Er war Häuptling und Schamane. Er war Vater und Mann. Ha-xa erkannte seine Gefühle und sah darunter auch Mitleid mit ihr selbst in seinen ernsten Augen. Auch sie empfand Mitleid mit ihm. Sie hatte lange genug in seinem Stamm gelebt, um zu wissen, daß Shateh ein guter und gerechter Mann war. Er tat nur das, was er als Häuptling tun mußte. Eine Tochter, die aus ihrem Leib stammte, hatte das Gesetz gebrochen, und jetzt forderte Große Tatze dafür Vergeltung von seinem Stamm. Er hatte keine Wahl, er mußte dem Geist das geben, wonach er verlangte – das Fleisch derjenigen, die das Gesetz der Vorfahren gebrochen und die Seele des Bären beschämt hatte. Es sei denn …

Der Plan war bereits während des Tanzes in Ha-xas Geist geboren worden. Als sie jetzt über den Scheiterhaufen starrte, wo Shateh zusammen mit den anderen Männern unter der Nachbildung des Bären stand, entfaltete sich der Gedanke mit strahlender Klarheit. Sie riß die Arme hoch und rief den Mächten der Schöpfung und dem Geist des Bären zu: »Ich bin Ha-xa! Ich bin die Mutter Mah-rees! Ihre Schande ist auch meine Schande! Ihr Blut ist auch mein Blut! Ihr Fleisch ist auch mein Fleisch! Nimm mein Fleisch, Bär! Es ist das Fleisch einer Frau aus der Roten Welt! Es ist das Fleisch der Frau eines Häuptlings, die mit ihrem Leib neues Leben hervorgebracht hat und deiner würdiger ist als das Fleisch der unfruchtbaren kleinen Frau, die dich beschämt hat! Sieh! Diese Frau hat keine Angst! Ha-xa tritt Großer Tatze furchtlos an Mah-rees Stelle entgegen!«

»Mutter, nein!« schrie Ta-maya.

Die Stimme ihrer ältesten Tochter war nicht das letzte, was Ha-xa hörte, als sie auf den Scheiterhaufen zurannte und sich in die brennende Umarmung der Flammen warf.

»Ha-xa!«

War es Shatehs Schrei oder die Geisterstimme des Bären? Sie wußte es nicht. Andere schrien und riefen, aber ihre Stimmen waren jetzt weit weg, hinter einer Wand aus knackender und zischender Hitze und blendendem Licht.

Ha-xa … Ha-xa … Ha-xa …

Es war die Stimme des Feuers, die sie mit Schmerzen begrüßte, sie versengte, sie verschlang und verzehrte, bis sie sich nicht mehr beherrschen konnte und schrie und schrie …

Mah-ree blieb unvermittelt stehen. »Hast du das gehört, Cha-kwena?«

Er machte auf dem Absatz kehrt und blickte sie verärgert in der Dunkelheit an. Seit sie das Dorf verlassen hatten, waren sie schon ein gutes Stück vorangekommen, aber für seinen Geschmack waren sie immer noch nicht weit genug entfernt. »Du darfst dich nicht immer wieder umblicken, Mah-ree. Bald wird es schneien. Die Mammuts sind ganz in der Nähe. Ich kann sie schon riechen. Wir müssen dafür sorgen, daß sie weiterziehen.«

Mah-ree versuchte ihre Besorgnis hinunterzuschlucken, doch sie steckte in ihrer Kehle und schob sich brennend ihren Gaumen hinauf, um ihre Nasenhöhlen zu versengen. Der Wind war sehr kalt. Er wehte beständig aus dem Norden und wurde nur von gelegentlichen Böen unterbrochen, die aus dem Osten kamen und den strengen Moschusgeruch der Mammuts mitbrachten. Es ist ein auf der Welt einzigartiger Geruch, dachte sie, aber ihr Herz war viel zu schwer, um jetzt an Mammuts zu denken. »Aber jemand hat geschrien, Cha-kwena, und es klang wie meine Mutter!«

Er konnte ihre Worte nicht abstreiten. »Der Wind bringt uns immer noch Geräusche aus dem Dorf. Sicher hat Shateh jetzt jemanden aufgefordert, dich zum Feuer zu holen, und als Ha- xa erkannte, was er mit dir vorhat, hat sie aus Angst um dein Leben aufgeschrien. Komm, sage ich! Jetzt schreit sie nicht mehr. Bald werden sie uns auf den Fersen sein!«

»In einer Nacht der Trauer? Während die Geister der Toten immer noch …«

»Sie werden uns folgen, Mah-ree, um dich zu fangen, damit sie die Geister der Toten beschwichtigen können!«

Sie wußte, daß er recht hatte. In den Windböen hörte sie jetzt das helle Gejammer klagender Frauen und roch verkohltes Fleisch – intensiver als bisher. »Jetzt scheinen sie das Fleisch des Bären ins Feuer zu werfen.«

»Das kann sein«, sagte er ausweichend, da er bezweifelte, daß sie das tun würden, bevor sie das Fleisch einer Frau aus der Roten Welt in die Welt der Geister geschickt hatten. Der Gedanke war bedrückend. Was – oder wer – brannte in diesem Augenblick im Feuer?

»Ich kann mir kaum vorstellen, daß meine Mutter schreit. Sie ist tapfer, Cha-kwena, die Frau eines Häuptlings!«

Cha-kwena wurde von einer schrecklichen Erkenntnis heimgesucht. Es war keine Vision, sondern die Erkenntnis einer Möglichkeit, die er seiner Frau gegenüber niemals erwähnen würde, die er aber schon längst in Betracht hätte ziehen müssen. Plötzlich fühlte sich die Nacht kälter, dunkler und bedrohlicher als zuvor an. »Du bist die Tochter eines Häuptlings und die Frau eines Schamanen«, gab er Mah- ree zu bedenken. »Komm, sage ich! Gehorche deinem Mann! Du darfst nicht mehr zurückblicken!«

Das leise, fröhliche Summen einer Frau ließ Shateh vor der Hütte des Schamanen innehalten. Die Männer hinter ihm blieben ebenfalls stehen.

»Wie kann sie nur singen, während die anderen Frauen ihre verbrannte Mutter beklagen?« rief Teikan.

»Sie wird schon bald ein anderes Lied singen, und sie wird es sogar laut schreien!« schwor Lahontay.

»Sei still, alter Mann!« forderte Kosar-eh ihn auf. »Hast du kein Mitleid? Sie singt aus Furcht und Reue!«

»Bitte, Shateh!« flehte Gah-ti. »Ha-xa hat sich dem Bären geopfert. Laß es genug sein!«

Der Häuptling hörte nicht auf sie, sondern zitterte vor Wut und Verzweiflung. *Ha-xa!* Was für eine stolze, tapfere

Frau war sie gewesen! Wenn sie nicht nur die Mutter von Töchtern gewesen wäre, hätte er sie schon vor vielen Monden aufgefordert, die Schlaffelle mit ihm zu teilen. Der Gedanke, wie sie in die Flammen sprang, um den Bären davon abzuhalten, seine selbstgefällige Senohnim zu holen, war mehr, als er ertragen konnte! Mit einer wütenden Handbewegung schlug er die Fellklappe der Schamanenhütte zur Seite und blickte hinein. Das Mädchen, dessen Gesetzesübertretung für den Tod ihrer Mutter verantwortlich war, mußte sterben. Und der machtlose, unheilbringende ›Schamane‹ hatte ebenfalls den Tod verdient. Doch dann bemerkte er verblüfft, daß der Schamane und seine Frau gar nicht da waren.

»Sie sind verschwunden!« stellte Kahm-ree mit einem wissenden und zufriedenen Kichern fest. »Sie haben sich längst aus dem Staub gemacht!«

Shateh starrte in das Zwielicht der Hütte, wo die alte Frau allein vor der Wärme der Steinöllampe saß. Sie trug einen widerlichen Umhang aus zusammengestückelten Eichhörnchenfellen, den sie wie ein Zelt über den Kopf und die Schultern gezogen hatte, und saß mit untergeschlagenen Knien und gekreuzten Knöcheln wie ein junges Mädchen da. Sie wiegte sich langsam vor und zurück, während sie leise summte.

»Was machst du hier, alte Frau?« wollte er wissen.

Sie neigte den Kopf. »Was?«

Er wiederholte erregt seine Frage, während er sich ungeduldig daran erinnerte, daß Kahm-rees Ohren für Laute etwa genauso empfindlich waren wie ein Fels.

»Ach!« erwiderte sie. »Ich verstecke mich. Ich warte hier, bis der Tanz zu Ende ist. Damit ich es warm habe und mich nicht mit den Messern verletze. Die Feuerstelle in der Schamanenhütte ist größer als meine eigene. Die Steine geben in der Nacht mehr Wärme an meine alten Knochen ab.« Sie summte wieder ein wenig, bis sie dem Häuptling ihr verwittertes Gesicht zuwandte. »Sie haben ihre Wintersachen mitgenommen, aber das hier für mich zurückgelassen. Sie sind so rücksichtsvolle Kinder!«

Shateh verzog das Gesicht, als die Frau auf die geschenkten Mokassins zeigte. Sogar im schwachen Licht der Öllampe erkannte er, daß es Cha-kwenas waren. Außerdem sah er Blutflecken an den Fersen. Er nickte, als er sich erinnerte, daß Cha-kwena sich während der Jagd immer wieder die Knöchel gerieben hatte. Mit einem angewiderten Schnaufen entließ der Häuptling den letzten Rest Vertrauen, den er noch in die angebliche Unbesiegbarkeit des jungen Schamanen gehabt hatte.

»Und sie haben dafür gesorgt, daß es schön warm an der Feuerstelle ist«, plapperte die alte Kahm-ree weiter. »Es war sehr nett von ihnen, daß sie auch noch das Licht haben brennen lassen. Ich habe gesehen, wie sie gingen. Ja. Und ich wußte, daß sie wollten, daß ich mich im Schein ihrer Lampe äufwärme und ...«

»In welche Richtung sind sie gegangen?« unterbrach Shateh sie.

»In die Dunkelheit.«

»Welche *Richtung*, alte Frau? Und wie lange ist es schon her?«

Kahm-ree runzelte die Stirn. Mit einer Hand zeigte sie nach draußen und dann nach oben, mit der anderen vollführte sie einen Kreis, bis sie die Schultern zuckte und ihm flüsternd anvertraute: »Sie sind gegangen, um meine Ban-ya zu suchen. Ja! Sie werden meine liebe Enkeltochter zu mir zurückbringen. Shateh wird ihr verzeihen. Er wird sie wieder als Häuptlingsfrau an seiner Seite leben lassen. Sie wird wieder ihren Sohn aus der Roten Welt, den kleinen Piku-neh, stillen. Und diese Frau wird keine Angst mehr haben, daß sie alt wird, ohne daß ein Verwandter da ist, der sich um sie kümmert – außer einem vier Sommer alten Kind.«

Shateh schüttelte verärgert den Kopf ob Kahm-rees jämmerlicher Sehnsucht nach ihrer verräterischen toten Enkeltochter. Er kniff die Lippen zusammen, als er an Ban-ya dachte. Sie war eine dreiste Frau mit großen Brüsten gewesen, die einem Mann viel Vergnügen bereiten konnte – aber sie war gleichzeitig so mörderisch wie eine Schlange gewesen. Er hatte ihr, einer einfachen Eidechsenfresserin, große Ehre erwiesen, als er sie zu seinen anderen Frauen in seine Schlaffelle geholt hatte. Er hatte von ihr nur verlangt, ihm einen Sohn zu schenken, der später seinen Namen übernehmen sollte, doch sie hatte ihm keinen Sohn geschenkt. Statt dessen hatte sie ihn hintergangen und ihn mit einem Mann der Roten Welt betrogen. Und als Atonashkeh, der letzte von Shatehs Söhnen, ihre Boshaftigkeit durchschaut hatte, hatte sie einen Wolfsköder in seinem Fleisch versteckt und zugesehen, wie er schreiend starb. Und jetzt hatte Shateh überhaupt keine Söhne mehr.

Der Häuptling ballte die Hände zu Fäusten, als er gegen die unliebsamen Erinnerungen ankämpfte. Wenn Ban-ya jemals wieder in sein Leben getreten wäre, hätte er sie nur willkommen geheißen, um sich den Genuß zu gönnen, sie langsam zu erdrosseln. Aber dazu würde es niemals kommen. Auf sein Geheiß war sie aus dem Stamm verstoßen worden. Ganz allein im Tal der Toten und ohne Waffen, Werkzeuge oder Feuer hatte sie unmöglich dem Winter trotzen können. Doch die alte Kahm-ree klammerte sich trotzdem fest an den Glauben, daß die verfluchte Ban-ya immer noch lebte, und wagte sogar zu hoffen, daß Shateh sie eines Tages zurückholen würde. Der erlittene Verlust hatte Kahmree vor vielen Monden ihren Verstand verlieren lassen. Sie nach Cha-kwena und Mah-ree ausfragen zu wollen, war genauso unsinnig, wie mit einem Hund zu sprechen und eine Antwort zu erwarten.

Shateh ärgerte sich über sich selbst, weil er seine Zeit mit der alten Vettel vergeudete – und weil er es versäumt hatte, eine Wache vor der Hütte des Schamanen zu postieren, damit Cha-kwena nicht mit seiner Frau fliehen konnte. Schließlich drehte er sich um und stapfte hinaus in die Nacht.

Es hatte zu schneien begonnen. Die Wölfe sangen wieder mit dem Wind. Die Angehörigen seines Stammes warteten. Der Häuptling starrte sie an, und obwohl es dunkel war, konnte er genug von ihren Gesichtern erkennen, um zu wissen, daß sie jedes Wort mitgehört hatten.

»Wir werden sie verfolgen!« erklärte der Jäger Rek grimmig. »Wir werden die Frau der Roten Welt ins Dorf zurückbringen. Wenn wir das Leben von Shatehs zweiter Frau retten wollen, müssen wir die Eidechsenfresserin dem Geist des Bären im Feuer opfern!«

»So ist es!« bestätigte Teikan. »Und dem Eidechsenfresser werden wir den heiligen Stein abnehmen! Wir werden ihn einem wahren und würdigen Schamanen um den Hals legen. Er wird Shateh gehören, wie es seit Anbeginn der Zeiten bestimmt war. Kommt! Wir wollen gehen!«

»Nein! Das darf nicht sein!« rief Lahontay mit einem qualvollen Jammern. »Hört nicht auf Teikan! Er konnte meinen Sohn nicht vor dem retten, was Cha-kwena zu unserem Dorf gerufen hat! Wie kann er uns jetzt sagen, was wir tun sollen? Seht ihr nicht, was der Totemtöter getan hat? Habt ihr die anderen Namen vergessen, mit denen er gerufen wird? Er ist der Gelbe Wolf, der Geistbruder des Kojoten! Er ist der Betrüger! Ich sage euch, einst stand er im Krieg gegen unsere Feinde an unserer Seite, aber jetzt ist er der Feind! Heute hat er es nicht geschafft, uns über das Ende der Welt hinaus in den Tod zu locken! Indem er jetzt mit dem heiligen Stein davonrennt, hofft er, daß wir dieses Dorf verlassen, bevor die Zeit der Trauer vorüber ist. Wenn wir das tun, mißachten wir die Gesetze der Vorfahren, und die Geister unserer Toten werden über uns herfallen! Sag es ihnen, Shateh! Sag ihnen, daß es so ist!«

Der Häuptling antwortete nicht. Die Wut, die ihn vom

Schauplatz der Verbrennung Ha-xas vertrieben hatte, war verraucht. Sowohl die Worte des alten Jägers als auch die Kälte des Windes auf seiner verletzten Haut hatten ihm zugesetzt, nachdem er nackt und blutend das Feuer verlassen hatte. Er stand reglos da und lauschte auf den Gesang der Wölfe und die Klage der Frauen. Als er den Geruch des Scheiterhaufens einatmete, verspürte er eine unendliche Erschöpfung. Um wie viele Söhne, Krieger und Frauen hatte er in seinem Leben schon getrauert? Wie viele Wölfe hatte er gejagt und getötet, und wie viele Stürme und Feinde hatte er überlebt? Er stieß einen schicksalsergebenen Seufzer aus. *Zu viele*, dachte er. *Viel zu viele.* Und jetzt trug der stärker werdende Wind eines herannahenden Sturms wieder einmal Tod, Sorge und Verrat heran.

»Die Geister der Toten werden Shateh und seine Jäger in Frieden lassen! Sie werden unsere Absicht verstehen und uns zu den Gesetzesbrechern führen! Und wenn nicht, werden wir uns gegen sie wehren!«

Shateh war überrascht, als er den Aufschrei hörte und dann sah, von wem er gekommen war. Seine Stirn legte sich in Falten, als der kleine Warakan sich durch die Männer und Jungen vordrängelte, um vor ihn zu treten.

»Wenn Shateh die gesetzesbrüchige Frau des Betrügers jagt, wird dieser Junge keine Angst haben, sich gemeinsam mit seinem Vater den Geistern der Toten zu stellen!« verkündete der kleine Junge voller Stolz und Heldenmut.

»Ich werde auch mitkommen! Ich habe keine Angst!« Diese Worte kamen von Namaray, dem ältesten von Teikans kampfeslustigem Rudel breitschultriger, stämmiger Söhne.

Shateh blickte die beiden Jungen finster an. Er war von ihrer Kühnheit beeindruckt, doch gleichzeitig ärgerte sie ihn. »Seit wann sprechen unerfahrene Jungen wie Männer zu ihrem Häuptling oder nehmen sich das Recht heraus, Shateh oder sonst irgend jemandem zu sagen, was sie tun sollen? Geht mir aus den Augen!«

Eingeschüchtert über diesen zornigen Tadel zogen sich Warakan und Namaray gehorsam hinter die Reihen der älteren Jäger zurück.

»Die Jungen sind dreist, aber sie haben recht, Shateh«, sagte Teikan. »Wir müssen die Frau der Roten Welt jagen. Sie muß sich vor dem Bären für ihre Tat verantworten. Wie sonst sollen wir den Geist des Tieres günstig stimmen?«

»Woher willst du wissen, daß der Tiergeist noch nicht zufrieden ist?« fragte Kosar-eh im Gedenken an Ha-xas Opfer. »Die Frau eines Häuptlings hat sich heute vom Feuer zu ihm tragen lassen.«

»Die Frau eines eidechsenfressenden Häuptlings aus der Roten Welt?« rief Teikan mit unverhohlener Verachtung. »Sie war nicht diejenige, die Große Tatze beschämte! Er will nicht ihr Fleisch! Sie war alt!«

Shatehs Erschöpfung wurde immer größer. *Alt?* Das Wort verletzte ihn. Ha-xa war noch nicht alt gewesen, ihr Gesicht nur ein wenig zerfurcht. Ihr Haar hatte gerade erst begonnen zu ergrauen. Sie hatte sich um ihre jüngste Tochter gekümmert, ohne Klage ihren vollen Anteil an der Arbeit der Frauen erledigt, regelmäßig Mondblut in der Frauenhütte vergossen, und wenn er gelegentlich sein Recht als Häuptling in Anspruch genommen hatte, eine mannlose Witwe zu besitzen, war es immer gut gewesen – ein müheloses gegenseitiges Nehmen und Geben der Freude, nicht mehr und nicht weniger. Er würde Ha-xa vermissen. Und er hätte sie niemals als alt bezeichnet, denn wenn sie es war, was war er dann? Die Frage beunruhigte ihn.

»Ich sage dir, Shateh«, drängte Teikan immer noch, »daß wir die Gesetzesbrecher jetzt jagen müssen, bevor der Schnee ihre Spuren verwischt! Wir müssen sie zurück zum Dorf und zum Feuer bringen!«

Shateh hatte genug von Teikans unaufgeforderten Meinungsäußerungen. »Es scheint, daß Cha-kwena nicht der einzige ist, der vergessen hat, daß Shateh der Häuptling ist!«

In seinem Tonfall lag eine deutliche Warnung und der Befehl, Ruhe und Gehorsam einzuhalten.

Nur Gah-ti leistete ihm nicht Folge. »Gib dich mit Ha-xas Opfer zufrieden! Mah-ree hat ihr Leben riskiert, um die zweite Frau des Häuptlings zu retten! Shateh darf eine so mutige Frau nicht mit der Absicht jagen, ihren Geist dem Bären auf dem Feuer zu opfern!«

Shateh sah verblüfft zu, wie der einarmige junge Mann sich tapfer von den Jägern der Roten Welt löste und sich direkt vor ihm aufbaute, so nah, daß sich ihre Nasen berührt hätten, wenn er und der Junge von gleicher Größe gewesen wären. Angewidert von Gah-tis beispielloser Mißachtung seiner Autorität trat der Oberhäuptling einen Schritt zurück, bis er spürte, wie die Felle der Schamanenhütte gegen seine Fersen drückten.

»Du hättest sie sehen sollen, Shateh!« Gah-ti blickte zum Häuptling auf und setzte voller Leidenschaft seine dreiste Rede fort. »Du darfst Mah-ree nicht dem Feuer oder dem Geist des Bären übergeben! Sie sind ihrer nicht würdig! Als Große Tatze Senohnim angriff, war keine Frau des Graslandes so tapfer wie Mah-ree, die Medizinfrau der Roten Welt. Als Teikans Speere den Bären nicht niederstrecken konnten …«

»Es steht dir nicht zu, unter Männern zu sprechen, wenn das Trauerfeuer brennt und die Geister der Toten durch mein Dorf streifen!« wurde er von Shateh unterbrochen. In einem plötzlichen Wutanfall schlug er mit der rechten Faust nach Gah-ti und warf den Einarmigen zu Boden, bevor er weitere Beleidigungen gegen die Geister des Feuers und des Bären, gegen Teikan oder ihn selbst ausstoßen konnte.

Dann blickte Shateh auf den Jungen hinunter und massierte sich die aufgeschürften Knöchel seiner rechten Hand. Gah-tis Atem hatte sein Gesicht gestreift und war ihm in die Nase gedrungen. Er konnte ihn immer noch riechen. Angewidert fragte er sich, wie ein verstümmelter Mann sich eine solche Vertraulichkeit zu erlauben wagte. Der Atem war die Seele! Der Atem war das unsichtbare Blut des Lebens! Der Atem wurde nur in beiderseitigem Einverständnis als Zeichen des Respekts zwischen Gleichgestellten oder der Zuneigung zwischen Liebenden ausgetauscht, zwischen Jagdbrüdern, Feuerschwestern und zwischen Eltern und Kindern. Gah-ti hatte überhaupt keine solche Beziehung zu Shateh! Sogar in der Dunkelheit konnte der Häuptling den Stummel erkennen, der noch vom rechten Arm des jungen Mannes übrig war, und die verbrannte Hälfte seines Gesichts, als dieser sich auf seinen linken Arm stützte und wieder aufstand.

Shatehs Gefühle befanden sich in Aufruhr. Er mußte sich beherrschen, um den dreisten Krüppel nicht erneut niederzuschlagen. Welchen Nutzen hatte ein Mann wie Gah-ti für den Stamm? Für die Jagd war er nicht zu gebrauchen. Keine Frau wollte ihn haben. Kinder verspotteten ihn. Die Männer erschraken bei seinem Anblick und fürchteten sich davor, am Ende ihrer Tage genauso wie Gah-ti auszusehen. Manchmal litten sie sogar unter Träumen, die ihren Mut zu schwächen drohten, wenn sie sich auf der Jagd beweisen mußten. Im Grasland hätte man einem solchen Mann schon zum Zeitpunkt seiner Verstümmelung einen schnellen Tod gewährt. Ihn am Leben zu lassen wäre als Gefahr für den Stamm und als Beleidigung der Mächte der Schöpfung und des Mannes selbst betrachtet worden. Doch die Leute aus der Roten Welt hatten ihren verkrüppelten Sohn nicht getötet. Sie ließen ihn am Leben, genauso wie sie es mit seiner blinden Schwester Doh-teyah taten und mit der verwirrten alten Frau Kahmree. *Warum?* Als Shateh auf Gah-ti starrte, erkannte er, daß er die Menschen der Roten Welt genausowenig verstand wie das, was ihn dazu getrieben hatte, einen verstümmelten Jungen, ein blindes Kind und die taube Großmutter einer Mörderin in seinen Stamm aufzunehmen, als er sich mit Chakwena verbündet hatte.

Cha-kwena! Der Name des geflohenen Schamanen schien

seine Mundhöhle zu versengen. *Cha-kwena hat dich dazu getrieben. Cha-kwena hat dich dazu gebracht, an seine Macht zu glauben. Doch nachdem jetzt das Totem tot und der Krieg vorbei ist, hat Cha-kwena genausowenig Macht wie der Stein, den er trägt. Trotzdem bist du ihm immer noch gefolgt. Du hast dich den Sitten der Roten Welt angepaßt. Du hast dem Land und den Traditionen deiner Vorfahren den Rücken gekehrt. Weshalb wunderst du dich, daß die Mächte der Schöpfung dich bestrafen? Du hast die Wahrheit vergessen, die dich in den Tagen deiner Jugend dazu trieb, zum Häuptling zu werden – daß die Menschen in neuen Zeiten neue Wege gehen müssen, wenn sie nicht sterben wollen, und daß wahre Macht nicht in Amuletten liegt, nicht im Fleisch und Blut von Totemtieren, nicht einmal im Zauber der weisesten Schamanen, sondern in der Kraft und im Mut des Mannes, der keine Angst hat, zum Wohl seines Stammes zu handeln, ganz gleich, was es ihn kostet!*

Shateh kniff die Augen zusammen. Die Wut war jetzt von ihm abgefallen. Jetzt war er ruhig und nicht mehr erschöpft. Der kalte Wind trieb stechende Schneekristalle gegen seine Haut, der Gestank des Scheiterhaufens drang ihm in die Nase. Der Gesang der Wölfe übertönte die Totenklage der Frauen. Er kannte dieses Lied. Es war der helle Ruf des Winterrudels danach, daß die Brüder und Schwestern sich dem Leitwolf anschließen sollten, um gemeinsam vor dem Sturm zu fliehen und nach Fleisch zu suchen, das sie in ihrem winterlichen Unterschlupf lagern wollten. Er hatte die Augen fast geschlossen, während er lauschte. Er fühlte sich stärker und sicherer, als er sich an winterliche Jagden und Versammlungen seines eigenen Stammes erinnerte. *Ihr seid den Menschen so ähnlich, meine Brüder*, dachte er und wußte jetzt, was er tun mußte. Er mußte seine Position als Leitwolf seines Rudels festigen und die Macht wieder an sich reißen, die er so leichtfertig einem anderen überlassen hatte.

»Die Wölfe sprechen zu uns, um uns zu warnen, daß der Große Weiße Winter früh kommen und lange in diesem fernen Land bleiben wird, in das Cha-kwena uns geführt hat«, sagte Shateh mit kräftiger und ruhiger Stimme, in der wiedergefundene Macht und Entschlossenheit lagen. »In diesem schlechten Land kommt der Schnee, und das Wild flieht vor den Speeren unserer Jäger. Im Land unserer Vorfahren geht der Mond des Trockenen Grases auf, und die vielen Stämme des Graslandes versammeln sich, um die Bisons zu begrüßen, wenn sie vom Hochland herabkommen. Jetzt sind ihre Felle am besten zum Hüttenbau. Jetzt sind die Buckelstücke dick und fettig. Es ist schon viel zu lange her, daß mein Stamm zuletzt solches Fleisch gekostet hat! Zu lange haben wir auf den Schamanen der Roten Welt gehört, der uns über seine Macht belogen und uns aus dem Land unserer Vorfahren geführt hat, damit sein kleiner Stamm der Eidechsenfresser unter dem Schutz der vielen Jäger Shatehs steht!«

Kosar-eh, der zwischen den Männern der Roten Welt stand, hatte sich weder von der Stelle gerührt noch protestiert, als Shateh seinen Sohn geschlagen hatte. Jetzt jedoch richtete er sich trotzig auf. »Es waren die vielen Jäger Shatehs, die sich dazu entschieden, Cha-kwena zum Ende der Welt zu folgen.«

»Jetzt werden wir ihm nicht mehr folgen!« Shateh faßte den Krieger der Roten Welt scharf ins Auge, während er in versöhnlichem Tonfall hinzufügte: »Du hast dich oft im Kampf und auf der Jagd bewiesen, Mann, der seinen Feinden ins Gesicht spuckt! Du und deine jüngeren Söhne und deine Frau aus der Roten Welt sind in meinem Stamm willkommen. Dies sage ich auch zu den anderen tapferen Kämpfern aus dem Land der Eidechsenfresser. Ihr seid willkommen, mit euren Frauen aus dem Grasland in das Land der Vorfahren Shatehs zurückzukehren. Der Stamm wird ein Stamm bleiben – aber nicht hier, nicht am Ende der Welt. In vier Tagen, nachdem wir in der Tradition unserer Vorfahren um unsere Toten getrauert haben, werden wir dieses schlechte Land verlassen und in das Land unserer Großväter zurückkehren – alle bis auf Einarm und Blinde Tochter und die alte Frau Kahm-ree. Sie werden zurückbleiben.«

»Ich kann meinen Sohn und meine Tochter nicht im Stich lassen!« Kosar-ehs Stimme und sein breites, vernarbtes Gesicht zitterten vor Erregung.

»Du hast noch andere Söhne. Du kannst neue Töchter machen!« entgegnete Shateh hartnäckig. »An jenem Tag, als du dir den Namen Löwentöter verdientest, hättest du deinen einarmigen Sohn sterben lassen sollen! Und als die Fiebergeister dem Mädchen Doh-teyah das Sehvermögen raubten, hätte auch dieses Kind in die Welt der Geister übergehen sollen. So ist es Sitte bei den Stämmen des Graslandes. In dieser Nacht, in der die Leichname meines neugeborenen Sohnes und Ishkais und Ha-xas von der Roten Welt im Feuer brennen, sage ich, Shateh, daß ich nicht länger zulasse, daß die Lebensuntüchtigen in meinem Stamm leben! Erst wenn wir sie ausgestoßen haben und zu den Sitten unserer Vorfahren zurückgekehrt sind, werden uns die Mächte der Schöpfung wieder günstig gesonnen sein. Alle bis auf Einarm werden ans Feuer zurückkehren. Ihm ist es verboten, das Dorf wieder zu betreten. Er wird zusammen mit der alten Frau in die Nacht hinausgehen. Er wird sofort gehen. Wenn ich noch einmal sein Gesicht sehen muß, werde ich ihn auf der Stelle töten! Kommt jetzt, wir müssen uns darauf vorbereiten, die Gesetzesbrecher zu jagen, und Kosar-eh muß das tun, was er schon vor langer Zeit mit seinem blinden Kind hätte tun sollen.«

Shateh wartete ab, ob Kosar-eh wieder protestierte. Der Mann stand wie ein Baum da, sein Gesicht zeigte keinerlei Gefühle. Shateh nickte zufrieden. Der große Krieger aus der Roten Welt war ein wertvoller Gewinn für seinen Stamm. Er würde ihn nur ungern wegen eines Krüppels und eines blinden Mädchens verlieren.

Die anderen – alle bis auf den jungen Warakan, den fassungslosen Gah-ti und den alten Lahontay – wandten sich ab, um dem Befehl ihres Häuptlings zu gehorchen.

»Sieh dich vor!« warnte der Greis. »Die Geister der Toten werden in dieser Nacht vom Wind umhergetrieben, und der Feind will Shateh locken, ihm über das Ende der Welt hinaus zu folgen!«

»Soll er es doch versuchen! Das wird ihm nicht gelingen!« schnaufte Warakan stolz und zuversichtlich.

Shateh hob die Augenbrauen. »Ich werde vorsichtig sein, alter Freund«, versicherte er Lahontay. Im selben Augenblick trompeteten Mammuts irgendwo im Osten. »Hört!« sagte er, als er bemerkte, daß der Gesang der Wölfe jetzt unregelmäßiger wurde, aber immer noch aus derselben Richtung kam. »Du vergißt, daß ich auch Schamane bin, Lahontay. Cha-kwena wird mit seiner Frau nach Osten gehen und versuchen, die Mammuts fortzutreiben, so daß unsere Speere sie nicht mehr erreichen können.« Er schüttelte den Kopf ob der Vergeblichkeit dieses Anliegens. »Ich sage dir, Lahontay, seit dem Tod des großen weißen Mammuttotems hat der Schamane der Roten Welt keine Macht mehr. Soll er doch versuchen zu fliehen! Bald werden ihm andere Wölfe auf den Fersen sein als die, die du jetzt hörst. Und den Wölfen Shatehs werden er und die Mammuts nicht entkommen.«

»Er wird wissen, daß du ihm folgst!« rief Gah-ti. »Er wird ...«

»Die Toten sprechen nicht!« sagte Shateh nur und schlug den jungen Mann zum zweitenmal in dieser Nacht nieder. Dann kehrte der Oberhäuptling mit erhobenem Kopf zusammen mit Lahontay und Warakan ins Dorf zurück.

Gah-ti brauchte einen Moment, um wieder auf die Beine zu kommen. Er war allein. Als er seinen Unterkiefer bewegte, stellte er überrascht fest, daß Shateh ihn nicht gebrochen hatte. Doch letztlich war es ihm gleichgültig. Er wollte sterben. Kosar-eh war mit den anderen zurückgegangen, ohne sich noch einmal umzublicken.

In der Schamanenhütte hinter Gah-ti sang die alte Kahm-ree jetzt von vergangenen Tagen, von glücklichen Zeiten, von dem heiligen Stein, dem großen weißen Mammuttotem und der legendären Macht eines jungen Schamanen, der seinen Stamm immer weiter nach Osten ins Gesicht der aufgehenden Sonne führte. Gah-ti drehte sich nicht um, während er auf ihr Lied horchte. Das Totem lebte nicht mehr! Der heilige Stein war fort! Der Schamane hatte keine Macht! Die arme alte Kahm-ree hatte keine Ahnung, was ihr bevorstand, sonst würde sie nicht singen. Weder ihr Tonfall noch ihre Worte gaben einen Hinweis darauf, daß sie etwas von den Tragödien des heutigen Tages wußte. Vielleicht ist es gut, daß sie in der Vergangenheit lebt, dachte er. Vielleicht war die Vergangenheit auch für ihn alles, was ihm noch geblieben war.

Gah-ti runzelte die Stirn. Dabei spannte sich seine Kopfhaut, und die vernarbte Gesichtshälfte, die bereits in dem kalten Wind und dem fallenden Schnee erstarrt war, begann zu schmerzen. Als er Kahm-rees Lied zuhörte, dachte er daran, daß der Schorf des Vergessens, der ihren Geist abstumpfte, eine Ähnlichkeit zu den Narben hatte, die das nackte, zarte Fleisch schützten, das immer noch unter der Oberfläche seiner Wunden lag. Diese Feststellung deprimierte ihn. Er empfand keinerlei Sympathie für die alte Frau, doch beim Klang ihres unbeschwert gehauchten Gesangs tat sie ihm plötzlich leid – und er sich selbst.

Er starrte immer noch den anderen nach. Sie hatten inzwischen den Scheiterhaufen erreicht. Ihre Körper zeichneten sich als Schattenrisse vor den Flammen ab. Gah-ti zitterte und sehnte sich nach Wärme. Sein Herz war so schwer, daß er kaum atmen konnte. Vielleicht würde Kosar-eh doch noch umkehren und zu ihm zurückkommen! Vielleicht würden alle Männer der Roten Welt zu ihm kommen! Sie würden vor ihn treten und sagen, daß es besser sei, sich von Shatehs großem Stamm zu trennen, als auch nur einen einzigen Mann, eine Frau oder ein Kind dem Tod auszusetzen. Aber sie kamen nicht zurück. Sie sprachen leise mit ihren Frauen oder gingen in ihre Hütten – alle bis auf einen. Kosar-eh stand allein da und blickte zu der kleinen Hütte, in der Xama und Umal, zwei ältere Frauen aus dem Grasland, die kleinsten der Kinder bewachten.

Gah-ti, der heftig im Wind zitterte, wußte, daß seine kleine Schwester Doh-teyah in dieser Hütte schlief. Würde Kosar-eh nun Shatehs Befehl Folge leisten? Würde er jetzt zu diesem süßen, sanften und schlafenden Baby gehen, es in seine großen Hände nehmen und damit dasselbe tun, was Wehakna mit Shatehs neugeborenem Sohn getan hatte? Gah-ti litt furchtbare Qualen. Die Sorge um seine Schwester erschütterte ihn tiefer als die Vorstellung, daß er selbst ausgestoßen wurde. Im Gegensatz zu den anderen konnte die kleine Doh-teyah weder seinen Armstumpf noch die schrecklichen Narben sehen, die seinen Kopf verunstalteten. Sie lächelte, wenn sie seinen Namen hörte, und streckte ihm freudig ihre Ärmchen entgegen, wenn er in ihre Nähe kam.

»Ich werde Doh-teyah aus der Hütte holen! Ich werde nicht zulassen, daß meine Schwester stirbt!« verkündete Gah-ti, als er wütend losstapfte, jedoch sofort wieder stehenblieb. Er erkannte, daß er keine der Hütten erreichen konnte, ohne gesehen zu werden. Und wenn man ihn sah, würde man ihn töten. Die Rettung Doh-teyahs hatte seinem Leben einen neuen Sinn gegeben. Er wollte nicht mehr sterben. Jetzt sah er, wie sein Vater auf die Hütte zuging, in der Doh-teyah lag. Jemand war bei ihm – eine schwangere Frau, die sich an seinen Arm klammerte und ihn aufzuhalten versuchte. Gah-ti wußte, daß es Ta-maya war. Wieder verspürte er Mitleid, denn sie hatte in dieser Nacht ihre Mutter und ihre Schwester verloren. Jetzt wollte ihr Mann sich für immer von seinem erstgeborenen Sohn abwenden und ihre geliebte kleine Stieftochter ersticken.

Dann sah Gah-ti, wie mehrere Frauen losliefen, um Tamaya von Kosar-eh wegzuzerren, und er hörte sie rufen: »Kosar-eh! Mann meines Herzens! Nein! Bitte nicht!«

Kosar-eh ging allein weiter.

Gah-ti wurde übel, als er erkannte, daß er seinen Vater nicht mehr würde aufhalten können, selbst wenn er jetzt sofort losrannte. Die anderen würden ihn daran hindern. Er war nur ein einarmiger Mann ohne Speer und ohne Hoffnung, seine Schwester oder sich selbst retten zu können.

Tränen traten in seine Augen. Er versuchte sie wegzublinzeln, aber es wurden immer mehr, bis sie in heißen Bächen seine Wangen hinunterliefen. Es schien unmöglich, daß Tränen seine Haut verbrennen konnten, während ihm der Wind Schnee ins Gesicht trieb, aber sie taten es doch – als würde ihm der Saft einer Brennessel über die Haut geträufelt. Gah-ti wischte sie mit den Fingerspitzen fort. Seine Beschämung, seine Verzweiflung und seine Qual waren vernichtender als alles, was er je zuvor erlebt hatte. Seine Hand glitt tiefer zur Halskette aus Löwenkrallen und Löwenzähnen, die Kosar-eh ihm geschenkt hatte, als er nach seiner schweren Verletzung dem Tode nahe gewesen war. Gah-ti konnte sich noch genau an die Worte erinnern, die Kosar-eh damals gesprochen hatte:

Der Geist des Löwen, der Gah-tis Arm genommen hat, lebt in diesen Krallen und Zähnen! Ich habe sie der großen Katze abgeschnitten und sie auf einer Sehnenschnur aus dem Körper dieses Löwen aufgefädelt. Mögen sie die Seele meines Sohnes in den Tagen und Nächten der Genesung speisen und stärken. Gah-tis Speer hat diesen Löwen getötet. Der Sohn Kosar-ehs ist tapfer und mutig!

»Zu mutig!« rief Gah-ti, als er sich daran erinnerte, wie er dem Löwen aufgelauert und sich allein in seine Höhle gewagt hatte. So hatte er Mah-ree seine Tapferkeit beweisen wollen, damit sie ihn und nicht Cha-kwena mit der Bewunderung ansah, nach der er sich sehnte. Damals war sie noch nicht die Frau des Schamanen gewesen, und obwohl Gah-ti jünger gewesen war als sie und von vielen noch als Kind betrachtet wurde, war er so sehr davon überzeugt gewesen, daß er nur den Löwen töten und ihr sein Fell schenken mußte, damit sie ...

Er verschluckte den Rest seiner Erinnerungen. Die alte Sehnsucht schmerzte ihn immer noch. Gah-ti konnte sich an keine Zeit erinnern, zu der er Mah-ree nicht geliebt hatte, und an keine Zeit, zu der sie nicht Cha-kwena geliebt hatte. Dieses Hindernis für sein Begehren war ihm niemals unüberwindlich vorgekommen, denn selbst wenn Mah-ree mit ihrem Schamanen zusammengewesen war, schien Cha-kwena ständig mit anderen Dingen beschäftigt. Also hatte Gah-ti, um seine Liebe und seinen Wagemut zu beweisen, alle Warnungen in den Wind geschlagen und ohne zu wissen, daß sein Vater ihm folgte, die große Katze im dunklen Labyrinth der Höhlen aufgespürt. Gah-tis Unerfahrenheit hatte es dem Löwen erlaubt, ihm einen Arm abzureißen und ihn halb zu skalpieren, bevor er auch nur die Gelegenheit erhalten hatte, seinen Speer einzusetzen. Das hatte Kosar-eh für ihn getan. Sein Vater hatte mit einem von Gah-tis Speeren den tödlichen Wurf angebracht, aber erst nachdem der Löwe seinen Sohn bereits fast getötet hatte. Und jetzt gab es niemanden außer Doh-teyah, der sich ohne Abscheu oder Mitleid zu empfinden, in Gah-tis Nähe aufhalten konnte.

Er riß sich die Halskette über den Kopf und war versucht, sie in die Dunkelheit zu schleudern. Sein Leben erschien ihm so sinnlos.

»Shateh hat recht. Ich hätte damals sterben sollen! Was nützt dem Stamm ein einarmiger Mann?« Sein Selbstmitleid verbrannte Gah-ti genauso heiß wie die Tränen. Doch das Gefühl machte ihn unruhig, als er sah, wie Kosar-eh vor der Hütte innehielt, in der Doh-teyah schlief. »Und was nützt ein blindes Kind? Auch meine Schwester wäre besser tot. Sie ...«

Dann hörte Gah-ti auf, nach Rechtfertigungen für das Ersticken eines Kindes zu suchen. Er war entrüstet und empört, als er sich die Halskette wieder über den Kopf streifte. »Bringt mir das Kind, das ihr Blinde Tochter nennt!« rief er. »Ich, Gah-ti, der älteste Sohn von Kosar- eh, werde sie von diesem Dorf fortbringen! Ich, Gah-ti, hatte keine Angst, dem Löwen aufzulauern! Ich, Einarm, hatte keine Furcht, den Bären zu mir zu rufen, damit Teikan seine Speere werfen und die Frauen und Kinder retten konnte. Ich, dem es laut Shateh nicht zusteht, unter Männern zu sprechen, spreche jetzt! Kosar-eh! Hörst du mich, Kosar-eh? Ich, Gah- ti, der dich nicht mehr seinen Vater nennt, werde Doh-teyah mitnehmen, wenn ich das Dorf verlasse! Dieser Ort ist nicht gut für Menschen der Roten Welt!«

Kosar-eh blieb reglos stehen. Gah-ti den Rücken zugekehrt. Dann bückte er sich, ohne sich umzudrehen, und trat in die Hütte.

Gah-ti wartete atemlos. Er hörte das Prasseln des Feuers, das leise Raunen des Windes und das ferne Heulen der Wölfe. Dann kamen zwei Gestalten aus der Hütte. Kosar-eh war nicht dabei. Die Gestalten waren klein und in Felle gehüllt, wie wandernde kleine Zelte, die sich der Hütte des Häuptlings näherten. Ta-maya lief auf sie zu. Worte wurden gewechselt, doch Gah-ti war zu weit entfernt, um sie zu verstehen. Doch kurz darauf war zu hören, wie Kosar-ehs Frau zu jammern begann, und Gah-ti wußte, daß seine Worte an seinen Vater vergeblich gewesen waren.

Er schluchzte, bis er sich beim anhaltenden Geheul der Wölfe daran erinnerte, daß seine geliebte Mah-ree irgendwo dort draußen im Wind und im Schnee war, allein mit Chakwena, während die Geister der Toten zusammen mit den Wölfen durch die Nacht streiften.

»Warum stehst du nackt im Wind, Gah-ti, Sohn von Kosar-eh?«

Gah-ti drehte sich überrascht um, als er Kahm-rees Stimme hörte. Die alte Frau war aus der Schamanenhütte gekommen, in der das Licht nun erloschen war. Ihr Gesicht jedoch schimmerte im Schein der runden Steinöllampe, die sie in der Armbeuge hielt. Gah-ti runzelte die Stirn. Diese Bewegung weckte wieder die Schmerzen in seiner Kopfhaut, doch er achtete nicht mehr darauf, denn er konnte nur über die Erscheinung der Frau staunen. Ihr Gesicht mit den tiefen Falten, Zysten und eingefallenen Zügen war kein hübscher Anblick, doch zu seiner Verwunderung war sie für die Reise gekleidet. Sie trug Stiefel und Handschuhe und war vom Kopf bis zu den Waden in ihren verrotteten Eichhörnchenmantel gehüllt. Sie stand unter dem Gewicht mehrerer zusammengerollter Felle gebückt da, die sie sich auf den Rücken geschnürt hatte. In der freien Hand hielt sie einen schweren, schlammfarbenen Mantel aus langhaarigem Kamelfell und über den Unterarm gelegt mehrere leichtere Felle sowie die Schnüre von Männermokassins.

»Hier!« sagte sie und bot ihm die Sachen an. »Cha-kwena und Mah-ree haben ein paar warme Kleidungsstücke zurückgelassen. Zuerst dachte ich, die Mokassins wären für mich, aber jetzt weiß ich, daß sie für dich bestimmt sind. Was starrst du so, Einarm? Bevor die Geister des Windes und des Schnees dich erstarren lassen, solltest du deinen Körper bedecken und diese guten hohen Winterstiefel über deine Lagermokassins ziehen. Du kannst weder nackt in die Nacht hinausgehen noch ins Dorf zurückkehren, um deine eigenen Sachen zu holen.«

Gah-ti war fassungslos. Kahm-ree sah im Licht der Öllampe alt und häßlich aus, wie er sie kannte, aber sie wirkte gleichzeitig überraschend befehlsgewohnt und klug. Er starrte sie immer noch ungläubig an.

Sie erwiderte seinen Blick, bis sie blinzelte und kicherte.

»Wenn Männer im Wind stehen und sich vor einer Hütte, in der die alte Kahm-ree ihre Knochen wärmt, Worte zurufen, können sogar diese alten Ohren eine Beleidigung und eine Drohung verstehen. Ich bin nutzlos, wie? Ich bin verwirrt? Hmm. Wir werden es ihnen zeigen, Einarm! Wir werden Cha-kwena und Mah-ree folgen, du und ich! Wir werden bei ihnen sein, wenn sie meine Ban-ya wiederfinden! Dann wird Shateh wissen, daß meine ...«

»Ban-ya ist tot.«

»Nein. Ban-ya lebt. In meinem Herzen würde ich es spüren, wenn ihre Seele nicht mehr in dieser Welt leben würde. Cha-kwena und Mah-ree haben sich auf die Suche nach ihr gemacht. Ich habe gesehen, in welche Richtung sie gegangen sind. Wir werden ihnen folgen. Was starrst du mich so an, Löwenjäger? Hat der Bärenköder Angst, in die Nacht hinauszugehen, wie Shateh es befohlen hat? Mach dir keine Sorgen! Kahm-ree wird sich um dich kümmern. Diese Frau hat keine Angst. Bei ihrem hastigen Aufbruch hat Mah-ree viele Messer und Ahlen und tödliche Klingen zurückgelassen, die uns vor scharfzähnigen Jägern schützen werden, die auf vier Pfoten durch die Nacht streifen. Und das Licht von Mah-rees Lampe wird uns führen und die Wölfe fernhalten ... solange das Öl vorhält.«

4

Wölfe hatten ihre Witterung aufgenommen. Cha-kwena wußte nicht, wie lange sie ihnen schon folgten oder wann er zum erstenmal ihre Blicke gespürt hatte. Aber er wußte, daß sie da waren, daß sie sich lautlos bewegten und sich im Schneetreiben und in der absoluten Finsternis der Nacht versteckten. Er hielt an und schaute nervös zurück, während er froh war, daß Mah-ree ihm den Abhang vorausging. So hatte er sie immer im Blick.

»Was gibt es, mein Schamane?« fragte Mah-ree, die aus Besorgnis und Neugier neben ihm stehengeblieben war. »Folgen uns die Geister der Toten?«

»Geister … oder Wölfe.«

Sie hörte die Angst in seiner Stimme und blickte sich um.

Und dann geschah es. Entweder sah Mah-ree die Wölfe, oder sie glaubte nur, sie zu sehen. Die Erschöpfung verbündete sich mit ihrer Angst und ließ Panik entstehen, so daß sie plötzlich weiterhetzte und wie ein ängstliches Kaninchen die andere Seite des Hügels hinunterrannte.

»Halt, Mah-ree!« rief Cha-kwena verzweifelt, denn sie drohte auf dem steinigen Untergrund auszurutschen, der durch eine schlüpfrige Schicht aus Neuschnee glatt geworden war. Einen atemlosen Augenblick lang war er davon überzeugt, daß seine Frau ihr Gleichgewicht wiederfinden würde, denn er hatte noch nie eine so leichtfüßige und schnelle Frau wie sie erlebt. Außerdem waren die Sohlen ihrer Stiefel genauso wie seine nach Art der Roten Welt mit geflochtenen, rauhen Schnüren versehen, die ihr besonders auf winterlichem Boden mit Eis und Schnee Halt verschaffen sollten. Doch der Abhang war steil. Unter dem Gewicht ihrer Rückentrage aus Geweihen wurde sie nach vorn gedrückt, stürzte mit ausgebreiteten Armen und rutschte den Hang hinunter, bis sie in einer kleinen Lawine aus Schnee und losem Geröll in der Dunkelheit verschwand.

Cha-kwena sprang ihr nach. Mehr schlecht als recht gelang es ihm, auf den Beinen zu bleiben, während er mit dem Speer das Gleichgewicht hielt, bis er endlich am Fuß des Hügels angelangt war und über Mah-rees reglosem Körper stand. Er hielt den Atem an und hoffte, daß ihre schwere Winterkleidung den Sturz gedämpft hatte, doch er zögerte, ihren Namen auszusprechen, weil er fürchtete, daß nur ein

Schweigen auf die Frage antworten würde, die ihn beschäftigte: *Ist meine kleine Frau noch am Leben?*

Sie rührte sich nicht.

Er kniete sich nieder, berührte sie mit seinem Handschuh und brachte erst nach einer scheinbaren Ewigkeit den Mut auf, ihren Namen zu flüstern. »Mah-ree? Meine Mah-ree?«

Sie seufzte.

Cha-kwena war so erleichtert, daß ihm schwindelte. Sie stemmte sich auf den Ellbogen hoch. Er half ihr, sich aufzusetzen. Als Cha-kwena die Kraft des Lebens in ihr spürte und die Leichtigkeit ihrer Bewegungen sah, wußte er, daß sie keine Schmerzen hatte, die auf gebrochene Knochen oder gezerrte Sehnen hindeuteten. Kurz darauf schüttelte sie den Kopf unter der Fellkapuze, blickte sich hektisch um und wollte von ihm wissen, ob die Geisterwölfe ihnen immer noch auf der Spur waren.

»Es sind keine Geister, sondern deren lebende Brüder«, sagte er zu ihr. Im nächtlichen Schneetreiben konnte er nur wenige Schritte weit in jede Richtung sehen, so daß er immer noch keinen Wolf zu Gesicht bekommen hatte. Trotzdem konnte er spüren, daß sie ihn von der Spitze des Abhangs aus beobachteten.

»Dann gib mir meinen Speer, Schamane!« rief sie. »Es ist niemand in der Nähe, den es stören könnte, wenn ich ihn benutze!«

Er wurde plötzlich wütend auf sie. »Ich bin hier! Mich stört es! Und selbst in der Dunkelheit, im Sturm, in diesem fremden Land sehen und wissen die Mächte der Schöpfung alles!« Er war aufgesprungen und zerrte sie mit sich. »Steh auf!« befahl er. »Und lauf nicht wieder davon, es sei denn, du willst die Wölfe auffordern, uns zu jagen!« Er blickte sich nervös um. »Wir wissen, daß ihr hier seid, meine Brüder und Schwestern!« rief er sie an. »Wir wissen, daß ihr uns folgt. Ich bin Cha-kwena, der Enkel Hoyeh-tays, der Wächter des heiligen Steines und des Totems! Ich bin der Bruder der Tiere, der Gelbe Wolf, der mit euch und dem Kojoten verwandt ist. Wollt ihr euren Artgenossen fressen? In diesem Fall warne ich euch, denn meine Speere sind schärfer als eure Zähne, und ich werde einige von euch mit in den Tod reißen, wenn ihr in dieser Nacht meine Seele für immer mit dem Wind davontreiben laßt!«

Mah-ree untersuchte sich auf Verletzungen und rückte dann das Gewicht ihres Gepäcks zurecht, das aus vielen zusammengerollten Fellen und Häuten, einem mit Sehne befestigten Feuerhorn und einem Fellbeutel mit den Notwendigkeiten für die Erhaltung des Lebens bestand. »Wenn wir ein paar unserer Hunde mitgenommen hätten, müßten wir jetzt keine Angst vor Wölfen haben, und unser Gepäck wäre um die Hälfte leichter!« brummte sie verärgert, während sie sich den Schnee von den Handschuhen, dem Reisemantel und den Hosen klopfte. »Aber du hast gesagt, daß die Wölfe uns nicht folgen würden. Du hast gesagt, daß sie vom Fleisch des Pferdes angelockt würden, das du heute erlegt hast!«

»Shateh hat offenbar Männer losgeschickt, um das Fleisch zu bewachen und die Wölfe zu vertreiben.«

»Und jetzt sind wir das Fleisch, nach dem die Wölfe hungern!«

Cha-kwena antwortete nicht, denn sie hatte recht. Er starrte in den Wind und versuchte im Schneetreiben die Tiere zu erkennen, die ihnen auf der Spur waren. Es gelang ihm nicht. Trotzdem spürte er, daß sie immer näher kamen. Wenn die Wölfe sie umzingelten und dann unsichtbar zum Angriff übergingen, hatten er und Mah-ree keine Chance. Cha-kwena legte eine Hand auf seinen Medizinbeutel, klammerte die andere um den Schaft seines Speeres und bat die Geister um Kraft. Mit seinem heiligen Eulenfederkopfschmuck, den er über der Kapuze seines Reiseumhangs trug und der unter seinem Kinn mit Schnüren verknotet war, hob er sein Gesicht in den Nachthimmel und rief: »Eule, Geisthelfer von Hoyeh-tay und jetzt von Cha-kwena, hör mich an! Gib diesem Schamanen dein nächtliches Sehvermögen, damit ich meine Brüder sehen kann, die mich und meine Frau fressen möchten!«

Und plötzlich, als hätten die mumifizierten Überreste der toten Eule die Bitte des jungen Schamanen erhört, ließ der Wind nach, und der Schnee fiel gerade zu Boden. Mah-ree hielt erstaunt den Atem an.

Cha-kwena blickte immer noch in die Richtung, in der er die Wölfe vermutete. Er ließ seinen Blick den Hügel hinaufwandern und folgte der langen, schneefreien Spur, die Mahrees Sturz und sein Abstieg hinterlassen hatten. Oben befanden sich nur ein paar Sträucher und Felsblöcke, die wie eine Versammlung alter fetter Frauen aussahen. Sie waren so zerklüftet und von der Zeit verwittert, daß nicht einmal die neuen Mäntel aus Schnee sie glätten konnten. Falls sich Wölfe zwischen dem Gestrüpp und den Felsen versteckten, konnte Cha-kwena sie nicht erkennen. Er drehte sich um, überblickte die weitere Umgebung und sah eine öde gewellte Ebene, deren Weiß nur an einer Klippe unterbrochen wurde, die offenbar das Ende einer kleinen Schlucht abschloß.

Erinnerungen flackerten in Cha-kwenas Kopf auf. Er kannte diesen Ort! Er war schon einmal hiergewesen! Es war diese Ebene gewesen, über die die Pferde geflohen waren, nachdem sie die Schlucht verlassen hatten, wo er und seine Jagdkameraden sie zu erlegen gehofft hatten. Er blickte sich wieder zum Abhang um, den Mah-ree hinuntergestürzt war, und erkannte, daß irgendwo am Fuß dieses Hügels die Stute mit seinem Speer in der Schulter zu Boden gegangen sein mußte.

Seine Bauchmuskeln verkrampften sich. Jetzt traten am oberen Ende des Abhangs die Wölfe zwischen den Felsblöcken hervor und starrten auf genau dieselbe Weise zu ihm hinunter, wie die Männer am Morgen dieses Tages auf die Pferde hinuntergestarrt hatten. Mit kalter Furcht erkannte Cha-kwena, daß er und Mah-ree von den Wölfen genauso zu dieser Stelle getrieben worden waren, wie Shatehs Jäger es mit den Pferden getan hatten. Der einzige Unterschied war nur der, daß jetzt die Wölfe die Jäger waren, und die Beute waren er und Mah-ree.

»Bleib hinter mir!« sagte Cha-kwena zu seiner Frau, während er seinen Speer faßte und seinen Blick auf den Leitwolf konzentrierte. Das Tier war groß, schwarz und fast so zottig wie ein Bison im Winter. Die anderen waren nur wenig kleiner und hatten graues oder braunes Fell, bis auf eins der Tiere, das fast weiß war. Dann waren da noch einige langbeinige Jungwölfe, die nach einem Jahr fast die Größe der Erwachsenen erreicht hatten, darunter einer, der genauso schwarz und langhaarig wie sein Erzeuger war. »So viele seid ihr?« rief er staunend.

»Kannst du sie sehen, Cha-kwena?« flüsterte Mah-ree zitternd.

»Bleib hinter mir!« wiederholte er seinen Befehl, und als sie seinem scharfen Tonfall sofort gehorchte, wurde ihm klar, daß sie die Wölfe gar nicht sah. Nur seine Schamanenaugen hatten die Macht, den Schnee und die Dunkelheit zu durchdringen.

Er runzelte die Stirn. Der Leitwolf war stehengeblieben und hatte den Kopf erhoben. Dann nahm der Rest des Rudels dieselbe Haltung an. Cha-kwena wußte, daß sie seinen Ausruf gehört hatten. Aber wie würden sie darauf reagieren? In seiner Stimme hatte Ehrfurcht mitgeklungen. Sie mußten es als Zeichen der Schwäche verstanden haben, denn sie rückten jetzt wieder vor – langsam und vorsichtig, da sie immer noch nicht genau wußten, was für eine Art Beute sie vor sich hatten.

Instinktiv richtete Cha-kwena sich zu voller Größe auf und reckte seinen Brustkorb. Er wollte größer erscheinen, als er war, und mutiger, als er sich fühlte. Er atmete tief ein und füllte seine Lungen. Dann begann er wie ein Wolf zu denken und streckte seinen Kopf vor. Wenn er in der Lage gewesen wäre, das Fell auf seinem Rücken zu sträuben, hätte er es getan. Wenn er einen Schwanz gehabt hätte, hätte er ihn zwischen die Beine geklemmt und über seine Genitalien gelegt, nicht als Zeichen der Unterwerfung, sondern der Warnung an das Rudel, daß er seine empfindlichen Körperteile schützte, um sich auf den Angriff vorzubereiten, und daß er jeden in Stücke reißen würde, der es wagte, sich gegen ihn und sein Weibchen zu stellen. Er fletschte die Zähne und begann so laut und bösartig zu knurren, wie es einem Menschen möglich war.

Überrascht blieben die Wölfe stehen, mit vorgestreckten Köpfen und eingezogenen Schwänzen, ihre Körper so angespannt wie ein wurfbereiter Speer im Speerwerfer.

Cha-kwena wußte, daß eine falsche Bewegung von seiner Seite für das Rudel das Zeichen zum Angriff wäre.

»Siehst du sie, mein Schamane?« fragte Mah-ree mit bebender Stimme und drückte sich so eng an Cha-kwenas Rücken, daß sie in seinen Reisemantel hätte kriechen müssen, wenn sie ihm noch näher hätte sein wollen. »Ich sehe nur die Nacht und das Schneetreiben! Werden die Wölfe uns angreifen?«

Cha-kwena hörte die Angst in ihrer Stimme und wußte, daß auch die Wölfe es hören würden. »Sei still! Richte dich mutig auf! Wenn du mühelos dein Messer erreichen kannst, dann nimm es! Aber bewege dich langsam! Zeig ihnen nicht, daß du Angst hast!«

Mah-ree gehorchte.

Überrascht erkannte Cha-kwena, daß sie in der Tat große Angst haben mußte, wenn sie ihm ohne Widerspruch gehorchte. Er hörte, wie sie ihre Rückentrage abschnallte und zwischen den eingerollten Fellen wühlte. Und dann – urplötzlich, wie es schien – stand sie neben ihm mit einer voll bestückten, dreiarmigen Steinschleuder für die Vogeljagd in der Hand. Bevor er ein Wort sagen konnte, trat sie einen Schritt an ihm vorbei und einen zur Seite. Dann hob sie den rechten Arm mit der Schleuder hoch und ließ die langen Riemen mit den steinbesetzten Enden über dem Kopf kreisen, bis sie wie ein unheilverkündender Geist in der Luft heulten. Kurz darauf ließ sie die Waffe los. Sie flog wirbelnd und immer noch heulend den Hang hinauf, bis sich mit einer kurzen Folge dumpfer Schläge die Arme der Schleuder um den Hals und die Schnauze des Leitwolfs wickelten. Das Tier gab einen überraschten Schmerzenslaut von sich, machte kehrt und verschwand mit dem Rest des Rudels zwischen den Felsen und auf der anderen Seite des Hügels. Cha-kwena war so fassungslos, daß er vor Erleichterung fast seinen Speer fallen gelassen hätte.

»Sind sie noch da?« fragte Mah-ree und trat zurück, bis sie wieder neben ihm stand.

»Nein … sie sind geflüchtet und haben sich zerstreut.«

Sie zitterte, als die Anspannung nachließ, und rückte näher an ihn heran. »Siehst du? Es ist gut, daß ich bei dir bin. Bist du jetzt nicht froh, daß du mich mitgenommen hast, um über das Ende der Welt hinauszugehen?«

Cha-kwena antwortete nicht. Er war wirklich froh – und gleichzeitig traurig, trauriger als jemals zuvor in seinem Leben, seit er das große weiße Mammuttotem hatte töten müssen. Ein Gefühl schrecklicher Einsamkeit und Verzweiflung raubte ihm fast das Bewußtsein, als der Druck von Mah-rees Körper ihn erkennen ließ, wie klein sie war, wie jung und wie verletzlich – trotz ihrer Tapferkeit und ihrer Hartnäckigkeit im Umgang mit Waffen. Was wäre geschehen, wenn die Schleuder ihr Ziel nicht getroffen hätte? Er hatte einen Speer in der Hand, und drei weitere steckten griffbereit auf seinem Rücken. Hätte er sich damit gegen so viele Wölfe zur Wehr setzen können? Und könnte er damit etwas ausrichten, wenn Shateh und seine Krieger sie fanden?

Tief besorgt starrte er in die Dunkelheit. Sein übersinnliches Sehvermögen, das ihm der Geist der Eule geschenkt hatte, war mit der Bedrohung durch die Wölfe verschwunden. Cha-kwena sah die Nacht jetzt genauso wie zuvor, nicht wie ein Schamane, der mutig die Mammuts in der stürmischen Nacht nach Osten trieb, sondern wie jeder andere Mann sie auch gesehen hätte. Sein Sehvermögen war eingeschränkt, sein Körper müde von der Reise, seine Seele voller Furcht über das, was ihn und seine verbannte Frau erwartete, während sie sich über das Ende der Welt hinauswagten.

Cha-kwena biß die Zähne zusammen. Er tröstete sich damit, daß sie nicht allein waren. Wenn sie weiterhin den heiligen Mammuts folgten und sich an die Traditionen der Vorfahren hielten, würden die Geister ihrer Ahnen bei ihnen sein. Doch Mah-ree hatte an diesem Tag das Gesetz der Ahnen gebrochen, und er hatte schon seit Stunden keine Spuren der Mammuts mehr gesehen. Was war, wenn Lahontay recht hatte? Was war, wenn die Welt tatsächlich hier in der Dunkelheit zu Ende war? Was war, wenn alle Menschen und Tiere, die sich bis zum Ende der östlichen Ebene vorwagten, dazu verdammt waren, über den Rand der Welt zu stürzen und im Gesicht der aufgehenden Sonne zu verbrennen?

Cha-kwenas freie Hand fuhr an seine Kehle und klammerte sich an den Medizinbeutel, so daß er die Form des heiligen Steines in seiner Handfläche spürte. Ihm war, als würde sein Herz im Innern des Steines gefangen schlagen. Er konnte kaum noch atmen, als er sich vorstellte, wie die Mammuts weiterzogen, vom Schnee und der Dunkelheit geblendet, und die Gefahr nicht bemerkten, bis sie über den Rand der Welt in die Sonne stürzten. *Nein!* sagte er sich. *Das kann nicht sein! Mammuts sind klug und vorsichtig, und sie wissen um den Weg, der vor ihnen liegt. Sie werden nicht in die Sonne stürzen oder jene, die sie Totem nennen, über den Rand der Welt in den Tod führen!*

Er holte tief und entschlossen Luft, während er seine Nerven mit dem uralten Wissen der Geschichtenerzähler seiner

Jugend beruhigte, dem Wissen nämlich, daß seit Anbeginn der Zeiten jene Menschen, die den großen Mammuts folgten und sie beschützten, immer Wild und Gras und gutes Wasser für ihren Stamm gefunden hatten. *Und jetzt wird es nicht anders sein!*

»Wir müssen weitergehen«, sagte Cha-kwena zu Mah-ree. »Wir müssen die Mammuts suchen.«

»Ja«, antwortete sie, und mit untypischer Gehorsamkeit ging sie in die Knie, um ihr Gepäck wieder aufzuheben.

Cha-kwena kehrte dem Wind den Rücken zu. Er war wieder stärker geworden und wehte kräftig aus dem Nordwesten. Er seufzte an ihm vorbei nach Osten, auf die offene Ebene zu und trieb scharfe, frostige Schneekörnchen gegen die kältestarren Federn seines Kopfschmucks und die eisüberkrusteten Haare seines Winterreisemantels. Die Mammuts waren irgendwo dort draußen. Er wußte es. Er spürte es. Cha-kwena beschwor ihr Bild herauf, wie sie sich durch den Sturm auf ein mystisches Ziel zubewegten, das nicht einmal ein Schamane sich vorstellen konnte. Und im Schutz der Herde lebte der Geist des großen weißen Mammuttotems, während es wuchs und sich auf die Wiedergeburt vorbereitete.

Cha-kwena verengte die Augenlider. Zeigte ihm der Wind den Weg zur Herde und zum Totem? *Ja!* Er war davon überzeugt. Er spürte diese Wahrheit in seinem Blut und in seinem Herzen. Er lächelte – bis die Wölfe auf der anderen Seite des Hügels zu heulen begannen. Er hätte schwören können, sie hätten seinen Namen gerufen. Verblüfft wirbelte er herum.

»Cha-kwena?« Mah-ree war im nächsten Augenblick auf den Beinen, ohne sich um ihre Rückentrage zu kümmern. Sie sprang an seine Seite und kuschelte sich wie eine verängstigte Maus an ihn. »Hast du es auch gehört, mein Schamane? Haben die Wölfe deinen Namen ausgesprochen?«

Cha-kwena blinzelte im Wind und lächelte jetzt nicht mehr. Er lauschte gebannt. Da er Mah-ree nicht wieder in

Panik versetzen wollte, antwortete er: »Eine Täuschung des Windes!« Doch er selbst war nicht von seinen Worten überzeugt. Seine Hand klammerte sich um den Speer. Das tiefe Geheul der Wölfe war immer wieder zu hören. Jetzt waren keine Stimmen mehr zu verstehen, aber Cha-kwena war trotzdem nicht erleichtert. Sein Körper war vor Furcht erstarrt. Er war sicher, daß Shateh und seine Krieger ihnen auf der Spur waren und in der Dunkelheit immer näher an ihre menschliche Beute heranrückten – genauso wie es die Wölfe getan hatten.

Er erinnerte sich wieder an seine Vision von Blut und Tod und Menschenknochen, die wie Eisscherben im kalten Licht eines erbarmungslosen Wintermondes dalagen, während bemalte, gesichtslose Männer in den Fellen von Wölfen heilige Mammuts unter einem blutroten Himmel jagten. Er blickte nach oben. Der Himmel war nicht rot. Und wenn der Mond aufgegangen war, so konnte er ihn nicht sehen. Über dem Schnabel seines Eulenkopfschmucks war überhaupt kein Himmel. Dort war nur Schnee, ein streifiges weißes Gestöber. Es war, als würde er in einen gefrorenen Nebel blicken. »Beeil dich!« sagte er zu Mah-ree. »Ich helfe dir mit deinem Gepäck. Wir müssen einen Unterschlupf vor dem Sturm finden.«

»Und vor den Wölfen!«

»Ja«, antwortete er ausweichend. Er wollte ihr nicht sagen, daß die Wölfe, vor denen er sich jetzt am meisten fürchtete, auf zwei und nicht auf vier Beinen gingen.

Doch sie wußte bereits, daß er dies dachte. »Von Shateh droht uns keine Gefahr! Er soll uns nur folgen! Er wird uns nicht finden. Die Geister unserer Vorfahren werden uns beschützen, während wir in der Macht des Totems und des heiligen Steines stehen. Die Mammuts sind dort draußen, mein Schamane. Wie der Erste Mann und die Erste Frau werden wir ihnen in den Sturm folgen, nach Osten der aufgehenden Sonne entgegen.«

Shateh hielt an. Wieder heulten die Wölfe. Er hatte den Suchtrupp auf der Spur ihres Gesanges in die Nacht geführt, da er überzeugt war, daß die Tiere in diesem öden und kargen Land den Gesetzesbrechern folgen würden. Doch jetzt war er unsicher geworden und starrte mit zusammengekniffenen Augen, während seine Erschöpfung immer größer wurde.

Dunkelheit ... Andeutungen des Landes zwischen dem Schneetreiben ... Seit die letzte Fackel vom eiskalten Wind gelöscht worden war, konnte er nicht mehr als das erkennen. Doch die Wölfe waren immer noch vor ihm, und der lange, klagende Ton ihres Liedes verriet ihm, daß sie nicht mehr auf der Jagd waren. Hatten sie ihre Beute gefunden? Hatten sie getötet, um jetzt damit zu prahlen? Wenn es so war, wessen brüsteten sie sich dann? Shateh verzog das Gesicht. Er bezweifelte, daß es menschliches Fleisch war, denn die gelegentlichen Spuren von Mokassins, die Ranamal, sein bester Fährtenleser, kurz hinter dem Dorf entdeckt hatte, führten überhaupt nicht in Richtung der Wölfe. Obwohl die Spur jetzt in der Dunkelheit unter einer immer höher werdenden Schneedecke verschwand, wußte er, daß sie für die Hunde immer noch deutlich genug war.

Ranamal brüllte, um sich im Wind verständlich zu machen. »Bis zu dieser Stelle sind die Wölfe gefolgt. Dann gingen sie nach dort weiter.« Die Kapuze auf dem Kopf, beugte er sich tief über den Boden, um mit seiner geschickten und unbekleideten Hand den Schnee zu berühren. »Der Betrüger war hier am Werk. Hier hat er eine Fußspur gelegt und ist dann rückwärts zurückgegangen, denke ich, um eine zweite, neuere Spur zu legen. Wenn ich nur die Augen einer Eule hätte, um bei Nacht sehen zu können, würde ich ...«

»Aber welche Spur ist die richtige?« wollte Shateh wissen, der keine Entschuldigungen gelten ließ. Er kniete sich nieder, um die Spuren mit eigenen Augen zu sehen. In der Dunkelheit ging vom Schnee ein eigenes schwaches Leuchten aus.

Er beugte sich tiefer und runzelte dann die Stirn. Abgesehen von mehreren kleinen, eckigen Abdrücken im Schnee, die bereits fast von neuem Schnee bedeckt waren, gab es nichts zu sehen, bis Shateh es Ranamal nachmachte und seinen Handschuh auszog, um mit den Fingern die Spuren zu ertasten. »So tief und deutlich ... und so nachlässig!«

»Wie es Cha-kwena ähnlich sieht!« bemerkte Teikan.

»Die frischeren Spuren führen dorthin.« Ranamal deutete mit einer müden Kopfbewegung in Richtung einiger niedriger Hügel mit schneebedecktem Gebüsch. »Bald wird der Schnee noch viel tiefer sein, Shateh. Bei diesem Wind und in dieser Dunkelheit werden wir jede Spur verlieren, und selbst wenn wir unsere Schneeschuhe anziehen ...«

»Meine Hunde frieren und sind müde«, warf Teikan ein. »Sieh sie dir nur an! Sie haben die Witterung bis hierher verfolgt, aber ich fürchte, daß sie uns bald nicht mehr von Nutzen sein werden.«

»Du machst dir zu viele Sorgen um deine Hunde, Teikan!« tadelte Shateh. »Wenn es deine Söhne wären, würdest du nicht so sehr um sie bangen!«

Teikans tiefe Stimme klang verärgert und frustriert. »Wegen Cha-kwena habe ich heute zwei meiner besten Hunde an den Bären verloren! Und die Geister standen heute nacht auf der Seite der Gesetzesbrecher. Wenn wir den Eidechsenfresser und seine Frau nicht bald finden, werden wir sie überhaupt nicht mehr finden.«

Shateh richtete sich auf und wandte sich wütend dem Wind zu. »Meine zweite Frau liegt im Dorf im Sterben, während der Geist des beschämten Bären durch die Nacht streift und darauf wartet, daß die Gesetzesbrecherin ihm im Feuer geopfert wird. Wenn wir nicht mit dieser Frau zurückkehren, wird meine Senohnim sterben! Gibt es hier irgendeinen Mann, dem das Wohlergehen seiner Hunde mehr bedeutet?«

»Wir werden sie finden!« erklärte Teikan daraufhin.

Shateh kniff die Augen zu schmalen Schlitzen zusammen und musterte den Mann nachdenklich. Dann betrachtete er die anderen genauso aufmerksam. Er hatte den Suchtrupp sehr sorgfältig zusammengestellt und wußte, daß er die richtige Wahl getroffen hatte.

Teikan ... *mein guter Freund, vermutlich der Mann, der mir am ebenbürtigsten auf dieser Welt ist, es tut mir leid um deine Hunde.*

Zakeh ... *geduldiger und kluger Jäger.*

Ranamal ... *geschickter Fährtenleser, dessen Treue immer dem Wohl des Stammes gilt und der es jetzt dadurch beweist, daß er den Sohn der Frau verfolgt, die er sich zur Frau nehmen wollte.*

Xohkantakeh ... *so stark und stämmig wie ein Bär, du trägst die Last von dreien ohne Beschwerde und erleichterst damit allen das Vorankommen.*

Rek ... *schnellfüßig, treffsicher mit dem Speer und einer der Schnellsten, wenn es darum geht, eine zerbrochene Speerspitze oder einen Schaft zu reparieren, darin vielleicht nur übertroffen von Kosar-eh.*

Ynau ... *mit Augen wie ein Falke, so schlank wie ein Puma und genauso tödlich mit einem Speer in deiner Hand.*

Shateh dachte nach ... eine Handvoll Männer, nur die Besten, nur die Vertrauenswürdigsten. Er hatte niemanden aus der Roten Welt mitgenommen, nicht einmal Kosar-eh, der in dieser Nacht jeden Zweifel an seiner Treue ausgeräumt hatte. Die Seele des Häuptlings erzitterte vor Kälte. Als er seine Männer versammelt hatte, war der große Krieger aus dem Land der Eidechsenfresser immer noch mit seinem blinden Kind in der Hütte gewesen, wo die alten Frauen während der Trauerzeremonien die Babys hüteten. Am Gejammer von Kosar-ehs Frau Ta-maya hatte Shateh erkannt, daß das blinde Mädchen tot in den Händen seines Vaters gelegen hatte, bevor die Jäger vom Dorf aufgebrochen waren.

Der Häuptling schloß die Augen. Er wollte nicht an Ta-maya denken. In dieser Nacht jagte er ihre Schwester, und wegen seines Urteils über Mah-ree war jetzt ihre Mutter tot. Er schüttelte den Kopf. In Ta-maya war so viel von Ha-xas fürsorglichem und liebevollem Wesen. Die außergewöhnliche Schönheit und die sanfte Natur der jungen Frau rührten ihn und besänftigten sein Herz viel zu intensiv, viel zu leicht. Wäre es anders gewesen, wäre das Leben in ihrem Bauch sein Leben und nicht Kosar-ehs, denn vor den lange zurückliegenden Tagen des Krieges war Ta-maya die Frau seines Sohnes Masau gewesen. Und nach Masaus Tod wäre sie rechtmäßig an Shateh übergegangen. Er hätte sie genommen, hätte er nicht gesehen, wie ihre Seele vor Sehnsucht blutete, zu ihrem eigenen Stamm und ihren eigenen Sitten zurückzukehren. Er hatte sich selbst damit überrascht, daß er sie hatte gehen lassen. Und nachdem sich ihre Stämme vereinigt hatten, war sie Kosar-ehs Frau geworden, die neue Mutter der fünf Söhne, die Siwi-ni dem Krieger hinterlassen hatte, die Frau, die nach der Geburt von Blinde Tochter gestorben war.

»Shateh! Schau dort, Shateh!« Xohkantakeh hatte sich ein Stück umgedreht und beugte sich unter dem Gewicht seines Gepäcks vor, während er durch Schnee und Wind zu den niedrigen Hügeln mit dem Gestrüpp starrte.

Shateh war so tief in Gedanken versunken, daß er zunächst gar nicht auf die Worte des Mannes hörte. Die Augen des Häuptlings waren immer noch geschlossen. Er sagte sich, daß Siwi-nis Tod für Kosar-eh ein Zeichen hätte sein müssen. Blinde Tochter hätte niemals am Leben bleiben dürfen. Ein Mann des Graslandes hätte das Kind schon daran gehindert, seinen ersten Atemzug zu tun. Einem Kind, dessen Geburt das Leben seiner Mutter kostete, wurde traditionell das Leben verwehrt. Ein solches Kind war ein Sprößling des Seelenfängers, und der Tod würde seinen Lebensweg bis zum Ende begleiten. Nur die Geburt von Zwillingen wurde als schlimmeres Vorzeichen angesehen. Wenn im

Bauch einer Mutter das Schlagen zweier Herzen gehört wurde, mußte sie abtreibende Blätter und Wurzeln essen, um ihren Leib von seinem unnatürlichen Inhalt zu befreien. Oder ihr Mann trat gegen ihren Bauch, damit die Träger der Zwietracht nicht lebend auf die Welt kamen, um den Stamm in ewigen Krieg und Kampf zu reißen. Die Stämme des Graslandes wußten das, die Stämme der Roten Welt nicht.

Der Häuptling empfand Mitleid für Kosar-eh. Auch er hatte lebensuntüchtige Kinder getötet. Auch er hatte Söhne verstoßen – und bessere Söhne, als Einarm jemals sein konnte. Es war niemals einfach gewesen. Jedesmal war auch ein kleiner Teil von ihm gestorben. Und heute abend war einem männlichen Nachkommen von ihm der erste Atemzug verwehrt worden, damit er dem Feuer übergeben werden konnte. Shateh kniff die Lippen zusammen. Kosar-eh hatte noch andere Söhne. Er selbst hatte gar keine mehr.

»Shateh …!«

Der Häuptling öffnete die Augen, starrte in die Nacht und sah all seine toten Söhne vor sich stehen. »Maliwal! Kalawak! Atonashkeh! Wisak!« Bei ihnen stand auch Masau, der Mystische Krieger. Der Name schnitt wie ein Messer durch seine Seele. »Der Beste aller Söhne …«

»Shateh … sieh doch! … Dort brennt ein Feuer! Es ist weit entfernt, aber ich kann es deutlich erkennen!« wiederholte Xohkantakeh, diesmal jedoch in besorgterem Tonfall.

Der Blick des Häuptlings konzentrierte sich von der Vergangenheit auf die Gegenwart. Seine Söhne waren nicht mehr da. Er starrte seine Männer an. Und sie starrten zurück. Er sah ihre Gesichter im Schnee und in der Dunkelheit, unter dem Schutz ihrer Winterkapuzen. Und er spürte die Anspannung und die Sorge, die darin standen. Voller Schreck wurde ihm klar, daß er wie ein alter Mann von vergangenen Tagen geträumt hatte. Beschämt zwang er sich dazu, mit seinem Blick Xohkantakehs ausgestrecktem Arm zu folgen. Der Mann hatte recht. In der Ferne brannte tatsächlich ein Feuer.

»Es ist weit weg«, stellte er fest, »und es liegt weitab von der Spur, die die Wölfe uns hinterlassen haben.«

»Wölfe machen kein Feuer! Menschen machen Feuer! Damit ihre Frauen es in einer Sturmnacht warm haben!« platzte Teikan begeistert heraus.

»Eine kleine *gesetzesuntreue* Frau!« betonte Ynau.

»Oder eine taube, hirnlose *alte* Frau, die vom verstoßenen Einarm rührend versorgt wird?« schlug Shateh vor.

»Nein. Er ist schon lange fort. Wenn der narbenköpfige Junge und die alte Frau überleben wollen, haben sie sich bestimmt auf den Rückweg in die Rote Welt ihrer Vorfahren gemacht«, lautete Teikans Ansicht. »Einarm weiß, daß Chakwena und seine Frau gejagt werden! Und er wurde gewarnt, was mit ihm geschehen wird, wenn Shateh ihn noch einmal zu Gesicht bekommt!«

Die anderen Männer murmelten zustimmend.

Shateh war sich nicht sicher, was er glauben sollte. Er dachte daran, daß Einarm der Gesetzesbrecherin große Zuneigung entgegenbrachte – mehr als es bei der Frau eines anderen Mannes angemessen war. Der Häuptling hatte schon vor langer Zeit gelernt, daß Männer sich nicht immer vernünftig oder auf vorhersagbare Weise verhielten, wenn Frauen im Spiel waren. Andernfalls hätte er niemals Tamaya aufgegeben oder die verräterische Ban-ya zur Frau genommen oder …

»Shateh führt seine Jäger nicht mitten in einen Sturm, wenn er sich nicht sicher ist, daß er seine Beute finden wird!« erklärte Teikan. »Jetzt werden alle sehen, daß es so ist!«

Shateh war dankbar für Teikans Unterstützung – und für die Tatsache, daß die Worte des Mannes ihn davor bewahrt hatten, erneut in die Vergangenheit abzuschweifen. Dennoch runzelte er besorgt die Stirn. Er war müde, aber er wollte es sich nicht anmerken lassen. Seine Gedanken wurden wieder scharf, als er in das Schneetreiben starrte und das ferne Schimmern von Cha-kwenas Feuer sah. Die Überheblichkeit des Schamanen machte ihn wütend. »Glaubt er, daß Shateh ihm nicht folgen wird? Kann er so unbesorgt sein, daß er das Leben seiner Frau aufs Spiel setzt, indem er es wagt, ein Feuer in der Dunkelheit zu entfachen, so daß Shateh mühelos seinem Licht folgen kann?«

»Er verspottet uns, Shateh«, knurrte Teikan.

»Nicht mehr lange«, schwor der Häuptling. »Seinetwegen ist das Totem tot, seinetwegen hat der heilige Stein seine Macht verloren, und seinetwegen wehen die Seelen von Ishkai und Ha-xa und des Kindes, das beinahe mein Sohn geworden wäre, jetzt für immer im Wind. Ich spüre, daß ihre Seelen uns beobachten, uns folgen und darauf warten, daß wir tun, was getan werden muß. Kommt! Wir wollen der Sache ein Ende bereiten, zu der wir in dieser Nacht aufgebrochen sind!«

5

Cha-kwena konnte sich nicht erinnern, jemals eine längere Nacht erlebt zu haben. Es schien ihm eine Ewigkeit vergangen zu sein, seit er und Mah-ree vor den Wölfen in den eiskalten Wind geflohen waren. Die Erschöpfung und ein ausgewachsener Schneesturm hatten sie schließlich dazu gezwungen, anzuhalten und einen Windschutz neben einem Steilufer zu errichten. Es war eine recht einfache Arbeit – sie entrollten nur das Fell eines Riesenfaultiers aus Cha-kwenas Rückentrage, das sie hastig über kräftigen jungen Baumstämmen spannten und befestigten. Unter dem Gewicht des dicken Fells drückten sich die Stützpfeiler dicht gegen die rauhe Steinwand des Ufers, so daß darunter ein kleiner, geschützter Raum entstand. Nachdem das erschöpfte Paar schwere Steine auf die Ränder des Fells gelegt und sie zusätzlich mit Sehnenschnüren an den Stützen verschnürt hatten, konnten sie in ihrem Unterschlupf Schutz suchen. Der schwerste Teil dieser Arbeit hatte darin bestanden, die Steine zu suchen und sie aus dem Schnee zu graben.

Als Cha-kwena und Mah-ree sich jetzt unter die Wärme ihrer Schlaffelle kauerten, glühte vor ihnen ein kleines Feuer in der handflächengroßen Grube, die Mah-ree in die gefrorene Erde gekratzt hatte. Ihre Sachen hatte sie rings um sich herum aufgetürmt, um die Zugluft abzuhalten, die der Sturm immer wieder durch kleine Ritzen am Boden hereintrieb.

»Wir müssen es nicht mehr lange brennen lassen«, sagte Cha-kwena. »Die Luft ist schon gar nicht mehr so frostig. Unser Atem und die Hitze unserer Körper werden genügend Wärme spenden, während wir in unserem Zelt schlafen und den Sturm abwarten.«

»Ich kann nicht schlafen!«

»Wir haben uns schon weit vom Dorf entfernt, Mah-ree. Niemand wird uns hier finden – weder Wölfe noch Menschen. Der Sturm ist zu heftig. Er wird alle Lebewesen dazu zwingen, sich in der Nacht in der Erde zu verkriechen. Und selbst wenn ein Wolf dennoch versuchen sollte, in unseren Unterschlupf einzudringen, verspreche ich dir, daß ich ihn mit einer Speerspitze begrüßen werde. Und falls Menschen hier vorbeikommen, werden sie unser Zelt für ein Rattennest halten, das zwischen den Bäumen vom Schnee zugeweht wurde. Du kannst das Feuer also unbesorgt ausmachen, Schamanenfrau. Sein Licht und Rauch sind das einzige, was uns verraten könnte.«

»Zuerst muß es so heiß werden, daß die Kohlen glühen«, antwortete Mah-ree ernsthaft. Sie lag auf der Seite und hatte Cha-kwena das Gesicht zugewandt, aber sie konzentrierte sich auf das Feuer, schürte die schwachen Flammen und blies vorsichtig hinein, während sie es mit fransigen Streifen Wacholderrinde, dem getrockneten Dung grasender Tiere und kleinen Holzstückchen fütterte, die jede Frau bei ihren Feuersachen mit sich trug. Sie blickte ihm nicht in die Augen, als sie sagte: »Der Geist des Feuers, der in meinem Horn schlief, ist bei meinem Sturz gestorben, Cha-kwena. Das ist ein sehr böses Vorzeichen für uns.«

Sie schüttelte wieder den Kopf und sprach mit einem fast erstickten Flüstern zu den Flammen. »Vergib dieser Frau, Feuer! In ihrer Angst vor Wölfen und menschlichen Jägern hat sie dich entehrt. Sie vergaß, daß du in deinem Horn vor Wind und Feuchtigkeit geschützt warst, aber nicht vor der Sorglosigkeit dieser Frau. Aber jetzt siehst du, wie diese Frau dich ehrt! Sieh, wie sie dich bittet, in der Fürsorge Mah-rees zu neuem Leben zu erwachen!«

Cha-kwena wußte, daß Mah-ree diese Worte nicht leicht gefallen waren. Es war immer schwierig, einen Fehler zuzugeben. Die Ereignisse der Nacht hatten sie bescheidener gemacht. Er war froh, daß sie zur Abwechslung einmal den Geistern nachgab, statt sie aufs neue herauszufordern. Als er sie beobachtete, wie sie sich geduldig um das Feuer kümmerte, mußte er ihr Geschick bewundern. Es stimmte zwar, daß die lebende Glut, die sie so sorgsam dem Feuer in ihrer Hütte entnommen und in ihren Feuerbehälter aus Antilopenhorn gefüllt hatte, ihrer Nachlässigkeit während der Flucht aus dem Dorf wegen gestorben war. Doch im Zelt hatte sie es sogar mit eiskalten Händen geschafft, mit dem kleinen Häufchen aus trockenem Gras und Blauhäherdaunen Feuer zu machen. Er hatte ihr zugesehen, wie sie den Feuerstab zwischen ihren Handflächen drehte, bis dieser fast unsichtbar geworden war. Als dann die Reibung des Stabes Funken entzündet hatte und dünne Rauchfäden aufstiegen, wußte sie genau, wie sie den Atem des Lebens in den Zunder blasen mußte. Wenn es nur einen Augenblick zu früh oder zu spät geschehen wäre, wären die Funken wieder erloschen. Aber im richtigen Augenblick konnte der nährende Atem des Feuermachers dem Geist des Feuers Leben einhauchen, so daß es heiß und knisternd aufflammte und mit dem Atem des Feuermachers weiterlebte.

Im Feuermachen lag unzweifelhaft große Macht und Zauber. Es war eine heilige Kunst. Als Schamane hätte Chakwena die Ehrfurcht und das Geschick seiner Frau ein Trost sein sollen. Doch als er jetzt in die winzigen Flammen starrte, erinnerten sie ihn an den großen, mit Menschenfleisch genährten Scheiterhaufen im Dorf, und er mußte den Blick abwenden. Er wollte nicht an den Scheiterhaufen, das Dorf oder die Ereignisse des vergangenen Tages denken.

Er schloß die Augen. Bald würde der Sturm nachlassen, und dann mußte er sich wieder erheben und mit seiner kleinen Mah-ree weiterziehen. Jetzt mußte er sich ausruhen und schlafen. Er würde noch genügend Zeit haben, über das nachzudenken, was vor ihnen lag, während sie allein durch dieses große und unbekannte Land flohen. Der Rauch von Mah-rees Feuer war in seiner Nase, der gleichzeitig angenehme und bittere Geruch nach verbranntem Holz und Gras, nach Dung und den Federn des Blauhähers. Die Federn dieses Vogels waren der traditionelle Zunder der Roten Welt. Der Duft erinnerte ihn an die Heimat, und er verzog mit einem verträumten Lächeln die Mundwinkel, als er sich daran erinnerte, wie seine Mutter zu ihm gesagt hatte, daß der Rauch von den blauen Federn des Hähers jedesmal ein besonderes Opfer für die Geister des Himmels war.

Aber warum, Mutter?

Cha-kwenas Augenlider zuckten beim Klang dieser Stimme aus der Vergangenheit. Es war seine eigene Stimme, hell, kräftig, ungeduldig und fordernd. Es war die Stimme der Jugend. Es war die Stimme des kleinen Jungen, der er einmal gewesen war und nie wieder sein würde. Doch als Cha-kwena jetzt in Schlaf fiel und die Träume seine Seele vom kalten, sturmumwehten Zelt forttrugen, war er wieder dieser Junge, und er konnte die Stimme seiner Mutter deutlich hören …

»Geh zur heiligen Höhle, Cha-kwena, wenn du die beste Geschichte vom Häher und den blauen Himmelsgeistern hören willst. Geh! Bitte deinen Großvater, dir die Geschichte zu erzählen! Ich bin darin nicht so gut.«

»Ich will nicht zu ihm gehen. Er wird mir nicht nur eine Geschichte erzählen. Er wird wieder versuchen, mich zu einem Schamanen zu machen!«

»Niemand kann dich zu einem Schamanen machen, Cha-kwena! Das können nur die Mächte der Schöpfung. Und dein Vater wird der nächste Schamane nach Hoyeh-tay werden. Es ist noch viel zu früh für dich, an solche Dinge zu denken.«

»Der alte Hoyeh-tay versucht mich immer wieder dazu zu überreden, den Weg des Schamanen zu gehen.«

»Der alte Hoyeh-tay ist ein heiliger Mann, der alle Dinge weiß! Du mußt Respekt vor seiner Weisheit haben, Cha-kwena! Außerdem kam niemand in dieser oder der nächsten Welt eine Geschichte besser erzählen als Hoyeh-tay. Er ist der Geschichtenerzähler! Er ist der Herr der Geister! Einige sagen sogar, daß er schon so lange gelebt hat, daß seine Geschichten gar keine Geschichten sind, sondern Erinnerungen an seine Jugend in der Zauberzeit zu Anbeginn der Zeiten, als die Tiere und Menschen noch ein Stamm waren und unser Totem Lebensspender, der Große Geist, der All-Großvater, noch ein Kalb war, das Milch aus dem Schwanz des Regenbogens, seiner Mutter, sog! Geh, sage ich, und hör auf, ständig deiner Mutter zu widersprechen!«

Cha-kwena verdrehte die Augen, stand dann aber auf und verließ die kegelförmige, mit Schilf gedeckte kleine Hütte seiner Eltern. Er blinzelte im blendenden Licht eines hellen Tages, an dem die Tafelberge rot leuchteten, und sprang dann los wie ein junger Hase, der durch das Dorf am See der Vielen Singvögel stürmte. Er tobte durch die Salbeisträucher und ließ das Wasser aufspritzen, als er durch den Bach rannte. Er lief die Geröllhalde hinauf und bestieg dann die flachen Stufen, die in die steile, braune Klippe gehauen worden waren, wo sich sein Großvater zusammen mit einer alten Eule in einer heiligen Höhle des Berges häuslich eingerichtet hatte.

Und da war er auch schon. Der alte Hoyeh-tay, der große Schamane! Er sah wie eine Schildkröte aus, die aus ihrem Panzer hervorlugte, wie er klein und zusammengesunken mit ausgetrockneter und runzliger Haut dahockte. Er saß mit gekreuzten Beinen meditierend vor seinem Feuer.

»Ah, Cha-kwena! Also kommst du wieder einmal, um deinen alten Großvater Hoyeh-tay zu besuchen! Willkommen!«

»Mutter hat mir gesagt, daß ich kommen soll.«

»U-wa ist eine gute Frau.«

»Sie wollte mir nicht die Geschichte erzählen, warum der Stamm die Federn des Blauhähers benutzt, um damit Feuer zu machen und den Himmelsgeistern ein Opfer zu bringen. Vater ist nicht zu Hause, so sagte sie mir, daß ich dich bitten sollte, sie mir zu erzählen.«

»U-wa ist weise. Sie erzählt eine Geschichte etwa genausogut, wie sie Maden röstet oder einen Samenkuchen brät! Sie läßt sie anbrennen! Es hat keinen Sinn, mein Junge, eine Mahlzeit zu essen, die deine Mutter zubereitet hat, oder einer Geschichte zuzuhören, die sie mit Sicherheit verdrehen wird, um dann den roten Faden zu verlieren, bevor sie auch nur zur Hälfte gekommen ist! Also, worüber sollte ich dir erzählen? Über die Schwarzmeise, nicht wahr? Oder war es der Grünspecht ...«

»Der Blauhäher. Mutter wollte mir nicht verraten, warum die Himmelsgeister den stinkenden Rauch brennender Federn des Blauhähers als Opfer verlangen.«

»Ach ja, ich verstehe. Das ist eine gute und sehr wichtige Geschichte, die die Kinder unbedingt lernen müssen – und vor allem du, da du eines Tages in die Fußstapfen deines Vaters treten wirst und alle Geschichten lernen mußt, bevor du der Geschichtenerzähler, der Schamane, der Wächter des Steines und des Totems und der gesamten Weisheit der Menschen seit Anbeginn der Zeiten wirst.«

»Nein! Ich bin nicht gekommen, um mir *das* anzuhören! Ich wollte nur eine Geschichte hören! Eine einzige Geschichte! Wie oft soll ich dir noch sagen, daß ich niemals ein Schamane wie du und mein Vater sein werde! Ich werde ein Jäger sein! Ich werde das Land auf der Suche nach Beute durchstreifen. Ich werde weit über die Rote Welt hinausgehen! Nicht einmal Dakan-eh, der Mutige Mann der Roten Welt, wird es wagen, weiter als ich zu gehen!«

»Hast du all das gesehen? Mit dem inneren Auge der Vision eines Schamanen?«

»Ich habe es dir doch gesagt! Dazu bin ich nicht berufen!«

»Beruhige dich wieder, mein Junge, und lauf nicht gleich wieder weg! Komm, setz dich ans Feuer zu deinem alten Großvater! Ja, so ist es richtig. Mach es dir bequem, Chakwena! Nimm dir etwas aus dem kleinen Piniennadelkorb mit geräucherten Ameisen und Piniennüssen! Ein Geschenk der Dankbarkeit an den Schamanen, von unserem Häuptling, vonTlana-quah persönlich. Sehr würzig, sehr gut. Und nimm dir auch von den Eidechsenspießen dort über der Feuerstelle. Auch ein Geschenk … ich habe vergessen, von wem. Ein Schamane bekommt so viele Geschenke von seinem dankbaren Stamm. Das ist einer der Vorteile, wenn man ein …«

»Ich will kein Schamane sein, Großvater! Ich will die Geschichte vom Blauhäher und den Himmelsgeistern hören!«

»Hm. Dann nimmt dir eine Eidechse! Ich habe sie erst heute mittag geröstet, oder war es gestern morgen oder vielleicht … egal. Iß! Und hör zu, wie dir Hoyeh-tay vom Anbeginn der Zeiten erzählt, von den Tagen, als die Tiere und Menschen noch ein Stamm waren, und wie der Häher – er war nicht immer blau, weißt du – eines Morgens aufwachte und beschloß, die Farben des Regenbogens zu stehlen, und schließlich die Farbe des Himmels bekam.

Zu Anbeginn der Zeiten war der Häher ein schwarzer Vogel«, erzählte Hoyeh-tay mit sicherer Stimme. »Nicht so schwarz wie der Rabe. Nicht so schwarz wie die Krähe. Nicht so schwarz wie die Amsel. Aber so schwarz wie Pinien in der Dämmerung, wenn der Himmel und das Land grau werden. So schwarz wie die Berge aus weiter Entfernung, kurz bevor die Sonne ihr Gesicht hinter ihnen verbirgt. Und so schwarz wie die Morgendämmerung an der heiligen Salzquelle in den Tiefen der großen Schlucht, zu der die Mammuts kommen. So schwarz wie ein Waldschatten, in dem sich ein Vogel an einem heißen Sommertag vor Falken, Pumas, Luchsen und langzähnigen Sprungkatzen verstecken kann. Doch der Häher war nicht glücklich darüber.

Die Frau des Hähers jedoch fand ihn schön, und auch alle Kinder des Hähers waren damit zufrieden, wie die Mächte der Schöpfung sie gemacht hatten. Doch der Häher war schon immer ein anmaßender Vogel gewesen, ein sehr eitler Vogel, und da sagte er sich: ›In der ganzen Welt und auch in der nächsten Welt bin ich nur irgendein schwarzer Vogel. Warum soll ich mich damit zufriedengeben, so wie die anderen zu sein? Niemand sieht mich, wenn ich während der Dämmerung oder an einem heißen Sommertag zwischen den Bäumen hindurchfliege, oder vor den Bergen, wenn die Sonne gerade untergeht, oder in den Tiefen der großen Schlucht, wenn die Mammuts kommen und mit ihren Stoßzähnen das Salz der heiligen Quelle aufwühlen. Warum bin ich nicht ein Vogel, der so rot ist wie die Tafelberge oder so gelb wie die Sonne oder so grün wie die Pinien oder so orange wie die Eichen, wenn sie am Ende des Sommers aufglühen, oder so blau wie der Himmel? Oder noch besser: warum nicht so vielfarbig wie der Regenbogen? Bestimmt werden mich dann alle Vögel bewundern und sagen: ›Kommt und seht den Häher!

Weder in dieser noch in der nächsten Welt gibt es einen Vogel, der ihm gleichkommt!‹

Und so kam es, daß der Häher beschloß, den Regenbogen zu jagen und ihm die Farben zu stehlen.

›Das darfst du nicht tun!‹ warnten ihn die Mächte der Schöpfung. ›Die Farben des Regenbogens sind das Lebensblut des Regenbogens, und ohne sie würde er sterben. Und wenn er stirbt, werden alle Farben der Welt ebenfalls sterben!‹

Doch es liegt im Wesen des Hähers, alles auszuprobieren, was ihm in den Sinn kommt. Also sagte er nur: ›Wir werden ja sehen!‹ Dann machte er sich auf den Weg in das blaue Land des Himmels und seiner Kinder, der Himmelsgeister. Er hatte einen Speer, eine Schleuder und einen großen Bisonfellsack dabei, in dem er das Lebensblut der vielen Farben des Regenbogens davontragen wollte, damit er darin baden und die Farben in Besitz nehmen konnte.

Nun sahen der Himmel und die Himmelsgeister, daß der Häher den Regenbogen jagte. Auch die Wolken und der Regen sahen ihn kommen. Der Blitz sah ihn, Schnee und Hagel sahen ihn, die Sonne, das helle wachende Auge von Vater Himmel, sahen ihn kommen. Und der Goldadler sah ihn kommen.

›Wohin fliegst du, kleiner Bruder?‹ fragte der Adler, der der Bruder der Sonne und des Mondes ist und als einziger aller Vögel hoch in den blauen Höhen des Himmels und seiner Kinder willkommen ist. ›Du bist ein Vogel des Waldbodens und der Baumwipfel. Du kannst nicht mit mir fliegen!‹

›Das werden wir ja sehen!‹ sagte der Häher, und mit einem Stoß seines Speeres verjagte er den Adler.

›Wir müssen den Häher aufhalten!‹ sagte der Adler, und mit Hilfe der Himmelsgeister machte er einen großen Sturm, der den Häher aus dem blauen Land des Himmels vertreiben sollte.

Die Wolken machten den Häher blind. Der Regen durchnäßte ihn. Der Schnee ließ ihn gefrieren. Der Hagel prügelte ihn. Dann schoß der Adler auf ihn zu. Der Häher stürzte vom blauen Himmel herab, und sein Speer, seine Schleuder und sein Sack fielen ebenfalls herab.

Dann hatte der sanftmütige Regenbogen Mitleid mit dem Häher. Der Regenbogen fing ihn mit der sanften Wölbung seines bunten Arms auf und ließ ihn behutsam zur Haut von Mutter Erde zurückgleiten. ›Sei es zufrieden, du überheblicher Vogel‹, sagte der Regenbogen zum Häher. ›Die Mächte der Schöpfung haben uns so gemacht, wie wir sind, und sie wissen mehr, als wir ahnen.‹

›Das werden wir ja sehen!‹ sagte der Häher und machte sich bereit, erneut zur Jagd aufzubrechen.

›Diesmal wird er mit dem Leben bezahlen!‹ verkündeten der Adler und die Himmelsgeister.

›Es gibt eine bessere Möglichkeit‹, sagte der Regenbogen, die Mutter aller Totemtiere und von allem, was hell und sanft in dieser und der nächsten Welt ist.

Und so kam es, daß der Häher, als er wieder zum blauen Himmel hinaufflog, den Regenbogen nirgendwo sehen konnte. Der Häher flog immer weiter und weiter. Er suchte hinter den Wolken und Blitzen und fragte sogar Regen und Hagel und Schnee und Adler, ob sie den Regenbogen gesehen hätten.

›Er ist fort‹, sagte der Adler zum Häher. ›Von heute an wird sich der Regenbogen im blauen Mantel des Himmels verstecken und nur dann über der Welt erscheinen, wenn es ihm gefällt. Dies tut er, damit seine Schönheit den Häher nicht mehr dazu verlockt, ihm die Farben und damit der Welt alle guten und schönen Dinge zu stehlen, damit die Himmelsgeister nicht seinetwegen ewige Stürme machen müssen.‹

›Das werden wir ja sehen!‹ sagte der Häher. Jetzt war er wütend geworden. Er flog immer weiter und suchte nach dem Regenbogen. Er warf mit seiner Schleuder nach dem blauen Mantel des Himmels und stach mit der Spitze seines Speeres danach. Bald war der blaue Mantel des Himmels verletzt und begann zu bluten und blaß zu werden, genauso wie ein Mensch, wenn er sein Lebensblut verliert.

›Hör auf!‹ flehte der Himmel.

Doch der Häher hörte nicht auf.

›Du tust mir weh!‹ rief der Himmel.

Dem Häher war es gleichgültig.

›Ich werde dich abstürzen lassen!‹

Doch der Häher hörte nicht darauf.

›Es wird dir bis zum Ende deiner Tage leid tun, daß du jemals den Waldboden und die Baumwipfel verlassen hast!‹ warnte ihn der Himmel.

›Wir werden ja sehen!‹ sagte der Häher.

Und so war es auch, denn in diesem Augenblick stürzte der Häher vom blauen Himmel herab, obwohl er immer noch mit den Flügeln schlug. Zusammen mit seinem Speer und seiner Schleuder sackte er ab. Immer tiefer, bis er auf der Haut von Mutter Erde aufkam und der Bisonfellsack platzte und er mit dem Blut des Himmels überschüttet wurde. Bis auf seinen Kopf und seine Schultern wurde er vollständig in hellblaue Farbe getaucht.

Und so wurde aus dem Häher der Blauhäher. Jetzt war er nicht mehr einer von vielen schwarzen Vögeln. Jetzt flog er nicht mehr unsichtbar an einem heißen Sommertag durch die Wälder oder bei Sonnenuntergang vor den Bergen oder in den Tiefen der großen Schlucht, wo die Mammuts sich das Salz aus der heiligen Quelle holen. Jetzt konnte man ihn überall sehen, den Vogel, der jetzt so blau wie der Himmel war, so auffällig wie die roten Tafelberge, die gelbe Sonne, die grünen Pinien oder die Eichen am Ende des Sommers. Jetzt strahlten die Flügel des Hähers sogar in den Schatten am Boden des Waldes blau auf und in der Dunkelheit der Baumwipfel und in den Tiefen der großen Schlucht, wo die

Mammuts sich Salz aus der heiligen Quelle holen. Jetzt sahen ihn Pumas, Luchse und langzähnige Sprungkatzen und alle anderen scharfsichtigen Raubtiere an und sagten: ›Kommt und seht den Häher! Weder in dieser noch in der nächsten Welt gibt es einen Vogel, der ihm gleichkommt! Kommt, wir wollen ihn jagen! Er ist so leicht zu erkennen!‹

›Das werden wir ja sehen!‹ sagte der Blauhäher.

Und so ist es bis zum heutigen Tag, denn seit dieser Zeit bezahlt der Blauhäher für seinen Diebstahl und seine Anmaßung immer wieder mit seinem Leben und dem seiner Kinder. Er bereut auf ewig, daß er einst mit Speer, Schleuder und Bisonfellsack über die Baumwipfel hinaus in das blaue Land des Himmels flog, in der Hoffnung, das vielfarbige Blut des Regenbogens zu stehlen.

Und deshalb sammelt der Stamm die Federn des Blauhähers, und wenn wir ein Feuer machen, sagen wir zu den Himmelsgeistern: ›Hier ist etwas Blau, das einst gestohlen wurde und das wir jetzt im heiligen Rauch dem Himmel zurückgeben! Möge die Farbe, die der Häher einst stahl, wieder auf seinen Mantel übergehen, damit er eines Tages wieder so blau wie zu Anbeginn der Zeiten ist. Bis zu diesem Tag danken die Menschen dem Himmel für die blaue Farbe, denn obwohl der Regenbogen sich aus Furcht vor dem Blauhäher bis heute meistens versteckt hält und der Blauhäher etwas Himmelsfarbe für sich selbst besitzt, sind wir diesem anmaßenden Vogel dankbar. Ein roter Tafelberg würde ohne das helle Aufblitzen seines blauen Flügels gar nicht so rot aussehen. Genauso wären die Pinien gar nicht so grün oder die Herbsteichen nicht so golden oder der Winterschnee nicht so weiß. Und wer weiß, ob dieser Diebstahl durch den Häher nicht schließlich etwas Gutes hatte? Der Himmel ist so blau, daß er kaum unter dem kleinen Verlust der Farbe zu leiden hat, die der Häher ihm stahl. Und vielleicht würde der Regenbogen gar nicht so viel Ehrfurcht erwecken, wenn die Menschen ihn jeden Tag sehen könnten ... und der Junge, der jetzt vor mir sitzt, würde vielleicht gar nicht so oft auf der Jagd stehenbleiben, um erstaunt den Atem anzuhalten, wenn er die seltenen und schönen Dinge dieser Welt sieht, so daß sein alter Großvater diesen Jungen ansieht und sich sagt: Das werden wir ja sehen! Dieser Junge, dieser Cha-kwena, wird eines Tages ein Schamane sein!»

»Nein!« Cha-kwena schreckte aus dem Schlaf hoch. Es war stockfinster, der Wind seufzte, und das Faultierfell ächzte an den Lederriemen, die sie fest mit den gebeugten, zitternden Stämmen der Bäume verbanden, die das Gerüst des kleinen Zeltes bildeten.

Er schloß wieder die Augen und suchte in seinem Traum Zuflucht vor der Wirklichkeit, obwohl der Traum in seiner Erinnerung so scharf und bitter wie der Geschmack gerösteter Ameisen war. Darin hatte er einen Blick auf eine Welt geworfen, die er verloren und für immer hinter sich gelassen hatte – eine von der Trockenheit heimgesuchte Welt mit hohen Tafelbergen und Salzseen und Salbeiflächen und Pinienwäldchen, eine Welt, in der er genauso wie der Blauhäher die Mächte der Schöpfung herausgefordert hatte, bis der alte Hoyeh-tay ihn an den Rand der großen Schlucht geführt hatte. Als er in die ewigen Schatten dieses Abgrunds geblickt hatte, hatte er zum erstenmal Lebensspender gesehen, das große weiße Mammuttotem, wie es zusammen mit seinen Kühen und dem kleinen weißen Kalb Salz von der heiligen Quelle holte.

Cha-kwenas Atem kratzte in seiner Kehle. Er dachte nicht gerne an die heilige Schlucht. Es war dort gewesen, wo er unter dem blauen Mantel des Himmels und unter den wachenden Augen der Sternenkinder des Mondes seine erste Vision erlebt hatte. Das war kurz nach dem unerwarteten Tod seines Vaters gewesen, während er widerstrebend die Tatsache anzunehmen begonnen hatte, daß er von den Ahnen dazu auserwählt worden war, Schamane zu werden. Es war in der heiligen Schlucht gewesen, wo er getrauert hatte, als sein Großvater von den Feinden des Stammes getötet worden war. Es war dort gewesen, wo er zum erstenmal niedergemetzelte Mammuts und den abgehäuteten Kadaver des kleinen weißen Mammutkalbs gesehen hatte. Dort hatte er zum erstenmal Menschen in den Kampf geführt. Und dort war es gewesen, in den schwarzen Tiefen dieser Schlucht, wo im Nebel seiner heutigen Vorahnung in Wolfsfelle gekleidete Mammutjäger und ein großer Bär ihm seinen Traumpfad versperrt hatten, der mit Stoßzähnen, Schädeln und Knochen übersät gewesen war.

Mammutknochen. Seine Knochen. Mah-rees Knochen. Und die Knochen des ungeborenen Totems.

Cha-kwenas linke Hand griff nach seinem Medizinbeutel. Am vergangenen Abend hatte er den Bären gesehen, der vor dem Scheiterhaufen in Shatehs Dorf aufgestellt worden war. Und er hatte gesehen, wie sich Shatehs Krieger in Wölfe verwandelten, die ihn jagen und seine Frau und die heiligen Mammuts töten wollten.

Und jetzt trompeteten die Mammuts irgendwo weit draußen in der Nacht. Cha-kwena erstarrte, öffnete die Augen und starrte in die Dunkelheit. *Die Mammuts sind immer noch da draußen! Und der Geist des Totems ist bei ihnen.* Und trotz seiner schrecklichen Vision waren er und Mah-ree immer noch am Leben!

»Cha-kwena?«

Es dauerte einen Moment, bis seine Gedanken sich aus den schmerzhaften Verstrickungen seines Traumes lösen konnten. Er sah, daß das Feuer erloschen war. Mah-ree hatte sich an seine Seite gekuschelt und ihren Kopf in seine Armbeuge gelegt. Er nahm an, daß sie ihr Feuerhorn wieder bestückt hatte, bevor sie die Flammen gelöscht hatte, und war überrascht, daß er nicht durch ihre Bewegungen geweckt worden war. Unter dem Faultierfell drang ein sehr schwaches graues Licht herein, die erste Ankündigung des neuen Tages. Cha-kwena wußte, daß er sehr lange in seinen Träumen umhergeirrt sein mußte.

»Ich höre die Mammuts, mein Schamane.«

»Ja, Mah-ree. Ich höre sie auch.«

»Sie sind immer noch in unserer Nähe, da draußen im Sturm, wo sie sich aneinanderdrängen. Ich höre vier – nein, fünf oder vielleicht sechs. Und die Kleinen. Eine ganze Herde. Eine Familie. Die Mutterkuh ist bei ihnen. Und bei uns, mein Schamane.« Sie rückte näher an ihn heran, schlang ihm einen schlanken Arm um die Hüfte und drückte ihn fest an sich. »Wir sind eine Familie, Cha-kwena und Mah-ree. Eines Tages werden wir mehr als zwei sein! Eines Tages werden wir eine richtige Familie sein! Bis dahin werden wir stark und furchtlos unseren Weg gehen, solange wir zusammen sind und unter der schützenden Macht der Mammuts und des Totems stehen!«

Trotz der Leidenschaft, mit der sie gesprochen hatte, lag in ihrem Tonfall eine verzweifelte Furcht. Zitternd drängte sie sich noch näher an ihn.

»Ach, mein Schamane! Wird meine Mutter nicht an meiner Seite sein, wenn ich unsere Kinder in diesem Land am Ende der Welt gebäre? Ist es wirklich wahr, daß ich weder Ha-xa noch Ta- maya jemals wiedersehen werde?«

»Denk nicht mehr an sie«, sagte Cha-kwena, und während sich seine rechte Hand um den Schaft seines Speeres klammerte, erinnerte er sich an den Schrei einer Frau, bei dem er und Mah-ree zu Anfang der Nacht stehengeblieben waren. Ha-xa war tot. Er wußte es, spürte es und sah es mit dem inneren Auge des Schamanen, doch er sah keinen Grund, Mah-ree seine Gewißheit mitzuteilen. »Deine Mutter ist weit weg«, antwortete er statt dessen, und weil er den Drang verspürte, sie zu trösten, fügte er hinzu: »Doch Ha-xas Herz ist froh, daß du hier bist, in Sicherheit bei deinem Mann und am

Leben, statt ...« Er konnte sich nicht dazu überwinden, die Mutmaßung – und die Lüge – zu Ende zu sprechen.

In plötzlicher Unruhe richtete er sich aus seiner liegenden Position auf und lehnte sich mit dem Nacken an die Wand des Steilufers. Wasser tropfte ihm ins Gesicht. Er blickte nach oben und erkannte im schwachen Licht der Vordämmerung, daß sich Wassertropfen an den Eiszapfen gebildet hatten, die am Schnabel seines Eulenkopfschmucks hingen. Er nahm die Kopfbedeckung ab und legte sie beiseite. Erst nach einer Weile bemerkte er, daß die Mammuts nicht mehr trompeteten. Der Wind hatte nachgelassen, und sein Rauschen klang jetzt anders.

»Der Sturm zieht weiter«, flüsterte Mah-ree, die sich neben ihn gegen das Steilufer setzte und ihr Schlaffell mitnahm. »Der Schnee wird jetzt eine Zeitlang schwer und senkrecht fallen, denke ich. Es ist gut, daß wir hier sind, wo es warm und sicher ist.«

Cha-kwena antwortete ihr nicht. Die Erde drückte kalt und hart gegen seinen Rücken, aber durch das dicke Fell seines Winterreisemantels spürte er kaum etwas davon. Es kam ihm in den Sinn, daß er am Tag zuvor um dieselbe Zeit noch behauptet hätte, daß es entehrend sei, den Mantel zu tragen, obwohl Mah-ree ihn nach Art der Roten Welt aus besten Kaninchenfellen gemacht hatte. Ihr Geschick mit Fallen, Wurfstöcken und Kaninchennetzen war genauso ausgeprägt wie ihre Talente als Feuermacherin. Er wußte, daß sie im geheimen gearbeitet hatte, um ihn zu überraschen, und viel Zeit damit verbracht hatte, die Felle zu sammeln, zu enthäuten und haltbar zu machen. Dann hatte sie sie zu langen pelzigen Streifen gedehnt, die sie mit starken Fäden aus Schwalbenwurzfasern zusammengenäht hatte, bis sie am Schluß einen langen Mantel mit großer Kapuze erhalten hatte.

Als sie ihm schließlich den Mantel vor dem versammelten Stamm geschenkt hatte, war es für Cha-kwena das schönste und prächtigste Kleidungsstück gewesen, das er jemals gesehen hatte. Doch Shateh und die Leute aus dem Grasland hatten nur mit Abscheu und Verständnislosigkeit reagiert, wie ein Mann – vor allem ihr Schamane – die Pelze eines Tieres tragen konnte, dessen Fleisch außer in Hungerzeiten als menschenunwürdig angesehen wurde und dessen Felle nur dazu benutzt wurden, um den Hintern von Kleinkindern trockenzulegen und das Mondblut von Frauen aufzufangen. Da es eine Beleidigung der Geister der vielen getöteten Kaninchen gewesen wäre, wenn er den Mantel einfach weggeworfen hätte, hatte Cha-kwena ihn seitdem als Schlafunterlage benutzt, ohne ihn jemals am Körper zu tragen.

Nachdem er Mah-ree ausgeschimpft hatte, sie sei die einzige Frau der Roten Welt, die sich weigerte, die Sitten ihres neuen Stammes anzunehmen, war er auf die Jagd gegangen und hatte ihr das schwere, dicht behaarte Winterfell eines Kamels gebracht. Darüber war sie nicht sehr begeistert gewesen. Die Bearbeitung des Fells eines großen Weidetieres war eine lange und mühselige Arbeit, die in der Roten Welt, wo große Pflanzenfresser selten waren, nur selten ausgeübt wurde. Nachdem ihre Finger und Hände bereits von der früheren Arbeit mit Schwielen bedeckt waren, hatte seine kleine Frau mißmutig auf das Kamelfell geblickt und gesagt, daß es für einen Mann der Roten Welt viel zu schwer sei, selbst wenn er ein Schamane war. Die Zeit hatte ihr recht gegeben. Nach seiner Fertigstellung war der Kamelfellmantel so schwerfällig gewesen, daß Cha-kwena sich jedesmal dazu hatte zwingen müssen, ihn anzuziehen, obwohl er es niemals offen zugegeben hätte. Er hatte ihn ohne Bedauern zurückgelassen, zusammen mit anderen Dingen des Graslandes, die er angesammelt hatte, seit er sich an die Sitten von Shatehs Stamm anzupassen versuchte.

»Nie wieder«, sagte er sich und legte wieder schläfrig geworden seinen Arm enger um Mah-ree, während er dankbar anerkannte, wie warm und bequem sein leichtgewichtiger Kaninchenfellmantel war, in dem sich unzählige winzige Kammern mit gewichtsloser Luft zwischen den Fellstreifen befanden, die seine geliebte Frau für ihn nach Art ihrer Vorfahren geflochten hatte. »Dieser Mantel ist sehr gut. Jetzt kann ich es sagen. Ich hätte es schon vor vielen Monden sagen sollen. Aber ich bin wie der Häher gewesen und habe mit aller Kraft versucht, etwas anderes zu sein, als ich bin – nämlich ein Mann der Roten Welt.«

Mah-ree wandte ihm ihr Gesicht zu. Ihr Atem war süß und warm, als sie glücklich seufzte, sich an ihn kuschelte und ihre Wange gegen seine Kehle legte. »Hör doch, mein Schamane!« sagte sie schläfrig. »Die Wut des Sturmes hat nachgelassen.« Ihre Hand glitt unter sein Hemd aus Elchfell und strich über seine Brust, mit leichten, kreisenden Bewegungen, die ihn vor Freude aufseufzen ließen. Sie seufzte ebenfalls. »Die Rote Welt ist weit entfernt, aber diese Frau hat keine Angst. Ihr Mann ist Schamane. Sie ist die Medizinfrau. Gemeinsam haben wir die Mammuts gefunden und viele Wölfe in die Flucht geschlagen. Bald werden wir wie der Erste Mann und die Erste Frau dem Totem nach Osten zum Ende der Welt folgen. Die Mächte der Schöpfung sind mit uns, Cha-kwena. Ich weiß es!«

»So möge es sein, meine Kleine«, sagte er.

Sie gab keine Antwort. Ihre Hand lag schlaff und reglos auf seiner Brust. Ihr Atem ging langsam und regelmäßig. Sie war in tiefen Schlaf gefallen.

Cha-kwena schloß die Augen und ließ seinen Speer auf seinen Schenkel fallen, um es ihr gleichzutun. Er träumte nicht.

6

Jetzt hatte Shateh die Flüchtlinge. Er war sich völlig sicher.

Während der Sturm allmählich nachließ, hob er seinen Speer, blieb kurz stehen und forderte die anderen mit einem Winken zum Weitergehen auf. Er hatte den Feuerschein jetzt schon eine ganze Weile nicht mehr gesehen, aber die Hunde hatten wieder die Witterung aufgenommen. Der Häuptling warf einen Blick über die Schulter und sah, daß seine Männer sich mit Schneeschuhen an den Füßen durch kargen Baumwuchs und dornige Sträucher bewegten. Sie hoben die Beine wie Kraniche, wenn sie durch Schneewehen stapften. Sie waren auf der Jagd nach ihrer Beute und zum Töten bereit.

Niemand sprach, als sich die Gruppe aufteilte und links und rechts von Shateh anhielt. Er starrte wieder nach vorn. Es war schwierig, aber nicht unmöglich, etwas zu erkennen. Die Sonne ging auf und fraß die Nacht mit ihrem Licht, das den Sturm gerade so sehr durchdrang, daß die Welt in ein schwaches Blaugrau getaucht war. Die Hunde winselten und wirkten eher verwirrt als angriffslustig. Sie umkreisten schnüffelnd einen Schneehaufen, der sich zwischen einem Gestrüpp aus umgeknickten jungen Bäumen erhob. Shateh blickte durch einen Vorhang aus Schneeflocken, die so groß wie sein Daumennagel waren.

Ja! dachte er. *Endlich haben wir sie!*

Das Herz des Häuptlings schlug schneller, als er darauf wartete, daß die Gesetzesbrecherin und der Schamane schläfrig und erschrocken aus ihrem Versteck unter dem Schnee hervorgekrochen kamen. Doch nur die Hunde rührten sich. Shateh runzelte unter seiner Kapuze nachdenklich die Stirn. Und dann verstand er. Er zischte wütend und frustriert durch die Zähne, als er den Köder sah, der wie eine Opfergabe an die Götter oben auf dem Schneehaufen hinterlassen worden war.

Er senkte seinen Speer und kämpfte sich damit durch die Bäume, bis er stehenblieb und auf das schneebedeckte kleine Fellzelt starrte, daß sich über einer großen Steinöllampe erhob.

»Was …?« Teikan verschluckte den Rest seiner Frage, als er zusammen mit den anderen zum Häuptling trat.

»Hier siehst du, was wir statt Wölfen und Gesetzesbrechern verfolgt haben, nachdem du mich dazu überredet hast!« knurrte Shateh, der viel wütender über seine eigene Fehleinschätzung war als über die Teikans. Er hätte sich niemals von dem jüngeren Mann überreden lassen dürfen.

»Es ist ihre Lampe«, sagte Teikan in rechtfertigendem Tonfall. »Sie und der Totemtöter müssen irgendwo in der Nähe sein. Sie …«

»Ich habe diese Lampe in Cha-kwenas Hütte gesehen, nachdem er und Mah-ree schon lange fort waren!«

Knurrend griff Shateh in das kleine Zelt und holte Gah-tis Halskette aus Löwenkrallen und -zähnen heraus, die in der Höhlung der Steinlampe lag. Sie war um den Moosdocht angeordnet worden, um die Flamme vor Zugluft zu schützen. Die Kette klapperte in seinen Händen, als er sie vor dem Gesicht des fassungslosen Teikan hochhob und schüttelte. »Einarm hat uns mit dem Licht dieser Lampe von der Spur der Gesetzesbrecher fortgelockt, und dann hat er seine Halskette zurückgelassen, um es zu beweisen! Nur die Mächte der Schöpfung wissen, wie lange das schon her ist! Das Öl in der Höhlung der Lampe ist bereits dick und hart vor Kälte geworden!«

»Aber, Shateh! Cha-kwena und die Gesetzesbrecherin müssen bei ihm sein!« sagte Ranamal. »Bevor der Schnee und der Wind sich verbündeten, um die Spuren zu verwischen, folgte ich den Fährten der Mokassins des Schamanen – dasselbe schlecht genähte Paar, das er gestern auch auf der Jagd getragen hat.«

Shateh blickte ihn entgeistert an. »Du hast nicht gesagt, daß du daran ihre Spur erkannt hast!«

Ranamal zuckte die Schultern und gab eine uralte Ausrede als Antwort: »Du hast nicht danach gefragt.«

Der Häuptling schüttelte resigniert den Kopf darüber, daß er erst sehr spät im Lauf der Verfolgung persönlich die Spuren überprüft hatte, als sie nur noch als flüchtige Fährte von Menschen zu erkennen gewesen waren. »Die Mokassins, von denen du sprichst, waren zuletzt an den Füßen der alten Kahm-ree, als ich sie in der Hütte des Schamanen sah ... nachdem Cha-kwena und Mah-ree aus dem Dorf geflohen waren.«

»Aber die Spuren, denen ich folgte, stammten von Füßen, die zu den Mokassins paßten und die Nähte spannten ... wie um die Füße eines Mannes!« wehrte sich Ranamal.

»Ja«, gab Shateh zu, »aber nicht Cha-kwenas. Unter den Menschen der Roten Welt gibt es mehr als nur einen Betrüger. Gah-ti hat uns in dieser Nacht noch mehr als Cha-kwena hereingelegt!«

Der Speer schoß ohne Vorwarnung durch das Faultierfell nach draußen. Gah-ti sprang zur Seite und warf Kahm-ree nieder, als der rote Schaft mit den blauen Umwicklungen an der Stelle vorbeisauste, wo sich sein rechter Arm befunden hätte. Die Speerspitze grub sich ohne einen Laut in die Schneewehe, durch die er und die alte Frau gerade gestapft waren.

»Cha-kwena!« Gah-ti rief den Namen des Schamanen noch ein zweites Mal und stellte sicher, daß er sich außer Speerreichweite befand, bevor er hinzufügte: »Komm heraus und sieh, wessen Leben du beenden wolltest, bevor man dich nicht nur den Totemtöter, sondern auch den Menschentöter nennt!«

Kurz darauf wälzte sich eine in Kaninchenfelle gekleidete

Gestalt seitwärts unter dem Rand des Zeltes hindurch. Sie erhob sich schnell auf ein Knie und hielt einen Speer direkt auf Gah-ti gerichtet.

»Ban-ya!« rief die alte Kahm-ree. Sie ließ sich in den Schnee fallen und schlug voller Freude die in Fäustlingen steckenden Hände zusammen.

»Bist du jetzt auch noch blind, alte Frau?« Cha-kwena starrte zuerst Kahm-ree und dann Gah-ti erstaunt an. »Was macht ihr hier? Wie habt ihr uns gefunden?«

»Ich habe gegen Shatehs Entscheidung gesprochen, deine gesetzesbrüchige Frau zu jagen. Deshalb wurde ich verstoßen. Kahm-ree ist mit mir gegangen, und ich bin dem trompetenden Ruf der Mammuts gefolgt, in der Hoffnung, dich einholen zu können«, antwortete Gah-ti. »Jeder – einschließlich Shateh – weiß, daß Cha-kwena dort zu finden ist, wo die Mammuts sind! Aber dieser Mann und Kahm-ree haben in der letzten Nacht eine andere Fährte gelegt. Shateh hat gelernt, wer in diesem fernen Land lebenstüchtig ist, denn es waren ein einarmiger Mann und eine taube alte Frau, die den Häuptling von deiner Spur fortlockten – mit der Lampe, die wir aus deiner Hütte mitgenommen haben. Shateh ist dem Licht gefolgt. Inzwischen müßte er es gefunden haben, aber jetzt ist es zu spät, um noch den Weg zu verfolgen, den wir gegangen sind. Denn wir haben uns durch dichtes Dorngebüsch geschlagen, das jetzt hoch mit Schnee bedeckt ist. Shateh wird uns nicht finden.« Gah-ti unterbrach seine prahlerische Erklärung und fügte in plötzlicher Wut hinzu: »Und es ist gut für dich, daß ich nicht Shateh bin! Er wäre lautlos gekommen, und du und deine Frau, ihr wärt jetzt von seinen Speeren aufgespießt, und er würde sich bald auf die Jagd nach heiligen Mammuts vorbereiten!« Gah-ti runzelte die Stirn. »Wo ist Mah-ree?«

»Ich bin hier«, sagte Mah-ree, hob ein Stück Faultierfell an und blickte zu Gah-ti hinaus. Als sie Kahm-ree sah, stieß sie einen kleinen Freudenschrei aus und kroch hastig auf den

Knien aus dem Zelt. Sie stand auf und blinzelte im dichten Schneefall, während sie sich umblickte. »Mutter?« rief sie. »Ta-maya? Tla-nee? Kosar-eh? U-wa? Oh, ich habe gewußt, daß ihr alle kommen würdet und …«

»Hier sind nur wir zwei, Tochter Ha-xas! Nur Gah-ti und Kahm-ree und die Mammuts!« stellte Kahm-ree irritiert richtig, während sie schnaufend und murmelnd versuchte, sich im tiefen Schnee aufzurichten. Als sie es geschafft hatte, stapfte sie weiter und rief mit heiserer Stimme: »Ban-ya! Komm heraus, mein liebes Kind! Deine Großmutter weiß, daß du hier bist! Rück zur Seite, Kind, und mach für diese alten Knochen ein warmes Plätzchen neben dir frei!« Ohne ein weiteres Wort ging sie vor dem Zelt in die Knie und drängte sich an Mah-ree vorbei unter das schneebedeckte Zelt.

Gah-ti bemerkte, daß weder Cha-kwena noch Mah-ree auf das achteten, was die verwirrte Frau tat. Er drehte sich um und schaute in die Richtung, in die sie starrten. Hinter ihm – im fallenden Schnee kaum zu erkennen – stand die Mammutherde als grauer Schattenriß vor dem bleichen Licht der Dämmerung. Die Kühe mit den großen Stoßzähnen drängten sich dicht aneinander und wärmten sich gegenseitig, während die Kälber und Jungtiere sich in ihrer Mitte aufhielten. Gah-ti undKahm-ree waren ihnen nun schon seit einiger Zeit gefolgt. Gah-ti hatte niemals daran gezweifelt, daß sie ihn zu denen führen würden, die er gesucht hatte.

Cha-kwena wandte sich jetzt wieder Gah-ti zu. »Ich sehe, daß du dich in meinem Kamelfellmantel wärmst.«

»Ja«, grollte Gah-ti, »aber er ist schwer, und deine Mokassins lassen die Kälte durch.«

Cha-kwena antwortete zuerst nicht. Dann sagte er betrübt: »Es ist schwer für mich zu glauben, daß Kosar-eh tatenlos zugesehen hat, wie du ausgestoßen wurdest, Gah-ti.«

»Mein Vater hat noch andere Söhne. Sie sind jetzt alle

Männer des Graslandes.« Gah-ti biß die Zähne zusammen. Schmerzen flammten in seinem verletzten Unterkiefer und in seinem Herzen auf. Er sah keine Notwendigkeit, ihnen von Doh-teyah zu erzählen. Es hätte zu viele Qualen bedeutet, die Worte auszusprechen.

Mah-ree blickte sich immer noch erwartungsvoll nach allen Seiten um. Offenbar hoffte sie nach wie vor, daß die von ihr vermißten Menschen im Schneetreiben erscheinen würden. Doch schließlich verschwand ihr Lächeln, als sie sich wieder Gah-ti zuwandte und schwermütig sagte: »Tamaya mußte wegen Kosar-eh zurückbleiben, ich weiß. Meine Schwester ist immerhin hochschwanger! Aus Sorge um Tamayas erstes Baby hat Kosar-eh sich deinetwegen nicht gegen Shateh gestellt, Gah-ti. Aber du mußt dieser Frau sagen, warum Ha-xa nicht mit dir gekommen ist! Meine Mutter hat keinen Mann in Shatehs Stamm. Und Kosar-eh hat so viele Münder, für die er jagen muß!«

Gah-ti war es unmöglich, den Blick von Mah-ree abzuwenden. Er liebte sie so sehr, daß es in seiner Seele schmerzte. Wie konnte er ihr sagen, was er im Dorf gesehen hatte? Das Leben würde für Mah-ree in den kommenden Tagen und Nächten ohnehin schon schwer genug sein, ohne daß ihr Herz zusätzlich von der Last des Wissens bedrückt wurde, daß Ha-xa sich an Mah-rees Stelle dem Geist des Bären im Feuer geopfert hatte. Das konnte er ihr nicht sagen. Und er wollte es ihr nicht sagen. Es gab keinen Grund, warum sie es erfahren mußte. Also holte Gah-ti tief Luft, um sich zu wappnen, und erzählte die erste Lüge, die ihm in den Sinn kam. »Ha-xa wollte mitkommen, aber sie muß sich um deine jüngere Schwester Tla-nee kümmern! Deine Mutter brachte es nicht übers Herz, ein so kleines Mädchen wie Tla-nee dem Sturm und einem unbekannten Land jenseits des Endes der Welt auszuliefern! Und Ha-xa wird sich auch um Ta-mayas Baby kümmern müssen. Ta-maya wird ihre Mutter brauchen, wenn ihre Zeit gekommen ist. Außerdem wußte

Ha-xa, daß du bei deinem Schamanen sicher sein wirst ... und bei mir.«

Mah-ree senkte den Blick und kämpfte blinzelnd ihre Tränen zurück.

»Nicht lange, nachdem Mah-ree und ich das Dorf verlassen haben, hörten wir eine Frau schreien.« Cha-kwenas Stimme klang ruhig und beherrscht, aber trotzdem besorgt. »Wer hat geschrien, Gah-ti?«

Mah-ree blickte auf.

»Niemand«, log Gah-ti. »Niemand hat geschrien.«

7

Den ganzen Vormittag lang fiel schwerer Schnee. Er gab ihnen das Gefühl, ersticken zu müssen und als würde er ewig anhalten.

»Wir können nicht mehr weitergehen«, sagte Shateh, als er seiner Erschöpfung nachgab. Trotz seiner mehrschichtigen Wintermokassins und der Handschuhe, deren Fellseite sich innen befand, schmerzten seine Hände und Füße vor Kälte. Er wußte, daß es den anderen ähnlich erging. Er war sicher, daß sie nicht darüber sprechen würden. Sie waren so bereitwillig unter Teikans Führung der falschen Spur gefolgt, daß sie jetzt ohne Beschwerde überall hingehen würden, wohin Shateh sie führte – auch wenn es jetzt seit einiger Zeit ziemlich deutlich geworden war, daß sogar für Männer mit Schneeschuhen ein weiteres Vorankommen kaum noch möglich war. Der Schnee war einfach zu feucht und zu schwer geworden. Bei jedem Schritt sanken die breiten Rahmen aus Weidenzweigen und Sehnengeflecht bis zur Tiefe einer Handbreite in den Schnee ein. Anschließend mußte man das Knie anheben und zunächst gegen den Rahmen klopfen, um die schweren Schneeklumpen abzuschütteln, bevor man den nächsten Schritt tun konnte.

Shateh verfluchte die Tiefe und Konsistenz des Schnees, der den Hunden die ledernen Fußschützer von den Pfoten gerissen hatte. Teikan und die anderen trugen die Tiere, denen es am schlechtesten ging, auf den Schultern, so daß die blutigen Pfoten schlaff herabhingen.

Der Häuptling verzog verbittert die Mundwinkel. Eine weitere Verfolgung hatte keinen Sinn mehr. Es brachte nichts mehr, seine Männer noch weiter voranzutreiben. Sie alle hatten ihr Bestes getan, um den Zorn des beschämten Bären auf den Schamanen und seine Frau zufriedenzustellen. Außerdem hatten sie seit der Dämmerung keine Wölfe oder Mammuts mehr gehört. Er erinnerte sich daran, wie Teikan gesagt hatte, daß die Geister auf der Seite der Gesetzesbrecher standen, und mußte sich murrend eingestehen, daß der Mann recht behalten hatte.

Er drehte sich um, starrte in Schnee und Wolken und konnte nicht weiter als ein paar Schritte in jede Richtung sehen.

Wo bist du, Cha-kwena, du und deine tapfere kleine Gesetzesbrecherin? Eine Kälte, die nichts mit dem Wetter zu tun hatte, ließ Shateh erzittern, als er sich fragte, ob der Geist des Bären immer noch darauf wartete, daß die Frau zu ihm gebracht wurde, oder ob er sich inzwischen damit zufriedengegeben hatte, Senohnim das Leben zu entreißen. Die Kälte wurde immer heftiger. Er befürchtete, daß seine Frau längst tot war. *Wenn ich doch nur nicht auf Teikan gehört hätte!* Mutlos schüttelte er den Kopf. Jedes »Wenn« war für einen Mann der Tat nur eine Zeitverschwendung, und er hatte schon viel zuviel Zeit mit Mutmaßungen vergeudet.

»Wir werden hier ein Lager aufschlagen«, sagte Shateh, als er sich umblickte und Felsblöcke entdeckte, die den Wind und die Kälte abhalten würden. »Hier warten wir, bis der Sturm vorbei ist.«

Erleichtert und dankbar nickten die anderen und atmeten so heftig auf, daß sich große Nebelwolken vor ihren von Kapuzen umrahmten Gesichtern bildeten.

Der Häuptling wartete gereizt darauf, daß Teikan seiner Entscheidung widersprach, doch der Mann hatte seit der Entdeckung der Lampe und der Halskette nichts mehr gesagt und schwieg auch jetzt. Shateh war jedoch nicht befriedigt über sein Schweigen, denn er hätte gerne die Gelegenheit genutzt, den alten Freund zu beschämen, der ihn so geschickt durch Schmeicheleien dazu angestachelt hatte, sich von der Fährte weglocken zu lassen, die ihn zu den Gesuchten geführt hätte. Doch dann überlegte er, daß Teikan sich durch die Folgen seines schlechten Rates bereits zur Genüge selbst beschämt hatte.

»Kommt! Wir wollen die Kälte vertreiben und uns etwas Ruhe gönnen!« sagte Shateh, schnallte seine Rückentrage ab und bückte sich, um seine Schneeschuhe zu lösen.

Es war keine einfache Aufgabe. Die Schnüre waren steifgefroren und eisverkrustet. Er mußte seine Handschuhe ausziehen, um den Knoten zu lösen, doch sogar dann war es noch schwierig, da seine Finger genauso steif vor Kälte waren wie die Lederriemen. Schließlich befreite er sich von seinen Schneeschuhen und half den anderen dabei, das Lager aufzuschlagen.

Niemand sprach ein Wort. Während die Hunde im Schnee lagen und mit den Zähnen die Eisklümpchen aus den Ballen ihrer wunden und gefrorenen Pfoten knabberten, wußte jeder Mann, was zu tun war. Nach wenigen Augenblicken hatte Xohkantakeh die Felle für die Zelte entrollt und ausgebreitet, um sie dann auf den aus Speeren gebildeten Rahmen zu spannen, den andere in der Nähe der Felsblöcke aufgestellt hatten.

Immer noch sprach niemand. Sie krochen in das kleine, gemütliche Zelt und kauerten sich zusammen, zitterten sich warm und rieben sich Füße und Hände, während sie auf ihr

Zähneklappern horchten und überlegten, welchen Hund sie erschlagen sollten, um sich daraus eine Mahlzeit zu machen.

Plötzlich stellte Ranamal fest, daß sie nicht vollzählig waren. »Wo ist Teikan?« fragte er.

»Teikan ist hier«, sagte der Mann, bückte sich und kam auf den Knien hereingekrochen. Er zerrte den schlaffen Körper seines Lieblingsjagdhundes hinter sich her und legte ihn dem Häuptling zu Füßen. Dann blieb er kniend und mit gesenktem Kopf sitzen und sagte beherrscht: »Das Blut dieses Hundes wird uns wärmen. Das Fleisch dieses Hundes wird uns Kraft geben. Dieser Hund war der beste aus Teikans Rudel. Teikan opfert diesen Hund, um ihn Shateh zum Geschenk zu machen.«

Der Häuptling blickte den Mann lange und aufmerksam an. »Deinetwegen habe ich den Schamanen, den heiligen Stein und die Gesetzesbrecherin verloren. Weil du den Bären nicht erlegen konntest, habe ich einen Sohn und vielleicht auch eine Frau verloren. Glaubst du wirklich, daß das Opfer eines Hundes eine ausreichende Wiedergutmachung für einen solchen Verlust ist?«

Teikan blickte entsetzt auf.

Ranamal sprach zur Verteidigung seines Jagdbruders. »Es war der Schamane, der Große Tatze zum Dorf geschickt hat!«

»Es war Teikan, der damit beauftragt war, das Dorf zu bewachen!« entgegnete Shateh.

»Gemeinsam mit Ishkai!« warf Teikan ein.

»Und jetzt ist Ishkai tot«, stellte Shateh fest.

Die Stille war geradezu greifbar. Der Häuptling wartete ab, um zu sehen, wie sie sich Teikan drückend um die Kehle legte.

Es verging eine Weile, bis Teikan steif erwiderte: »Ich werde in den Sturm hinausgehen. Ich werde den Schamanen und die Gesetzesbrecherin suchen. Ich werde sie zu Shateh bringen oder mein eigenes Leben dem Geist des beschämten Bären opfern!«

Der Häuptling betrachtete den Mann. Teikan war mehr als zwei Handvoll Senohnims wert. Er war immer ein treuer und zuverlässiger Jagdbruder gewesen. Er hatte viele Söhne gezeugt. Er war stark, klug, tapfer und ohne Tadel. Wenn es möglich gewesen wäre, den Angriff des Bären aufzuhalten, hätte Teikan es getan. Shateh zweifelte keinen Augenblick daran. Er zweifelte auch nicht daran, daß Teikan die Jagd nach dem Schamanen aus Überheblichkeit oder falschem Ehrgeiz in die Irre geführt hatte, sondern weil sein Häuptling ihn durch seine Unentschlossenheit praktisch dazu aufgefordert hatte.

Shateh kniff die Augen zusammen, als ihm klar wurde, daß er sich bei der Schuldzuweisung für ihre Situation nicht darüber hinwegtäuschen durfte, daß das volle Gewicht der Verantwortung auf seinen eigenen Schultern lag. Viel zu lange hatte er sich auf die Macht eines toten Totems, eines nutzlosen Steines und eines fremden Schamanen verlassen. Er war der Häuptling! Er war selbst ein Schamane! Und während der letzten Nacht hatte er seinen Jägern zur Genüge bewiesen, daß er ein Mann mit zuverlässigen Instinkten war. In Zukunft würde er wieder seine eigenen Entscheidungen treffen – wie er es schon in der Vergangenheit getan hatte, als er der Häuptling aller Häuptlinge im Grasland gewesen war.

Als Teikan sich jetzt umdrehte und den provisorisch errichteten Unterschlupf verlassen wollte, hielt der Häuptling ihn zurück. »Du wirst die Gesuchten in diesem Sturm nicht finden«, sagte er. »Und ich glaube nicht, daß der Bär dein Leben fordert, alter Freund.«

Teikan hockte sich wieder hin und runzelte unsicher die Stirn. »Was willst du also?« fragte er, während er offenbar nachdachte, was eine größere Strafe sein könnte, als sein eigenes Leben zu opfern. »Mehr Hunde?«

Shateh schüttelte den Kopf. »Nein«, sagte und machte eine kleine Pause, damit allen Zuhörern die Bedeutung seiner folgenden Worte klar wurde. »Ich fordere nur deinen Gehorsam, Teikan. Wenn du mir den nicht geben kannst, dann werde ich und nicht der Geist des beschämten Bären dein Leben und all deinen Besitz fordern. Obwohl ich deinen Rat sehr schätze, kann nur ein Mann der Anführer der Jagd sein. Stimmst du mir darin zu?«

Die Blicke der beiden Männer trafen sich. Alle sahen zu und warteten atemlos ab, wer als erster den Blick abwenden würde. Es war Teikan, doch er tat es erst nach einer beunruhigend langen Zeit, und erst dann, als er verdrossen in seinen Schoß starrte, schloß er sich Shatehs Meinung an. »Ich stimme dir zu«, sagte er.

Shateh nickte zufrieden. »Dann nehme ich das Geschenk deines Hundes an. Nimm ihn und schlachte ihn. Wirf den Kopf und die Reste den anderen Hunden zu, damit sie davon fressen und wieder zu Kräften kommen. Falls irgendwelche Fleischfresser davon angelockt werden sollten, werden uns die Hunde davor warnen. Tu es, Teikan! Dann wollen wir gemeinsam essen und jede Feindschaft zwischen uns vergessen.«

Und so geschah es.

Sie aßen das Fleisch des Hundes roh, nachdem sie es in sieben gleich große Portionen für alle Mitglieder der Gruppe aufgeteilt hatten. Als nichts mehr davon übrig war – außer möglicherweise giftigen Drüsen und Nieren – brachen sie die Knochen auf, um das Mark herauszuschlürfen. Dann dösten sie müde im Sitzen ein.

Und es schneite immer noch.

Shateh hatte jetzt die Rolle des Schamanen angenommen und sprach uralte Beschwörungsformeln für die Geister des Sturmes und des Himmels. Er pries ihre Macht und bat sie um Mitleid mit den Menschen, die von ihrem Wohlwollen abhängig waren. Das schwache Licht des Tages verblaßte zur Dunkelheit. Die Nacht wurde sehr kalt. Die Männer pfiffen die Hunde herein, und während die Jäger zum Zeitvertreib plauderten, freuten sie sich über die zusätzliche Körperwärme der Hunde. Sie lachten oder scherzten nicht während ihrer Unterhaltung, weil draußen immer noch Schnee fiel und der Wind über die Welt heulte. Sie konnten nicht vergessen, daß eigentlich Trauerzeit war und daß die Geister der Toten und des beschämten Bären durch die Nacht streiften.

Sie wachten immer wieder auf, schliefen zwischendurch aber tief und fest, während ihre Bäuche angenehm voll waren. Und es schneite immer noch. Jedesmal, wenn ein Mann nach draußen ging, um zu urinieren und seinen Darm zu entleeren, befreite er das Zelt von der angehäuften Schneeschicht, damit sie darunter nicht erstickten. Als Shateh nach draußen ging, stand er ziemlich lange im frostigen Wind, während er die Arme zu den Mächten der Schöpfung erhoben hatte und erneut die uralten Beschwörungen anstimmte. Nachdem seine Knochen halb erfroren und taub waren, kehrte er zurück, um sich an der Seite seiner Jagdkameraden in den Schlaf zu zittern. Kurz nach Tagesanbruch wurden sie dann durch das Wiehern von Pferden geweckt.

Der Häuptling hob den Kopf und lauschte. *Ja!* Die Pferde waren weit weg, aber deutlich zu hören und erfreuten ihn genauso wie die Tatsache, daß der Gesang des Sturmes verstummt war. Sein Herz hüpfte vor Begeisterung. Von Hoffnung angetrieben, kroch er aus dem Zelt und stand im Licht der aufgehenden Sonne unter einem klaren, windstillen Himmel auf. Der Sturm war vorbei.

»Aiee!« Shateh hob freudig die Arme, um den Mächten der Schöpfung zu danken und die aufgehende Sonne willkommen zu heißen.

Teikan kam aus dem Unterschlupf gekrochen und blinzelte in der unerwarteten Helligkeit des Morgens. »Himmel!« rief er. »Es ist gut, den Himmel zu sehen!«

Ranamal und die anderen kamen nun gemeinsam mit den Hunden ebenfalls nach draußen und bemühten sich, in den festen Schneewehen Halt zu finden.

»Habe ich Pferde gehört?« fragte Xohkantakeh.

»Das hast du!« bestätigte Shateh. »Hört!«

Wie auf Kommando wieherte ein einzelnes Pferd, und alle Jäger wandten sich gleichzeitig von der Sonne ab und dem Geräusch zu.

Und da war sie: eine kleine Herde, die am westlichen Horizont durch den bauchtiefen Schnee stapfte. Shateh runzelte die Stirn. Obwohl das Land von einer weißen Decke überzogen war, erkannte er die Umrisse des felsigen Ödlandes wieder und wußte, daß die Pferde sich in die ungefähre Richtung bewegten, in der das Dorf lag. Er hielt den Atem an, als er die Herde als Zeichen der Mächte der Schöpfung erkannte.

»Wir werden diesem Fleisch folgen«, sagte er und dachte daran, daß sie nur schwierig vorankommen würden, wenn der Schnee so hoch lag. Aber jetzt war es viel kälter, und eine feine, glitzernde Eisschicht hatte sich auf den Schnee gelegt. Mit Hilfe ihrer Schneeschuhe müßten die Männer noch vor Sonnenaufgang wieder bei ihrem Stamm und in der Wärme ihrer Hütten sein, wo sie sich ausruhen und auf die Jagd vorbereiten konnten, zu der sie nach dem Ende der Trauerzeit aufbrechen würden. Im Schnee müßte sich noch nach Tagen erkennen lassen, wohin die Pferde weitergezogen waren ... solange kein neuer Sturm kam.

»Shateh hat uns gut geführt«, sagte Ynau, der offenbar dieselben Gedanken gehabt hatte.

»Es ist gut, daß wir nicht über den Rand der Welt gestürzt sind«, stimmte Rek zu.

»Aber was ist mit dem Schamanen und der Gesetzesbrecherin, mit Einarm und der alten Frau?« fragte Teikan. »Was ist mit dem Geist des beschämten Bären?«

Shateh war überrascht, daß der Mann die Unverschämtheit aufbrachte, diese Frage zu stellen. Er antwortete ihm zornig: »Wenn diese Frau durch irgendeinen Zufall noch am Leben sein sollte, will der Bär sie jetzt nicht mehr! Und wenn sie tot ist, ist der Bär zufrieden!« Er musterte Teikan mißtrauisch und zum erstenmal in seinem Leben mit Widerwillen. »Möchtest du sogar jetzt noch über das Ende der Welt hinaus weitergehen, Teikan?«

»Ich werde dorthin gehen, wohin Shateh uns führt«, antwortete Teikan wohlweislich.

Zakeh blickte nach Osten über das Ödland. »Wir werden die Spur der Gesuchten niemals wiederfinden. Sie könnten inzwischen überall sein, nachdem sie einen solchen Vorsprung gewonnen haben – wenn sie überhaupt noch am Leben sind.«

Shateh war froh, daß er einen Grund hatte, den Blick von Teikan abzuwenden. Er drehte sich um und starrte blinzelnd in die Ferne. »Möge Lahontay recht behalten, als er sagte, daß der Schamane und die Gesetzesbrecherin und Einarm und die taube alte Frau den Mammuts über den Rand der Welt gefolgt sind, so daß sie ins brennende Gesicht der aufgehenden Sonne stürzen!« Er verspürte jetzt erneuerte Zuversicht. »Wir werden ihnen nicht folgen. Wir werden zum Dorf zurückkehren und nachsehen, was uns dort erwartet.«

Er verstummte, drehte sich wieder um und blickte in Richtung der Pferde und des Dorfes. Dann nickte er mit großer Zufriedenheit. »Seht! Nachdem Cha-kwena nicht mehr bei uns ist, kommen die Pferde zu uns zurück. Wir werden sie noch einmal darum bitten, dem Stamm als Nahrung zu dienen. Wir werden jagen. Wenn die Mächte der Schöpfung es erlauben, werden wir mit viel Fleisch in das Land unserer Vorfahren zurückkehren. Blickt nicht mehr zum Ende der Welt, zu dem ein falscher Schamane uns beinahe gelockt hätte. Der Mann hat uns bewiesen, daß er keine Macht mehr hat!«

Cha-kwena griff mit der einen Hand nach dem heiligen Stein und mit der anderen nach seinem Speer. Er hatte wieder eine Vision. Er träumte, daß er auf einer Lichtung in den Tiefen der großen Schlucht stand. Die Sonne ging gerade über den hohen Steilwänden auf. Er starrte nach oben und richtete seine Augen auf einen schmalen Wasserfall, einen schlanken Regenbogenfluß aus flüssigem Sonnenlicht, der von der Höhe zum dicht bewaldeten Schluchtgrund hinabstürzte, wo Mah-ree ihm lachend zuwinkte. Sie folgte dem alten Hoyeh-tay und den Mammuts einen seichten Bach entlang, in dem die Tiere durch die Morgennebel ostwärts stapften. Eine Eule flog ihnen voraus. Und unter den schattigen Flügeln des uralten Vogels lief ein einzelner Kojote und blickte sich zu ihm um.

Komm, Cha-kwena! Komm, Gelber Wolf! Komm und folge mir in das Gesicht der aufgehenden Sonne! Worauf wartest du noch?

Cha-kwena roch Eis in der Luft. Er sah sich um und suchte nach bemalten Männern in Wolfsfellen, nach einem Raben und einem Bären, nach Knochen und Stoßzähnen und Schädeln. Doch er sah kein Anzeichen dieser bedrohlichen Dinge, bis er in die Ferne blickte und sah, daß sie gerade am Horizont verschwanden. Erleichterung durchströmte ihn. Doch sie war nur von kurzer Dauer.

»Mein Schamane! Du mußt aufstehen, mein Schamane! Der Sturm ist vorbei, und die Mammuts sind fort!«

Cha-kwena schreckte aus dem Schlaf hoch. Er schloß sofort wieder die Augen, als ihn das grelle, schmerzhafte Licht des Morgens bestürmte. Blinzelnd sah er dann, daß Mah-ree das Faultierfell zusammenlegte und nach draußen zeigte, wo Gah- ti und Kahm-ree standen.

Cha-kwena kroch mürrisch unter dem Gerüst aus gebogenen Baumtrieben hervor und erhob sich mühsam in einer tiefen Schneewehe. Mah-ree hatte recht. Der Sturm war vorbei, und die Mammuts waren nirgendwo zu sehen.

»Sie sind dorthin gegangen ... sie streifen scheinbar ziellos herum, wie es ihre Art ist, aber sie haben der Sonne eindeutig den Rücken zugekehrt«, sagte Gah-ti, während er den Arm ausgestreckt hielt. »Ich bin ihnen ein kleines Stück gefolgt. Sie haben eine breite Spur niedergetrampelt. Aber dies ist ein schlechtes Land, ohne Bäume und ohne Deckung, und es ist gefährlich für sie – und für uns, wenn ich nicht Shateh und seine Jäger von deiner Fährte fortgelockt hätte.«

»Du bist kein Schamane!« wies Mah-ree ihn zurecht. »Das kannst du nicht wissen!«

Cha-kwena erwiderte nichts. Er verstand nicht, was geschah. In seinem Traum hatte er gesehen, wie die Mammuts nach Osten zogen, während Shateh und seine Jäger nach Westen in das Land ihrer Vorfahren zurückkehrten. Doch als sein Blick nun Gah-tis Arm folgte, sah er, daß die breiten Spuren der Mammuts in das Ödland führten, aus dem sie gekommen waren. Das offene schneebedeckte Land gefiel ihm überhaupt nicht. Wenn Shateh und seine Anhänger dort auf die Mammuts stießen, hätten die Tiere im tiefen Schnee keinerlei Schutz. Sie würden bis zum letzten Kalb von Speeren durchbohrt werden, und das Totem würde mit ihnen sterben. Und wenn die Überlieferungen der Ahnen die Wahrheit sagten, wären dann auch die Menschen und ihre Kinder verloren.

»Werden wir ihnen folgen?« fragte Gah-ti ohne sonderliche Begeisterung.

»Wir müssen ihnen folgen!« antwortete Cha-kwena. »Wir müssen die Herde zur Umkehr bewegen, bevor sie in die Jagdgründe von Shatehs Stamm zurückkehrt!«

Sie ließen Kahm-ree in Mah-rees Obhut zurück und machten sich auf den Weg durch die breite Fährte der Mammuts.

»Sagt meiner Ban-ya, daß ich auf sie warte!« rief die alte Frau ihnen nach.

»Ja!« rief Gah-ti zurück. »Wenn wir sie finden, werden wir es ihr sagen!«

»Du solltest ihre Hoffnung nicht nähren, daß wir diese Frau jemals lebend wiederfinden«, tadelte Cha-kwena, der sich weigerte, Ban-yas Namen auszusprechen.

»Kahm-ree ist alt. Die Hoffnung ist das einzige, was sie noch hat«, erwiderte Gah-ti.

›Es wird auch für uns alle das einzige sein, wenn wir die Herde nicht finden!« entgegnete Cha-kwena.

»Ich weiß, daß es heilige Tiere sind, Cha-kwena, aber das große weiße Mammuttotem ist schon seit langer Zeit tot. Und die anderen sind nur einfache Mammuts«, sagte Gah-ti. »Wir sollten die Frauen zu einem guten Versteck führen. Du sorgst dich nicht ausreichend um Mah-ree! Wenn sie meine Frau wäre, würde ich ...« Er verschluckte den Rest des Satzes.

Cha-kwena kannte Gah-tis unausgesprochene Gedanken. *Was ist, wenn wir die Herde nicht wiederfinden? Was ist, wenn Shateh uns aufspürt? Was ist, wenn er uns* und *die Mammuts tötet und er dann diese Spuren zurückverfolgt, direkt zum Lagerplatz und zu Mah-ree?* »Du darfst nicht einmal daran denken!« warnte er den Jungen und lief mit langen Schritten weiter.

Mah-ree starrte gebannt in den blendenden Schnee, bis sie Cha-kwena und Gah-ti nicht mehr erkennen konnte. Während sie den fast unüberwindlichen Drang verspürte, ihnen zu folgen, betrachtete sie die Spuren der Herde. »Wohin gehen die Mammuts, Kahm-ree? *Warum* gehen sie ... Warum wandern sie mal hierhin, mal dorthin, von einem vertrauten Ort zum nächsten, obwohl sie am Ende doch immer wieder neue Weidestellen und Tränken suchen und immer weiter nach Osten vordringen, immer nach Osten ... *warum?*«

»Dieses Wissen steht uns nicht zu, Schamanenfrau. Seit Anbeginn der Zeiten haben die Menschen dort, wohin die Mammuts zogen, viel Fleisch und Wasser und andere gute Dinge gefunden. So wird es auch für uns sein.«

»Das sagt auch Cha-kwena immer wieder.«

»Er ist der Schamane. Er weiß viele Dinge. Er hat unseren Stamm immer gut geführt, wenn er den Mammuts folgte.« Die alte Frau saugte eine Weile an den knochigen Stümpfen ihrer Zähne, bis sie auf Ellbogen und Knien in die Wärme des Zeltes zurückkroch.

Mah-ree war beunruhigt. Kahm-ree irrte sich. Cha-kwena war zwar ein Schamane, aber er wußte nicht alles. Er hatte nicht vorhergesehen, daß Gah-ti und Kahm-ree zu ihrem kleinen Lager kommen würden. Und jetzt wurde sie gejagt und war ganz allein mit einer verwirrten alten Frau am Ende der Welt, ohne jede Hoffnung, ihre Familie jemals wiederzusehen. Sie fühlte sich elend. Sie fragte sich, ob die Verunglimpfungen, die die Frauen gegen Cha-kwena geäußert hatten, bevor der Bär gekommen war, nicht berechtigt sein könnten. Vielleicht war er gar kein Schamane mehr. *Nein!* Sie wollte auf keinen Fall daran glauben. Sie wußte es besser. Nachdem das Totem wieder in die Welt geboren sein würde, würde auch Cha-kwenas Macht vollständig zurückkehren. Dann würde das Land wieder grün werden, das Wild vor die Speere der Jäger kommen, die Kranken und Verkrüppelten wieder ganz und gesund werden, wenn er es wollte. Und eines Tages – ihr Herz machte einen kleinen hoffnungsvollen Hüpfer, denn sie hatte noch nie zuvor daran gedacht – wenn das große weiße Mammut erwachsen war, würden der Schamane und die Schamanenfrau aufrecht in die Welt der Menschen zurückkehren, während ihre vielen Schamanenkinder ihnen folgten. Dann würden sie ein großer Stamm sein mit vielen jungen Kriegern. Und jene, die den Schamanen und die Schamanenfrau verstoßen hatten, würden dann vor ihrer Macht zittern.

Diese Aussicht brachte Mah-ree zum Lächeln, bis ihr klar wurde, daß sie und Cha-kwena zu der Zeit, wo das Totem erwachsen geworden war, bereits alt und grau und so verwittert wie Eisenholzstämme sein würden, während jene, die sich vor ihrem gerechten Zorn fürchten sollten, höchstwahrscheinlich längst tot waren. Und erst wenn das große Mammut die Reife erlangt hatte, würde seine ganze Macht in die Welt zurückkehren. Ihr Lächeln verschwand. Wenn sie überlegte, wie wenig ihrem Schamanen in letzter Zeit geglückt war, wie sollten sie dann allein am Ende der Welt überleben – ein Mann, eine Frau, ein Krüppel und eine geistig verwirrte Greisin? Dann tadelte sie sich selbst wegen ihres mangelnden Vertrauens in ihren Mann und mußte sich eingestehen, daß sie Cha-kwena nicht für die Situation verantwortlich machen konnte, in der sie sich gegenwärtig befanden. Schließlich war sie selbst es gewesen, die die Gesetze der Vorfahren gebrochen und damit sich selbst und das Totem in Gefahr gebracht hatte.

»Weck mich, wenn Ban-ya kommt!« sagte die alte Frau unter dem Zelt, das nur noch zum Teil vom Faultierfell bedeckt war.

Mah-ree kniff die Augen zu schmalen Schlitzen zusammen, als sie wieder in die Richtung starrte, in der ihr Mann verschwunden war. Sie wußte, daß sie Cha-kwena und Gah-ti mit den Mammuts hätte helfen können. Sie haßte es, wenn sie zurückbleiben mußte, doch irgend jemand mußte auf Kahm-ree aufpassen, damit sie nicht fortlief. Im Land ihrer Vorfahren hatte sie oft die Ermahnungen ihrer Mutter in den Wind geschlagen und die anderen Frauen und Mädchen beim Beerenpflücken allein gelassen, um sich zur Hochwiese zu schleichen, wo das große weiße Mammuttotem am Rand des Zedernwäldchens zarte Farntriebe gefressen hatte. Sie hatte keinerlei Angst vor ihm oder seinen Artgenossen gehabt.

Sie schloß die Augen, während sie sich der Erinnerung

hingab, wie sie im dichten, feuchten Gras auf der Wiese gesessen hatte und von lebenden Girlanden aus blauen Libellen umringt gewesen war. Sie hatte Lebensspender, dem Großen Geist, dem All-Großvater beim Fressen zugesehen. In diesen Augenblicken hatte Mah-ree eine Zufriedenheit erlebt, die sie nur in der Gegenwart des Totems verspürte.

Und weil das große weiße Mammut das Totem war, hatte sie ihm ihre Träume und Geheimnisse anvertraut. Das Totem hatte geschnauft und beim Klang ihrer Stimme mitfühlend den Kopf bewegt, es hatte seine fledermausgleichen Ohren hierhin und dorthin gedreht und ihr zugehört. Es hatte ihr gezeigt, daß es verstand, was in ihrem jugendlichen Herzen vorging, denn es war älter und weiser als der Wind und hatte schon alles gesehen, was es auf der Welt gab. Und dort im Schatten des Zedernwäldchens hatte sie die Bewegungen seines Körpers beobachtet, den Geruch seines Atems, seines Urins und seines Kots eingesogen und gewußt, daß Lebensspender krank und lebensüberdrüssig war, daß seine Knochen und Zähne bis zu den Wurzeln seiner riesigen, im Laufe vieler Lebensjahre abgenutzten Stoßzähne schmerzten. Da hatte sie ihm zartes Süßgras, reife Beeren und heilende Wurzeln gebracht. Die Wurzeln hatte sie zu einer Paste zerstampft und Weidenöl hineingerührt, damit die Geister, die in diesem heiligen Baum wohnten, seine Schmerzen vertrieben. Und so war es geschehen. Bald hatte sein Atem wieder gut gerochen, und auch sein Urin und Kot wie bei einem gesunden Tier.

Ihr Stamm hatte sie Medizinmädchen und Mädchen, das mit den Mammuts geht, genannt. Ha-xa war stolz auf sie gewesen, und Mah-ree war so glücklich gewesen, daß sie Freudentränen geweint hatte. Denn da hatte sie gewußt, daß kein anderes Mädchen würdiger als sie war, die Frau des Schamanen zu werden.

Cha-kwena signalisierte Gah-ti, in Deckung zu gehen. Sie warfen sich auf den Bauch und spähten über eine Schneedüne. Die Sonne stand jetzt hoch am Himmel. Ihre Glieder schmerzten nach dem langen Marsch entlang der Spur der Herde. Zweimal waren die Mammuts umgekehrt, aber dann war ihre Fährte wieder breiter geworden und erneut nach Westen abgedreht. Jetzt gruben die Mammuts mit ihren Stoßzähnen in einer kleinen Baumgruppe ein Stück östlich von ihnen nach Nahrung. Im Westen waren deutlich die Gestalten in Felle gekleideter Jäger zu erkennen.

Gah-ti stieß einen Seufzer der Verzweiflung aus. »Ich hätte niemals gedacht, daß sie so weit kommen würden, nachdem ich sie im Sturm in die Irre geführt habe.«

»Das spielt jetzt keine Rolle mehr.« Cha-kwena blickte geradeaus und machte sich klar, was er tun mußte, während er die fernen Gestalten zählte und überlegte, wie viele er niederstrecken konnte, bevor er selbst getötet wurde.

»Sie sind auf der Jagd nach Mah-ree, nicht nach Mammuts, Cha-kwena! Und sie haben uns nicht gesehen. Wenn wir jetzt umkehren, können wir immer noch mit den Frauen fliehen. Beim Anblick der Herde werden sie nur noch an die Jagd denken. Dort ist so viel Fleisch, daß sie zuerst ihre Speere in Blut tränken werden, bevor sie weiterziehen. Schau sie dir nur an! Wir können niemals so viele töten! Wir sind nur zwei Männer – und mit nur drei Armen! Du könntest es genausogut allein versuchen!«

»Dann geh, wenn du willst, aber ich kann nicht umkehren, Gah-ti.« Cha-kwena schnallte sein leichtes Reisegepäck ab und machte seine Speere und seinen Speerwerfer bereit. »Ich bin der Wächter des heiligen Steines und des Totems. Der heilige Stein liegt auf meiner Brust. Und der Geist des Totems lebt in dieser Herde weiter!« In diesem Moment kam ihm der Gedanke, daß er gerade das heilige Tabu der Ahnen gebrochen hatte. Doch jetzt war es zu spät, sich darum zu sorgen. »Die Mächte der Schöpfung sind mit mir. Ob mit oder ohne dich – ich werde nicht allein sein.«

Mah-ree hatte fast den ganzen Tag damit verbracht, das Zelt von seinem ursprünglichen Standort am Steilufer fortzubewegen. Es dauerte Stunden, bis sie ihre Sachen und das kleine Zelt zu einem kleinen Wäldchen aus jungen Bäumen geschafft hatte, von denen die Mammuts in der vergangenen Nacht gefressen hatten.

Kahm-ree hatte sich zunächst energisch gewehrt, bis Mahree ihr erklärte, daß sie sich verstecken mußten, falls Shatehs Jäger hier nach ihnen suchten. Sie hatte nicht erwähnt, daß in diesem Fall Cha-kwena und Gah-ti vermutlich bereits tot waren. Sie erwähnte auch nicht, daß sogar dann, wenn der schlimmste Fall eintrat, das Totem vielleicht noch in der großen Kuh weiterleben konnte, denn seiner Mutter war die Trächtigkeit noch nicht anzusehen, und wenn Shatehs Männer die Herde jagten, würden sie zuerst das jüngste und zarteste Fleisch töten. Wenn die Jäger sich die Bäuche mit Mammutfleisch vollgeschlagen haben und sie viel Fleisch zum Dorf zurücktragen müssen, überlegte Mah-ree, werden sie anschließend wahrscheinlich die Suche nach mir abbrechen. Dann wäre sie dafür verantwortlich, die überlebenden Mammuts und die große Kuh mit dem Totem zum Ende der Welt zu bringen, wo kein Jäger sie wiederfinden würde. Sie hätte vermutlich keinen großen Lebensmut mehr, wenn ihr Schamane tot war, aber sie würde weiterleben und dem Totem folgen, wie sie einst dem großen weißen Mammut gefolgt war, und sich damit trösten, daß auch ihre Mutter und Schwester und alle ihre Stammesmitglieder, die sie niemals wiedersehen würde, ebenfalls überlebten, solange sein Geist in dieser Welt war.

Doch von all dem hatte Mah-ree der alten Frau nichts erzählt, die ihr beim Aufbau des Zeltes half und danach sofort hineinkroch, um zu schlafen. Mah-ree hatte nicht protestiert, obwohl die schwierigste Arbeit gerade erst begonnen hatte, doch die alte Frau war weder körperlich noch geistig dazu imstande, ihr zu helfen. Nachdem Mah-ree Schnee um das Faultierfell angehäuft hatte, so daß es wie ein Nest von Buschschwanzratten aussah, legte sie eine doppelte Spur in Richtung Osten an, einmal in ihren eigenen Schuhen und dann in Kahm-rees. Dabei lief sie jeweils sorgfältig in denselben Spuren wieder zurück, so daß sie wieder am Unterschlupf ankam, in dessen Umgebung sie alle Fußabdrücke verwischte. Es war kein Lager, in dem sie sich sehr lange aufhalten wollte, aber sie hatte auch Mammutkot und uringetränkten Schnee gesammelt, damit es so aussah, als würden keine Menschen, sondern Tiere das Wäldchen als Platz zum Weiden und Schlafen benutzen.

Nach ihrer mühseligen Arbeit hockte Mah-ree sich hin und beobachtete den Horizont, um auf die Rückkehr ihres Mannes zu warten. Inzwischen war viel Zeit verstrichen. Es war schon später Nachmittag, und je länger sie dasaß, desto melancholischer wurde sie. Sie litt schwer unter ihrem Unglück. Nie wieder würde sie gemeinsam mit ihrer Mutter und den anderen Frauen und Mädchen des Stammes auf Beerensuche gehen. Nie wieder würde sie allein auf der Hochwiese sitzen und All-Großvater beim Fressen zusehen. Nie wieder würde er sie mit seinem Rüssel hochheben, so daß sie ihn mit Wurzelpaste füttern und ihm schmerzstillendes Weidenöl ins Zahnfleisch reiben konnte. Ja, sie war die Schamanenfrau. Aber wie lange noch, wenn Shateh und seine Krieger zum Ende der Welt kamen und fanden, wonach sie suchten?

Plötzlich erschienen die Mammuts am westlichen Horizont und kamen in ihre Richtung. Mah-ree schrie vor Freude auf, als sie die großen Tiere mit den hohen Schulterhöckern und dem langen Winterfell sah.

»Mah-ree!«

Sie glaubte, Gah-tis Stimme erkannt zu haben, aber sie war verwirrt, denn sie hörte auch das Bellen von Hunden und das helle Kreischen kleiner Jungen. Mah-rees Herzschlag setzte kurz aus. War es Shateh mit seinem gesamten Stamm?

Sie starrte besorgt in die Ferne und hatte so große Angst, daß sie kaum noch atmen konnte. Viele in Felle gekleidete Menschen mit Gepäck auf dem Rücken und Schneeschuhen an den Füßen kamen auf sie zu. Hunde liefen neben ihnen her, einige mit Seitentaschen, andere vor Schlitten gespannt. Sie zählte drei Männer mit Speeren in den Händen. Mah-rees Herz schlug immer schneller. Ihr Instinkt trieb sie dazu, zwischen den Bäumen in Deckung zu gehen, wo sie das Zelt aufgestellt hatte. Sie warf einen kurzen Blick darauf und wandte sich dann wieder nach Westen. Der schlimmste Fall war eingetreten.

Und dann setzte ihr Herzschlag wieder aus. Ein Mann eilte den anderen voraus auf die immer schneller näher kommende Herde zu. Als sein Speer gelegentlich rot und blau im Sonnenlicht aufblitzte, erkannte sie auch seinen wehenden Kaninchenfellmantel und den Eulenfederschmuck auf dem Kopf.

»Cha-kwena!« keuchte Mah-ree seinen Namen und trat zwischen den Bäumen hervor.

Die Mammuts zogen sehr nahe an ihr vorbei und marschierten schnaufend weiter nach Osten, ohne sich auch nur einmal umzublicken. Der Boden erzitterte, aber sie starrte weiter geradeaus, bis sie mit einem überraschten und fassungslosen Keuchen erkannte, daß es ihr eigener Stamm war, der sich da näherte.

»Mah-ree!« rief Ta-maya und hob grüßend einen Arm, als sie Kosar-eh vorauslief.

»Ban-ya? Ruft da meine Ban-ya?« fragte die alte Kahm-ree, die sich aus dem Zelt wälzte und sich hoffnungsvoll umblickte. Doch es war niemand da, der auf ihren Ruf antwortete. Mah-ree war mit Freudentränen in den Augen losgerannt, stolperte immer wieder lachend und weinend in den tiefen Schnee, bis sie schließlich ihrer älteren Schwester in den Armen lag.

»Oh, Ta-maya! Mein Schamane sagte, ich würde dich niemals wiedersehen!«

Kosar-eh blieb neben dem eng umschlungenen Paar stehen.

Mah-ree blickte vor Freude taumelnd zu ihm auf. »Gah-ti sagte, du hättest ihn für immer im Stich gelassen!«

Gah-ti, der zusammen mit seinen vier jüngeren Brüdern neben seinem Vater stand und die kleine Doh-teyah auf den Schultern trug, blickte sie verlegen an. »Ich habe mich geirrt.«

Kosar-eh schüttelte den Kopf. »Dieser Mann und seine Frauen bleiben nicht bei Menschen, die Frauen und Babys dem Feuer opfern. Und er läßt auch nicht seine Kinder im Stich, obwohl sein ältester Sohn es ihm zugetraut hätte!«

Mah-ree, die ihre Arme um Ta-maya geschlungen hatte, spürte, wie sich das Baby ihrer Schwester in deren Bauch bewegte, und war so glücklich, daß sie wieder zu weinen begann. »Jetzt sind wir wieder ein Stamm! Jetzt ist all das eingetroffen, wovon ich seit meiner Kindheit geträumt habe! Oh, mein Schamane ist wahrlich ein großer Schamane, daß er alles so gemacht hat! Ich werde mich nie wieder vor der Zukunft fürchten oder an ihm zweifeln!«

»Dein Schamane hätte mich fast mit seinem Speer durchbohrt, bevor er erkannte, daß ich nicht Shateh bin!« erklärte Kosar-eh.

Mah-ree hörte ihm kaum zu. Sie war begeistert und viel zu glücklich, als sie zu Cha-kwena rannte und ihn leidenschaftlich küßte. Dann ging sie zu jedem Neuankömmling, berührte und küßte ihn und sprach jeden mit Namen an, sogar die Hunde, bis sie schließlich innehielt und fragte: »Wo ist Ha-xa? Warum ist unsere Mutter nicht bei euch?«

Ta-maya und U-wa tauschten einen schnellen, besorgten Blick aus, bevor sie die Köpfe senkten. Alle Reisenden wirkten seltsam still – bis auf Kahm-ree, die stürmisch Piku-neh, den Sohn ihrer Enkeltochter, an sich drückte und ihm versicherte, daß sie bald seine Mutter Ban-ya wiederfinden würden.

Mah-ree erstarrte. Sie wandte den Blick von Kahm-ree ab und sah, wie ihrer Schwester Ta-maya Tränen in die Augen traten. »Wo ist Ha-xa? Warum ist unsere Mutter nicht bei euch?«

Doch noch bevor Kosar-eh sprach – ruhig und sanft, als könnte er mit seinen Worten den Schmerz lindern, den sie bereiten würden – wußte sie schon die Wahrheit. Sie hatte es bereits befürchtet, als sie in der Nacht ihre Mutter hatte schreien hören. Sie hatte es vermutet, als Gah-ti und Kahm-ree ohne Ha-xa vor ihrem Zelt erschienen waren.

Kosar-ehs Worte trafen Mah-ree wie Speerspitzen, die sie eine nach der anderen durchbohrten und ihr tief ins Herz drangen, so daß ihre Seele blutete. *Deine Mutter ist tot. Sie hat sich an deiner Stelle dem Feuer geopfert.* Sie spürte keinen Schmerz, denn die Wunde war zu tief. Der Schock war so grausam, daß sie keuchte, daß ihr plötzlich eiskalt wurde und sie nicht mehr atmen konnte. Benommen blickte sie Cha- kwena durch einen Nebel der Trauer an und sagte leise: »Das hat mein Schamane nicht vorhergesehen.«

Wie konnte sie jemals wieder an seine Macht glauben? *Wenn das Totem wiedergeboren ist, wirst du wieder glauben,* sagte sie sich. Doch Mah-ree wurde dadurch nicht getröstet, denn diese Zeit war noch weit entfernt, und es würde noch länger dauern, bis das große weiße Mammut mehr als ein kleines weißes Kalb war, das den Schutz seiner Herde und des Stammes brauchte, der geschworen hatte, auf das Totem achtzugeben.

Dann blickte sie Gah-ti mit einem reuevollen Seufzen an. »Mein Freund hat mir nicht die Wahrheit gesagt.« Nach dieser Anschuldigung sank sie in die Knie. »Meine Mutter ist tot ... und ich bin schuld daran.« Mah-ree wußte, daß sie, ganz gleich, was von jetzt an geschah, nie wieder würde glücklich sein können.

U-wa trat vor und sagte zuversichtlich: »Ha-xa lebt in dir weiter, Kind, und in Ta-maya, Tla-nee und uns allen, die wir sie gekannt und geliebt haben. Komm jetzt, Schamanenfrau! Steh auf! Wenn Kosar-eh den Weg zu dir gefunden hat, wird es auch Shateh tun können. Außerdem ist dies ein schlechtes Land. Wir können hier nicht bleiben.«

Cha-kwena hielt seinen Medizinbeutel umklammert. Seine Augen blickten in weite Ferne, aber er sagte kein Wort.

Mah-ree sah zu ihm auf und zwang sich mit einer furchtbaren Anstrengung dazu, wieder aufzustehen. Sie wandte sich in die Richtung, in der das Schicksal ihres Stammes lag. Sie fragte sich, wie es möglich war, sich so leer zu fühlen und trotzdem weiterzuleben. »U-wa hat recht«, sagte sie. »Die Mammuts sind nach Osten weitergezogen. Wir können hier nicht bleiben.«

8

Im Dorf von Shatehs Stamm ging die Zeit der Trauer zu Ende. Nachdem der Geist des beschämten Bären durch Haxas Opfer befriedigt war, suchte er den Stamm nicht mehr heim, so daß man ihm sein Fleisch durch das Feuer zurückgab.

In den warmen, sonnigen Tagen, die auf den Sturm folgten, nachdem der Schamane der Roten Welt über das Ende der Welt hinaus vertrieben worden war, sahen alle, daß der Große Weiße Winter seine Absicht geändert hatte, sich früh im Ödland niederzulassen, und sich statt dessen in das kalte

Land des ewigen Winters zurückgezogen hatte. Dort würde er in Gesellschaft seiner Sturmkinder warten, bis die richtige Zeit gekommen war, erneut zum Land des Stammes aufzubrechen.

Am Morgen des fünften Tages, nachdem der Bär das Dorf angegriffen hatte, kam Senohnim aus der Bluthütte, um in den heilenden Strahlen der Sonne zu sitzen. Mehrere Frauen, die sich für die Dauer ihrer Blutzeit vom Stamm abgesondert hatten, taten es ihr nach. Senohnims Bewegungen waren anmutig und sicher, ihre Hautfarbe gut und ihre Augen klar. Gelegentlich lächelte sie sogar, wenn andere ihr heilsame Nahrung und Getränke als Geschenk brachten und sie aufzuheitern versuchten.

Shateh, der gerade seine Speerspitzen, die Schnüre aus Sehnen und Leder und seine Steinwerkzeuge überprüfte, die er für die Pferdejagd benötigte, blickte von der Plane auf, die er vor seiner Hütte ausgebreitet hatte. Als er seine zweite Frau sah, verzog der Häuptling mißmutig das Gesicht. Senohnims Lächeln ist der Situation völlig unangemessen, dachte er. Dies war nicht der erste Sohn, den er hatte sterben sehen. Das andere männliche Kind, das sie geboren hatte, war so winzig gewesen, daß es kurz nach seinem ersten Atemzug gestorben war. Er hätte erwartet, daß Senohnim vor Kummer und Schande niedergeschlagen sein würde, daß sie einen zweiten Sohn verloren hatte. Doch dort saß sie lächelnd und plaudernd, bis sie in seine Richtung schaute und schnell den Blick abwandte.

Shateh war verbittert und entrüstet. Er sah, daß Senohnim, nachdem sie die heilende Nahrung erhalten hatte, genauso gesund und kräftig wie vorher wirkte. Er fragte sich, ob sie überhaupt irgendwann in Lebensgefahr geschwebt hatte. Ihm kam der Gedanke, daß sie ihren geschwächten Zustand vielleicht nur vorgetäuscht hatte, um sein Mitleid und nicht seinen Zorn zu erregen, weil sie in ihrer Furcht vor dem Bären seinen Sohn aus ihrem Bauch gestoßen hatte, bevor das Kind zur Geburt bereit gewesen war. Wenn das stimmte und sie in der Nacht des großen Trauerfeuers nicht kurz davor gestanden hatte, ihr Leben dem Seelenfänger zu überlassen, dann hätte er niemals den Tod Mah-rees gefordert. Dann wäre Cha-kwena noch im Dorf, und die tapfere Ha-xa würde noch leben. Der Häuptling spürte, wie er immer wütender wurde. Es war eine beunruhigende Vermutung, die er leider nicht beweisen konnte und deshalb auch nicht weiter in Betracht ziehen durfte.

Shateh nahm einen tiefen Atemzug von der Morgenluft, um seine Nerven zu beruhigen und seinen Kopf zu klären. Er war froh, daß er den Schamanen der Roten Welt los war, ebenso den heiligen Stein, der keine Macht besaß, und die gesetzesbrüchige Frau. Nachdem sie nicht mehr im Dorf waren, hatte Shateh wieder die vollständige Kontrolle, und er stand wieder im Zentrum seiner Welt. Die Dinge schienen sich eindeutig gebessert zu haben. Doch als er weiterhin den Blick auf Senohnim gerichtet hielt, fragte der Häuptling sich trotzdem, ob er seine zweite Frau jemals wieder ansehen könnte, ohne an den Verlust seines jüngsten Sohnes und Ha-xas erinnert zu werden. Plötzlich widerte ihn die Kompliziertheit und mögliche Hintersinnigkeit der menschlichen Natur an, so daß Shateh ungeduldig seine Jagdsachen zusammenraffte und die Männer und Jungen seines Stammes zur Pferdejagd aufbrechen ließ. Zumindest hiervon hatte er eine klare und eindeutige Vorstellung.

Es war eine gute Jagd.

Die Augen des jungen Warakan leuchteten vor Stolz, als Shateh von allen als Jagdanführer und Schamane gelobt wurde. »Mein Vater hatte niemals die Macht eines Mannes aus der Roten Welt nötig!« verkündete der Junge.

Und Lahontay, noch matt und gezeichnet von der Trauer,

hob trotzdem seinen Speer und verkündete zum Beifall aller, daß sie sich nun endgültig von Cha-kwena befreit hatten, denn nachdem der Totemtöter, der Betrüger und Feind die Geister des Wildes nicht mehr für seine eigenen Zwecke in die Irre leitete, hatte Shateh sie zu so viel Fleisch geführt, daß sie überlegten, ob sie nicht die Frauen und Kinder zum Schlachtplatz holen und mit dem ganzen Dorf umziehen sollten.

Doch das änderte nichts daran, daß sie sich immer noch im Ödland befanden. Es gab niemanden, der länger in diesem schlechten Land bleiben wollte, in das der Schamane der Roten Welt sie geführt hatte. Nachdem sie heißes Blut getrunken und von den Organen gegessen hatten, schlossen sich die Männer nach einer kurzen Beratung Shatehs Vorschlag an, ihre Beute über das schneebedeckte Land zum Dorf zu bringen, wo ihre vom Hunger erschöpften Frauen das Fleisch und die Felle bearbeiten konnten, um Vorräte für die Rückreise ins Land ihrer Vorfahren anzulegen.

Das Fleisch, die Felle, die Hufe und verwertbaren Knochen der Pferde wurden auf Schlitten verladen, die von den Hunden gezogen wurden. Unterwegs sangen die Männer. Die traditionellen Lieder des Graslandes waren laute, monotone Dankeshymnen an die Mächte der Schöpfung und die Geister der getöteten Pferde. Die Worte erzählten von den Tagen ihrer Großväter in jenem fernen Land, als Bisons und Mammuts noch so zahlreich wie die Grashalme und die Menschen, die sie jagten, so zahlreich wie die Sternenkinder des Mondes gewesen waren. Sie hatten die großen Prärien im Norden bevölkert und waren noch nicht durch Hungersnot in verfeindete Gruppen zerfallen, die sich seitdem über die Welt zerstreut hatten.

Während des Marsches spürte Shateh die beinahe verzweifelte Leidenschaft des Gesanges der Jäger aus der Roten Welt, die Cha-kwena und der Gesetzesbrecherin nicht in den Sturm gefolgt waren. Der Häuptling musterte sie mißtrauisch, genauso wie seine Jagdkameraden. Wenn sie die Worte nicht kannten, hielten sie zumindest mit lautem Geschrei den Rhythmus. Sie gaben sich große Mühe. Und sie hatten an diesem Tag gut gejagt. Shateh hatte zugeben müssen, daß sie trotz ihrer kleinen, stämmigen Körper muskulös und stark waren, und nur mit Ausnahme des jungen Mannes namens Hah-ri, dessen Gedanken immer ein Stück hinterherhinkten, lernten sie alle sehr schnell, und ihre Tapferkeit galt ohne Einschränkung. Er wußte, daß sie großen Mut bewiesen hatten, als sie im Dorf geblieben waren, nachdem Kosar-ehs Familie und die anderen geflohen waren.

Dennoch behielt der Häuptling sie im Auge, denn er war sich nicht sicher, ob er sie weiterhin in seinem Stamm willkommen heißen sollte. Sie hatten ihre Treue zu ihm bewiesen, und während der vergangenen Monde hatten sich zwei von ihnen Frauen aus dem Grasland genommen. Beide hatten kleine Kinder, in denen das Blut von Shatehs Stamm floß. Doch was für Männer waren sie, wenn sie ihrem eigenen Schamanen und ihrem eigenen Stamm untreu wurden?

Unter den gegebenen Umständen sehr kluge Männer! dachte der Häuptling trotz seiner eigenen Bedenken. Er nickte, als er sich an Ysuna und den Stamm des Wachenden Sterns erinnerte. Shateh selbst hatte sich fast ein ganzes Leben lang gegen eine Schamanin und einen Stamm gestellt, die viel mächtiger als Cha-kwena und sein kleiner Stamm waren. Er traf eine Entscheidung: Das Glück seines Stammes in den folgenden Tagen sollte bestimmen, ob er den Menschen aus der Roten Welt einen Platz in seinem Stamm einräumte. Doch obwohl er so gute Krieger wie Teikan, Ynau und Ranamal an seiner Seite hatte, bedauerte Shateh es, daß Kosar-eh mehr am Leben eines einarmigen Krüppels und eines blinden Kindes gelegen war als an seinem eigenen und dem seiner Frau und seiner Söhne. An diesem großen Mann aus der Roten Welt hatte er immer den scharfen Verstand bewundert, doch als er Cha-kwena in den Sturm gefolgt war, hatte er ihm das

Gegenteil bewiesen. Shateh war überzeugt, daß der Seelenfänger am Rand der Welt auf Kosar-eh und seine Familie wartete.

Und womit er nicht gerechnet hatte – die Abwesenheit Tamayas hatte in Shatehs Herzen eine leere, schmerzende Stelle hinterlassen.

»Sieh dort, Shateh! Die Frauen kommen, um uns zu begrüßen!« rief Teikan.

Shateh nickte, doch als er sah, wie Wehakna und Cheelapat mit den anderen Frauen und Mädchen aufgeregt auf ihn zuliefen, suchte er unwillkürlich nach Ta-maya, nach einer kleinen, schlanken, rehäugigen Gestalt von unvergleichlicher, vollkommener Schönheit. Er schüttelte den Kopf. Vielleicht war es ganz gut, daß Kosar-eh fortgegangen war und seine Frau mitgenommen hatte. Ta-maya hatte bisher jedem Mann Unglück gebracht, der sie begehrt hatte. Trotzdem wußte Shateh, daß er früher oder später den Drang verspürt hätte, Kosar-ehs Frau zu übernehmen, auch wenn er den Mann zu diesem Zweck hätte töten müssen. War es nicht sein Vorrecht als Oberhäuptling, nur das Beste zu bekommen?

In dieser Nacht wurden Shatehs Gedanken von seinem Stamm bestätigt. Aus jeder Hütte wurden ihm Geschenke gebracht, denn alle hatten gesehen, wie die Pferde, die vor dem Totemtöter geflüchtet waren, zurückkamen, um dem Stamm als Nahrung zu dienen, sobald Shateh sein altes Amt des Häuptlings und des Schamanen wieder in Anspruch genommen hatte. Sogar Ranamal, der gute Mann, den U-wa verlassen hatte, um ihrem Sohn zu folgen, beteiligte sich begeistert an den Ritualen.

In dieser Nacht dankten sie den Geistern der Pferde, die vor dem Totemtöter geflohen, aber so bereitwillig unter den Speeren Shatehs und seiner Jäger gestorben waren. Alle brachten Shateh Geschenke, als er das Festmahl für den Stamm eröffnete.

Am folgenden Tag würden sie die Felle bearbeiten, das Fett in Stücke schneiden, die Hufe kochen, Sehnen gewinnen und Fleisch zubereiten, das sie für die Rückreise ins Land ihrer Vorfahren mitnehmen wollten. Doch jetzt galt es, die Verbannung des unheilvollen Schamanen zu feiern und ihre Bäuche endlich wieder einmal mit Fleisch vollzuschlagen, das Männern würdig war. Sie trösteten sich mit der Völlerei, die die Traurigkeit vertrieb, die der große Bär über sie gebracht hatte, der Bär, der von Cha-kwena zum Dorf gerufen worden war.

Das Fell des getöteten Bären hing immer noch am Gerüst über dem Feuer. Shateh leitete die Zeremonie, bei der dem Geist von Großer Tatze beste Stücke Pferdefleisch geopfert wurden – nur für den Fall, daß Große Tatze sich immer noch in der Welt der Lebenden aufhielt. Der Sturm hatte den größten Teil des Feuerholzes ruiniert, doch es wurden Schaufeln aus den Schulterblättern und Beckenknochen großer Weidetiere geholt, um den Festplatz vom Schnee zu befreien. Das Feuer wurde mit Fett und den letzten Vorräten an wertvollen Knochen und getrocknetem Dung genährt. Felle wurden auf dem feuchten Boden ausgebreitet, und dann versammelte sich der Stamm, um den Geistern zu opfern. Kleine, lebenswichtige Stücke von jedem der erlegten Pferde wurden dem Feuer übergeben – ein Stück Huf, Knochenspäne, Stücke des Felles, des Fleisches und der Organe, einige Haare von der Mähne und vom Schweif. Auf diese Weise konnten die Tiere, die ihr Leben dem Stamm geopfert hatten, mit Hilfe der Reste ihrer irdischen Existenz wiedergeboren werden, um im großen und unendlichen Kreislauf des Lebens und des Todes erneut vor die Speere dankbarer Jäger zu laufen.

Fleischstücke wurden auf Spieße gesteckt, geröstet und gegessen, während das Blut wie kurz nach der Jagd wieder heiß strömte. Knochen wurden zerschlagen oder aufgebrochen und mit eigens dafür geschnitzten Löffeln das butterweiche, eisenhaltige Mark herausgeholt. Augen wurden aufgestochen und herumgereicht, damit alle von der köstlichen schwarzen Flüssigkeit lutschen konnten. Lange Schlangen aus Gedärmen wurden entwirrt, in handliche Portionen aufgeteilt und dann der Länge nach aufgeschlitzt, so daß alle mit den Fingern die scharfe grüne Paste herauszupfen konnten.

Schließlich konnten die Feiernden nichts mehr essen. Die Männer seufzten und lehnten sich gegen ihre Rückenstützen, leckten sich die Finger und kauten auf kleinen Knochen herum, während die Frauen sangen und sich darauf vorbereiteten, für sie zu tanzen. In der Zwischenzeit versammelten sich die Kinder und Jugendlichen in kleinen Gruppen, um zuzusehen, wie der Vollmond am Horizont aufging, während ein milder Westwind über das Ödland strich. Überall war zu hören, wie der Schnee schmolz und das Wasser abfloß.

Shateh hörte weder den Wind noch den schmelzenden Schnee, als die Frauen aus Dankbarkeit für die Jäger und ihren Häuptling und Schamanen feierlich tanzten. Sie vollführten die Tanzschritte, die seit Anbeginn der Zeiten im Grasland überliefert waren. Sie hatten seit vielen Monden nicht mehr getanzt. Shateh wußte, daß es ein Geschenk für ihn war – eine Geste, die die Rechtmäßigkeit seiner Stellung als Anführer der Männer und als Vermittler zwischen dieser und der nächsten Welt bestätigen sollte. Die Frauen der Roten Welt, die sich Männer aus dem Grasland genommen hatten, versuchten mitzutanzen, doch ihr Tanz war langsam, sehr bedächtig und in seinen Augen langweilig. Darin spiegelte sich ihre seßhafte, passive Lebensweise und die Bereitschaft, alles hinzunehmen, was die Mächte der Schöpfung ihnen schickten. Im Gegensatz dazu zeigten die Frauen seines Stammes den ausgelassenen Tanz umherziehender Großwildjäger, die ständig am Abgrund des Todes zwischen Hunger und Überfluß lebten. Die wirbelnden, springenden und verrenkten Bewegungen waren so elementar wie der Rhythmus des Blutes, das heiß und schnell durch die Adern von Raubtier und Beute pulsierte, wenn beide um ihr Leben liefen. Der Tanz symbolisierte die Bereitschaft – nein, den Wunsch –, Risiken einzugehen. Die Frauen der Roten Welt kannten einen solchen Tanz nicht und zogen sich bald eingeschüchtert zurück.

Die Frauen der Prärien ahmten die Pferde nach, deren Fleisch und Blut ihre Lebenskraft erneuert hatte. Mit gelöstem Haar und eingeölten Gesichtern wieherten sie, reckten ihre Brüste und Bäuche und kreisten mit den Hüften, während Shateh und alle übrigen Männer klatschend und füßestampfend zusahen.

Die Frauen – junge und alte, hübsche und unscheinbare – tanzten immer schneller.

Alle tanzten, bis auf die Jungfrauen und jene, die neues Leben in sich trugen oder ihr Mondblut vergossen und sich zusammen mit Senohnim in der Bluthütte abgesondert hatten.

Für Shateh waren sie alle hübsch, und er spürte, wie seine Lenden hart, heiß und drängend wurden – und sein Mannknochen so groß wie bei einem Hengst in der Brunft. Der Mund des Häuptlings hungerte nach großen Brüsten und nach seiner Wehakna, die nicht mehr jung war, die anderen jedoch mit ihren kühnen Herausforderungen übertraf. Selbstbewußt lächelnd tänzelte sie in seine Nähe, biß ihm leicht in die Schulter und kehrte ihm dann wie eine läufige Stute den gekrümmten Rücken zu, um ihr großzügiges Hinterteil zu schütteln und mit den Haaren zu wedeln, als würde sie ihren Schweif heben, um den Hengst zur Paarung aufzufordern. Shateh lachte schallend über ihre Späße. Er hatte Wehakna nicht mehr so tanzen sehen seit den besten Tagen der großen Bisonjagden, als die vielen Stämme des Graslandes sich zu einem riesigen Stamm versammelt hatten.

Die Erinnerung brachte Shatehs Blut in Wallung – genauso wie die Frau, denn er sah sie jetzt wieder wie damals, als er sie zum erstenmal gesehen hatte, als junge Frau, eine von dreien, die mit der Erlaubnis ihrer Väter vor ihm getanzt und sich in der uralten Tradition ihrer Ahnen für ihn geöffnet hatten, für den Mann, der der Häuptling aller Häuptlinge war, um zuerst von ihm genommen zu werden.

Shateh hatte sich nicht verweigert. Vor den Augen des Stammes hatte er Wehakna genommen und dann auch die anderen. Der Stamm hatte über seine Potenz gejubelt, als die Menschen mit eigenen Augen sahen, daß er wie ein großer Bisonbulle mit seiner Herde umging, daß er geeignet war, die Männer zu führen und der erste zu sein, der in die Frauen seiner Wahl eindrang.

Nachdem er sich an Wehakna befriedigt hatte, hatte er sie in seine Hütte getragen und sie zu seiner ständigen Frau gemacht. Er hatte Söhne mit ihr gezeugt, die nun tot waren, und der Häuptling verspürte Verbitterung über diesen Verlust, aber nur kurz. Sie war bereit und wollte sich mit ihm paaren. Genauso wie er.

»Shateh ist ein großer Häuptling! Seht nur, wie die Frauen für ihn tanzen!«

Als Shateh überraschend die Stimme Warakans hörte, hob er die Augenbrauen über dieses unerwartete Lob und sah, daß sein angenommener Sohn sich in den Kreis der Männer geschlichen hatte, um sich neben ihn zu setzen. Das breite Gesicht des Jungen glänzte unter dem Fett von der Festmahlzeit. In seinen länglichen schwarzen Augen glühte der Widerschein des Feuers und der Stolz auf seinen Vater … und Furcht.

»Warum zitterst du, Warakan? Es ist doch nur ein Tanz! Es sind doch nur Frauen! Wenn du älter bist, werden sie auch für dich tanzen, und glaub mir, dann wird in deinen Augen keine Furcht stehen!«

»Du wirst keine von ihnen essen?«

Ein anderer Mann wäre über diese Frage verblüfft und amüsiert gewesen, doch Shateh verstand die Gedanken des Jungen. »Du bist kein Sohn des Stammes des Wachenden Sterns mehr, Warakan. Du mußt ihre Sitten vergessen!«

Warakan zwang sich zu einem schwachen Lächeln und zu tapferer Haltung, während er die Frauen beobachtete, die sich im Feuerschein bewegten. Sie tanzten jetzt im Kreis, so daß Wehakna, die wieder die Führung übernommen hatte, nicht mehr vor Shateh stand. Sie blickte sich zu ihrem Mann um und sah den Jungen mißmutig an. »Shatehs erste Frau mag mich nicht«, sagte Warakan.

Shateh lachte. »Nein, im Augenblick nicht! Du hast sie daran gehindert, das von mir zu bekommen, was sie haben wollte. Geh zurück zu den anderen Jungen! Dort ist dein Platz.«

Warakan gehorchte widerstrebend.

Shateh wandte sich wieder den Tänzerinnen zu. Zu seiner Überraschung war Lahontay vor ihn getreten. Der Mann schien von Erschöpfung und Trauer ausgezehrt. Er hielt seine Tochter Eira an der Hand. Das Mädchen war nackt bis auf einen knappen Umhang aus dem bleichen Fell eines Bisonkalbes, das seine Schultern und den Rücken bedeckte. Sein Kopf war gesenkt, und es zitterte.

»Im letzten Mond ist dieses Mädchen zur Frau geworden«, sagte der alte Jäger. »Sie sollte im Frühling zu Teikan gehen, aber jetzt habe ich ihr den Umhang der ersten Paarung angelegt und sie zu Shateh gebracht ... ein Geschenk von Lahontay an meinen Häuptling und Schamanen und den Mann, der viele Pferde bringt. Vielleicht erweist sie sich als Mutter vieler Söhne. Noch kein Mann war jemals zwischen ihren Schenkeln. Shateh soll der erste sein. Es soll nach der alten Tradition geschehen, damit alle Zeuge des ersten vergossenen Blutes werden und den wahren Wert dieses Geschenkes sehen! Während sich der Stamm bereitmacht, in das Land unserer Vorfahren zurückzukehren, sollen alle die Macht Shatehs erleben!«

Teikan, der in der Nähe innerhalb des Männerkreises saß, sprang auf die Beine. »Ich habe dieser neuen Frau schon Geschenke gemacht!«

»Ich werde sie zurückgeben«, erwiderte Lahontay. »Mein Sohn ist tot, weil du nicht stark genug warst, ihn vor dem Fluch des Schamanen zu bewahren! Du wirst meine Tochter nicht bekommen. Sie ist das einzige, was ich dem Häuptling noch als Ehrenbeweis für alles, was er an diesem Tag getan hat, geben kann, und ich werde sie nicht dir geben.«

Shateh hob abwehrend den Kopf. Ihm kam der Gedanke, daß Lahontay vielleicht weniger durch Großzügigkeit und Treue, sondern eher durch Trauer und Verzweiflung zu diesem Tun getrieben wurde. In Anbetracht der Feindseligkeit, die er und Teikan erst vor kurzem beigelegt hatten, dachte er, daß es vermutlich am besten wäre, dieses Geschenk zu verweigern. Doch Shateh hatte Eira bislang noch nicht nackt gesehen, oder wenn doch, dann hatte er sie jedenfalls noch nicht näher betrachtet. Im Schein des großen Lagerfeuers sah er jetzt, daß sie genauso jung war wie Wehakna in jenen lang zurückliegenden Tagen, als er noch drei Frauen nacheinander nehmen konnte und anschließend genügend Stehvermögen besaß, eine davon für weitere Vergnügungen in seine Hütte zu tragen. Eira war so klein und schlank wie Ta-maya, doch ihre Brüste waren für ein so junges Mädchen bemerkenswert groß geraten, so voll und schwer wie Ban-yas gewesen waren, mit großen, dunklen Brustwarzen, die sich in der Kälte aufrichteten, so wie sie sich unter der Berührung seiner Hände oder seiner Zunge aufrichten würden ...

Shatehs Herz verhärtete sich, als er sich gegen seinen Willen an die verhaßte Ban-ya erinnerte, aber noch während er an sie dachte, brannte sich sein Blick auf den bloßen Brüsten Eiras fest. Sein Mannknochen wurde härter und heißer, während der Gedanke an die Frau der Roten Welt ihn nicht losließ, denn in all seinen Jahren hatte er nie mit einer Frau zusammengelegen, die besser wußte, wie man einen Mann befriedigte. Es wäre ein besonderes Vergnügen, ein junges Mädchen in dieser Kunst zu unterweisen, dachte er, während er vor Verlangen brannte. Er betrachtete Lahontays Geschenk und wußte, daß es schon viele Monde her war, seit er ein so junges Mädchen wie Eira gehabt hatte – und vor allem seit er es nach der alten Tradition getan hatte, mit dem ganzen Stamm als Zuschauer.

Er runzelte nachdenklich die Stirn. Shateh hatte die Sitte aufgegeben, sich das Recht auf das erste Eindringen in jede begehrenswerte Frau des Stammes vorzubehalten. Zum einen brachen deswegen gelegentlich Eifersucht und Streit zwischen den anderen Männern aus, und zum anderen waren damit gewisse Risiken verbunden, denn das Ritual war eine Demonstration der Macht, und er war kein junger Mann mehr, der sich grenzenlos verausgaben konnte. Doch jetzt, im Erfolgstaumel der zurückliegenden Jagd und mit der Kraft des Pferdefleisches in seinem Blut und seinen Lenden, starrte Shateh das nackte Mädchen an und wußte, daß sein Stamm über das staunen würde, was er ihnen nun zeigen wollte.

»Komm!« sagte der Häuptling zum jungen Mädchen, ohne auf das enttäuschte Zischen zu achten, das zwischen Teikans Zähnen hervordrang, und streckte Eira beide Hände hin.

Sie sog scharf den Atem ein – er wußte nicht, ob aus Erleichterung oder Furcht – und näherte sich ihm mit niedergeschlagenem Blick. Sie legte leicht und zögernd ihre Finger in seine offenen Handflächen. Dann hob sie ihren Blick und sah ihm in die Augen. Zu seiner Überraschung krümmte sie dann die Mittelfinger und drückte sie in einem leichten und schnellen Rhythmus in seine Handflächen.

Seine Reaktion folgte sofort. Er hielt den Atem an, als seine Lenden Feuer fingen. Shateh fühlte sich wieder wie ein junger Mann, selbstsicher und stolz auf den Zustand, der die Voraussetzung für die Paarung war. Er wußte nicht, ob er jemals so bereit dazu gewesen war, eine Frau zu nehmen. Er fühlte sich jung und stark und als vollwertiger Mann.

Der Häuptling lächelte. Er stand auf und überblickte die atemlos zuschauende Menge. Er wußte, daß die Menschen genauso begierig auf das uralte Ritual waren wie er. In ihren Gesichtern stand eine zitternde, animalische Erwartung und eine offene Bewunderung, die er viel zu lange nicht mehr dort gesehen hatte.

Er nickte. Warakan hatte recht gehabt, als er verkündete, daß Shateh die Macht eines Mannes aus der Roten Welt nicht nötig hatte! Cha-kwena war fort. Das Totem war tot. Der heilige Stein war fort. Wenn sein Stamm sich morgen für die Reise zurück ins Grasland bereitmachte, würde er all jene, in deren Adern das Blut von Cha-kwenas Rasse floß, in die Rote Welt zurückschicken, denn jetzt war er überzeugt, daß ihre Anwesenheit ihn geschwächt hatte, so daß er sich von eingebildeten Mächten hatte verführen lassen, die außerhalb seiner Kontrolle lagen. Doch als in diesem Augenblick Lahontays Geschenk nackt vor ihm stand und zur Paarung bereit war, wußte Shateh, daß er immer noch der Mann war, der er immer gewesen war – der Häuptling aller Häuptlinge, der Schamane aller Schamanen.

»Ich werde diese Frau nehmen«, erklärte er. »Und in dieser Nacht, in der wir den Mächten der Schöpfung für die vielen Pferde danken und unserer Rückkehr ins Land unserer Vorfahren voller Freude entgegensehen, soll es nach der alten Tradition geschehen!«

Er löste seinen Lendenschurz und zeigte allen Anwesenden, daß er die Kraft zur Ausführung seiner Aufgabe besaß, ohne daß er Teikan das Vergnügen vorenthalten wollte, das dem Mann versprochen worden war. »Im Frühling mag Teikan diese Frau seiner Wahl zu sich nehmen. In dieser Nacht darf er bei jeder Frau liegen, die ihm gefällt. Doch jetzt soll es nach Sitte der Häuptlinge des Graslandes seit Anbeginn der Zeiten so sein, wie Lahontay es gesagt hat. Alle sollen sehen, daß das Geschenk des Ältesten Jägers ein gutes Geschenk ist und daß die Macht Shatehs die Macht eines Häuptlings *und* Schamanen ist!«

Und so geschah es. Shateh war zu beschäftigt, um zu bemerken, daß Teikan sich mit Cheelapat an der Hand entfernte.

Ranamal, Ynau und Xohkantakeh hatten Handtrommeln aufgehoben und schlugen einen langsamen, getragenen Rhythmus, während die Frauen und Kinder sich neugierig näher drängelten. Lahontay zog seiner Tochter den Umhang der ersten Paarung von den Schultern, ließ ihn zu Boden fallen und trat zurück.

Der Älteste Jäger dachte bedauernd daran, daß er all seine Frauen überlebt hatte und daß alle seine übrigen Töchter schon seit vielen langen Sommern Männer in anderen Stämmen gefunden hatten. Er hatte Eira nur wenig Frauenwissen vermitteln können. Er hatte ihr gezeigt, daß sie mit gesenktem Kopf dastehen und fügsam sein mußte, wenn sie dem Häuptling angeboten wurde. Er hatte ihr beigebracht, wie sie ihre Hände in Shatehs legen mußte, wenn er sie annahm, und wie sie ihn mit den Fingerspitzen auffordern und erregen mußte. Er hatte ihr die Laute und Bewegungen gezeigt, die sie nach dem ersten Eindringen machen mußte. Er hatte ihr warmes Pferdefett gebracht und ihr befohlen, es sich zwischen die Schenkel und tief in ihre Geschlechtsteile zu reiben, damit es nicht zu schmerzhaft wurde, wenn der Häuptling in sie eindrang, so daß sie es stumm ertragen oder vielleicht sogar Vergnügen vortäuschen konnte – bei dem, was ihr mit der Zeit zu einem Vergnügen werden würde.

Während Lahontay mit zugeschnürter Kehle zusah, kniete Eira sich auf den Umhang, mit dem Rücken zum Häuptling und die Hände auf den Boden gestemmt. Sie öffnete sich gehorsam, wie ihr Vater sie angewiesen hatte – die Füße ein Stück auseinander, die Schenkel gespreizt, die Pobacken hochgereckt und ihre weiblichen Organe entblößt und bereit für das, was irgendwann jeder Frau bevorstand.

Ein Muskel verkrampfte sich an Lahontays Unterkiefer. Eira hatte Schwierigkeiten, ihr Hinterteil hochzustrecken, und sie zitterte so heftig, daß er befürchtete, ihre Arme könnten unter ihrem Gewicht einknicken. Wenn sie nach vorn stürzte, bevor der Häuptling in sie eingedrungen war, oder wenn sie im Augenblick der Vereinigung vor Schmerz aufschrie, wären das sehr schlechte Vorzeichen. Und davon hatte der Stamm in letzter Zeit genug erlebt.

Der alte Jäger biß sich besorgt auf die Lippen. Er hatte Eira davor gewarnt. Er hatte ihr erklärt, daß er in den letzten Tagen oft gegen den fremden Schamanen gesprochen hatte, und obwohl er mit allem, was er über Cha-kwena gesagt hatte, recht behalten hatte, mußte er sich trotzdem bei Shateh für seine Unverblümtheit entschuldigen. Ein Mann seines Alters durfte nicht riskieren, beim Häuptling in Ungnade zu fallen, damit er nicht eines Tages als nutzlos beschimpft und aus dem Stamm ausgestoßen wurde.

Er hatte Eira erklärt, daß sie seinetwillen nicht nur zum Geschenk für Shateh werden mußte, sondern daß sie ihm auf die traditionelle Weise präsentiert werden mußte. Ein nacktes junges Mädchen, daß paarungsbereit im Schein eines Freudenfeuers stand, konnte kaum von einem Mann abgewiesen werden, vor allem nicht von Shateh, der das Vergnügen des ersten Eindringens oft genug genossen hatte, während die anderen zusahen und seine Manneskraft bewunderten. Da Shateh nun ohne Söhne in einem Land lebte, in dem es lange kein richtiges Fleisch gegeben hatte, hoffte Lahontay, daß der Häuptling ihm dankbar war, daß er ihm seine Tochter angeboten hatte, um die altehrwürdige Mannesprobe mit ihr zu vollführen. Wenn das Mädchen anschließend mit einem Sohn schwanger wurde, würde sie einen Ehrenplatz in Shatehs Hütte erhalten, und Lahontay konnte beruhigt sein, daß sein Status für den Rest seiner Tage gesichert war.

Doch jetzt sah Lahontay, daß seine Tochter wie ein ängstlicher Hund die Beine zusammenpreßte. Die Frauen spotteten über ihre offensichtliche Angst und rieten ihr, sich darauf vorzubereiten, den »Speer« des Häuptlings zu empfangen. Als die Versammlung in berechtigter Bewunderung aufseufzte, fragte sich Lahontay, ob er jemals ein so großes Organ wie Shatehs gesehen hatte.

Lahontay stand aufrecht, entschlossen und ausdruckslos da, als der Häuptling in die Knie ging. Shateh ging hinter dem Mädchen in Stellung und strich über ihre Brüste, bevor er die Hände zwischen ihre Beine gleiten ließ. Er schien die Feuchtigkeit des Fettes als Zeichen der Bereitschaft der neuen Frau mißzuverstehen und machte sich bereit zum Eindringen. Er packte ihre Hüften, zog sie zurück und stieß dann tief hinein.

Die Trommeln schlugen lauter. Die Frauen und Männer feuerten ihren Häuptling an. Die Kinder starrten mit offenem Mund. Die Jungen drängten sich näher heran. Lahontay verzog das Gesicht, weil er damit rechnete, daß Eira schrie. Doch dann atmete er erleichtert aus, als sie es nicht tat. Die Frauen seufzten nickend und bewunderten ihre Tapferkeit, während Shateh zu einem wilden Höhepunkt kam und die feuchte Hitze des Lebens tief in die neue Frau pumpte. Dann fand er seine Beherrschung wieder, worüber alle Anwesenden staunten, und zog sich aus ihr zurück. Eira sank kraftlos zu Boden und rollte sich wie eine kleine Schnecke zusammen, die in einem nicht vorhandenen Haus Schutz suchte.

Shateh kam wieder auf die Beine und zeigte allen, daß er jetzt blutig war. Zum Erstaunen aller erhob sich sein Mannknochen erneut, und dann fragte er, ob es noch weitere neue Frauen gab, die in dieser Nacht auf die traditionelle Weise von ihm geehrt werden wollten.

Während der langen hungrigen Tage im Ödland waren nur wenige neue Frauen herangereift. Doch dann wurde die Tochter Xohkantakehs von ihrer Mutter nach vorne gedrängt, genauso wie die Tochter Zakehs und zwei Mädchen, deren Väter K-wok und Tleea-neh waren, Männer aus der Roten Welt. Diese beiden wies Shateh als ungeeignet zurück, seine Nachkommenschaft weiterzutragen, und als die Leute der Roten Welt verärgert raunten, sagte der Häuptling zu ihnen, daß sie doch ihre Hütten abbrechen und ins Land ihrer Vorfahren zurückkehren sollten, denn er würde sie nach dieser Nacht ohnehin nicht mehr in seinem Stamm dulden.

Ohne ein weiteres Wort nahm er die zwei Töchter seiner Krieger, und Lahontay war nicht mehr der einzige Mann, der durch den Häuptling geehrt wurde.

»Seht die Macht Shatehs, nachdem der Schamane der Roten Welt fort ist!« rief Ynau.

»Shateh hat seine Macht nie verloren!« erklärte Lahontay. »Nachdem er jetzt den Schamanen der Roten Welt ans Ende der Welt getrieben hat, können wir die Wahrheit sehen! Wir brauchen keinen anderen Mann, der uns führt oder für uns zu den Geistern der Vorfahren und den Mächten der Schöpfung spricht! Shateh ist der Häuptling und der Schamane!«

In der Dunkelheit von Teikans Hütte lag Cheelapat verschwitzt und befriedigt unter dem Mann, der nicht ihr Mann war, und höhnte über Lahontays Rufe. »Hör ihn dir nur an! Der Alte ist so schlau wie eine Buschschwanzratte. Er versucht Shatehs Gunst zu gewinnen und lobt ihn vor dem

Stamm, weil er Angst hat, die Menschen könnten das Vertrauen in Shateh verlieren, so daß du Häuptling wirst und Lahontay aus dem Stamm verstößt.«

»Warum gibt er mir dann nicht das Mädchen?« fragte Teikan, der sich immer noch in der Frau des Häuptlings bewegte.

»Weil Shateh jetzt der Häuptling ist, wie er es schon immer war, und weil du in den vergangenen Tagen zum Mann wurdest, der den Bären nicht töten konnte, zum Mann, der der gesetzesbrüchigen Frau den Speer zuwirft, und zum Mann, der der falschen Fährte folgt und die Feinde entkommen läßt!«

Teikan war von seiner eigenen Reaktion auf ihre Sticheleien überrascht, denn er verspürte überhaupt keine Wut. Von der Wahrheit ernüchtert, zog er sich aus ihr zurück. Er war dieser Frau überdrüssig, die viel zu schnell ihre Befriedigung gefunden hatte, und ihr giftiges Wesen widerte ihn an. »Schon in den Tagen meines Vaters war Shateh der Häuptling. Und seit dem Tod meines Vaters ist Shateh in meinen Augen und in meinem Herzen zum Vater für mich geworden. Viele Jahre lang hatte ich die Ehre, an seiner Seite jagen zu dürfen und in den Tagen des Friedens und des Krieges von ihm als Mann anerkannt zu werden. Es ist gut, daß er wiederentdeckt hat, was es bedeutet, ein Häuptling zu sein, und daß er sich aus dem Einfluß geringerer Männer befreit hat.«

Teikan stand auf und ging zum Eingang seiner Hütte. Er schob die Felltür beiseite und blickte nach draußen. »Seit der Zeit vor dem großen Krieg habe ich kein solches Dorf unseres Stammes mehr gesehen! Das Leben und die Kraft des Häuptlings sind zu seinen Anhängern zurückgekehrt. Das ist gut! Mein Herz freut sich über diesen Anblick.«

Cheelapat setzte sich auf. Der Feuerschein ließ tiefe Schatten auf ihrer gerunzelten Stirn entstehen. »Shateh war nicht Manns genug, mich zu bemerken, als ich für ihn tanzte. Er hatte nur Augen für Wehakna. Hast du es nicht gesehen? Nur ein alter Mann kann beim Tanz einer Frau Feuer fangen, die älter und ausgetrockneter ist als das tote Totem! Und was ist mit dir los, Teikan? Hast du plötzlich kein Verlangen mehr, Häuptling zu sein?«

Er schüttelte den Kopf. »Ich bin ein Mann des Stammes, Cheelapat, der geschworen hat, das Wohl meines Stammes und die Ehre meines Häuptlings zu achten. Ich habe mich nur danach gesehnt, daß Shateh wieder der Häuptling wird, der er einmal war. Im Frühling werde ich ihm meine Treue beweisen und mir eine andere neue Frau nehmen. Jheena, denke ich, wenn sie bis dahin ihre erste Blutzeit gehabt hat, oder Vahni oder eins von Ranamals Mädchen. Eira bedeutet mir nichts. Genausowenig wie du. Verlasse meine Schlaffelle, Cheelapat! Ich will nicht, daß Shateh weiß, wie klein ich bin, weil ich versucht habe, ihn dadurch zu beschämen, daß ich heute nacht zwischen deinen Schenkeln gelegen habe.«

Sie war entrüstet. »Du fürchtest dich vor ihm, obwohl nur der alte Lahontay mehr Winter als er erlebt hat? Er hat dir mit seinen eigenen Worten gesagt, daß du dir jede Frau nehmen kannst, die dir gefällt!«

»Du gefällst mir nicht. Ich habe dich nur genommen, weil du ihm gehörst. Ich werde dich nicht wieder nehmen. Nachdem uns der Betrüger aus der Roten Welt verlassen hat und Shateh wieder Häuptling und Schamane ist, wird dieser Mann ihn nie wieder herausfordern.«

9

Auf den Klippen gab es eine große Eiche. Es war kein sehr hoher Baum, obwohl er einen mächtigen Stamm und eine breite Krone hatte. Die Rinde war von der Zeit gehärtet und die ausladenden Ästen so dick wie die Körper ausgewachsener Männer. Warakan saß bequem in der Aushöhlung zwischen zwei Ästen, von wo aus er das ganze vom Sternenlicht beschienene Dorf im Blick hatte.

Der Junge kam oft hierher, wenn er allein sein wollte. Dann kletterte er auf den Baum und versteckte sich im immergrünen Laub, aus dem er plötzlich wie ein junger Puma hervorspringen konnte. Das stellte er sich gerne vor, ein Puma zu sein, der unsichtbare Schrecken der Bäume, der über Namaray, Trop, Oonay, Hranan und die anderen Jungen herfiel, die ihn ständig hinter Shatehs Rücken ärgerten. Sie nannten ihn einen Fremdling, den Jungen des Wachenden Sterns, den Frauenfresser, den Kannibalen. Warakan dachte betrübt darüber nach, was er tun mußte, um von den anderen akzeptiert zu werden, dann sagte er sich, daß es gar keine Rolle spielte. Er würde alles tun, was von ihm verlangt wurde, doch eines Tages würde er es den Jungen irgendwie heimzahlen, daß sie ihn als Außenseiter behandelten. Er versprach grimmig, daß er an Stelle seines Vaters Häuptling sein würde, wenn er erwachsen war, ein Mann, auf den Shateh stolz sein konnte, der das Waisenkind als seinen Sohn angenommen hatte. Und dann, wenn Warakan der Tapfere, der Kühne und der Unendlich Weise, Häuptling war, würde es niemand mehr wagen, ihn an seine verachtenswerte Herkunft vom Stamm des Wachenden Sterns zu erinnern. Und wenn sie es doch taten, würde er sie zwingen, ihre Zungen zu fressen, mit denen sie diese Worte ausgesprochen hatten.

Dieser Gedanke gefiel Warakan. Er brummte in boshafter Befriedigung und überlegte dann, wie er diese Bestrafung im einzelnen durchführen würde. Würde er die Zungen der Übeltäter zuerst rösten? Oder würde er sie zwingen, sie roh zu essen? Er seufzte wehmütig und beschloß, daß noch genügend Zeit war, darüber nachzudenken. Während er jetzt auf dem knorpeligen Ende des Markknochens kaute – der sein einziger Anteil vom Festmahl war, nachdem er sich mit Namaray darum hatte prügeln müssen –, hockte er zufrieden auf seiner Astgabel, ließ die Beine baumeln und starrte Cheelapat nach, als sie aus Teikans Hütte kam.

Dann hob sich eine Augenbraue des Jungen. Er fragte sich, was eine von Shatehs Frauen bei Teikan machte, und warum ihr Gang und ihre Haltung so wütend und aufsässig wirkten, während sie zur Hütte des Häuptlings hinüberging und mit einem heftigen Ruck die Felltür zur Seite riß.

Verwundert wanderte Warakans Blick von der großen Hütte mit den wunderschön bemalten Fellwänden und Bändern aus Steinperlen und Adlerfedern zu dem, was noch vom Freudenfeuer übrig war. Unter dem Gerüst mit dem Fell und dem Kopf des Bären sah er Männer und Frauen, die sich am Boden wild miteinander paarten, während der Häuptling sich von der Menge trennte. Noch nie hatte Warakan einen so mächtigen und ehrfurchteinflößenden Mann gesehen – einen Mann, der so großartig und alterslos wie das Land und der Himmel war. Er trug die neue Frau Eira behutsam auf den Armen. Wehakna folgte ihm stolz mit dem blutfleckigen Umhang der ersten Paarung, den sie wie ein erstklassiges, auf der Jagd erbeutetes Fell über dem Unterarm gelegt trug.

Warakan seufzte erneut. Noch nie war er stolzer darauf gewesen, Shatehs Sohn genannt zu werden, doch er war froh, daß das Feuer niedergebrannt war und die Zeremonie des ersten Eindringens damit ein Ende gefunden hatte und die neuen Frauen noch am Leben waren. Einen Augenblick lang hatte er das Schlimmste befürchtet. Die Szene im Schein des Lagerfeuers hatte ihn an eine andere erinnert, die in der Festung des Stammes des Wachenden Sterns stattgefunden hatte. Er hatte sich an große, tätowierte Männer und Frauen erinnert, die tanzten, lachten, sangen und den heiligen Pilz gegessen hatten, der die Welt grünlich leuchten ließ, als eine neue Frau vorgetreten war, um sich symbolisch mit dem Stamm zu vereinigen … und dann gefressen wurde.

Der Markknochen rutschte aus Warakans Mund. Er hielt

ihn in der fettigen linken Hand, legte ihn auf seinen bloßen Oberschenkel, von wo er dann zu Boden fiel. »Neea!« flüsterte der Junge den Namen seiner geliebten Schwester. Er hatte versucht, sie und alles andere zu vergessen, das die Erinnerung an sie so schmerzhaft machte, doch sie hatte ihn während des Überfalls versteckt, bei dem ihr Dorf verwüstet worden war, und hatte sich dann wie eine kleine Mutter um ihn gekümmert, bis sie von anderen Mitgliedern ihres Stammes gefunden worden waren, die sich um sie kümmerten, bis …

Warakan schüttelte den Kopf, um die unliebsamen Erinnerungen zu vertreiben. Doch es nützte nichts, denn damals waren die Stämme des Graslandes der Feind gewesen. Krieger von den nördlichen Prärien hatten sein Dorf überfallen, seine Eltern getötet, die Hütten verbrannt, die Töchter seines Stammes vergewaltigt und dann alle Überlebenden mit Ausnahme der Hunde erschlagen.

Doch dann hatte Warakan in der Nacht, als seine Schwester in der Festung starb, mit eigenen Augen gesehen, daß sein Stamm zu Recht gejagt, verachtet und niedergemetzelt oder versklavt wurde, wo immer man auf ihn stieß. Der Junge zitterte wie ein verwundeter Vogel in seiner Astgabel und starrte ins Leere, während er all das sah und hörte, als würde es in diesem Augenblick wieder geschehen … die gewölbten Wände der Höhle im Feuerschein … tätowierte Männer und Frauen, die die »Braut« riefen, und die neue Frau, die aus freiem Willen vortrat, um sich dem Großen Geist des Stammes des Wachenden Sterns zu opfern, dem Sturmgott Himmelsdonner, dem Gebieter des wirbelnden Windes und allem, was lebte und sterben mußte.

»Neea!« Wieder sprach Warakan den Namen seiner Schwester. Sie lief barfüßig und lächelnd durch seine Erinnerung, um sich dem Gott zu opfern, an Stelle der Gefangenen, mit der gewöhnlich jedes Jahr der Blutschwur erneuert wurde, der zu unaussprechlich war, um sich daran zu erinnern, und zu schrecklich und makaber, um ihn zu vergessen.

Er sah den heiligen Dolch, der aus seiner Scheide gezogen wurde, die aus der Hülle eines menschlichen Unterarms bestand. Er sah zu, wie Neea erstochen und ihr das Herz aus dem noch lebenden Körper geschnitten wurde. Dann wurde ihre Leiche ausgeweidet und ihr Fleisch verzehrt, während der alte, auf schreckliche Weise tätowierte Schamane Jhadel lächelte … und die Hohepriesterin Sheela in Neeas Haut tanzte …

»Warakan?«

Jheenas Ruf erschreckte den Jungen so sehr, daß er aus dem Baum fiel.

»Es tut mir leid«, sagte sie und ging neben ihm im Licht des Mondes in die Knie. »Ich wollte dich nicht vom Baum holen. Hier! Das hast du offenbar fallen lassen.«

Warakan setzte sich benommen vom Sturz und dem unerwarteten Erscheinen des Mädchens auf. Jheena reichte ihm den Markknochen. Er war genau wie Warakan auf einer freien Fläche neben dem Stamm des Baumes gelandet, wo der Schnee weggeschmolzen war. Der Knochen war mit Erde und feuchter alter Eichenrinde beschmutzt. Doch Warakan nahm ihn trotzdem an und erkannte, daß er vermutlich sogar eine Handvoll Kot von diesem Mädchen angenommen und sich dafür bedankt hätte.

Diese Erkenntnis machte ihn nervös.

Kurz darauf sprang er auf und klopfte sich den feuchten Eichenhumus von seiner Winterhose und seinem hüftlangen Hemd aus Wildleder, während er zu dem runden Gesicht mit den Grübchen hinaufstarrte, das der Tochter Ynaus gehörte. Warakan spürte, daß er errötete. Jheena war so ein schöner Anblick! Er wünschte sich nur, daß sie nicht so groß wäre, aber sie war fast zwei volle Jahreswechsel älter als er. Als Warakan sie im Mondlicht anstarrte, wünschte er sich, daß auch er schon älter wäre.

Sie lächelte.

Warakan fehlten die Worte, und er konnte sich nicht denken, warum Jheena, die ihn sonst kaum beachtete, jetzt zu ihm gekommen war. Er lächelte zurück, doch seine Oberlippe schien an den Zähnen festzukleben, so daß sein Lächeln schief und unfertig wirkte. Verlegen blickte er auf seine Mokassins, löste seine Lippe mit der Zunge von den Zähnen, räusperte sich – sehr männlich, dachte er – und blickte dann wieder zu ihr auf, diesmal jedoch mit ernstem Gesicht und würdevoller. »Was führt dich in einer Nacht wie dieser aus dem Dorf, Tochter Ynaus? Ein junges Mädchen ganz allein – das ist nicht gut!« Er senkte die Stimme, um seine Männlichkeit zu betonen, doch es klappte nicht ganz, denn zum Schluß brach sie und rutschte wieder in eine höhere Tonlage.

Jetzt war es Jheena, die den Blick senkte.

Beschämt wartete Warakan darauf, daß sie ihn auslachte. Er war dankbar, als sie es nicht tat.

»Eine Nacht wie diese führt mich aus dem Dorf«, antwortete sie besorgt. »Sie hat mir angst gemacht. Das kann doch nicht wirklich die Tradition unserer Vorfahren sein! Meine Mutter sagt, daß ich bald zu einer neuen Frau werde, und wenn ich Glück habe, wird Shateh mich ehren, wie er es auch mit Eira und den anderen getan hat. Aber er ist so groß, und ich bin so klein … Also dachte ich mir, ob vielleicht … ob du deinem Vater vielleicht sagen könntest, daß es so nicht gut für eine neue Frau ist, weil er doch auf dich hört. Was heute nacht geschehen ist, paßt eher zu den rauhen und blutigen Sitten des Stammes des Wachenden Sterns als …« Sie unterbrach sich. »Verzeih mir! Ich habe vergessen, daß du einer von ihnen bist.«

Warakans Gesicht flammte vor Schmerz und Wut auf. »Ich bin keiner von ihnen! Als sie gegen Shatehs Stamm Krieg führen wollten, bin ich von ihnen geflohen, um Shateh zu warnen. Deswegen konnte Shateh meinen Stamm im Kampf besiegen, und deswegen nennt er mich jetzt seinen

Sohn! Der Stamm des Wachenden Sterns wurde wie zerfetzte Blätter in einem Herbststurm über das Land verstreut. Weil Shateh siegreich war, bist du jetzt am Leben und kannst mit mir sprechen, statt ausgeweidet und gehäutet auf dem Rücken irgendeines Schamanen des Wachenden Sterns zu liegen! Alles, was Shateh tut, ist gut für seinen Stamm! Eira ist nicht tot! Die Töchter von Xohkantakeh und Zakeh wurden heute nacht von Shateh geehrt! Und nachdem jetzt dieser Schamane der Roten Welt fort ist, wird alles für uns gut sein! Er war schuld, daß Shateh schwach wirkte. Du wirst sehen. Schamanen sind Lügner und Betrüger. Alle Schamanen!«

»Shateh ist Schamane.«

Warakan sprang vor und versetzte ihr einen Stoß, nicht sehr heftig, aber doch so sehr, daß sie kurzzeitig aus dem Gleichgewicht geriet. Er war so wütend, daß es ihm egal war. »Shateh ist auch der Häuptling aller Häuptlinge! Er ist anders als andere Schamanen. Er benutzt keine Lügen und keinen Verrat und opfert kein Menschenblut, um seine Macht zu bestätigen. Frauen müssen sich nicht vor ihm fürchten.«

Jheena reckte trotzig ihr Kinn vor. »Erzähl das Ban-ya aus der Roten Welt, die im Tal der Toten aus diesem Stamm verstoßen wurde, um zu sterben, obwohl es hieß, daß sie Shatehs Leben in ihrem Bauch trug!«

»Sie war eine Unglücksbringerin, eine Todesbringerin, keine Lebensbringerin! Shateh hat ihr nur gegeben, was sie anderen gegeben hat – einen langsamen und schmerzvollen Tod. Ich sage dir: Niemand außer seinen Feinden muß sich vor ihm fürchten. Und eines Tages, wenn ich ein Mann bin, werden Shateh und Warakan sie alle jagen und töten!«

Jheena war nicht beeindruckt. Sie schmollte und rückte ein Stück näher. »Wenn Warakan mir verspricht, daß er mit seinem Vater darüber redet, die neuen Frauen anders zu behandeln als in dieser Nacht, darf Warakan die Brüste dieses Mädchens berühren. Sie sind nicht sehr groß, aber sie wachsen. Dieses Mädchen wird es niemandem verraten, wenn Warakan ...«

Warakan war erstaunt und beleidigt durch ihre unerwartete Aufforderung. »Ich bin nicht so alt wie du, Tochter Ynaus, aber ich bin auch nicht mehr so jung und dumm, daß ich mich durch eine unehrenhafte Bestechung verführen lasse! Ich bin Shatehs Sohn! Ich werde nicht gegen seinen Willen sprechen!«

Jheena stampfte mit dem Fuß auf und zischte ihn an wie eine junge Gans, die sich in einem Vogelnetz verfangen hatte. »Ich hoffe, er hat heute nacht mit Eira und den anderen ›richtige‹ Söhne gemacht! Und wenn er stirbt, hat er dann drei Jungen von seinem eigenen Blut, von denen er sich einen erwählen kann, seinen Namen weiterzutragen, damit seine Seele für immer in der Welt der Lebenden bleiben darf. Dann wirst du für ihn kein Sohn mehr sein, sondern nur noch das, was du schon immer gewesen bist und immer sein wirst – ein Waisenkind aus dem Stamm des Wachenden Sterns ... der wahre Feind in diesem Lager!« Damit drehte sie sich um und lief davon.

Warakan blickte ihr erschüttert und erniedrigt nach. Eine ganze Weile stand er völlig reglos da und dachte, daß Jheena, an der ihm so viel gelegen hatte, genauso wie die Jungen war, die ihn verspotteten, sobald Shateh ihnen den Rücken zugekehrt hatte.

Weit jenseits der Klippen heulten Wölfe. Warakan lauschte. Die einsame Klage erinnerte ihn immer wieder an Neea, daran, wie sie ihn in jener Nacht festgehalten und ihm versichert hatte, daß er ein ganz besonderer Junge für sie war, daß er keine Angst haben mußte, denn solange seine Schwester bei ihm wäre, würde diese nicht zulassen, daß die Wölfe ihn fraßen. Jetzt war Neea tot, und Shateh beschützte ihn vor den Wölfen, aber wie lange noch, wenn der Häuptling es geschafft hatte, einen eigenen Sohn zu zeugen?

»Ich bin dieser Sohn!« teilte Warakan der Nacht, dem Eichenbaum und den heulenden Wölfen mit. »Nicht von Shatehs Blut, aber von seinem Geist. Ich werde niemals ein Schamane sein, so wie er, und will es auch gar nicht. Aber ich habe ihm das Leben gerettet und er mir meines. Eines Tages werde ich Häuptling sein und ihm Fleisch bringen und ihm einen Ehrenplatz in meiner Hütte überlassen, so wie er es für mich getan hat. Ich bin Warakan, geboren im Stamm des Wachenden Sterns, aber Shateh wird niemals einen Sohn haben, der ihn so sehr liebt wie ich!«

Die Worte hatten viel zu laut geklungen. Erschrocken erkannte Warakan jetzt, daß es im Dorf still geworden war. Die Menschen legten sich neben dem niedergebrannten Feuer oder in ihren Hütten schlafen. Er wußte, daß sie froh darüber waren, Shateh wieder als Häuptling und Schamanen zu sehen, und daß die bösen Geister nach der Vertreibung des Schamanen der Roten Welt sie nun endgültig verlassen hatten.

Warakan freute sich so sehr darüber, daß er lächelte und vor unendlicher Befriedigung zitterte, als er die auf den Pfählen aufgestellte große Bärenfigur sah. Der Junge musterte den riesigen Kopf, den Körper und die Tatzen und empfand plötzlich große Ehrfurcht vor der Macht des Schamanen der Roten Welt, der in heimtückischer und betrügerischer Absicht mit dem Geist dieses Tieres gesprochen hatte. Trotzdem kam Warakan der Gedanke, daß Cha-kwena, als er Große Tatze von den Jägern fort und zum Dorf geschickt hatte, damit die Mächte der Schöpfung gegen sich selbst gewandt hatte.

Warum sollte er so etwas tun? fragte sich der Junge. *Und warum sollte ein Schamane, der mächtig genug ist, dem Geist eines Bären zu befehlen, zum Ende der Welt fliehen, um einer Mammutherde ins Ödland zu folgen, statt sich Shateh zu stellen und seine gesetzesbrüchige Frau zu verteidigen?*

Die Fragen beunruhigten ihn. Alle sagten, daß Cha-kwena

seine Macht verloren hatte, aber Warakan glaubte nicht daran. Der Mann war der Betrüger, der Gelbe Wolf, der Bruder der Tiere, der Wächter des Heiligen Steines und der Totemtöter. Warakan verzog vor Abscheu das Gesicht. Wer konnte wissen, was einen solchen Schamanen bewegte? Vielleicht der Haß auf einen alten Feind, dessen Freundschaft er erschmeichelt hatte, um ihn dann beschämen zu können und ihn vor dem ganzen Stamm in die Knie zu zwingen?

Dann lächelte Warakan wieder, und er fühlte sich besser. Es war Shateh, der Cha-kwena beschämt und ihn mit der größeren Macht des Häuptlings in die Flucht geschlagen hatte. Die Listen des Betrügers waren mißlungen, und nicht einmal die Macht, die angeblich in seinem heiligen Stein lebte, hatte ihm noch helfen können.

»Du sollst dort draußen in der Dunkelheit hinter dem Ende der Welt sterben, Cha-kwena!« wünschte sich Warakan, und in diesem Augenblick setzte der Wind wieder ein und wandte sich nach Osten. Obwohl der Schamane der Roten Welt weit fort war, hatte Warakan plötzlich das Gefühl, daß seine Macht in dieser Nacht immer noch am Werk war. Während er weiterhin auf das Fell von Großer Tatze starrte, hätte er schwören können, daß sich der große Bär auf den Pfählen, die ihn über die schlafenden Paare erhoben, bewegte.

Wieder fiel Warakan der Markknochen aus der Hand. Er riß ungläubig die Augen auf. Der Bär schüttelte sich, streckte seinen Hals und seine Schultern und hob seinen zerschundenen, ausgeweideten Körper von den Pfählen. Warakan hielt den Atem an, als er sah, wie der große Bär über das fast erloschene Feuer auf ihn zu sprang und dann über die schlafenden Menschen und die Dächer der Hütten flog. Er schwebte wie eine riesige schwarze Wolke aus Fell über Warakans Kopf hinweg. Der Junge blickte auf, drehte sich um und verfolgte den Flug des Bären über die Eiche und das dahinterliegende Ödland. Doch er sah nicht mehr das

Ödland, das sich unter dem Mond und den Sternen erstreckte, sondern eine gewaltige, abgrundtiefe Schlucht, die in der Haut der Erde klaffte. Und in dieser Schlucht weinte eine Frau, und ein kleiner Stamm wanderte im Schatten der Flügel einer Eule. Der große Bär trieb eine Mammutherde vor sich her, die von einem weißen Kalb angeführt wurde und die immer weiter in die Ferne zog, auf einen Fluß mit gewaltigen Ausmaßen zu.

Der Junge hielt den Atem an und schloß die Augen. Er kniff die Lider so fest zusammen, daß Farben in der Dunkelheit aufflammten. Nachdem er die Augen wieder geöffnet hatte, verblaßten die Farben allmählich, und sein normales Sehvermögen kehrte zurück. Das Ödland war nur noch das Ödland. Der Bär war fort. Es gab keine Schlucht, keinen Stamm, keine Mammuts und keine Eule. Das einzige Heulen, das noch zu hören war, war das eines fernen Wolfes, der sein einsames Lied sang, während die Sternenkinder des Mondes immer weiter nach Westen wanderten.

Warakan wandte sich wieder zur Feuerstelle um. Das Fell und der Kopf des großen Bären hingen fest auf den Pfählen. Nur seine Tatzen und der Saum seines Fells bewegten sich leicht im Wind. Erneut drehte Warakan sich erneut um und starrte an der Eiche vorbei über das Ödland, in das Chakwena und seine Leute geflohen waren.

»Ich habe keine Angst vor dir, deinem heiligen Stein oder deinem Totem, Cha-kwena! Es mag sein, daß der Geist von Großer Tatze dir in dieser Nacht gefolgt ist. Möge er deinen Stamm heimsuchen, wie er auf deinen Befehl meinen heimgesucht hat! Ich, Warakan, der Sohn Shatehs, sage es so! Mein Vater ist jetzt Häuptling und Schamane!«

Teil 2

Große Tatze

Auf der steilen Böschung eines Flusses gibt es Leben. Und es gibt dort eine Stimme, die laut spricht.

Ältester der Tewa
aus *Seeking Life* von V. Laskin

1

Viele Tage lang folgten Cha-kwena und sein kleiner Stamm den Mammuts unter einem wärmeren Himmel durch das Ödland nach Osten. Die Herde kam schnell voran. Immer wieder stiegen die Reisenden auf Anhöhen, damit sie den Weg zurückblicken konnten, den sie gekommen waren, aber sie entdeckten keine Verfolger. Trotzdem konnte Cha-kwena seine Träume nicht vergessen, und wenn gelegentlich die Wölfe riefen und die Kojoten kläfften, blickte er zurück und hätte schwören können, daß er einen großen Bären sah, der ihnen in der Ferne folgte und in den Wolken, die der Wind vorantrieb, nahezu unsichtbar war. Doch er erzählte niemandem etwas davon und drängte den Stamm weiter.

Sie machten keine Feuer und schliefen in kalten Lagern, weil sie fürchteten, der Rauch könnte vom Wind fortgetragen werden und die Flammen könnten in der Nacht von ihren Feinden gesehen werden. Nur die Kinder beklagten sich, die Erwachsenen gaben sich stumm damit zufrieden, das ungekochte Fleisch aller Tiere zu essen, die sich in ihren Fallen verfingen, und damit die magere Kost aus zerstampftem Fett und Beeren und Wurzeln des Herbstes zu ergänzen, die U-wa und Ta-maya aus dem fernen Dorf mitgenommen hatten.

Und wenn es dunkel wurde, blieb Cha-kwena oft noch lange wach, während die anderen längst eingeschlafen waren. In seiner einsamen Wache dachte er darüber nach, daß er das heilige Tabu der Ahnen gebrochen hatte, als er zu Gah-ti über die Wiedergeburt des Totems gesprochen hatte. Obwohl der junge Mann Cha-kwenas Geheimnis für sich behielt, wurde der Schamane von seiner Tat gequält, denn niemand wußte besser als er, daß jeder, der über eine ersehnte Sache sprach, bevor sie eingetreten war, damit riskierte, böse Geister zu wecken. Und so wurde er weiterhin von seinen Träumen geplagt und sah während des Tages den großen Geisterbären im Wind, wie er dem Stamm und den Mammuts folgte.

Der Schnee schmolz schnell. Bald waren die Schneeschuhe und Schlitten, die Kosar-eh aus dem Dorf mitgebracht hatte, nicht mehr nötig. Der große Mann schlug vor, daß zumindest ein Schlitten in einer Vorratsgrube verstaut wurde, um ihr Vorankommen und eine mögliche Rückkehr zu erleichtern, falls das Land vor ihnen zu unwegsam wurde oder tatsächlich hinter dem nächsten Hügelzug endete.

Doch Cha-kwena wollte nichts zurücklassen. »Das Land wird nicht zu Ende gehen! Wir werden nie wieder in das Land unserer Feinde zurückkehren, und wir werden alles brauchen, was wir besitzen, und noch mehr, wenn der Große Weiße Winter zurückkommt.«

Kosar-eh widersprach ihm nicht, aber als er sich umdrehte und über das Ödland zurückblickte, war seinem Gesicht deutlich die Sehnsucht und die Verzweiflung anzumerken.

Cha-kwena beobachtete ihn und wußte, daß es nicht leicht für Kosar-eh gewesen war, dem neuen Leben, das er unter Shatehs Großwildjägern und Kriegern gefunden hatte, den Rücken zu kehren – nicht einmal wegen eines einarmigen Sohnes und einer blinden Tochter.

»In den kommenden Tagen wird alles gut für uns werden, Mann meines Herzens«, versicherte Ta-maya ihm, als sie Kosar-ehs Besorgnis spürte.

Er schüttelte den Kopf. »Wer weiß schon, was sein wird und was nicht?« entgegnete er. Er blickte seine Frau liebevoll an, die in ruhiger Zuversicht ihre schlanken Finger über ihrem hochschwangeren Bauch verschränkt hatte. Seine Stirn runzelte sich besorgt.

Cha-kwena sah es und empfand genauso. Die kleine

Gruppe war zweifellos in großer Gefahr, während sie durch die fernen Gegenden dieses öden und unbekannten Landes zog.

U-wa widersprach Kosar-eh verärgert. »Mein Sohn *weiß*, was sein wird!« verkündete sie. »Ich zumindest bin froh, daß wir den Stamm verlassen haben, der Shateh als seinen Häuptling und Schamanen bezeichnet!«

Cha-kwena fiel auf, daß Mah-ree gar nichts zur Verteidigung »ihres« Schamanen gesagt hatte. Er machte sich Sorgen um sie. Da seine kleine Frau noch immer um Ha-xas Tod trauerte und sich selbst die Schuld daran gab, war sie still und nachdenklich und blieb oft zurück, wenn der Stamm unterwegs war. Sie interessierte sich für nichts außer für die Mammuts und hatte kaum Appetit. Sie schien es überhaupt nicht zu bemerken, wenn Ta-maya oder U-wa zu ihr sprachen, wenn die Kinder an ihrer Seite liefen oder wenn ihre Lieblingshunde mit der Schnauze ihre Hand anstubsten. Doch zumindest trug sie ihren Anteil am Gepäck und erledigte genauso wie die anderen Frauen ihre Arbeit, und dafür, so sagte sich Cha- kwena, sollte er bereits dankbar sein.

Während er jetzt zusah, half sie Kosar-eh ohne Zögern dabei, die Schlitten auseinanderzubauen. Sie löste die seitlichen Kufen aus Holz, nahm die oberen Latten ab und knotete dann die kunstvoll geschnitzten Stücke aus Rippenknochen ab, die als Schutz für die Kufen dienten. Anschließend wickelte sie sie sorgfältig in Felle ein.

»Mah-ree wird schon bald wieder sie selbst sein, mein Sohn«, sagte U-wa leise, nachdem sie neben ihn getreten war. »Was sie jetzt braucht, ist ein Bauch mit neuem Leben, um ihr in den kommenden Tagen Hoffnung zu geben. Du mußt dich darum kümmern, Cha-kwena. Das ist alles, was jede Frau eigentlich will ... Kinder, die ihr Freude und Erfüllung geben, solange sie jung ist, und ihr im hohen Alter Trost spenden, so wie du es für mich tun wirst.«

»Du bist nicht alt, Mutter.«

»Ich brauche die Finger von sechs Händen, um meine Jahre zu zählen.«

Er war verblüfft. Sie war tatsächlich alt.

U-wa lächelte über seine Reaktion. »Wirst du mich eines Tages trösten?«

Er runzelte die Stirn. Obwohl er Schamane war und sie ihn gerade vor dem Stamm verteidigt hatte, wußte er nicht, was er darauf sagen sollte.

Sie zogen weiter durch helle, sandige Hügel und überquerten vom Schmelzwasser gespeiste Bäche, die sich im Frühling in ausgewachsene Flüsse verwandeln würden. Ihr klares, seichtes Wasser floß in breiten Betten zwischen hohen Ufern, und die Bäume und Sträucher, die in der Nähe wuchsen, wurzelten im unterspülten Ufer, so daß es dort viel Totholz gab.

Die Mammuts wanderten unaufhaltsam diese Ströme entlang, tranken Wasser und badeten darin, bis sie weiterzogen, um mit den Stoßzähnen Pflanzen und Bäume mit zarter Rinde aufzuwühlen. Schließlich legten sie sich am Abend zufrieden knurrend zur Ruhe, um zu schlafen. Manchmal standen sie mitten in der Nacht wieder auf, um zu fressen oder sich nach ihrer Art zu unterhalten. Meistens legten sie sich dann wieder schlafen, aber manchmal zogen sie auch unter dem verblassenden Mond weiter. Ohne auf das Gejammer der Kinder zu hören, bestand Cha-kwena darauf, daß dann alle ihre Sachen packten und ihnen folgten.

»Sie gehen nicht im Kreis. Und sie bewegen sich auch nicht dem Wind entgegen, wie sie es oft tun, wenn die Tage warm sind«, stellte Kosar-eh stirnrunzelnd fest, während er sein Gepäck aufhob.

»Es ist, als wüßten sie, wohin sie gehen, als wollten sie

unbedingt zu einem Lieblingsplatz zurückkehren«, fügte Tamaya hoffnungsvoll hinzu.

»Meine Ban-ya wartet dort auf uns«, sagte Kahm-ree mit einem wissenden Lächeln, in dem kein Zweifel war.

Mah-ree hörte nicht auf die alte Frau. »Die Mammuts sind so klug, daß sie eine große Entfernung zwischen sich und jene bringen wollen, die sie jagen möchten.«

»Dasselbe gilt für uns!« drängte Cha-kwena die anderen weiter, denn in seinen Träumen wurde er immer wieder von der Vision des Todes verfolgt, die er zum erstenmal in seiner Hütte während der Nacht gesehen hatte, als er und Mah-ree zur Flucht gezwungen waren.

Seit dem Tag, als Gah-ti und er den vermeintlichen Kriegern Shatehs gegenübergestanden hatten – und als er in seiner Verzweiflung das uralte Tabu gebrochen und dem Jungen die Wahrheit über die Wiedergeburt des Totems erzählt hatte –, war ihm die Verletzlichkeit seines Stammes bewußt geworden. Er schlief schlecht und immer mit dem Rücken zu Mah-ree, was seine Mutter veranlaßte, sich zu sorgen. Seine kleine Frau dagegen war so traurig über den Tod ihrer eigenen Mutter, daß es ihr gleichgültig schien. Sie schien es auch nicht zu bemerken, wenn ihr Mann vom Gesang der Wölfe aus dem Schlaf gerissen wurde.

Von seinen Träumen beunruhigt, glaubte Cha-kwena immer wieder zu hören, wie Ha-xas Stimme im Wind heulte. Dann grübelte er über den Verlust dieser tapferen Seele nach, stand auf und suchte sich einen einsamen Ort, von dem aus er den Weg zurückblicken konnte. Während er den Wölfen zuhörte, erinnerte er sich an die Raben und den Bären und die bemalten, gesichtslosen Männer in Wolfsfellen aus seinen Träumen und wußte, daß zwei vollwertige Männer, drei Frauen – vier, wenn er Kahm-ree hinzurechnete – und eine Handvoll Kinder keine Chance hatten, falls Shateh und seine Krieger sie jemals einholen sollten.

Allmählich veränderte sich das Land. Die Hügel wurden höher, auf ihren flachen Kuppen wuchsen Pinien des Trockenlandes, und sie waren schneefrei bis auf die nordseitigen Hänge, wo die Schatten der immer kürzer werdenden Tage das Sonnenlicht fernhielten. Die Mammuts zogen weiter nach Osten, und obwohl es Cha-kwena und den anderen dank ihrer Erfahrungen aus der Roten Welt möglich war, dem Land genügend Nahrung abzuringen, wurde die alte Kahm-ree immer schwächer. Sie blickte sich ständig um, in der Hoffnung, sich wieder mit ihrer Enkeltochter vereinen zu können.

»Ob Ban-ya uns folgt?« überlegte Kahm-ree, und als niemand auf ihre Frage antwortete, gab sie sich selbst die Antwort. »Ja, so muß es sein. Wir sollten eine Weile rasten und auf sie warten. Sie wird bald kommen.«

»Ich sehe in meinen Träumen auch ohne deine Ban-ya schon genügend Geister«, sagte Cha-kwena knapp, und nach einer nur kurzen Pause neben einer Quelle, die unangenehm bitteres Wasser hervorbrachte, führte er seinen Stamm weiter.

Die Frauen und Mädchen bemühten sich, die Reise für Kahm-ree so leicht wie möglich zu machen, und paßten auf, daß sie nicht davonlief, wenn sie Zunder, Samen oder vom Frost runzlige Beeren sammelten, um ihre schrumpfenden Vorräte aufzufüllen. Nachts schliefen die Frauen mit den Kindern an einer windgeschützten Stelle, während die Männer abwechselnd Wache hielten und den Horizont absuchten, ob sich dort das verräterische Glimmen feindlicher Lagerfeuer zeigte. Doch falls Shateh und seine Krieger ihnen immer noch folgten, dann waren ihre Lager genauso kalt wie das Cha-kwenas. Nach Monduntergang hüllten sich die Wächter in ihre Umhänge und sehnten sich nach der Wärme des Nachmittags. Und als sie den bitterkalten Wind spürten, wußten sie, daß der Winter nicht mehr fern war.

»Wenn Shateh sich nicht bald zeigt, glaube ich nicht, daß

er überhaupt noch kommt«, sagte Kosar-eh und stand auf, als Cha-kwena kam, um die Wache zu übernehmen. »Er muß mit seinem Stamm ein sicheres Winterlager einrichten.«

»Dann bete zu den Mächten der Schöpfung, daß sie uns einen frühen Winter schicken!« erwiderte der jüngere Mann. »Das müßte ihn zurück ins Land seiner Vorfahren treiben.«

»Du bist der Schamane«, warf Kosar-eh mürrisch ein. »Du solltest zu ihnen beten. Vielleicht werden sie zur Abwechslung sogar einmal auf dich hören.«

»Du darfst nicht das Vertrauen in die Macht des heiligen Steins und des Totems verlieren, alter Freund.«

»Das Totem ist tot! Und wenn ihr – du oder dein Stein – irgendeine Macht hättet, hättest du dafür sorgen können, daß die Pferdejagd erfolgreich zu Ende ging und daß Mahree den Gesetzen der Ahnen gehorcht. Dann wäre Ha-xa nicht tot, und wir würden jetzt nicht hier in diesem schlechten Land stehen! Was soll aus uns werden, in diesem öden Land am Ende der Welt? Was wird mit Cha-kwenas Stamm geschehen, wenn der Schnee wiederkommt und bleibt, ohne daß wir geeignete Unterkünfte haben, um uns warm zu halten, und genügend Vorräte, um unsere Frauen und Kinder zu ernähren? Meine Ta- maya wird schon bald ihr Baby bekommen! Wenn ihr irgend etwas zustößt, Cha-kwena, dann werde ich …«

»Ich habe dich nicht aufgefordert, mir zu folgen, Kosar-eh«, unterbrach Cha-kwena ihn, und für einen Moment glaubte er sicher zu sein, daß der große Mann ihn schlagen wollte. Doch nichts geschah.

»Du hast mir keine Wahl gelassen. Ich konnte nicht zurückbleiben«, entgegnete Kosar-eh und stapfte davon, so daß Cha-kwena allein zurückblieb.

Es drängte den jungen Schamanen danach, seinen alten Freund zurückzurufen und ihm zu sagen, daß alles wieder gut werden würde, sobald das Totem wiedergeboren war. Doch er hatte die Unvermeidlichkeit dieses Ereignisses bereits gefährdet, als er Gah-ti das Geheimnis anvertraut hatte. Doch welche Wahl hatte er gehabt? Er hatte wissentlich die Gesetze der Ahnen gebrochen, als er einem einarmigen Mann erlaubt hatte, einen Speer zu nehmen, in seiner Verzweiflung, wenigstens einen Mann gegen ihre Feinde an seiner Seite zu haben. Und er hatte Gah-ti von der bevorstehenden Wiedergeburt Lebensspenders erzählt. Bislang schienen die Mächte der Schöpfung seiner Tat keine Beachtung geschenkt zu haben. Gah-ti hatte weder die verbotenen Worte wiederholt noch erneut einen Speer in die Hand genommen. Als Cha-kwena jetzt zusah, wie der verärgerte Kosar-eh zum Lager zurücklief, fragte er sich, wie lange es wohl noch dauern würde, bis die Mutterkuh der Mammutherde sichtlich mit neuem Leben anschwoll und die Mitglieder seines Stammes es bemerkten. Dann bedurfte es nur noch eines oder zweier Worte von ihm, um ihre Gedanken dahin zu führen, daß es diese Kuh gewesen war, die sich in den Tagen und Nächten vor Lebensspenders Tod oft in Gesellschaft des großen weißen Mammuts aufgehalten hatte. Dann würden sie alle verstehen und neuen Mut fassen, weil sie wußten, daß das Totem noch bei ihnen war.

»Warum hast du mich verlassen, Eule?« fragte Cha-kwena verzweifelt den Nachtwind. »Was wartet dort hinter dem Ende der Welt auf mich und meinen Stamm?«

»Die Mammuts wissen es. Vertraue ihnen! Sie werden dich auf den Weg führen, den du gehen mußt«, sagte Hoyeh-tay.

Cha-kwena keuchte auf. Sein Großvater saß neben ihm. Hoyeh- tay hatte sein runzliges Gesicht blau bemalt, so wie es die Schamanen der Roten Welt taten, wenn sie sich auf den heiligen Tafelbergen versammelten, um mit den Geistern der Erde und des Himmels Zwiesprache zu halten. Er trug seine Halskrause aus heiligem Salbei und seinen hohen Kopfschmuck aus Süßgras, das mit Wacholderbeeren, Steinperlen, bunten Federn und den Köpfen, Füßen, Schnäbeln und Zähnen kleiner Vögel und anderer Tiere geschmückt war, deren Schwestern und Brüder ihr Leben gaben, um den Menschen der Roten Welt als Nahrung zu dienen. »Denk an das innere Auge, Cha-kwena ... das Auge, das den Pfad des Schamanen erleuchtet ... und vergiß nichts von dem, was ich dich gelehrt habe. Sei klug und vorsichtig, und mit der Zeit wird dir das Wissen über den Weg zugänglich werden!«

»Cha-kwena? Schläfst du mit offenen Augen? Cha-kwena?«

Der junge Schamane blinzelte. Sein Großvater war fort, und statt dessen stand nun Gah-ti neben ihm. Seine Wache war vorbei. Er dankte Gah-ti für die Ablösung, stand auf und streckte sich erleichtert, kehrte aber nicht zum Lager mit den schlafenden Frauen und Kindern zurück, wo Kosar-eh und Ta-maya sich in den Armen lagen und Mah-ree allein schlief. Statt dessen spazierte Cha-kwena unter den Sternen, wie er es jede Nacht tat, damit er nicht in Versuchung geriet, zu seiner Schlafstelle und seiner kleinen Frau zurückzukehren, um sie zu umarmen und ihre Traurigkeit fortzuküssen. Er zitterte vor Sehnsucht nach der Wärme von Mah-rees Armen und nach der Erwiderung ihrer Liebe, aber er ging trotzdem weiter in die Nacht hinaus. Das letzte, was Cha-kwena in diesem einsamen Land wollte, in dem ihnen Feinde auf den Fersen waren, war die Sorge um eine weitere schwangere Frau – vor allem, wenn es seine eigene Frau war, die mit seinem eigenen Kind schwanger ging.

»Noch nicht! Nicht jetzt!« sagte er zum untergehenden Mond und den wandernden Sternen. *Nicht bevor alles wieder gut und sicher in dieser Welt ist! Nicht bevor die Ahnen und die Mächte der Schöpfung meinem Stamm wieder wohlgesonnen sind! Erst wenn ich meine Feinde nicht mehr in meinen Träumen sehe und nicht mehr die Stimmen der Toten im Wind höre!*

Ein Kojote kläffte beunruhigend nahe in der Dunkelheit. »Narr!« spottete der Gelbe Wolf. »Du wartest auf eine vollkommene Welt, die es niemals geben wird!«

Verblüfft blickte Cha-kwena sich um, sah aber nirgendwo die Spur eines Kojoten, und fragte sich, ob diese Worte wirklich oder eingebildet gewesen waren. Da sie sowieso nicht das darstellten, was er hören wollte, beschloß er, sie einfach zu ignorieren. Er zog sich seinen Kaninchenfellmantel enger um die Schultern und wandte sein Gesicht dem Himmel zu. Als seine Augen zu dem weiten Bogen des Himmels der Nacht blickten, sah er die kalt leuchtenden Augen der Zwillingsbrüder, und dort – hinter dem Wächter und den Jagdgründen der Großen Schlange – blickte der Große Bär auf ihn herab.

Cha-kwenas Hand fuhr an seinen Medizinbeutel und schloß sich um den heiligen Stein. In seiner geballten Faust spürte er seinen Pulsschlag, als seine Finger sich um das Amulett schlossen, denn jetzt sah er bei Nacht, was ihn während des Tages immer noch verfolgte – räuberisch und bedrohlich und niemals ganz unsichtbar, während er sich im Wind versteckte – der Geist von Großer Tatze … der Geist des großen beschämten Bären, den seine Frau mit Teikans Speer getötet hatte.

»Nein«, sagte Cha-kwena zu dem Gespenst in den Sternen. »Du wirst nicht bekommen, was du haben willst. Ich bin Cha- kwena, der Enkel Hoyeh-tays, der Wächter des heiligen Steines, des Totems, meines Stammes und Mah-rees! Sie gehört mir! Ganz gleich, was sie getan hat, du wirst sie nicht bekommen!«

Die Tage vergingen in langsamer Gleichmäßigkeit. Der Stamm war zufrieden, denn es wurde wieder etwas wärmer. Obwohl Cha-kwena, Kosar-eh und die älteren Jungen weiterhin Tag und Nacht Wache hielten, entdeckten sie immer noch keinen Hinweis auf Shateh und seine Krieger – sie gab es nur in Cha-kwenas Träumen.

Und dann, zur Wiedergeburt des neuen Mondes, träumte

Cha-kwena überhaupt nicht und wachte am Morgen erfrischt und ausgeruht auf, während ihn nur eine einzige Frage besorgte: *Werden wir nicht mehr von unseren Feinden verfolgt?*

Zwei Tage später kamen sie in ein Land hoher Tafelberge, die sie so sehr an ihre ferne Heimat erinnerten, daß U-wa und Ta-maya bei diesem Anblick weinten. Die arme alte Kahm-ree rechnete jetzt damit, daß ihre Enkelin hinter jedem flechtenbewachsenen Felsblock oder jeder rauhnadligen Pinie auftauchte, und Mah-ree lächelte zum erstenmal, seit sie die Nachricht von Ha-xas Tod erfahren hatte. In diesem hohen, trockenen Land fand sie viele Bäume und Pflanzen, die ihr als Medizinfrau vertraut waren, und mit der Zeit würde sie genügend davon sammeln können, um ihrem Stamm zu helfen und vor allem ihrer älteren Schwester, denn alle Zeichen deuteten darauf hin, daß Ta-mayas Wehen bald einsetzen würden.

In Anbetracht dieser Umstände ließen Cha-kwena und Kosar-eh zur Bewachung der Frauen Gah-ti und die Jungen zurück, um selbst den nächsten Tafelberg zu besteigen und sich einen Blick in Richtung Norden, Westen und Süden zu verschaffen. Und dort erhielt Cha-kwena zum erstenmal die Antwort auf seine Frage, als er über eine riesige Leere aus Hügeln und Tälern blickte, in denen sich nichts bewegte außer dem unsichtbaren Wind und einer großen Staubwolke, die sich auf den bergigen Horizont weit in der Ferne zubewegte.

»Unsere Verfolger verfolgen uns nicht mehr«, stellte Kosar-eh mit Bestimmtheit fest.

»So ist es!« bestätigte Cha-kwena und konnte sich endlich über diese Wahrheit freuen, die er sich erst jetzt eingestehen konnte, als er sie mit eigenen Augen sah. Der Staub wurde nicht von Tieren aufgewirbelt, sondern von einem Stamm, aus Männern, Frauen, Kindern und Hunden bestehend, die ihre abgebauten Hütten und Sachen zum fernen Heimatland ihrer Vorfahren brachten. »Möge Shatehs Stamm viel Fleisch finden, das Männern würdig ist!« rief er, während seine Seele jubelte. »Mögen sie irgendwann verstehen, daß jene, die sie zur Flucht gezwungen haben, niemals ihre Feinde waren! Und mögen die Mächte der Schöpfung ihnen keinen Grund geben, sich jemals wieder zum Rand der Welt umzublicken!«

Lange Zeit sagte Kosar-eh nichts. Er stand reglos im Wind, während sein langes, schwarzes Haar aus seinem Gesicht wehte und seine Augen sich angesichts der Helligkeit der sonnenbeschienenen Landschaft unter ihm zusammenkniffen. Nach einer Weile drehte er sich um und starrte nach Osten über den Tafelberg auf das unbekannte Land, das dahinter lag.

»Das ist es, was du schon immer gewollt hast ... mit deinen eigenen Augen das zu sehen, was hinter dem fernsten Tafelberg liegt, dort zu jagen, wo noch kein Jäger zuvor gejagt hat, deinen Fuß auf unbekanntes Land zu setzen und deinen Blick dem Mond und seinen Sternenkindern zuzuwenden und zu sagen: ›Ich bin der erste Mensch, der euch von diesem Ort aus sieht!‹ Wirst du jetzt glücklich sein, Cha-kwena, Totemtöter, nachdem du deine Anhänger endlich in das Niemandsland des Vergessens geführt hast?«

Bevor Cha-kwena etwas erwidern konnte, hatte der Mann sich gedreht und lief den felsigen Abhang hinunter. Irritiert über Kosar-ehs ständige Schwarzmalerei blickte der Schamane über das Ödland, in dem die Sonne bald untergehen würde. Mit beiden Händen umklammerte er den Medizinbeutel mit dem heiligen Stein und lächelte über diesen Anblick. Shateh führte seinen Stamm zurück ins Grasland. Und falls der Geist des beschämten Bären sich im Wind ostwärts bewegte, sah der junge Schamane ihn nicht.

Ta-mayas erstes Kind kam bei Sonnenuntergang zur Welt. Später würden alle behaupten, daß dies ein bedeutungsvolles Zeichen gewesen war, denn an diesem Tag hatten Chakwena und Kosar-eh gesehen, daß ihre Feinde am fernen Horizont verschwanden, und am nächsten Morgen ging die Sonne über einem neuen Leben für sie alle in diesem unbekannten Land auf.

Das Baby kam so leicht und schnell, daß kaum Zeit für U-wa und Mah-ree blieb, der Mutter zu Hilfe zu kommen. Überglücklich, daß ihre Qualen von so kurzer Dauer gewesen waren, lachte und weinte Ta-maya gleichzeitig, als sie das rundliche rote Gesicht sah. Während U-wa das Baby in den Händen hielt, schüttelte dieses die winzigen Fäuste und machte allen schreiend seine Ankunft bekannt.

»Wird Kosar-eh dieses Kind annehmen? Und wird er den Wunsch der Mutter dieses Kindes respektieren und mit dem Namen Ha-xa-ree, Kleine Ha-xa, einverstanden sein, damit eine verlorene Seele wieder unter ihren Kindern in dieser Welt leben kann?« fragte U-wa, wie es seit Anbeginn der Zeiten die Tradition der Vorfahren war.

Kosar-eh, immer noch atemlos, nach seinem wütenden Abstieg vom Tafelberg, kehrte gerade in das kleine provisorische Lager zurück, das die Frauen und Jungen in einem Wäldchen aus Pinien und Harthölzern an einem Bach errichtet hatten. Nachdem er bereits mit einer weiteren Nacht voller Sorge um Ta-maya und das Kind gerechnet hatte, war er so schockiert, als er U-wa mit dem Baby in den Armen auf ihn zukommen sah, daß er wie angewurzelt stehenblieb.

Cha-kwenas Mutter schüttelte tadelnd über den sprachlosen Mann den Kopf. »Hast du nicht schon genug Söhne, Kosar-eh? Diese Frau denkt, daß du es dir leisten kannst, diese neue Tochter im Stamm willkommen zu heißen, denn sie ist stark und fett und unversehrt. Und wenn die Mächte der Schöpfung es wollen, wird sie heranwachsen, um den

Männern dieses Stammes in künftigen Tagen viele Babys zu gebären.«

Kosar-eh starrte erstaunt seine neue Tochter an und dann Ta-maya, die unter einem hastig errichteten Zelt unter den duftenden Pinien lag. Sein Schweigen hatte das Lächeln von ihrem Gesicht verschwinden lassen, deshalb sprach er schnell, damit es wieder zurückkehrte. »Dieser Mann nimmt das erstgeborene Kind Ta-mayas an und ist mit jedem Namen einverstanden, den diese Frau ihm geben möchte … ob Tochter oder Sohn, ein neues Leben ist immer etwas Kostbares, sogar in diesem unbekannten Land, in das …«

»Besonders hier!« unterbrach ihn Cha-kwena, der ins Lager gelaufen kam und neben Kosar-eh stehenblieb. Er ärgerte sich maßlos über die Unnachgiebigkeit des Mannes. »Hier gibt es Wasser! Hier gibt es Fleisch! Hier wachsen viele Dinge! Hier weiden die Mammuts in Frieden! Und hier folgen uns unsere Feinde nicht mehr!«

Und hier wagte es die kleine Gruppe zum erstenmal seit der Flucht aus dem Dorf, ein Feuer zu entfachen. Sie feierten ausgelassen zu Ehren der Geburt Ha-xa-rees. Sie tanzten und sangen, und viele alte und schöne Geschichten wurden erzählt.

Mah-ree saß neben Ta-maya und hielt das Neugeborene ihrer Schwester. Sie blickte dem Baby ins Gesicht und fragte sich, ob es möglich war, daß ihre Mutter ins Leben zurückgekehrt war, um wieder bei ihrem Stamm zu sein. »Ich wollte Große Tatze nicht beschämen, als ich ihn tötete«, sagte sie zum Baby. »Aber ich glaube, du hättest dasselbe getan, Mutter, und hättest nicht lange überlegt, was verboten ist und was nicht, sondern gewußt, daß du etwas tun mußt, um einer anderen das Leben zu retten! So wie du es für mich getan hast. Ach, wenn ich gewußt hätte, was du tun wirst, wäre ich niemals fortgelaufen! Ich wäre geblieben und hätte mich vor Großer Tatze verantwortet und ihm zu erklären versucht, daß die Mächte der Schöpfung mir Teikans Speer geschickt haben, damit …«

»Was geschehen ist, ist geschehen, liebe Schwester«, sagte Ta-maya. »Die Vergangenheit soll in den Armen der Zeit ruhen. Mit dem Leben dieses neuen Kindes soll die Gegenwart beginnen, damit wir alle uns wieder auf die Zukunft freuen können.«

Am nächsten Morgen folgten Cha-kwena und Kosar-eh in Begleitung zweier seiner Söhne, dem zwölfjährigen Ka-neh und dem neunjährigen Kiu-neh, einem oft benutzten Wildwechsel und erlegten einen Hirschbock, der sich den Sommer über fettgefressen hatte. Der kleine Stamm hielt mit diesem Fleisch ein Festmahl ab, während die Mammuts in der Nähe grasten und nachts zufrieden trompeteten und brummten.

Wenig später folgten die Männer und Jungen unter dem wachenden Auge der wohltätigen Sonne dem Wildpfad in das zerklüftete Waldland, um erneut zu jagen. Die kleinen Jungen stellten zusammen mit den Frauen und Mädchen Fallen auf und erlegten mit ihren Wurfstöcken Waldhühner und Eichhörnchen. Mehrere überraschte Hasen mußten plötzlich vor stöckeschwingenden, kreischenden Jungen und bellenden Hunden fliehen, um sich dann in einem Netz aus Fasern zu verfangen, das von Mah-ree, U-wa, Kahm-ree geflochten worden war und gehalten wurde. Eidechsen wurden mit Schlingen gefangen, und Vögel mit Wurfnetzen oder Steinen aus der Luft geholt, wenn sie in das Dickicht aus Zehrwurz und Würgkirsche flogen. Die Frauen und Mädchen sammelten fröhlich den Überfluß dieses großzügigen Landes ein und schnitten dann vorsichtig die langen, schwertförmigen Blätter von Yuccas ab, um den weichen, eßbaren Kern der Pflanzen freizulegen. Sie teilten die Delikatesse unter sich auf, bevor die Wurzeln ausgegraben und zerstampft wurden, nicht um als Nahrung zu dienen, sondern als körperpflegender Schaum, wenn sie sich im Wasser des Baches badeten. Bald beugten sich die hölzernen Trockenrahmen unter dem Gewicht des Fleisches vieler »Kleintiere« und den Häuten von Vögeln und Nagern. Sogar ein unvorsichtiger Dachs war in eine von Kahm-rees Fangschlingen getreten, so daß sein Fell nun ausgestreckt auf dem Boden aufgespannt war. Als die Männer mit zwei Hirschen zurückkehrten, wurden sie von den Frauen und Kindern gelobt, und nachdem an diesem Abend jede Menge Zunder und Totholz gesammelt worden war, bestückte man die Kochbeutel und die Spieße. Das Fett des Dachses prasselte und floß, die Kinder leckten es auf, und die Menschen rieben es sich wegen seiner hautpflegenden Eigenschaften auf Gesicht und Hände. In diesem Land brannte die Sonne immer noch heiß, obwohl die Hirsche sich bereits in den Wäldern versammelten und die veränderten Muster der Sternenkinder des Mondes anzeigten, daß bald der Große Weiße Winter zurückkehren würde.

Als viele Tage später die Dämmerung von den Rufen der Wachteln und der Spechte angekündigt wurde, zogen die Mammuts weiter. Der Stamm war froh darüber, denn ihre Jagdzüge hatten den Wildbestand in der Umgebung erheblich dezimiert.

»Es ist Zeit«, sagte Ta-maya mit einem ruhigen Lächeln. Sie hatte sich mehrere Tage und Nächte lang ausruhen können, während ihre Brüste nach dem reichhaltigen Essen mit Milch für die kleine Ha-xa-ree angeschwollen waren. Sie zeigte zum Himmel, so daß die anderen auf die Schwärme ziehender Wasservögel aufmerksam wurden. »Seht! Die Vögel fliegen uns voraus. Bald wird der Große Weiße Winter kommen.«

»Sie fliegen nach Süden«, stellte Kosar-eh fest. »Immer fliegen sie nach Süden, bevor der Wind kälter wird. Was wartet dort auf sie? Vielleicht ein Land des ewigen Sommers, wo das Gras, die Samen und die Beeren immer reif sind und wo das Fleisch immer wieder vor die Speere und in die Fallen der Jäger kommt.«

»Die Mammuts ziehen nach Osten, genauso wie der Wind«, entgegnete Cha-kwena. »Wir werden ihnen folgen.«

Sie brachen das Lager ab und wanderten weiter.

Wie schon vor langer Zeit hielt sich Mah-ree so nahe wie möglich bei den Mammuts auf. Unter den ständig wachsamen Augen von Ta-maya und U-wa schlossen sich die Kinder manchmal der Schamanenfrau an, wenn sie durch Salbeisträucher oder anderes Dickicht starrte, um die Mammuts in stummer Bewunderung zu beobachten. Die Tiere in ihrem zottigen Frühwinterfell waren so gewaltig, so fürsorglich und manchmal genauso launisch und verspielt wie die Menschenkinder.

»Würde Shatehs Stamm sie wirklich jagen?« fragte Koh-neh, sechs Jahre alt und viertältester von Kosar-ehs Jungen.

»Bis zum letzten«, bestätigte Mah-ree voller Abscheu.

»So war es im Land ihrer Vorfahren Sitte, Vierter Sohn«, fügte Ta-maya hinzu, ohne mit ihrer Antwort ein Urteil zu verbinden, während sie die Augen nicht von der Herde ließ. »Aber das ist nicht unsere Sitte. Wir Menschen aus der Roten Welt wissen, daß der Geist Lebensspenders in den Mammuts lebt und daß solange sie über die Welt ziehen, auch die Menschen ewig leben werden.«

Mah-ree war irritiert. »Erkläre mir, was du damit meinst!« verlangte sie, weil sie den Verdacht hatte, daß Cha-kwena ihr Geheimnis von der bevorstehenden Wiedergeburt des Totems mit ihrer Schwester geteilt hatte. Wenn er das getan hatte, dachte sie, hatte er völlig vergessen, was es bedeutete, ein Schamane zu sein, und dann war der Stamm in großer Gefahr.

»Genauso wie unsere Mutter Ha-xa jetzt bei uns ist, ist

auch der Geist des Totems bei den Mammuts«, antwortete Ta-maya. »Solange wir die Menschen, die uns lieb sind, in unseren Gedanken und Herzen ehren und voller Liebe zu unseren Kindern von ihnen sprechen, werden sie für immer und ewig bei uns sein.«

»So ist es«, bestätigte U-wa.

Mah-ree war erleichtert. Sie lächelte schwach und sah zu, wie ihre Schwester die Kinder um sich versammelte.

»Seht euch die Mammuts an, meine Kleinen, und lernt von ihnen!« forderte Ta-maya sie auf. »Wo sie sich aufhalten, werden wir immer Wasser finden und die kleinen Tiere, die im Land leben, wo die Mammuts weiden.«

»Sieh, Frau meines Vaters!« sagte Kiu-neh. »Die große gescheckte Kuh, das größte aller Tiere, schwillt mit neuem Leben an, genauso wie du, bevor Ha-xa-ree geboren wurde.«

Mah-ree spürte, daß Ta-maya plötzlich aufgeregt wurde, als sie sich vorbeugte und dann den Atem anhielt. »Ja, Dritter Sohn meines Mannes! Ich glaube, du hast recht!«

»Sie ist die Kuh, die die Herde anführt. Sie war häufig mit Lebensspender zusammen, bevor unser Totem in das Tal der Toten zog«, stellte Ka-neh fest. Als zweitältester von Kosar-ehs Jungen hielt er sich auf Befehl seines Vaters ständig an Ta-mayas Seite auf, wenn Kosar-eh nicht in der Nähe war. Jetzt breitete sich ein Ausdruck des Erstaunens auf seinem hübschen Gesicht aus. »Glaubst du, daß das große weiße Mammut und diese Kuh sich vereint haben und ...«

»Offenbar fällt so etwas nur einem Jungen deines Alters auf!« spottete U-wa.

»Aber er hat recht, meine Freundin!« Ta-maya schnappte vor Freude nach Luft und sprang auf die Beine. »Natürlich, Zweiter Sohn meines Mannes! Das Totem ist nicht tot! Lebensspender ist sogar jetzt noch bei uns, und nicht nur in unseren Gedanken, sondern ...«

»Sprich die Worte nicht aus!« rief Mah-ree entsetzt. Sie

blickte ihre Schwester warnend an, dann auch U-wa und alle Kinder. »Wer weiß, welche bösen Geister zuhören könnten!«

Die Augen aller Anwesenden wurden ängstlich aufgerissen, denn jeder kannte das Tabu, das man etwas Erwünschtes nicht aussprach, damit keine böswilligen Mächte geweckt wurden, um es zu zerstören.

»Du und Cha-kwena, ihr habt es schon die ganze Zeit gewußt?« fragte Ta-maya ihre Schwester.

»Wir haben es gewußt«, antwortete Mah-ree.

Ka-nehs Gesicht verzerrte sich in plötzlicher Verärgerung. »Ihr hättet es uns wenigstens zuflüstern können, an einem abgeschiedenen, windstillen Ort, wo die Geister es nicht gehört hätten. Wenn die Menschen des Graslandes gewußt hätten, daß ...«

»Hast du vergessen, daß es einmal eine Zeit gab, als Shateh das Totem jagen wollte?« fuhr Ta-maya dazwischen. »Sein Stamm glaubte daran, daß der Mann, der das Blut und Fleisch des großen weißen Mammuts ißt, selbst zum Totem wird, zum Lebensspender seines Stammes, zum Großen Geist, zu einem mächtigen, unsterblichen Erzeuger zahlloser Söhne!«

»Cha-kwena hat das große weiße Mammut getötet«, sagte der junge Koh-neh. »Warum hat Shateh nicht ihn getötet und gegessen?«

»Weil Shateh keine Söhne gezeugt hat«, antwortete Kaneh in der geduldigen, herablassenden Art eines Jungen, der die ersehnte Reife vortäuschte und glaubte, daß er die Antworten auf alle Fragen kannte. »Jeder sieht doch, daß er nicht die Macht des Totems hat. Denn sonst wären wir jetzt nicht hier, aus Shatehs Stamm verstoßen, um für immer in einem Land ohne Menschen am Ende der Welt zu leben.«

»Ich bin ein Mensch«, flötete die kleine Tla-nee.

»Und ich, ich bin auch ein Mensch!« tönte Joh-nee.

»Ja, ich denke schon, daß ihr Menschen seid ... oder es eines Tages sein werdet«, gab Ka-neh zu. »Aber dank Chakwena werde ich niemals einer von Shatehs Kriegern sein!«

»Krieger!« Ta-maya spuckte das Wort aus, als wäre es ein verfaulter Bissen, der sie anwiderte. »Was sind das für Krieger, die meine Schwester zum Tode verurteilen wollten? Die schuld sind, daß meine Mutter sich ins Feuer warf? Die deinem Vater befahlen, eure kleine Schwester zu töten und euren älteren Bruder zu verstoßen? Der große ›Krieger‹ Shateh hat auch seine eigenen Kinder getötet. Er hat zwei seiner Söhne verstoßen und den Speer geworfen, der seinen dritten Sohn – und meinen ersten Mann Masau – in die Welt jenseits dieser Welt schickte. Haben wir nicht genug Krieger erlebt? Hat es nicht schon genug Krieg und Tod gegeben?«

Ka-neh hob trotzig den Kopf und zog die Mundwinkel nach unten. »Ein Krieger muß das tun, was er tun muß. Und der Seelenfänger wird früher oder später zu uns allen kommen!«

»Wie ›weise‹ spricht der Mund der Jugend!« zischte U-wa und versetzte dem Jungen mit der flachen Hand einen Schlag gegen die Schulter, der ihn zu Boden warf.

2

Lebensspender lebte und wuchs im Leib der Mutterkuh seiner Wiedergeburt entgegen. Diese unausgesprochene Wahrheit erleichterte in den folgenden Tagen die Schritte des Stammes und ließ in den Augen aller neue Hoffnung aufleuchten. Nachdem sie die weiten Salbeiflächen zwischen den Tafelbergen durchquert hatten, ließen sie endgültig das trockene und stellenweise kahle Land hinter sich. Unter ihren Füßen war nun das kurze Gras der Prärie, als sie schließlich eine windige, gewellte Hochebene erreichten, ein Land, um das Shateh und seine Jäger sie beneidet hätten. Dort endlich stießen sie auf das Großwild, nach dem der

Stamm des Graslandes so lange gesucht hatte: langhörnige Bisons in so großer Zahl, daß die Prärie schwarz von den träge dahinströmenden Herden war. Cha-kwenas kleiner Stamm blieb stehen und bestaunte ehrfurchtsvoll diesen Anblick.

»So viele!« rief Gah-ti, der den Arm ausstreckte und vor Begeisterung lachte. Es bestand keine Gefahr, die Mächte der Schöpfung zu beleidigen, wenn er die Namen der möglichen Jagdtiere aussprach, die für jeden unübersehbar waren.

Pferde.

Elche.

Kamele.

Gabelantilopen.

Alle Mitglieder des kleinen Stammes sahen sie, als Cha-kwena beide Arme zur Sonne und zum Himmel erhob und den Mächten der Schöpfung dankte, daß sie sie in so wunderbare Jagdgründe geführt hatten. Währenddessen hob Kosar-eh seine Augenbrauen in stummer Zustimmung und gab damit, ohne ein Wort zu sprechen, zu, daß das »Niemandsland des Vergessens« offenbar doch kein so schlechtes Land war.

Sie lagerten im Windschatten eines Wäldchens aus hohen Pyramidenpappeln neben einem breiten, seichten Fluß. Gegen Mittag, als die Sonne keine Schatten mehr warf, nahmen die Männer und Jungen ihre Speere und machten sich, um ihren Geruch zu verbergen, entgegen der Windrichtung auf den Weg in das Land, um zu jagen. Sie töteten nur soviel, wie sie brauchten – einen einzigen Elch, den sie in einem der vielen kleinen Baumgruppen, die wie Inseln über die Ebene verstreut waren, aus dem Mittagsschlaf aufschreckten. Zu ihrem Erstaunen konnten sie sich ihrem Opfer mühelos auf Speerreichweite nähern.

»Es scheint fast, als hätten die großen Huftiere in dieser fernen Gegend noch nie menschliche Jäger gesehen!« sagte Ka- neh erstaunt.

Kosar-eh nickte. »Offenbar verbinden sie mit unserem Anblick oder unserem Geruch keine Gefahr.«

Cha-kwena bemerkte nachdenklich: »Mit ihrem Verhalten wollen uns unsere Brüder und Schwestern unter den Tieren vielleicht zeigen, daß wir die ersten unserer Art sind, die ihren Fuß in dieses neue Land gesetzt haben.«

Wieder nickte Kosar-eh und mußte zum erstenmal zugeben: »Es ist ein gutes Land, Schamane ... und ein Land mit viel Fleisch, in dem meine Frau und meine Kinder keinen Hunger leiden werden.«

Als es dunkel wurde, brannte ein warmes Feuer aus Totholz in einer Lichtung des Pappelwäldchens, das die Geräusche der Nacht dämpfte – die des Flusses, die des Windes, der in den Bäumen und im Gras flüsterte und über die weite Ebene seufzte, das gelegentliche Gebrüll von Räuber und Beute und von den Mammuts, die ein Stück flußabwärts grasten. Der Stamm labte sich am Fleisch des Elches, bis alle müde wurden und genug gegessen hatten. Gah-ti lachte, als er daran dachte, wie Shateh jetzt zum Land seiner Vorfahren zurückkehrte, während sich all das »manneswürdige« Fleisch, nach dem sich sein Stamm sehnte, in der Nähe von Cha-kwenas Stamm aufhielt.

»Alles ist so, wie unser Schamane es versprochen hat!« verkündete U-wa stolz und dankte den Mächten der Schöpfung, daß sie einen so weisen und klugen Sohn auserwählt hatten, den Stamm anzuführen.

»Ich bin nur den Mammuts gefolgt«, sagte Cha-kwena verlegen über die Schmeicheleien seiner Mutter.

»Weil du von den Ahnen dazu auserwählt wurdest! Du bist ihr Geistbruder, mein Sohn ... Cha-kwena, der Bruder der Tiere.«

»Dennoch liegen die Knochen des großen weißen Mammuts im Tal der Toten.«

Kahm-rees Worte hatten die Versammlung mit einem Schlag ernüchtert.

Die alte Frau war sich dessen überhaupt nicht bewußt, als sie mit ruhiger Bestimmtheit weiterredete, ohne aufzublicken, während sie dem kleinen Piku-neh Grassamen aus dem Haar pflückte. Der Dreijährige mit den fettigen Wangen saß zappelnd zwischen ihren umfangreichen Schenkeln gefangen. »Die magische Macht Lebensspenders hat meine Ban-ya an jenem fernen Ort am Leben erhalten. O ja, sogar in diesem Augenblick ist sie auf dem Weg zu uns. Es dürfte nur noch wenige Tage dauern, bis sie uns eingeholt hat!«

»Es ist Zeit, deine Enkeltochter zu vergessen, alte Frau«, sagte Kosar-eh mit kaum beherrschter Ungeduld. »Ohne Nahrung, Unterkunft und warme Kleidung kann Ban-ya den Winter im Tal der Toten nicht überlebt haben. Und selbst wenn irgendein Zauber sie vor dem Tode bewahrt und sie sich auf die Suche nach uns gemacht hätte, wäre sie längst von Shatehs Leuten getötet worden, sobald sie in ihre Nähe gekommen wäre. Und wenn sie irgendwelchen Überlebenden des Stammes des Wachenden Sterns in die Arme gelaufen wäre, weißt du genausogut wie ich, daß sie von ihnen gefangengenommen worden wäre. Laß ihre Seele los, alte Frau! Sei dankbar, daß du und ihr kleiner Sohn nicht gemeinsam mit ihr verbannt wurdet. Und sei froh, daß U-wa dir den Jungen gebracht hat. Laß dich von Piku-neh trösten, Kahmree, nicht von Erinnerungen an eine Frau, die niemand von uns jemals wiedersehen will.«

Jetzt blickte die alte Frau auf und starrte den großen Mann über die Hitze des glühenden Holzes hinweg an, das zwischen ihnen lag. »Aber ich will sie wiedersehen! Hört doch ... hört ihr nicht, wie der Wind ihre Rufe zu uns trägt?«

In diesem Augenblick brüllte irgendwo weit entfernt auf der Ebene ein Löwe, und die Hunde blickten unruhig von ihren Knochen auf, an denen sie gekaut hatten.

Ta-maya schüttelte sich und drückte ihr säugendes Kind fester an sich. »Genug von diesem Gerede über die Vergangenheit, über Feinde und die Toten! Unser Schamane und unser Totem haben uns endlich in ein gutes Land gebracht. Es ist Zeit, daß wir schlafen gehen.«

In dieser Nacht träumte Cha-kwena wieder den Traum und sah den Geist des beschämten Bären, der seinem Stamm im Wind folgte. Doch diesmal verwandelte sich der Bär in eine Frau, die ausgezehrt wie eine Leiche war und seinen Namen heulte. Keuchend wachte er beim Gesang der Wölfe und dem leisen, stetigen Heulen des Westwindes auf. Da er nicht wieder einschlafen konnte, trat er allein zum Rand des Wäldchens.

Das Gesicht im Wind, starrte er über die Ebene zurück und dachte daran, daß Shateh und sein Stamm inzwischen die Ödländer hinter sich gelassen haben mußten und nun vermutlich die Berge durchquerten. Zweifellos waren sie vorsichtig und stellten Wachtposten gegen mögliche Angriffe durch Überlebende des Stammes des Wachenden Sterns auf. Wenn sie auf dem Weg weiterzogen, der sie ins Tal der Toten führte, wo Ban-ya ausgesetzt worden war, würden sie ihre Augen abwenden und versuchen, nicht an das zu denken, was dort geschehen war.

Cha-kwena erschauderte. Die Erinnerung an Ban-ya beunruhigte ihn immer wieder. Diese Tochter seines eigenen Stammes war von ihrem Mann Dakan-eh, dem ehrgeizigen Mutigen Mann der Roten Welt, an Shateh abgetreten worden. Als eine der Frauen des großen Jagdhäuptlings und Schamanen hätte sie ein angenehmes Leben führen können, wenn sie sich mit ihrem Schicksal zufriedengegeben hätte. Doch Ban-ya war nicht zufrieden gewesen. Ihre verräterische Intrige gegen Shateh hatte Tote gekostet, unter ihnen der einzige überlebende Sohn von Shateh und auch Dakan-eh. Nachdem ihre Mordtaten entdeckt worden waren, hatte sie um ihr Leben gefleht.

Cha-kwena runzelte die Stirn. Sogar jetzt konnte er es

Shateh nicht übelnehmen, daß er Ban-yas Bitte um Gnade nicht erhört hatte. Doch trotz allem, was sie getan hatte, verspürte er dennoch Mitleid mit ihr und fragte sich, ob er zu ihrer Verteidigung hätte sprechen sollen. Schließlich hatte sie behauptet, schwanger zu sein, und sie war im selben Dorf wie er, Ta-maya, Mah-ree und Kosar-eh aufgewachsen. Er schüttelte den Kopf, als er sich daran erinnerte, wie die böswillige Frau versucht hatte, auch Ta-maya zu vergiften. Wenn er Ban-ya unterstützt hätte, erkannte er, wäre das eine Beleidigung der Mächte der Schöpfung gewesen.

Doch dann sprach im Wind eine Stimme zum jungen Schamanen. War es die Stimme von Eule oder die des Geistes seines Großvaters oder der Phantome seiner Alpträume oder nur die Stimme einer Furcht, die er bis jetzt noch nie erlebt hatte?

»Was ist, wenn die alte Kahm-ree recht hat? Was ist, wenn Ban-ya tatsächlich den Winter im Tal der Toten überlebt hat? Was ist, wenn sie Unterschlupf in der Höhle gefunden hat? Und was ist, wenn ...«

Vor Angst sträubten sich Cha-kwenas Nackenhaare. Seine Hand suchte nach dem heiligen Stein. Tief besorgt erinnerte er sich an das trügerisch einladende Tal, das von schützenden Bergen umgeben war, in dem es Wälder und einen großen See gab. Er und seine Leute hatten dort ein gutes Leben gehabt, als sie vorübergehend in einer großen, sonnenbeschienenen Höhle gewohnt hatten, die sich tief in einen großen Hügel erstreckte. Dann war der Rabe zur Höhle gekommen, und der Seelenfänger war durch das Tal gezogen. Cha-kwena war dem großen weißen Mammut bis zu diesem verborgenen Ort uralter Legenden gefolgt, wohin alle Mammuts zum Sterben kamen. Der Tod hatte dort auf sie beide gewartet, doch Cha-kwena war mit dem Leben davongekommen.

Er hielt den Atem an, als er noch einmal die Tage und Nächte der Trauer durchlebte, nachdem er sich ganz allein in das tiefe Labyrinth der Höhle zurückgezogen hatte. Dort hatte er im Schein einer Lampe mit Farben aus Ton, Ocker und Asche die Geschichte seines Stammes an die Wände einer geheimen Höhle gemalt. Nur Mah-ree hatte es gewagt, ihm in die Tiefen der Erde zu folgen, um das zu sehen, was er voller Trauer und Hoffnung geschaffen hatte.

Er hatte alles aufgemalt, was ihm jemals über die Vorfahren erzählt worden war, wie der Erste Mann und die Erste Frau aus der Geisterwelt in die Welt der Lebenden gekommen waren, während Lebensspender, das große weiße Mammut, ihnen vorausging. Und dann war seine Malerei durch die verzweifelte Eingebung seiner Schamanenvision über das, was gewesen war, hinausgegangen, und er hatte gewagt zu zeichnen, was er sich für die Zukunft erhoffte. Er hatte gemalt, wie sich das große weiße Mammut aus dem See erhob. Er hatte Gah-ti gemalt, dem wieder sein zweiter Arm nachgewachsen war. Er hatte gemalt, wie sein Stamm das Tal der Toten verließ und den Mammuts folgte, während ein kleines weißes Kalb, der wiedergeborene Geist des Totems, sie immer weiter nach Osten führte … nicht in die Vergessenheit, sondern in ein gutes, grünes Land, in dem es immer genug zu jagen gab.

Cha-kwena stöhnte auf, als er jetzt daran dachte. Vieles war so eingetreten, wie er es gesehen hatte. Trotzdem verfluchte er sich selbst, weil er die Zeichnungen nicht von den Höhlenwänden abgeschlagen hatte. Jetzt hielt er den heiligen Stein mit seiner Faust gepackt und fragte sich, ob die Macht des Amuletts groß genug war, um das Totem zu beschützen, falls seine Feinde das Geheimnis der Höhle entdeckten und sich entschieden, noch einmal auf die Jagd nach dem Totem zu gehen.

Er schloß die Augen und sprach zum Wind, zur Nacht und zu den Mächten der Schöpfung. »Haltet meine Feinde vom Tal der Toten fern! Laßt den Seelenfänger und den Raben die Geheimnisse dieses Ortes bewahren!«

»Es ist weit fort. Du mußt es vergessen!«

Als Cha-kwena Mah-rees Stimme hörte, drehte er sich überrascht um und sah, daß sie neben ihm stand und zu ihm aufblickte, während ihr loses Haar im Wind wehte.

»Unsere Feinde wurden bezwungen und haben sich von unserem Weg abgewandt, Cha-kwena. Vergiß die Vergangenheit, mein Schamane! Die Zukunft liegt hier unter diesen Sternen, bei den Mammuts in diesem neuen Land. Gemeinsam werden wir stark sein, um unseren Stamm und die Mammuts zu beschützen, bis das, wonach wir uns sehnen, sich verwirklicht.«

»Gemeinsam?« Cha-kwena runzelte mißtrauisch die Stirn, in Anbetracht des Tonfalls, mit dem sie das Wort gesprochen hatte. Und als Löwen weit entfernt auf der Ebene brüllten, mußte er unwillkürlich daran denken, wie oft seine kleine Frau ihren Platz in der Ordnung des Lebens von Männern und Frauen vergessen hatte, wenn es darum ging, sich selbst und andere vor Gefahren zu schützen. »Hast du vergessen, daß es seit Anbeginn der Zeiten Aufgabe der Männer eines Stammes ist, die Frauen und Kinder zu beschützen?« fragte er ernst und konnte dann sogar im Sternenlicht erkennen, daß sich auf ihrem Gesicht ein trotziger Ausdruck breitmachte.

»Ich lag allein und schlaflos auf unseren Fellen, Cha-kwena«, erwiderte sie. »Ich habe auf den Wind und die Stimmen der Löwen, Wölfe, Kojoten und Sprungkatzen gehorcht. Und dann habe ich gedacht, daß wir in diesem Land des vielen Fleisches zwar die einzigen Menschen, aber nicht die einzigen Jäger sind. Für einen so kleinen Stamm wie unseren gibt es in diesem Land viele Gefahren.«

»Wo es Beute gibt, wird es immer auch Raubtiere geben, Mah-ree.«

»Ja, aber ich habe daran gedacht, daß in den Stämmen der Wölfe, Löwen, Sprungkatzen und Kojoten die Weibchen mit ihren Häuptlingen jagen und ihre Kleinen beschützen ...«

»Du bist weder ein Löwe noch ein Wolf, eine Sprungkatze oder ein Kojote, Mah-ree«, sagte er schroff und versuchte, nicht an ihren Mut und ihr tapferes Herz zu denken. Ungeachtet ihrer guten Absichten wollte er ihr nicht erlauben, noch einmal den Zorn der Mächte der Schöpfung herauszufordern. »Wir sind weit vom Land unserer Vorfahren entfernt, aber ihre Seelen sind immer noch bei uns, und zum Wohl unseres Stammes und der Mammuts werden wir die Traditionen wahren, die die Ahnen seit Anbeginn der Zeiten gewahrt haben!«

»Ja, Cha-kwena, ich weiß, daß es genauso sein muß. Doch als ich allein dalag und auf den Wind und die vierbeinigen Jäger der Nacht lauschte, dachte ich daran, daß in den Geschichten, die Hoyeh-tay uns vom Anbeginn der Zeiten erzählte, die Erste Frau einen Speer und eine Schleuder benutzte, wenn sie an der Seite des Ersten Mannes gegen ihre vielen Feinde kämpfte ...«

»Du bist nicht die Erste Frau! Keine Frau ist so wie sie! Die Erste Frau ist ein heiliger Geist, die Mutter aller Generationen der Menschen!«

Mah-ree schnaufte verletzt. »Dann bin ich wirklich nicht wie sie! Aber genauso wie die Erste Frau folge ich den Mammuts ins Gesicht der aufgehenden Sonne und ziehe im Licht der Sternenkinder des Mondes, während sie über unbekanntem Land auf- und untergehen. Wie die Erste Frau habe ich mit Schleuder und Speer gegen die Feinde meines Stammes gekämpft. Aber anders als die Erste Frau habe ich dem, der für mich der Erste Mann ist, keine Kinder geboren. Gemeinsam liegen wir auf derselben Schlafstätte, aber immer kehrt mein Mann mir den Rücken zu. Und obwohl seine Zauberkräfte in der Tat groß sind, wird diese Frau niemals die Mutter von Generationen werden!«

Cha-kwena kniff bei ihren Worten die Lippen zusammen. Er war bereits in trostloser Stimmung. Er stand am Rand des Pappelwäldchens und blickte über die weite, gewellte

Ebene. Dann wurde er plötzlich davongetragen, zu den Tiefen der großen Schlucht, und er hatte den starken Geruch nach Pinien und Zedern – und nach etwas anderem – in der Nase. Es war der Gestank des geschlachteten und ausgeweideten kleinen weißen Mammutkalbes. Lebensspender war nicht bei der Herde gewesen, als die Jäger des Stammes des Wachenden Sterns auf der Suche nach dem Totem in die Rote Welt gekommen waren, so daß sie an seiner Stelle das kleine weiße Kalb geschlachtet hatten. Cha-kwena war zu der Zeit noch ein unreifer Junge gewesen, der sich heftig dagegen gewehrt hatte, den Pfad des Schamanen zu beschreiten. Deshalb hatte er sich geweigert, an die Wahrheit seiner Visionen zu glauben, die ihm ermöglicht hätten, das Leben des Kalbes sowie das seines Großvaters und aller anderen zu retten, die im darauffolgenden Krieg gestorben waren.

»Nie wieder!« rief Cha-kwena. Er wußte, wenn das Kalb Lebensspenders jetzt starb, während die Knochen des großen weißen Mammuts im Tal der Toten ausbleichten, würde die Seele des Totems für immer sterben. Und wenn die Geschichten, die von den Ahnen überliefert waren, recht behielten, würden dann auch die Menschen sterben. »Bei meinem Leben und meiner Macht als Schamane – es wird nie wieder geschehen!«

»Du wirst mir unter unseren Schlaffellen nie wieder das Gesicht zukehren und dich mit mir vereinigen?« fragte Mahree erschüttert über die Heftigkeit, mit der er gesprochen hatte.

Irritiert über die Dummheit ihrer Frage knurrte Chakwena: »Was kommst du jetzt mit solchem Gerede zu mir? Ich muß mich um andere Dinge kümmern, als mich zu dir zu legen und neues Leben zu machen! Ich bin nicht der Erste Mann, und du bist nicht die Erste Frau! Wann wirst du das endlich einsehen, Mah-ree! War Ha-xas Tod dir keine Lehre? Ist dir immer noch nicht klar, daß deine Mutter sich niemals dem Geist des beschämten Bären im Feuer hätte übergeben müssen, wenn du nicht die Gesetze der Vorfahren mißachtet und Teikans Speer aufgehoben hättest? Und daß wir dann nicht hier und jetzt im kalten Wind stehen müßten, während Löwen in der Ferne brüllen?«

Sie stieß einen unterdrückten Verzweiflungsschrei aus. »Und wenn du nur noch die Hälfte der Macht eines Schamanen besitzen würdest, die du einmal hattest, wäre der Bär niemals ins Dorf gekommen, und dann wäre mir niemals Teikans Speer zugeflogen, und ich ... ich ...« Sie unterbrach sich, während sie zu ihm hinaufstarrte, die Hände über den Mund legte und ihr Tränen in die Augen traten.

Cha-kwena war erschüttert von der Erkenntnis, daß sie das bedingungslose Vertrauen in ihn verloren hatte, das sie in ihn gehabt hatte, noch bevor er zum Schamanen geworden war. Jetzt tat es ihm leid, daß er so schroff zu ihr gesprochen hatte. Als er ihr Gesicht im schwachen bläulichen Licht der Sterne und den Schmerz und die Trauer in ihren Augen sah, die nicht mehr daraus verschwunden waren, seit sie von Ha- xas Tod erfahren hatte, wirkte Mah-ree schöner und verletzlicher als jemals zuvor. Cha-kwena streckte seine Arme aus und zog sie zu sich heran.

»Vergib mir! Du hast recht, meine Kleine. Wir müssen die Vergangenheit vergessen. Die Zukunft liegt hier unter diesen Sternen im neuen Land, in das die Mammuts uns geführt haben. Gemeinsam werden wir stark sein. Und wenn das, worauf wir warten, schließlich eintrifft, wird sich alles verändern. Du wirst sehen. Du darfst nicht das Vertrauen in mich oder in dich selbst verlieren!«

Und dann legte Cha-kwena am Rand des Wäldchen seinen Mund auf Mah-rees und zog sie zu Boden. Unter ihren Wintermänteln liebte er sie, vereinigte er sich mit ihr, befriedigte sie, bis sie weinte und immer wieder voller Lust, die er ihr bereitete, aufschrie. Und dann, einen Augenblick vor seinem eigenen Höhepunkt, wandte Cha-kwena in Ekstase sein Gesicht dem Himmel zu und sah durch die fast kahlen, im

Wind schaukelnden Zweige den Wächterstern, der vom gewaltigen Himmel auf ihn herabstarrte.

»Was ist los, mein Schamane?«

»Der Wind ... er wird kälter«, sagte Cha-kwena. Seine Lust erstarb, und er zog sich aus Mah-ree zurück, ohne die Vereinigung, die sie sich so sehr gewünscht hatte, bis zum Schluß vollzogen zu haben. Er stand auf, hob sie auf und trug sie zum Platz im Wäldchen, wo der Rest des Stammes schlief.

»Noch einmal!« forderte sie ihn auf, als sie sich gemeinsam unter ihre Schlaffelle legten. »Diesmal soll es für dich so sein, wie es für mich war ... so gut, wie es für immer und ewig für uns sein soll!«

Und obwohl Cha-kwena sie noch einmal liebte, stellte er fest, daß das Feuer seines Verlangens kalt geworden war. Es waren sanfte und liebevolle Berührungen, unter denen sie beide sich bald entspannten und dann in den Armen des anderen einschliefen. Doch dann träumte er wieder und wachte vom Gesang der Wölfe und dem leisen, stetigen Klagen des Westwindes auf.

Lange Zeit lag Cha-kwena wach und starrte in die Dunkelheit. Er war froh, daß er durch die Bäume nicht viel von den Sternen sehen konnte, aber er wußte, daß sie ihn beobachteten, genauso wie der Geist des beschämten Bären seinem Stamm im Wind folgte, während weit entfernt im Tal der Toten eine Frau – ausgezehrt wie eine Leiche – seinen Namen heulte und ihn warnte, daß nur ein Narr sich einbilden konnte, es wäre möglich, in die Zukunft zu sehen, ohne zu erkennen, daß sie sich aus all dem zusammensetzte, was in der Vergangenheit geschehen war.

Cha-kwena erschauderte. In seinen Armen regte sich Mah-ree seufzend und versuchte ihn mit kleinen, zarten Händen erneut zu erregen, obwohl sie immer noch fest schlief. »Nein«, sagte er mit rauher Stimme, und obwohl er seine kleine Frau in der Wärme ihrer gemeinsamen Schlaffelle an sich zog, wußte er, daß er sich nicht noch einmal mit ihr vereinigen konnte. Er wollte kein Kind mit ihr machen, bevor das Totem nicht wiedergeboren war. Nicht bevor die Ordnung der Welt wieder hergestellt war. Nicht bevor er wieder zum Himmel hinaufblicken konnte, ohne darin eine Bedrohung zu sehen. Denn obwohl er seinen kleinen Stamm über das Ende der Welt hinaus und in ein gutes Jagdland geführt hatte, das weit von ihren Feinden entfernt war, konnte er sich keine sorglose Zukunft vorstellen, solange die Vergangenheit ihn im Wind verfolgte und der Geist des großen Bären am Sternenhimmel drohte.

Cha-kwena schloß die Augen, kehrte Mah-ree den Rücken zu und zog sich sein Schlaffell über den Kopf. Er wollte nicht mehr sehen, was starr über den Bäumen hing und ihn mit kaltem Blick von der riesigen schwarzen Haut der Nacht beobachtete. Doch er spürte es trotzdem, sah es über sich glühen und unter seinen geschlossenen Lidern: den Wächter … den Nordstern … den einzigen feststehenden Stern, um den herum sich alle anderen drehten und von dem während seines ganzen Lebens all das gekommen war, was sich als katastrophal für ihn herausgestellt hatte.

Es dauerte eine ganze Weile, bis er wieder einschlief. Dann träumte er, er wäre ein Vogel, der hoch oben im blauen Land des Himmels flog. Er hatte einen Speer, eine Schleuder und einen Bisonfellsack dabei, in dem er das Blut des Wachenden Sterns auffangen wollte, nachdem er ihn getötet hatte. Cha-kwena flog immer weiter auf der Suche nach dem Wächter. Er stach in den blauen Mantel des Himmels, bis er von seinem Blut überströmt war. Und plötzlich verwandelte sich der Tag in die Nacht, und ein großer Bär stand vor ihm, der ihm seinen Weg durch die Sterne versperrte. Cha-kwena warf seinen Speer. Der große Bär schleuderte ihn zurück. Cha-kwena schrie auf, als er getroffen wurde und blutend zur Erde zurückstürzte – hinunter durch wehende Baumwipfel in die Tiefe einer großen Schlucht, wo Mammuts Salz von einer heiligen Quelle holten, immer tiefer und schließlich sogar über das Ende der Welt hinaus.

Löwen und Wölfe und alle anderen scharfäugigen Raubtiere beobachteten ihn, während hoch oben der Wachende Stern zwischen den Windungen der Großen Schlange herabblickte, während der Große Bär in seinen eigenen Jagdgründen am Gewölbe der Nacht spöttisch lachte und sagte: »Kommt, seht euch Cha-kwena an, den Enkel Hoyeh-tays, den Wächter des heiligen Steines und des Totems! Er flieht mit den Mammuts hinter das Ende der Welt, doch wir sehen ihn immer noch. Kommt! Wir wollen ihn jagen! Er kann sich überhaupt nicht vor uns verstecken!«

Und so kam es, daß Cha-kwena beim ersten schwachen Anzeichen der Dämmerung am östlichen Horizont hellwach und bereit war, das Lager abzubrechen, als die Mammuts weiterzogen. Die Frauen beschwerten sich, daß sie keine Zeit mehr hatten, das Elchfell zu bearbeiten, doch als der Wind sich drehte und immer kälter wurde, rollten sie das rohe Fell um die brauchbaren Knochen und das restliche Fleisch und packten es auf einen Schlitten aus den Stämmen zweier junger Pyramidenpappeln und zogen weiter.

Gänse, Enten und große, langhalsige Kraniche und Schwäne flogen in so großer Zahl über sie hinweg, daß sie die Sonne verdunkelten. Dann tauchten die ersten hohen Wolken auf, die aussahen wie die zerzausten Mähnen von Pferden, die vor dem Großen Weißen Winter flohen. Da wußte der Stamm, daß sie einen windgeschützten Platz finden mußten, an dem sie ihre Hütten errichten und genügend Fleisch einlagern konnten, um die kommenden Monate des Schnees und der Kälte zu überstehen.

»Die Mammuts werden uns den Weg zeigen«, versicherte Cha- kwena ihnen.

Angesichts dieses wildreichen Landes zweifelte niemand

an der Wahrheit seiner Worte, doch dann bogen die Mammuts vom Fluß ab und bewegten sich durch Dünen, die mit dichtem Riedgras bewachsen waren und irgendwann in felsige Hügel mit Gras und tiefen, geschützten Waldtälern übergingen. Cha-kwena fiel immer wieder hinter die anderen zurück und starrte blinzelnd in den Wind oder saß in der Nacht schlaflos da und blickte durch die Baumwipfel auf die Sterne.

»Wonach hältst du Ausschau, mein Sohn?« fragte U-wa.

»Nach der Zukunft«, antwortete er ausweichend.

»Aber du blickst den Weg zurück, den wir gekommen sind … du suchst auf den Pfaden der Vergangenheit.«

»Es sind dieselben Pfade«, sagte er.

Schließlich führten die Mammuts sie an den der Sonne zugewandten Abhang einer bewaldeten Schlucht, in der sich eine heiße Quelle in schilfbewachsene Teiche ergoß, die sogar während des härtesten Frosts frisches Wasser versprach. Noch lange nachdem die letzte Hütte errichtet war und der Große Weiße Winter über den Rand der Welt kam und in dieses Land einzog, sah man Cha-kwena immer noch in seinem Wintermantel und seinem Eulenfederkopfschmuck auf einem Hügel sitzen, wo er den Weg zurückstarrte, den sie gekommen waren.

»Mein Schamane muß sich ausruhen … er muß schlafen!« drängte Mah-ree.

Doch Cha-kwena konnte keine Ruhe finden, obwohl es seinem Stamm gutging und sich die Menschen in ihrem neuen Winterdorf von den Strapazen der Wanderung erholten.

Unten überwinterten die großen Herden auf dem Grasland, und die Mammuts gruben mit ihren Stoßzähnen im Schnee, um an den endlosen Vorrat an Nahrung zu gelangen. Trotzdem wurde der Schamane immer wieder von Alpträumen verfolgt, die bei Tag und Nacht seinen Geist beherrschten. Sogar in der Zeit der größten Kälte, als sein

Stamm sich in einer einzigen »großen« Hütte versammelte, um sich gegenseitig zu wärmen und Feuerholz zu sparen, indem sie gemeinsam kochten, suchte Cha-kwena die Einsamkeit auf den verschneiten Höhen am Rand der Schlucht. Während der Große Weiße Winter heulte und Schnee über die Welt spuckte und der Mond und seine Sternenkinder über den Sturmwolken den langsamen, aber unaufhaltsamen Fortgang der Zeit maßen, starrte er zurück nach Westen, woher sein Stamm gekommen war, und hielt Wache, damit sie nicht von ihren Feinden überrascht wurden.

Oft stieß Mah-ree zu ihm, um ihm mit traurigen Augen etwas zu essen zu bringen. Dann saß sie in besorgtem Schweigen neben ihm und bat ihm, ihr von seinen Gedanken und Sorgen zu erzählen, aber er schwieg. Eines Tages, als der Winter kein Ende zu nehmen schien, obwohl die Stellung der Sonne Cha-kwena anzeigte, daß es eigentlich schon Frühling war, entdeckte er unter sich plötzlich die alte Kahm-ree. Sie streifte am Rand des Dorfes entlang und rief den Namen ihrer verlorenen Enkeltochter. Als er sich an die heulende weibliche Gestalt aus seinen Träumen erinnerte, schauderte er, runzelte nachdenklich die Stirn und gestand Mah-ree ungewollt: »Auch ich sehe Ban-ya in meinen Träumen. Was ist, wenn sie noch am Leben ist? Was ist, wenn sie die geheime Höhle entdeckt hat, in der ich die Geschichte unseres Stammes aufgezeichnet habe? Wenn unsere Feinde jemals zu diesem verfluchten Ort zurückkehren sollten und Ban-ya sie hineinführt, um ihnen die Wahrheit über die bevorstehende Geburt …« Er unterbrach sich, bevor er den Namen des Totems aussprach.

»Ist es *das*, was du mit dem inneren Auge des Schamanen gesehen hast?« fragte Mah-ree entsetzt.

Cha-kwena schüttelte langsam den Kopf und griff nach dem Amulett, daß unter seinem Wintermantel um seinen Hals hing. »Ich sehe viele Dinge, meine Kleine, aber sogar mit dem heiligen Stein in meiner Hand bin ich mir nicht sicher, was eine echte Vision und was nur Furcht vor dem ist, was ich niemals eintreten lassen möchte. Wenn ich doch nur die Malereien an den Höhlenwänden zerstört hätte, bevor wir das Tal der Toten verließen, oder wenn ich all das gar nicht erst gemalt hätte, dann gäbe es viel weniger, um das ich mir Sorgen machen müßte!«

Mah-rees Augen waren unter ihrer Winterkapuze immer größer geworden. »Ban-ya kann auf keinen Fall den Weg durch die Dunkelheit der Höhle gefunden haben, um den Eingang zum geheimen Teil zu entdecken! Sie ist kein Schamane!« Ihr Protest kam so heftig, daß sie einen Moment lang außer Atem war. Doch sie sprach trotzdem weiter. »Und warum sollte Shateh jemals ins Tal der Toten zurückkehren? Es ist ein verfluchter Ort! Niemand würde sich jemals ein zweites Mal dorthin wagen, denn keiner der Stämme, die dort zu leben versuchten, sind von den bösen Geistern des Unglücks und der Zwietracht verschont geblieben. Die Malereien meines Schamanen wird niemand je zu Gesicht bekommen – außer den Fledermäusen und Höhlenmaulwürfen und Schlangen und Spinnen! Daran kannst du doch nicht zweifeln, Cha-kwena!«

»Wenn das eintrifft, worauf wir warten, werden mir meine Träume klarer sein«, versicherte er ihr, und als er die Besorgnis in ihren Augen sah, hatte er das Bedürfnis, sie zu trösten. Er zog sie an sich. »Es wird nicht mehr lange dauern«, sagte er und wußte, daß es die Wahrheit war. Jetzt war nicht mehr zu übersehen, daß die Leitkuh der Mammutherde neues Leben in sich trug. Cha-kwena hatte beobachtet, wie der Mond zwanzigmal sein Gesicht gewechselt hatte, seit All-Großvater sich mit der großen Kuh gepaart hatte, und er war überzeugt, daß nicht einmal ein Mammut auf ewig trächtig sein konnte.

Mah-ree schien seine Gedanken erraten zu haben. Sie kuschelte sich wie immer dankbar und glücklich über seine Nähe an ihn und versicherte ihm ihrerseits: »Mein Schamane ist den Mammuts bis zu diesem guten Ort gefolgt, wo den ganzen Winter lang Herden von Elchen, Bisons und Pferden darauf warten, zu unserer Nahrung zu werden! Zum erstenmal seit vielen langen Monden wohnen wir in einem Dorf, in dem es reichlich Fleisch und Mark, Fett und Sehnen, Horn und vorzügliche Felle gibt! Kosar-eh hat viele gute Steine gefunden, um Speerspitzen, Ahlen, Meißel und Schaber daraus zu machen! Die Seele meiner Mutter ist in die Welt zurückgekehrt, um wieder in der kleinen Ha-xa-ree zu leben. Unsere Feinde wurden von den Vier Winden zerstreut. Shateh ist in das Land seiner Vorfahren zurückgekehrt. Und selbst wenn Ban-ya noch am Leben sein sollte, hat sie sich für ihr Schicksal entschieden und stellt keine Bedrohung mehr für uns dar. Unser Stamm steht endlich wieder in der Gunst der Mächte der Schöpfung!«

Cha-kwena wußte Mah-rees kühne Verlautbarungen zu schätzen, war jedoch besorgt, weil sie sich schon wieder Gedanken über die Entscheidungen der Geister machte. Doch er vermutete, daß sie mit ihren Worten nicht nur ihn überzeugen, sondern auch sich selbst beruhigen wollte. Er schüttelte den Kopf. Er fühlte sich unendlich traurig. »Die Ahnen haben überliefert, daß die Menschen zu Anbeginn der Zeiten ein Stamm waren. Doch jetzt gibt es viele Stämme, von denen alle – Freunde und Feinde gleichermaßen – die Mächte der Schöpfung anrufen, sie mögen ihre Gebete erhören. Können Vater Himmel und Mutter Erde und die Vier Winde uns allen günstig gesonnen sein?«

»Sie werden bestimmt nicht Ban-ya im Tal der Toten ihre Gunst schenken!«

»Das kannst du nicht wissen!« rief Cha-kwena und stieß sie in plötzlicher Wut von sich. »Geh! Laß mich allein! Wie soll ich hier zu den Geistern sprechen, wenn du mich ablenkst? Kehre in die Wärme des Dorfes zurück! Und hör auf, dir Gedanken darüber zu machen, was die Geister tun werden!«

Mah-ree zog ihre Mundwinkel nach unten. »Ich werde ins Dorf zurückkehren. Das Tal der Toten ist weit entfernt, und ich will nicht daran denken. Genauso wie Shateh und die anderen Feinde meines Stammes liegt es in der Vergangenheit und kann mir jetzt keinen Schaden mehr zufügen!«

3

Im Tal der Toten gellte ein heller, wilder Schrei durch die Nacht.

Überrascht blickte ein Riesenfaultier auf, das im Schilf eines fast völlig zugewachsenen, durch Thermalquellen aufgeheizten Zuflusses des großen, eisbedeckten Sees gefressen hatte. Während es immer noch kaute und ihm tropfendes, winterbraunes Schilf aus dem Maul hing, erhob der riesige Pflanzenfresser seine zweitausend Pfund Körpergewicht vom Boden und richtete sich auf. Das Tier stand hüfttief im lauwarmen Wasser und aufsteigendem Nebel, als es den breiten Kopf mit der stumpfen Schnauze hob und sich umblickte.

Das kalte silbrige Licht des aufgehenden Mondes war hell. Es war diese Helligkeit nach vielen Tagen und Nächten voller Wolken und Sturm, die das Faultier in das schneebedeckte Tal und tief ins Schilf getrieben hatte, wo es sich genüßlich an den zarten Wurzeln gütlich tat, die es mit den schweren Krallen seiner schwarzen Klauen aus dem Schlamm am Seegrund herausgerissen hatte. Als es jetzt den Mond anblickte, als wäre er die Quelle des Schreis gewesen, brannten dem Faultier im grellen Licht die Augen. Mit den Nüstern prüfte es die Luft, ob unsichtbare Gefahren drohten, während es über die Schilfhalme zur Oberfläche des Sees blickte. Ein gutes Stück vom Ufer entfernt ragten dort Teile eines gewaltigen Mammutskeletts aus dem Eis.

Das Faultier konnte in den Knochen und Stoßzähnen des großen Mammuts keine Bedrohung erkennen. In der Tat nicht, denn die Gefahr kam von hinten und von einer ganz anderen Quelle.

Im Schilf zwischen dem Faultier und dem Ufer bewegte sich etwas, dann waren das unverkennbare Flattern und ängstliche Kreischen eines Vogels zu vernehmen. Und dann war alles wieder still – bis auf das Geräusch schwappenden Wassers.

Gleichzeitig nervös, alarmiert und verwirrt drehte sich das Faultier schleppend herum, während sich das Gewicht seines massiven Körpers auf seine riesigen, krallenbewehrten Füße verteilte. Seine Bewegungen waren langsam und schwerfällig, vor allem weil das Tier bis zu den Schenkeln im Schlamm des Seegrunds steckte.

»Ai yah!«

Noch einmal drang ein wilder Schrei an die pelzigen Ohren des Faultiers. Kurz darauf stieß das Tier selbst einen Schrei aus, als der erste von Ban-yas feuergehärteten Spießen in seine entblößte Kehle drang.

Ihr Herz pochte. Ihre ausgezehrten Hände waren taub vor Kälte. Aus ihrer Deckung im Schilf beobachtete sie, wie der riesige Pflanzenfresser mit seinen gewaltigen Händen von Menschen ähnlichen Tatzen an seinen Hals griff, um ihren dünnen Spieß aus Hartholz abzubrechen. Das Tier erstickte an seinem eigenen Blut. Es gab furchtbare Geräusche von sich, über die Ban-ya vor Freude lachte. In wenigen Augenblicken würde das Faultier zusammenbrechen und sterben.

Als Ban-ya das Wasser im Mund zusammenlief und ihr ausgehungerter Bauch knurrte, konnte sie nicht länger warten. Sie sah nur noch Bilder von frischem Fleisch, Blut und Fett und von Fell, Krallen und Zähnen, aus denen sie Werkzeuge herstellen konnte, die ihr Leben in der Höhle leichter machen würden.

Leichter?

Sie ärgerte sich über das Wort, das wie Hohn klang. Seit den lange zurückliegenden Tagen ihrer Jugend in der fernen Roten Welt war für Ban-ya überhaupt nichts mehr leicht gewesen. Die Verbitterung ließ sich ihre ausgetrockneten Lippen zu einem dünnen Strich verziehen. Sie platzten auf, und der alte Schorf näßte aus Wunden, die nicht heilen wollten. Vor Schmerz und Wut über ihre Situation knurrte sie, als sich ihre Augen auf das Faultier konzentrierten. Das Fett des großen, dummen Tieres würde ihrem Mund guttun, und nicht nur dem.

»Stirb … stirb … stirb!« Immer wieder und immer lauter stieß Ban-ya das Wort wie einen Kriegsruf aus, bis sie in ihrer Bekleidung aus zusammengestückelten Fellen und Federn und ihrer kunstlosen Tarnkappe aus Schilf und Pinienzweigen aus ihrer Deckung hervorbrach. Ihre Füße drangen lediglich knöcheltief in den Schlamm ein, der unter dem Gewicht des Faultiers viel mehr nachgegeben hatte, denn sie war nur eine kleine Frau, die durch Mangel an Nahrung dünn und leicht geworden war. Sie heulte und schrie, um ihre Angst vor einem Tier zu überwinden, das sie mühelos mit einem Tatzenhieb hätte zerfleischen oder köpfen können, und schwenkte ihren letzten Spieß. Gleichzeitig ließ sie ihre Schleuder über dem Kopf kreisen, während sie mit dem Mut der Verzweiflung vorwärtspreschte.

»Hier, Faultier! Sieh mich an, sage ich! Zeig mir deine Kehle und deinen Bauch! Ja! Genau so!« Sie warf ihren Spieß und kreischte triumphierend auf, als die geschärfte Spitze sich in das Fell des Faultiers bohrte. Bevor das Tier auf den Schmerz dieser neuen Verletzung reagieren konnte, wurde es von Ban-yas erstem Stein ins Gesicht getroffen. Verwirrt brüllte das bereits leidende Tier auf und schlug mit den Tatzen durch die Luft. Ban-ya lachte über seine Hilflosigkeit, griff in den Fellbeutel an ihrer Seite, und bestückte ihre Schleuder immer wieder mit neuen Steinen, bis alle aufgebraucht waren. Das Faultier ging blind und mit blutender Schnauze in die Hocke und versuchte sich mit den Krallen die Kehle aufzureißen, um wieder Luft zu bekommen, dann schoß Blut hervor und glänzte schwarzsilbrig im Mondlicht.

Ban-ya lachte immer noch, als das Faultier zur Seite kippte, doch dann erstarb ihr Lachen, als ihre rechte Hand das steinerne Messer gegriffen hatte, das in einer Scheide an ihrer Hüfte steckte. Vor Angst sträubten sich ihre Nackenhaare, und sie riß die Augen auf. Sie drehte sich gehetzt um und sah dann, wie eine löwengroße Sprungkatze mit Zähnen so lang wie der Unterarm eines erwachsenen Mannes aus ihrem Versteck im Schilf hervorbrach und sich auf ihre Beute stürzte. Mit einem Schrei, in dem genausoviel Wut wie Schrecken war, wirbelte Ban-ya herum und rannte um ihr Leben. Wo eine Katze war, konnten auch noch mehr sein.

Sie lief und fiel immer wieder hin, bevor die Erschöpfung sie für länger zu Boden gehen ließ. Sie schnappte keuchend und mit hängendem Kopf nach Luft, bis sie nach einer Weile wieder in der Lage war, aufzustehen und zum See zurückzublicken. Sie stand zitternd und eingefallen in ihren schlecht sitzenden Fellen und durchnäßten Schuhen da, die nicht mehr als Streifen verschiedener Pelze waren, die sie sich um die Füße gewickelt hatte. Ihre aufgerissenen, in dunklen Höhlen liegenden Augen sahen, wie die Sprungkatze von dem Faultier fraß.

»Mein Faultier! Meins! Meins!« schluchzte sie verzweifelt, während sich ihre herabhängenden Hände zu Fäusten ballten. Sie verspürte den intensiven Wunsch, die Katze zu töten und das Fleisch des Faultiers zurückzuerobern, doch sie hatte keine Spieße mehr. Auch wenn ihre Schleuder ihr nicht während der überstürzten Flucht entfallen wäre, hätte sie keine Steine mehr gehabt, mit denen sie sie bestücken konnte. Tränen brannten in ihren Augen, als ihr klar wurde, daß sie wieder einen Kampf um Nahrung verloren hatte. Sie bezweifelte, daß sie noch genügend Kraft hatte, einen neuen Kampf zu beginnen. »Bei den Mächten der Schöpfung ... wie soll ich jetzt weitermachen?« Sie seufzte und ließ sich wieder auf die Knie fallen.

Dann war von den Hügeln das Jammern eines Babys zu hören. Ban-ya erstarrte und lauschte, als sie von der Zuneigung einer Mutter zu ihrem Kind gepackt wurde. »Ah, ja! Deswegen muß ich weitermachen!« Sie zwang sich wieder auf die Beine, als ein greller, unverkennbar menschlicher Schrei an ihre Ohren drang. Obwohl er vom anderen Ende des Tals gekommen war, geriet Ban-ya in Panik.

»Nein!« schrie sie. »Du darfst nicht zurückkommen! Nicht jetzt!«

Und wieder rannte Ban-ya vor Schreck los und hastete durch die vereisten, geröllübersäten Hügel den steilen Abhang hinauf, bis sie die Höhle erreicht hatte, in der sie sich um die zwei unruhigen Kinder kümmerte.

»Ich werde nie zulassen, daß man mir euch wegnimmt! Niemals!« schwor sie und befreite ihre Zwillinge von den Riemen, mit denen sie an die Rückentrage gefesselt waren, damit sie in der Sicherheit der Höhle blieben, während ihre Mutter auf der Jagd war. Beide in Felle gewickelte Babys waren hungrig und brauchten neue Windeln, während sie im Gleichklang schrien. »Scht! Scht!« machte Ban-ya. Sie riß ihren Umhang herunter und öffnete ihr Hemd, um ihre kleinen Söhne zu beruhigen, indem sie sie an ihre geschrumpften Brüste legte. »Ja«, sagte sie und entspannte sich, als sie spürte, wie sie sich festsaugten. »Ban-yas Brüste befriedigen meine Babys. Genauso war es auch mit allen Männern.« Sie lehnte sich gegen die Wand der Höhle und lächelte verzückt über die Lust, die das Stillen ihr jedesmal bereitete.

Im Tal unter der Höhle war es still. Nur gelegentlich waren das Kreischen der fressenden Sprungkatze und die Rufe der Wölfe zu hören. Ban-ya horchte, ob sich der Schrei wiederholte, den sie vor einer Weile gehört hatte, doch nach einer Weile tadelte sich die erschöpfte Frau selbst dafür, daß sie so schnell in Panik geraten war. In diesem verfluchten Tal hatten keine Menschen mehr gejagt, seitdem man sie hier ausgesetzt hatte, damit sie starb.

»Aber ich bin noch nicht gestorben!« rief Ban-ya trotzig. Dann bemerkte sie, daß ihr sehr kalt war und daß sie Hunger hatte. Wut und Entrüstung trieb sie wieder auf die Beine, und während die Babys immer noch an ihren einstmals üppigen Brüsten hingen, zog sie ihre durchnäßte Fußbekleidung und ihr Hemd aus. Dann hockte sie sich auf ihre Schlaffelle neben dem Steinkreis, in dem sie ihr Feuer machte. Während sie die Kinder auf ihren Schenkeln balancierte, stöberte sie mit dem abgenutzten Feuerstock in der Glut und legte dann kostbares Gras und Dung nach. Die letzten Federn hatte sie schon vor vielen Monden verbrannt. Ban-ya runzelte die Stirn, als sie sich an die Geschichte aus der Roten Welt erinnerte, in der es um den Blauhäher ging, und sie dachte wieder an ihre glückliche, sorgenfreie Jugend im fernen Land der Tafelberge.

»Vergib mir, Himmel!« sagte sie und hauchte dem Zunder Leben ein. »Ich habe keine Blauhäherfedern mehr, die ich dir zurückgeben könnte, denn ich bin ohne eigenes Verschulden fern vom Land meiner Vorfahren und muß mich nach besten Kräften behelfen.« Die Falten auf ihrer Stirn wurden noch tiefer. Eins der Babys quengelte, und als sie sich zurücklehnte und die Kinder an ihren Brüsten zurechtrückte, wurde ihre Besorgnis immer größer.

Die Zwillinge, die am Ende des vorigen Sommers geboren waren, wurden von Tag zu Tag dünner, nachdem sie schon von Anfang an zu mager gewesen waren. Ban-ya verfluchte die Sprungkatze, die ihr Faultier gefressen hatte. Bald würden andere Fleischfresser kommen, um ihren Anteil von der Mahlzeit zu ergattern. Sie durfte es nicht wagen, zum Kadaver zurückzukehren, bevor nur noch

Knochenreste und Sehnen übrig waren. So war es schon den ganzen Winter lang gegangen, aber jetzt waren Ban-yas kostbare Vorräte beinahe erschöpft, und bald würde sie darauf angewiesen sein, gekochtes Leder zu kauen. Dann mußte auch ihre Muttermilch, die ohnehin schon knapp geworden war, ganz versiegen. Sie konnte trotz allem dann noch darauf hoffen zu überleben, doch ihre Babys würden bestimmt verhungern.

Als Ban-ya die beiden ansah, fragte sie sich wieder einmal, ob es Shatehs Söhne waren oder ob sie von ihrem ersten Mann Dakan-eh stammten. Die Zeit ihrer Geburt war kein Beweis, denn sie hatte sich beiden Männern unter demselben Mond geöffnet, so daß jeder der zwei Männer die Babys gezeugt haben könnte. Doch das spielte für sie eigentlich gar keine Rolle. Sie gehörten ihr, und für sie sorgen zu müssen war das einzige, was sie in den vergangenen Monden am Leben erhalten hatte.

Ban-yas Gesicht verzerrte sich vor Haß. Sie erinnerte sich daran, wie man ihr Piku-neh, ihren erstgeborenen Sohn, aus ihren Armen gerissen und ihn an die Brüste einer Fremden gelegt hatte, damit Dakan-eh, der Vater des Jungen, weiterhin die Gunst Shatehs behielt. Er hatte sie dem mächtigen, alternden Oberhäuptling überlassen, der den Wunsch hatte, eigene männliche Kinder mit ihr zu machen.

»Was würde Shateh tun, wenn er diese guten Söhne sehen könnte, was?« murmelte Ban-ya zu ihren Babys, während sie ihnen die Windeln wechselte. »Er würde versuchen, euch umzubringen, so wie ich es mit seinem Sohn Atonashkeh getan habe. Ja, das habe ich getan, aber nur, weil dieser Mann mir jede Hoffnung nehmen wollte, jemals wieder zu meinem ersten Mann und Piku-neh zurückzukehren.«

Ban-ya wurde fast von der Trauer überwältigt, als sie die Zwillinge an sich drückte. »Jetzt ist Dakan-eh tot. Aber das ist nicht meine Schuld. Nein! Es ist Ta-mayas Schuld, weil sie bewirkt hat, daß mein Dakan-eh mit ihr zusammensein wollte. Wenn sie das geköderte Fleisch gegessen hätte, das ich für sie zubereitet hatte, hätte Dakan-eh es nicht hinuntergeschlungen. Dann wäre er noch am Leben, und die Mächte der Schöpfung hätten sich nicht gegen die arme, vom Unglück verfolgte Ban-ya verschworen. Aber dann mußte es vielleicht so kommen, daß Shateh sich einbildete, er hätte gute Gründe, eure Mutter aus dem Stamm zu verstoßen, meine Söhne.«

Ban-yas Arme drückten die Babys besitzergreifend an sich. Sie zitterte, denn sie wußte, daß seit Anbeginn der Zeiten – als die Zwillingssöhne des Ersten Mannes und der Ersten Frau Krieg und Zwietracht in die Welt gebracht hatten – Zwillinge als böses Vorzeichen betrachtet und niemals am Leben gelassen wurden. Sie nickte und sagte sich dann, daß es das beste für sie gewesen war, aus Shatehs Stamm verstoßen zu werden. Denn wenn der Häuptling entdeckt hätte, daß sie mit Zwillingen schwanger war, hätte er sie gezwungen, abtreibende Blätter und Wurzeln zu essen. Wenn dieses Mittel nicht geholfen hätte, wäre er dazu übergegangen, ihr die Kinder mit Fußtritten gegen den Leib auszutreiben. Jeder Mann des Graslandes und der Roten Welt hätte dasselbe getan, weil es das Gesetz so verlangte. Und wenn durch einen Zufall die Kinder zur Welt gekommen wären, hätte dasselbe Gesetz ihrer Mutter befohlen, sie zu erdrosseln.

»Niemals!« flüsterte Ban-ya, während sie unter der spärlichen Wärme des Schlaffells erzitterte. Sie hatte es aus den Pelzen aller felltragenden Tiere zusammengeflickt, die sie mit ihren Fallen, Wurfstöcken und primitiven Spießen erlegt hatte. Sie beugte sich vor, um beide schlafenden Babys auf die Stirn zu küssen. »Ihr seid alles, was ich habe, alles, was mir etwas bedeutet, und alles, was mir die Kraft zum Überleben gibt. Ea-nok, der Schwergeborene, und Ea-ka, der Zweitgeborene, ihr seid mein Leben! Wie hätte ich meinen Babys das Leben verweigern können, wenn ich dann ganz allein gewesen wäre?« Die letzten Worte trafen sie wie ein Stein gegen den Kopf. »Allein. Allein. Ach … so allein …«

Die Worte entströmten Ban-yas Mund wie Blut, das aus einer Herzwunde floß. Ein verzweifeltes Schluchzen erschütterte sie, als sie sich an den Häuptling erinnerte, wie er an dem Tag ausgesehen hatte, als sie ihn zum letztenmal erblickt hatte – ein großer, vernarbter, doch beeindruckender Mann mit seinem Halsschmuck aus den Flugfedern eines Goldadlers und so unnachgiebig wie ein Fels. Sie hatte ihn um Gnade angefleht. Sie wand sich, als sie sich daran erinnerte, wie sie mit gebeugtem Nacken wie ein unterwürfiger Hund zu ihm gekrochen war.

Der Waisenjunge Warakan, ein Kind ihrer Feinde, hatte gemeinsam mit Cha-kwena an Shatehs Seite gestanden. Ban-yas Mund verzog sich vor Abscheu, als sie sich an den Häuptling und Schamanen ihres Stammes erinnerte, in dem sie geboren worden war. Schmerzen brannten in ihren trockenen, aufgesprungenen Lippen. Sie führte einen Finger neben den saugenden Mund eines Babys, berührte ihre Brustwarze und befeuchtete dann ihre Lippen mit der dünnen Flüssigkeit.

»Wie konnte sich Cha-kwena nur mit Shateh gegen mich stellen?« fragte sie ihre Söhne. »Möge er tot sein, genauso wie Shateh und Warakan, der verräterische, kleine, böse Geist des Wachenden Sterns, der sich so geschickt in Shatehs Herz geschmeichelt hat, um mich zu verraten!«

Ban-ya stöhnte vor Haß auf. Sie wußte, wie unwahrscheinlich es war, daß der Seelenfänger sie inzwischen geholt hatte. Als sie Cha-kwena das letzte Mal gesehen hatte, war er im Besitz des heiligen Steines gewesen. Dieses Amulett verlieh ihm und Shateh, seinem neuen Verbündeten, große Macht. Sie schmeckte bittere Enttäuschung, als sie sich daran erinnerte, wie der Kriegshäuptling Warakan zu seinem Sohn ernannt hatte. »Es wird ihm nichts nützen«, sagte sie zu ihren Zwillingen. »Warakan kann niemals ein echter Sohn

Shatehs sein. Das Blut des Waisenkindes ist nicht das Blut des Häuptlings. Shateh ist ein Narr, wenn er hofft, seine Seele durch einen Jungen retten zu können, der unter seinen Feinden geboren wurde.«

Im Tal unter der Höhle stieß die Sprungkatze ein grelles Kreischen aus. Es wurde von einem tieferen Schrei beantwortet. Das war das Brüllen des großen gefleckten Mähnenlöwen. Ban-ya schauderte, als sie sich vorstellte, was für ein Kampf jetzt um den Kadaver des Faultiers entbrennen würde. »Ihr solltet mir für das Fleisch danken, statt mir meinen rechtmäßigen Anteil vorzuenthalten!« sagte sie. Dann griff sie hinter sich und legte ihr zerzaustes Schlaffell um sich selbst und die Kinder. Die Babys quengelten, als sie von ihrer Bewegung gestört wurden. Ban-ya tröstete sie. »Habt keine Angst, meine Söhne! Die Löwen fressen an einem Ort, der weit von hier entfernt ist. Ban-ya wird euch beschützen.«

Langsam warf sie jetzt wertvolle Zweige und dann größere Stücke Holz ins Feuer. Die Flammen brannten heiß und hoch. Gesättigt und gewärmt schliefen die Säuglinge wieder ein. Ban-yas Augen wurden kleiner. Sie summte ihren Kindern leise etwas vor und wäre ebenfalls in tiefen Schlaf gefallen, wenn nicht plötzlich der Seelenfänger ihr gegenüber am Feuer gesessen hätte.

Ban-ya starrte den Tod an. Er war weiblich, klein und schrumpelig wie Kosar-ehs erste Frau Siwi-ni. In letzter Zeit hatte Ban-ya dieses unwillkommene Gespenst oft gesehen, wie es sie aus den Augen ihrer Babys anlächelte. Sie zischte der Erscheinung eine wilde Drohung zu. »Geh weg! Niemand – nicht einmal du – wird mir meine Zwillinge nehmen, so wie man mir den kleinen Piku-neh aus den Armen gerissen hat!«

»Nein? Wir werden ja sehen«, sagte der Seelenfänger. »Zwillinge sind verboten! Du kannst sie nicht behalten.«

»Geh!« schrie Ban-ya, und ohne auf die schlafenden Babys Rücksicht zu nehmen, sprang sie über das Feuer auf das

Gespenst zu. Doch da war nichts mehr. Als die Sprungkatze erneut kreischte, drückte sie ihre Kinder wieder fester an sich. »Aieee!« seufzte sie verängstigt und erschöpft.

Doch Ban-ya wollte weder der Angst noch der Müdigkeit nachgeben und wiegte ihre Babys wieder in den Schlaf. Anschließend durchstöberte sie ihre mageren Vorräte und fand einen Kuchen aus ranzigem Fett, in den sie vor langer Zeit zerstampfte Stücke einer getrockneten Maus und Herbstbeeren gemischt hatte. Sie aß davon, obwohl sie mehr saugte als kaute, denn ihre Zähne hatten sich seit einiger Zeit im entzündeten Zahnfleisch gelockert. Ban-ya schloß die Augen und atmete den warmen, angenehmen Duft von Babys in frischen Windeln ein. »Muß jetzt schlafen, muß mich ausruhen …«

Doch in dieser Nacht gab es für Ban-ya keine Ruhe.

Noch einmal drang der laute Ruf eines Mannes durch das Tal, der sie aus dem Schlaf riß und auf die Beine brachte. Sie eilte zum Felsvorsprung vor der Höhle und starrte in die mondbeschienene Nacht hinaus.

Der Wind war kühler geworden. Er blies ihr kräftig, gleichmäßig und kalt ins Gesicht. Panik machte sich in ihrer Brust breit. Ihre Nase nahm den Geruch nach Rauch wahr, der nicht von ihrem eigenen Feuer stammte, und ihre Stirn legte sich in Falten, als sie den unmißverständlichen Schein eines Lagerfeuers tief unter sich sah. Sie starrte darauf, bis sie die Augen schloß und sich sagte, daß das Feuer verschwunden wäre, wenn sie sie wieder öffnete. Doch als sie es tat, war es immer noch da und sogar noch heller als vorher.

»Das kann nicht sein!« Ban-yas Herz klopfte schnell. Sie hatte fast vergessen, wie es war, Glück zu empfinden. Das lange Vermißte breitete sich in ihrem unterernährten Körper und ihrem Geist aus. Nach endlosen Monden waren Menschen in das verfluchte Tal der Toten zurückgekehrt! Diesmal bildete sie es sich nicht nur ein. Sie konnte das Feuer in deren Lager sehen und ihren Gesang hören!

Seltsame Gedanken gingen Ban-ya durch den Kopf. Sie legte den Kopf schräg und fühlte sich verwirrt, während Erinnerungen aufflackerten. Obwohl sie im Eingang zu ihrer Höhle stand, war sie gleichzeitig weit entfernt und blickte nach unten. Doch statt des Tals der Toten – wo der Frühling immer noch nicht den Griff des Winters gelockert hatte, wo die Knochen des großen weißen Mammuts im großen, tückischen, eisbedeckten See lagen – sah sie die ferne Rote Welt, in der sie geboren war. Im Mondschein sah sie Tafelberge, Salbeiflächen und die kegelförmigen Schilfhütten ihres Stammes, die in der Winternacht neben dem seichten Wasser des wohltätigen Sees der Vielen Singvögel leuchteten.

»Ah!« rief Ban-ya entzückt.

Überall um sie herum lachten und spielten Kinder. Sie erkannte die Kleinen wieder, es waren die Freunde und Freundinnen ihrer Kindheit. Fassungslos sprach sie ihre Namen aus, und sie sprachen Ban-ya mit ihrem Namen an. Dann riefen sie ihr zu, sie solle mitspielen. Der Duft nach gerösteten Eidechsen und in Körben erhitzten Piniennüssen wurde plötzlich überwältigend. Und dort drüben saß Kahmree mit gekreuzten Beinen schwebend in der Luft und lächelte Ban-ya von ihrem ebenfalls schwebenden Feuer aus zu. An einem Kochrahmen aus Harthölzern hing ein mit Steinen erhitzter Lederbeutel, in dem köstliches Fleisch und Wurzeln dampften und blubberten.

»Komm zu mir, mein Kind!« forderte die alte Frau sie auf. »Komm, sage ich! Bring deine Babys mit und nimm dir etwas von dem, was ich dir anbiete!«

Überwältigt von ihrer Sehnsucht nach menschlicher Gesellschaft schrie Ban-ya vor Freude auf, ihre Großmutter wiederzusehen. Tief unter der schwebenden alten Frau und ihrem Feuer konnte sie ihren eigenen Stamm sehen, der über den mondbeschienenen Talboden in ihre Richtung wanderte.

Ohne nachzudenken, hieß sie die Menschen lauthals willkommen und trat einen Schritt auf ihre Großmutter zu. Vielleicht wäre der Zauber nicht gebrochen worden, wenn der Seelenfänger in diesem Augenblick nicht gelacht hätte. Doch nun sah Ban-ya plötzlich nicht mehr das Gesicht ihrer geliebten Großmutter, sondern den hohläugigen Schädel desTodes.

Ban-ya wäre vor Schreck fast in Ohnmacht gefallen, als sie sich am äußersten Rand des Felsvorsprungs wiederfand. Sie schrie auf und sprang zurück. Kahm-ree und das Kochfeuer waren verschwunden, und sie wußte, daß beides niemals wirklich dort gewesen war. Der Seelenfänger hatte sie damit gelockt, um sie in den sicheren Tod zu führen. Es wäre auch der Tod ihrer Zwillinge gewesen, wenn sie die Hinterlist nicht rechtzeitig durchschaut hätte. Ihr Herz schien in ihrer Kehle zu klopfen, als sie bemerkte, daß der Gesang der Menschen, die vor kurzem im Tal eingetroffen waren, verstummt war. Offenbar hatten die Unbekannten ihren Schrei gehört. Vielleicht starrten sie sogar zu ihr hinauf, während sie sich als Schattenriß vor dem schwachen Schein ihres Feuers abzeichnete.

Erschrocken zog Ban-ya sich in die Höhle zurück. Sie legte die Babys ab, zog ihr Schlaffell von den Schultern und warf es über das Feuer, um das Licht und den verräterischen Geruch nach Rauch auszulöschen.

»Dürfen nichts sehen … dürfen nichts riechen … dürfen meine Babys nicht finden!« Sie keuchte auf und spürte plötzlich Schwäche und Übelkeit. Ihr schwindelte so sehr, daß sie in die Hocke gehen und den Kopf senken mußte, damit sie nicht zusammenbrach. Wenn die Feuermacher zu Shatehs Stamm gehörten, wußte sie, was mit ihr und ihren Kindern geschehen würde. Und wenn es Menschen aus dem Stamm des Wachenden Sterns sein sollten, wußten nur die Mächte der Schöpfung, was sie selbst würde erdulden müssen, nachdem man ihre Babys abgeschlachtet haben würde. Ban-ya würgte den vor kurzem gegessenen Kuchen aus Fett und

Mausfleisch und zerriebenen Beeren hervor. Nur unter größten Anstrengungen gelang es ihr, die blinde Panik niederzukämpfen. Dann zwang sie sich zum Aufstehen, und während sie vor Angst und Erschöpfung zitterte, tat sie das, was getan werden mußte.

Nachdem sie das Feuer ausgetreten hatte, hob sie das Schlaffell wieder auf, zerstreute die Kohlen und zerstörte dann mit Tritten ihrer nackten Füße den Steinkreis um die Feuerstelle. Unter Flüchen auf Shateh, Warakan, Cha-kwena und alle anderen, die für ihr grausames Schicksal verantwortlich waren, sammelte sie ihre wenigen Habseligkeiten zusammen und legte sie auf das angesengte Schlaffell. Nachdem sie die Kinder in die Trage gelegt und sie sich auf den Rücken geschnallt hatte, zerrte sie die ruinierte Decke durch die Höhle in einen der vielen tiefen und tückischen Tunnel, die in den gähnenden schwarzen Rachen der Höhle führten.

»Mögen jene, die mir das angetan haben, leiden und sterben!« zischte sie. »Und mögen jene, die in dieses verfluchte Tal gekommen sind, wieder weiterziehen, ohne mir oder meinen Babys etwas anzutun!«

Angeführt von einem ernsten, kampferfahrenen Krieger namens Tsana war die Handvoll mit Speeren bewaffneter, dick bekleideter, winterhungriger Männer und Jungen des Stammes des Wachenden Sterns aufgesprungen und starrte zu den Hügeln hinüber.

»Ich sage euch, das war der Schrei einer Frau!«

»Und vorher hörte es sich an, als würde ein Baby jammern.«

»Oder der Ruf eines Ziegenmelkers im Wind.«

»Was immer es war, ich bin mir sicher, daß dort oben Feuer war … und in seinem Schein habe ich jemanden gesehen, der zu uns hinunterblickte!«

Tsana schüttelte seinen mit Tätowierungen und Kriegsnarben verzierten Kopf und verwarf die geäußerten Meinungen. »Die Nacht, die Ferne und das Licht des Mondes haben sich zusammengetan, um uns Dinge zu zeigen, die es überhaupt nicht gibt.«

»Aber da war ein Licht! Und der Schatten einer Frau!« widersprach Indeh, ein großer Krieger mit breitem Gesicht, der einen Mantel aus schweren, zusammengestückelten Fellen trug.

»Unmöglich«, sagte Tsana. »Mondlicht, das sich auf Eis und Stein spiegelte – das hast du gesehen.«

»Ich habe eine Frau gesehen!« beharrte Indeh auf seiner Ansicht.

»Wie kannst du bei dieser Entfernung so sicher sein, was du gesehen hast? Und wenn es eine Frau war, warum hat sie dir nicht geantwortet, als du sie gerufen hast?« fragte Hrak. Dann fügte er in hoffnungsvollem Tonfall hinzu: »Vielleicht hast du einen Bären gesehen. Das wäre ein gutes Zeichen – wenn der lange Schlaf von Großer Tatze vorbei ist, wird auch dieser verfluchte Winter bald zu Ende gehen!«

Plötzlich schien es, als würde direkt aus dem Gesicht des Mondes eine große Ohreule auftauchen. Der Vogel schoß vom Himmel herab und stürzte sich direkt vor der Jagdgruppe auf ein Kaninchen. Außer Tsana sprangen alle Männer erschrocken zurück, als die breiten Flügel des Raubvogels den Schnee zu ihren Füßen streiften. Im nächsten Augenblick war das quiekende Kaninchen fest in den Klauen der Eule und wurde in Richtung Mond davongetragen.

»Aiee! Das war ein böses Omen!« rief Indeh.

Bis auf Tsana erhoben alle Männer die rechte Hand und machten das Zeichen zum Schutz vor bösen Geistern, denn alle wußten, daß Eulen die geisterhaften Manifestationen der dunklen, unsichtbaren und gefährlichen Mächte der Nacht waren.

»Wir müssen diesen Ort verlassen«, sagte der Jäger Unai.

»So ist es!« bestätigte Indeh.

Tsana warf ihm einen ernsten Blick zu. »Jhadel ist nicht hier, um die Zeichen für uns zu deuten. Wann seid ihr plötzlich alle zu Schamanen geworden?«

Die Männer schwiegen. Hinter ihnen erzeugte das Feuer knisternde und prasselnde Geräusche. Doch niemand lauschte darauf – außer den Hunden, die neben der warmen Glut lagen.

»Jhadel hat mich dazu bestimmt, euch anzuführen«, rief Tsana seinen Männern ins Gedächtnis. »Ich bin kein Schamane, aber ich sage euch jetzt, was Jhadel über diese Eule gesagt hätte, die wir gesehen haben. Haben die Mächte der Schöpfung nicht einige Geschöpfe dazu bestimmt, bei Nacht zu jagen, und andere dazu, bei Tag auf Beutefang zu gehen? Die Eule ist ein Geschöpf der Nacht. Wir sind in ihre Jagdgründe eingedrungen. Wir haben gesehen, wie sie ein unachtsames Kaninchen geschlagen hat. Heute nacht wird die Eule irgendwo in den fernen Hügeln fressen und dem Mond danken, während im Bau unter der Erde die Frauen und Kinder des Kaninchens trauern und das Geschöpf verfluchen werden, durch das es sein Leben verloren hat. Wenn dagegen das Kaninchen durch die Nacht geflogen wäre und mit seinen Pfoten eine Eule vom Boden fortgetragen hätte, wäre das in der Tat ein erstaunliches Vorzeichen gewesen!«

»Ganz gleich, wie du es deutest, Tsana«, entgegnete Indeh, »aber ich sage dir, daß es ein Fehler von Jhadel war, uns in dieses Tal zurückzuschicken. Hier wohnt der Seelenfänger. Das Zeichen der Eule erinnert uns daran, daß es nicht gut ist, wenn Menschen an diesen verfluchten Ort zurückkehren, wo die Knochen des Totems weiß im Licht des Mondes leuchten und wo so viele unserer Brüder und Krieger im Kampf umgekommen sind.«

Die Männer und Jungen murmelten zustimmend.

Tsana schnaufte verächtlich über ihre Ängstlichkeit. »Jhadel hat uns hierher geschickt, damit wir Fleisch für unseren hungernden Stamm finden. Habt ihr im vergangenen Krieg nicht nur euren Stolz, sondern auch euren Mut verloren?«

Die Jäger reagierten nicht sehr begeistert auf diese Frage.

»In jenem Krieg habe ich meinen Vater, meinen Großvater und meine Brüder verloren!« entgegnete Unai.

»Und ich meine Söhne!« setzte Xanahay hinzu. »Dieses Tal war rot vom Blut der Krieger des Stammes des Wachenden Sterns und der tapferen Männer der Stämme des Nordens, die sich mit uns gegen Shateh und den Stamm der Roten Welt verbündeten!«

»Und das nur, weil wir – gegen den Rat von Jhadel – Tsana und der rachsüchtigen Hohepriesterin Sheela in dieses Tal gefolgt sind, wo sie von Totemmächten besiegt wurden, über die sie keine Kontrolle hatten!« warf Indeh ein. »Wenn Sheela auf Jhadels Warnung gehört hätte, daß sich das Tal hervorragend für einen Hinterhalt eignet, wären sie und die meisten unserer Krieger noch am Leben.«

Tsana warf Indeh einen Blick unter bedrohlich gesenkten Augenlidern zu. »Nimm dich in acht, wie du über jene sprichst, die meine Frau war, Indeh! Der junge, betrügerische Schamane unserer Feinde benutzte seinen bösen Zauber, um Sheelas Schlachtplan zunichte zu machen. Es war Cha-kwena, der unser Totem getötet hat. Doch zu guter Letzt war es Jhadel, der uns rettete, indem er uns von unseren Feinden fortführte und zu einem sicheren Ort brachte, wo wir unseren verstreuten Stamm sammeln und wieder stark werden lassen konnten. Nie wieder werde ich den Willen des alten Schamanen anzweifeln. Er hatte recht mit dem Hinterhalt. Er hatte recht, uns vor den Überfällen zu warnen, die anschließend erfolgen würden. Und jetzt seht ihr, daß sich wieder eine Voraussage Jhadels erfüllt hat, als er sagte, daß wir in diesem Tal viel Fleisch finden werden. Die Sümpfe am Seeufer, in denen viele unserer Krieger und das große weiße Mammut feststeckten, halten jetzt viele andere Tiere gefangen, sogar mitten im Winter, weil warme

Quellen das Wasser freihalten und viele Geschöpfe zum Trinken und Fressen anlocken. Zu lange haben wir uns geweigert, auf ihn zu hören, weil wir uns vor diesem Ort fürchteten.«

Indehs breites Gesicht verzerrte sich unter seiner mit einem Fuchsfell besetzten Kapuze. Er blickte immer noch zu den mondbeschienenen Hügeln hinüber. »Ich sage dir, wir haben guten Grund, wenn wir uns fürchten. In den Hügeln war Licht. Und etwas oder jemand stand dort oben.« Er schwieg, bis er mit gesenkter Stimme zu bedenken gab: »Vielleicht war es der Geist der Frau, um die du trauerst, Tsana. Ihre Leiche wurde niemals gefunden.«

Tsanas Gesicht spannte sich an. »Sheelas Knochen liegen zusammen mit den Knochen von Lebensspender am Grund des Sees. Doch wenn der Geist meiner Frau in diesem Tal lebt, wird sie uns willkommen heißen und uns in diesem Land beschützen, in das sich unsere Feinde niemals wagen werden. Cha-kwena und die Krieger Shatehs fürchten diesen Ort mehr, als wir ihn fürchteten, denn sie sind schuld am Tod des Totems, nicht wir.«

Xanahay schüttelte besorgt über Tsanas Worte den Kopf. »Die Legenden der Vorfahren besagen, daß der Mann, der das Totem tötet, selbst zum Totem wird, zum Bruder der Vier Winde, so mächtig wie die Mächte der Schöpfung. Wie sonst kann ein so junger Schamane wie Cha-kwena uns besiegt haben? Es war Cha-kwena, der den Großen Weißen Winter geschickt hat, um für immer im Land seiner Feinde zu bleiben. Solange er lebt, wird Cha-kwena dafür sorgen, daß unser Stamm leidet und hungert und gezwungen ist, sich wie Kaninchen zwischen den Felsen zu verstecken, damit wir nicht von Shateh und seinen vielen Verbündeten unter den Stämmen des Graslandes gejagt werden.«

Hier werden sie uns nicht jagen«, versicherte Tsana. »Aber eines Tages werden wir wieder stark genug sein, um sie zu jagen! Bis dahin müssen wir auf die Weisheit unseres Schamanen hören, während wir Fleisch für unsere Frauen und Kinder suchen.«

Xanahay schüttelte den Kopf. »Jhadel ist so alt, daß er uns nicht mehr auf der Jagd begleiten kann. Was wird aus unserem Stamm, wenn seine Seele den Körper verläßt, um vom Wind davongetragen zu werden? Wir haben niemanden, der seine Stelle als Schamane einnehmen könnte. Wer wird für uns zu den Geistern sprechen, wenn Jhadel nicht mehr dazu in der Lage ist?«

»Wir werden Cha-kwena gefangennehmen. Er wird unser Schamane sein.«

»Viel zu oft wird dieser verhaßte Name ausgesprochen!« Indeh war sichtlich nervös. Irgendwo weit entfernt im Tal brüllte wieder ein Löwe, und Indeh hatte genug von diesem ernüchternden Gerede. Er kehrte zur Wärme des Feuers zurück, hockte sich davor und brummte: »Zumindest kann ich mich mit dem Wissen trösten, daß sogar Shateh unter der anhaltenden Kälte des Winters leiden muß und sich vor der Macht des jungen Schamanen fürchtet, der ihn gezwungen hat, so lange in diesem Land zu bleiben.«

»Shateh hat sich freiwillig mit Cha-kwena verbündet«, widersprach Tsana, der mit den anderen zum Feuer ging und sich zu Indeh setzte. »Die Macht des Totemtöters ist auch seine Macht. Er fürchtet weder Mensch noch Tier noch den frostkalten Hauch des Großen Weißen Winters. Während wir gezwungen sind, uns zu verstecken und im Tal der Toten auf die Jagd zu gehen, essen er und Cha-kwena sich vermutlich im Grasland an Buckelstücken von Bisons satt.«

Indehs Gesicht verzerrte sich. »Früher, lange bevor ich beschloß, ein Krieger des Wachenden Sterns zu werden, war ich einmal einer von Shatehs Kriegern. Ich weiß, daß es doch etwas gibt, wovor Shateh sich fürchtet: Er fürchtet den Tod. Er ist nicht mehr jung. Er hatte bis auf einen alle seine Söhne überlebt, und dieses Kind war so kümmerlich, daß er es niemals ehren würde, indem er ihm seinen Namen gab. Ohne männliches Kind von seinem eigenen Blut, das seinen Namen übernimmt, wenn er stirbt, wird Shateh für immer sterben, und dann werden wir einen Feind weniger haben.«

Tsana verzog verbittert das Gesicht. »Jhadel hat mit magischen Beschwörungen dafür gesorgt, daß es genauso geschieht.«

Indeh war nicht beeindruckt. »Und mit welchem Zauber hat Jhadel in letzter Zeit versucht, unserem Stamm zu helfen?«

Tsana hatte seinen Speer hochgerissen und die Spitze gegen Indehs Kehle gedrückt, bevor jemand auch nur gesehen hatte, wie seine Hand zu der Waffe gefahren war. »Jhadels Zauber hat bewirkt, daß wir immer noch am Leben sind. Morgen werden wir jagen und viel Fleisch erbeuten. Morgen werden wir uns in der Höhle umsehen, die einmal die Festung des Mannes war, der unser Totem getötet hat. Morgen werden Läufer zu unserem versteckten Lager in den trockenen Hügeln zurückkehren und unseren Stamm hierherbringen. Und hier werden wir wieder stark werden, während Jhadel uns führt und für uns zu den Geistern spricht. Wir werden wieder zu einer Bedrohung für unsere Feinde werden! Niemand kann uns dann noch aufhalten! Auch du nicht, Indeh, wenn du dich noch einmal meinem Willen widersetzt!«

4

Als Warakan müde wurde, entfernte er sich von den anderen Jungen und Feiernden, die sich versammelt hatten, um der Mondgöttin zu danken, daß sie sich endlich doch über ihrem Winterlager gezeigt hatte. Der Himmel über ihm war zum erstenmal seit sehr langer Zeit wieder klar. Die tiefe, klagende Stimme des Großen Weißen Winters sang im Wind, aber er konnte sie nicht hören, denn der Gesang der Feiernden war viel lauter. Unter Führung ihres Häuptlings hatten sie seit dem Mondaufgang gesungen, getanzt und gegorenen Saft aus Blut und Beeren getrunken. Obwohl Shateh niemals in besserer Form gewesen war, hatte Warakans Stolz auf seinen Adoptivvater schon seit einer Weile durch Erschöpfung nachgelassen, und seine Augenlider wurden vor Müdigkeit immer schwerer.

Am nächsten Tag würde er mit Lahontay und mehreren Jungen aufbrechen, um die Höhle eines Bären im Winterschlaf zu suchen. Der alte Mann behauptete, er hätte von einem Ort geträumt, wo ein Bär schlief. Er lag ein weites Stück flußabwärts vom Dorf entfernt in den Hügeln, wo die Jäger vor kurzem ein Bison erlegt hatten. Wenn die Jungen mit ihrer Suche Erfolg hatten, würden sie die erwachsenen Jäger des Stammes nachholen, und nach einer kurzen Fastenzeit an der Schlafstelle des Bären würden sie das Tier wecken und töten. Dann würden sie dem Stamm frisches Fleisch, Fett und das Ende des Winters bringen, denn solange Bären unter der schützenden Haut von Mutter Erde schliefen, konnten die Geister des Frühlings und Sommers nicht wiedergeboren werden.

Warakan zitterte aufgeregt über das bevorstehende Abenteuer und wußte, daß er ausgeruht sein mußte, wenn er sich bei der Jagd bewähren wollte. Er sehnte sich danach, sich der Länge nach auf seiner Schlafmatratze im Innern der warmen Häuptlingshütte auszustrecken, aber es war undenkbar, schon jetzt den Feuerkreis zu verlassen. Er gähnte, legte wieder den Kopf auf die Knie, und während er an die morgige Bärenjagd dachte, schlief er bald ein.

Nicht weit von dem Jungen entfernt saßen zwei leicht betrunkene alte Frauen zusammen. Ihre runzligen Gesichter waren unter den Winterfellen kaum zu erkennen, während sie besorgt den Mond und die Sterne der Frühlingszeit musterten. Während die anderen sangen, Trommeln schlugen und auf Flöten aus Schwanenknochen bliesen, offenbarte die Ältere mit gesenkter Stimme: »Ich habe bereits den letzten Rest meiner Wintervorräte angebrochen. Ich sage dir, Xama, Shateh hätte das Ödland niemals verlassen dürfen, ohne zuvor die Gesetzesbrecherin und den Schamanen Chakwena zu töten oder dem Mann zumindest den heiligen Stein abzunehmen. Der Totemtöter hat vielleicht größere Mächte besessen, als wir glaubten, denn diese endlose Winterkälte stinkt geradezu nach dem dunklen Zauber eines mächtigen Schamanen!«

»Du denkst immer das Schlimmste, Unal! Wozu brauchen wir irgendwelche heiligen Steine oder einen Schamanen der Roten Welt, wenn er uns nicht einmal vorhersagen konnte, wann sich der Wind dreht? Wir sind stark und mächtig unter unserem eigenen Häuptling und Schamanen, seitdem Shateh unseren Stamm aus dem Ödland geführt und alle Leute aus der Roten Welt verstoßen hat. Gut, wir haben zwar nicht die großen Herden gefunden, wie wir erhofft haben, und die Pässe durch die Berge zum nördlichen Grasland unserer Vorfahren sind durch Eis und Schnee unzugänglich gemacht, aber wir leiden keinen Hunger. Wir haben schon früher lange Winter erlebt. Auch dieser wird sicher bald zu Ende gehen.«

»In diesem Leben ist überhaupt nichts sicher, Xama. Wir beide haben lange genug gelebt, um das zu wissen! Genauso wie Shateh. Sieh ihn doch an, wie er tanzt! Er ist stark, aber er ist nicht mehr der Jüngste. Du weißt genauso wie ich, daß nach der Weisheit der Ahnen das Glück eines Stammes von der Männlichkeit des Häuptlings abhängig ist. Und Shateh hat keine Söhne mehr gezeugt, seit das jüngste Kind deiner Enkeltochter Senohnim zu früh auf die Welt kam.«

Xama verzog unter ihren Fellen schmollend das Gesicht.

»Du wirst im Alter griesgrämig und siehst überall dunkle Schatten, meine Freundin! Oder bist du nur darauf aus, daß dein Enkelsohn Teikan endlich an Shatehs Stelle Häuptling wird?« Sie schnaufte. »Senohnim kann noch einen lebenden Sohn zur Welt bringen. Und jede der neuen Frauen, die Shateh im Dorf am Ende der Welt in der Nacht des großen Feuers zum Bluten gebracht hat, ist jetzt mit neuem Leben gefüllt! Nicht schlecht für einen ›alten‹ Mann!«

»Wir werden sehen, was zwischen ihren Schenkeln hervorkommt.«

»Ich glaube, meine alte Freundin giert nur danach, daß der Häuptling wieder einmal zwischen ihre Schenkel kommt!«

»Nein!« Unal tat die spöttische Anschuldigung mit einer Bewegung ihrer knochigen Hand ab, die blaß und schwielig wie die Kralle eines Vogels kurz die schützende Wärme ihrer Kleidung verließ. »Ich bin jenseits von solchen Gelüsten.«

Xama blickte mit strahlenden Augen zum Häuptling und Schamanen ihres Stammes hinüber, der die Feier leitete. »Ich nicht«, sagte sie seufzend. »Ich nicht. Neben Shateh wirken alle anderen Männer klein. Und seit der Schamane der Roten Welt vertrieben wurde, erscheint mir Shateh so stark und ansehnlich wie nie zuvor. Ich glaube, daß der Totemtöter dort draußen hinter dem Ende der Welt gestorben ist, meine Freundin. Ich glaube, daß er und seine Frau zusammen mit ihren verrückten Anhängern in diesem Augenblick im Gesicht der Sonne verbrennen. Wir brauchen jetzt nichts mehr zu fürchten. Der Frühling wird bald kommen.«

Doch Unal ließ sich nicht so leicht beruhigen. »Es gibt noch andere heilige Männer, andere Schamanen, die Grund haben, die Mächte der Schöpfung zu bitten, den Großen Weißen Winter gegen unseren Häuptling zu schicken. Im Stamm des Wachenden Sterns gab es einen, der vielleicht sogar jetzt noch …«

Xama unterbrach sie erschrocken mit einer ängstlichen

Warnung. »Sprich es nicht aus! Es ist bestimmt niemand mehr am Leben, der genügend magische Kräfte besitzt, um die Geister gegen uns zu wenden! Alle unsere Feinde sind besiegt und getötet.«

»Nicht alle wurden besiegt. Nicht alle wurden getötet«, brummte Unal. »Sogar jetzt lebt einer von ihnen unter uns ... der, den Shateh seinen Sohn zu nennen wagt!«

»Unal! Du darfst nicht einmal daran denken, daß ...«

»Ich bin nicht die einzige, die es sagt! Ich habe mitgehört, wie der alte Lahontay zu den Jägern sagte, daß die Geister sich in dem Augenblick gegen Shateh wandten, als er unter Cha-kwenas Einfluß ein Kind unserer Feinde in seinen eigenen Stamm aufnahm. Glaub mir, meine Freundin, mir ist nicht wohl in meiner Haut, solange dieser Junge ...«

»Solange dieser Junge *was*?« wollte Warakan wissen, der plötzlich wieder hellwach und auf den Beinen war und die zwei Klatschweiber drohend anfunkelte.

Unal erwiderte den Blick, während sie das Risiko abzuschätzen versuchte, jemanden, der in der Gunst des Häuptlings stand, zu beleidigen.

»Gar nichts«, sagte Xama im Versuch, die Situation zu beschwichtigen. »Sie hat nur so dahergeredet, wie es alte Frauen tun. Es hat überhaupt nichts zu bedeuten.«

Doch Warakan schien gar nicht an ihren Beschwichtigungen interessiert zu sein. Er starrte Unal an und wollte von ihr wissen: »Was muß ich tun, um dir zu beweisen, daß ich keiner von ihnen mehr bin? Wenn ich die großen Bären aus ihren Höhlen locken und damit bewirken könnte, daß der Mond der Wärme aufgeht und die großen Herden in das Land Shatehs zurückkehren, würde ich es tun. Aber ich bin nur ein unerfahrener Junge und kein Krieger oder Jäger und erst recht kein Schamane! Ich werde niemals ein Schamane sein! Und ich bin auch kein Kind eurer Feinde mehr!«

Unal grinste herablassend. »Ich weiß, was du bist, Warakan«, krächzte sie. »Du bist das Unheil. Du bist ein kalter

Wind im Sommer. Du bist die Dunkelheit auf dem Gesicht der Sonne. Du bist …«

»Es ist mir egal, was du denkst!« unterbrach der Junge sie. »Shateh hat mich zu seinem Sohn ernannt. Das Gebrabbel nutzloser alter Frauen bedeutet mir nichts! Deine Stellung in diesem Stamm ist bedeutungsloser als die der Hunde! Nimm dich in acht, was du über Warakan sagst, denn wenn mein Vater davon hört, könnte er entscheiden, daß das Fleisch, das du in hungrigen Zeiten so großzügig erhältst, einem besseren Zweck dient, wenn es unter die Jüngeren verteilt wird!«

Nachdem er sich jetzt mutig und stolz fühlte, ließ Warakan die zwei Alten mit ihrem Klatsch allein und wandte sich wieder dem Feuer zu, das noch immer von den Feiernden umtanzt wurde. Während die Trommeln einen langsamen und gemessenen Rhythmus schlugen, der vom hohen Klagen der Pfeifen und Flöten untermalt wurde, beobachtete er die Zeremonie zu Ehren des Mondes.

Es gab keine lustvollen Ausschweifungen, wie Warakan sie in der Nacht des Freudenfeuers am Ende der Welt miterlebt hatte. Das Fest war völlig anderer Art. Der Tanz war langsam, der Gesang melodisch. Die Frauen und Mädchen hatten ihre Gesichter mit Asche weiß und grau bemalt, um die verschiedenen Phasen des Mondes darzustellen. Die Männer trugen Federn und Felle von Tieren und Vögeln, die in der Nacht jagten. Warakan hatte schon fast vergessen, daß er selbst unter seinem Wintermantel ein Festgewand aus Fuchsfellen trug. Der alte Lahontay war ebenfalls als Fuchs verkleidet. Teikan war ein Löwe, Ranamal ein Wolf, Ynau eine Sprungkatze. Shateh trug einen Umhang aus der Haut eines Goldadlers. Der Schnabel und der Kopf des Raubvogels lagen auf seinem eigenen, und die Flügel waren an seinen Armen befestigt.

Warakan neigte den Kopf, als ihn plötzlich die Erinnerung

an einen anderen Mann überwältigte, der auch einen solchen Umhang getragen hatte – ein Besucher im Dorf von Warakans Vater, ein Schamane, Masau, der Mystische Krieger des Stammes des Wachenden Sterns. Er war jung gewesen, aber kein Kind. Er war ein Mann, rings um die Augen tätowiert, so daß sein Gesicht maskiert wirkte, wie das eines Raubwürgers, während er mit gekreuzten Beinen und selbstbewußt auf dem Ehrenplatz des Gastes in der ärmlichen Hütte von Warakans Eltern saß. Er hatte Warakan aus schwarzen Augen gemustert, die so scharf und gefährlich wie Speerspitzen aus Obsidian gewesen waren.

Warakan zuckte zusammen. Die Erinnerung schmerzte ihn. Er wußte nicht warum. Er wußte, daß Masau einer von Shatehs Söhnen gewesen war, der vor langer Zeit aus dem Stamm des Graslandes verstoßen worden war, dann jedoch als Waisenkind beim Stamm des Wachenden Sterns aufwuchs, wo er zu einem von Shatehs größten Feinden wurde. Masau war schon seit langem tot, und nach dem zu urteilen, was Warakan über ihn wußte, bezweifelte er, daß irgend jemand um ihn trauerte, und schon gar nicht Shateh.

Dann zwang sich der Junge dazu, die Vergangenheit zu vergessen. Er nahm einen tiefen Atemzug von der kalten Nachtluft und sah dem Tanz des Häuptlings zu. Dieser Anblick erfüllte ihn mit Stolz. Während Shateh die Bewegungen der kunstvollen und uralten Tanzfiguren durchging, wußte Warakan, daß er wahrlich ein Schamane war, denn er schien zu schweben, auf dem Rücken des Windes von Wolke zu Wolke zu reiten und dann den Mond zu umarmen, als er dem Gestirn mit ausgebreiteten Flügeln singend dafür dankte, daß es an den Himmel zurückgekehrt war.

Plötzlich durchzuckte ein tiefer Stich Warakans junges Herz. Es war die Sehnsucht, von diesem großartigen Mann und seinem Stamm bedingungslos geliebt und angenommen zu werden. Er dachte an die vielen Prüfungen, die er bald gemeinsam mit den anderen Jungen des Stammes über sich ergehen lassen mußte und die als Vorbereitung auf die geheimnisvollen und furchterregenden Initiationsriten dienten. Der Höhepunkt dieser Rituale war erreicht, wenn die Jungen als vollwertige Männer anerkannt wurden. Warakan schluckte, und obwohl sein Mund wie ausgetrocknet war, wußte er, daß er alles freudig und bereitwillig über sich ergehen lassen würde. Morgen begann dieser Abschnitt seines Lebens, wenn Lahontay die Jungen aus dem Dorf führte, um nach der Schlafstelle des Bären zu suchen.

Wieder schluckte Warakan. Jetzt war auch seine Kehle ausgetrocknet, denn er sah wieder das Fell und den Kopf von Großer Tatze über dem Lagerfeuer am Ende der Welt hängen. Er war so riesig und bedrohlich gewesen. Sogar im Tod konnte der Bär noch ein furchterregender Geist sein, und Warakan wußte sehr genau, daß schon die Suche nach dem Unterschlupf einer solchen Bestie sehr gefährlich werden konnte. Trotzdem war er zuversichtlich, daß er sich wie schon auf vergangenen Jagdzügen wieder als genauso mutiger Jäger wie die anderen Jungen erweisen würde. Er mußte es einfach! Wie sonst sollte er dem Stamm beweisen, daß er würdig war, Shatehs Sohn zu sein?

»Warakan! Bist du jetzt schon müde? Beteilige dich wieder am Tanz, Warakan!«

Die Einladung – oder war es eine Herausforderung gewesen? – kam von Jheena. Warakan war überrascht und entzückt, als er sie vor sich tanzen sah. Im nachlassenden Licht des Mondes war ihr lächelndes Gesicht trotz der weißen Bemalung wunderschön. Ihr in Federn gekleideter junger Körper bewegte sich langsam, während sie seitlich Tanzschritte ausführte. Ihre kleinen Hände griffen nach ihm, während sie sich zu Namaray umblickte, der zusammen mit seinen Brüdern und den übrigen Jungen seines »Rudels« bei den anderen erschöpften Tänzern hockte.

»Komm, Warakan!« forderte Jheena ihn erneut auf.

Sein Herz machte einen Sprung. Er konnte sie unmöglich

abweisen! Er streckte seine Hände aus und hätte ihre Finger ergriffen, wenn er nicht von der hohen Stimme eines jungen Mannes abgelenkt worden wäre, die eine weibliche Stimme nachahmte.

»Ja, Warakan! Tanz mit mir, Warakan! Nimm doch meine Hände, Warakan!«

Warakan stellte fassungslos fest, daß Namaray vor ihm stand. Einen Augenblick später packte ihn der ältere Junge an den Handgelenken und riß ihn mitten zwischen die Tänzer, während Hranan, Trop und Oonay zusammen mit den übrigen Jungen folgten und sich wie Mädchen bewegten und tanzten. Als Warakan das Gelächter der Erwachsenen hörte, errötete er verlegen und verwirrt.

»Laß ihn in Ruhe, Namaray!« rief Jheena, aber ihre Stimme konnte nicht verbergen, daß sie sich über den Streich amüsierte, zu dem sie die Jungen ungewollt angestachelt hatte.

»Komm, Warakan! Wir wollen ihnen zeigen, wie man tanzt!« rief Namaray.

Und für einen kurzen Moment erlebte Warakan ein berauschendes Glück, weil er glaubte, die Worte wären ernst und kameradschaftlich gemeint gewesen. Doch dann wurde Namarays Griff um seine Handgelenke schmerzhaft, und der Junge beugte sich über ihn, um mit haßerfülltem Gesicht zu erklären: »Jheena ist nicht für dich, Junge des Wachenden Sterns! Du bist nicht von Shatehs Blut. Auch wenn er dich seinen Sohn nennt, bist du doch ein Kannibale, ein Fremdling, und er wird dich niemals mit seinem Namen ehren. Bald wird eine von Shatehs Frauen dem Häuptling einen Sohn gebären. Hast du gesehen, wie dick die Bäuche von Eira und Cheelapat geworden sind? Alle Frauen sagen, daß Eira und die zwei anderen neuen Frauen, in die Shateh eingedrungen ist, alle Anzeichen für ein männliches Baby haben. Was wirst du dann tun, Warakan? Wirst du tanzen? Wirst du singen? Wirst du feiern, wenn ein echter Sohn von

Shateh seinen rechtmäßigen Platz in der Häuptlingshütte einnimmt und du ihm überhaupt nichts mehr bedeutest? Aber vielleicht mußt du dir gar keine Sorgen darüber machen. Vielleicht wird dich morgen ein Bär fressen und ...«

»Wünsch dir lieber nicht, daß das geschieht!« unterbrach ihn Warakan in entrüstetem Zorn. »Denn dann werde ich zu einem Bären und werde dich holen, Namaray, damit ich deine Knochen und dein Fleisch zwischen meinen Zähnen zermahlen kann!« Er versuchte sich so heftig aus dem Griff des anderen Jungen zu befreien, daß Namaray aus dem Gleichgewicht geriet und zu Boden ging. »Ha!« rief Warakan und fühlte sich sehr stark, als er hörte, wie die anderen über Namaray lachten.

Doch dieses Gefühl hielt nicht lange an. Denn Namaray war nicht nur älter, sondern auch größer und breiter gebaut. Er war in kürzerer Zeit wieder auf den Beinen, als in der, die sein Sturz gedauert hatte, und fiel im nächsten Augenblick wie der Bär, den sie morgen jagen wollten, über Warakan her. Warakan gab sich alle Mühe, aber er schlug sich nicht sehr gut in der folgenden Rauferei. Die anderen Jungen stürzten sich aus reinem Spaß an der Freude in das Getümmel. Er spürte, wie seine Faust eine Lippe oder eine Nase traf, und er hörte jemanden aufheulen, wenn sein Knie sich in die Lenden eines Jungen bohrte, aber er wurde kräftig verprügelt, bevor sie ihn wütend und enttäuscht in Ruhe ließen.

Alles tat ihm weh, und Blut lief ihm von der Nase in den Mund, aber er war zu beschämt, um seine Verletzungen genauer zu untersuchen. Er stand aufrecht da und blickte den anderen nach, als sie befriedigt zur Feier zurückkehrten. Die Jungen jauchzten begeistert, als sie sich in der Menge verteilten, und erhielten viele aufmunternde Worte und freundliche Schläge auf den Rücken.

Warakan haßte sie. Es war nicht das erste Mal, daß Namaray eine Gelegenheit genutzt hatte, die anderen Jungen gegen ihn aufzustacheln. Da sie in der Überzahl waren, zog er bei einer solchen Rauferei immer den kürzeren. Nach kurzer Zeit kamen jedesmal einer oder mehrere der Jungen zu ihm, um sich ohne große Reue zu entschuldigen, und sogar Namarays Spott nach dem Kampf erfolgte immer auf eine Weise, die wieder Frieden zwischen ihnen ermöglichte. Doch diesmal hatte Namaray es gewagt, ihn vor Shateh und dem gesamten Stamm anzugreifen und zu erniedrigen. Diesmal würde Warakan ihm nicht verzeihen. Er schluckte und schmeckte den warmen, salzigen Geschmack des Blutes in seinem Mund. Doch er achtete kaum darauf. Shateh kam wütend durch die in der Bewegung erstarrten Tänzer auf ihn zugestapft, und der Blick auf seinem Gesicht deutete nicht darauf hin, daß er Mitleid oder Sorge um das Wohlergehen des Jungen empfand.

»Was stehst du da herum?« fragte der Häuptling tadelnd. »Geh ihnen nach! Zeig ihnen, daß du dir eine solche Entwürdigung nicht gefallen läßt! Es ist völlig normal, daß sie dich herausfordern wollen. Damit mußt du immer rechnen. Du darfst dich davon nicht einschüchtern lassen!«

Warakan war entrüstet. »Ich bin nicht eingeschüchtert!« rief er wütend und bemühte sich erfolglos, seine schändlichen Tränen zurückzublinzeln, obwohl er wußte, daß ihn jetzt alle Augen des Stammes anstarrten. »Ich kämpfe! Ich laufe nicht fort, auch wenn Namaray mit vielen gegen mich antritt! Immer wieder geschieht es so! Immer wieder kämpfe ich, ohne mich zu beklagen, obwohl sie erreichen wollen, daß ich mich ducke und mich aus Angst vor ihnen davonschleiche wie ein Hund, der in seinem Rudel nicht willkommen ist! Ich schleiche mich nicht davon! Ich ducke mich nicht! Aber warum sorgt Shateh nicht dafür, daß sie mich mit dem Respekt behandeln, der dem angenommenen Sohn eines Häuptlings zusteht?«

Shateh verzog verärgert das Gesicht. »Respekt läßt sich nicht austeilen wie Fleisch bei einer Mahlzeit. Respekt muß verdient werden! Was für eine Rolle spielt es, ob Namaray sich dir allein oder mit vielen anderen stellt? So ist das Leben! Es ist gut, auf die Probe gestellt zu werden! Du mußt ihnen zeigen, daß sie durch ihre Angriffe nur den Löwen in deiner Seele wecken. Dann werden sie von deinem Mut besiegt werden. Dann werden sie zugeben müssen, daß du wirklich Shatehs Sohn bist, auch wenn du aus einem fernen Land und von einem feindlichen Stamm zu uns gekommen bist. Wenn es dir nicht gelingt, wirst du Schande über meinen Namen bringen ... so wie du es jetzt tust!«

Warakan war zutiefst erschüttert. Shateh kehrte ihm wütend den Rücken zu, blickte auf die Versammlung und den Mond, der tief über den westlichen Hügeln stand, und hob dann seine Arme, um die Feier für beendet zu erklären. Ein unruhiges Raunen ging durch die Menge, als der Häuptling durch die Versammlung stapfte und zur Schweißhütte hinüberging. Zakeh, Xohkantakeh und einige andere Männer lösten sich aus der Menge und folgten ihm, da sie wußten, daß er sie jetzt brauchte.

Warakan war übel vor Scham. Sein Verhalten hatte dem Fest ein Ende gesetzt und Shateh in die Schweißhütte getrieben, um dort seine Wut zu kühlen und Verbindung mit den Geistern der Vorfahren aufzunehmen. Der Junge überlegte, um was er beten würde. Um Geduld, damit er die Schande ertrug, die sein Sohn ihm zugefügt hatte? Oder um einen neuen Sohn, der ihm von Eira oder den anderen neuen Frauen geboren werden würde – einen starken, mutigen Sohn von seinem eigenen Blut, auf den er stolz sein konnte, so daß er endlich denjenigen verstoßen konnte, der nicht mehr würdig war, sein Sohn zu sein?

Warakan ballte seine Hände zu Fäusten. »Möge es nicht so sein!« flüsterte er. Shatehs Zuneigung zu verlieren war seine größte Angst, so daß er stumm die Mächte der Schöpfung anrief, Shateh weiterhin nur Töchter zu schenken, so daß ihm sein Platz neben dem Häuptling und in seinem Herzen niemals streitig gemacht wurde.

Die Versammlung löste sich unter leisem Gemurmel auf. Während sie Warakan vernichtende Blicke zuwarfen, gingen die Frauen und Mädchen zu ihren Hütten, und die Männer folgten dem Häuptling. Unal brummte etwas, als sie und die alte Xama an ihm vorbeigingen, und von irgendwo aus der Mitte der Menge rief ihm Namaray ein verächtliches »Gute Nacht, Warakan!« zu.

Er ging nicht darauf ein. Der alte Lahontay stand immer noch reglos da und starrte ihn mit schwarzen, raubvogelhaften Augen an. Warakan starrte zurück, während er sich fragte, ob der alte Mann seine Gedanken erraten hatte. Er fühlte sich ertappt und zutiefst beschämt. Statt zu seinen Schlaffellen in der Hütte des Häuptlings zu gehen, wo ihn zweifellos die scharfen Zungen von Wehakna und der anderen Frauen und Töchter Shatehs verfolgen würden, machte er kehrt und suchte sich einen ruhigen Ort, wo er nachdenken und den Rest der Nacht allein verbringen konnte.

Wie in jedem Dorf, in dem er bislang gewohnt hatte, hatte Warakan auch in diesem Lager einen besonderen Ort. Ähnlich wie im Dorf am Ende der Welt war es auch hier ein alter Baum, dessen Zweige ihm den Aufstieg in das immergrüne Laub ermöglichten, das sein Schluchzen verschluckte, als er sich auf dem Bauch ausstreckte und sich in den Schlaf weinte …

Er war kaum richtig eingeschlafen, als er schon wieder geweckt wurde, und zwar durch zwei Männer, die genau unter ihm miteinander sprachen.

Teikan, der nichts von Warakans Nähe wußte, redete mit besorgter Stimme, die wie ein tiefes Grollen in der Dunkelheit war. »Ich sage dir, Ynau, für eine Zeitlang hatte Shateh wieder die Kraft und Weisheit der Ahnen, als er am Ende der Welt den Schamanen der Roten Welt aus unserem Stamm verstieß. Doch jetzt macht er mir Sorgen – genauso wie mich dieser Winter sorgt –, und die Anwesenheit des Jungen schwächt den Zusammenhalt des Stammes. Wieso verschließt er vor dieser Tatsache die Augen?«

»Es gab eine Zeit, da hast du Shateh zugesprochen, dem Jungen freundlich gesonnen zu sein. Der Junge ist mutig. Ich glaube, dein Namaray geht zu weit, wenn er Warakan immer wieder auf die Probe stellt. Du solltest Lahontay sagen, daß er aufpassen soll, daß sie es dem Jungen nicht zu schwermachen, wenn sie morgen das Dorf verlassen.«

»Mein Namaray hat es nur auf den Balg des Wachenden Sterns abgesehen, der nun einmal so ist, wie er ist! Und als ich den Jungen das erste Mal sah, wie konnte ich da wissen, daß Shateh ihn zu seinem Sohn ernennen würde? Ein Mann kann kein verwaistes Junges eines Wolfes oder Löwen in seinen Stamm aufnehmen und es wie sein eigenes Kind aufwachsen lassen. Ein Raubtier wird immer ein Raubtier bleiben, und eines Tages wird es über all jene herfallen, die ihm vertraut haben!«

Warakan beherrschte sich, um keinen wütenden Protest zu rufen. Sein Verstand riet ihm, sich ruhig zu verhalten und zu lauschen.

»Deine Sorge ist berechtigt, Teikan«, sagte Ynau, »aber im letzten Winter hast du dem Schamanen der Roten Welt die Schuld daran gegeben, daß es uns an Fleisch und Wärme mangelte. Jetzt machst du einen heranwachsenden Jungen für dasselbe verantwortlich. Ich habe schon in Lagern gelebt, wo es mehr Fleisch und besseres Wetter gab, aber ich habe auch schon Schlimmeres erlebt. Komm! Wir wollen zum Dorf zurückkehren und zu den anderen Männern gehen, bevor man uns vermißt. Ich könnte heute nacht ein gutes Schwitzbad vertragen!«

»Der Schweiß deines Körpers wird nichts an den Tatsachen ändern, Ynau!« erwiderte Teikan schroff. »Ich habe eingesehen, daß der alte Lahontay recht hatte. Es war kein

Zufall, daß der Schamane aus der Roten Welt auch der Kojote genannt wurde, der Gelbe Wolf, der Betrüger! Cha-kwena war sehr schlau, als er die Stärke unserer Krieger benutzte, um seinen eigenen Stamm gegen unsere gemeinsamen Feinde zu verteidigen. Und nachdem die Feinde getötet und in alle Vier Winde zerstreut wurden, kehrte er uns den Rücken zu und brachte Unglück über uns. Ich sage dir, irgendwo dort draußen hält Cha-kwena den heiligen Stein unserer Vorfahren in der Hand und lacht, während er uns böse Geister durch den unheilvollen Sohn unserer Feinde schickt, nachdem er Shateh dazu gebracht hat, ihn in unseren Stamm aufzunehmen!«

Warakan war so fassungslos, daß er zischend den Atem einsog. Doch in diesem Augenblick regte sich ein Vogel in der Baumkrone, so daß das Geräusch nicht zu hören war.

»Cha-kwena hatte seine Macht schon längst verloren, als er zum Ende der Welt flüchtete«, sagte Ynau.

»Wirklich? Jetzt können wir uns nicht mehr sicher sein, nicht wahr? Wenn Shateh auf mich gehört und die Verfolgung des Gelben Wolfes nicht abgebrochen hätte, bevor der Schamane tot und der heilige Stein in Shatehs Hand gewesen wäre, hätten wir das Fleisch Cha-kwenas unter unseren Kriegern, Frauen und Kindern aufteilen können. Wenn die Macht des großen weißen Mammuts in dem Mann weitergelebt hat, der das Totem tötete, dann würde diese Macht jetzt uns gehören!«

Ynau knurrte angewidert. »Du sprichst mit der menschenfressenden Zunge eines Mannes des Wachenden Sterns, Teikan!«

Teikan stieß matt den Atem aus. »Vielleicht. Und es bereitet mir großen Schmerz, die Weisheit meines Häuptlings und Schamanen anzuzweifeln, aber in letzter Zeit erkenne ich Shateh nicht wieder. Welcher Schamane kann so blind sein, daß er es nicht merkt, wenn er einem Feind direkt gegenübersteht? Welcher Häuptling kann so machtlos sein, daß er es nicht schafft, mit seinen Frauen Söhne zu zeugen oder die großen Herden vor die Speere seiner Jäger zu rufen oder zu bewirken, daß sich der Mond der Wärme am Winterhimmel zeigt?«

»Die Mondgöttin hat uns ihr Gesicht gezeigt, Teikan. Die Zeit wird zeigen, ob ihr Licht stark genug ist, den Großen Weißen Winter zu verbannen und die großen Bären aus ihren Höhlen zu locken, damit der Sommer wiederkehren kann. Es ist spät. Laß uns ins Dorf und zur Schweißhütte zurückkehren, bevor man unsere Abwesenheit als die Respektlosigkeit erkennt, die sie tatsächlich darstellt.«

Die zwei Gestalten – die beide noch ihre Felle des Löwen und der Sprungkatze zum Mondfest trugen – verschwanden in der Dunkelheit. Warakan zitterte so heftig, daß ihm beinahe übel wurde. Niemals hatte er sich mehr als Außenseiter gefühlt. Was mußte er tun, um die Anerkennung dieser Männer zu gewinnen? Er überlegte in stummer Verzweiflung, während er sich aufsetzte und betrübt in die Nacht hinausstarrte. Etwas Kaltes berührte seine Stirn. Er blickte nach oben. Zwischen den Lücken im Blätterdach des Baumes schienen hell die Frühlingssterne zwischen unsichtbaren Wolkenstreifen, aus denen Schneeflocken herabfielen. Er fluchte und befahl dem Großen Weißen Winter, sich endlich zurückzuziehen.

»Die lange Anwesenheit des Großen Weißen Winters bringt andere dazu, gegen dich zu sprechen, Warakan, und auch gegen Shateh. Das ist nicht gut. Vielleicht bist du nicht gut.« Die Worte kamen nicht von den Sternen oder dem Schnee, sondern von Lahontay, der plötzlich groß und bedrohlich in der Dunkelheit unter dem Baum stand.

Überrascht blickte Warakan zu dem alten Mann hinunter, dessen zunehmende Feindseligkeit gegen ihn seit einiger Zeit nicht mehr zu übersehen war. »Du bist kein Schamane, Lahontay. Du kannst es nicht wissen. Und wie hast du mich hier gefunden?«

Lahontays Blick war ernst und abschätzend. »Ich folgte dem Löwen und der Sprungkatze in den Wald, weil ich spürte, daß sie auf der Jagd nach meinem Häuptling sind, auch wenn sie sich nicht in seine Richtung bewegten.« Er verstummte. Dann fügte er nach einer langen nachdenklichen Pause ernst hinzu: »Mir scheint, daß sie auch dich jagen. Du mußt jetzt mit mir kommen, Warakan, und ohne Zögern das tun, was ich von dir verlange.«

Mißtrauen befiel den Jungen. »Warum? Was willst du von mir? Und wohin willst du mit mir gehen?«

»Wenn du ein Sohn Shatehs sein willst, mußt du denen, die ihn ihren Häuptling nennen, deinen Wert beweisen. Du mußt gegen den Großen Weißen Winter kämpfen. Du mußt den Mond der Wärme rufen, indem du den Bären weckst und ihn tötest. Doch zuvor mußt du ins Dorf gehen und heimlich deine Speere und deinen Jagdbeutel aus deiner Hütte holen. Niemand darf dich beobachten, damit Namaray und Hranan und die anderen nicht merken, was wir ohne sie tun wollen.«

Warakan runzelte mißtrauisch die Stirn. »Sie werden wütend sein, wenn sie erfahren, daß sie nicht mitkommen durften.«

»Die Wut von Jungen bedeutet mir nichts, und sie sollte auch demjenigen, der Shateh seinen Vater nennt, nichts bedeuten. Du mußt mir jetzt zu dem Ort folgen, wo der Bär schläft, Warakan. Andernfalls wird Teikan bald Häuptling sein, und derjenige, den Shateh unklugerweise zu seinem Sohn ernannt hat, wird aus dem Stamm verstoßen.«

Warakan war entsetzt. Etwas an Lahontays Haltung ließ ihn daran zweifeln, daß dies die wahren Absichten des alten Mannes waren. »Ich glaube dir nicht.«

»Dann bleib hier, wenn du Angst hast, dich zu beweisen, und dem Namen ›deines Vaters‹ Ehre zu machen.«

Warakans Stolz war getroffen. »Ich habe keine Angst!«

»Gut. Dann tu, was ich sage! Vor der Dämmerung werde

ich hier auf dich warten, und dann gehen wir gemeinsam, um das zu tun, was getan werden muß.«

Nachdem der alte Mann fortgegangen war, grinste Warakan in grimmiger Entschlossenheit. Er erkannte, daß Lahontay ihm gerade eine einmalige Chance verschafft hatte. Er würde Namaray und allen anderen zeigen, aus welchem Holz er geschnitzt war! Er würde seine Speere holen und mit dem alten Mann zur Höhle gehen, in der der Bär schlief. Er würde den Bären wecken und gegen ihn kämpfen. Er würde den Bären töten und sein Fleisch zum Stamm bringen, damit alle sahen, daß er kein Kind ihrer Feinde mehr war, sondern ein Junge, der würdig war, Shatehs Sohn zu sein, ein zuverlässiger Jäger und vor allem nicht die Quelle des Unglücks, das den Großen Weißen Winter dazu veranlaßte, immer noch über das Land zu herrschen. Wenn Teikan in den kommenden Tagen und Nächten von bösen Geistern murmeln wollte, mußte er nach Osten blicken, wohin ein Schamane den heiligen Stein ihrer Vorfahren gebracht hatte. Dann würde er wissen, daß Cha- kwena aus der Roten Welt und nicht Warakan vom Wachenden Stern ihr wahrer Feind war.

5

Mah-ree schreckte plötzlich aus unruhigem Schlaf hoch. Eine Eule rief in der Dunkelheit. Sie blickte sich verwirrt um. Seit mehreren Stunden wurde sie von einem Gewirr erschreckender Träume verfolgt, denen sie erst hatte entkommen können, nachdem sie sich selbst gesehen hatte, wie sie von einem großen Bären überwältigt und gefressen wurde. Die Bäume standen dichtgedrängt und hoch. Sterne glitzerten am Himmel. Sie wußte nicht, ob der Mond schon untergegangen war – wenn nicht, stand er jetzt tief im Westen, wo er ihren Blicken durch die massiven Felsblöcke verborgen war, neben denen sie die bisherige Nacht verbracht hatte.

Zitternd und verängstigt setzte sich Mah-ree auf und dankte der Eule, daß sie sie aus ihren Alpträumen geweckt hatte. Gleichzeitig bereute sie ihre spontane Entscheidung, nicht ins Dorf zurückzukehren, nachdem Cha-kwena es ihr befohlen hatte. Sie hatte die Absicht gehabt, ihm zu gehorchen. Sie war sogar schon zu ihrer Hütte unterwegs gewesen, als sie sich umgeblickt und gesehen hatte, wie Cha-kwena an den felsigen Wänden der Schlucht immer höher hinaufgeklettert war. Der Anblick ihres Schamanen, wie er unbewaffnet und ganz allein in neblige Höhen stieg, hatte sie veranlaßt, umzukehren und ihm zu folgen, denn sie hatte das Dorf mit ihrer Schleuder, einem Messer und dem neuen geschärften Wurfspieß verlassen. Natürlich war ihr die Benutzung eines Speers verboten, dennoch konnte ihr die feuergehärtete Spitze des Stockes aus Hartholz als Waffe dienen, wenn es nötig war.

Sie hatte nicht damit gerechnet, daß Cha-kwena so weit gehen würde. Mit der Leichtigkeit einer Bergziege war er immer höher den steinigen, mondbeschienenen Abgrund hinaufgeklettert, und Mah-ree war außer Atem von der Anstrengung, ihn nicht zu verlieren. Er folgte dem Ruf einer Eule und hatte die Schlucht bald so tief unter sich gelassen, daß sie es niemals gewagt hätte, allein umzukehren, selbst wenn sie es gewollt hätte. Schließlich hatte er haltgemacht und sich auf einen großen Felsblock gesetzt. Die einsame Gestalt saß im Schneidersitz singend da, dem Mond den Rücken gekehrt und die östlichen Sterne im Blickfeld. Dankbar für die Gelegenheit zur Rast war Mah-ree in die Knie gegangen, um wieder zu Atem zu kommen. Sie hatte sich vorgenommen, nicht einzuschlafen, damit er sie nicht entdeckte, wenn er sich auf den Rückweg machte, oder einfach ohne sie weiterging.

Jetzt war sie wütend auf sich selbst, weil sie nicht wach

geblieben war, und stand auf. Sie lugte durch die Bäume zum großen Felsen hinauf und sah zu ihrer Bestürzung, daß Cha-kwena verschwunden war. Im selben Augenblick bewegte sich etwas in den Bäumen hinter ihr. Sie wirbelte erschrocken herum und rechnete schon damit, den Bären aus ihren Träumen zu sehen, doch statt dessen flog eine dunkle, geflügelte Gestalt über ihren Kopf hinweg und stieß tiefe, klangvolle Rufe aus.

»Eule!« rief sie erleichtert den Namen des helfenden Tiergeistes des alten Hoyeh-tay. Als sie sich umdrehte, um den Flug des Nachtvogels weiter zu verfolgen, sah sie, wie Cha-kwena wieder auf dem Felsblock erschien und eine Hand zu ihr hinabstreckte.

»Ich hätte nicht gedacht, daß du jemals wieder aufwachen würdest«, sagte er verdrossen. »Hast du nicht gehört, wie ich dich gerufen habe?«

Ihr Gesicht brannte. »Ich ...«

»Verschwende nicht meine Zeit damit, mir eine Erklärung für deinen Ungehorsam abzugeben, Mah-ree. Wenn du schon einmal hier bist, solltest du dir etwas ansehen.«

Verlegen und beschämt gehorchte sie ohne Protest und stand bald neben ihm. Sie blickte nach Osten hinunter auf ein weites Tal mit verschneitem Grasland, das von einem Ring aus hohen bewaldeten Hügeln umgeben war. Kurz hinter der Schlucht in der Nähe des größten von mehreren dampfenden Teichen döste ungestört die Mammutherde. Eule hockte auf dem Kopf der trächtigen Leitkuh. Hirsche, Kaninchen und Gabelantilopen grasten ruhig am Ufer des Wassers. Mah-rees Herz machte vor Freude einen Sprung, als sie die idyllische Schönheit dieser Szene sah.

»Das, worauf wir warten, wird hier geschehen!« sagte Cha-kwena voraus.

Mah-ree blickte zu ihm auf. Im Licht der Sterne sah er wunderbar aus, während sein Eulenkopfschmuck ihn wie ein Wesen halb Vogel, halb Mensch wirken ließ. Es war, als müßte er nur die Arme ausbreiten, um in die Nacht hinauszufliegen, und wenn sie seine Hand festhielt, würde sie auf dem Mantel seines Zaubers davongetragen werden. Sie seufzte überwältigt vor Liebe und Stolz darüber, daß sie seine Frau war. Dann runzelte sie die Stirn. Er wirkte so traurig. Mit ihrer freien Hand berührte sie sein Gesicht. »Laß zu, daß ich dich liebe«, flüsterte sie.

Cha-kwena blickte sie nicht an, als er ihre Hand fortschob. »Sieh nur!« sagte er. »Eule fliegt nach Osten.«

Mah-ree war jetzt überhaupt nicht an Eulen interessiert. Sie war enttäuscht, konnte Cha-kwena jedoch keinen Vorwurf machen, daß er ein so ungehorsames Geschöpf wie sie nicht begehrte.

Während er die Sterne beobachtete, fuhr Cha-kwenas Hand an seine Kehle und drückte das Amulett, das unter seinem Wintermantel verborgen war. »Die Mammuts sind hier. Warum fliegt dann der helfende Tiergeist meines Großvaters Hoyeh-tay immer noch weiter nach Osten? Und der Himmel spricht vom Frühling. Warum herrscht dann der Winter immer noch über dieses Land? Irgendwo ... irgendwie ... irgend etwas hat die Mächte der Schöpfung erzürnt. Wenn ich nur wüßte, was es ist!«

Mah-ree blickte entgeistert zu ihm auf. »Ich wollte wie befohlen zum Dorf zurückkehren, Cha-kwena, doch als mein Schamane sich allein und unbewaffnet auf den Weg machte, habe ich ...«

Cha-kwena blickte zu ihr hinab und sagte mit vor Erschöpfung gedämpfter Stimme: »Ach, meine kleine Frau, wenn ich daran denke, daß du der Grund sein könntest ...«

»... dann würdest du mich von diesem großen Fels in den Tod stürzen! Ich habe nichts weniger verdient!«

Er schüttelte den Kopf, legte ihr ermattet einen Arm um die Schultern und zog sie zu sich heran. »Ich bin kein Schamane des Stammes des Wachenden Sterns, Mah-ree.«

»Aber ich bin eine gesetzesbrüchige Frau.«

»Mehr nicht«, sagte er.

»Mehr nicht!« wiederholte sie, während sie in seiner Umarmung zitterte. Sie schlang verzweifelt ihre Arme um ihn und war entschlossen, ihren neuen Wurfspieß zu zerstören, falls die Mächte der Schöpfung ihn als Speer ansahen. »Mah-ree wird nie wieder ihren Mann, ihren Stamm oder das Totem in Gefahr bringen!« schwor sie. »Diese Frau soll von jetzt an die Gehorsame Frau sein! Die Gesetzesbrüchige Frau ist jetzt genauso tot wie der Stamm des Wachenden Sterns!«

»Nicht alle unsere Feinde wurden im letzten Krieg getötet, meine Kleine.«

»In meinem Herzen sind sie alle tot«, sagte sie. »Das ist dasselbe!«

Im Tal der Toten hatte das Riesenfaultier sein Leben ausgehaucht. Ebenso die Sprungkatze, die Ban-ya ihre Beute streitig gemacht hatte. Nachdem das Brüllen des großen Raubtiers, das sie vom Schlaf abgehalten hatte, sie zum Seeufer gelockt hatte, hatten Tsana und seine Jäger ihre Speere geworfen und die Katze für immer zum Schweigen gebracht.

»Jhadel wird das Fell, die Zähne und die Krallen bekommen«, sagte Tsana, als er auf den Kadaver hinabblickte. »Es ist unsere Jagdbeute, aber wir hätten sie niemals erlegt, wenn er uns nicht zu diesem Ort geschickt hätte.«

Die Männer murmelten zustimmend – bis auf Indeh. Sein Lieblingsspeer war über das Ziel hinausgeschossen und irgendwo im Schilf verlorengegangen.

»Ich sage euch, es ist nicht gut für Menschen, sich in diesem verfluchten Tal aufzuhalten! Nichts ist mehr so, wie es war, seit unsere Feinde das Totem töteten«, brummte der Mann, während er zu dem Skelett des großen weißen Mammuts hinüberstarrte, das aus dem vereisten See hervorragte.

»Ich mache mir allmählich Sorgen um dich, Indeh«, stellte Tsana mit unverhohlener Verachtung fest. »Furchtlos hast du dich dem Stamm des Wachenden Sterns angeschlossen! Tapfer hast du geschworen, den Speer gegen deinen eigenen Häuptling zu erheben, weil er seine Krieger entehrt hat, als er sich mit Männern aus der Roten Welt zusammentat. Doch wenn ich jetzt höre, wie du winselst und jammerst, glaube ich, daß du gar nicht so furchtlos und tapfer bist. Ich glaube vielmehr, daß du das ängstliche Herz und den zitternden Bauch nicht eines Kriegers ... sondern einer *Frau* aus Shatehs Stamm besitzt!«

Indeh erstarrte bei dieser Beleidigung und der unwillkommenen Erinnerung an seine Herkunft. »Tsana spricht sehr furchtlos und tapfer, wenn man bedenkt, daß es *dieser* Stamm ist – und nicht Shatehs – der sich vor seinen Feinden verstecken muß.«

Die anderen Jäger warfen ihm bei diesen Worten verärgerte Blicke zu. Es war spät. Sie alle waren müde und brauchten Schlaf. Die Nacht war sehr kalt. Seetaucher stießen unheimliche Rufe aus, ohne daß sie auf der nebligen Oberfläche des Sees zu sehen waren. Wölfe und Löwen »sprachen« in der Dunkelheit miteinander und erinnerten die Männer daran, daß sie achtgeben mußten, wenn sie das Fleisch nicht wieder verlieren wollten, das sie in dieser Nacht erbeutet hatten. Dann klang ein anderer Laut im Wind auf – ein beunruhigend vertrauter Laut.

»Ich schwöre bei den Mächten der Schöpfung, das klingt wie ein schreiendes Baby!« rief Hrak.

»Der Wind hat uns getäuscht«, versicherte Tsana.

»Oder die Geister«, setzte Indeh unheilvoll hinzu.

Die Männer schwiegen und lauschten aufmerksam. Von der Entfernung verzerrt, waren die menschenähnlichen Schreie noch einen Augenblick lang zu hören, bis sie verstummten.

»Dieser Ort gefällt mir nicht!« sagte Unai. »Ich denke,

Indeh hat vielleicht doch recht. Zu viele sind hier gestorben. Jetzt rufen die Geister im Wind!«

»Und ich sage es euch noch einmal. Wenn der Geist meiner toten Frau, der Hohepriesterin Sheela sich in diesem Tal aufhält, dann wird sie uns beschützen. Es gibt nichts, wovor wir uns fürchten müßten!« Tsana deutete auf die Jagdbeute. »Morgen werden wir diese Sprungkatze schlachten. Gibt es einen Mann, der mir widersprechen kann, wenn ich sage, daß dieses Tal der beste Jagdgrund ist, den wir seit vielen langen und hungrigen Monden gesehen haben? Gibt es hier einen Mann, der nicht der Meinung ist, daß wir eine Stelle suchen müssen, um ein richtiges Lager aufzuschlagen, damit wir diese Gelegenheit nutzen können?«

Niemand sprach, nicht einmal Indeh.

Tsana nickte. »Falls es niemand anderen gibt, der an meiner Stelle gehen möchte, werde ich zurückkehren und Jhadel mit dem Rest des Stammes hierherführen.«

»Jetzt?« fragte Xanahay überrascht.

»Ganz allein?« wollte Indeh mißtrauisch wissen.

»Bald wird es dämmern. Ich kann in dieser Nacht ohnehin nicht mehr schlafen. Ein Mann genügt, um die anderen zu führen. Viele werden nötig sein, um das Fleisch zu bewachen und dafür zu sorgen, daß Wölfe und Löwen nicht das rauben, was den Hunger aus den Bäuchen unserer Frauen und Kinder vertreiben wird. Aber wenn du zu ängstlich bist, um hierzubleiben, Indeh, kannst du meinetwegen mitkommen. Ich werde dich schon beschützen!«

»Geh!« knurrte der ehemalige Krieger Shatehs. »Dieser Mann hat keine Angst, in diesem Tal zu bleiben!«

Tsana machte sich auf den Weg und ließ sich vom Licht des Himmelsflusses und der vielen Sternenkinder des Mondes führen. Er war stolz, daß er nicht laut darüber aufgelacht hatte, wie leicht sich Indeh doch beeinflussen ließ. Er wollte allein den Rückweg antreten, weil er nicht die Absicht hatte, den kürzesten Weg aus dem Tal zu nehmen. Statt dessen lief Tsana auf die Hügel zu, von denen die seltsamen Laute gekommen waren. Obwohl er den Männern gegenüber etwas anderes behauptet hatte, wußte er, daß sie keine Täuschungen des Windes gewesen waren. Jemand hatte gerufen. Jemand hatte geschrien. Jemand hatte kurzzeitig als Silhouette im Feuerschein gestanden. Jemand oder etwas. Er mußte in Erfahrung bringen, wer oder was sich da draußen befand.

»Sheela!« Tsana sprach den Namen der vermißten Frau mit einer Sehnsucht aus, die ihn bis ins Herz schmerzte. Er fragte sich, ob irgend jemand aus seinem Stamm wußte, wieviel von seiner Seele Sheela in die Welt jenseits dieser Welt mitgenommen hatte, als sie während des letzten Krieges im Kampf mit dem heimtückischen Schamanen aus der Roten Welt getötet worden war. Doch Krieger trauerten nicht um ihre Frauen. Krieger führten ihr Leben unbeirrt weiter. *Andere Krieger*, dachte er, *nicht Tsana*. Er war schon Sheelas Mann gewesen, bevor sie zur Hohepriesterin des Wachenden Sterns geworden war, die letzte lebende Blutsverwandte der legendären Ysuna, der Tochter der Sonne. Kein Mann hatte jemals eine solche Frau gehabt ... vielleicht mit Ausnahme des Mystischen Kriegers, des Schamanen Masau, der Ysunas Mann gewesen war, bevor er in Ungnade fiel, als er sie beide aus Liebe zu einer Frau der Roten Welt verriet.

Tsana verzog angewidert das Gesicht. Masau war tot. Niemand in den vielen zerstreuten Gruppen des Stammes trauerte um ihn, wie Tsana wußte, da er viele von ihnen besucht hatte. Am Ende war er unbedeutend geworden, wie das Kind, als das er geboren worden war. Nicht einmal die Tochter der Sonne hatte es geschafft, ein ausgestoßenes Kind Shatehs in einen treuen Mann des Wachenden Sterns zu verwandeln.

Er fragte sich, was mit Indeh geschehen würde. Der Mann hatte sich als tapferer Kämpfer und Jäger erwiesen, doch auch er war letztlich nur der Mensch, als der er geboren war. Andere – einschließlich Jhadel – mochten über seine Vergangenheit hinwegsehen, doch Tsana war nicht dazu bereit. Eines Tages würde der Mann sich einmal zu oft seinem Willen widersetzen, und dann würde Tsana seinem Leben ein für allemal ein Ende setzen.

Tsanas Gedanken ließen den Weg, den er ging, kurz erscheinen. Er näherte sich bereits seinem Ziel. Die Hügel ragten vor ihm auf. Er lief schneller, bis das dichter werdende Gebüsch ihn behinderte. Plötzlich stürzte ein Nachtraubvogel oder eine Fledermaus auf lautlosen Schwingen vom Himmel herab und fuhr mit den Krallen über seinen Kopf. Tsana fluchte und schlug um sich. Doch es war zu spät. Das Wesen war verschwunden. Während er sich Blut aus den Augen wischte, blickte er im Sternenlicht die steile Wand einer von Höhlen durchlöcherten Klippe hinauf.

»Sheela … ist dein Geist hier? Hast du in dieser Nacht nach deinem Mann gerufen?« flüsterte er halb in Hoffnung, halb in Furcht.

Und dann sah er sie. Eine Frau stand am Rand der größten Höhle.

Atemlos starrte Tsana nach oben. Er glaubte nicht, was er sah, obwohl er es glauben wollte. War sie wirklich, oder spielte ihm die Nacht einen Streich? Er war sich nicht sicher, aber er wich nicht zurück, während er sich bang nach dem Wiedersehen mit der einzigen Frau sehnte, die er jemals wirklich geliebt hatte.

Nach einigen Augenblicken verschmolz die Gestalt mit den Schatten der Höhle. Enttäuscht stand Tsana noch eine Weile reglos da, bevor er sich umdrehte und weitergehen wollte. Doch dann ließ ihn ein Geräusch innehalten. Hatte er gerade hastige Schritte auf steinigem Boden gehört, oder ließen sich seine Ohren vom Wind täuschen, der durch die Klüfte der Hügel strich? Er wollte es wissen. Er hielt seine Speere bereit und ging weiter, auf die größte Höhle zu. Als er den Aufstieg geschafft hatte, blickte er vorsichtig und nicht ohne Angst hinein.

Das Sternenlicht ließ ihn nur soviel erkennen, daß es offenbar eine geräumige Höhle war, die sich als Unterschlupf für seinen Stamm eignen könnte. Von Sheela war nichts zu sehen, trotzdem fragte sich Tsana, ob der Geist seiner geliebten Frau ihn an diesen Ort geführt hatte. Dann roch er den säuerlichen Gestank nach Erbrochenem, den Geruch nach Asche von einem Kochfeuer und nach der Behausung eines Menschen. Unsicher und verwirrt wollte er gerade die Höhle betreten, um sich genauer umzusehen, als er vom Geräusch eines Steinschlags aus dem Innern der Höhle überrascht wurde. Kurz darauf kam ihm ein Schwarm aus tausend Flügeln aus der Höhle entgegen.

Tsana war ein Mann, der nur vor wenigen Dingen Angst hatte, doch vor einer rauschenden Flut aus ledrigen Flügeln ergriff sogar er schnellstens die Flucht. Er verließ die Höhle, stolperte und stürzte schließlich, bis er sich benommen, aber unverletzt und flach auf dem Rücken liegend am Fuß der Klippe wiederfand. Als er zu den Fledermäusen hinaufstarrte, die sich über ihm scheinbar in Luft auflösten, erinnerte er sich daran, daß die Überlieferungen der Ahnen besagten, Fledermäuse seien die Manifestationen ruheloser und unglücklicher Seelen. Jetzt war Tsana überzeugt, daß es wirklich der Geist seiner verstorbenen Frau gewesen war, der ihn zu diesem Ort gerufen hatte.

Begeistert sprang Tsana auf und rief seiner Geliebten zu: »Du sollst nicht länger allein sein! Ich werde den anderen Männern meiner Jagdgruppe sagen, daß sie hierherkommen sollen. Sie werden Angst haben, aber ich werde es ihnen befehlen. Sie werden diesen Ort mit Feuer und Liedern wohnlich machen! Dein Geist soll mit ihnen singen, während ich zu Jhadel zurückkehre und unseren Stamm hole!«

Tief in der Höhle lauschte Ban-ya erschrocken auf Tsanas Versprechen. Sie hockte mit ihren Babys in absoluter Finsternis. Nachdem sie es geschafft hatte, den Rückweg zum Höhleneingang wiederzufinden, obwohl sie bereits befürchtet hatte, sich verirrt zu haben, konnte sie im Sternenlicht den Mann recht gut erkennen, der am Fuß der Klippe stand und hinaufrief. Als sie an seiner Kleidung und seinem tätowierten Gesicht erkannt hatte, daß es ein Krieger des Stammes des Wachenden Sterns war, hatte sie ihre Sachen genommen und war tief in den Hügel geflohen, um sich zu verstecken, bis er wieder verschwunden sein würde. Hätte sie dabei nicht die Fledermäuse aufgeschreckt, wäre alles gutgegangen. Doch als sie plötzlich ausgeschwärmt waren, war sie verängstigt tief ins Innere der Höhle geflüchtet. Jetzt war ihr der Rückweg zur Haupthöhle durch einen Steinschlag verschüttet worden.

Ban-yas Herz klopfte wild. Um ihre zwei Kinder zum Schweigen zu bringen, hatte sie hastig Knebel aus dem fransigen Saum ihres Kleides gemacht. Der stärkere der beiden wurde schon wieder unruhig. Sie hielt dem Kind die Nase zu, damit es keinen Laut von sich geben konnte, bevor sie sein Gesicht fest an ihre Brust drückte. Sie durfte nicht riskieren, daß irgendein Geräusch durch den Haufen herabgefallener Steine drang.

»Scht, mein kleiner Sohn … schlaf, mein Sohn … du mußt still sein, damit deine Schreie nicht unsere Feinde herbeilocken!«

Das Kind wand sich, bis es sich in Ban-yas Umarmung entspannte. Doch jetzt war die Ratte, die Räuberin des Mutes, die Mutter der Furcht, bei ihr. Ban-ya hörte, wie sie sich in der Dunkelheit bewegte, spürte, wie sie und ihre pelzigen, nacktschwänzigen Kinder an ihren bloßen Füßen vorbeihuschten. Sie mußte sich beherrschen, um nicht laut aufzuschreien. Wenn es in ihrer Lage irgendeinen Trost gab, dann lag er in der Erkenntnis, daß sie alle ihre Sachen bei sich hatte. So konnte sie mit ihrem Feuerbohrer und dem Zunder Feuer und Licht machen. Sie wußte, daß die Ratte und ihre Familie vor dem Licht fliehen würden. Und sie war sicher, daß sie mit Licht ihre zunehmende Panik beschwichtigen konnte. Sobald sie ihre Umgebung sah, würde sie sich durch die Steine wühlen und aus der Höhle fliehen, bevor die Jäger zurückkamen.

Ban-ya legte ihre Kinder ab. Das kleinere Baby gab leise Geräusche von sich, die darauf hindeuteten, daß es gerade seine Windeln beschmutzte. Das andere Kind war still, worüber Ban-ya sehr erleichtert war. Sie stöberte hektisch in ihren Sachen, bis sie ihr Feuerwerkzeug und die kleine, schmucklos gearbeitete Talglampe aus Stein gefunden hatte. Kurz darauf drehte sie den Feuerbohrer zwischen ihren Handflächen auf einem Bett aus trockenem Gras und Flechten. Das Feuermachen war keine einfache Arbeit, vor allem, seit Dakan-eh ihr bei einem Wutanfall das Handgelenk gebrochen hatte. Der Bruch war nie richtig verheilt, und bei schweren Anstrengungen schwoll die Stelle schmerzhaft an.

Der Zunder fing Feuer. Dankbar beugte Ban-ya sich vor und blies hinein, um die Flammen und das Licht zu nähren. Kurz darauf hatte sie einen ölgetränkten Faserdocht in der unregelmäßigen Einbuchtung ihrer Steinlampe entzündet. Neugierig auf ihre Umgebung hob sie die Lampe und war von dem, was sie sah, so überrascht, daß sie sie beinahe fallen gelassen hätte.

»Oh!« rief sie, als sie erstaunt die weite Höhle mit der niedrigen Decke erblickte, deren Anblick ihr den Atem raubte. Sie drehte sich im Kreis, um sich einen Überblick zu verschaffen, und keuchte vor Überraschung und Ehrfurcht auf, als sie phantastische, heilige Bilder auf den Wänden dieser verborgenen Höhle sah.

Im selben Augenblick schoß ein Meteor über den Himmel. Cha-kwena und Mah-ree, die auf dem Rückweg zum Dorf durch den Wald gingen, blieben unvermittelt stehen. Obwohl oft Sternschnuppen über den schwarzen Mantel von Vater Himmel flammten, war das blaue Strahlen dieses Meteors etwas Besonderes. Er kam aus dem Sternbild, das sie als den Großen Bären kannten, und sah aus wie ein Feuerspeer, der von den Bergen im Norden in ihre Richtung und dann durch das erste Erröten der Dämmerung flog, die den Osthimmel eingefärbt hatte.

Mah-ree hielt den Atem an. »Wir haben schon einmal einen solchen Stern gesehen! Vor langer Zeit. Damals waren wir zusammen, genauso wie jetzt. Ach, Cha-kwena, die Ahnen sagen, daß solche Flammensterne die Vorzeichen guter Ereignisse sind! Das ist bestimmt ein Zeichen, daß wir für immer und ewig zusammensein werden!«

Cha-kwena runzelte die Stirn. Er hatte den Stern nicht vergessen, von dem sie sprach. Er hatte ihn sogar an die Wand seiner geheimen Höhle gemalt. Für ihn markierte der Stern nicht seine erste Vereinigung mit Mah-ree, sondern den Beginn des Krieges und all dessen, was seinen Stamm aus ihrem Heimatland vertrieben hatte. Cha-kwenas Hand suchte und fand den heiligen Stein. Mit dem Amulett in seiner Faust wandte er seinen Blick dem Himmel zu und bat die Mächte der Schöpfung, seine Seele zur Abwechslung mit guten Omen zu erleuchten.

Er wollte gerade seine kleine Frau warnen, daß sie nicht wieder Mutmaßungen über die Absichten der Geister anstellen sollte, doch sie war bereits weitergeeilt. Vom Geräusch ihrer Schritte alarmiert, stimmten die Hunde des Dorfes eine bellende und jaulende Begrüßung an. Cha-kwena blieb stehen, während Mah-ree mitten in das glückliche Rudel stürmte. Er hegte einen Widerwillen gegen die Hunde, seit eine Handvoll davongelaufen war und sich mit Kojoten und Wölfen zusammengetan hatte, um das große weiße Mammut Lebensspender anzugreifen. Wenn die Hunde nicht so nützlich als Packtiere gewesen wäre – und wenn Mah-ree nicht eine so unerklärliche Zuneigung zu ihnen gehabt hätte –, hätte er sie schon vor langer Zeit fortgejagt.

Der Nachtwind, der jetzt sanft geworden war und im ersten zögernden Licht des Morgens erstarb, seufzte, umarmte Cha-kwena und vertraute ihm dann mit einer Stimme, die von überall gleichzeitig zu kommen schien, an: *Sei weise, Cha-kwena! Im Wald gab es Böses. Sei vorsichtig, Gelber Wolf! Die Lagerfeuer der Toten erleuchten den Fluß der Nacht. Im Bauch des Bären sind Augen, und der Wachende Stern sieht dich an … hier und jetzt … auch wenn du deinen Stamm über das Ende der Welt hinausgeführt hast.*

»Böses im Wald? Augen im Bauch eines Bären? Feuer, die in einem Fluß brennen? Wie kann es so etwas geben?« Verwirrt und unsicher, ob wirklich der Nachtwind gesprochen hatte oder ob er nur die Stimme seiner niemals aufhörenden Furcht vor der Zukunft gehört hatte, wurde Cha-kwena plötzlich wütend. »Ich bin Schamane! Warum müssen die Geister immer so geheimnisvoll sein? Warum reden die Mächte der Schöpfung immer nur in Rätseln zu mir, um mich zu verwirren?«

Die Eule hat dir den Weg gezeigt, den du gehen mußt! Du mußt gar nicht mehr von dem wissen, was sein wird und was nicht sein wird. Kein Mann, nicht einmal ein Schamane, kann hinter diese Krümmung des Horizonts blicken! Obwohl du ständig darauf zuläufst und ihn tausendmal erreichst, wird er immer in der Ferne bleiben, sich ewig verändern und unerreichbar bleiben, bis sich schließlich deine Seele über deine irdische Gestalt erhebt und du mit den Augen deiner Seele siehst, was kommen wird!

Erschüttert hörte und spürte Cha-kwena, wie der Nachtwind kurz auffrischte und dann erstarb. Er fühlte sich plötzlich müde, hungrig und erschöpft von den anstrengenden Launen der Vision und blickte auf die Ansammlung der kleinen, kegelförmigen Hütten seines Stammes, die vom sanften Licht der Dämmerung beschienen wurden. Jemand hatte ein Kochfeuer entzündet. Es würde noch eine Weile dauern, bis die Sonne hoch genug gestiegen war, um ihr Gesicht über dem hohen östlichen Rand der Schlucht zu zeigen, und es war noch zu dunkel, als daß Cha-kwena Rauch sehen konnte, doch er nahm den einladenden Geruch nach brennendem Holz und Dung wahr und wußte, daß bald der Duft der Morgenmahlzeit die Luft versüßen würde. Nachdem der Mond untergegangen war und der Morgenstern zusammen mit seinen Verwandten über den verschneiten Hügeln im Westen tiefer sank und verblaßte, war es ein wunderbarer und wohltuender Anblick für einen ermüdeten Mann. Er ging weiter und hörte, wie die Mammuts zufrieden jenseits der Schlucht trompeteten. Er blickte sich nicht um. Kosar-eh kam auf ihn zu.

»Mah-ree sagt, du hast gutes Land entdeckt«, sagte der große Mann.

»Die Mammuts haben es gefunden.«

»Dann hast du also die Absicht weiterzuziehen?« Kosar-eh schien über diese Vorstellung nicht gerade begeistert zu sein. »Dies hier ist ein guter Ort. Unsere Frauen und Kinder sind hier glücklich. Wir könnten viele Monde lang bleiben und immer noch genügend Fleisch auf dem Grasland finden.«

Cha-kwena blickte sich um und wußte, daß es seinem Stamm in diesem neuen Dorf so gut ging, weil er die Menschen gut geführt hatte. Er wußte auch, daß mit dem kommenden Frühling die überwinternden Herden zum Kalben und zur Paarung vermutlich zu unbekannten Gebieten weiterziehen würden. Auch für sie war es Zeit weiterzuziehen. Fleisch, Holz und frische Wasserquellen erwarteten sie am anderen Ende der Schlucht. Dort würden sie sich niederlassen und auf die baldige Wiedergeburt des Totems warten. Und selbst wenn seine Feinde durch einen unwahrscheinlichen Zufall die Höhlenzeichnungen entdecken sollten, würden sie die Mammuts nie mehr wiederfinden können, jetzt, nachdem Cha-kwena sich so weit hinter das Ende der bekannten Welt zurückgezogen hatte.

Durch Böses im Wald werden sie die Witterung der Spur aufnehmen! Durch die Augen im Bauch des Bären werden sie den Weg sehen! Du hast dich dem Tabu der Ahnen widersetzt und das Vertrauen der Vorfahren mißbraucht! Im Licht der Feuer, die im Fluß der Nacht brennen, werden deine Feinde und die Feinde des Totems kommen!

Verblüfft erstarrte Cha-kwena, drehte sich um und suchte nach der Quelle dieser Warnung. Der Nachtwind war nicht zurückgekehrt. Außer den Lauten der Hunde, den Stimmen im Dorf und dem beginnenden Lied der erwachenden Vögel war die Luft still. Die Dämmerung war jetzt voll erblüht und tauchte den Himmel und die Erde in einen rosa und blauen Hauch. Im sanften Schimmer des Morgens klammerte sich Cha-kwenas Hand fest um den heiligen Stein. Er spürte seine Macht und wußte, daß ihm wirklich eine Vision geschenkt worden war, als er sagte: »Auf den Schwingen der Eule forderten mich die Geister der Vorfahren in der letzten Nacht auf, die Schlucht zu verlassen. Hinter diesen Bergen halten sich die Mammuts auf und warten. Wir werden unsere Hütten nicht außerhalb ihres heiligen Schattens aufstellen.«

Kosar-eh war beunruhigt. »Dann werden wir auf ewig weiterwandern? Und niemals fest in einem Dorf oder einem Land leben, das unsere Kinder einmal das Land ihrer Mütter und Väter nennen ...?«

»Seit Anbeginn der Zeiten hat unser Stamm im Schatten der Mammuts gelebt. Wenn sie an einem Ort bleiben, bleiben auch wir in dem Land, das sie erwählt haben, so wie unsere Mütter und Väter zahllose Generationen lang in der Roten Welt geblieben sind. Wenn die Mächte der Schöpfung sie dazu drängen, weiter nach Osten dem Pfad der aufgehenden

Sonne zu folgen, werden und müssen auch wir ihnen folgen.«

Kosar-eh machte ein finsteres Gesicht, drehte sich um und kehrte ohne jeden Kommentar zum Dorf zurück.

Cha-kwena war nicht entmutigt. Zum erstenmal seit sehr langer Zeit war er zuversichtlich. Er wußte, daß seine Worte die einzig richtigen gewesen waren. Es war Zeit für ihn, seine Zweifel und Ängste beiseite zu schieben. Er mußte den Mammuts, dem heiligen Stein und den Geistern bedingungslos vertrauen, die ihn gewarnt hatten, daß er, seit er das Tabu der Ahnen verletzt hatte, immer auf der Hut und bereit sein mußte, das Totem vor den Feinden in Sicherheit zu bringen. Und die Vorstellung, in ein unbekanntes Land vorzudringen, erfreute immer wieder sein Herz.

»Cha-kwena!«

Die Kinder des Stammes kamen auf ihn zugelaufen und wollten Geschichten über seine jüngste Wanderung auf dem Traumpfad hören. Tla-nee und Joh-nee waren an seiner Seite, nahmen seine Hände und zerrten ihn ins Dorf, wo die Frauen ein gemeinschaftliches Kochfeuer entzündet hatten. Mah-ree hatte bereits seine Schlaffelle und die Rückenstütze zum Ehrenplatz des Schamanen gebracht. U-wa drängte ihn, sich zu setzen. Er lehnte dieses Angebot nicht ab.

Wenige Augenblicke später war der ganze kleine Stamm versammelt und reichte fröhlich geflochtene Körbe und Kochbeutel herum, um gemeinsam am Überfluß des neuen Landes teilzuhaben, in das der Schamane sie geführt hatte. Für Cha-kwena war die Versammlung von geliebten Freunden und Familienangehörigen genauso nahrhaft wie das Essen, das sie miteinander teilten. Gelegentlich bemerkte er, wie Mah-rees Blicke bewundernd an ihm hingen, während die Kinder ihn um neue Geschichten anbettelten. Er erzählte ihnen alles, was sie hören wollten. Geschichten vom Anbeginn der Zeiten, als die Tiere und Menschen noch ein Stamm waren ... über den Ersten Mann und die Erste Frau ... und über die ewig kriegführenden Zwillingsbrüder des Himmels.

»Erzähl uns die Geschichte, wie der Hund sein Wolfsfell abwarf, damit er für immer als Bruder an der Seite des Menschen leben konnte«, verlangte Ka-neh.

Cha-kwena erzählte die Geschichte, und als die Kinder anschließend die Hunde herbeiriefen, um auch ihnen zu fressen zu geben, runzelte er mißbilligend die Stirn, aber er konnte die Tiere jetzt unmöglich fortschicken. Denn nun wollte Kiu-neh die Geschichte hören, wie Hornnase dem Mammut einen Stoßzahn stahl. Cha-kwena begann mit der Erzählung, doch dann schmollte Tla-nee und beschwerte sich, daß sie noch nie eine Hornnase gesehen hatte. Cha-kwena kam in den Sinn, daß er auch noch nie so ein Tier gesehen hatte.

»Die Hornnasen sind so groß wie ein junges Mammut«, sagte U-wa und erzählte dann, daß sie als Kind einmal eine Herde Nashörner gesehen hatte, als sie kaum älter gewesen war als Tla-nee.

»Wenn die Hornnasen laufen, traben sie wie wütende Pferde«, setzte Kosar-eh hinzu. »Und selbst junge Hornnasen haben so große Füße, daß sie den Boden erbeben lassen, wenn sie vorbeitraben.«

Die Kinder staunten mit offenen Mündern, und nachdem Cha-kwena die Geschichte erzählt hatte, wie Hornnase seinen Stoßzahn vom Mammut stahl, lachten sie und sprangen auf. Dann beschäftigten sie sich mit einem Spiel, in dem sie Hornnase und seine trabenden Kinder mit den großen Füßen nachahmten.

Als Cha-kwena sie beobachtete, kam ihm der Gedanke, daß in diesen Tagen viele Tiere selten geworden waren. Er dachte an Ha-xa und ihren Umhang aus Jaguarfell und bezweifelte, daß irgendein Kind seines Stammes jemals eine solche gefleckte Katze gesehen hatte. Verschwunden waren auch die vierhörnigen Antilopen und die fetten kleinen hakennasigen Schweine mit dem gescheckten Bauch und die schwarzen zottigen Ochsen mit den schweren Hörnern, die ihre Köpfe wie eine rituelle Haube bedeckten und die aussahen, als wären sie geschmolzen und auf ihre Stirn herabgeflossen. Der Sonnenjäger ließ nur noch selten den Schatten seiner riesigen, denen eines Kondors ähnlichen Flügel auf die Erde fallen, und nur noch eine Pferdeart bevölkerte in diesen Tagen das Grasland. Langhörnige Bisons mit hohen Schultern wurden viel häufiger gesehen als ihre kleineren und schnelleren Verwandten. Und während Hoyeh-tay noch Geschichten aus der Zeit seines Großvaters erzählt hatte, in denen die Mastodons und Mammuts so zahlreich wie heute die Bisons gewesen waren, handelte es sich, soweit Cha-kwena wußte, bei der Mammutherde, die jenseits der Schlucht weidete, vielleicht um die letzten ihrer Art.

»Nicht solange ich lebe!« schwor er.

»Wovon sprichst du?« fragte die freudestrahlende Tamaya, die gerade ihre kleine Ha-xa-ree stillte.

»Ich … solange ich lebe, habe ich noch nie eine Hornnase gesehen«, erwiderte Cha-kwena, der ihr Glück nicht mit seinen Gedanken verdüstern wollte.

Als ihm kurz darauf eine stolze Mah-ree mehr zu essen und zu trinken brachte, kam Cha-kwena der Gedanke, daß seine hübsche kleine Frau vielleicht recht mit ihrer Deutung des fallenden Sterns hatte. Im Kreis der glücklichen Kinder und liebevollen Frauen empfand er eine tiefe Zufriedenheit. Nun ja, Kosar-eh hat schon einmal glücklicher ausgesehen, dachte er. Und die arme kleine Doh-teyah war blind, aber ihre Augen litten nicht mehr unter den bösen Wundgeistern. Sie war ein fröhliches Kind, das genauso oft lachte wie die anderen, während sie glücklich auf Gah-tis Knie hockte. Trotz seines Armstumpfes und der Narben auf seiner Kopfhaut war Gah-ti zu einem tapferen, klugen und starken jungen Mann herangewachsen. Als er Gah-ti und Doh-teyah betrachtete, verspürte Cha-kwena neue Zuversicht und

Kraft. Vielleicht würde er bald die Macht finden, um sie beide heilen zu können.

Cha-kwena nahm Mah-rees Gaben lächelnd an. »Vielleicht war das Vorzeichen doch ein gutes Omen«, sagte er.

6

Ein neuer Tag war im Grasland angebrochen, doch in Lahontays Geist hatten sich Bilder der vergangenen Nacht und von einem fallenden Stern eingebrannt, während er Warakan flußabwärts über das verschneite Land zu dem Ort führte, wo der Bär schlief.

»Bald wird Shateh sehen, daß ich würdig bin, sein Sohn zu sein!« versprach der Junge. »Bald werden es alle sehen!«

»Hmm«, gab der alte Mann zur Antwort und machte eine kurze Rast.

»Der Stern, der in der letzten Nacht vom Himmel fiel ... es war wirklich ein gutes Zeichen!«

»Ein Zeichen dafür, daß das Ende naht«, sagte Lahontay.

»Das hast du auch letzte Nacht gesagt!« Warakan war atemlos vor Aufregung. »Das Ende des Tieres, das wir jagen! Das Ende meiner Tage als unerfahrener Junge! Namaray und die anderen werden sich ärgern, daß sie nicht an dieser großen Aufgabe teilnehmen dürfen!«

»Diese Prüfung ist nur für dich allein bestimmt«, erwiderte Lahontay feierlich und stemmte sich gegen das Gewicht seiner Rückentrage. »Komm, Junge! Wir müssen weiter. Und sei für eine Weile still! Du redest zuviel und stellst zu viele Fragen.«

»Es gibt so viel, das ich lernen will!«

»Hmmm.«

»Wirst du mir alles beibringen, was du weißt, Lahontay,

damit ich eines Tages auch ein so großer Jäger wie du bin und ein Mann, auf den mein Vater stolz sein kann?«

Der alte Mann bedachte den Jungen mit einem Seitenblick. »Versuch nicht, meinem Stolz zu schmeicheln, Warakan! Beobachte, was ich tue! Hör zu, wenn ich spreche! Und hör auf, wie ein Fluß im Frühling zu reden! Hast du dieses Benehmen von deinem Stamm gelernt, bevor du zu uns gekommen bist?«

Der Junge schien in sich zusammenzusinken. »Lahontays Stamm ist Warakans Stamm!«

Lahontay schnaufte.

»Ich kenne keine anderen Menschen, die ich jemals geachtet habe.«

Lahontay schnaufte erneut.

»Das ist wahr! Und Warakan ist Lahontay dankbar, daß er diesem Jungen die Gelegenheit gibt, sich zu beweisen. Ich werde dich nicht enttäuschen!«

Lahontay verzog das Gesicht, doch er sagte nichts und schnaufte nicht einmal, als er Warakan ungeduldig bedeutete, ihm zu folgen.

Sie gingen schweigend weiter. Im kalten Licht des Morgens war die Gebrechlichkeit des alten Mannes nicht zu übersehen. Er hielt oft an, rechtfertigte diese Ruhepausen jedoch mit der Notwendigkeit, Warakan in der Kunst des Fährtenlesens unterweisen zu müssen. Der Junge tat so, als würde er dieses Täuschungsmanöver nicht durchschauen. Sein Mißtrauen war verschwunden, und wenn der alte Mann über die Jagd und ihre Rituale sprach, hörte Warakan immer wieder gebannt zu.

»Mit der Liebe eines Bruders muß ein Mann sich dem Ort nähern, wo Große Tatze schläft. Mit der Liebe eines Bruders muß ein Mann sich überlegen, wie er diese Beute töten wird, denn die Art und Weise, in der es geschieht, muß eine Ehre sowohl für den Jäger als auch für den Gejagten sein. Erst nachdem dies getan ist, wird der Jäger die Eigenschaften des

Getöteten annehmen und damit einen hohen Rang in den Augen und den Seelen seines Stammes gewinnen. Mehr Respekt kann ein Mann nur dadurch erlangen, wenn er ein Mammut tötet.«

»Eines Tages werde ich ein Mammut töten!« prahlte Warakan.

Lahontay blieb unvermittelt stehen und versetzte dem Jungen einen Stoß. »Kein Mann darf sagen, daß er dieses oder jenes Tier töten wird. Ein Mann muß seine Beute bitten, ihm sein Leben zu schenken, damit es für ihn zur Nahrung wird. Wenn er dem Tier, das er töten will, keine Ehre erweist, wird es nicht freiwillig sterben, und der Stamm wird hungern! So wie unser Stamm gehungert hat! Hast du nichts über unsere Sitten und Lehren gelernt, seit du unter uns lebst? Vielleicht war es deine lockere, respektlose Zunge, die uns das große Fleisch vorenthalten hat, Junge des Wachenden Sterns! Kein Wunder, daß Namaray und die anderen Jungen dich ständig verprügeln!«

Warakan ließ betroffen über diesen Tadel den Kopf hängen. Er wollte sich entschuldigen und erklären, daß er kaum die Möglichkeit erhielt, von Erwachsenen zu lernen, wenn sich Namaray und die anderen in seiner Nähe aufhielten, aber er hatte schon viel zuviel geredet. Er biß die Zähne zusammen und wartete darauf, daß Lahontay wieder weiterging. Als er es tat, folgte Warakan ihm ohne Widerspruch.

Als die Sonne schon recht hoch am Himmel stand, die Luft jedoch immer noch ungewöhnlich kalt war, erreichten die beiden eine alte Bisonklippe. Sie blieben am Rand des Abgrunds stehen und blickten auf den Schlachtplatz mit den schneebedeckten Knochen, Schädeln und Stoßzähnen hinunter.

»Bevor du in meinem Stamm gelebt hast, Warakan, gab es an dieser Stelle viele gute Jagdzüge im Winter ... viele Bisons, viele Pferde, viele Mammuts ... so viel Fleisch, daß die Jäger sich nur die besten Stücke nahmen und den Rest den Aasfressern überließen. Jetzt, seit Shateh dich seinen Sohn nennt, schläft der Mond der Wärme hinter dem Rand der Welt, und der Große Weiße Winter füllt die Bergpässe mit Schnee, der nicht schmilzt. Wie sollen die Herden hindurchkommen, um dem Stamm als Nahrung zu dienen?«

Warakan blickte zu Lahontay auf. Die Anklage in den Worten des alten Mannes war ihm nicht entgangen. »Die Ahnen haben überliefert, daß zu Anbeginn der Zeiten, als die Tiere und Menschen noch ein Stamm waren, der Große Weiße Winter der höchste Häuptling der Vier Winde war. Nichts durfte ohne seine Erlaubnis leben. Doch ich lebte noch nicht im Land jener Zeit, Lahontay, also kannst du mir nicht die Schuld daran geben!«

Der alte Mann musterte den Jungen aufmerksam, bevor er wieder sprach. »Wer weiß, wo unsere Seelen zu Anbeginn der Zeiten lebten? Raubtier ... Beute ... Mensch ... Tier ... alles, was jetzt lebt, lebte schon damals in anderer Haut.«

Diese Vorstellung ernüchterte Warakan und beunruhigte ihn auf unerklärliche Weise, doch nur einen Augenblick lang. Er wußte, daß er das Vertrauen des alten Mannes zurückgewinnen mußte, und erklärte mutig: »In jedem Leben und in jeder Haut war und ist Warakan ein treuer Sohn Shatehs! Mit deinem eigenen Mund hast du gesagt, Lahontay, daß der Mond der Wärme aufgehen und der Große Weiße Winter auf den Flügeln des Nordwindes davongetragen wird, wenn ich es schaffe, den Bären zu wecken. Dann werden sich die Schnee- und Eisgeister in Wassergeister verwandeln. Dann wird sich die Haut von Mutter Erde mit einem Fell aus grünem Gras überziehen, und die Herden werden hungrig aus dem Gesicht der aufgehenden Sonne kommen und zu Fleisch für den Stamm werden. Dann wird der Stamm des Graslandes auf Warakan blicken und sagen, daß es gut war, als Shateh sich entschied, ihn zu seinem Sohn zu ernennen! Ist es nicht so, Lahontay?«

»Wir werden sehen«, erwiderte der alte Jäger ausweichend. Seine Augen hatten sich nachdenklich zu schmalen Schlitzen verengt. »Du sprichst gut für einen so jungen Mann. Fast so wie ein Schamane, den ich einmal kannte.« Er runzelte die Stirn, als er nach dem Weg in eine vergangene Zeit zu suchen schien. »Es ist sehr lange her … seltsam … ich kann mich nicht mehr an das Gesicht erinnern … aber an die Worte …«

»Es spielt keine Rolle«, unterbrach ihn Warakan. »Wenn ich wie ein Schamane klinge, werde ich nichts mehr sagen!«

Beunruhigt über sein nachlassendes Gedächtnis starrte Lahontay über das Land. »Wir müssen weitergehen. Es ist noch sehr weit zu jenem Ort, von dem ich geträumt habe. Und dort wartet große Gefahr auf uns.«

»Ich habe keine Angst!« beteuerte Warakan.

»Nein?« fragte der alte Mann und schüttelte den Kopf, als er den Jungen weiterführte. »Das solltest du aber!«

Rauch, Schweiß und Träume – davon wurde Shateh durchdrungen, als er in der Schweißhütte fastete und mit den Geistern sprach. Es war eine große Hütte mit niedriger Decke, die aus gebogenen Weidenzweigen bestand, die mit schweren Fellen bedeckt waren. Im Innern befand sich eine kleine Grube, die erhitzte Steine enthielt. Darüber goß Zakeh, der als Wächter des heiligen Rauchs diente, Wasser aus einem Bisonhorn, um Dampf zu erzeugen.

Doch als Zakeh, dem die Augenlider vor Müdigkeit bereits schwer geworden waren, jetzt Wasser auf die Steine schüttete, erzeugte er damit nicht mehr als ein leises, plätscherndes Geräusch. Seine Eingeweide krampften sich vor Furcht zusammen. Es war schon eine Weile her, seit er zur Felltür gekrochen war und Xohkantakeh, den Wächter der heiligen Flamme, gebeten hatte, mit der Zange aus Hartholz frisch erhitzte Steine von dem kleinen Feuer zu holen, das seit der Nacht draußen vor der Hütte brannte. Er ärgerte sich, daß er eingenickt war und seine heiligen Pflichten vernachlässigt hatte. Wenn Shateh in einer kalten Hütte ohne Dampf erwachte, wußte niemand, welche Strafe den Mann erwartete, der das Vertrauen eines heiligen Träumers mißachtet hatte.

Zakeh versuchte sich in Gedanken zu rechtfertigen. Man konnte ihm unmöglich vorwerfen, daß er eingeschlafen war! Es war schon fast eine Ewigkeit her, seit der Häuptling die Hütte betreten und das letzte Mal seinen Kopf bewegt hatte. Er träumte völlig reglos und atmete tief und langsam. Seine Hände lagen auf den untergeschlagenen Knien, zwischen denen sein langes, schweißgetränktes Haar zu Boden hing.

»Ist er noch am Leben?« flüsterte Xohkantakeh, als er die Felltür einen winzigen Spalt öffnete, um hereinzulugen.

Das grelle Licht ließ Zakeh die Augen zusammenkneifen. Die Hitze in der Hütte hatte nachgelassen, seit Shateh mit dem Ritual begonnen hatte, das der Austreibung der Wutgeister durch den Schweiß diente. Doch seitdem waren oft neue Steine in die Grube gelegt worden, so daß es im dunklen Innern immer noch warm und feucht war. Zakeh erzitterte im kühlen Luftzug des Morgens und zischte so leise, daß nur Xohkantakeh es hören konnte: »Was ist los mit dir? Schließ die Felltür! Der Träumer darf nicht gestört werden, bis er von allein aus seiner Versunkenheit erwacht!«

»Teikan war gerade bei mir, um mir zu sagen, daß Lahontay das Dorf mit Warakan verlassen hat. Er will mit ihm den Schlafplatz des Bären suchen. Namaray und die anderen Jungen hat er nicht mitgenommen. Das wird Shateh wissen wollen.«

»Wenn er vom Pfad der Träume zurückkehrt, werde ich es ihm sagen!«

»Du mußt ihm auch sagen, daß die neue Frau Eira ihre ersten Geburtswehen gespürt hat!«

»Ich werde die Träume eines Mannes nicht unterbrechen, wenn es um Frauen geht! Für das Kind dieser Frau ist es viel zu früh. Sie ist zum erstenmal schwanger; sie hat keine Ahnung, was sie da gespürt hat. Bring mir neue Steine! Ich brauche mehr Hitze, um den Träumer in der Welt jenseits dieser Welt zu unterstützen!«

Xohkantakeh murrte, aber er gehorchte. Die Schweißhütte war in bläuliche Dunkelheit getaucht. Zakeh griff nach dem letzten Bündel mit heiligem Salbei und Süßgras. Er legte es in die Grube auf die abgekühlten, faustgroßen Steine. Kurz darauf reichte Xohkantakeh ihm einen Lederbeutel mit frisch erhitzten Steinen herein. Der Geruch nach angesengtem Leder drang Zakeh in die Nase, als er den Beutel entgegennahm. Schnell und leise verteilte er den rotglühenden Inhalt über die Kräuter und blies dann in die Grube, bis ein duftender Rauch aufstieg, der für Menschen und Geister gleichermaßen heilig und wohltuend war. Erst als Shateh behaglich seufzte, entspannte sich Zakeh, tauchte das Bisonhorn wieder in den Wasserbeutel und ließ neuen Dampf von den Steinen aufsteigen.

Shateh lächelte.

Er war dankbar für die plötzliche Veränderung in seinen Träumen, die zur schmerzvollen Erinnerung eines alternden Mannes an seine Jugend und an Frauen geworden war, die er geliebt und verloren hatte. Jetzt war er wieder jung! Er sah sich selbst, wie er in den Jagdgründen seiner Jugend auf Großwildjagd ging. Er sah sich selbst, wie er mit weißem Lehm, Asche und Ocker bemalt war. Er sah sich selbst, wie er einen großen Pfahl hinaufkletterte, den Stamm einer Pyramidenpappel, der in einer Schlucht aufgestellt worden war. Er war ganz oben und hielt sich mit einem Arm an der Spitze fest, während er mit lauter Stimme das Wild rief. Damit forderte er die Bisons heraus, in die Schlucht zu stürmen und ihr Leben zu lassen, damit sie seinem Stamm als Nahrung dienten.

»Kommt!« brüllte er.

Und dann kamen die Bisons. Von den Hunden und Jägern seines Stammes getrieben, kamen sie zu Hunderten, bis die Erde erzitterte. Die Flutwelle aus schwarzen, braunen und goldenen Körpern rauschte über das Grasland auf die Schlucht zu. Und dann war er mitten zwischen ihnen. Sie erschütterten den hohen Pfahl, auf dem er stand und von dem er die Tiere in den Tod rief. Hufe, Hörner und Höcker sprangen vom Rand der Schlucht ab, ohne jemals das andere Ende zu erreichen.

»Ay yah!« rief er, als die Bisons in den Abgrund stürzten.

Niemand hatte es jemals gewagt, die Bisons auf die Weise zu rufen, wie Shateh es tat – kein Mann bis auf einen.

»Mein Sohn! Komm zu mir! Beweise deinen Mut, wenn du es wagst!« Jetzt sah ihn der Häuptling. Masau kletterte den großen Jagdpfahl hinauf. Masau wagte es, die Herausforderung des Vaters anzunehmen, der vor langer Zeit sein Feind geworden war. Dieser Sohn war zu einem großartigen Mann geworden! Niemand würde ihm jemals gleichkommen! Jagdhäuptling, Mystischer Krieger, Schamane, Sohn Shatehs und Günstling von Ysuna, der Tochter der Sonne, der Hohepriesterin des kannibalischen Stammes des Wachenden Sterns.

Plötzlich veränderte sich Shatehs Traum erneut. Der Gedanke, daß ein von ihm gezeugter Sohn zu »ihnen« gehörte, war ihm unbehaglich. Trotzdem wußte er, daß er allein dafür verantwortlich war, daß Masau zu jenem Stamm gehörte. In den Fasern seines Traumes sah der Häuptling das Kind, das Masau einmal gewesen war und das in vielerlei Hinsicht Warakan ähnelte: recht klein für sein Alter, so schlank wie ein junges Schilfrohr und genauso zart. Wer hätte wissen können, daß er später zu einem großen und starken Mann heranwachsen würde, der so gefährlich wie ein Elch in der Brunftzeit war? Mit aufgerissenen Augen und vor Angst zitternd hatte Masau als kleiner Junge den Pfahl erklettert, bevor er in Panik geraten war und die Mutprobe verweigert hatte, die ihm große Ehre gebracht hätte.

Niemand war überrascht, daß er sich als feige erwiesen hatte. Seit der Kindheit hatte der Junge den Gebrauch der linken Hand vorgezogen, was schon immer ein schlechtes Zeichen gewesen war. Doch dann hatte Masau unter dem vollen Gesicht des Hungermondes, das erbarmungslos auf die winterliche Welt herabgeblickt hatte, unerschrocken vor Shateh gestanden, als der Häuptling erklärt hatte, daß sein Stamm auf der Suche nach besseren Jagdgründen weiterziehen mußte und daß es dazu nötig war, ihn und seinen kränklichen Bruder zurückzulassen. In Hungerzeiten mußten zum Wohl des Stammes Opfer gebracht werden. So wurde es seit Anbeginn der Zeiten gehalten. Shateh sah keinen Grund, daran etwas zu ändern. Er hatte sich damit beruhigt, daß er bald bessere, stärkere und mutigere Söhne zeugen würde. Außerdem wäre kein Mann – und vor allem kein Mann, der sowohl Häuptling als auch Schamane war – so selbstlos gewesen, jene mit Fleisch zu versorgen, die weder jagen noch die lange Wanderung überstehen konnten, während andere und er selbst hungerten.

Doch jetzt spürte Shateh so starke Gefühle der Schuld und der Reue, daß er stöhnte, als er träumte, wie seine kleinen Jungen auf dem vereisten Land der Vergangenheit von Wölfen und Löwen umringt wurden. Nebel hüllte sie ein. Der Häuptling hörte das Trompeten von Mammuts und die Schreie seiner Kinder, als sie von Raubtieren zerfleischt wurden. Dann trat Masau aus den plötzlich von Blut durchtränkten Nebelbänken hervor auf einen Weg, der von Haufen aus Mammutknochen gesäumt war – nicht mehr als Kind, sondern als Mann, der den Vater verfluchte, der ihn ausgestoßen hatte.

Shateh wachte unvermittelt auf. Er hob den Kopf, starrte in das Zwielicht der Schweißhütte und sah Masau, zweifellos der beste seiner vielen gestorbenen Söhne, wie er im

Gewand des Mystischen Kriegers des Stammes des Wachenden Sterns vor ihm stand. »Mein Sohn!« rief er, gleichzeitig erstaunt, erleichtert und entsetzt. »Wie kannst du bei mir sein? Du bist ein toter Mann!«

»Ich bin von deinem Blut und Fleisch! Ein Mann kann seinem Sohn nicht den Rücken zukehren und ihn von seinem Leben abtrennen, genausowenig wie er einen Arm oder ein Bein abschneiden kann, ohne daß es blutet.«

»Mein Stamm drohte zu verhungern! Es war nicht genug für dich und die anderen da!«

»Deine Feinde waren auch dem Hungertod nah. Aber sie hatten genug für mich.«

»Ich will nichts davon hören! Du hast dich zu spät von denen losgesagt, die meinen Stamm gejagt haben, Masau! Wärst du früher zurückgekehrt, als Freund und Verbündeter, hätte ich nicht gegen dich gekämpft, und du wärst jetzt noch am Leben!«

»Hättest du mich nicht verstoßen, damit ich für immer vom Wind davongeweht werden würde, wäre ich niemals dein Feind geworden, und dann hätte für dich niemals ein Grund bestanden, deinen Speer gegen mich zu erheben!«

»Aiee!« jammerte Shateh. Er war erschüttert von dem Schmerz, den ihm der Verlust dieses Sohnes immer noch bereitete, und von Erinnerungen an die grausamen Umstände, die zu einem kurzen, bitteren Frieden mit Masau geführt hatten, bevor der Mann nur wenige Stunden später von einem Speer aus den Reihen des Stammes des Wachenden Sterns getötet worden war.

Der Häuptling konnte die Vergangenheit nicht mehr ertragen. »Vergib mir!« rief er, denn er wußte sehr genau, daß Masau seinetwegen nun das Schicksal erlitt, vor dem sich Shateh am meisten fürchtete: getötet zu werden, ohne vorher ein männliches Kind gezeugt zu haben, das seinen Namen übernehmen konnte. So war Masaus Seele nun dazu verdammt, für immer vom Wind davongeweht zu werden, zwischen Erde und Himmel gefangen, ohne Aussicht, jemals in die Welt der Lebenden wiedergeboren zu werden.

»Zwischen uns ist noch nicht alles zu Ende!« verkündete der Geist des Mystischen Kriegers, als er seinen schweren Speer hob. »Hast du es immer noch nicht erkannt? Ist Shateh sogar jetzt noch bereit, seinen Sohn zu verstoßen?«

»Nein!« wehrte Shateh sich gegen die Drohung des Geistes. Sein Ruf war so laut, daß er erneut aufwachte und erkannte, daß dieses Erlebnis eine Fortsetzung seines ursprünglichen Traumes gewesen war. Jetzt starrte er in das müde und von Besorgnis gezeichnete Gesicht Zakehs. Das Geisterbild seines Sohnes war verschwunden, und Shateh blieb völlig erschöpft zurück. »Masau ...«, keuchte er und schüttelte den Kopf. »Werde ich jemals wieder einen Sohn haben, der dir gleichkommt?«

»Es ist gut, daß diese Seele für immer im Wind verloren ist. Sprich seinen Namen nicht aus, damit du ihn nicht herbeirufst, denn groß ist die Macht Shatehs, dessen Gesang die Mächte der Schöpfung dazu veranlaßt hat, im Bauch Eiras zu erwachen.«

»Was sagst du da?«

»Ich habe deutlich gehört, wie du gesagt hast: ›Sohn! Komm zu mir! Beweise deinen Mut, wenn du es wagst!‹ Möge derjenige, der bald aus der neuen Frau geboren wird, der Sohn sein, der die Seele Shatehs für immer am Leben erhält.«

Shateh runzelte die Stirn. Er blickte sich um und stellte fest, daß die Nacht einem neuen Tag gewichen war, der schon bald wieder einer neuen Nacht Platz machen würde. Außerhalb der Schweißhütte hörte er seinen Stamm singen, und die Trommler schlugen einen vertrauten Rhythmus, der verkündete, daß eine Frau des Dorfes in den Wehen lag.

Hoffnung flammte in Shatehs Herzen auf. Vielleicht hatten die Geister der Vorfahren seine ständigen Gebete schließlich doch erhört! Dieser Gedanke brachte ihn zum Lächeln.

Jetzt dachte er an die Zukunft und nicht mehr an die Vergangenheit. Sein Traum von Masau verschwand in der Vergessenheit, als er sich erhob und nach draußen ging.

Die Sonne war untergegangen. Die kühle Abendluft betäubte seine Sinne. Plötzlich war die Seele des Häuptlings genauso kalt wie sein Körper. Waren schon neun Monde vergangen, seit er während der nächtlichen Feier die feuchte Hitze seines Lebens in die Tochter Lahontays und die anderen neuen Frauen gepumpt hatte? »Nein. Nur sechs.« Und immer noch herrschte der Große Weiße Winter über das Land. Das war nicht gut. Shateh fröstelte im Wind, der durch seine Seele strich und bei dem es sich nur um eine bange Vorahnung handeln konnte, während er sich vergeblich zu erinnern versuchte, wann ein so früh geborenes Kind jemals überlebt hatte.

»Sie haben das Dorf verlassen, Shateh!« rief Xohkantakeh über den Lärm der Trommeln und der Sänger. »Ich konnte sie nicht aufhalten!«

»Was?« fragte der Häuptling beunruhigt, als der Jäger sich ihm mit seinem Wintermantel näherte. »Wer hat das Dorf verlassen?«

»Lahontay hat Warakan mitgenommen, um nach der Schlafhöhle des Bären zu suchen!«

»So war es abgemacht.« Shateh hüllte sich in seinen eigenen Mantel, dankbar für die Wärme.

»Ja. Aber er ist ohne die anderen Jungen gegangen. Namaray ist sehr wütend geworden. Also hat Teikan seine Hunde und seinen ältesten Sohn genommen und ist Lahontay und Warakan gefolgt. Er besteht darauf, daß auch Namaray die Möglichkeit erhalten soll, seinen Mut zu beweisen. Er hat auf deine Zustimmung gewartet, Shateh, aber Zakeh wollte den Träumer nicht …«

»Warum belästigst du mich mit diesen Dingen, während eine Frau meiner Hütte in den Wehen liegt, um neues Leben auf die Welt zu bringen?« entgegnete Shateh. Damit er die

Mächte der Schöpfung nicht erzürnte, verzichtete er darauf, die Hoffnung auszusprechen, daß es ein männliches Kind werden würde. Das letzte, was ihn jetzt interessierte, waren ein störrischer alter Mann, ein ehrgeiziger und eigensinniger Jäger und ein Junge namens Warakan, der nicht von seinem Blut war und niemals darauf hoffen konnte, Shatehs Namen zu übernehmen oder nach seinem Tod die Seele des Häuptlings in seinem jungen Körper weiterleben zu lassen.

7

Warakans und Lahontays Wanderung war mit vielen Unterbrechungen verbunden, damit der Älteste Jäger sich erholen konnte. Die Sonne war auf- und wieder untergegangen, und die Dunkelheit hatte sich erneut über die Welt gesenkt. Die Nacht war windig und sternenklar. Das Heulen der Wölfe und das Brüllen der Löwen machte den fastenden und erschöpften Warakan unruhig.

»Warum haben wir keine Hunde mitgenommen, Lahontay?« fragte der Junge. »Sie hätten in der Nacht Wache für uns gehalten und uns gewarnt, wenn Raubtiere sich zu nahe an uns heranwagen.«

»Ich nehme keinen Hund mit, wenn ich den Schlafplatz eines Bären aufsuche«, antwortete Lahontay, und als Warakan ihn nach dem Grund fragte, erklärte er: »Zu Anbeginn der Zeiten waren der Hund und der Bär Brüder. Doch dann, in einem Winter wie diesem, als das Land noch unter dichtem Schnee lag und die Flüsse unter dem Eis schliefen, nachdem die Sternenkinder des Mondes schon lange vom Frühling sprachen, bot sich der Hund dem Menschen als Sklave an, um im Austausch für seine Dienste Fleisch zu erhalten. Aus diesem Grund verachtet der Bär den Hund zutiefst.

Wenn der Bär den Hund sieht, wird er ihm den Rücken zukehren und fortgehen, weil er sich weigert, seine Spur oder seine Markierungen zu kreuzen, um dem Ehrlosen keine Ehre zu erweisen.

Deshalb schämt sich der Hund, wenn er den Bären sieht, und haßt ihn als den Bruder, der ihn daran erinnert, wie leichtfertig er seine Freiheit aufgegeben hat. Doch der Hund ist mutig in seiner Scham und seinem Haß. Er stürzt sich auf den, der ihn verachtet. Er greift den Bären wütender als irgendein anderes Tier an. Er riskiert den Tod im Versuch, den zu töten, dessen Existenz und Freiheit seinen Stolz verspottet. In seinem Haß wird der Hund dem Menschen auf der Bärenjagd nicht mehr gehorchen. Der Hund versucht, den Bären aus seinem Bau zu graben oder ihn zu jagen, bis er ihn gestellt hat. Doch wenn der Bär gegen den Hund kämpft, löst sich manchmal der Mut des Hundes wie Nebel im Sonnenlicht auf. Dann erinnert er sich wieder daran, daß er ein Sklave ist. In der Hoffnung, durch die Speere seines Herrn Macht zu erlangen, läuft der Hund pissend davon und führt den zum Menschen, vor dem wir uns aus gutem Grund fürchten müssen.«

Warakan hatte die Augen weit aufgerissen.

Lahontay sah darin Angst, Erschöpfung und Ehrfurcht. »Die morgige Sonne wird uns an dem Ort sehen, von dem ich geträumt habe«, sagte er. »Ruh dich aus und schlafe! Du wirst deine Kraft bei dem brauchen, was dir bevorsteht. Ich werde bis dahin für deine Sicherheit sorgen.«

Der alte Mann, der in seine Winterfelle gehüllt aufrecht dasaß, beobachtete, wie der Junge sich hinlegte und schließlich einschlief. Unter seinem zeltförmigen Mantel runzelte Lahontay die Stirn. Warakan strengte sich sehr an, jeden zufriedenzustellen und jedem zu gehorchen. Er hatte sich gezwungen, so still wie möglich zu sein, so daß er vermutlich Blasen auf der Unterlippe hatte, weil er sich so oft darauf gebissen hatte. Er war ein tapferes und treues Kind, so daß es schwierig für Lahontay war, ihn nicht zu bewundern.

Dann neigte der Jäger den Kopf in den Wind und lauschte auf das ferne, kaum hörbare Geräusch von Trommeln. Wieder runzelte er die Stirn, als er ihre Bedeutung verstand und sich fragte, wessen Frau wohl in den Wehen lag. Seine Augenlider wurden schwer, als er überlegte, was die morgige Dämmerung ihnen bringen würde. Während er seine Speere bereithielt und ein kleines Feuer brennen ließ, um Raubtiere fernzuhalten, erlaubte er sich, ein wenig einzunicken. Der grelle, aber dennoch melodische Gesang eines Raubwürgers erfüllte seine Träume …

Dann wurde Lahontay vom Sonnenaufgang überrascht. Der alte Mann brummte, als Warakan ihn weckte. Der Wind hatte sich gedreht, so daß die Trommeln nun nicht mehr zu hören waren.

Der Junge war sehr aufgeregt. »Jetzt laß uns den Bären suchen! Jetzt will ich ihn bitten, mir sein Fleisch und sein Blut zu geben, damit ich davon essen und trinken kann! Jetzt soll die Macht von Großer Tatze in mir weiterleben! Ich bin der Sohn Shatehs, und ich habe keine Angst!«

Lahontay musterte den Jungen skeptisch. »Wir werden sehen«, sagte er und bereitete den Jungen auf die Weiterreise vor.

Leichter Schnee fiel aus einer dünnen grauen Wolkendecke, als Warakan dem alten Mann zu einer verfärbten, eisüberkrusteten Stelle im Schnee an einem alten Baumstumpf folgte. Ringsum waren hohe und harte Schneewehen. Der Mann und der Junge, die beide Schneeschuhe trugen und ihre Speere bereithielten, knieten sich hin. Mit Gesten und Zeichen teilte Lahontay dem Jungen mit, daß der Atem des Bären das Eis verfärbte. Als Warakan sich dann tief über die Erde beugte, spürte er, wie sich sein Herzschlag beschleunigte. Er hörte, wie im Schnee unter ihm etwas atmete. Kurz darauf machte der alte Mann ihm Zeichen, daß er aufstehen und ihm ohne einen Laut folgen sollte.

Warakan gehorchte, ohne zu zögern, und stapfte dem alten Mann durch die Schneewehen hinterher, bis sich die Jäger ein Stück hügelaufwärts vom Bärenbau entfernt hatten. Als Lahontay seine Schneeschuhe abnahm und seine Rückentrage abschnallte, tat Warakan es ihm nach und versuchte, nicht vor Erleichterung und Erschöpfung zu zittern, obwohl ihm leicht schwindlig war und sein Bauch vor Hunger schmerzte.

Lahontay nickte anerkennend über die offensichtliche Willenskraft des Jungen. »Jetzt ist deine Zeit gekommen«, sagte er leise, als er sich hinkniete und sein Gepäck losband. »Nach der langen Zeit des Sterbens unter den kalten, hungrigen Monden des Winters wartet der Bär darauf, aus dem nährenden Leib von Mutter Erde wiedergeboren zu werden. Große Tatze weiß von bedeutungsvollen Geheimnissen, wie von Orten, an denen saftiges Grün wächst, von den Wanderwegen der Vögel und des Wildes, wo die Wurzeln und Beeren warten, mit denen er sich am Ende des Sommers ein Festmahl bereiten kann, und davon, in welchen Flüssen und Teichen die fettesten Fische darauf warten, gefangen zu werden. All dieses Wissen wird Große Tatze mit dem teilen, der nun Zwiesprache mit ihm halten wird ... oder mit ihr und ihren Bärenkindern.«

Warakan runzelte die Stirn. Bis zu diesem Moment hatte er nicht daran gedacht, daß sein Gegner genausogut ein weibliches Geschöpf mit Jungen sein könnte. Ein einzelner männlicher Bär hätte eher Warakans Streben nach Macht und Anerkennung durch die Männer des Stammes entsprochen. »Ich will kein weibliches Tier töten!«

»Verschmähe nicht das, was du nicht verstehst, Warakan! Auch Mutter Bär hat ihre mystischen Kräfte, die sie durch ihre Milch an ihre Kinder weitergibt, so daß Männchen und

Weibchen vom selben Fleisch und Geist sind. Die Frage ist nicht, ob sie deiner würdig ist, sondern ob du ein würdiger Gegner ihrer Macht bist.«

»Ich werde würdig sein!«

»Das wird sich schon bald herausstellen. Doch genug der Worte. Es gibt Dinge, die wir tun müssen, um dich auf deine Aufgabe vorzubereiten. Zieh deine Kleider aus! Alles. Auch die Stiefel.«

Warakans Mund war plötzlich ausgetrocknet, doch er protestierte nicht, als er sich hastig von seiner Kleidung und seinem Schuhwerk befreite. Splitternackt gehorchte er ohne Widerspruch, als der alte Mann ihm befahl, sich von Kopf bis Fuß mit Schnee abzureiben. Das tat er, bis seine Haut rot wurde und schmerzte und er kaum mehr ein Zittern unterdrücken konnte. Lahontay stand auf und näherte sich ihm mit einem handflächengroßen, steinernen Dolch. Warakan erstarrte in aufrechter Haltung. Als er Lahontay in die Augen sah, wußte er instinktiv, wozu das Steinmesser dienen sollte. Er hielt den Atem an, biß die Zähne zusammen und hob trotzig den Kopf, als der alte Mann ihm mit absichtlich langsamen Bewegungen Schnitte auf dem Brustkorb und den Oberarmen zufügte. Das Blut floß heiß über seine Haut, doch vor Kälte spürte er kaum Schmerz. Und selbst wenn er etwas gespürt hätte, hätte er es niemals offen gezeigt.

Lahontay nickte beeindruckt. Unter seinem Mantel zog er dann eine Steinaxt mit Hartholzschaft und Doppelklinge hervor, die fünf Finger breit und etwa zwölf Finger lang war. »Grabe!« befahl er, und als der Junge das Werkzeug nahm, zeigte der alte Mann auf den Boden und schritt den Bereich ab, den Warakan ausheben sollte.

Der Junge tat es und war zunächst froh über die Arbeit, denn die Bewegung wärmte seinen Körper. Doch die gebückte Haltung verursachte ihm Schmerzen in den langen, tiefen Schnitten auf Brust und Armen, und ihm wurde leicht übel, als er sah, daß sich der Schnee unter ihm von seinem eigenen Blut verfärbte.

»Tiefer!« drängte Lahontay.

Warakan grub.

»Noch tiefer!« forderte Lahontay.

Warakan glaubte, daß er eine Vorratsgrube für das Bärenfleisch anlegen sollte, und beschwerte sich nicht, als seine Hände blutig und schwielig wurden, wo er den Schaft der Axt gepackt hielt. Schweiß begann ihm von der Stirn zu tropfen, während sein Blut immer noch den Schnee ringsum verdunkelte.

»Es reicht«, verkündete Lahontay.

Die Grube war lang und tief. Warakan keuchte vor Erleichterung und ließ unwillkürlich die Axt aus seiner blutüberströmten Hand fallen, als er sich aufrichtete, um die neuen Befehle des alten Mannes entgegenzunehmen. »Bleib, wo du bist!« sagte Lahontay zu ihm. »Leg dich hin! Ich werde dich jetzt eingraben.«

Diese Vorstellung behagte Warakan nicht. Sein altes Mißtrauen gegenüber Lahontay kehrte zurück. »Warum?«

»Dies ist die Prüfung, die dir bevorsteht«, erklärte Lahontay. »Wenn du es wagen willst, die Macht des Bären zu erlangen, mußt du werden wie Große Tatze. Du mußt dich in die Erde zurückziehen. Du mußt fasten und träumen. Du mußt die kalte Umarmung des winterliches Leibes von Mutter Erde ertragen, bevor du wiedergeboren werden kannst.«

»Wie soll ich atmen? Und was geschieht mit dir, wenn der Bär vor mir aus dem Leib von Mutter Erde kommt?«

»Ich werde dir ein Atemloch lassen. Ich werde Wache halten. Wenn du keine Angst vor der Jagdbeute hast, die wir suchen, mußt du tun, was ich dir sage. Der Bär wird nicht ewig darauf warten, daß du dich als würdiger Sohn Shatehs beweisen kannst.«

Warakan war erschüttert und beschämt. Er zwang sich dazu, seine Angst und seine Bedenken niederzuringen.

Doch es war nicht leicht. Wenn andere diese Prüfung überstanden hatten, mußte er es auch schaffen, und zwar ohne Widerspruch. Er sammelte seinen Mut und sagte mit einer Stimme, die viel tapferer klang, als er sich fühlte: »Ich bedaure nur, daß Namaray und Hranan und Trop und Oonay nicht hier sind, um diesen Augenblick mitzuerleben. Ich glaube nicht, daß einer von ihnen so mutig wäre, wie ich es jetzt bin!«

Lahontay kniff leicht die Augen zusammen. Wieder griff er unter seinen Mantel. Diesmal zog er ein hohles Schilfrohr hervor und reichte es dem Jungen. »Nimm dieses Luftrohr! Paß auf, daß es nicht knickt oder durchbricht, wenn ich Schnee über dich häufe! Wenn das geschieht, wirst du unter dem Schnee ersticken, und dann werde ich den Bären wecken müssen und damit den Großen Weißen Winter vertreiben. Dann werde ich an deiner Stelle die Bewunderung des Stammes gewinnen.«

Warakan nahm das Schilfrohr entgegen. Wieder fiel es ihm schwer, sein ungutes Gefühl zu bezwingen. »Wie lange werde ich begraben sein und durch dieses Rohr atmen müssen?«

»Bis die Prüfung vorbei ist.«

Warakan nickte, auch wenn ihn Lahontays Antwort nicht zufriedengestellt hatte. Er hätte gerne genauer gewußt, wie lange die Prüfung dauern würde. Wie sollte er verhindern, daß er im Schnee erfror? Und wie sollte er schlafen, geschweige denn träumen, wenn er wie ein gefrorenes Stück Fleisch in einer Wintervorratsgrube lag? Er war ein kleiner hungriger Junge, kein großer Bär mit dickem Fell, unter dessen Haut eine Schicht aus wärmendem Fett lag.

»Du zögerst!« stellte Lahontay fest. »Du hast also doch Angst!«

»Nein!« rief Warakan. Dann legte er sich bereitwillig auf den Rücken, steckte sich das Luftrohr in den Mund und hielt es mit einer Hand fest. Er schloß die Augen und versuchte nicht in Panik zu geraten, als der alte Mann begann, mit den Füßen Schnee in die Grube zu schieben.

Lahontay war erleichtert, sich dem wahren Zweck seiner Reise widmen zu können. Nachdem er Warakan und die Grube mit Schnee zugeschüttet hatte, zitterte er vor Erschöpfung. »Du bist nicht von Shatehs Blut!« murmelte er. »Deine Anwesenheit im Lager meines Häuptlings war eine Beleidigung der Mächte der Schöpfung und der Vorfahren meines Stammes. Du bist schuld, daß Shatehs Seele schwach wurde und er mit seinen Frauen nur weibliches neues Leben zeugen konnte. Das ist eine große Schande. Deinetwegen wird meine Tochter vielleicht niemals einen Sohn gebären. Deinetwegen stellen sich die Männer offen gegen Shateh. Sie sagen sogar, daß er nicht mehr würdig ist, Häuptling zu sein. Bald wird Teikan seine Stelle einnehmen, und in den Winterdörfern und Jagdlagern dieses Kriegers wird es weder Fleisch noch eine warme Stelle an einem geschützten Feuer für einen alten Mann geben, der seine Söhne überlebt hat und einem Mann treu geblieben ist, der bald kein Häuptling mehr sein würde. Aus diesem Grund habe ich dich hierher gebracht, Warakan – nicht um deinen Mut zu prüfen, sondern um dich zu töten! Ich habe diesen Ort niemals in einem Traum gesehen. Ich habe ihn auf dem letzten Jagdzug entdeckt, als die große Bärin selbst mir den Weg gezeigt hat. Es war die Bärin, die sich im Nebel näherte, um den Jägern bei ihrer Arbeit zuzusehen, bevor sie sich wieder zum Winterschlaf zurückzog. In diesem Augenblick wußte ich, was ich tun mußte. Jetzt wird die Bärin das vollbringen, was Shateh hätte tun sollen, wozu er sich aber nie durchringen konnte.«

Lahontay ging auf dem blutigen Schnee hin und her und stampfte ihn über seinem Opfer fest. Doch er achtete darauf, nicht das Luftrohr zu zerbrechen oder zu verstopfen, damit die Geister der Vorfahren Warakans keinen Grund hatten, ihn statt des Bären zu beschuldigen, den Jungen getötet zu haben. Wieder griff er unter seinen Mantel und holte diesmal einen von zwei Schläuchen hervor, die er aus dem Dorf mitgebracht hatte. Hastig kippte er seinen Inhalt in die zugeschüttete Grube, und das Blut der Fleischstückchen rötete dabei nicht nur den Schnee, sondern spritzte auch auf Warakans Kleidung. Lahontay roch den angenehmen Geruch des Blutes und lächelte befriedigt, denn wenn die Bärin erwachte, würde dieses letzte Opfer sie zur Grube und zum leichtgläubigen Jungen locken, der darin begraben lag. Jener atmete während seiner letzten Mutprobe ruhig und vertrauensvoll durch ein Schilfrohr und wußte nicht, daß die Bärin bald aus ihrem Bau kommen würde, um ihn auszugraben und zu fressen.

Nachdem seine grausige Arbeit getan war, drehte Lahontay sich um, nahm sein Gepäck und seine Speere und ließ Warakans Kleidung im Schnee liegen, als er sich auf sichere Entfernung zurückzog. Von einer Anhöhe blickte er zurück auf die Grube und den Schlafplatz des Bären. Dort rief er, so laut er konnte: »Wach aus deinem langen Schlaf auf, Bär! Komm hervor aus dem Leib von Mutter Erde, Große Tatze! So wie du süße Kamaswurzeln aus der Erde gräbst, sollst du jetzt das frische, zarte Fleisch ausgraben, das dieser Mann dir gebracht hat! Wach auf, sage ich! Komm, friß und werde stark! Erst dann wird der Mond der Wärme aufgehen und der Große Weiße Winter das Land verlassen! Erst dann wird Shatehs Stamm wieder zu seinem Häuptling stehen!«

Dann stimmte Lahontay den hohen, heulenden Gesang an, mit dem seit unzähligen Generationen der Bär aus dem Winterschlaf geweckt wurde. Er war müde bis auf die Knochen, aber er sang mit kräftiger Stimme und zwang sich dazu, den Tanz des Bärenrufers zu tanzen. Seine Füße waren schwer in seinen Winterstiefeln; seine Beine ließen sich nur mit Mühe heben und bewegen. Nur die Dringlichkeit seiner Aufgabe gab ihm die Kraft zum Weitermachen. Dann zog er den zweiten Schlauch hervor, den er aus dem Dorf mitgebracht hatte. Daraus holte er kleine Steine hervor, die er einen nach dem anderen mit aller Kraft, die er noch hatte, zum Bärenbau warf. Schon bald war zu erkennen, daß sich im Boden unter der vereisten Stelle, wo der Bär sich schlafen gelegt hatte, etwas bewegte, und Lahontay wußte, daß es ihm gelungen war, das Tier zu wecken.

Der alte Mann hörte auf zu tanzen und zu singen. Er stand reglos da und verspürte kurzzeitig einen scharfen Gewissensbiß. Trotz allem hatte er mit der Zeit die Tapferkeit und Klugheit des Jungen bewundert, aus dem vielleicht ein genauso guter Jäger und Krieger geworden wäre wie jeder andere, den er in seinem Leben ausgebildet hatte – einschließlich Shateh und seiner gestorbenen Söhne.

Als der alte Mann jetzt beobachtete, wie die große Bärin aus ihrem Bau gekrochen kam, um hungrig in der Winterluft zu schnuppern, wußte er, daß Shateh ihn töten würde, wenn er jemals von seiner Beteiligung an Warakans Tod erfahren sollte. Der alte Mann hob den Kopf. Er wußte, daß er dieses Risiko eingehen mußte, nicht nur zu seinem eigenen Wohl, sondern auch zum Wohl des Häuptlings. Warakan mußte sterben, genauso wie der Totemtöter, der Schamane Cha-kwena, hätte sterben müssen, statt ihm zu erlauben, mit dem heiligen Stein der Vorfahren vor Shateh zu fliehen und im Gesicht der aufgehenden Sonne zu verschwinden.

Lahontay ballte seine Hände zu Fäusten. Wenn Warakan tot war, würde Shateh vielleicht wieder die Kraft und die Weisheit erwerben, seine Feinde zu erkennen.

Cha-kwena war glücklich. Die Sonne lugte zwischen den Wolken über den Bäumen hindurch, und die Kinder seines Stammes sangen. Er hielt den heiligen Stein in der Hand und beschwor dessen Macht, während er die Menschen bei den letzten Vorbereitungen zur Aufgabe des Dorfes und der Reise nach Osten beobachtete. Die kleinen Hütten waren bereits abgebrochen worden. Man hatte die Stützpfähle zusammengebunden und sie mit dem übrigen Besitz des Stammes auf Schlitten, Rückentragen und den Seitentaschen festgezurrt, die speziell für die Hunde angefertigt worden waren.

»Wir sind bereit«, meldete Kosar-eh.

Da Cha-kwena um die Wichtigkeit dieses Augenblicks wußte, hatte er sich Mühe gegeben, sich nach der uralten rituellen Art der heiligen Männer und Häuptlinge seines Stammes zu kleiden und zu bemalen. Mah-ree hatte sein Gewand gebürstet, bis jedes Härchen glänzte und glatt anlag. Sie hatte ihm neue Mokassins im Stil der Winterstiefel der Roten Welt gemacht, und diesmal paßten sie wie angegossen. Die Sehnennaht war nicht nur mit Öl wasserdicht gemacht, sondern so fein gearbeitet, daß sie von außen nahezu unsichtbar war. Dazu trug er seinen Eulenfederkopfschmuck. Die Flügelfedern des Vogels berührten seinen Rücken, und die Krallen streckten sich über seine Schultern nach vorn. Sein Gesicht war mit blauer Farbe bemalt, die aus zerriebenem Fett bestand, in das spezielle Drüsensekrete von Wasservögeln gemischt worden waren. Er hob die Arme und sprach eine kurze Beschwörung der Vier Winde, bevor er seinen Stamm aufbrechen ließ.

»Wir kommen. Seid mit uns! Wir kommen. Geht uns voraus und bleibt immer in unserer Nähe! Wir kommen. Wir sind die Kinder des Ersten Mannes und der Ersten Frau. Wir folgen den heiligen Mammuts und ehren die Vorfahren und alles, was dem Stamm seit Anbeginn der Zeiten heilig ist. Wir bitten Vater Himmel und Mutter Erde, unsere Stimmen im Wind zu hören! Wir kommen. Seid diesen Kindern, die euch in diesem Land ehren, günstig und freundlich gesonnen!«

Und jetzt schien es Cha-kwena, daß sein Gebet erhört worden war. Der Wind wehte sanft, die Sonne blinzelte gelb und hell zwischen den Wolken und Baumwipfeln. Die Luft war zum erstenmal seit vielen Tagen warm. Als er seinen

Stamm weiterführte, sangen die Frauen wieder zusammen mit den Kindern, und er hätte schwören können, daß er immer wieder Hoyeh-tay in der Ferne sah, der ihnen zwischen den Bäumen vorausging.

Cha-kwena lächelte, während er voranschritt, und stellte sich große Flüsse und Seen und reiche Jagdgründe vor, in denen alle guten und notwendigen Dinge des Lebens genauso im Überfluß vorhanden waren wie die Sterne in einer wolkenlosen Nacht. In einer wunderbaren und berauschenden Vision verschwanden plötzlich diese schönen Landschaften und die hohen Felswände der Schlucht, und der Erste Mann und die Erste Frau, ein blauäugiger wolfsähnlicher Hund und ein riesiges, langhaariges weißes Mammut gingen ihm voraus. Sie waren von einem himmelhohen Gebirge aus reinem und glitzerndem Eis umgeben, das eine unüberwindliche Barriere für jeden Feind darstellte. Cha-kwena faßte den heiligen Stein und jubelte über all die guten Dinge, die sie bestimmt erwarten würden. Dann blinzelte der Schamane beim Klang von Kosar-ehs Stimme.

»Hör doch!«

Die Vision verblaßte, aber die Wirklichkeit des sonnigen Tages war fast genauso schön, denn jenseits der Schlucht trompeteten die Mammuts. Der junge Schamane fühlte sich dadurch in seiner Vision bestätigt.

»Wir werden das neue Tal bald erreicht haben«, versicherte Kosar-eh den Kindern.

Cha-kwena warf seinem alten Freund einen Blick zu und war dankbar, daß Kosar-eh zur Abwechslung einmal gute Laune hatte. Falls der Mann noch Bedenken wegen des Umzugs und der Wanderung in das unbekannte Land hatte, so behielt er seine Gedanken für sich. Ermutigt schritt Cha-kwena schneller aus und mußte lächeln, als er hörte, wie U-wa mit ihrer kräftigen, aber nicht sehr lieblichen Stimme ein Reiselied sang, das die Erinnerung an die Wege der Ahnen wachrief. Ihre Worte erzählten von den vielen Abenteuern, die die Kinder des Ersten Mannes und der Ersten Frau auf ihrer Reise durch die Zeit vom Norden immer weiter nach Osten in das Gesicht der aufgehenden Sonne erlebt hatten.

Cha-kwena runzelte leicht die Stirn, als er bemerkte, daß die Kinder schon bald durch U-was Erzählungen eingeschüchtert wurden, in denen es um Gefahren und ruhmreiche, todesmutige Taten ging, zu einer Zeit, als menschenfressende Ungeheuer in einer kalten, erschreckenden Welt des Eises lebten, in der der Große Weiße Winter die Menschen viel erbarmungsloser heimsuchte.

»Wird es im neuen Tal menschenfressende Ungeheuer geben?« fragte Joh-nee ängstlich.

»Vielleicht sollten wir lieber hierbleiben!« schlug Tla-nee besorgt vor.

»Überall gibt es furchterregende Ungeheuer!« sagte Gah-ti. Er wollte die dunkle Wolke vertreiben, die U-was gutgemeinte, aber unpassende Geschichte beschworen hatte, und fügte hinzu: »Für das Kaninchen seid ihr, du und Joh-nee, furchterregende Ungeheuer, wenn ihr mit Fallen, Wurfstöcken, Netzen und Kochgeschirr durch das Gebüsch gestapft kommt! Und wofür sollen der Vogel, der Fisch und die Eidechse euch halten, wenn ihr sie mit Steinen und Schlingen verfolgt?«

»Ich bin ein Mädchen, kein Ungeheuer!« protestierte Joh-nee.

»Ja, nur ein Mädchen, aber so ist es mit den meisten Ungeheuern. Wenn du sie dir genau ansiehst, sind es nur Jäger, die nach etwas Eßbarem suchen. Wenn ihr vorsichtig seid und in der Gunst der Geister steht, wird euch nichts geschehen.«

Tla-nee runzelte die Stirn. »Der Löwe hat deinen Arm gefressen und dir für immer das Haar ausgerissen.«

Gah-ti war nicht anzusehen, ob diese Bemerkung ihn irritierte. »Ich war unvorsichtig«, sagte er steif. »Ein Mann, der sich in die Höhle eines Löwen wagt, muß damit rechnen, daß er gefressen wird. Aber ihr beide seid vorsichtige Mädchen, und euch werden im neuen Tal nur gute Dinge begegnen. Ich jedenfalls freue mich schon auf das, was uns dort erwartet. Und falls es dort irgendwelche Ungeheuer gibt, Tla-nee, werde ich sie sogar mit nur einem Arm für euch vertreiben!«

Cha-kwena wußte die Bemühungen des jungen Mannes zu schätzen. Er bemerkte auch, daß Gah-ti sich umblickte, um zu sehen, ob Mah-ree von seiner Prahlerei beeindruckt war. Überrascht mußte er feststellen, daß sie es tatsächlich war. Cha-kwena beobachtete, wie sie zu Gah-ti ging und ihm einen Kuß auf die Wange drückte. Er verspürte Eifersucht, die jedoch schnell von Stolz auf seine tapfere und mitfühlende kleine Frau ersetzt wurde. Als sich ihre Blicke trafen und Mah-ree ihn strahlend anlächelte, war seine Liebe zu ihr so groß, daß Cha-kwena sich anstrengen mußte, um seine ernste und ungerührte Haltung zu bewahren, die seiner Stellung angemessen war. Er schaffte es, ihr Lächeln nicht zu erwidern und drängte seinen Stamm zum Weitergehen.

»Aber meine Ban-ya wird uns niemals dort hinter der Schlucht finden können!« jammerte die alte Kahm-ree mitleiderregend.

U-wa legte der Frau einen Arm um die Schultern. »Mach dir keine Sorgen, alte Freundin!« tröstete sie sie. »Wenn Ban-ya noch am Leben ist, wird sie ihren Stamm auf jeden Fall wiederfinden, ganz gleich, wie groß die Entfernung, wie tief die Schlucht oder wie dicht die Wälder sind, die uns voneinander trennen!«

Cha-kwena wurde plötzlich wütend und blieb unvermittelt stehen. »Nein! Deine Hoffnung liegt hier, alte Frau! Sprich nicht über jene, die auf Shatehs Befehl in den Tod geschickt wurde, denn falls deine Worte ihre Seele aus dem Reich der Vier Winde zurückrufen, werde ich sie wieder fortschicken. Ob lebend oder tot, sie ist weder im Stamm Chakwenas noch in irgendeinem anderen willkommen!«

Wieder schallte das Trompeten der Mammuts durch die

Schlucht. Beruhigt drängte Cha-kwena seinen Stamm weiter und war dankbar, als Ta-maya ein fröhliches Lied anstimmte. Bald waren alle bis auf Kahm-ree glücklich und lachten. Mürrisch und widerstrebend trottete die alte Frau hinterher und schlug mit ihrem Fleischmesser ungehalten nach Baumschößlingen und Steinen, bis Kosar-eh mit sanftem Tadel ihre Hand festhielt.

»Bereite dir selbst keinen unnötigen Kummer«, versuchte er sie zu beruhigen. Bald hatte sie ihr Messer wieder in die Scheide gesteckt und stimmte brummend zu, sich auf einen der Schlitten zu setzen.

Ein Schatten fiel auf Kosar-ehs Stimmung, als er zusah, wie seine Söhne die alte Frau hinter den anderen herzogen. Ta-maya trat neben ihn, die kleine Ha-xa-ree tief schlafend und fest auf ihrer Rückentrage geschnürt. Sie sah wunderschön aus in ihrem neuen Winterpelz. Als sie sein besorgtes Gesicht sah, fragte Ta-maya, was ihm an einem so schönen Tag Kummer bereiten konnte.

Kosar-eh zeigte ihr die Messerspuren, die die alte Kahm-ree an den Steinen und Bäumen hinterlassen hatte. »Glaubst du, daß sie das schon während der vergangenen Tage der Reise gemacht hat? Wenn das der Fall ist, hat sie eine Fährte gelegt, auf der uns unsere Feinde folgen könnten.«

»Sie haben uns vergessen.«

Er erzitterte plötzlich. »Bist du dir sicher?« fragte er, als er sich auf einmal schmerzhaft der für die Jahreszeit ungewöhnlichen Kälte und der unbekannten Gegend der Waldschlucht bewußt wurde. Die Sonne schien hell über den Bäumen, doch die Dämmerung war von dem frostigen Atem des Großen Weißen Winters beherrscht gewesen. Kosar-eh konnte nicht glauben, daß es in den neuen Jagdgründen wärmer sein würde. Zitternd sehnte er sich nach dem sonnenverbrannten Land der Tafelberge seiner Heimat und nach den weiten, offenen Ebenen der Stämme des Graslandes, wo seine Tapferkeit in zwei Kriegen gegen feindliche Kämpfer ihm den Namen Mann, der seinen Feinden ins Gesicht spuckt, eingebracht hatte. Deshalb hatte seine Familie während ihres kurzen Bündnisses mit Shatehs Stamm einen hohen Status innegehabt – mit Ausnahme von Gah-ti natürlich. Das Leben war für seine Frau und seine Kinder in den großen Jagdlagern angenehm gewesen, wo die schwere Arbeit des Lebens sich auf viele Hände verteilt hatte.

Kosar-ehs breite Stirn legte sich in Falten. Er hatte Gah-tis Versuch bewundert, den Kindern ihre Angst zu nehmen, aber er wußte, daß es für einen so kleinen Stamm wie ihren beträchtliche Gefahren gab. Als er jetzt die bewaldete Schlucht überblickte, spürte er einen überwältigenden Drang, umzukehren und ins Land seiner Vorfahren zurückzukehren.

»Kosar-eh, Mann meines Herzens, du darfst nicht zurückblicken!« beschwor Ta-maya ihn sanft. »Dort gibt es nichts mehr für uns.«

»Ich sage dir«, vertraute er ihr an, »dieses Land hinter dem Ende der Welt ist eine fremdartige und lebensfeindliche Gegend für einen Mann, der sein bisheriges Leben unter einem offenen Himmel verbracht hat. Cha-kwena ruft die Vier Winde und die Mächte der Schöpfung an, aber werden die helfenden Geister unserer Vorfahren aus der Roten Welt unserem kleinen Stamm in diese dunklen Wälder und steinigen Höhen folgen? Und wenn sie es nicht tun, wer soll dann meine Frau und Kinder beschützen, wenn mir oder Cha-kwena etwas zustößt?«

Ta-maya antwortete mit unumstößlicher Zuversicht: »Alles wird gut für uns sein, solange wir dem Geist des großen weißen Mammuts folgen, wie es unsere Vorfahren seit Anbeginn der Zeiten getan haben. Sieh nur, Mann meines Herzens, wie tapfer deine guten Söhne uns vorausgehen! Sie wachsen schnell zu Männern heran, während sie alles über die Jagd lernen. Bald werden sie genauso groß, kräftig und mutig sein wie ihr Vater.«

Kosar-eh schwieg. Er hatte sich wieder umgedreht und sah nun seine Jungen nachdenklich an. Ta-maya hatte recht. Sie reiften zu einem starken, selbstbewußten Rudel heran, und Gah-ti war schon lange kein Junge mehr, sondern ein Mann geworden. Trotz seiner Verstümmelung – oder vielleicht gerade zum Ausgleich dafür – waren Gah-tis Rumpf, die Beine und der eine Arm bemerkenswert muskulös. Mit entschlossenen Schritten ging er neben dem Schlitten her, auf dem seine blinde kleine Schwester Doh-teyah glücklich auf dem Gepäck hockte, während ihr Bruder den Leithund schlug, der ungewöhnlich gereizt war. Die kleine Tla-nee lief neben Gah-ti her und plapperte unablässig auf ihn ein. Um ihn zu beeindrucken, versuchte sie ihm zu helfen, den unruhigen Hund zu bändigen.

»Sei vorsichtig, meine Kleine! Bruder Hund ist heute wieder in schlechter Laune! Halte deine Hand von seinen Zähnen fern!« Gah-tis Warnung war laut genug, um von allen gehört zu werden.

Trotzdem hörte die eigensinnige Tla-nee nicht auf ihn.

Kosar-eh zuckte zusammen, als er sah, wie das Tier nach ihrer Hand schnappte.

Das Mädchen schrie vor Schmerz auf, als es seine Hand zurückzog und dann den verletzten Finger in den Mund steckte.

Der Hund bäumte sich in seinem Geschirr auf und versuchte erneut zuzubeißen. Gah-ti wollte ihn mit einen Fußtritt zurückstoßen, doch der Hund packte ihn am Knöchel. Der Schlitten stand still, der Hund knurrte, schüttelte den Kopf und grub seine Zähne in den Mokassin. Kosar-eh rannte los und zerrte den Hund am Nacken zurück. Zu diesem Zeitpunkt hatten sich alle anderen rings um den Schauplatz versammelt, an dem sich der Hund inzwischen winselnd am Boden wand.

»Man kann diesen Tieren nicht vertrauen«, stellte Chakwena angewidert fest.

U-wa begutachtete Tla-nees Finger und verkündete, daß der Stolz des Kindes eine größere Wunde davongetragen hatte als ihr Fleisch, denn sie konnte nicht die geringste Verletzung in der Haut feststellen. Mah-ree näherte sich dem Hund und ging neben ihm in die Knie. Trotz des warnenden Knurrens des Tieres blickte sie ihm ins Gesicht, berührte seine Nasenspitze, schüttelte dann den Kopf und befreite ihn von seinem Geschirr.

»Dieser Hund hat eine warme Nase und wütende Geister in seinen Augen«, teilte sie den anderen mit. »Nehmt ein anderes Tier für den Schlitten. Ich habe ihn vor wenigen Tagen beobachtet, wie er ein Eichhörnchen gejagt und gefangen hat, und seitdem benimmt er sich so. Vielleicht lebt jetzt zuviel vom Geist des Eichhörnchens in ihm, so daß er vergessen hat, daß er ein Hund ist, der einen Schlitten ziehen soll, um dafür sein Fleisch zu erhalten.«

»Gah-ti ist tapfer!« sagte Tla-nee bewundernd, ohne auf die Bemerkungen ihrer Schwester einzugehen.

»Es ist nichts!« sagte er zum kleinen Mädchen, während er sich den blutigen Knöchel hielt.

Tla-nee seufzte selig. »Ich werde eines Tages deine Frau sein, Gah-ti!«

Als die Jungen johlten, errötete der junge Mann, und das kleine Mädchen nutzte die Gelegenheit, ihn schnell zu umarmen.

Kosar-eh war tief gerührt von ihrer offenen Zuneigung zu seinem Sohn. Er mußte zugeben, daß Gah-ti als Mann des Graslandes eine trübe Zukunft vor sich gehabt hätte. Dem Krüppel wäre unter Shatehs harten Kriegern niemals erlaubt worden, auf die Jagd zu gehen oder sich eine Frau zu nehmen, wenn sie nicht alt, unfruchtbar oder genauso mißgestaltet wie er gewesen wäre. Im Stamm seiner Familie widerfuhr Gah-ti jedoch nur Liebe und Zuneigung. Auch wenn die

Gesetze ihm wegen seiner Behinderung die Benutzung eines Speeres verwehrten, könnte die liebe kleine Tla-nee eines Tages wirklich Gah-tis Frau werden und seine Tage und Nächte glücklich machen. In Shatehs Stamm hätte ein so vollkommenes Mädchen nur die Frau eines Jagdhäuptlings, eines Kriegers oder Schamanen werden können.

Als ob sie seine Gedanken gelesen hätte, seufzte Ta-maya, nickte und hakte ihren Arm bei ihm unter. »Ich bin so dankbar, daß wir weit vom Land des Kriegshäuptlings Shateh entfernt sind.«

Wieder überschattete eine Wolke Kosar-ehs Stimmung. »Shateh hat sich als ehrenvoller Mann erwiesen. Andernfalls hätte er uns gejagt, ganz gleich, wie lange es gedauert hätte. Dann hätte er sich den heiligen Stein genommen und uns alle zu Sklaven gemacht! Statt dessen ließ er uns ziehen. Wir waren es, die ihn getäuscht haben, als wir ihm nicht die Wahrheit über das ...«

»Sprich es nicht aus, Kosar-eh!« warnte ihn Cha-kwena.

Kosar-eh biß die Zähne zusammen. Ka-neh und Kiu-neh schirrten einen anderen Hund vor dem Schlitten an. Kurz darauf führte Cha-kwena den Stamm weiter.

Ein gequälter Ausdruck erschien in Ta-mayas Gesicht, als sie sah, daß ihr Mann sich nicht von der Stelle rührte. »Hast du schon vergessen, daß Shateh dich aufgefordert hat, Gah-ti und Doh-teyah zu verstoßen? Solch ein Mann kennt nur die falsche Ehre seiner Vorfahren, nicht die wahre, die wir kennen! Wenn er wirklich daran geglaubt hätte, daß Cha-kwena zum Totem geworden war, hätte er ihn niemals aus den Augen gelassen. Er hätte unseren Schamanen getötet und sein Fleisch gegessen. Ich kenne ihn, Kosar-eh. Cha-kwena fürchtet und verachtet ihn aus gutem Grund. Wenn Shateh auch nur vermutet hätte, daß die große Mammutkuh den Geist Lebensspenders in sich trägt, hätte er sie gejagt und geschlachtet, damit er vom ungeborenen Totem hätte essen können, in der Hoffnung, daß sein Fleisch ihn wieder jung machen würde, so daß er noch einen Sohn zeugen kann, der seinen Namen übernimmt und seiner Seele das ewige Leben garantiert.«

»Shateh hat Warakan zu seinem Sohn ernannt. Kein Mann könnte sich einen besseren Sohn wünschen.«

»Ja, aber Shatehs Stamm glaubt daran, daß nur ein Sohn vom eigenen Blut des Mannes seinen Namen übernehmen kann. Ganz gleich, was Warakan sagen oder tun mag, ganz gleich, wie sehr der Häuptling ihn an seiner Seite behalten möchte, Shatehs Stamm wird niemals ein Kind des Feindes als wahren Sohn des Häuptlings annehmen. Sie werden eine Möglichkeit suchen, wie sie ihn loswerden können. Er wird nicht länger im Stamm des Graslandes leben, als wir es dort getan hätten, wenn wir dumm genug gewesen wären, bei ihnen zu bleiben. Schau nicht mehr zurück. Ein neues Leben erwartet uns auf der anderen Seite der Berge. Wir haben unsere Feinde für immer hinter uns gelassen. Nichts, was in ihrem Land des Grases und des Blutes und des ewigen Krieges geschieht, kann uns jetzt noch berühren!«

8

Die Bärin ließ sich Zeit mit dem Verlassen ihres Baus. Lahontay hatte fasziniert zugesehen, wie sich der Schnee unter dem Baumstumpf bewegt hatte, bis er sich zitternd hob und schließlich unvermittelt aufbrach. Eine lange schwarze Schnauze schob sich prüfend ins Licht des Tages hinaus. Kurz darauf war das ganze Tier hervorgekrochen. Es blinzelte knurrend und ließ sich gegen eine Schneewehe sacken, um sich in der Sonne auszuruhen.

Dann hatte der Blutgeruch die Bärin endlich zur Grube

gelockt, in der Warakan begraben lag. Der alte Mann erhob sich. Der Wind wehte ihm ins Gesicht, so daß die Bärin ihn nicht wittern konnte. Außerdem bezweifelte er, daß das Tier sich um ihn kümmern würde, wenn eine Mahlzeit in greifbarer Nähe direkt unter dem Schnee wartete. Vor Aufregung bekam Lahontay Gänsehaut auf Rücken, Hals und Armen, als das Tier die Grube umkreiste und schnupperte. Die Nasenflügel des alten Mannes blähten sich, und ihm lief das Wasser im Mund zusammen. Es war, als wäre er selbst zum Bären geworden, der nach Fleisch hungerte und nach Blut, das heiß aus seiner Beute schoß.

Dann begann die Bärin zu graben, langte tief mit einer Vordertatze in den Schnee. Plötzlich jedoch wich sie unter Wutgebrüll wieder zurück, die Vordertatze hing schlaf herab und blutete.

Lahontay hielt fassungslos den Atem an, als Warakan sich aus der Grube wühlte und die blutige Handaxt schwang, mit der er dem Tier offenbar in die Pfote gehackt hatte. Mit blauem Gesicht und seltsam steifen Bewegungen versuchte der Junge im Schnee auf die Beine zu kommen und zu fliehen ... genau auf Lahontay zu.

»Nein!« rief der alte Mann, als er sah, wie sein Plan zunichte gemacht wurde. »Geh zurück!«

Doch Warakan kam weiter auf ihn zu.

Lahontay griff seine Speere und lief um sein Leben.

»Warte, Lahontay! Hilf mir!« kreischte Warakan.

»Bärin, hol diesen Jungen ein und friß ihn!« keuchte der alte Mann. Er lief weiter, doch das verschneite Land stieg an dieser Stelle an, und seine Füße brachen immer wieder durch die harte Kruste und behinderten sein Vorankommen. Schließlich erkannte er, daß ein alter und gebrechlicher Mann wie er keine Hoffnung hatte, einem Bären zu entkommen.

Doch sein Geschick im Umgang mit Waffen hatte er noch nicht verloren. Lahontay blieb stehen, drehte sich um und blickte Warakan an. Er sah den entsetzten Ausdruck auf dem halberfrorenen Gesicht des Jungen und fragte sich, wie er sich nach tagelangem Fasten und so langer Zeit in der Grube überhaupt noch bewegen, geschweige denn so schnell rennen konnte. *Bei den Mächten der Schöpfung! Was für einen Sohn hat Shateh sich mit diesem Kind erwählt!* dachte er. Er hob einen Speer, weil er um die Gefahr wußte, die der Junge jetzt für ihn darstellte, und hätte ihn mit der Waffe durchbohrt, wenn im selben Augenblick nicht das Geräusch ferner Trommeln im Wind Warakan erschrocken und ihn ins Stolpern gebracht hätte.

»Ay yah!« rief Lahontay, als er die kleine, nackte Gestalt im Schnee liegen sah. Das Gesicht des alten Mannes verzerrte sich triumphierend. Jetzt würde der Bär anhalten. Jetzt würde der Bär sterben. Doch plötzlich verwandelte sich Lahontays Grinsen in einen ungläubigen Ausdruck des Entsetzens. Die Bärin hielt nicht an. Sie lief weiter, an Warakan vorbei, den Abhang hinauf und den Blick unbeirrt auf Lahontay gerichtet.

Der alte Mann warf seinen Speer, hob einen weiteren und warf erneut. Und dann noch einen. Seine Speere trafen ihr Ziel. Die Bärin strauchelte, fiel und stand wieder auf. Ihre Bewegung war langsamer geworden, aber ihre Wut trieb sie trotzdem weiter.

»Lauf, Lahontay! Lauf!«

Der alte Mann blinzelte und sah verblüfft, daß Warakan wieder auf den Beinen stand und mit der Axt in der Hand der verwundeten Bärin nachsetzte. Einen so todesmutigen und selbstlosen Versuch zur Rettung eines Jagdkameraden hatte Lahontay nur selten erlebt. Er wirbelte herum und rannte um sein Leben, obwohl er genau wußte, daß er niemals schnell genug sein konnte, um diesen Wettlauf zu gewinnen.

Er konnte sich nicht erinnern, die kleine Schlucht schon vorher gesehen zu haben, aber plötzlich war sie vor ihm –

ein tiefer, gefährlicher Spalt in der Oberfläche der Erde, der eine hervorragende Bisonfalle abgegeben hätte. Ein Tier, das sich in vollem Lauf dieser Stelle näherte, konnte weder rechtzeitig anhalten noch hoffen, den gähnenden Abgrund zu überspringen. Der alte Mann wußte dies, doch er dachte daran, was ein anderer Bär mit seinem Sohn Ishkai angerichtet hatte, und versuchte es trotzdem.

Lahontay sprang mit ausgebreiteten Armen und vorgestrecktem Brustkorb ab, während seine Beine vergeblich nach Halt in der Luft suchten. Irgendwo hinter und hoch über ihm hörte er das ferne Dröhnen von Trommeln, Warakans Schrei und das Brüllen der Bärin am Rand der Schlucht. Dann schlug der alte Mann auf der Erde auf. Die Welt wurde schwarz, und er hörte gar nichts mehr, bis er inmitten der alles verschlingenden Dunkelheit und der Schmerzen die Augen öffnete und sah, daß die Bärin tot neben ihm lag, die Steinaxt in ihrem Schädel.

»Lahontay? Ah! Ich hatte schon befürchtet, du wärst tot!«

Der alte Jäger schnitt eine Grimasse, als Warakans Gesicht sich zwischen ihn und den Kopf der Bärin schob. Er versuchte zu sprechen, schaffte es aber nicht, doch an Warakans Augen erkannte er, daß der Junge begeistert war und offenbar keine Ahnung hatte, daß sein Lehrmeister ihn hatte umbringen wollen.

»Ich habe dir gesagt, ich würde den Bären töten!« sagte der Junge. »Hast du mich gesehen, als du gestürzt bist? O Lahontay, du wärst stolz auf diesen Jungen gewesen! Ich hatte wirklich überhaupt keine Angst! Als der Bär vor dem Abgrund anzuhalten versuchte, sprang ich ihm auf den Rücken, und als wir gemeinsam hinunterstürzten, begrub ich deine Axt in seinem Kopf! Und jetzt sieh nur, Lahontay ... die Sonne steht hoch, und der Schnee wird unter ihrer Wärme weich! Bald wird das Land ergrünen, und die Herden werden aus der Sonne zurückkehren! Und das nur, weil du mich hierher geführt hast, um den Bären zu wecken! Ich habe gegen den Großen Weißen Winter gekämpft und gewonnen! Heute abend wird der Mond der Wärme aufgehen, und mein Stamm wird ein Freudenfest feiern! Du wirst sehen! Nicht einmal der große Mystische Krieger Masau kann mutiger und kühner gewesen sein, als ich es heute war! Ich habe allen bewiesen, daß ich ein würdiger Sohn Shatehs bin!«

Der alte Mann verzog das Gesicht – nicht nur vor Schmerz, sondern auch in einer plötzlichen Erkenntnis, die so verblüffend und entsetzlich war, daß er es schaffte, eine knochige Hand zu heben und den Jungen an den Haaren zu packen. Er zog ihn näher an sich heran und starrte und starrte, bis er erkannte, an wen dieses Waisenkind ihn erinnerte, und er fassungslos weinte. *Nein!* dachte er. *Das kann nicht sein! Nicht du … wie ist das möglich?* Er erzitterte. Irgendwo tief in seinem Körper und seinem Geist wurde ein Fluß kalt und schwarz, und dann wurde seine Seele in unergründliche Tiefen davongespült. Die Welt wurde dunkel, obwohl seine Augen geöffnet waren und …

»Lahontay …?« Warakan sah hilflos zu. Der Körper des alten Mannes erschlaffte, und seine Augen wurden starr und glasig, so daß dem Jungen plötzlich kalt wurde. »Bist du tot, Lahontay?«

»Sein Sturz wurde nicht vom Körper eines Bären aufgefangen.«

Überrascht von Teikans Stimme blickte Warakan auf und sah den Mann, seinen Sohn Namaray und mehrere Hunde, die am oberen Rand der Schlucht standen. Warakan erhob sich. »Wie lange seid ihr schon bei uns gewesen?«

»Lange genug, um zu sehen, daß Lahontay noch am Leben wäre, wenn du nicht wie ein verängstigtes Kaninchen vor dem Bären davongelaufen wärst«, sagte Namaray mit einem verächtlichen Schnaufen.

Warakan war zuerst verwirrt und dann wütend. »Also wart ihr nahe genug, um zu helfen, um zumindest eure Hunde freizulassen, damit der Bär abgelenkt ...« Er verstummte. Teikan stieg in die Schlucht hinunter und löste eine kleine Schneelawine aus, während er mit langen Schritten den Abhang hinunterschlitterte. Namaray und die Hunde folgten ihm. Kurz darauf kniete Teikan neben der Leiche des alten Mannes, schüttelte den Kopf und schnalzte mit der Zunge.

»Das ist nicht gut«, sagte Teikan, als er Lahontays Tod feststellte. »Du wirst es bereuen, daß du den alten Mann dazu überredet hast, das Dorf ohne Shatehs Erlaubnis zu verlassen, um dich allein auf die Jagd nach einem Tier zu begeben, dessen du nicht würdig bist.«

Warakan wehrte sich gegen diese Anschuldigung. »Es war Lahontay, der mich dazu überredet hat! Gemeinsam haben wir den Bären geweckt! Und ich habe den Bären getötet! Ich habe bewiesen, daß ich würdig bin, als Sohn Shatehs bezeichnet zu werden!«

Namaray grinste. »Hörst du nicht die Trommeln? Während deiner Abwesenheit vom Dorf haben die Geister der Vorfahren Shateh wieder ihre Gunst erwiesen. Seine jüngste Frau Eira hat ihm ein großes Geschenk gemacht. Die Trommeln sagen, daß sie ihm ein männliches Kind geschenkt hat. Jetzt wird der Häuptling den Mächten der Schöpfung danken und die Vier Winde ehren, während er, wie es Sitte ist, vier Tage abwartet, bevor er dem Kind seinen Namen gibt und es dadurch in den Stamm aufnimmt. In diesem Augenblick wird sich der Stamm auf diese Zeremonie vorbereiten. Shateh hat es jetzt nicht mehr nötig, ein Kind seiner Feinde als Sohn zu bezeichnen.«

Eine schreckliche Leere öffnete sich in Warakan, als er auf das ferne Trommeln hörte. »Shateh mag einem anderen Kind seinen Namen geben, aber er wird mich immer seinen Sohn nennen. Und ich werde ihn immer Vater nennen.«

»Du bist schuld, daß Lahontay tot ist«, stellte Teikan leidenschaftslos fest.

Obwohl er sich zu beherrschen versuchte, zitterte Warakan. »Ich habe versucht, ihn zu retten.«

»Aber du hast versagt«, warf Namaray mit boshaftem Nachdruck ein.

»Deinetwegen«, sagte Teikan kalt zu Warakan, »hat der Stamm nun keinen Grund zum Feiern mehr. Jetzt müssen wir um den Tod von Lahontay und von Shatehs neugeborenem Sohn trauern. Wenn in einer Zeit der Trauer neues Leben geboren wird, darf es nicht am Leben gelassen werden, um nicht die Geister der Toten zu beleidigen und den Zorn der Mächte der Schöpfung gegen den Stamm heraufzubeschwören ... so wie sie uns immer wieder gezürnt haben, seit der Häuptling dich unter uns willkommen geheißen hat.«

»Ich habe die Trommeln bereits gehört, bevor Lahontays Seele seinen Körper verlassen hat!« sagte Warakan.

»Das sagst du«, entgegnete Teikan. »Wir werden etwas anderes behaupten.«

Warakan war einen Augenblick lang so fassungslos, daß es ihm die Sprache verschlug, doch dann schrie er vor Entrüstung auf. »Ihr wollt falsche Worte sprechen? Shateh wird euch nicht glauben!«

»Nein?« Teikan hob eine Augenbraue. »Wegen Warakan ist jetzt ein alter Mann tot. Wegen Warakan wird Shateh durch die Gesetze der Vorfahren erneut gezwungen sein, einem neugeborenen Sohn das Leben zu verweigern. Chakwena und sein Stamm sind schon lange nicht mehr in diesem Land. Warakan ist jetzt der einzige Feind, der noch unter uns lebt.«

Und Namaray fügte hämisch hinzu: »Wir werden dafür sorgen, daß du aus dem Stamm verstoßen wirst, Junge des menschenfressenden Stammes des Wachenden Sterns!«

»Mein Vater wird mich niemals verstoßen!«

»Wenn er sich weigert, wird man ihn verbannen, und dann wird mein Vater Häuptling sein. Ganz gleich, was geschieht, das Neugeborene wird getötet, und du wirst unseren Stamm verlassen.«

Teikans Augen blickten Warakan starr an, als er die Worte seines Sohnes bestätigte. »Shateh wird nicht zögern, das zu tun, was getan werden muß. Und in dem Augenblick, wenn er den Atem seines neugeborenen Sohnes erstickt, werden er und alle anderen Menschen des Stammes des Graslandes wissen, daß Warakan durch seine Taten am heutigen Tag, ohne jeden Zweifel bewiesen hat, daß er der Ursprung der bösen Geister ist, die uns heimgesucht haben.«

»Das ist nicht wahr!« rief Warakan.

Teikan grinste. »Wer kann jetzt noch den Wind drehen, der zu unseren Gunsten weht?«

In der Höhle war es jetzt dunkel. Die gefangene und ängstliche Ban-ya flüsterte Flüche gegen Shateh, weil er sie zu ihrem schrecklichen, einsamen Schicksal verdammt hatte. »Möge er in diesem Leben genauso leiden, wie ich leide!« stöhnte sie, während sie sich nach Licht sehnte. Ihre Lampe hatte sie löschen müssen, damit das schwache Licht nicht durch feine Spalten im Steinsturz drang oder der verräterische Geruch nach brennendem Öl nicht von jenen bemerkt wurde, die sich in der äußeren Höhle niedergelassen hatten.

Ban-ya schloß die Augen. Sie lehnte sich gegen die hinterste Wand der Höhle und wollte nicht mehr an die dort draußen denken. Sie wollte nicht mehr ihre männlichen Stimmen, ihr gelegentliches Gelächter oder ihre Streitereien hören, deren Klang durch die Steine drang. Unter zusammengekniffenen Augenlidern beschwor sie die Bilder der heiligen Zeichnungen herauf, die sie auf der Wand gesehen hatte. Sie verbrannten ihren Geist.

»Das Totem ist nicht tot!« flüsterte Ban-ya und wiegte ihre

Babys in der Finsternis, die so vollkommen war, daß sie fürchtete, davon erstickt zu werden. Ein leises Seufzen half ihr, diese Last zu erleichtern. »Das Totem lebt in der großen Mammutkuh. Es wird wiedergeboren werden! Vielleicht ist noch nicht alles für uns verloren, meine Kleinen. Wir sind Menschen der Roten Welt, ihr und ich, und solange das Totem lebt, werden wir ...« Sie verstummte, riß die Augen auf und blickte sich hektisch um.

Etwas bewegte sich in der Dunkelheit – Ratten. Ban-ya preßte sich mit dem Rücken gegen die Wand und zog ihre Knie an, während sie vor Abscheu vor den kleinen wagemutigen Räubern erstarrte, die sie schon ein paarmal fast zum Schreien gebracht hatten. »Darf nicht schreien. Darf nur flüstern! Muß den Ratten sagen, daß diese Frau keine Angst hat ... nicht vor ihnen ... nicht vor der Dunkelheit ... vor nichts. Nein! Ban-ya hat keine Angst! Will keine Angst haben. Darf keine Angst haben.«

Doch als ihr kleinerer Sohn gierig an ihrer Brust saugte, wußte sie, daß sie doch Angst hatte. Ihre Milch ließ nach. Ein Schrecken, der viel größer als die Furcht vor Ratten war, ließ sie den Atem anhalten. Wie sollte sie an diesem verfluchten Ort ihre Babys füttern, wenn ihre Milch versiegte? »Das Totem lebt!« sagte sie sich. »Zieh Kraft und Nahrung aus seinem Geist, Frau der Roten Welt!«

Wie als Antwort auf ihr Flehen kam Ban-ya eine Idee, und sie griff nach ihren Habseligkeiten. Mit ihren Schlingen und Fallen konnte sie vielleicht zumindest ein paar der Ratten fangen, die sie bedrohten. Und ihr Fleisch würde vielleicht bewirken, daß sie wieder zu Kräften kam und ihr Milchfluß wieder einsetzte.

»Ah, ihr Ratten, die ihr unsichtbar in der Dunkelheit um mich herumhuscht, ihr hättet nicht so dumm sein dürfen, mir eure Anwesenheit zu verraten! Diese Frau hat in ihrem Leben schon größere und gefährlichere Fleischfresser zur Strecke gebracht!« Sie dachte an Atonashkeh, den Sohn

Shatehs, und lächelte, als sie sich erinnerte, wie er schreiend gestorben war. »Ja«, versprach sie den Ratten mit einem zischenden Seufzer. »Jetzt werdet ihr zu Fleisch für mich und meine Babys!« Doch zu ihrer großen Besorgnis war sie durch den Hunger zu erschöpft, um aufstehen zu können, ganz zu schweigen davon, ihre Sachen zu durchstöbern oder eine Falle aufzustellen.

»Bald«, versprach sie. »Bald wird Ban-ya Ratten jagen!« Sie schloß die Augen und gab sich dem Gedanken hin, wie es wäre, wieder etwas zu essen, selbst wenn es nur das rohe Fleisch von Nagetieren war. »Bald wird Ban-ya essen. Sie muß essen! Dann wird ihre Milch wieder fließen. Sie muß fließen!« Eins ihrer Kinder war bereits zu schwach, um zu saugen. Es lag so schlaff wie eine alte Lederpuppe in ihrer Armbeuge. Sie öffnete die Augen, sah nur Dunkelheit und drückte die Brustwarze in den offenen Mund, um es zum Saugen zu zwingen. Doch sie hatte keinen Erfolg. Sie wollte nicht glauben, daß sie das Baby bei ihrem früheren Versuch, es zum Schweigen zu bringen, erstickt oder ihm das Genick gebrochen hatte. »Nein! Das ist nicht passiert! Dem Baby geht es gut. Es schläft. Es schläft nur.«

Ban-ya schloß wieder die Augen und legte ihren Hinterkopf gegen die Felswand. Sie wollte nicht daran denken, daß der arme Ea-nok tot in ihren Armen lag. Sie wollte nicht glauben, daß das Kind, das unter so großen Schwierigkeiten auf die Welt gekommen war, das ihren Körper mit zerreißenden Schmerzen gequält hatte, sie so einfach wieder verlassen konnte! Sie wollte seinen Tod nicht wahrhaben, denn sie wußte, daß sie ihn nicht in absoluter Stille würde ertragen können. Sie würde schreien und heulen, sie würde den letzten Rest ihrer Selbstbeherrschung verlieren, und das durfte sie nicht, wenn das andere Kind überleben sollte, damit sie nicht völlig allein war.

Ea-ka begann zu quengeln. Ban-ya geriet in Panik. »Ruhig, mein Kleiner! Solange der Geist des Totems noch im großen Mammut weiterlebt, ist für uns nicht alles verloren. Du wirst sehen. Du mußt Ban-ya aus der Roten Welt vertrauen. Du mußt ...« Sie unterbrach sich mitten im Satz.

Durch die herabgefallenen Steine drangen menschliche Stimmen und der Geruch nach röstendem Fleisch aus der Haupthöhle zu ihr. Ban-yas Gier nach Nahrung war überwältigend. Speichel sammelte sich in ihrer Mundhöhle. Der Hunger wurde zu einer Bestie, die in ihrem Körper tobte, bis sich eine seltsame Taubheit in ihrem Geist ausbreitete, als sie das drängende Zerren Ea-kas an ihrer austrocknenden Brust spürte. Sie seufzte, als ihr eine Erkenntnis kam, die sie bislang noch nicht in Betracht gezogen hatte.

»Ja«, gurrte sie ihrem kleinen Sohn leise zu. »Sauge und sei still, mein Kleiner. Mein einziger Kleiner. Sie dürfen dich nicht hören. Denn sonst werden sie uns holen. Meine Milch wird dich nähren. Bald wird sie wieder reich, dick und süß fließen. Ja! Du wirst sehen. Jetzt werde ich essen. Ich muß essen! Riechst du das gute Fleisch? Ja. Es ist ein Geschenk des Totems, das sich uns durch deinen Bruder als Nahrung geopfert hat. Ja. Zwillinge sind verboten. Keine Frau hat das Recht, mehr als einen Sohn zu bekommen. Das sehe ich jetzt ein. Also werden wir das Fleisch essen, das dein Bruder uns opfert. Sein Geist und der Geist des Totems sprechen zu mir in der Dunkelheit. Sie sagen, daß alles gut ist.«

Tsana hielt neben dem Schlitten aus Mammutknochen an, auf dem Jhadel saß, und zeigte auf die Höhle, in der die anderen Jäger warteten. Der Rest des Stammes trottete hungrig und zerlumpt hinterher. Sie hoben schnuppernd die Köpfe, als der Duft nach gebratenem Fleisch zu ihnen herüberwehte.

»Es ist so, wie ich es vorausgesagt habe!« rief Jhadel, dessen Stimme über seinen abgenutzten Kehlkopf kratzte, dann langsam und dickflüssig über eine gespaltene und tätowierte

Zunge quoll und zwischen trockenen, schwarzen Lippen hervorkam. »Für den Stamm des Wachenden Sterns gibt es ein Leben im Tal der Toten.«

»Hier gibt es viele Arten Wild«, bestätigte Tsana. »Unsere Männer waren auf der Jagd. Unsere Frauen werden Fleisch und Knochen haben, Fett und Felle und Sehnen. Unsere Kleinen werden nicht mehr hungern und nicht mehr vor Kälte zittern. Der Geist von Sheela hat uns in der Nacht gerufen, Jhadel. Ihre Seele lebt in dieser Höhle. Ich habe sie gesehen!«

Die erschöpften Reisenden blickten sich unbehaglich an, als der Mann von einem Geist sprach. Mütter drückten ihre Töchter an sich, Jungen und Männer richteten sich auf, um mutig und furchtlos zu erscheinen.

Jhadel hob bei dieser Bemerkung zynisch eine Augenbraue. In seinem goldbraunen, vom Alter gezeichneten Bärenfell war der letzte überlebende Schamane des Stammes des Wachenden Sterns noch immer eine beeindruckende Gestalt. Seine kleinen, blinzelnden Augen, die dicht neben einer großen, weit vorragenden Hakennase saßen, waren wie die eines Kondors. Sein kahler Schädel auf dem langen Hals, der viel zu dünn schien, um die Masse aus Haut, Knochen, Muskeln und Hirn tragen zu können, war in ständiger Bewegung, als würde er nach Beute Ausschau halten. Und sein Gesicht – einschließlich der Ohren und der Augenlider – war tätowiert worden, so daß es aussah, als hätte jemand seinen Kopf in einer glühenden Feuergrube verkohlen lassen.

Trotz seiner körperlichen Schwäche ging von Jhadel eine große Autorität aus, als er sich zum Aufstehen gezwungen hatte und nun atemlos neben Tsana stand. Er stützte sich auf seinen heiligen Stab aus Pappelholz, an dem Streifen aus Mammutfell, lange Büschel Mammuthaar und viele kleine Vogelknochen flatterten, und beobachtete erstaunt die Umgebung. »Ich kenne diesen Ort«, sagte er. »*Er* hat hier gewohnt. Vor der letzten großen Schlacht hat *er* hier gestanden ... Cha-kwena ... der Mörder der Krieger, des Totems und der heiligen Träume der Weisen unseres Stammes. Jetzt ist er das Totem – und unser Feind. Ich träume oft von ihm und dem heiligen Stein. Ich sehe sie in Blut, in schwarzem, heißem Blut, im Herzblut, das durch die Adern des Vaters der Nacht fließt, im Frauenblut, daß zwischen den Schenkeln der Mutter der Welt hervorschießt.«

Tsana runzelte die Stirn. »Ich verstehe nicht, Weiser.«

Ein Grollen entstand tief in der Kehle des Schamanen. »Meine Träume nähren meine Seele mit dem Blut der Rache gegen den, der durch den Tod des Totems selbst zum Totem wurde und Verderben über meinen Stamm gebracht hat. Wenn wir stark genug wären, um ihn zu jagen, zu töten und zu essen, wäre das Blut seiner Macht unser ...«

»Mit seiner eigenen Hand hat Cha-kwena meine Sheela im Kampf getötet«, unterbrach Tsana ihn entrüstet. »Auch ich träume in der Nacht von Rache, Jhadel.«

Der Schamane war sichtlich verärgert über die Unterbrechung, die er allem Anschein nach als Respektlosigkeit ansah. »Deine Frau ist tot, Tsana. Es ist Zeit, daß du dir eine neue nimmst.«

Tsana fühlte sich durch diesen Vorschlag verletzt. »Ich sage dir, ihr Geist ist hier ... in der Höhle ... sie ruft uns in dieses Tal des vielen Fleisches! Du wirst sehen!«

»Ich war es, der vorausgesehen hat, was du in diesem Tal finden würdest! Ich bin die einzige Quelle der Macht der Geister, die meinem Stamm noch geblieben ist. Hättest du auf mich gehört, Krieger, wäre es jetzt anders. Aber was geschehen ist, kann nicht mehr ungeschehen gemacht werden. Jetzt bin ich ein alter Mann, der sich fragt, was mit seinem Stamm geschehen wird, nachdem meine Seele ihren Körper verlassen hat, um meinen Vorfahren zu folgen. Wer wird dann der Schamane des Stammes sein? Du, Tsana? Nein. Du hast nicht die Macht der Vision. Aber wie soll mein Stamm ohne einen Schamanen den Willen zum Überleben finden, wenn sein Todfeind zum Totem geworden ist, der uns mit dem Wind Flüche entgegenschleudert?«

Eine zerzauste, narbengesichtige Frau näherte sich und verbeugte sich tief vor dem Schamanen. »Wenn diese Höhle, zu der Tsana uns gebracht hat, einst die Höhle Cha-kwenas war, dürfen wir es dann wagen, darin zu leben, Weiser? Wenn der Schamane der Roten Welt noch lebt, wird er dann nicht …?«

»Er lebt.« Jhadels Gesicht erstarrte. »Im Wind meiner Träume höre ich seine Gesänge. Doch Cha-kwena ist weit von diesem Tal entfernt, Oan. Jetzt gehört die Macht dieses Ortes uns. Erinnere dich in den nächsten Tagen daran. Der Haß auf einen Feind kann genauso nahrhaft sein wie Fleisch. Der Mann, der Shateh zum Sieg über uns verholfen hat, hat das Totem getötet und ist selbst zum Totem geworden. Eines Tages wird man ihn jagen, so wie das Totem gejagt wurde. Eines Tages wird man ihn töten, wie das Totem getötet wurde. Und jene, die es wagen, von seinem Fleisch zu essen und von seinem Blut zu trinken, werden seine Macht übernehmen. An jenem Tag wird sich unter ihnen ein neuer Schamane erheben. Und dann wird dieser Schamane das Totem sein und unbesiegbar in der Macht der Vier Winde stehen.«

Die Worte hatten einen berauschenden Klang. Die Reisenden murmelten anerkennend und entschlossen.

Oans grausam mißgestaltetes Gesicht verzerrte sich. »Und der Junge, der meiner Obhut anvertraut wurde, bevor er davonlief, und für dessen Benehmen ich bestraft und verstümmelt wurde … lebt auch Warakan noch, nachdem seinetwegen so viele Menschen gestorben sind?«

Jetzt verzerrte sich das Gesicht des alten Mannes. »Er lebt«, antwortete Jhadel verbittert. »Wie sollte es anders sein? Während Cha-kwena der Schamane der vereinten Stämme ist, wird für ihn gesorgt, als wäre er Shatehs eigener Nachkomme, und er wird lange unter den Feinden leben, an die er uns verraten hat.«

Die Frau hob ihre Hand an ihr verunstaltetes Gesicht. »Auch ich träume in der Nacht von Rache, Jhadel.«

Jhadel nickte. »Das ist gut«, sagte er zu ihr, als Indeh gerade von der Höhle herabrief und den Stamm aufforderte, ihm und seinen Gefährten bei der vorbereiteten Mahlzeit aus dem Fleisch einer Sprungkatze und eines Faultiers Gesellschaft zu leisten. Erschöpft ließ Jhadel sich wieder auf seinen Schlitten sinken und drängte Tsana und die anderen weiter. »Kommt! Wir werden essen! Wir werden uns aufwärmen! Wir werden darüber reden, wie es ist, wenn wir wieder stark sind und wir von der Rache nicht länger nur träumen können!«

9

Die Trommeln waren verstummt. Jetzt regnete es. Warakan ging im schmelzenden Schneematsch in die Knie und blickte zu den nassen, grauen Bäuchen der Wolken hinauf. Er wünschte sich so sehr, sie mögen verschwinden!

»Steh auf, Menschenfresser!« forderte Teikan ihn auf, der über dem Jungen stand und mit der steinernen Spitze seines Speers nach ihm stieß. Lahontays Leiche hing über Teikans Schultern, wie ein auf der Jagd erbeuteter Hirsch. »Du wirst unsere Rückkehr ins Dorf nicht verzögern können, indem du tust, als wärst du erschöpft.«

»Ich bin aber müde«, keuchte der Junge. »Ich muß mich ausruhen und etwas essen!«

»Bald wirst du dich für immer ausruhen können, Junge des Wachenden Sterns!« sagte Namaray und grinste Warakan unter seiner durchnäßten Kapuze aus Wolfsschwänzen an.

Bis zu diesem Augenblick hatte Warakan gewußt, daß er

Namaray nicht mochte, aber jetzt haßte er ihn. Seit er gezwungen worden war, den Kadaver des Bären zu verlassen, hatte man Warakan mit Fußtritten und Speerstößen über das Land getrieben. Und die ganze Zeitlang hatte Namaray sich an seinem Elend ergötzt. Teikan zumindest hatte eine gewisse Rücksichtnahme gezeigt und dem Jungen ein Stück Fett und etwas Trockenfleisch gegeben, so daß er seine Fastenzeit beenden konnte, und hatte ihm erlaubt, seine Kleidung und seine Stiefel anzuziehen, bevor sie sich im letzten Sonnenlicht des vorangegangenen Tages auf den Weg zu Shatehs Dorf gemacht hatten.

Sie waren fast die ganze Nacht hindurch gelaufen und hatten nur angehalten, damit die Hunde fressen und sich ausruhen konnten. Warakan hatte erfolglos versucht, ihr Vorankommen zu verzögern, so daß sie erst dann ins Dorf zurückkehren würden, wenn Shateh dem Neugeborenen, dessen Geburt von den Trommeln angekündigt worden war, längst einen Namen gegeben hatte. Sobald ein Kind einen Namen und damit eine Seele hatte, konnte ihm nicht mehr das Leben innerhalb des Stammes verwehrt werden, außer wenn in Hungerzeiten ein solches Opfer notwendig wurde.

Jetzt waren die Trommeln verstummt. Seit Sonnenaufgang fiel ein prasselnder Regen. Gemeinsam mit dem Schmelzwasser ließ der Regenguß den Fluß anschwellen, und in jeder Rinne und Vertiefung strömte Wasser – sogar unter dem Schnee. Warakan war bis auf die Haut durchnäßt, und er fror entsetzlich. Er wußte sehr gut, daß das plötzliche Schweigen der Trommeln nur eins bedeuten konnte: Das neue Leben, das in das Dorf gekommen war, hatte es wieder verlassen, bevor es einen Namen erhalten hatte.

Namaray grinste. »Er wird dir die Schuld daran geben.«

Warakan wurde von widersprüchlichen Gefühlen hin und her gerissen. Er hatte niemals einen Rivalen um Shatehs Zuneigung haben wollen, aber er hatte sich auch niemals den Tod des Kindes gewünscht, da er wußte, wie schwer

Shateh unter dem Verlust leiden würde. Dennoch war er froh, daß der neugeborene Sohn des Häuptlings tot war.

Obwohl Warakan ob dunkler Ahnungen und düsterer Schuldgefühle übel wurde, richtete er sich mühsam auf und versuchte tapfer zu wirken. »Du und Teikan, ihr seid es, denen man die Schuld geben wird«, warnte er sie. »Denn ihr habt mich gezwungen, den großen Bären tot zurückzulassen, den ich erschlagen habe. Jetzt liegt er ehrlos im kalten Regen. Dadurch könntet ihr einen zornigen Geist freigesetzt haben, der über die Welt gezogen ist, um das Leben eines Sechs-Monde-Babys zu holen!«

»Du hast keinen Bären getötet.« Teikans Stimme war völlig ruhig, als er seine Lüge ausschmückte. »Frag Namaray! Er wird dir sagen, was er gesehen hat – wie du um dein Leben gerannt bist und Lahontay den Tod gebracht hast, bevor meine Speere und die meines Sohnes den Bären niederstreckten. Doch du hast Große Tatze geweckt und damit den Regen gerufen. Ein schlechtes Vorzeichen für dich, Fremdling. Shateh wird dich aus dem Stamm verstoßen, wenn das alles vorüber ist.«

»Shateh wird euch niemals glauben. Mögen die Mächte der Schöpfung den Mann oder den Jungen erschlagen, der solche Lügen erzählt!«

»Sprich keine Flüche gegen mich aus!« Namaray schlug Warakan so heftig in den Bauch, daß der Junge keuchend zu Boden ging.

Namaray lachte, aber Teikan schüttelte verärgert den Kopf. Dann bückte er sich, um den benommenen Jungen an den Haaren wieder auf die Beine zu bringen. »Wir gehen jetzt weiter.« Er verlagerte das Gewicht von Lahontays Leiche und blickte zum Himmel hinauf. »Es wird eine Flut geben, wenn der Regen nicht bald aufhört.«

»Willst du mich auch dafür verantwortlich machen?« entgegnete Warakan.

Er faßte eine zaghafte Hoffnung, als er überlegte, daß

Shateh ihm sicherlich glauben würde, wenn er seine Version der Geschichte als erster erzählen konnte. Also rannte er los. Im stärker werdenden Regen stapfte und stolperte Warakan durch die schmelzende Schneedecke auf das Dorf zu. Er watete durch einen reißenden Bach und dann durch noch einen, bis Teikans Hunde ihn schließlich aufhielten.

Er landete platschend mit dem Gesicht voran im Schlamm und Schnee einer Bisonsuhle. Die Hunde zerrten an seinen Stiefeln und den Ärmeln seiner Winterjacke, bis Teikan sie zurückrief und einen grellen, hohen Schrei ausstieß, um das Dorf auf seine Rückkehr aufmerksam zu machen.

Warakan blickte auf. Vor ihm lag das Dorf. Und der Häuptling kam auf sie zu, während viele der Dorfbewohner und Hunde ihm dichtauf folgten.

»Shateh!« Er rief den Namen seines Vaters, spuckte den Schlamm aus und versuchte aufzustehen. Doch dann spürte er, daß Namarays Fuß auf seinem Rücken ihn daran hinderte. In einem Wutanfall drehte sich Warakan nach rechts, packte Namarays Knöchel und brachte den Jungen aus dem Gleichgewicht. Dann rollte Warakan zur Seite und stand auf, während Namaray im Schlamm landete.

»Was ist hier los?« fragte Shateh mit tiefer und von Trauer getrübter Stimme.

Bevor Warakan auch nur ein Wort sagen konnte, gab Teikan seinen verzerrten Bericht der Ereignisse ab. Fassungslos über die Dreistigkeit des Mannes begann Warakan stotternd zu seiner Verteidigung zu sprechen, doch Namaray kam ihm zuvor.

»Es ist alles wahr!« bestätigte der Junge, während er aufstand und sich wie ein nasser Hund schüttelte. »Ich habe mitgehört, wie Warakan den alten Lahontay überredet hat, ohne mich und die anderen Jungen das Dorf zu verlassen und auf die Suche nach dem Bären zu gehen. Ich habe ihm gesagt, daß er den Häuptling um Erlaubnis fragen muß, aber er hat nur gelacht und gesagt, daß er ein Sohn des Wachenden Sterns sei und es auf jeden Fall tun würde, ob mit oder ohne Shatehs Erlaubnis! Als mein Vater zum Häuptling kam, um es ihm zu erzählen, war Shateh auf dem Traumpfad unterwegs, und Zakeh wollte ihn nicht stören. Jetzt ist Lahontay tot, und die neue Frau Eira hat wegen der Überheblichkeit eines Fremdlings einen Vater und einen Sohn verloren.«

»Die neue Frau hat bei der Geburt des Sechs-Monde-Kindes auch selbst ihr Leben verloren«, teilte Shateh den Unwissenden mit.

Warakan schrak zusammen. Er wollte dem Häuptling sagen, daß er seine Trauer teilte und daß ihn die Verzweiflung, die er in Shatehs Augen sah, schmerzte. Doch das wütende Raunen des versammelten Stammes war immer lauter geworden, und als der Junge endlich seine Stimme wiedergefunden hatte und zum Sprechen ansetzte, empörten sich alle Anwesenden gegen ihn, und Shateh hatte bereits mehr gehört, als er ertragen konnte. Wie ein verwundeter Wolf warf der Häuptling seinen Kopf zurück und heulte verzweifelt auf.

Die Dorfbewohner, die sich im Regen um ihren Häuptling scharten, fielen in sein Heulen ein. Warakan stand wie ein verwirrter, pitschnasser junger Hund da. Er war zutiefst erschüttert angesichts des Schmerzes, der Shateh quälte, und wollte ihn unbedingt lindern, so daß er keine Angst mehr hatte, entrüstet zu verkünden: »Ich, Warakan, der Sohn Shatehs, habe den Bären geweckt und den Großen Weißen Winter aus dem Land vertrieben. Teikans Zunge verzerrt die Wahrheit wie die Hand einer Frau, die Sehnen zu einem Strick verflechtet. Ich lasse mich nicht von Teikans Lügen zu Fall bringen! Ich, Warakan, der Sohn Shatehs, sage, daß ...«

»Ich ... habe ... keinen Sohn!« drang es rauh aus der Kehle des Häuptlings hervor.

Der Hieb, der Warakan zu Boden warf, kam von Shatehs Hand. Es war ein brutaler Schlag mit dem Handrücken, der den Jungen zurückschleuderte. Für einen Moment wurde die Welt weiß, dann schwarz, dann bildeten sich verschwommene Farben, die sich schließlich wieder zu einem Bild zusammensetzten, als Warakan auf der Seite im Schlamm liegend wieder zu sich kam. Sein Kopf schien sich zu drehen, und auf seinem Gesicht brannte ein heißer Schmerz. Er kämpfte sich hoch und versuchte aufzustehen, doch seine Beine wollten seinem Willen nicht gehorchen, und er bekam keine Luft mehr durch die Nase. Seine Hand griff nach oben und stieß nur auf Schmerz und Leere, wo bislang sein Nasenrücken gewesen war.

Schockiert schnappte er mit dem Mund nach Luft und blickte durch den strömenden Regen zu Shateh auf. Voller Entsetzen erkannte er seinen bevorstehenden Tod in den Augen des Häuptlings und in der Messerklinge, die Shateh aus der Scheide an seiner Seite gezogen hatte und nun in der Hand hielt. Ihre Blicke trafen sich. Warakan konnte darin keine Spur von Mitleid sehen. Shateh glaubte an Teikans Lügen und war nicht an Warakans Wahrheit interessiert.

Er schluchzte auf, als er von einer entsetzlichen Verzweiflung erschüttert wurde. Er wußte, daß er von dem Mann getötet werden sollte, dem er soviel Zuneigung und Vertrauen entgegengebracht hatte wie noch keinem Menschen zuvor.

»Du hast Tod und Verderben über meinen Stamm gebracht«, klagte Shateh ihn an.

»Nein!« Warakan heulte vor Wut auf und rappelte sich mühsam auf die Beine. Dann lief er auf den Fluß zu und rannte um sein Leben.

Es war Teikan, der Shatehs Kriegern zurief, sie sollten die Hunde losschicken, den Jungen zu verfolgen. Warakan blickte sich über die Schulter um und sah, daß sie gehorchten. Als er versuchte, den Fluß zu überqueren, geriet er ins Stolpern und fiel zu Boden.

»Aieee!« rief die junge Jheena und schlug sich die Hände vors Gesicht, als der Junge in den strömenden Fluten untertauchte.

Shateh rief Teikan und die anderen zurück. »Die Mächte der Schöpfung haben ihn mitgenommen«, sagte er mit kalter Stimme. »Das ist gut so.« Er erwähnte nicht, daß er froh war, daß die Geister des Flusses das getan hatten, wozu er sich nicht hätte überwinden können.

Der Häuptling preßte seine Lippen zusammen. Es hatte ihn geschmerzt, die Worte auszusprechen, die gesagt worden waren. Seine Verbitterung ließ ihn schwanken, als er dastand und auf den Fluß starrte. Seit dem Tod von Masau hatte er keinen größeren Schmerz mehr beim Verlust eines Lebens empfunden. Und dennoch wußte er, daß notwendig gewesen war, was er getan hatte. Der unerwartete Haß seines Stammes auf Warakan hatte ihm keine andere Wahl gelassen. Das Schicksal hatte sich gegen ihn verschworen, seit er dieses Kind seiner Feinde in sein Herz geschlossen und seit er in einem Augenblick beispielloser Schwäche die Fehlentscheidung getroffen hatte, die Jagd nach Cha-kwena und dem heiligen Stein aufzugeben. *Ist es ein Wunder, daß sich die Vier Winde seitdem über Shateh lustig gemacht haben?* dachte er und erkannte die ernüchternde Antwort auf diese Frage.

Der Häuptling stand im prasselnden Regen und starrte auf die erbarmungslose Strömung des Flusses. Er fühlte sich alt und schwach. Trotzdem zwang er sich dazu, nichts von seiner inneren Verzweiflung nach außen dringen zu lassen. Er war überzeugt, daß Teikan und Namaray gelogen hatten, aber er wußte auch, daß sich der Haß seines Stammes auf Warakan konzentrierte und deshalb niemand bereit wäre, ihm zu glauben. Shateh spürte, daß die Menschen ihn ansahen, und wußte, daß es in diesem Augenblick keine Männer und Frauen mehr waren, nicht mehr seine Stammesbrüder und -schwestern, sondern Wölfe, und er war der alternde Anführer des Rudels, das er seit ungezählten Monden gut geführt hatte, wenn auch nicht ohne Fehler.

Irgendwo tief in Shateh schien etwas zu bluten und zusammen mit dem ertrunkenen Jungen zu sterben. Das kalte, schneebedeckte Land verbündete sich mit dem Regen und dem Wind und ließ Nebel über dem Fluß aufsteigen. Während er immer noch in den strömenden Regen starrte und dankbar war, daß er die heißen Tränen fortspülte, die in seinen Augen brannten, glaubte er plötzlich, all seine toten Söhne am gegenüberliegenden Ufer zu sehen. Wisak, Maliwal, Kalawak, Atonashkeh. Und vor ihnen stand mit seinem tätowierten Gesicht, das ernst und starr wie eine rituelle Maske aus Stein blickte, Masau.

Shatehs Herz raste. Seine Augenlider senkten sich, als er zwischen den Brüdern nach dem Geist von Warakan suchte. Doch dann erkannte er, daß die Gestalten, die er für seine Söhne gehalten hatte, nur Bäume im Nebel waren. Er schalt sich einen Narren, denn selbst wenn der Geist Warakans am anderen Ufer erschienen wäre, war der Junge doch nicht von seinem Blut, und sein Geist würde sich niemals gemeinsam mit Shatehs wahren Söhnen in der Welt jenseits dieser Welt aufhalten. Als Waisenkind und Ausgestoßener war der Junge durch seinen vorzeitigen Tod dazu verdammt, allein vom Wind umhergetrieben zu werden. Doch Shateh wollte jetzt nicht mehr daran denken.

»Zu lange hat Shateh vergessen, daß in den Augen des Häuptlings ein Leben nichts zählt, wenn das Leben des Stammes auf dem Spiel steht!« verkündete er. »Zu diesem Zweck hat Shateh schon zuvor Söhne geopfert, und aus diesem Grund hat er heute Warakan verstoßen, damit seine Seele für immer vom Wind fortgetrieben werde. Jetzt können die Mächte der Schöpfung Shateh und seinem Stamm wieder ihre Gunst schenken!«

»So möge es sein«, stimmte Teikan zu. »Doch Warakan,

der Sohn des Wachenden Sterns, könnte noch am Leben sein. Sieh dir den Fluß an. Das Wasser steigt schnell und könnte bald den Stamm in seinen Hütten ertränken, wenn wir das Dorf nicht verlegen! Shateh darf einem Feind nicht den Rücken zukehren, bis der Stamm mit eigenen Augen gesehen hat, daß der Unglücksbringer tot ist!«

Shateh erstarrte. Offensichtlich genügte es Teikan noch nicht, daß er ihn in eine Lage getrieben hatte, in der er gezwungen gewesen war, Warakan dem sicheren Tod auszuliefern. Der Mann wollte seine, Shatehs, Fähigkeit in Frage stellen, Entscheidungen zum Wohl des Stammes zu treffen. Der Häuptling fühlte sich von dem Mann in die Enge getrieben, dessen Ehrgeiz ihn zu einem verräterischen Rivalen gemacht hatte, auch wenn er nur von ehrlicher Sorge um den Stamm getrieben wurde. Shateh drehte sich langsam um und starrte Teikan an.

»Niemals!« sagte Shateh und schwor sich, daß niemand und schon gar nicht Teikan je wieder daran zweifeln durfte, daß er nicht den Mut besaß, den Willen der Vorfahren zu erfüllen und zum Wohl des Stammes zu handeln, bevor er nicht einen Mann gefunden – oder einen Sohn gezeugt hatte, der es würdig war, seine Nachfolge anzutreten.

Der Häuptling hatte den Kopf erhoben und durchbohrte Teikan mit Blicken voller beherrschtem Zorn. »Dann geh zum Fluß!« befahl er und konnte sich gerade noch zurückhalten hinzuzufügen: *Und ertränke dich selbst darin, wie du zweifellos mich gern darin ertränken wolltest!* Statt dessen sagte er ruhig: »Jage den Entflohenen! Bring ihn oder seine Leiche zum Stamm, damit Shateh mit eigenen Hände das, was noch von seiner Seele übrig ist, an die Vier Winde übergeben kann!«

Teikan wirkte verblüfft. Offenbar hatte er nicht mit dieser Wendung der Dinge gerechnet. »A-aber der Fluß hat ihn mit sich gerissen! Wie kann ich darauf hoffen, ihn zu finden? Ich bin nur ein Mann ... kein Schamane, und ich ...«

»Als Schamane werde ich meinen Stamm zu einem höher gelegenen Ort führen und darauf achten, daß die neue Stelle für das Dorf den Geistern der Vorfahren gefällt.«

»Aber ...«

»Du selbst hast gesagt, daß der Stamm sichergehen muß, daß Warakan tot ist und keine Gefahr mehr für uns darstellt. Finde ihn, Teikan! Ich würde keinen anderen Mann damit beauftragen. Von allen Männern weißt du am besten, daß Shateh dem Stamm verpflichtet ist und nicht dem Jungen Warakan! Das Blut meines Körpers fließt nicht in ihm. Er war nicht mein Sohn. Du hast ihn schon einmal gesucht. Finde ihn noch einmal! Und kehre nicht eher zurück, als bis du deine Aufgabe erfüllt hast!«

10

»Warakan!«

Die Geister des Flusses riefen seinen Namen. Erschöpft, taub vor Kälte und von der wütenden Gewalt des Flusses so zerschunden, daß er nicht mehr dagegen ankämpfen konnte, hörte und spürte der ertrinkende Warakan überall die Geister. Sie drangen in seinen Körper ein, rissen ihn nach unten und schleuderten ihn hoch, immer wieder. Ihre starken Hände und flüsternden, befehlenden Stimmen verbanden sich zu einer übernatürlichen, singenden Umarmung, die ihn in dunkle Tiefen zerrten, aus denen es für ihn keine Rückkehr mehr geben würde.

Und immer noch rauschte der Fluß mit tobender Gewalt weiter. Warakan wurde bewußtlos und spürte nichts von seiner Reise.

Er würde niemals erfahren, wie lange das tosende Wasser ihn festhielt oder wann der entwurzelte Baum ihm aus der

Tiefe entgegenkam, um ihn mit seinen Ästen aufzufangen und ihn mit sich zu tragen, bis er ihn irgendwann ans Ufer warf. Doch dann kehrte sein Bewußtsein langsam aus einer brüllenden, schwarzen Leere zurück, und Warakan spürte, daß etwas schmerzhaft in seinen linken Handrücken stach. Er zuckte zusammen und versuchte sich zu bewegen, wurde jedoch sofort von einer furchtbaren Übelkeit überwältigt. Wasser brach in einem plötzlichen Schwall aus seinen Lungen und seinem Magen hervor. Es dauerte nicht lange, bis er alles erbrochen hatte, was er verschluckt hatte. Dann kam die Erschöpfung. Sie war so groß, daß er erneut das Bewußtsein verlor und erst vom scharfen *Tschack-tschack* eines schimpfenden Raubwürgers geweckt wurde.

Warakan riß die Augen auf. Er lag im strömenden Regen auf dem Bauch zwischen den Ästen eines entwurzelten Baumes. Ein grauer, durchnäßter Raubwürger mit schwarzer Gesichtsmaske hockte auf seiner linken Hand. Seine Krallen bohrten sich in Warakans Haut, während der Vogel ihn aus schwarzen Augen betrachtete. Sein hübscher Kopf war zur Seite geneigt und sein hakenförmiger Schnabel leicht geöffnet, als würde sich der Raubwürger darüber wundern, daß der Junge noch am Leben war. Verblüfft über die Nähe des Vogels und verärgert über seine schmerzhaften Krallen hob Warakan den Arm und bewegte sein Handgelenk. Der Raubwürger blieb noch einen Moment lang sitzen, bevor er die Flügel ausbreitete und im Regen davonflog. Der Junge setzte sich auf und blickte sich um.

Frierend, zitternd und orientierungslos erkannte Warakan den Fluß gar nicht als denselben, in den er auf seiner panischen Flucht vor den Dorfbewohnern gestürzt war. Er war durch den anhaltenden Regen und den schnell schmelzenden Schnee angeschwollen und brüllte wie ein furchterregendes Ungeheuer. Das wild rauschende Wasser riß Eisschollen und Stücke aus dem Ufer mit sich und warf zischend schäumende, schmutzige Wellen in den bewölkten

Himmel. Warakan kauerte sich zusammen, um sich vergeblich an seinem eigenen Körper zu wärmen, und spürte den Schmerz aus zahllosen Wunden. Er fragte sich, wie er in diesem reißenden Strom hatte überleben können. Er blinzelte im Regen und erkannte schließlich die Umrisse der in Nebel gehüllten Hügel wieder, als ihm klar wurde, daß er so weit vom Dorf fortgetragen worden war, daß er fast wieder bei dem Schlafplatz der Bärin angekommen sein mußte.

In plötzlicher Furcht blickte sich Warakan nach dem Geist der toten Bärin um, die zweifellos nach dem Fleisch und Blut des Jungen hungerte, der ihrem Leben ein Ende bereitet und ihren Körper ohne Ehre im Regen zurückgelassen hatte. Atemlos vor Furcht blickte er flußaufwärts und sehnte sich nach Shateh, wie er mit verzeihendem Blick in den Augen und Speeren in den Händen zu ihm kam, um den Geist von Großer Tatze zu vertreiben. Doch während Warakan sich nach Schutz vor dem Geist des toten Bären und der Wiedervereinigung mit dem Mann, der ihn seinen Sohn nannte, sehnte, erinnerte er sich an den Ausdruck mörderischen Wahnsinns auf Shatehs Gesicht und wußte, daß er seinen Platz am Feuer und in der Hütte des Häuptlings für immer verloren hatte.

»Vater!« schluchzte er, als ihn das Verlangen überwältigte, zum Dorf zurückzukehren und Shateh zu bitten, ihn anzuhören und ihm zu glauben, was wirklich auf der Jagd nach dem Bären geschehen war. Er stand auf und zitterte bei dem Gedanken an Teikans Lügen. Sein Herz brach bei der Vorstellung, daß Shateh eher den Worten dieses Mannes als denen seines eigenen Sohnes Glauben geschenkt hatte.

Weil du nicht sein Sohn bist, nicht von seinem Blut, nicht von seinem Stamm! Du bist der Menschenfresser des Wachenden Sterns! Du bist der Fremdling! Warakan glaubte, an dieser Erkenntnis zu ersticken; die Schmerzen waren unerträglich. »Nein!« Er heulte wie ein einsames Baby, bis er beschämt seine Tränen fortwischte.

Er war triefend naß und fror bis auf die Knochen und bis in die Tiefen seiner Seele, während er auf den anschwellenden Fluß starrte und sich sagte, daß er sich irren mußte. »Shateh hat Warakan seinen Sohn genannt. Shateh hat gesagt, daß es für Warakan immer einen Platz in seiner Hütte geben wird. Shateh sagt nicht etwas und tut dann etwas anderes. Er ist kein ehrloser Mann und wird sich auch nicht durch Teikans Lügen täuschen lassen! Wenn der Zorn aus seinem Herzen verschwunden ist, wird er wissen, wer die Wahrheit über die Jagd auf den Bären erzählt hat. Dann wird er nach Warakan suchen! Bald wird er kommen!« Damit setzte er sich auf den nassen Baum und wartete.

Doch Shateh kam nicht.

Als die Dunkelheit hereinbrach und der Fluß weiter gestiegen war, wußte Warakan, daß er vergeblich wartete. Erschöpft, frierend und voller Schmerzen spürte er, wie ein Teil seiner Seele starb, bis ihm plötzlich klar wurde, daß er Shateh gegenüber ungerecht war. »Mein Vater ist der Häuptling! Er kann seinen Stamm nicht allein lassen und nach diesem Jungen suchen, bevor die Zeit der Trauer um Lahontay und Eira und das Sechs-Monde-Baby vorbei ist! Dann wird er nach Warakan suchen! Dann wird er kommen!«

Doch wie sollte er bis dahin am Leben bleiben? Die Frage ernüchterte ihn. Warakan kam die Idee, daß er versuchen sollte, aus eigener Kraft zum Dorf zurückzukehren, doch unter seiner durchnäßten Kleidung war seine Haut blau und steifgefroren, und er war jetzt so müde und zerschlagen, daß er bezweifelte, auch nur die Hälfte der Strecke zurücklegen zu können, ohne zusammenzubrechen. Er blickte zum Himmel hinauf. Der anhaltende Regen und die zunehmende Kälte schienen ihn verspotten zu wollen. Zitternd erkannte er, daß er bald einen warmen Unterschlupf finden mußte, wenn er nicht sterben wollte.

»Aber wie?« fragte Warakan, und als ihm selbst die Antwort kam, erschauderte er vor Furcht, aber er wußte, daß es die einzige Möglichkeit war, wie er überleben konnte. Er schluckte und suchte die Stelle, wo die Jagd auf den Bären stattgefunden hatte.

Während ein kalter Wind aufkam, ließ Warakan den Fluß hinter sich und bestieg die Hügel, bis er am Rand der kleinen Schlucht stehenblieb. Er war so erschöpft und fiebrig, daß es ihn kaum rührte, als er zwei Bärenjungen sah, die sich neben dem großen Kadaver aufhielten. Er kletterte schlitternd den Abhang hinunter, und verscheuchte durch den Lärm, den er verursachte, die zwei Jungen, als er ihre Mutter erreichte. Er drängte sich dicht an den Körper der toten Bärin und zog eine schwere bereits erstarrende Tatze über sich, um vor Wind und Regen geschützt zu sein.

Eine ganze Weile lang lag Warakan völlig still da und wartete darauf, daß der Geist von Großer Tatze erschien, um ihn zu verschlingen. Doch nichts geschah. Dann entschuldigte er sich mit klappernden Zähnen dafür, daß er gezwungen worden war, die Leiche der Bärin ohne Ehre im kalten Regen zurückzulassen. »Nachdem ich mich ausgeruht und gewärmt habe und der Regen aufgehört hat, werde ich den Geist des Tieres ehren, das diesem Jungen jetzt die letzte Wärme und Schutz spendet.«

Warakan schloß die Augen und flüsterte, wie leid es ihm tat, die Jungen vertrieben zu haben. Erschöpft und hungrig nahm er den Geruch der Milch wahr, die die Jungen aus ihrer toten Mutter gesaugt hatten, bevor sie geflüchtet waren. Dann trieb ihn sein Hunger zu einer Zitze, von der er gierig saugte, bis er schließlich von tiefem und traumlosem Schlaf überwältigt wurde.

Vorsichtig wagten sich die Jungen zurück. Als sie die Milch und den Körpergeruch ihrer Mutter an dem schlafenden Eindringling wahrnahmen, betrachteten sie ihn nicht mehr als Gefahr. Hungrig und nach Nähe verlangend, kamen sie schnüffelnd heran und legten sich zum Eindringling in die blutige Umarmung ihrer Mutter. Aus steifen Zitzen saugten sie den letzten Rest der lebensspendenden Milch. Bald schliefen auch sie ein. Ihr neuer Bruder legte seine Arme um sie und kuschelte sich im Schlaf seufzend an ihre pelzige Wärme.

Teikan und Namaray hatten einen langen und schweren Weg auf ihrer Suche nach Warakan zurückgelegt. Obwohl es dunkel wurde, der Regen nicht aufhörte und die Hunde durchnäßt und mißgelaunt waren, wollte Teikan weder ihnen noch sich selbst oder seinem Sohn Ruhe gönnen.

»Wir können nicht weitergehen, Vater!« Namaray hockte am Boden da, die Unterarme auf die Knie gestemmt und funkelte Teikan wütend an. »Wenn dir nichts an uns liegt, dann denk wenigstens an die Hunde!«

Teikan hörte den sarkastischen Unterton seines Jungen sehr wohl, doch er ging nicht darauf ein.

»Wenn wir bis jetzt keine Spur des Unglücksbringers gefunden haben, wird uns in der Dunkelheit erst recht kein Erfolg beschert sein!« sagte Namaray.

»Es ist noch nicht dunkel!« Teikan ärgerte sich über seinen Sohn, doch als er mit schmerzenden Füßen und müden Knochen im unaufhörlichen Regen dastand, fühlte er sich so erschöpft, daß er erkannte, daß Namaray recht hatte. Den Speer in der Hand, starrte er in die Ferne. Als er die Hügel in der Umgebung wiedererkannte, war er erstaunt, daß sie sich schon so weit vom Dorf entfernt hatten. Hinter der nächsten Anhöhe lag die Schlucht und darin der Kadaver des toten Bären. Er verzog das Gesicht. Obwohl es bis dorthin nicht mehr weit war, wußte er, daß er, sein Sohn und die Hunde die Stelle nicht mehr vor Einbruch der Dunkelheit erreichen konnten. Und falls Warakan dem Fluß tatsächlich lebend entkommen sein sollte, so war es unwahrscheinlich, daß er sich ganz allein und unbewaffnet in eine Gegend wagen würde, in der vermutlich der Geist eines beschämten Bären auf ihn wartete.

Teikans Eingeweide krampften sich zusammen, denn er wußte nur zu gut, daß nicht Warakan, sondern er selbst dafür verantwortlich war, daß der Kadaver von Großer Tatze zurückgelassen worden war. Wenn der Geist des Bären sich in der Nähe seines ehemaligen Körpers aufhielt, würde er weder Teikan noch seinen Sohn willkommen heißen. Teikan war so enttäuscht und verzweifelt, am reißenden Fluß immer noch keine Spur von Warakan entdeckt zu haben, daß er sich mit dem Gesicht in den Wind stellte und noch einmal den Namen des Jungen rief.

»Du verschwendest nur deinen Atem!« höhnte Namaray angewidert. »Warakan ist tot. Ertrunken, fortgespült. Und selbst wenn er noch lebte, glaubst du wirklich, daß er dir dann antworten würde?«

Teikan sagte nichts. Er hatte genug von den ständigen Beschwerden seines Sohnes und wollte ihm nicht noch einmal erklären, daß er Warakan aus seinem Versteck locken wollte, indem er ihn glauben machte, Shateh hätte ihm verziehen und er könne ins Dorf zurückkehren. Statt dessen rief er wieder nach dem Jungen, mit einer Stimme, die von der Wiederholung der Lüge bereits heiser geworden war. »Shateh hat dir alles verziehen, Warakan! Ich bin gekommen, um dich zu deinem Vater und deinem Stamm zurückzubringen. Ich entschuldige mich für meine Worte, die ich …«

»Ich sage dir, er ist tot! Die Geister des Flusses haben seinen Körper verschlungen. Wir werden ihn niemals wiederfinden!«

Teikan verzog das Gesicht. Namarays Stimme war zu einem anklagenden Gejammer geworden. Der Mann wußte, daß Shateh ihm eine unmögliche Aufgabe gestellt hatte. Selbst wenn Warakan dem Fluß irgendwie lebend entronnen war, hätte das steigende Wasser seine Spuren ausgelöscht.

Nicht einmal die Hunde hätten seine Witterung aufnehmen können. Und falls seine Leiche irgendwo am Ufer gestrandet war, mußte sie längst wieder davongespült worden sein, denn das Wasser war weit über die alten Ufer getreten, so daß in den Niederungen stellenweise große Seen entstanden waren. Verärgert über seinen Mißerfolg beobachtete Teikan den immer noch ansteigenden Fluß und wußte, daß Shateh den Stamm längst zu einer erhöhten Stelle geführt haben mußte. Wenn Namaray und er nicht bald zu ihrem Stamm zurückkehrten, wäre ihnen vielleicht für lange Zeit der Rückweg abgeschnitten, bis der Fluß im Sommer wieder schmaler wurde, was noch viele lange Monde dauern konnte. Doch wie konnte er ohne Warakan zurückkehren? Shateh hatte es verboten.

»Es ist alles deine Schuld«, jammerte Namaray. »Wenn du nicht versucht hättest, Shateh dazu anzustiften, nach Warakan zu suchen, wären wir jetzt bei unserem Stamm und hätten es auf irgendeinem hohen Hügel warm und trocken ...«

Teikan hatte endgültig genug von den Beschwerden seines Sohnes. Er trat mit dem Fuß aus und warf Namaray rückwärts zu Boden. Dann trat er noch ein paarmal nach, bis sich seine Wut allmählich abkühlte. »Ich habe dich nicht darum gebeten, mir zu folgen!«

»Du bist mein Vater!« protestierte Namaray, der sich schützend zusammengekauert hatte. »Ich hätte nicht zugelassen, daß du allein gehst oder ...«

»Oder daß dir eine weitere Gelegenheit entgeht, dich auf einen Jungen zu stürzen, der nur halb so alt ist wie du, um bei mir und Jheena Eindruck zu machen! Bah! Glaubst du, ich wüßte nicht, warum du mitgekommen bist? Du hast ihren Schrei gehört, als der Junge des Wachenden Sterns in den Fluß stürzte! Du wolltest mit seiner Leiche zurückkehren, damit sie weint und weiß, daß nicht Warakan, sondern du sie bekommen wirst!« Teikan versetzte ihm einen erneuten Fußtritt. »Als würde ich jemals erlauben, daß du ein solches Mädchen bekommst! Geh zurück zum Dorf! Mir ist übel von deinem Gejammer. Ich habe nur noch Verachtung für dich übrig, Namaray!«

Der Junge hielt sich die Rippen, als er aufstand und sich dann mühsam auf den Beinen hielt, während er seinen Vater haßerfüllt anfunkelte. »Auch ich verachte dich … der du mit deinem Mannknochen immer eine Stelle zwischen den Schenkeln junger Mädchen suchst! Du hast dir sogar eine von Shatehs Frauen genommen, als er dir den Rücken zukehrte! Und du hast mir keine einzige Jungfrau übrig gelassen, die …«

Teikans nächster Fußtritt traf den Jungen ins Gesicht.

Namaray stürzte rückwärts hin. Die Hände vor dem Gesicht, lag er eine Zeitlang still da, bis er es schaffte, sich wieder auf die Knie zu erheben. Er spuckte Zähne aus und atmete blubbernd durch seine zerschlagene und blutige Nase. Die Hunde seines Vaters kamen neugierig näher, um, vom Blutgeruch angelockt, sein Gesicht zu beschnuppern.

Teikan schüttelte den Kopf. Bis zu dem heutigen Tag war er sehr stolz auf seinen Sohn gewesen. Jetzt spürte er, wie sich eine große Kluft zwischen ihm und dem Jungen auftat, und seine Gedanken schlugen einen Weg ein, der ihn überraschte. »Du hast mich mit Cheelapat gesehen? Das ist nicht gut.«

»Nicht gut für dich!« drohte Namaray. Er richtete seine Wut auf ein anderes Ziel und schlug nach den Hunden. Als sie sich jaulend zurückzogen, blickte er zu seinem Vater auf und wußte, daß er einen entscheidenden Fehler begangen hatte.

»Ich habe im Dorf jüngere und bessere Söhne«, sagte Teikan, und bevor der Junge auch nur die Chance hatte, sich zu verteidigen, stieß er die regennasse, lanzettförmige Spitze seines Speeres dem Jungen in die Kehle und tief in den Körper, bis sie in seinem Brustkorb auf Widerstand traf. »Im Gegensatz zu Shateh hat Teikan keine Probleme damit,

Söhne mit seinen Frauen zu zeugen. Vielleicht ist Cheelapat sogar jetzt mit meinem neuen Sohn schwanger. Aber du wirst dem Häuptling nichts davon verraten, Namaray. Du wirst ihm nur noch eine Nachricht überbringen!«

Teikan beobachtete leidenschaftslos die Todesqualen Namarays, bis ihm klar wurde, daß diese länger dauern würden, als seine Geduld es erlaubte. Die Augen des Jungen waren weit aufgerissen, und er gab schreckliche und mitleiderregende gurgelnde Geräusche von sich. Doch Teikan zog nur ungerührt sein Steinmesser, hockte sich hinter den Kopf seines Sohnes und nahm seinen Skalp. Er lächelte in grimmiger Befriedigung und griff unter seinen Reisemantel, um den Skalp an seinem Gürtel zu befestigen.

Während die Hunde zusahen, stellte er seinen rechten Fuß zwischen Namarays Hals und Schulter und riß den Speer heraus, ohne auf die Zuckungen des Jungen zu achten. Teikan runzelte die Stirn, als er sah, daß die Speerspitze beschädigt war. Seufzend fand er sich mit dem Unvermeidlichen ab. Dann hob er den immer noch lebenden Jungen auf, trug ihn zum Fluß und warf ihn hinein. Zufrieden beobachtete er, wie sein Sohn in der tosenden Flut unterging. Er war davon überzeugt, daß Namaray bald den Tod finden würde, wandte sich ab, rief die Hunde und machte sich auf den Rückweg zum Dorf.

Er lief, bis es dunkel wurde. Dann suchte er sich eine Stelle zwischen großen Felsblöcken und breitete ein Dach aus eingefettetem Leder aus, unter dem er und die Tiere Schutz fanden. »Bald werden wir wieder bei unserem Stamm sein«, versicherte Teikan den Hunden. Er teilte seinen Reiseproviant mit ihnen und ließ sie an Namarays Skalp schnüffeln, als er ihn aus seinem Gürtel zog und bewunderte. »Das hier werden wir Shateh präsentieren, damit er ein Stück von Warakan hat, das er den Vier Winden übergeben kann. Genau das hat er von mir verlangt – entweder den Jungen selbst oder das, was noch von ihm übrig ist. Ich werde ihm sagen, daß sich Wölfe über die Leiche des Entflohenen hergemacht haben, und nachdem ich sie mutig vertrieben hatte, war nur noch das von ihm übrig, was ihr jetzt seht. Der Stamm wird erleichtert sein, daß nun kein Zweifel mehr an Warakans Tod besteht. Und wer von euch, meine Freunde, wird dem Häuptling verraten, daß der Skalp nicht zu Warakan, sondern zu meinem unglücklichen Sohn gehört, der im Fluß sein Leben verloren hat? Das werde ich sagen. Das ist sogar die Wahrheit.« Teikan lächelte über seine Klugheit und Gewitztheit. Die Hunde leckten am Skalp. Er ließ sie gewähren, bevor er ihn zusammenlegte und wieder unter seinen Umhang steckte. »Und wenn Vral mich in ihrer Trauer um den Verlust Namarays beschuldigen sollte, daß ich auf der Suche nach Warakan nicht auf ihren ältesten Sohn achtgegeben hätte, werde ich sagen müssen, daß sein Tod nicht zu Lasten des Vaters geht, der tapfer seinem Häuptling gehorchte. Die Schuld trifft allein Shateh, weil er einen schweren Fehler beging, als er das Kind der Feinde Sohn nannte.«

Warakan regte sich und redete im Schlaf. In seinem Traum flog er mit dem großen Bären über den sternenbesetzten Himmel. Ungläubig stöhnte er auf. Bären flogen doch nicht! Doch Große Tatze schwebte genauso wie am Abend des Festes durch die Nacht, eine riesige schwarze Wolke aus Fell, Krallen und Zähnen. Und überall, wohin der große Bär flog, flog auch Warakan mit, der in der Beuge seines schweren Arms gehalten wurde.

»Aiee!« rief der Junge, als der große Bär in den breiten Himmelsfluß eintauchte und darin weiterschwamm. Warakan mußte sich den Sternenstaub aus dem Gesicht schütteln.

Große Tatze faßte einen Kometen und wurde über die unendliche Weite des schwarzen Mantels von Vater Himmel davongetragen. Das kalte Auge des Wächters glitzerte, die ewig kriegführenden Zwillingsbrüder des Himmels blickten erstaunt, und die bunte kleine Schar der Vielen Alten Frauen murmelte entrüstet, als sie vorüberflogen.

»Seht doch! Dieser Junge hat wie versprochen den großen Bären aus seiner Grube geholt!«

»Und jetzt wird der Mond der Wärme aufgehen!«

»Aber er ist keiner von uns, dieser Junge! Er macht nur Schwierigkeiten. Er ist ein kalter Wind im Sommer. Er ist die Dunkelheit auf dem Gesicht der Sonne. Er ist …«

»Er gehört mir!« verkündete der Wachende Stern.

»Nein!« widersprach der Junge. »Ich bin Warakan! Shateh nennt mich seinen Sohn!«

»Jetzt nicht mehr!« spotteten die Zwillingsbrüder des Himmels.

Und dann drehte der große Bär ab und flog nach unten, durch den schimmernden Himmelsfluß hinab, und plötzlich war der Komet in Warakans Händen. Jetzt war er kein Junge mehr, sondern hatte sich selbst in den großen und mächtigen Bären verwandelt. Er flog nach Osten über die Erdkrümmung hinaus, der aufgehenden Sonne entgegen und hinter das Ende der Welt. Als sich seine linke Hand um den Schweif des Kometen klammerte, runzelte er die Stirn, denn er erinnerte sich daran, daß seine Mutter ihn ermahnt hatte, niemals diese Hand zu benutzen, obwohl er den Grund dafür vergessen hatte.

Überrascht stellte er fest, daß der Komet zu Stein geworden war – zum zahnförmigen, daumengroßen heiligen Stein seiner Vorfahren, den Cha-kwena gestohlen hatte, als er mit der Gesetzesbrecherin in den Sturm geflohen war. Warakan knurrte. Er sah den Betrüger tief unter sich, wie er seinen Stamm durch eine große Schlucht führte. Mammuts gingen ihm voraus, und ein kleines weißes Kalb führte den Weg. Dann hatte Warakan plötzlich das Gefühl, daß er nicht allein im Himmel war. Hinter sich hörte er Schritte. Während er sich fragte, wie das möglich war, blickte er sich um und sah, wer es wagte, ihm durch die Nacht zu folgen.

In diesem Augenblick schreckte Warakan aus dem Schlaf hoch. Er versuchte sich aufzurichten, doch etwas Großes und Warmes, das nach Blut und Milch roch, lastete auf ihm. Es umgab ihn von allen Seiten, und es atmete.

Warakan geriet in Panik. Er konnte den Fluß hören, der wild an der Schlucht vorbeirauschte, und in fiebriger Verzweiflung stieß er mit den Händen zu, um sich aus der erstickenden Höhle aus lebendem Fleisch und Fell zu befreien. Doch dann entspannte er sich wieder und kam sich dumm vor, denn er erinnerte sich, daß er unter dem Kadaver des getöteten Bären Schutz gesucht hatte. Er seufzte und lachte sogar kurz auf ... bis etwas Lebendes ihn so fest um die Hüften packte, daß er spüren konnte, wie sich die Krallen durch den immer noch feuchten Stoff seines hüftlangen Winterkittels in seinen Bauch gruben. Als er warmen Atem im Nacken spürte, geriet er erneut in Panik. Er war überzeugt, in eine bizarre Falle geraten zu sein, die ihm der Geist des getöteten Bären gestellt hatte, und schrie. Er sammelte seine ganze Kraft und stieß die Vordertatze des Bären von sich. Warakan hob sie so weit an, daß er sich aufsetzen konnte, bevor das Gewicht ihn wieder hinunterzudrücken drohte.

Eine feuchte Zunge leckte sabbernd über sein Gesicht.

Mit einem neuen Schrei und einer neuen Kraftanstrengung gelang es Warakan schließlich, im kalten Licht der Dämmerung auf die Beine zu kommen. Doch der Junge war so geschwächt von seinen Torturen, daß er sofort wieder in die Knie ging, als er zu laufen versuchte.

Und im nächsten Augenblick kamen die Jungen der toten Bärin unter der riesigen Vordertatze ihrer Mutter hervor und starrten ihn an.

Er starrte zurück, während er sich verblüfft an Teikans Worte erinnerte: *Ein Mann kann kein verwaistes Junges eines*

Wolfes oder Löwen in seinen Stamm aufnehmen und es wie sein eigenes Kind aufwachsen lassen. Ein Raubtier wird immer ein Raubtier bleiben, und eines Tages wird es über all jene herfallen, die ihm vertraut haben!

»Nein!« schrie Warakan so laut, daß er die bereits verängstigten Jungen erschreckte.

Als die verwaisten kleinen Bären die Flucht vor ihm ergriffen, stand Warakan wieder auf und betrachtete die Dämmerung. Die Sonne ging zwischen langgestreckten roten und blauen Wolkenstreifen auf. Darüber sah der Himmel geradezu kränklich aus, er hatte jede Farbe und jedes Leben verloren. Warakan war froh, daß es nicht mehr regnete, aber das Rauschen des Flusses gefiel ihm trotzdem nicht. Das Wasser klang laut und boshaft, und obwohl er wußte, daß es weit von dem Ort entfernt war, an dem er sich befand, glaubte er zu spüren, wie es sich im Boden unter seinen Füßen bewegte. Besorgt und neugierig kletterte er aus der Schlucht, um sich einen Überblick über das Land zu verschaffen, durch das er gekommen war.

Und jetzt ertrank Warakan zum zweitenmal, seit er in den Fluß gefallen war, doch diesmal in maßloser Verblüffung. Er blickte sich um und fragte sich, ob dies wirklich dasselbe Land sein konnte, das er und Lahontay auf der Suche nach dem Bären durchquert hatten. Er erkannte weder die Landschaft noch den Fluß wieder. Das Wasser war gestiegen und über die Ufer getreten. Der bereits vorher breite Fluß hatte nun das ganze Land überflutet. Nur die Spitzen der Hügel waren noch zu sehen. Jetzt waren es Inseln in einem häßlich braunen See, aus dem Baumwipfel herausragten wie die Finger der Hand eines Ertrinkenden. Aufgedunsene Tierkadaver schwammen, den Bauch nach oben gekehrt, zwischen entwurzelten Bäumen und anderem Treibgut.

Warakan schloß die Augen. »Das kann nicht sein!« sagte er sich. »Wenn ich noch einmal hinsehe, haben die Mächte der Schöpfung die Welt wieder in Ordnung gebracht, so wie sie sein sollte!« Doch als Warakan seine Augen öffnete, war es immer noch wie zuvor, und mit einem Verzweiflungsschrei erkannte er, daß er den Fluß oder den See der Verwüstung nicht überqueren konnte, um das Dorf zu erreichen, das auf der anderen Seite lag.

Er setzte sich hin. Er redete sich ein, daß sein Vater, ein Schamane und ein Häuptling, einen Weg finden würde, um zu ihm zu kommen. *Ja!* »Wenn die Zeit der Trauer für Lahontay und Eira und ihr Sechs-Monde-Baby vorbei ist und mein Vater Zeit gefunden hat, die Wahrheit hinter Teikans Lügen zu erkennen, wird er kommen!« Ein schwaches Lächeln zog Warakans Mundwinkel nach oben. Dann flammte der Schmerz in seiner zerstörten Nase wieder auf, und er erinnerte sich an den Schlag und die Verstoßung durch den Häuptling. Ein faustgroßer Kloß bildete sich in seiner Kehle. Es dauerte eine Weile, bis er ihn hinuntergeschluckt hatte. »Er wird kommen!«

Er saß reglos da und starrte in die Ferne, während er sich wünschte, daß Shateh auf mystische und überwältigende Weise über das Wasser geschritten kam. Einmal glaubte er Shateh auszumachen, wie er am Horizont erschien, und sprang auf die Beine. Doch er setzte sich gleich wieder, als er erkannte, daß er lediglich einen Raben gesehen hatte, der aus dem Westen auf ihn zugeflogen kam. Bald sah er viele Raben, aber keinen Shateh. Die Aasfresser schienen endlich den neuen See entdeckt zu haben, wo sie sich auf die Wipfel der untergetauchten Bäume setzten, um nach leichter Beute Ausschau zu halten, die zahlreich im Wasser schwamm.

Irgendwann kam ihm der Gedanke, daß er keine Ahnung hatte, wieviel Zeit vergangen war, seit er sich aus dem Dorf geflüchtet hatte. Es mochte einen Tag und eine Nacht her sein oder auch zwei oder drei oder ... Dann folgten andere Gedanken, und während er in seinen feuchten, kalten Kleidern zitterte, fühlte er sich, als hätte man ihm einen Schlag in die Magengrube versetzt.

Und wenn es gar kein Dorf mehr gibt? Wenn Shateh und Teikan und Namaray und alle Frauen, Kinder, Krieger und Hunde tot im See treiben?

Er stand wieder auf und rannte los. Fiebrig und mit wackligen Knien lief er die Hügel hinunter zu dem ertrunkenen Land, um am Ufer nach seinem Vater und seinem Stamm zu suchen. Die Raben beobachteten ihn, doch die Kadaver, auf die er stieß, waren nicht die von Menschen oder Hunden. Schließlich machte er eine Rast und sah einem Raben zu, der von etwas fraß, das ein gutes Stück draußen im See schwamm. Es war ein seltsamer See, der auf den ersten Blick völlig ruhig schien, doch es gab unsichtbare Strömungen, weil der Fluß tief unter der Oberfläche weiterfloß. Warakan beruhigte sich damit, daß Shateh beim ersten Anzeichen einer Flut bestimmt seinem Stamm befohlen hatte, die Hütten abzubrechen und sich auf den Weg zu höher gelegenem Land zu machen. Dieser Gedanke war tröstlich, bis er sich fragte, wie weit der Weg zu einer geeigneten Stelle sein mochte. Außerdem würde Teikan während seiner Abwesenheit eine Möglichkeit gefunden haben, Shateh die Schuld am anhaltenden Unglück des Stammes zu geben.

In diesem Augenblick wußte Warakan, was er tun mußte. Er dachte an seinen Traum und fühlte sich plötzlich wie neugeboren. Er konnte auf keinen Fall zum Dorf zurückkehren. Und es war auch kaum wahrscheinlich, daß Shateh jetzt noch nach ihm suchte. Doch in der Schlucht lag die tote Bärin, deren Leben er jetzt in der Tradition seiner Vorfahren ehren würde, denn in seinen Träumen hatte Große Tatze Warakan den Weg gezeigt, den er gehen mußte.

»Das Fleisch von Großer Tatze wird diesen Jungen ernähren! Das Fell von Großer Tatze wird mich wärmen. Die Zähne und Krallen und geschärften langen Knochen werden meiner Seele Mut verleihen! Verwandelt und gestärkt wird dieser Junge unter der Sonne und den Sternen auf Wanderschaft gehen, um Shateh ein für allemal zu beweisen, daß dieser Junge nicht die Quelle des Unglücks für den Stamm ist, der ihn aufgenommen hat. Warakan wird Cha-kwena jagen und finden! Warakan wird diesen Schamanen überzeugen, daß er den heiligen Stein der Vorfahren an Shateh zurückgeben muß, sonst wird Warakan ihn stehlen und mit eigener Hand zum Häuptling zurückbringen!«

Sein Entschluß ließ ihn vor Erregung zittern. Warakan holte tief Luft und machte sich auf den Rückweg in die Schlucht. Er wußte, daß sein Vorhaben gefährlich war, aber er wußte auch, daß er diese Dinge tun mußte, damit das Glück wieder auf der Seite des Stammes des großen Kriegshäuptlings Shateh war! Erst dann konnte der entlaufene Sohn des Stammes des Wachenden Sterns seinem neuen Stamm beweisen, daß seine Treue genauso bedingungslos war wie seine Liebe zu einem Häuptling, den er trotz allem, was geschehen war, immer noch als seinen Vater betrachtete.

Wieder erzitterte er, da er sehr genau wußte, daß er nur ein kleiner Junge ohne große Aussicht auf Erfolg war. Doch was hatte er schon zu verlieren? Nur sein Leben. Und als Shateh ihn geschlagen und aus dem Stamm verstoßen hatte, hatte Warakan für sich bereits alles verloren, das sein Leben lebenswert gemacht hatte.

Teil 3

Das Ende der Welt

Es verhält sich folgendermaßen: Solange du im Reich der großen Wolkenwesen bleibst, kannst du tatsächlich am äußersten Rand der Tiefen Schlucht entlanggehen, ohne daß dir etwas zustößt. Der Regenbogen und die Großen Geister werden dich beschützen ... Du kämpfst vielleicht gegen die bösen Geister, und wenn du dich ihnen mit unerschrockenem Herzen stellst, wird dich der Kampf stärker machen.

Ältester der Tewa
aus *Seeking Life* von V. Laskin

1

Weit entfernt hinter dem Ende der Welt errichteten Cha-kwena und sein Stamm neue Hütten über den heißen Quellen am östlichen Rand der Schlucht. Während sie letzte Hand an die kleinen kegelförmigen Hütten aus Holz, Fell und Schilf legten, wurde Mah-ree von einem Geräusch im nahe gelegenen Wald abgelenkt. Als sie sich umblickte, sah sie einen kleinen schwarzen Bären, der sie mit hellen Augen aus dem Schatten des verschneiten Waldes anstarrte.

»Aiee!« rief sie überrascht, und noch bevor sie den Stamm alarmieren konnte, setzten bereits die Hunde dem Tier nach und trieben es in den Wald zurück.

»Wenn der Bär aus seiner Schlafhöhle gekommen ist, wird es bestimmt bald Frühling werden!« sagte die alte Kahm-ree begeistert, nachdem Mah-ree ihr und den anderen von dem Bären erzählt hatte. »Jetzt wird meine Ban-ya uns bald finden!«

Cha-kwena verdrehte die Augen und gab die Bitte der alten Frau an die Geister weiter. Er hatte die Erfahrung gemacht, daß es unmöglich war, sie von ihrer größten Hoffnung abbringen zu wollen. Außerdem machte er sich Sorgen wegen des Bären und rief Kosar-eh, Gah-ti und die Jungen zusammen, um die Spur des Tieres zu verfolgen und es zu jagen.

Doch obwohl die Gruppe auf der Fährte der Hunde tief in den Wald eindrang, konnten sie keinerlei Bärenspuren entdecken, geschweige denn das Tier selbst wiederfinden.

Später an diesem Tag begann es zu regnen. Der Regen hörte in den folgenden Tagen nur gelegentlich auf, so daß sich der Stamm in seinem neuen kleinen Lager einrichtete und tagsüber den Mammuts beim Grasen zusah. Als der Wind und Regen es erlaubten, wühlten die großen Tiere frische Grasschößlinge und zarte Wurzelstöcke unter dem Schnee hervor. Wenn sich das Wetter verschlechterte, suchte die Herde Schutz im Wald. Nachts lauschte der Stamm den »Gesprächen« der Mammuts, und die Menschen wußten, daß sich, solange die Mammuts in der Nähe waren, keine großen Raubtiere heranwagen würden.

Also ruhten sie sich in ihren warmen und trockenen Hütten am Rand einer schneebedeckten Waldwiese aus und erholten sich von ihrer langen Wanderung. Sie verfolgten, wie sich der Winter geräuschvoll verabschiedete. In unzähligen wilden Rinnsalen und Bächen zog sich der Große Weiße Winter zurück. Er rauschte tosend durch die Schlucht und sammelte sich in fernen Flüssen, wo er in verwandelter Gestalt unter lautem Protest aus dem Land flüchtete.

Und als der Stamm eines Morgens aufwachte und aus den Hütten trat, sahen die Menschen, daß der Regen aufgehört hatte und die letzten Reste der kalten weißen Haut des Großen Weißen Winters von der Erde verschwunden waren. »Er wird schon sehr bald zurückkehren«, sagte Kosar-eh seufzend und kopfschüttelnd zu seinen Söhnen.

»Indem du es aussprichst, machst du, daß es genau so eintrifft!« tadelte ihn Ta-maya.

»Aber er muß zurückkehren«, sagte Cha-kwena. »Seit Anbeginn der Zeiten ist dies der Gang der Dinge und der große Kreislauf des Lebens. Der Große Weiße Winter bedeckt die Welt mit seiner weißen Haut, und alle Lebewesen ziehen sich auf ihre Weise unter die Erde zurück, um dem frostigen Wind seines Atems zu entgehen. Dann kommt der Regen, und noch während der Große Weiße Winter auf dem Rücken des Nordwindes flüchtet, erweckt seine schmelzende Haut die Flußgeister und nährt die Wurzeln und Samen, die sich im Fleisch von Mutter Erde verborgen haben. Bald wächst das Gras und bietet sein langes, köstliches Haar den Tieren des Landes als Nahrung an, die wiederum den Jägern, wie wir sie sind, als Nahrung dienen. Und wenn das letzte Fleisch zerschnitten und getrocknet ist, ist der Stamm müde von der Jagd. Dann wird das Gras braun und verwelkt, nachdem es viele Samenkinder hervorgebracht hat, bis erneut der Große Weiße Winter Einzug hält und sich alles wieder unter die Erde zurückzieht, um sich auszuruhen.« Mah-ree lächelte entzückt über diese wohlbekannte Erzählung. »Es ist, als wäre der alte Hoyeh-tay noch unter uns, wenn mein Schamane so spricht!« verkündete sie stolz.

U-wa nickte lächelnd. »Das ist die Wahrheit! Der Schamanengeist des Vaters meines Mannes war ein großes Geschenk, das Hoyeh-tay unserem Sohn gemacht hat, bevor er diese Welt verließ, um in der Welt der Geister weiterzuleben.«

Für Cha-kwena waren die Worte seiner Mutter kein Trost. Er hatte fest daran geglaubt, daß Hoyeh-tay und Eule im neuen Tal, wo die Mammuts weideten, auf seinen Stamm warten würden. Doch seit er seinen Stamm durch die Schlucht geführt hatte, war ihm weder der Geist seines Großvaters noch der der Eule mit den goldenen Augen erschienen. Aber seit sie das Land ihrer Feinde weit hinter sich gelassen hatten, konnte Cha-kwena seit sehr langer Zeit zumindest wieder ruhig und traumlos schlafen. Obwohl er dankbar war, daß ihn keine Alpträume mehr plagten, fragte er sich, warum er überhaupt nicht mehr träumte ... möglicherweise jedoch war das Ausbleiben der Vision an sich schon von Bedeutung. Er hielt den Atem an und sagte sich, daß für seinen Stamm vielleicht doch alles gut werden würde.

Am späten Vormittag desselben Tages kamen die ersten Gänse aus dem Süden zurückgeflogen, obwohl sich die Blattknospen der Harthölzer im vorwiegend immergrünen Wald noch gar nicht geöffnet hatten. Nachdem die Vögel das kleine Grasland und die sumpfigen Stellen zwischen den langen schwarzen Fingern der Bäume umkreist hatten, ließen sie sich auf dem freien Wasser nieder und stießen ihre rauhen Rufe aus, um ihre Artgenossen, die am Himmel vorbeiflogen, zum Landen aufzufordern. Bald schwirrten die Vogelschleudern der Frauen in der kalten, nebligen Luft des Vormittags, und als es dunkel wurde, vermischte sich der Geruch nach gerösteter Gans mit dem Duft des Frühlingsabends.

Der nächste Tag begann mit einem klaren und warmen Morgen. Während U-wa und Kahm-ree mit den jüngeren Kindern und den Babys zurückblieben, nahm der Rest des Stammes die am besten ausgebildeten Hunde mit und entfernte sich weit vom Dorf, um erneut Gänse zu jagen, um die Fallen zu überprüfen und neue aufzustellen. Im seichten Wasser der zahllosen kleinen Seen und Teiche zeigten sich die ersten neuen Triebe des Rohrkolbens, und die Frauen freuten sich darüber, daß in ihrem neuen Jagd- und Sammelrevier viele vertraute Pflanzen wuchsen. Die Mammuts weideten zufrieden im sumpfigen Grasland oder am Rand des Waldes. Der Leitkuh der Herde war anzusehen, daß es nicht mehr lange dauern würde, bis ihr Kalb und damit das Totem auf die Welt kam.

»So möge es sein!« beschwor Cha-kwena die Mächte der Schöpfung.

Und Gah-ti, der neben ihm ging, fragte mit gesenkter Stimme: »Es heißt doch, wenn das geschieht, werden sogar solche Wunden wie meine durch den Atemhauch des lebenden Totems geheilt, nicht wahr?«

»So heißt es!« bestätigte Cha-kwena.

»Und wird meine kleine Schwester vor Freude die Augen aufreißen, um alles zu sehen, was es in der Welt gibt?«

»Auch das sagt man«, stimmte der Schamane zu.

Gah-ti schwieg eine Weile, während er neben Cha-kwena herging. Die Augen des jungen Mannes waren auf Mah-ree und Ta-maya gerichtet, die ein Stück vorausgingen und von

Kosar-eh, Ka-neh und Kiu-neh beschützt wurden. Die Schwestern bestückten ihre Schleudern, und die Gänse, die in den Menschen keine Gefahr erkannten, flogen erst auf, als Kosar-eh und die Jungen laut aufschrien. Alle heulten vor Begeisterung, als es plötzlich tote Vögel vom Himmel regnete. »Doh-teyah würde vor Freude über so viel fallendes Fleisch lächeln!« sagte Gah-ti.

»Und noch mehr über den Anblick des Bruders, den sie so sehr liebt«, sagte Cha-kwena zu ihm.

Gah-ti blieb unvermittelt stehen. »Ich möchte nicht, daß sie mich so sieht, wie ich bin!«

Cha-kwena hielt ebenfalls an. »Sie liebt dich so, wie du bist.«

Das Gesicht des jungen Mannes wurde ernst. »Wenn sie mich sehen könnte, würde sie es nicht tun!«

»Doch, das würde sie!« widersprach Mah-ree, die mit zwei toten Gänsen in den Händen näher kam. Eine davon warf sie Gah-ti zu.

»Da, nimm! Sie ist für dich! Und dir kann doch nicht entgangen sein, daß Tla-nee dich mit Liebe so sieht, wie du bist! Ich denke, daß sie für ihr Alter schon sehr klug ist, wenn sie ihren Entschluß verkündet, eines Tages Gah-tis Frau werden zu wollen!« Damit reckte sie sich auf den Zehenspitzen hoch, um Gah-ti einen Kuß auf die Wange zu geben.

»Was weiß Tla-nee schon?« rief er und trat einen Schritt zurück. »Tla-nee ist doch noch ein Baby!«

Mah-ree war sichtlich erstaunt und verletzt. »Sie ist schon vier!« erwiderte sie ebenso lautstark. »Nach weiteren fünf oder vielleicht auch sechs Wintern wird sie eine Frau werden ... *deine* Frau!«

»Welche andere Möglichkeit bleibt ihr schon in einem Land hinter dem Ende der Welt, in dem keine Menschen leben?« gab er wütend zurück. »Es war sicher anders als bei dir, als du einem vernarbten, einarmigen Mann den Rücken zugekehrt und dich für einen anderen entschieden hast!« Er verstummte und starrte sie und Cha-kwena an, als ihm zu seinem Entsetzen klar wurde, daß er Worte ausgesprochen hatte, die er niemals laut hatte aussprechen wollen. Beschämt warf er die tote Gans zu Mah-ree zurück, drehte sich um und eilte davon.

Mah-rees Gesicht errötete, als sie ihm nachrief: »Tla-nee hätte sich für jeden deiner jüngeren Brüder entscheiden können, Gah-ti! Und vielleicht tut sie das auch noch! Denn Kaneh und Kiu-neh sind wenigstens nicht so unbeherrscht wie du! Und nicht so dickköpfig! Du weißt, daß ich niemals einen anderen Mann als meinen Schamanen haben wollte – auch nicht, wenn du noch beide Arme und volles Haar besitzen würdest!«

»Mah-ree!« Cha-kwena sprach ihren Namen mit unüberhörbarem Tadel aus.

Sie schürzte die Lippen und warf sich die Gänse, die sie am Hals gepackt hielt, über die Schultern. »Ich bin Cha-kwenas Frau. Für immer und ewig Cha-kwenas Frau! Gah-ti irrt sich, wenn er sagt, daß es jemals anders hätte kommen können.«

»Er hat dich schon immer begehrt.«

Mah-ree hob den Kopf. »Wir können nicht immer das haben, was wir begehren«, erwiderte sie schnippisch, sah ihn eine Weile stumm an und machte sich auf den Rückweg ins Lager.

Cha-kwena blickte ihr stirnrunzelnd nach. Er wußte nur allzugut, daß Mah-rees Worte eine Anspielung darauf darstellten, daß er trotz ihres Wunsches nach einem Baby nicht mehr bei ihr gelegen hatte, seit sie auf der anderen Seite der Schlucht zusammengekommen waren. Doch jetzt wurde er durch ihren Anblick erregt, wie sie wütend davonstapfte. Sie wiegte auffordernd die schlanken Hüften und hielt Kopf und Schultern aufrecht – trotz des nicht unerheblichen Gewichts der Gänse, die auf ihrem Rücken baumelten.

Kurz darauf drehte sie den Kopf, um nachzusehen, ob er

sie beobachtete. Ihre Blicke trafen sich, und dann sprang ein Funke über. Die klaren, schwarzen Augen seiner kleinen Frau waren so warm und einladend! Als er sich plötzlich daran erinnerte, wie sehr Mah-ree Frau sein konnte, wenn sie warm und einladend in seinen Armen lag, entflammten Cha-kwenas Lenden, genauso wie sein Gesicht. Als sie dies sah, lächelte Mah-ree, bevor sie sich umdrehte und mit einem unverschämten Hüftschwung weiterging, der seinen Mannknochen vor Verlangen anschwellen ließ.

»Sie braucht nicht nur einen Schamanen, sondern auch einen Mann«, sagte Kosar-eh.

Cha-kwena stellte überrascht fest, daß der ältere Mann seine Frau und seine Söhne bei ihrer Vogeljagd allein gelassen hatte und gekommen war, um herauszufinden, was der Grund für die hitzigen Worte zwischen Mah-ree und Gah-ti gewesen war. Jetzt grinste Kosar-eh, als er Mah-ree nachblickte und seiner Meinung Ausdruck verlieh, daß sie das dringende Bedürfnis nach Vereinigung hatte.

Peinlich berührt erwiderte Cha-kwena schroff: »Ich sage dir auch nicht, wann du dich mit deiner Frau vereinigen sollst!«

»Dazu besteht auch kein Grund. Meine Ta-maya ist zufrieden.«

»Das wird auch meine Mah-ree sein, wenn das, worauf wir warten, eingetreten ist, und ich nicht meine gesamte Kraft auf meine Träume und Visionen eines Schamanen richten muß!«

Die Stirn des großen Mannes legte sich in Falten. »Und welche Träume und Visionen hast du in diesen Tagen in diesem fernen Land hinter dem Ende der Welt, Enkelsohn Hoyeh-tays?«

Gar keine, hätte Cha-kwena ihm fast entgegengeschleudert, aber er stellte besorgt fest, daß dies kein gutes Eingeständnis für einen Schamanen gewesen wäre. Außerdem ärgerte er sich über Kosar-ehs Unverschämtheit. »Ist nicht alles gut in diesem neuen Land, in das meine Träume und Visionen euch geführt haben?«

Kosar-eh schüttelte den Kopf. »Meiner Ansicht nach ist es ein seltsames Land – zur Hälfte Sumpf, zur Hälfte Wald, es gibt nur wenig Gras, die Bäume kenne ich nicht, und im Wald ist es kühl und modrig unter Ästen, die den Blick auf den Himmel versperren.«

»Die Mammuts sind in diesem Land glücklich. Und wenn der Mond der Wärme voll geworden ist und der Frühlingsregen aufgehört hat, wird die Erde trocknen, und das Gras wird hoch und grün wachsen. Das, was uns jetzt seltsam undfremdartig erscheint, wird uns dann vertraut werden.«

Kosar-eh hob die Augenbrauen. Er blickte sich um, zuckte dann die Schultern und schüttelte wieder den Kopf. »Besorgt es dich überhaupt nicht, daß es keine anderen Menschenfreunde in diesem Land gibt, Cha-kwena?«

»Und keine Feinde!« Doch schon im nächsten Augenblick bereute er die Heftigkeit seiner spontanen Entgegnung. Er wartete auf irgendeine Geisterstimme, die ihn davor warnte, daß die Feinde sie wieder einholen würden, um all seine Hoffnungen zu zerschlagen. Doch es gab keine Geisterstimme und keine Warnung aus seinem Innern.

Als er dann Ta-maya mit Kiu-neh und Ka-neh lachen hörte, die mit Hilfe der Hunde die erlegten Gänse einsammelten, fühlte Cha-kwena sich erleichtert. Das Leben war schließlich doch gut für seinen Stamm, und nach dem langen Winter und dem scheinbar endlosen Regen hatte er genug von dunklen Schatten. Die Sonne schien ihm warm ins Gesicht, was ihn in eine tiefe Trägheit versetzte. Er war so angenehm entspannt und schläfrig, daß er sich streckte und zufrieden gähnte, obwohl er in der letzten Nacht wieder tief und fest geschlafen hatte. Nach so vielen Monden der Rastlosigkeit und Erschöpfung war es ein schönes Gefühl.

»Er ist dir nicht nachgegangen?« U-wa blickte überrascht von den Babys auf, die sie in der Morgensonne gehütet hatte, und sah Mah-ree an. Die alte Kahm-ree folgte den Kindern und behielt sie mit wäßrigen Augen im Blick, während sie am Waldrand kleine Fallen aufstellten, Kieselwerfen übten und sich mit harmlosen Streitereien vergnügten.

»Nein, er ist zurückgeblieben«, antwortete Mah-ree unglücklich. »Eine Weile dachte ich, er würde mitkommen, aber dann hat er mich wieder wie immer völlig vergessen!« Sie ließ der alten Frau die Gänse vor die Füße fallen. »Die sind für dich.«

U-wa strahlte vor Freude über das Geschenk.

Mah-ree ging in die Knie und vertraute ihr mit gesenkter Stimme an: »Unser geheimer Plan funktioniert nicht, Mutter meines Mannes! Ich habe die Wurzeln und Pilze, die du mir gegeben hast, zerstampft und sie unter das Fleisch für meinen Schamanen gemischt, damit er schläfrig wird und keine bösen Träume mehr hat. Aber das Mittel hat nicht bewirkt, daß er sich in der Nacht zu mir umdreht oder mich am Tag mit dem Interesse eines Mannes anblickt.«

»Du mußt Geduld haben«, riet U-wa und strich bewundernd mit der Hand über die Gänse. »Die Geister, die in meiner Medizin wohnen, brauchen manchmal eine Weile, bis sie ihre Zauberkraft entfalten. Aber ich versichere dir, daß sie nur von Pflanzen stammen, die zur Reife lang oder hart sind, die viele Sporen oder milchige Säfte und viele Samen haben. Mit der Zeit werden sie bewirken, daß mein Cha-kwena wieder hart und bereit für dich ist, so daß er neues Leben in deinen Bauch pflanzen kann! Das Mittel hat noch nie versagt!«

Mah-ree seufzte. U-wa hatte natürlich recht. Sie wußte, daß sie mehr Geduld mit ihrem Mann haben sollte. Seine Verantwortung als Schamane war groß. Vielleicht würde es anders werden, wenn das Totem wiedergeboren war und Lebensspender, das große weiße Mammut, wieder unter den Menschen lebte. Vielleicht würde sich Cha-kwena dann daran erinnern, daß seine Frau eine Frau war. Doch Mah-ree schien es, als würde das Mammut niemals das heilige Kalb zur Welt bringen wollen. Dabei sehnte sie sich so sehr danach, in den Armen ihres Mannes zu liegen, den warmen, Wind seines liebevollen Atems auf ihrem Gesicht zu spüren. Sie wollte wieder die Freude spüren, die sein Körper ihr bereitete, wenn er sich an sie preßte und in sie eindrang. Und als sie jetzt auf die kleine Ha-xa-ree blickte, die in einer Kindertrage neben U-wa schlief, sehnte Mah-ree sich so sehr nach einem eigenen Baby – nach Cha-kwenas Baby, nach einem Kind, auf das ihr Schamane stolz wäre!

Als U-wa den sehnsüchtigen Ausdruck auf Mah-rees Gesicht bemerkte, versuchte sie die Frau aufzumuntern. »Es wird irgendwann geschehen, meine Liebe. Ich bin mir seit dem Tag völlig sicher, an dem du den kleinen Bären im Wald gesehen hast, nachdem wir gerade in diesem Land eingetroffen waren. Der alte Hoyeh-tay sagte immer, wo der Bär ist, da gibt es auch Nahrung für die Menschen, denn wir haben sehr ähnliche Bedürfnisse. Und wenn eine Frau einen Bären sieht, bedeutet das einen mächtigen Baby-Zauber, denn der Bär selbst ist Leben, das im Frühling aus dem Leib von Mutter Erde hervorkommt!«

Mah-ree schüttelte den Kopf. »Der Bär ist aber auch ein gefährliches Geschöpf! Und um ehrlich zu sein, frage ich mich manchmal, ob an mir auch genug ist, daß sich ein Mann danach umdreht oder unter den Schlaffellen hart vor Verlangen wird. Ich glaube, die Schuld, daß mein Schamane sich nicht für diese Frau interessiert, liegt nicht an deiner Medizin, Mutter meines Mannes, sondern an mir selbst.«

U-wa runzelte die Stirn. Als sie sah, wie unglücklich die junge Frau war, versicherte sie ihr besorgt und liebevoll: »An Mah-ree ist genug, um die besten Männer zu erregen! Hast du etwa schon Teikan vergessen?«

Mah-ree errötete. »Er gehörte nicht zu den besten Männern!«

»Aber er selbst hielt sich dafür!« spottete U-wa.

Mah-ree mußte grinsen. »Womit er sich im Irrtum befand.«

»Ja«, stimmte U-wa zu und bemühte sich weiter, Mah-ree aufzuheitern. »Vielleicht brauchen wir einen ganz besonderen Zauber, damit du ein Baby von ›unserem‹ Schamanen bekommst. Als seine Mutter kann ich dir verraten, daß er schon immer mehr an dem interessiert war, was hinter einem unbekannten Hügel lag, als an den Freuden, die er zwischen den Schenkeln einer so guten Frau wie dir finden könnte, meine Liebe!«

Mah-ree errötete noch heftiger, aber ihre Augen weiteten sich vor Hoffnung. »Was für einen Zauber, U-wa?«

Die alte Frau kaute einen Augenblick nachdenklich auf der Unterlippe, bevor sie die Schultern zuckte. »Ach, wenn ich nur mehr wüßte! Die Frauen des Graslandes erzählten einmal von einem alten Mann aus dem Stamm des Wachenden Sterns … einem Lehrer und Heiler und Herrn der Geister, dessen magisches Wissen so groß war, daß er eine Frau jung, hübsch und für jeden Mann unwiderstehlich machen konnte, sogar wenn sie älter war als das Land, auf dem sie ging.«

»Du darfst nicht von unseren Feinden reden!« Mah-ree war entsetzt und hätte U-wa noch heftiger wegen ihrer Sorglosigkeit getadelt, wenn in diesem Augenblick nicht Kahm-ree einen Wutschrei ausgestoßen und Piku-neh losgeheult hätte.

Mah-ree und U-wa blickten sich gerade noch rechtzeitig um, um zu sehen, wie ein Hund auf den Wald zulief. Der kleine Junge saß auf dem Hintern und hielt Kahm-ree schluchzend seine blutende Hand hin.

Die alte Frau warf nur einen Blick auf das verletzte Kind und wurde plötzlich zornig. »Was bildest du dir ein, meinen Piku-neh zu beißen!« tobte Kahm-ree und warf ihren Schlagstock mit tödlicher Sicherheit.

Der Hund heulte vor Schmerz auf. Seine Vorderbeine knickten ein, er fiel hin, rappelte sich wieder auf und starrte zu Kahm-ree zurück, als wollte er sie auffordern, einen weiteren Angriff zu wagen.

Kahm-ree schrie auf und tat ihm den Gefallen. Sie nahm den kleinen Beutel aus Kaninchenfell, der an ihrem Handgelenk hing und warf kleine Steine auf das Tier. Der Hund jaulte auf und lief endgültig davon.

Mah-ree erkannte bestürzt, daß es dasselbe Tier war, das sich auch schon während der Wanderung durch die Schlucht gereizt verhalten hatte. Es war seit einigen Tagen geifernd um das Dorf geschlichen, und wenn sie es trösten wollte, hatte es die Schnauze gehoben, die Zähne gezeigt und sie angeknurrt. Als Mah-ree jetzt sah, wie der Hund zwischen den Bäumen verschwand, hatte sie Mitleid und bedauerte es, daß sie nicht beharrlicher gewesen war, dem Tier zu helfen.

»Halt!« rief sie Kahm-ree zu, als die alte Frau gerade ihre letzten Steine warf. Mah-ree war sofort auf den Beinen und rannte dem Tier nach. »Hund! Hund!« rief sie. »Komm zurück! Dann wird diese Medizinfrau versuchen, dich wieder gesund zu machen!«

»Mah-ree! Bleib zurück.« schrie U-wa, als die junge Frau in den Wald rannte.

Mah-ree hörte nicht auf sie. Bald war sie tief zwischen den Bäumen und kämpfte sich durch das immer dichter werdende Unterholz und die abgebrochenen, flechtenbewachsenen Äste. Der Boden war feucht und seltsam schwammig unter ihren Füßen. Immer wieder rief sie den Hund, bis sie plötzlich stehenblieb und erstarrte. Auf ihren Armen bildete sich Gänsehaut, als sie spürte, daß sie beobachtet wurde. Irgendwie wußte sie, daß die Augen eines Geschöpfes, das nicht der Hund war, auf sie gerichtet waren.

Atemlos vor Furcht drehte Mah-ree sich um und blickte nach rechts und links auf die Wand aus Baumstämmen, die sich wie grün gekleidete Riesengeister um sie herum versammelt hatten. *Kosar-eh hat recht, wenn er diesem Wald mißtraut!* dachte sie. Sie erinnerte sich wieder an den Bären, dem sie vor einigen Tagen in diesem fremdartigen neuen Land begegnet war, und stellte sich vor, wie das Tier hinter einem der vielen Bäume lauerte. Sie bewegte ihre leeren Hände und dachte an den langen, zugespitzten Wurfspieß, der unter ihrer Seite der Schlafmatratze im Dorf versteckt lag. Doch jetzt war es zu spät, sich über Waffen Gedanken zu machen. Hinter ihr knackte ein Zweig.

Mah-ree wirbelte herum. Etwas schoß aus dem immergrünen Laub auf sie zu, und sie kauerte sich instinktiv zusammen, als Cha-kwenas blau-roter Speer zwischen den Bäumen hindurchflog und den Hund durchbohrte, der aus der Deckung gekommen und auf Mah-ree zugesprungen war. Das Tier war bereits tot, als es vor ihren Füßen zu Boden fiel. Mah-ree starrte es fassungslos an. Cha-kwenas Speer hatte es vom Maul bis zur Hüfte aufgespießt, und es zuckte nur noch einmal kurz.

»Bei den Mächten der Schöpfung, Mah-ree! Hast du nicht gehört, wie meine Mutter dich zurückgerufen hat? Hast du nicht gesehen, daß der kleine Piku-neh verletzt wurde? Wenn ich dir nicht gefolgt wäre, hätte dieser Hund dich an der Kehle gepackt!«

Sie zuckte bei seinem Verweis zusammen. Er hatte recht, und sie wußte es. Sie wartete darauf, daß er ihr erlaubte, wieder aufzustehen. Erst dann kam sie zitternd wieder auf die Beine. »Dieser Hund war krank, mein Schamane. Ich wollte ihm helfen. Ich wollte doch nur …«

»Deine Medizin ist nicht für Hunde gedacht!«

Mah-ree nickte reuevoll. »Ich wollte doch keinen Schaden anrichten, Cha-kwena.«

»Das sagst du jedesmal, und dennoch schaffst du es immer wieder!«

Verletzt blinzelte sie ihre Tränen fort, als die alte Kahmree mit Piku-neh, der sich an ihre Seite klammerte, durchs

Gebüsch kam. Als der kleine Junge Mah-ree sah, streckte er ihr seine verletzte Hand hin.

»Mach wieder heil, Medizinfrau!« verlangte Piku-neh mit zitterndem Kinn und voller Vertrauen. »Dieser Junge wird tapfer sein!« Dann sah er den Hund. Er schrie und vergrub seinen Kopf am Hals der alten Frau.

»Dieser Hund wie nie wieder jemanden beißen, mein Kleiner!« beruhigte Kahm-ree ihn. Sie trat zwischen Mah-ree und Cha-kwena. Als sie auf das tote Tier hinabblickte, wurde das runzlige Gesicht der alten Frau von haßerfüllter Befriedigung verzerrt. Sie trat so heftig gegen den Hund, daß sie selbst vor Schmerz aufkeuchte. Aus dem Maul des Hundes lief Blut, und zwischen seinen Hinterbacken drang eine übelriechende Flüssigkeit hervor, doch Kahm-ree lächelte. »Sieh ihn dir an und hab keine Angst!« sagte sie zu Piku-neh. »Das passiert mit jedem Feind des Stammes der Roten Welt! Sogar wenn dieser Feind ein Hund ist!«

Der Junge schaute hin und wimmerte ob des häßlichen Anblicks. Dann streckte er Mah-ree erneut die Hand hin, damit sie danach sah. Sein kleines Kinn zitterte wieder, aber als er sprach, war sein Tonfall der eines Befehls. »Gib mir Geisterdinge, damit der Schmerz weggeht! Sofort!«

Mah-ree riß die Augen auf, aber nicht wegen der Dreistigkeit des Jungen – denn Piku-neh wurde von Kahm-ree völlig verzogen, und Mah-ree bezweifelte, daß ein Nachkomme der dreisten Ban-ya und des überheblichen, egoistischen Dakan-eh andere Charakterzüge entwickeln konnte. Sie staunte vielmehr über das Ausmaß der Verwundung des Jungen, denn der Hund hatte seine kleine Hand gründlich zerfleischt. »Das muß genäht werden«, sagte sie so sanft, wie sie konnte.

»Der Sohn meiner Ban-ya wird keine Angst davor haben!« Kahm-ree drückte den Jungen aufmunternd an sich.

Cha-kwena seufzte vor Ungeduld über die alte Frau, doch dann sprach er das Kind an. »Wenn wir ins Dorf zurückgekehrt sind, Piku-neh, wird die Medizinfrau dir Geisterdinge geben, die den Schmerz beim Nähen lindern.« Dann wandte er sich leise an seine Frau, ohne sie anzublicken: »Falls sie nicht vergessen hat, wie man Menschen heilt, und lieber hierbleiben will, damit sie um einen toten Hund trauern kann!«

Mah-ree zuckte zusammen und verlor jede Hoffnung, jemals seine Zuneigung zurückgewinnen zu können. Dann schüttelte sie den Kopf. »Die Schamanenfrau hat nicht vergessen, wie man Menschen heilt. Für die Medizinfrau ist es eine große Ehre, sich um die Wunde von Piku-neh kümmern zu dürfen.«

Cha-kwena nickte zufrieden, auch wenn seine Besorgnis noch nicht restlos verschwunden war. Er bückte sich, um seinen Speer aus dem Hund zu ziehen, doch es gelang ihm nicht, der Schaft brach durch.

Mah-ree blickte schuldbewußt auf die kunstvollen Schnitzereien und Farben im Hartholz. Sie wußte, daß es sein Lieblingsspeer gewesen war.

Schweigend kehrten sie zum Dorf zurück.

»Jetzt werden alle sehen, wie tapfer der Sohn meiner Ban-ya ist!« verkündete Kahm-ree und sagte dann zum Jungen: »Deine Mutter wird dich beobachten. Sie wird es wissen, wenn du weinst!«

»Er wird tapfer sein«, versicherte Mah-ree.

Doch als sie die Schamanenhütte betrat, um ihre Medizinsachen zusammenzusuchen, hörte sie deutlich, wie Cha-kwena sagte: »Glaub nicht alles, was die alte Frau sagt, Piku-neh! Du darfst heulen wie ein Wolf, wenn dadurch der Schmerz erträglicher wird. Deine Mutter Ban-ya ist tot. Sie kann dich nicht hören!«

2

Ein Kind weinte.

»Piku-neh!« Ban-ya wachte aus tiefem Schlaf auf und rief den Namen ihres verlorenen Sohnes. Sie öffnete die Augen und starrte in die Dunkelheit. Dann erkannte sie, wo sie war und in welche Gefahr sie sich gerade gebracht hatte. »Dumm … dumm … dumme Frau!« Der Selbstvorwurf war leiser als ein Flüstern.

Dann bemerkte sie einen üblen Gestank. Es war der Gestank von Exkrementen – ihrer eigenen und der des Babys. Das Kind machte unzufriedene Laute an ihrer Brust, denn ihre Milch versiegte schon wieder. Ban-ya bekämpfte ihre aufsteigende Panik und wiegte das Kind. Der letzte Rest des Fleischopfers war bereits verzehrt, und sie wußte, daß sie bald Fallen aufstellen mußte, um an neues, aber weniger schmackhaftes Fleisch zu gelangen.

Dann hörte Ban-ya voller Schreck männliche Stimmen und daß Steine bewegt wurden. Seit Tagen hatte sie darauf gelauscht, wie die Männer sich immer weiter durch den Schutthaufen gegraben hatten. Sie drückte ihr Kind mit einer Hand an den Busen und griff mit der anderen in den schützenden Kreis, der von ihren Beinen gebildet wurde, um den Schädel und die Knochen des toten Zwillings zu berühren. Der Knochenhaufen tröstete Ban-ya. Solange er in ihrer Nähe war, war das Kind für sie noch am Leben. Sie legte ihre Hand auf den Schädel, streichelte die weiche Haut, die noch als allmählich schrumpfende Kappe auf dem Schädeldach lag, und tastete dann mit den Fingern nach den übrigen Knochen.

Der Haufen wurde immer kleiner. Sie knurrte. Oft wurde sie von Geräuschen geweckt, wenn die kleinen Knochen fortgezerrt wurden, und dann spürte sie warme, pelzige Körper, die sich in ihrer Nähe bewegten. Dann schlug sie jedesmal in der Dunkelheit danach. Einmal hatte sie tatsächlich ein Tier gefangen. Es hatte sie gebissen, doch Ban-yas Bisse, mit denen sie sich rächte, waren viel schwerer gewesen, dann hatte sie den Dieb auf der Stelle bis auf das Fell und den Schwanz gegessen. Sie war nicht vor Abscheu über das, was sie getan hatte, erschaudert, sondern wegen der leisen Geräusche, die sie neben ihrem Atem und Herzschlag gehört hatte – das unaufhörliche Knabbern und Scharren.

»Seid still, meine Babys, seid still! Mutter wird euch vor den Ratten beschützen!«

Jetzt stürzte plötzlich wie ein Donnerschlag ein Stein durch die Dunkelheit. Ban-ya erstarrte und preßte sich mit dem Rücken dicht an die Wand der Höhle. Dann polterten weitere Steine zu Boden. Das Licht einer Öllampe drang in die Finsternis. Große und kleine Steine rollten in die Höhle, und dann zeigte sich eine männliche Gestalt in der Öffnung.

Ban-ya sah Federn und Fell und schwarz tätowierte Haut. Im gelben Schein der Steinlampe, die die geisterhafte Erscheinung in einer ausgestreckten Hand hielt, leuchtete ein uraltes Gesicht auf, das kaum menschlich wirkte. Ban-ya wußte, daß der Tod sie schließlich doch gefunden hatte. Als der Geist im Gestank ihres Verstecks würgte und sich erbrach, sah sie nur die Rabenfedern, die sein furchtbares Gesicht einrahmten. Ihr Herz schien stehenzubleiben.

»Seelenfänger!« schrie Ban-ya in panischem Schrecken den Dämon an. »Nein! Ich werde dich nicht willkommen heißen!« Sie klammerte ihr Kind so fest an sich, daß es zu jammern begann, stand auf und lief kreischend tiefer in die Finsternis der Höhle.

Tsana folgte Jhadel in die Höhle. »Was war das?« fragte er, während ihm vom Gestank beinahe übel wurde.

»Eine Frau … glaube ich«, sagte der alte Mann, der mit der Lampe in der erhobenen Hand weiterging.

»Und noch etwas anderes ... etwas Totes, so wie es stinkt«, stellte Indeh fest, der Tsana dichtauf folgte.

»Sheela?« fragte Tsana in ungläubigem Tonfall. Er war sich nicht sicher, ob es Hoffnung oder Furcht war, die seine Eingeweide verkrampfte.

»Wenn das, was vor uns im Dreck kriecht, der Geist deiner verlorenen Frau ist, Tsana, würde ich sie an deiner Stelle nicht weiter verfolgen. Es würde dir nicht gefallen, was du dann sehen würdest«, warnte Jhadel.

Tsana starrte in die Höhle. Das Geschöpf, das offenbar irgend etwas unter seinen Fellen verbarg, war stehengeblieben. Es hielt sich auf zitternden Beinen aufrecht, die kaum dicker als seine Handgelenke waren. Die genauso dünnen Ärmchen waren über der Brust verschränkt, und die Hände, die wie halbverwest aussahen, klammerten sich an knochige Schultern. Ausgemergelt, verdreckt und mit zerzausten Haaren, die so leblos, ausgebleicht und trocken wirkten wie Riedgras am Ende des Sommers, starrte es ihn aus riesigen Augen an, in denen ein so großer Schrecken stand, daß er sofort erkannte, daß dieses Geschöpf nicht tot war, sondern lebte. Nach einem Augenblick erkannte er, daß es eine Frau war. »Sheela?«

Sie zuckte zusammen, bewegte sich und zog sich mit vorsichtigen Schritten tiefer in die Höhle zurück. Sie drückte sich gegen die Steinwand, ohne ihn aus den Augen zu lassen. Tsana schob sich an Jhadel vorbei und folgte ihr, von einer Mischung aus Ehrfurcht, Faszination und Abscheu getrieben, während er sich fragte, ob es sich bei dieser gräßlichen, übelriechenden Erscheinung möglicherweise um das handelte, was von seiner geliebten Sheela übriggeblieben war. Der Schatten des Zweifels verdunkelte seine Hoffnung. Die Frau vor ihm war ein kleines, geschrumpftes, stinkendes Ding. Sheela war groß, stolz und wunderschön gewesen, sogar noch nachdem ihr Gesicht von Feinden, die sie als Sklavin genommen hatten, verunstaltet worden war.

Tsana suchte in den matt leuchtenden Augen der zurückweichenden Frau nach Hinweisen auf die Seele seiner gestorbenen Geliebten, doch er entdeckte nur den Wahnsinn eines in die Enge getriebenen Tieres in ihrem starren, wilden Blick. Was er sah, erschütterte ihn. In den Tagen und Nächten vor Sheelas Tod waren die Augen seiner Frau ebenfalls starr und mit einer fast wahnsinnigen Entschlossenheit gefüllt gewesen. War es möglich, daß sie zurückgekehrt war, um nun im Körper dieses ausgezehrten Geschöpfes zu leben?

In diesem Augenblick stieß Indeh ein verächtliches Schnaufen aus. »Ich kenne dieses ›Ding‹. Ja! Sie hat sich sehr verändert, aber bevor ich den Stamm des Graslands verließ, um mich dem Stamm des Wachenden Sterns anzuschließen, hat Shateh diese Frau von einem Mann der Roten Welt genommen, der als Krieger in seinem Stamm lebte. Was für einen Körper sie hatte! Ja, sie ist es. Ich erkenne das Gesicht. Sie hat von Anfang an nur Ärger gemacht. Ich wußte, daß Shateh deiner irgendwann überdrüssig werden würde, Eidechsenfresserin! Aber warum bist du allein? Wie hast du den Winter im Tal der Toten überlebt?«

Die Frau gab ein Stöhnen von sich.

Indeh verzog voller Abscheu das Gesicht in Anbetracht ihres Elends und ihrer offensichtlichen Angst. »Ban-ya ... ja ... das war der Name, auf den du gehört hast.« Er schüttelte den Kopf, grinste hämisch und sagte zu Tsana: »Sheelas Seele wird es gefallen, wenn sie weiß, daß diese Frau ihr Leben hier geführt hat ... und auf diese Weise.«

»Ban-ya?« Tsana prüfte den Geschmack der Silben auf seiner Zunge, und er schmeckte nur Bitterkeit und Haß. »Die Frau von Dakan-eh?«

Als die Frau seinen Stimmungswandel bemerkte, stöhnte sie erneut und drückte sich gegen die Höhlenwand, als wollte sie sich darin auflösen. Dann kam ein merkwürdiges Wimmern aus ihrer Richtung, aber nicht aus ihrem Mund oder ihrer Kehle, sondern von den zerlumpten Fellen, die ihre Brüste bedeckten.

Tsana geriet in Wut. »Ban-ya!« Er kannte den Namen, denn seine Geliebte hatte ihn oft genug ausgesprochen. Die Frau Dakan-ehs war rücksichtslos gegen die Gefangene ihres Mannes gewesen. Sheela hatte ihm sogar erzählt, daß Ban-ya sich daran ergötzt hatte, wie Dakan-eh die Frau des Wachenden Sterns immer wieder erniedrigte. Sie hatte sie verspottet, als Sheela geschlagen und jedem Mann zum Vergnügen angeboten wurde, dem Dakan-eh jemals einen Gefallen schuldig war. Es war Dakan-eh gewesen, der Sheelas Gesicht verunstaltet hatte, aber es war Ban-ya, der es beinahe gelungen wäre, Sheelas Lebensgeist zu brechen, bevor sie endlich ihren Peinigern entflohen und zu ihrem vom Krieg zerstreuten Stamm zurückgekehrt war. »Meine Sheela wollte deinen Tod«, sagte er zu der gespenstischen Gestalt. »Danach hat sie sich gesehnt ... und jetzt wird ihr Wille durch meine Hand erfüllt!«

Doch in diesem Moment kam von Jhadel ein Ausruf des Erstaunens. Er war den anderen ein Stück vorausgegangen und hatte seine Lampe über die Frau erhoben, die in die Knie gegangen war. Der alte Schamane keuchte und wurde unsicher auf den Beinen.

Tsana blickte auf. Sein Herz setzte einen Schlag aus, als er sah, was der andere gesehen hatte. Dort, über der zusammengekauerten Frau, überall auf den Höhlenwänden ... Farben ... Formen ... und Offenbarungen! »Das Totem lebt!« rief er, als er die Bedeutung der Zeichnungen begriff. »Es lebt! Nicht im Fleisch des Schamanen Cha-kwena, wie Jhadel uns gesagt hat, sondern in der Mammutherde, die wir am Tag der letzten Schlacht des Krieges am See gesehen haben! Schaut nur! Hier ist die Wahrheit!«

Wütend ging Tsana auf Jhadel zu und legte ihm eine starke Hand auf die Schulter. Er drehte den alten Mann zu sich herum und funkelte ihn mit anklagenden Augen an.

»Nach jener Schlacht hast du uns den Rat gegeben, vor dem Zorn der Krieger Shatehs zu fliehen. Wenn nur eine Handvoll unserer Männer zurückgekehrt wäre, um die Mammuts zu verfolgen, hätten wir die Kuh erlegen können, die jetzt den Geist Lebensspenders trägt. Wir hätten das Totem selbst erlegen können! Wenn wir von seinem Fleisch hätten essen können, wären wir wieder stark geworden, so daß Shateh uns niemals hätte besiegen können. All jene, die gestorben sind und deren Seelen jetzt im Wind wehen, wären noch unter den Lebenden!«

Jhadel war so fassungslos, daß die wenigen tätowierten Zähne, die er noch besaß, klapperten. Er mußte sich anstrengen, die Lampe ruhig zu halten. Indeh blickte sich beunruhigt um.

»Das hast du nicht vorhergesehen, alter Mann!« tobte Tsana, und aus den vielen verborgenen Gängen im ausgehöhlten Hügel hallte seine Stimme tausendfach wider.

Nachdem das Echo verklungen war, konnte sich Jhadel endlich zu einer Verteidigung gegen Tsanas Anschuldigung aufraffen. »Aber seht doch! Der Schamane der Roten Welt verfügt über die Macht des heiligen Steines! Er blendet alle, die …«

»Bist du völlig blind geworden?« entgegnete Tsana.

Indeh starrte jetzt Ban-ya an. Das Wimmern an ihrer Brust war lauter geworden. Sie schien den Laut dadurch unterdrücken zu wollen, daß sie sich leicht wiegte. Der Mann hob beide Handflächen und machte das Zeichen für die Abwehr böser Geister. »Das Jammern dieser Frau hat uns zur Wahrheit geführt! Vielleicht lebt die Seele Sheelas doch in ihr! Wie sonst konnte sie zwei Winter ganz allein im Tal der Toten überleben?«

Die Frau erstarrte und neigte den Kopf. Ihr Atem beschleunigte sich. »Nicht allein«, flüsterte sie. »*Sie* ist hier … Ja … Tsana spricht die Wahrheit. Der Geist Sheelas lebt und spricht durch den Mund dieser Frau, die gezwungen wurde, ihren Stamm zu verlassen, um Shatehs Frau zu werden, und die sein Feind war, genauso wie ihr seine Feinde seid.«

»Sie lügt!« klagte Jhadel an. »Töte sie, Tsana! Ihr Leben ist verwirkt.«

»Nein!« schrie die am Boden kauernde Frau. Der Wahnsinn war aus ihrem Blick verschwunden. Jetzt waren ihre Augen klar und noch wilder als zuvor. »Die Mächte der Schöpfung haben euch hierher geschickt ... zu mir ... denn wenn ihr mich leben laßt, habt ihr den Menschen, nach dem sich Shateh mehr als alles andere sehnt!«

»Dich?« höhnte Indeh und brach in schallendes Gelächter aus.

»Seinen einzigen Sohn.« Sie öffnete die Felle über ihrer Brust und zeigte ihnen das Kind, das sie bis jetzt dort versteckt hatte.

Indeh runzelte die Stirn. »Als ich Shateh das letzte Mal sah, hatte er gerade seinen einzigen Sohn verloren.«

»Atonashkeh«, bestätigte die Frau.

»Wenn er über die Macht des Schamanen der Roten Welt und die des heiligen Steines verfügt, könnte Shateh inzwischen längst weitere Söhne haben!« sagte Jhadel.

»Bist du dir etwa sicher, alter Mann?« Ihre wilden Augen leuchteten ungewöhnlich hell im Licht der Lampe. Langsam rappelte sie sich vom Boden auf und hielt den Männern ihr Kind hin. »Tötet ihn, und mich gleich dazu! Ich habe keine Angst, denn ich bin schon tot. Ein Geist spricht durch meinen Mund und hat diese Knochen und dieses Fleisch für euch und für dieses Kind am Leben erhalten. Doch wenn ich wirklich tot bin und Shateh euch noch einmal angreifen will, hat der Stamm des Wachenden Sterns keine Geisel. Ohne dieses Kind müßt ihr die Flucht vor euren Feinden ergreifen, wie es schon einmal geschehen ist. Doch diesmal wird euer Stamm restlos sterben, wenn ihr nicht die Wahrheit seht, die euch vor Augen steht.«

Den Worten der Frau folgte Totenstille, die nur von dem gelegentlich quengelnden Kind unterbrochen wurde. Die drei Männer starrten sie voller Erstaunen, Hoffnung, Zögern und Mißtrauen an.

»Shateh wird nicht im Tal der Toten nach uns suchen!« verkündete Jhadel.

Eine seltsame Ruhe nahm von der Frau Besitz, die ihre ganze Haltung veränderte. Sie blickte Tsana an, lächelte freundlich und sprach im Tonfall einer Liebenden: »Ich habe dich hergerufen. Ich habe dich hergeführt, damit du mit eigenen Augen die Wahrheit über das Totem siehst. Ich habe diese Frau für dich am Leben erhalten und Shatehs Sohn durch ihren Körper für dich gestillt. Wenn seine Krieger euch finden und angreifen sollten, werden sie nicht Sheela, sondern Ban-ya sehen, und dann werden sie wissen, daß ein wahrer Sohn Shatehs unter euch lebt. Dann werden sie nicht angreifen. Shateh ist alt. Er hat genug vom Krieg.«

Tsana war gleichzeitig wie betäubt, verzaubert und verwirrt, bis die Bewegung einer Ratte auf dem Höhlenboden die Blicke der Männer auf die verstreuten Knochen und den Schädel eines weiteren Kindes lenkte.

»Zwillinge!« rief Jhadel, und jetzt war es der alte Mann, der ein Abwehrzeichen gegen das Böse machte. »Menschenfressende Mutter der ewig kriegführenden Brüder des Himmels!« rief er sie an. »Was haben wir hier gefunden? Wohin hast du uns geführt?«

Sie starrte auf die Knochen des toten Babys. Wieder veränderte sich ihre Haltung. Wieder neigte sie den Kopf. Etwas Kaltes und Wolkenhaftes schien sich in ihren Augen auszubreiten. Dann seufzte sie, lächelte noch einmal und trat vor. Die drei Männer wichen zur Seite, um sie vorbeizulassen.

Sie kniete sich hin und strich mit einer Hand über den Schädel, als sie zärtlich zu den Überresten des toten Babys sprach. »Sein Fleisch war von den Mächten der Schöpfung dazu bestimmt, zur Nahrung für seinen Bruder zu werden.

Sein Tod hat ihm das Leben gerettet. Und das Leben des Bruders ist auch ein Geschenk des Geistes des Tals der Toten für den Stamm des Wachenden Sterns. Shateh wird die Menschen nicht mehr seine Feinde nennen, die seinen Sohn aufgezogen haben. Doch mit diesem Sohn könnte man ihn eines Tages besiegen. Mit diesem Sohn kann der Stamm des Wachenden Sterns wiedererstehen … stark und unbesiegbar werden …«

»Ich habe genug gehört!« Jhadel schüttelte wütend den Kopf. »Ich glaube ihr nicht. Sie lügt. Sie ist nicht das, was sie zu sein scheint. Sie ist …« Er unterbrach sich. Weitere Männer stiegen in die Höhle. Xanahay trug eine Fackel und erleuchtete den Weg.

»Seht die lebende Seele Sheelas und die Wahrheit, zu der sie uns geführt hat!« sagte Tsana zu ihnen, während er auf die Wandzeichnungen zeigte. »Das Totem lebt! Jhadel hat es nicht gesehen! Oder er hat es gewußt und seinen Stamm absichtlich unwissend gelassen, um in seinem hohen Alter ein ruhiges Leben zu haben.«

Der Schamane wurde so steif wie ein Reiher, der sich bereitmachte, einen Frosch mit seinem Schnabel aufzuspießen. »Nimm dich in acht, was du sagst, Tsana!«

»Durch dein Fehlurteil«, rief der jüngere Mann, »sind wir jetzt hier, ein ganzer Stamm von Ausgestoßenen ohne die geringste Macht!«

Jhadel war entsetzt. »Ich bin Jhadel, der Herr der Geister, der Lehrer des Schamanenpfades seit undenklichen Zeiten. Die Tochter der Sonne, Ysuna, hat von mir gelernt, und die Frau, die du deine Geliebte nennst, wußte nichts von Zauberdingen, bis sie das Wissen aus meinem Mund erfuhr und es aus Dummheit verdreht hat, um ihre selbstsüchtigen Ziele zu verfolgen. Wenn sie nicht darauf bestanden hätte, meinen Stamm in den Krieg zu führen, wären wir jetzt noch stark – und alle werden durch die Weisheit Jhadels wieder stark werden, der seinen Stamm zu guten Jagdgründen in ein Tal geführt hat, wo seine Feinde ihn niemals suchen werden.«

»Ich will keine ›Weisheiten‹ mehr aus deinem Mund hören!« erwiderte Tsana. »Ysuna und Sheela haben dir am Ende den Rücken zugekehrt, so wie ich es jetzt tue!«

»Und sie mußten für ihren Ungehorsam sterben!« rief der alte Mann.

»Nein«, entgegnete Tsana wutschnaubend. »Sie starben, weil sie dein wahres Wesen nicht früher durchschaut haben! Aber jetzt ist der Geist meiner Sheela aus der Welt jenseits dieser Welt zurückgekehrt. Sie hat uns hierhergeführt, damit wir sehen, daß unser Totem, das große weiße Mammut, bald wieder leben wird! In der Zwischenzeit werden wir jagen. Wir werden in diesem Tal der Toten wieder zu Kräften kommen. Dann werden wir in das Land unserer Feinde zurückkehren und uns die Macht des Totems erkämpfen, die uns zusteht.«

Jhadel war fassungslos. »Und wenn Shateh und der Schamane der Roten Welt euch aufzuhalten versuchen?«

»Der Schamane der Roten Welt ist nicht das Totem. Wir müssen keine Furcht mehr vor ihm haben. An dem Tag, an dem das wahre Totem unter unseren Speeren zusammenbricht, werden wir uns den heiligen Stein von Cha-kwena holen und ihn aus dem Land der Vorfahren vertreiben. Shateh wird weder die Macht noch den Willen haben, uns aufzuhalten – nicht solange wir seinen einzigen lebenden Sohn als Geisel haben.«

Warakan trottete müde im Fell der großen Bärin dahin. Obwohl er mehrmals versucht hatte, die Jungen zu vertreiben, folgten sie ihm immer noch. Warakan hatte Mitleid mit diesen Tieren, die er zu Waisen gemacht hatte. Er hatte den Knochen und dem Schädel ihrer Mutter, so gut er konnte, Ehre erwiesen, aber das steigende Wasser hatte ihn zur Eile gedrängt. Jetzt blieb er stehen, seufzte und drehte sich um. Die Jungen waren so klein und fast wie Hundewelpen in ihrem Aussehen, ihrem Verhalten und ihrer Hartnäckigkeit. Das Fleisch des Bären, das er in dessen Eingeweide gepackt hatte und über der Schulter trug, wog schwer, und er konnte es sich nicht leisten, auch noch die Last der Verantwortung für die Bärenkinder zu übernehmen.

»Geht weg!« sagte Warakan zu ihnen. »Kehrt in das Land eurer Bärenfamilie zurück. Dort gibt es doch bestimmt irgendeine Bärin, die sich eurer annehmen wird!« Er ging weiter, unter seiner schweren Last gebückt, aber er war dankbar, daß er Wärme und Nahrung hatte – und Lahontays Werkzeuge, die der alte Mann auf der Flucht vor der angreifenden Bärin zurückgelassen hatte.

Warakan schlug den Weg ein, den seiner Einschätzung nach auch der Schamane Cha-kwena gegangen war, als er sich auf die Reise zum Ende der Welt gemacht hatte. Gelegentlich hörte er das *Tschack* des Raubwürgers und sah den Vogel vorausfliegen. Er fragte sich, was diesen seltsamen, schwarz maskierten Vogel mit der räuberischen Lebensweise veranlaßt haben mochte, seine Gesellschaft zu suchen. Und bald bemerkte er, daß sich in den Büschen links und rechts von ihm Raben, Amseln und Krähen versammelt hatten. Zuerst führte er ihre Anwesenheit auf das Aas zurück, das es im ertrunkenen Land hinter ihm geben mußte, doch dann vermutete der Junge, daß sie vielleicht vom Geruch des unbehandelten Bärenfells und des Fleisches in seinem Gepäck angelockt wurden. Warakan schluckte und zwang sich zum Weitergehen, während er daran dachte, daß aasfressende Vögel sicherlich nicht die einzigen Raubtiere waren, die ihn als Opfer ansehen könnten.

Das Krächzen der Raben und das Heulen der Bärenjungen ließ ihn zurückblicken. Die kleinen Bären kauerten verwirrt und bestürzt inmitten eines großen Schwarms wilder Raben. Warakan sah Blut auf der Schnauze und dem Rücken eines

Jungen. Etwas an dem Verhalten der schwarzen Vögel reizte seine Wut. In diesem Moment entstand eine Verbindung zwischen dem verwaisten Menschensohn und den verwaisten Bärenkindern.

Schreiend und mit ausgestreckten Armen verjagte Warakan die Vögel. »Also haben Namaray und seine Freunde sogar unter den gefiederten Tieren Wesensverwandte! Laßt die Bären in Ruhe! Sie sind keine Beute für euch! Dieser Junge wird nicht untätig zusehen, wenn so viele sich auf nur zwei stürzen!«

Sie flatterten eingeschüchtert davon, und da die Bären keinen Angreifer von einem Retter unterscheiden konnten, suchten auch sie Deckung. Der Junge sah, wie sie hinter einer Reihe hüttengroßer Felsblöcke verschwanden. »Seid wachsam und vorsichtig, meine kleinen Brüder«, riet er ihnen. »Ihr könnt euch nicht darauf verlassen, daß dieser Junge euch beschützt, weil er genauso wie ihr zu den Gejagten dieser Welt gehört!«

Warakan lief immer weiter. Oft blickte er sich um. Wenn er sah, daß ihm die Bärenjungen folgten, lächelte er, obwohl er gar nicht genau wußte, warum er sich über ihren Anblick freute. Doch immerhin leisteten sie ihm im einsamen Land, das er durchquerte, Gesellschaft, und die Seele des Jungen fühlte sich wohler, wenn er wußte, daß sie in der Nähe waren.

Dann kamen die Löwen. Sie waren groß, goldbraun und am Bauch gescheckt und trieben Warakan zum Fluß zurück. Und sie verfolgten ihn weiter, die Männchen mit entschlossen gesträubten Mähnen. Während die Bärenjungen in der Nähe unbesorgt herumtollten, versuchte Warakan in seiner Verzweiflung ein luftgefülltes Floß aus dem Bärenfell herzustellen. Als er fertig war, rief er die Kinder der Bärin und forderte sie auf, ihn bei seinem Unternehmen zu begleiten, von dem er hoffte, daß es mit einer erfolgreichen Flucht und nicht mit dem Ertrinken endete. Aber sie wollten nicht mit ihm kommen. Er schüttelte bedauernd den Kopf. Dann flehte er die Mächte der Schöpfung und die Flußgeister an, ihm noch einmal ihre Gunst zu schenken, und vertraute sich dem Wasser an, in der Hoffnung, daß die sich nähernden Löwen nicht so mutig wie er waren.

Warakan versuchte sich am schweren Bärenfell festzuhalten, während er flußabwärts getrieben wurde, doch die Strömung riß es ihm aus den Händen. Dennoch schaffte er es, im reißenden Fluß nicht unterzutauchen und den Kopf über Wasser zu behalten. Er klammerte sich verzweifelt an die fleischgefüllten Eingeweide der Bärin, und sein Körper wurde vom Auftrieb der vielen Lufttaschen getragen, die er unbeabsichtigt im großen Sack gefangen hatte. Schließlich warf ihn der Fluß ans gegenüberliegende Ufer, wo er das Bärenfell ausgebreitet auf dem Kieselstrand liegen sah, als würde es dort geduldig auf ihn warten. Er starrte es an und dankte dann den Geistern des Flusses und dem Geist des getöteten Bären, daß sie sich so sehr um seine Bedürfnisse sorgten. Nachdem er sich in das klitschnasse Fell gehüllt hatte, blickte sich Warakan nach den Bärenjungen um. Doch falls sie ihm über das Wasser gefolgt waren, so war jetzt nichts mehr von ihnen zu sehen.

Betrübt trottete er weiter, bis er überrascht und von Freude überwältigt stehenblieb, als er die beiden ein Stück flußabwärts an seinem Ufer sah. Sie waren am Leben und hatten sich über etwas Totes am Ufer hergemacht.

»Kinder des Bären!« rief er und rannte los.

Die nassen Jungen blickten sich zu ihm um und wichen zurück.

»Ihr müßt doch keine Angst vor mir haben!« sagte Warakan zu ihnen und kniete sich hin, um nachzusehen, was ihr Interesse geweckt hatte.

Warakan hob verwundert seine Augenbrauen. Er hatte noch nie ein Tier wie dieses ertrunkene Wesen gesehen. Die Insekten ließen im Gegensatz zu den Bären nicht so schnell eine Mahlzeit im Stich. Neugierig wischte er sie weg und drückte gegen das Fleisch. Dann steckte er drei Finger seiner linken Hand in eine der tiefen Wunden im bläulichen Fleisch und zog ein paar kleine Fetzen blutleerer Muskelfasern heraus. Er hielt sie hoch und fragte sich, ob vielleicht der Geruch und Geschmack ihm mehr über dieses Tier oder diesen schuppenlosen Fisch verraten würden. Als er es an die Nase hielt, nahm Warakan einen leichten Verwesungsgeruch wahr. Trotzdem war er neugierig genug, um es mit der Zunge zu berühren und ein kleines Stück abzubeißen. Es hatte keinen besonderen Eigengeschmack, aber die Verwesung hatte die Fasern bereits zersetzt, und gekocht war es vermutlich recht zart und durchaus schmackhaft gewesen.

Der Junge blickte das seltsame Fleisch verwundert an, das womöglich ein Geschenk der Flußgeister an ihn war. Wenn dem so war, durfte er ein solches Geschenk auf keinen Fall ausschlagen.

»Ich werde dieses Fleisch mit den Bärenkindern teilen«, sagte Warakan und blickte sich zu den Tieren um, die einen sicheren Abstand von ihm hielten. »Ihr habt dieses Fleisch gefunden, meine kleinen Brüder, aber ihr seid noch so klein und kaum von der Muttermilch entwöhnt, daß ich mich frage, ob ihr schon davon essen könnt. Wir werden es bald sehen!«

Und damit begann Warakan, Steine, Sand und Treibholz vom Kadaver wegzuräumen, bis er erkannte, daß es sich nicht um ein unbekanntes Tier handelte, sondern um die Leiche von Namaray.

Er schrie auf und sprang auf die Beine. Dann erinnerte er sich an eine Nacht des Feuers, der Trommeln und des Zorns und hörte wieder, wie ihm Namaray wünschte, daß er zwischen den Kiefern des Bären den Tod fand. Und er hörte auch seine eigene Drohung: *Wünsch dir lieber nicht, daß das geschieht! Denn dann werde ich zu einem Bären und werde dich holen, Namaray, damit ich deine Knochen und dein Fleisch zwischen meinen Zähnen zermahlen kann!*

Den Geschmack des Fleisches noch im Mund, dröhnten die verhaßten Schmähungen in seinem Kopf: *Menschenfresser! Junge des Wachenden Sterns! Feind!* Warakan wurde plötzlich übel. Er ging in die Knie und erbrach sich, bis er sich schwach und zittrig fühlte. Dann starrte er auf die Überreste Namarays und fragte sich, ob er vielleicht doch ein Schamane war. Doch er verwarf diesen Gedanken wieder, denn wenn es so wäre, hätte er gewußt, was unter dem Treibgut lag.

Verwirrt und bestürzt zog Warakan Namarays Leiche höher ans Ufer. Der Fluß hatte den Jungen zerschunden. Der Körper war schwer verwundet, durchbohrt und gehäutet worden, vor allem der Kopf, als ob man ihn mit Bedacht skalpiert hätte. Warakan bedeckte die Leiche mit Steinen, die er so hoch aufschichtete, daß seine Finger von der Anstrengung wund wurden. Dann fragte er sich, was Namarays Tod verursacht haben könnte. War Shatehs Dorf überflutet worden? Waren die anderen ebenfalls tot? Würden die Überlebenden – falls es Überlebende gab – dann ihm die Schuld am Unglück geben? Die Frage war schmerzhaft und für Warakan unerträglich.

Ein kalter Wind ließ den Jungen erzittern. Er wußte, daß er die Nacht nicht im Freien verbringen konnte. Er blickte sich um. Die Dämmerung hatte die Welt und den Himmel in ein stumpfes Grau getaucht. Der Fluß strömte schäumend. Ein Raubwürger rief in den östlichen Hügeln. Seelisch und körperlich ausgelaugt, beschloß Warakan, seine Suche nach dem heiligen Stein fortzusetzen und keine düsteren Gedanken mehr an das Schicksal Shatehs und das seines Stammes zu verschwenden. Der große Häuptling hatte bestimmt die meisten seiner Leute in Sicherheit gebracht, und wenn Warakan endlich mit dem Amulett ihrer Vorfahren zurückkehrte, würde es viele überraschte Gesichter geben, die sich bei dem entschuldigten, den sie völlig falsch eingeschätzt hatten.

Der Gedanke an eine hoffnungsvolle Zukunft wärmte den

Jungen, während er weiterging. Später, als der Fluß immer noch stieg und es bald völlig dunkel werden würde, fand er Unterschlupf zwischen hohen Hügeln und ruhte sich aus. Erst nach einer ganzen Weile dachte er wieder an die Bärenjungen und blickte sich suchend um. Da er ihre Mutter getötet hatte, hatten sie doch niemanden mehr, der auf sie achtete.

»Kinder der Bärin … Ihr seid in Warakans Lager willkommen. Kommt! Wir werden uns gemeinsam ausruhen, wie wir es schon in den Armen eurer Mutter getan haben!«

Doch die Jungen kamen nicht.

Die Einsamkeit lastete schwerer auf Warakans Schultern als das Fell der toten Bärin. Er schlief unruhig, träumte von schrecklichen Dingen und wachte in der Hoffnung auf, daß die Jungen doch noch zu ihm gekommen waren. Doch sie waren nicht da. Er legte sich wieder auf den Rücken, blickte zu den Sternen hinauf und verfolgte den Lauf des Himmelsflusses nach Norden in den Teil des Himmels, wo der Wächter scheinbar in der ewigen Gefahr lebte, vom Sternenkörper der Großen Schlange erwürgt zu werden. Er runzelte die Stirn. Der Wachende Stern war so blaß, so winzig und manchmal kaum zu erkennen. Aber er war zweifellos da, starrte herab und beobachtete ihn spöttisch. Warakan mochte diesen Stern überhaupt nicht. Als er zurückstarrte, erkannte er, daß der Stern zweifellos ungeahnte Macht besaß. Wie sonst konnte ein so winziger Stern die Große Schlange davon abhalten, ihn zu verschlingen? Er schloß die Augen, weil er ihn nicht mehr sehen wollte. Er war Warakan, der Sohn Shatehs, und bald würde er seinem Stamm ohne jeden Zweifel beweisen, wie treu er ihm war. Seine Gedanken lösten sich im Schlaf auf. Diesmal träumte er nicht …

Als er erwachte, war es Morgen, und die kleinen Bären hatten sich gegen beide Seiten seines Brustkorbes gekuschelt. Sie nuckelten an seinen Daumen, als wären es Zitzen. Warakan lächelte überrascht und erfreut. Er versuchte, nicht darüber zu lachen, daß er sie an Kindes Statt aufgenommen hatte, und meinte: »Vielleicht bin ich doch ein Schamane! Wie sonst könnte dieser Junge euch die Mutter ersetzen?«

Shateh war eine seltsame und besorgniserregende Erkenntnis gekommen, als er seinen Stamm vom steigenden Flußwasser fortgebracht hatte. Er wußte, daß ihm trotz seines Schwurs, ins Land seiner Vorfahren zurückkehren zu wollen, vorerst der Weg dorthin versperrt war. Die Bergpässe, die ins Grasland seines Stammes führten, waren vermutlich immer noch von Schneemassen blockiert. Und die Frühlingsschmelze würde sie noch viele Monde lang unpassierbar machen. Mit ernstem Gesicht blickte er sich um und starrte nach Osten in die aufgehende Sonne und hinunter auf das ertrunkene Land, in dem Warakan, das Sechs-Monde-Baby, Lahontay, Eira und der junge Namaray gestorben waren.

»Es ist wahr, daß das Glück dieses Stammes gemeinsam mit Cha-kwena und dem heiligen Stein verschwunden ist«, sagte Teikan.

Die Worte trafen Shateh wie ein eiskalter Regenschauer. Er wußte, daß Teikan recht hatte, und er war es leid, gegen die Wahrheit zu sprechen, auch wenn ihm dies unendlich schwerfiel. »Wir werden ihn suchen. Wir werden einen Bogen um das ertrunkene Land machen und dann durch die Ödländer zum Ende der Welt weiterziehen. Wir werden den heiligen Stein zurückholen.«

Teikan hielt den Atem an. »Und was wirst du mit Chakwena tun?«

Shatehs Müdigkeit war geradezu schmerzhaft. »Mein Stamm wird ihn für alles verantwortlich machen. Wenn wir ihn finden, wird er sterben.«

»So wie er schon in der Nacht des Festes hätte sterben müssen! Danach verlangt der Stamm. Das brauchen die Menschen. Wofür sollen wir leben, wenn wir keinen Krieg gegen unsere Feinde führen können? Shateh wird es nicht bereuen, den Stamm *endlich* auf den Pfad der Rache geführt zu haben!«

Shateh spürte den Stachel, der in der Betonung des einen Wortes lag, und musterte den Mann mit offener Abscheu von oben bis unten. »Ein Sohn von deinem Blut ist tot, Teikan. Warum hast du schon aufgehört, um ihn zu trauern?«

In Teikans Augen lag Feindseligkeit. »Die Zeit der Trauer ist vorbei. Ich habe die Seele Namarays in den Wind entlassen. Im Gegensatz zu Shateh hat dieser Mann noch andere Söhne.«

3

Im fernen Wald schien es, als wäre der Frühling über Nacht dem Sommer gewichen. Die Luft war schwer, warm und mit dem Summen schwirrender Insekten und den hektischen Rufen nistender Vögel erfüllt.

Mah-ree schreckte aus dem Schlaf hoch. Wieder hatte der Bär sie in ihren Träumen verfolgt, sie angegriffen und verschlungen. Es war nicht der kleine schwarze Bär, der ihr vor Augen gekommen war, als ihr Stamm gerade das Lager jenseits der Schlucht errichtet hatte, sondern der riesige gelbliche Bär mit der kurzen Schnauze, den sie getötet hatte, um Senohnim das Leben zu retten. Sie fragte sich, wie es der Frau wohl jetzt ging, erkannte dann aber, daß es ihr eigentlich gleichgültig war.

Immer noch beunruhigt über ihren Traum setzte sich Mah-ree in der kleinen Bluthütte auf, die für die Frauen des Stammes errichtet worden war, um dort die Zeit ihres Mondblutes zu verbringen, damit die Mächte der Schöpfung nicht beleidigt waren. Sie seufzte. Es war drückend heiß in der

Hütte. Sie wollte unbedingt nach draußen. Vier Tage eingesperrt zu sein war kaum zu ertragen, aber ihr Mondblut war immer noch nicht versiegt. Aus vergangenen Erfahrungen wußte sie, daß es vermutlich noch zwei Tage und Nächte lang fließen würde.

Sie schloß die Augen und stellte sich vor, draußen zu sein, am Rand der Wiese zu sitzen, wo ein sanfter Wind das Gras bewegte, das Nahrung für die Mammuts war. Wieder seufzte sie, als sie sich fragte, ob die Herde jetzt dort draußen war, wo sie bauchtief im Gras stand und Wasser aus einem der vielen kleinen Sumpfseen schöpfte, um sich abzukühlen. Sie hatte schon seit einiger Zeit nichts mehr von ihnen gehört. Die Leitkuh hatte sie also vermutlich in den schattigen Wald geführt. Wenn die Mammuts weideten, taten sie es immer lautlos.

Mah-ree atmete seufzend ein und aus und dachte in sehnsüchtigem Neid an die große Kuh, deren Kalb bald auf die Welt kommen würde. Sie wollte genauso mit neuem Leben anschwellen. Doch allmählich sah es so aus, als würde das niemals geschehen. Seit der schroffen Worte über den toten Hund im Wald war Cha-kwena mit seinen Schlaffellen zur anderen Seite ihrer Hütte umgezogen. Obwohl sie noch immer gemeinsam in einer Hütte lebten, lagen sie nicht unter denselben Schlaffellen, wenn sich die Nacht über die Welt senkte.

Trotzdem behandelte sie sein Fleisch immer noch mit dem Mittel, das in einem Mann die Sehnsucht nach einer Frau weckte. Doch statt der erwünschten Wirkung verschafften die zerriebenen Pilze und Wurzeln ihrem Mann lediglich einen traumlosen, ungestörten Schlaf. Mah-ree zuckte die Schultern. Es war immerhin etwas, wenn ihr Schamane nicht mehr von seinen Alpträumen gequält wurde.

Sie öffnete die Augen. Das Tageslicht sickerte durch die Ritzen der geflochtenen Wände. Jemand hatte die Außenhülle aus Elchfell entfernt, damit Licht und die leichte Brise des reifen Tages eindringen konnte, doch von letzterem war kaum etwas zu spüren. Mah-ree wischte sich mit dem Handrücken über die verschwitzte Stirn. Draußen hörte sie U-wa, Ta-maya und Kahm-ree singen. Während sie auf die Melodie lauschte, die den Geist des Kranken unterstützen sollte, fragte sie sich, warum Cha-kwena nicht am Gesang teilnahm. Der kleine Piku-neh hatte plötzlich hohes Fieber bekommen, und obwohl seine sorgfältig vernähte Hand gut heilte, war er schlecht gelaunt, ungewöhnlich durstig und sabberte wie ein kleines Kamel zur Brunftzeit. Niemand hatte jemals so etwas gesehen. Mah-ree hatte den Jungen im Verdacht, salzverkrustete Steine von der unteren Quelle gelutscht zu haben, doch Kahm-ree schwor, daß er niemals in der Nähe dieses Ortes gewesen war. Was auch immer die Ursache seines Zustandes sein mochte, Mah-ree bedauerte es, nicht bei ihm sein zu können, um ihn mit heilenden Kräutern zu pflegen.

Plötzlich drang grelles Licht in die Hütte, als U-wa die geflochtene Türklappe zur Seite stieß und auf den Knien hockend im Eingang erschien, um frische Felle und ein Gefäß mit Wasser hereinzureichen. Als Mah-ree sie ansah, runzelte sie die Stirn. »Du siehst besorgt aus, Mutter meines Mannes.«

»Der Kleine glüht. Wir haben ihm die heilenden Dinge gegeben, die normalerweise die Fiebergeister beruhigen, und die anderen Dinge, zu denen du geraten hast. Aber die Fiebergeister wüten immer noch in ihm.«

»Cha-kwena wird für ihn Rauch und Gesänge zu den Geistern aufsteigen lassen!« versicherte Mah-ree.

»Und wie soll mein Sohn das tun, wenn er losgegangen ist, um die Mammuts zu suchen? Sie waren schon seit vielen Tagen nicht mehr an den Teichen.«

Mah-ree hielt den Atem an. Sie wußte plötzlich, daß die Wiedergeburt des Totems kurz bevorstand. Es gab einfach keinen anderen Grund für ihren Schamanen, den Stamm zu verlassen, während jemand krank war. Das Gefühl der Freude war so groß, daß Mah-ree in die Hände klatschte und beglückt aufschrie. »Ach, Mutter meines Mannes! Das Totem wird in die Welt wiedergeboren! Bald werden die Fiebergeister nicht mehr in Piku-neh brennen, Gah-ti wird ein neuer Arm wachsen, und Doh-teyah wird nicht mehr blind sein. Und diese Frau wird ein Baby in ihrem Bauch haben! Du wirst sehen, U-wa!«

Doch U-was Gesicht hatte einen Ausdruck des Schreckens angenommen.

»Warum starrst du mich so an? So wird es sein! Cha-kwena und die Mächte der Schöpfung haben es versprochen!« Mit einer plötzlichen Erkenntnis, die kurz ihren Herzschlag aussetzen ließ, verstand Mah-ree, was sie gerade getan hatte, und wurde vor Angst und Besorgnis fast ohnmächtig.

U-wa kroch auf den Knien zurück und starrte die Frau ihres Sohnes mit furchtsamem und tadelndem Blick an. »Gesetzesbrecherin ...«, sprach sie ihren Gedanken langsam und zitternd aus. Dann schüttelte sie tadelnd und bedauernd den Kopf. »Wenn doch Shateh dich nur gefunden und dem getöteten Bären geopfert hätte! Wenn doch mein Sohn dich niemals zur Frau genommen hätte! Wenn doch meine arme, geliebte Stammesschwester Ha-xa dich niemals geboren hätte! Mögen die Mächte der Schöpfung und die Geister der Vorfahren jetzt Gnade mit deinem Stamm haben, denn wenn die Vier Winde deine unbedachten Worte gehört haben, wird all das, wonach wir uns sehnen, niemals geschehen!«

Cha-kwena verfolgte die Mammuts durch den immer dichter werdenden Wald. Er verstand nicht, warum die Herde die Lichtung neben den heißen Quellen und den guten Weideplatz verlassen hatte, um diesen unheimlichen Wald aufzusuchen. Verwirrt ging er weiter, bis die Dämmerung hereinbrach und dann die Dunkelheit und er schließlich nach dem heiligen Stein griff, um um Kraft und eine Vision zu beten.

Beide Wünsche wurden ihm erfüllt. Er war dankbar für die Kraft, aber nicht mehr so sicher, ob er die Vision willkommen heißen sollte. Er brauchte all seinen Mut, um sich gegen die gespenstischen Raubtiere zu wappnen, die zwischen den Bäumen hervortraten und ihn in der Nacht umringten.

Augen ... goldene Augen ... grüne Augen ... rote Augen ... die Augen unsichtbarer Fleischfresser. Es waren runde und ovale, die, ohne zu blinzeln, starrten und Licht und Farbe aus Quellen reflektierten, von denen nur die Mächte der Schöpfung wissen mochten. Denn über dem Blätterdach des Waldes waren nur wenige Sterne zu sehen, und falls der Mond am Himmel stand, konnte Cha-kwena ihn nicht entdecken, als er nach einem Baumstamm tastete und sich mit dem Rücken dagegenpreßte.

»Ich habe keine Angst«, behauptete er und fragte sich, ob die Geister der Nacht seine Lüge durchschauten. In seiner Hand spürte er den heiligen Stein hart, warm und unnachgiebig, und dann sah Cha-kwena, wie sich die Vorfahren durch die Dunkelheit bewegten.

»Erster Mann! Erste Frau! Ihr seid bei mir!« rief Cha-kwena mit neuer Zuversicht, bis er erkannte, daß sich die undeutlichen Gestalten der Ahnen zu grotesken Formen verzerrten, bis sie sich in Nichts auflösten. An ihrer Stelle erschien ein neues Gespenst. Der große Bär aus Cha-kwenas früheren Alpträumen erhob sich aus der Dunkelheit.

Die Knie des jungen Schamanen wurden schwach. Er spannte seine Beinmuskeln an, als sich die starrenden Augen der Raubtiere, die wie Sterne glitzerten, durch die Bäume und am Geisterbären vorbei auf ihn zubewegten. Die Geschöpfe nahmen die Gestalt der schrecklichen Bestien an, die den Mut jedes Mannes bedrohten, der es wagte, die Nacht allein in einem Wald wie diesem zu verbringen.

Cha-kwena sprach ihre Namen aus: »Löwe. Wolf. Kojote. Sprungkatze. Puma.«

Sie knurrten und schnurrten als Antwort.

»Kennt ihr mich nicht mehr?« fragte er. »Ich bin Cha-kwena, der Enkel Hoyeh-tays, der Bruder der Tiere, der Gelbe Wolf, der Verwandte des Kojoten, der Wächter des heiligen Steines und des Totems. Wollt ihr mich in dieser Nacht nicht in Frieden ziehen lassen?«

Ein leiser, unruhiger Wind regte sich zwischen den Bäumen, und plötzlich waren die Phantome der Nacht verschwunden.

Cha-kwena atmete vor Erleichterung zitternd auf und ging in die Hocke. »Bleibt bei mir, Geister meiner Vorfahren und all dessen, was mein Stamm seit Anbeginn der Zeiten heilig gehalten hat, denn obwohl ich ein Schamane bin, bin ich doch nur ein Mensch. Wenn ich euch folgen soll, müßt ihr mir eine kleine Rast gewähren.«

Er legte sich nieder und schloß die Augen. Und bald war es Morgen.

Vier Tage und drei Nächte lang verfolgte Cha-kwena die Mammuts. Die Müdigkeit, die ihn im Dorf bedrückt hatte, verließ ihn, je weiter er auf ihrer Fährte weiterging. Obwohl er ihr Trompeten hörte, glaubte er jedoch fast nicht mehr daran, sie jemals wieder einholen zu können. Nachdem er sich in der vierten Nacht gegen einen der vielen merkwürdig geformten, von Moos und mit Flechten bewachsenen Felsen gelehnt hatte, die wie verstreute Steineier umherlagen, als hätte ein Riese sie gelegt und anschließend vergessen, wurde er plötzlich von einer seltsamen, unnatürlichen Stille aus dem Schlaf gerissen.

Cha-kwena blickte auf und sah nur Finsternis. Er wartete und lauschte, aber er wußte selbst nicht, worauf. Irgendwo unter der Erde bewegte sich etwas. Der Boden zitterte unter seinen Händen wie die Haut eines Tieres, nachdem es von einer Mücke gestochen worden war. Überrascht sprang er auf die Beine. Die Erde konnte sich nicht bewegen! Trotzdem hatte sie es getan, falls er sich dies nicht eingebildet hatte.

Atemlos blickte Cha-kwena sich um. Der Wind rauschte durch die Bäume, ein warmer, seufzender Wind, der noch unheimlicher als die vorherige Stille war, denn der junge Schamane konnte diesen Wind sehen, wie er aus der Welt jenseits dieser Welt heranwehte, um ihn einzuhüllen und sanft durch die Dunkelheit voranzudrängen.

»Komm!« sagte der Wind.

Und Cha-kwena gehorchte ohne Angst, denn jetzt ging ihm der alte Hoyeh-tay voraus. Der Löwe, die Sprungkatze und der Riesenwolf schritten an seiner Seite, während Eule vorausflog und einen Weg in der Dunkelheit bezeichnete, indem sie eine Spur aus Sternen von den Flügeln rieseln ließ, um den Weg für jene, die folgten, zu erhellen.

Wie im Traum wurde der junge Schamane durch den Wald weitergedrängt, bis er kurz vor der Dämmerung eine Lichtung erreichte. Dort waren die Mammuts und warteten auf ihn.

Cha-kwena blieb stehen und schaute. Tränen traten in seine Augen, und ein Lächeln erschien auf seinem Gesicht. Im Licht der aufgehenden Sonne blickte ein kleines weißes Mammut aus dem schützenden Kreis seiner Familie zu ihm zurück.

Das Totem war wiedergeboren.

Cha-kwena hob dem Wind und dem Himmel die Arme entgegen und dankte den Mächten der Schöpfung, daß sie ihn an diesen Ort geführt hatten. »Lebensspender! Großer Geist! Kleiner Großvater aller Mammuts! Cha-kwena, der Enkel Hoyeh-tays, der Bruder der Tiere, der Wächter des heiligen Steines und des … und von dir, Totem! … Ich heiße dich in dieser Welt willkommen! Ich danke der großen Mammutkuh, die deinen Geist in sich aufnahm und dich in ihr nährte, all die vielen Monde lang, damit sie dich gebären und dir das Leben wiedergeben konnte! Auf diesen Augenblick hat Cha-kwena gewartet! Für diesen Augenblick hat dieser Schamane gegen die bösen Geister und Gespenster seiner Träume gekämpft! Jetzt wird der Stamm für immer leben und wieder glücklich und gesund werden ...«

Lärm, der unvermittelt und laut aus den Tiefen des Waldes bis zu ihm drang, ließ Cha-kwena verstummen. Er lauschte gebannt und erkannte, daß es nicht die Stimme des zunehmenden Windes war. Es war etwas anderes, etwas Unbestimmtes und Bedrohliches. Plötzlich waren die Geister Hoyeh-tays und Eules und der Tiere verschwunden.

Die Ohren der Mammuts drehten sich. Die Herde schnaufte und brummte und schloß sich schützend um das Kalb. Die große Mutterkuh hob den Rüssel und trompetete. Cha-kwena bemerkte bestürzt, daß der Lärm im Wald so laut geworden war, daß sogar der Ruf des Mammuts darin unterging.

In diesem Moment bewegte sich die Erde – sie zitterte nicht sanft wie in der vergangenen Nacht, sondern sie ruckte so heftig, daß es Cha-kwena von den Beinen warf. Vögel flatterten panisch aus den Baumwipfeln auf, und der gesamte Wald wankte. Es war, als würde Mutter Erde schreien. Erschrocken und entsetzt über das furchtbare Getöse und den Anblick gepeitschter Bäume, die nicht in den Kronen, sondern an den Wurzeln erschüttert wurden, griff Cha-kwena nach dem heiligen Stein und schrie auf, als der Boden unter ihm hochruckte und sich dann zur Seite schob. Einen Herzschlag später sackte er wieder so unvermittelt und heftig ab, daß er vor Schmerz aufschrie. Dann wurde er erneut hochgehoben. Als die Erde das nächste Mal absackte, war Cha-kwena völlig benommen und taub, und dann bebte die Erde so heftig, daß er sich auf ihr vorkam wie ein kleines Kind, das von einer grausamen Mutter zu Tode gewiegt wurde. Und als er schon glaubte, die Erde würde explodieren und ihn in die Welt jenseits dieser Welt schleudern, ließen der Lärm und das Beben nach. Er lag flach auf dem Bauch und wagte es nicht, sich zu bewegen oder auch nur zu atmen, damit nicht alles erneut begann.

Die Welt war wieder still. Cha-kwena horchte auf die unnatürliche Stille, hieß sie willkommen, froh, das Pochen seines eigenen Herzens und das Rauschen des Blutes in seinen Adern noch vernehmen zu können. Benommen zwang er sich zum Aufstehen. Er brauchte eine Weile, bis sein Schwindelgefühl nachließ, und dann blinzelte er durch den sich niedersenkenden Staub rings um ihn herum auf einen langen, tiefen und gezackten Riß, der sich hinter ihm im Boden geöffnet hatte. Die Mammuts waren im Wald verschwunden.

Seine rechte Hand griff nach dem heiligen Stein. Erleichterung durchströmte ihn, als er die vertraute Berührung spürte. Was immer die Mächte der Schöpfung so aufgeregt hatte, schien jetzt vorbei zu sein, und Mutter Erde war wieder still und reglos. Diese Tatsache beruhigte ihn. Langsam und vorsichtig näherte er sich der Lichtung, auf der die Mammuts sich aufgehalten hatten. Und dann bewegte sich die Erde wieder.

»Aiee!« Cha-kwena heulte auf wie eine Frau. Während er den heiligen Stein umklammert hielt, erwartete er, in den Himmel geworfen oder hinunter in die Erde gerissen zu werden, doch diesmal waren die Erschütterungen nicht so kräftig wie zuvor. Der Boden zitterte noch eine Weile unter seinen Füßen, bis er sich wieder beruhigte. Auch Cha-kwena zitterte und keuchte auf, als er nach unten blickte. An der Stelle, wo noch vor wenigen Augenblicken die großen Mammuts gestanden hatten, sah er einen klaffenden Spalt im Boden, aus dem Rauch aufstieg. Wasser sickerte hervor. Er riß die Augen auf, als er erkannte, daß hier auf der Lichtung eine neue Quelle geboren worden war. Als die Mammuts irgendwo vor ihm trompeteten, sagte sich Cha-kwena trotz seiner Verwirrung und Erschütterung, daß dieses Omen nur eins bedeuten konnte.

»Ich werde den Stamm an den Ort bringen, wo das Totem wiedergeboren wurde«, sagte er und fügte ohne den leisesten Zweifel hinzu: »Die Mächte der Schöpfung haben gesprochen!«

Er lief, so schnell er konnte, zum Dorf zurück, und hoffte inständig, daß Mutter Erde und die Mächte der Schöpfung den Stamm verschont hatten. Doch der Geruch nach Rauch und Gesänge der Trauer ließen Cha-kwena schon das Schlimme ahnen, bevor er sich durch eine Wand aus gestürzten Bäumen gekämpft hatte und dann vor den Überresten des zerstörten Lagers stand. Die Hütten waren zusammengefallen. Von den Hunden war nichts zu sehen. Mah-ree saß ein Stück von den verängstigten Frauen und Kindern entfernt. Kosar-eh wartete bereits auf ihn.

»Du bist lange von diesem Ort fortgewesen, Schamane«, sagte der große Mann mit ernstem und anklagendem Gesicht.

Mit Entsetzen sah Cha-kwena sich um. Kahm-ree wirkte so sehr gealtert, daß sie dem Tod näher schien denn je, und Ta-maya, deren Arm gekrümmt und verbunden war, schien so von Kummer zerrissen, daß sie sich kaum auf den Beinen halten konnte. Mah-ree rührte sich nicht von der Stelle und blickte ihn mit einer Mischung aus Verlangen und Verzweiflung an, daß es ihn schmerzte.

»Das hast du nicht vorhergesehen, Schamane!« stellte Kosar-eh fest.

»Ich …«

»Du hast uns nicht gewarnt, als du uns zu diesem Ort führtest, wo Piku-neh sich nicht gegen die Fiebergeister wehren konnte, die sein Leben genommen haben … wo der Seelenfänger die Haut von Mutter Erde beben läßt, bis die Bäume umstürzen und meine kleinste Tochter Ha-xa-ree unter sich begraben, während sie in den Armen ihrer Mutter schlief ... und die Knochen des Armes meiner Ta-maya sind zerschmettert, so wie die Seele meiner Frau.«

Cha-kwenas Hand griff nach dem heiligen Stein, doch er fand darin keinen Trost, als er sich selbst entgegnen hörte: »Das kann nicht sein! Das Totem wurde wiedergeboren! Der kleine All-Großvater durchstreift die Wälder nur vier Tage von hier entfernt! Jetzt, wo Lebensspender wieder unter uns lebt, wird sicher alles wieder gut für unseren Stamm ...«

Kosar-ehs Schlag kam so überraschend und mit solcher Geschwindigkeit, daß Cha-kwena keine Zeit blieb, ihm auszuweichen, und er im Gesicht getroffen wurde.

Alle Anwesenden keuchten auf, als sie sahen, wie ihr Schamane taumelte.

Kosar-eh war so wütend, daß er gar nicht bemerkte, daß die anderen erschrocken die Augen aufrissen. »Erzähl mir nichts über Lebensspender, wenn zwei Kinder dieses Stammes tot sind und eine Frau verletzt wurde!« fauchte er Cha-kwena an. »Sogar die Hunde sind davongelaufen, und die Vögel haben sich aus dem Wald geflüchtet. Quellen und Teiche sind vom Erdboden verschluckt worden, der immer noch zittert und grollt!«

»Aber die Quelle wurde an dem Ort neu geboren, wo ich die Mammuts und das Totem gesehen habe!« sagte Cha-kwena. Er hielt sich mit einer Hand das Kinn und versuchte, nicht vor Schmerz aufzustöhnen. »Es ist ein Zeichen! Ein großes Omen! Ein Ruf an den Stamm, den Mammuts in den Wald zu folgen und ...«

»Ich will nichts mehr davon hören!« unterbrach Kosar-eh ihn. »Nachdem du jetzt zurückgekehrt bist, werde ich mit den Überlebenden meiner Familie ins Land der Lebenden zurückkehren! Die alte Kahm-ree und deine Mutter und deine Schwester sind willkommen, mich zu begleiten, wenn sie nicht mit dir und deiner gesetzesbrüchigen Frau zurückbleiben wollen. Sie haben die freie Wahl.«

Cha-kwena spürte, daß Mah-ree ihn ansah. Sie hatte sich immer noch nicht gerührt. Er bezweifelte, daß er sie jemals zuvor so niedergeschlagen gesehen hatte. Ein Verdacht drängte ihn zur Frage: »Was hast du während meiner Abwesenheit getan, Mah-ree? Warum bezeichnet Kosar-eh dich als Gesetzesbrecherin?«

Mah-ree senkte den Kopf.

Es war U-wa, die ihm antwortete. »Als die Schamanenfrau erfuhr, daß mein Sohn das Dorf verlassen hatte, um nach den Mammuts zu suchen, brach sie das uralte Gebot, daß ein Wunsch nicht laut ausgesprochen werden darf. Sie sprach laut von dem, wonach wir alle uns gesehnt haben, und von all den guten Dingen, die anschließend eintreten würden. Bevor an jenem Tag die Sonne unterging, hatte Piku-neh seinen letzten Atemzug getan. Und nun, am vierten Tag nach seinem Tod, wurde die Seele Ha-xa-rees für immer vom Wind davongetragen!«

Mah-ree begann zu schluchzen. »Ich bin schuld, daß meine Mutter zweimal gestorben ist!« Verzweifelt schüttelte sie den Kopf und vergrub ihr Gesicht in den Händen. Ha-xas Seele, die durch Ta-mayas Baby wiedergeboren worden war, war nun bestimmt für immer verloren.

Gah-ti, der abseits von seinen Brüdern in der Nähe der jungen Frau stand, war sichtlich erregt. »Piku-neh war schon krank, bevor Mah-ree die verbotenen Worte sprach! Und schon lange bevor wir in dieses ferne bebende Land kamen, hat Cha-kwena selbst das Tabu gebrochen!«

Wieder keuchte der ganze versammelte Stamm auf.

Mah-ree blickte ungläubig auf. »Ist das wahr, mein Schamane?« flüsterte sie.

Cha-kwenas Gesicht war so hart wie das Fell einer überspannten Trommel.

»Am Tag, als wir glaubten, im Kampf gegen Shatehs Männer sterben zu müssen, hat Cha-kwena mir erzählt, warum wir die Mammuts mit unserem Leben beschützen müssen«, verkündete Gah-ti den anderen. »Wenn sich jetzt böse Geister gegen uns wenden, kann es nicht deine Schuld sein, Schamanenfrau. Mit seinem eigenen Mund hat Cha-kwena als erster die verbotenen Worte gesprochen.«

Cha-kwena hatte den Kopf erhoben. Blut troff aus dem Winkel seines Mundes. »Aber Shateh ist uns nicht gefolgt. Wir sind nicht gestorben. Wir wanderten über das Ende der Welt hinaus und entkamen unseren Feinden, die einige von uns getötet und die übrigen versklavt hätten. Wir haben gute Jagdgründe gefunden. Und jetzt sage ich euch, daß das Totem endlich wiedergeboren wurde.«

Kosar-eh war nicht beeindruckt. Er sprach mit blanker Verachtung. »Und du hast es als einziger gesehen?«

»Ich habe es gesehen!« Cha-kwena kämpfte seine Verärgerung nieder. »Kurz bevor Mutter Erde sich erhob, um die Wurzeln aller lebenden Dinge durchzuschütteln, sah ich es – ein weißes Kalb, wie ich es immer wieder in meinen Träumen gesehen habe, schon bevor wir das Land unserer Feinde verließen.«

»Dann haben Mah-rees Worte es nicht getötet!« rief Gah-ti und blickte finster zu seinem Vater hinüber. »Das Totem lebt! Und wer unter euch wird jetzt trotz allem, was geschehen ist, sagen, daß die Ahnen gelogen haben? Sie versprachen, daß die Kranken geheilt werden, die Blinden wieder sehen und sogar die Geister der Toten in die Welt der Lebenden wiedergeboren werden, wenn Lebensspender in dieser Welt wieder zu neuer Macht herangewachsen ist.«

»Das Versprechen gilt nur für jene, die dem heiligen Pfad der Mammuts folgen«, warf Cha-kwena ein.

Niemand sprach ... bis der Ruf einer Eule im Wald zu hören war, aus dem Cha-kwena vor kurzem gekommen war.

»Wenn die Eule am Tag ruft, ist das ein Vorzeichen des Todes!« erklärte Kosar-eh.

»Es dämmert bereits!« sagte Gah-ti schroff. »Und seit wann ist mein Vater plötzlich ein Schamane?«

Cha-kwena spürte die Anspannung zwischen Vater und Sohn und wußte, daß er sie lindern mußte. »Ich sage euch, daß Lebensspender durch die dunklen Wälder zieht. Ich sage euch, daß es an jenem Ort eine neue Quelle gibt. Das ist ein Zeichen für das Leben! Und deshalb ruft die Eule uns, damit wir ihr wie seit Anbeginn der Zeiten auf dem Weg des Totems und der Vorfahren folgen. An dem Ort, wo ihre Flügel zur Ruhe kommen, wird dieser Stamm ein neues und besseres Leben finden.«

»Und was ist, wenn ihr, du und diese Eule, euch irrt?« Kosar-ehs Stimme war voller dunkler Vorahnungen, wie unruhiger Donner in einer Sturmwolke. »Wie viele meiner Kinder werden noch sterben?«

»Wir leben nicht für immer, Kosar-eh, niemand von uns. Doch solange wir dem Weg des Ersten Mannes und der Ersten Frau folgen und immer der aufgehenden Sonne entgegengehen, werden unsere Seele immer aufs neue in dieser Welt wiedergeboren wird. Vor allen Stämmen sind wir durch eine große Ehre ausgezeichnet, als die Mächte der Schöpfung uns erwählten, die Wächter des heiligen Steins und des Totems der Vorfahren zu sein.«

»Hier! Das werden wir auf dem Weg in die Sonne mitnehmen.«

Cha-kwena wandte sich zu Kahm-ree um, die gesprochen hatte. Er hatte nicht bemerkt, daß sie zu ihm getreten war. Jetzt stand sie vor ihm und drückte ihm einen strammen Köcher aus ungegerbtem Leder in den Bauch. »Was ist das, alte Frau?« fragte er. Kahm-ree schien über die Frage erstaunt. »Diese Asche soll in der Obhut des Zaubers eines Schamanen sein, wenn wir zum neuen Lager aufbrechen. Wir werden diese Asche mit dem Wasser der Quelle im Wald befeuchten. Wir werden diese Asche auf den heiligen Boden streuen, auf dem das Totem wiedergeboren wurde. Der kleine All-Großvater wird sehen, was wir tun. Lebensspender wird bewirken, daß ein Baby und ein Junge wiedergeboren werden. Ha-xa-ree und Piku-neh! Ja, so wird es sein! Und wenn meine Ban-ya dann zurückkommt, wird sie ihrer alten Großmutter nicht zürnen, weil sie nicht verhindern konnte, daß die Fiebergeister das Leben ihres einzigen Sohnes verzehrt haben. Und wenn Shateh diesen Stamm schließlich wiederfindet, wird meine Ban-ya wieder seine Frau sein, und wir werden in dieser Welt keine Feinde mehr haben.«

»Wir werden immer Feinde haben, alte Frau«, sagte Kosareh.

»Vielleicht«, warf Gah-ti ein. »Aber es wird nicht Shateh sein. Er hat keinen Grund, uns in diesem bebenden Land der vielen Bäume hinter dem Ende der Welt zu suchen. Dieser Mann verfolgt uns nicht mehr.«

4

Das ertrunkene Land lag hinter ihnen. Shateh führte seinen Stamm zurück in vertraute Gegenden. Während in einer klaren Nacht der volle Mond aufging, sahen sie in den nicht allzuweit entfernten Hügeln ein Feuer schimmern, und der Häuptling führte einen mit Speeren und mit Keulen bewaffneten Erkundungstrupp aus dem Lager.

Der Geruch nach Rauch ließ sie anhalten und in der Dunkelheit in Deckung gehen.

»Ich mag den Gestank von gebratenen Nagetieren und Maden nicht, die sich die Eidechsenfresser oft in ihr Fleisch mischen!« flüsterte Xohkantakeh.

»Das ist röstendes Kamel!« sagte Ynau, als er seinen Kopf hob, um den Geruch zu prüfen.

»Wenn sie den heiligen Stein haben, sind ihre Jagdzüge bestimmt oft erfolgreich, so daß sie viele Festmähler veranstalten können«, fauchte Teikan.

»Wartet … hört doch … seid still!« Shateh unterstrich den Befehl mit einer Geste.

Der Wind hatte leicht zugenommen und wehte jetzt leise Gesprächsfetzen von Männern und Frauen heran, die es sich am Lagerfeuer bequem gemacht hatten, und das gelegentliche Lachen eines Kindes. Dann drehte der Wind ab.

Shateh zischte einen wortlosen Fluch durch die Zähne. Gemeinsam mit den anderen drückte er sich an den Boden. Doch es war zu spät. Ein Hund bellte, und ein Mann rief etwas vom Lagerfeuer aus. Es war eine Stimme, die Shateh und die anderen kannten, mit der sie aber niemals gerechnet hatten.

»Wer ist dort in der Dunkelheit und schleicht sich wie ein lauerndes Raubtier an?« fragte der Mann in selbstsicherem Tonfall, der jedoch nicht ganz seine Besorgnis verbergen konnte. »Steht auf und zeigt euch und sprecht wie Männer zu uns, wenn ihr wirklich Männer seid und keine ängstlichen alten Frauen! Wir wissen, daß ihr hier seid. Unsere Hunde haben euch gewittert!«

»Axwahtal?« Shateh war fassungslos. Der Mann war ihm gut bekannt. Er war ein Häuptling der Stämme des nördlichen Graslandes. Während der großen herbstlichen Jagdversammlungen im fernen Grasland hatten sie oft gemeinsam als Jagdbrüder die Spuren von Bisons und Mammuts verfolgt. Die Entbehrungen und Belastungen der letzten großen Jagd hatten zwar dazu geführt, daß ihre Stämme seitdem getrennte Wege gingen, aber sie waren nicht als Feinde auseinandergegangen. *Was macht der Mann hier?* fragte sich Shateh. Mit erhobenen Waffen stand er auf, um es herauszufinden.

»Du!« rief Axwahtal und hieß Shateh und seine Männer willkommen, während er begeistert über das Wiedersehen mit einem alten Freund lachte. Dann schickte er Boten, um den Rest des Stammes einzuladen, am nächtlichen Freudenfest teilzunehmen.

Sie aßen in einträchtigem Schweigen, denn so war es Sitte bei den Großwildjägern des Graslandes, wenn sich alte Freunde wiedertrafen. Zuerst wurde das Fleisch geteilt, bis dann Neuigkeiten ausgetauscht und der Rest des Abends in Geselligkeit verbracht wurde. Aus diesem Grund nahm Shateh sein Stück Höckerfleisch und aß, ohne mit dem jungen Mann und der jungen Frau zu sprechen, die ihm die Mahlzeit servierten. Ihr Blick war gesenkt, ihr Haar kurzgeschoren, und um den Hals trugen sie Riemenschlaufen. Sklaven. Trotzdem kannte er sie: Es waren Hah-ri und Ili-na, zwei der Leute aus der Roten Welt, die er aus seinem Stamm verstoßen hatte. Er blickte sich um, konnte aber niemand anderen aus ihrem Stamm sehen.

»Ich habe in den vergangenen Monden des endlosen Winters oft an dich gedacht«, sagte Axwahtal schließlich, nachdem er sich mit dem Handrücken das Fett von seinem breiten Mund gewischt hatte. »Viele meiner Brüder aus dem fernen Norden haben sich gemeinsam mit Indeh gegen dich verbündet und mit unseren Feinden, dem Stamm des Wachenden Sterns, auch Krieg gegen uns geführt. Ich habe sie seit dieser Zeit nicht wiedergesehen. Haben sie gegen dich gewonnen oder verloren, Shateh? Und ist es wahr, daß du dich Eidechsenfressern angeschlossen hast?«

»Ich bin hier«, antwortete der Oberhäuptling. »Meine Feinde sind entweder tot oder verstecken sich in einem fernen Land vor meinen Angriffen. Du wirst in meinem Stamm keine Eidechsenfresser finden. Dasselbe kann ich von dir nicht behaupten.«

»Sklaven! Es sind keine Männer, keine Frauen, sondern nur ›Dinge‹, die wir benutzen. Und diese Sklaven behaupten, von deinem Lager zu kommen, wo sie als Gleiche unter Gleichen in deinem Stamm lebten. Als ich dich das letzte Mal unter einem schwarzen Mond sah, hat ein Eidechsenfresser an der Seite deiner Krieger gekämpft.«

»Das ist vorbei. Und es wird nie wieder so sein. Ein Schamane ihres Stammes benutzte seine Macht, um mich und meine Weisheit zu blenden. Dieser Schamane hat den heiligen Stein unserer Vorfahren geraubt und ist damit hinter das Ende der Welt geflohen. Jetzt jage ich ihn und seinen Stamm, um sie alle zu töten. Hast du die anderen getötet, die bei diesen Sklaven waren, als du sie überfallen hast?«

Axwahtal nickte. »Es ist nicht gut, zu viele Sklaven zu haben. In großer Zahl werden sie gefährlich wie ein Rudel Hunde, das zu wenig zu fressen bekommt. Und wer hat in Zeiten wie diesen schon genug Fleisch, um es an Sklaven zu verschwenden?«

»Und die Kinder?«

»Ich will keine Eidechsenjungen in meinem Lager haben, damit sie unter den jungen Löwen und Wölfen aufwachsen, die die Söhne und Töchter meines Blutes und des Blutes meiner Krieger sind!«

»So wie Shateh einst ein Kind unserer Feinde unter uns leben ließ, um es dann schwer zu bereuen!« sagte Teikan.

Shateh warf dem Mann einen vernichtenden Blick zu, um ihn zu warnen, sich nicht noch einmal in das Gespräch der Häuptlinge einzumischen, bevor er seine Aufmerksamkeit wieder seinem alten Jagdbruder zuwandte. »Was führt dich so weit nach Süden, Axwahtal?«

»Wie ich schon sagte: endlose, schlimme Winter, viel Schnee, Eis in den Bergpässen. Ich habe so etwas noch nie zuvor erlebt. Es war fast wie in den Geschichten vom Ersten Mann und der Ersten Frau, als die Eisgeister noch über die Welt herrschten. Kalte Sonne, kalter Mond, mörderischer Wind. Der Große Weiße Winter setzte den Menschen schwer zu, und der Seelenfänger wütete in meinem hungrigen Stamm. Immer wieder sind wir zu den Furten der Flüsse gezogen, wo wir darauf warteten, daß im Frühling die Herden eintreffen, doch die Herden kamen nicht. Und die Flüsse haben uns zu schaffen gemacht ... eben noch waren sie so trocken und kalt wie eine alte Frau gegenüber den Bedürfnissen eines Mannes, und plötzlich stiegen sie schäumend an, um alles zu ertränken, was an ihrem Weg lag. Also haben wir Rat abgehalten. Wir sind nach Süden aufgebrochen, um das Totem zu suchen, weil wir hoffen, das wir in einem Land, wo das große weiße Mammut grasen soll, mehr Glück haben. Doch in diesem neuen Land war es fast genauso. Und während des ganzen Frühlings standen die Vorzeichen schlecht – fallende Sterne und große Fluten und eine zitternde Erde, auf der ein sprechender Bär gesichtet wurde, der mit seinen zwei Jungen über die fernen Hügel zog. Du bist Schamane, Shateh. Du mußt Axwahtal die Bedeutung dieser Zeichen erklären und sagen, ob es mehr als nur Zufall ist, daß wir uns in einem Land getroffen haben, das uns beiden fremd ist.«

Shateh riß den Kopf hoch. Die Augen aller rings um das Lagerfeuer blickten ihn an. »Ich weiß nur eins: Früher einmal stand mein Stamm in der Gunst der Mächte der Schöpfung. Früher einmal führte ich meinen Stamm zu den Flüssen und den großen Seen aus Sommergras, wo wir von den großen Herden willkommen geheißen wurden. Die Flüsse schwollen nicht an, um das Land zu ertränken, und die Erde zitterte nicht unter meinen Füßen. Ich habe viel darüber nachgedacht. Und jetzt sage ich, daß das Totem nicht mehr lebt und daß der Mann, der es getötet hat, den heiligen Stein geraubt und hinter das Ende der Welt gebracht hat. Die Mächte der Schöpfung werden meinem Stamm nicht eher günstig gesonnen sein, als daß ich …« Er verstummte. Eine Totenstille hatte sich über die Versammlung gelegt.

Axwahtal stöhnte wie unter großen Schmerzen auf. »Das große weiße Mammut ist tot?«

»Seine Knochen liegen in einem See des Tales, das wir das Tal der Toten nennen«, bestätigte Shateh. »Ich habe es mit eigenen Augen gesehen.«

»Dann wird die Welt wahrlich von bösen Geistern heimgesucht«, flüsterte Axwahtal, »und die Vorzeichen müssen so schlecht stehen.«

Shateh nickte. »Die Ahnen haben gesagt, daß der Mann, der das Totem tötet, selbst zum Totem wird, genauso unbesiegbar und mächtig, bis er selbst getötet wird und seine Macht auf den übergeht, der von seinem Herzen ißt und von seinem Blut trinkt.«

»Ja, so heißt es. Der Stamm des Wachenden Sterns hat den Großen Geist gejagt. Deshalb gab es Krieg. Aber sag mir, Shateh, als der Feind, der das Totem tötete, in deinem Stamm lebte, warum hast du ihn nicht zum Wohl von uns allen getötet, um dadurch selbst zum Totem zu werden?«

Diese Frage hätte den Häuptling eigentlich nicht unerwartet treffen dürfen, aber sie tat es dennoch. Er atmete ein und hielt kurz die Luft an. Und als er wieder ausatmete, sprach er die Wahrheit aus. »Ich habe Cha-kwena für meinen Freund gehalten.« Als das Geständnis ausgesprochen war, schämte er sich für diesen folgenschweren Irrtum.

»Er war ein betrügerischer Eidechsenfresser, ein Kojoten-Schamane aus der Roten Welt, der uns von Anfang an nichts als Unglück gebracht hat!« sagte Teikan voller Gehässigkeit. »Doch Shatehs Treue war schon immer groß. Sogar zu Eidechsenfressern!«

Shateh warf Teikan einen Blick zu, der ihn auf der Stelle getötet hätte, wenn er die Macht dazu besessen hätte. »Ja«, stimmte er ruhig, kalt und beherrscht zu. »Meine Treue ist groß, aber du darfst nicht vergessen, daß sie nicht grenzenlos ist, Teikan. Zwing mich nicht dazu, dich erneut zu ermahnen, daß dein Platz an diesem Lagerfeuer an der Seite deines Häuptlings ist und daß du den Mund zu halten hast, solange du nicht nach deiner Meinung gefragt wirst!«

Teikan erstarrte. Sogar im Schein des Feuers war zu erkennen, daß er errötete. Axwahtal schnaufte zufrieden.

Shateh straffte sich. »Was diesen Schamanen der Roten Welt betrifft – Cha-kwena kämpfte im Krieg an meiner Seite gegen unsere Feinde. Gemeinsam haben wir gesiegt. Der heilige Stein gehörte ihm. Ich hatte keinen Grund zu dem Verdacht, daß er seine Macht gegen mich oder meinen Stamm einsetzen würde, also war ich einverstanden, daß er für meinen Stamm der Schamane war, der Wächter des heiligen Steines und des Totems. Ich bin der Häuptling, und ich dachte, daß meine Entscheidung uns in der Gunst der Vier Winde stark machen würde. Aber jetzt muß ich zugeben, daß der Schamane der Roten Welt ein Betrüger ist, der Gelbe Wolf, der Bruder des Kojoten. Nachdem der Krieg vorbei und unsere Feinde getötet und zerstreut waren, kleidete er sich in ein Fell, das ihn als Mann von geringer Macht auszeichnete. Obwohl dieser Mann das Totem getötet hatte und im Kampf tapfer gewesen war, wurde mir klar, daß die Macht des Totems nicht auf ihn übergegangen sein konnte. Sein Zauber konnte weder die Kranken heilen noch dem Wind auf der Jagd befehlen oder seiner Frau neues Leben machen. Er konnte nicht einmal bewirken, daß sie ihm und den Gesetzen des Stammes gehorchte. Nicht einmal der heilige Stein hatte in seiner Hand Macht. Also war ich einverstanden, als er meinen Stamm verließ, weil ich glaubte, daß der Stein nicht mehr über die Macht der Ahnen verfügte und daß die Anwesenheit eines so schwachen und unfähigen Schamanen eine Beleidigung der Mächte der Schöpfung darstellte.«

Die Anwesenden murmelten verständnisvoll.

Shateh nickte. Er hatte schon auf vielen Versammlungen gesprochen und wußte, daß er die Zuhörer jetzt auf seiner Seite hatte.

»Vielleicht hat er absichtlich seine Macht verheimlicht, weil er befürchtete, du würdest dich an ihn anschleichen, ihn im Schlaf erschlagen, um von seinem Herzen zu essen und den Stein an dich zu nehmen«, schlug Axwahtal vor.

Shateh runzelte die Stirn, denn ihm wurde klar, daß er überhaupt nicht wußte, warum Cha-kwena ihn verraten hatte. »Ich weiß nur, daß er den Seelenfänger gerufen hat, damit er meine Söhne, meine neue Frau und andere Menschen meines Stammes holt. Ich werde nicht rasten, bis er dafür mit seinem Leben bezahlt hat und der heilige Stein mir gehört.« Er schwieg und musterte die versammelten Menschen langsam und bedeutungsvoll, um dann mit erhobener Stimme fortzufahren. »Seit Anbeginn der Zeiten haben die Ahnen uns durch unsere Geschichtenerzähler überliefert, daß der heilige Stein mehr als nur ein Stein ist – er ist alles, was noch von den Knochen des Ersten Mannes und der Ersten Frau übrig ist. Darin leben die Geister der Vorfahren und sprechen zu den Menschen, um ihnen Kraft zu geben. Wie können wir auf ein gutes Leben hoffen, wenn das, was uns am heiligsten ist, um den Hals des Totemtöters hängt und er es dazu benutzt, den Zorn der Mächte der Schöpfung gegen uns aufzubringen?«

»Du sprichst gut«, lobte Axwahtal seufzend.

Shateh hob beide Hände hoch und spreizte die Finger. »So wie die Finger einer Hand sind die Krieger unserer beiden Stämme. Einzeln sind diese Finger verletzlich, sie brechen leicht oder können abgeschnitten werden. Doch wenn die Finger zusammenkommen, und zwar so ...« – er ballte seine Hände zu Fäusten – »dann könnten die zwei Kriegerstämme gemeinsam den heiligen Stein zurückerobern. Cha-kwena hat das Totem getötet. Jetzt ist Cha-kwena selbst das Totem. Er hat jene, die ihm vertrauten, betrogen und im Stich gelassen. Jetzt ist er ein Gejagter. Und jetzt fragt Axwahtal diesen Mann, ob unser Treffen in diesem fremden Land mehr als nur Zufall ist. Shateh sagt: Ja, so ist es! Shateh sagt, daß unsere Männer zusammen einen großen Kriegerstamm bilden würden. Wie zu Anbeginn der Zeiten könnten diese zwei Stämme eins werden, um dem Eidechsenfresser das zu nehmen, was uns wieder die Gunst der Mächte der Schöpfung sichern wird.«

Axwahtal sprang auf. »Und wer von uns wird das Fleisch des Totems essen, wenn er getötet ist?«

»Alle!« verkündete Shateh und erhob sich ebenfalls. Er breitete die Arme aus und richtete den Blick auf die Menge. »Wir alle. Jeder Mann, jede Frau, jedes Kind und sogar die Hunde! Gemeinsam werden die Stämme Shatehs und Axwahtals zum Totem werden und vor den Vier Winden und den Mächten der Schöpfung unbesiegbar sein!«

Laute Begeisterungsrufe kamen von den zwei Stämmen.

»Dann soll es so sein!« erklärte Axwahtal, und die Männer griffen nach Trommeln, Pfeifen und Flöten.

Teikan starrte seinen Häuptling durch den Schein des Feuers an und wußte, daß es möglich war, einen Mann gleichzeitig zu verehren und zu verachten.

Ach, Shateh, dachte er, *als du diesen Mann beschämtest, hast du ihn zu deinem Feind gemacht. Trotzdem gibt es keinen Mann, der es mit dir aufnehmen kann – kein Krieger oder Häuptling oder Schamane in dieser oder der nächsten Welt. Aber sogar du weißt, daß niemand, nicht einmal das Totem, vor den Vier Winden und den Mächten der Schöpfung unbesiegbar ist. Es wird immer einen anderen geben, der nach Fleisch und Blut und »Unbesiegbarkeit« sucht, um den ewigen Kreislauf des Lebens und Todes zu erneuern.*

In diesem Augenblick spürte Teikan eine furchtbare Traurigkeit und eine böse Vorahnung. Er fragte sich, ob er der einzige war, der die Erschöpfung und den tiefen Kummer bemerkte, der hinter Shatehs machtvollem Gehabe lauerte. Seit der Nachricht von Warakans Tod war der Oberhäuptling nicht mehr er selbst. Er war oft allein. Er fastete und betete. Es war allgemein bekannt – dank der lockeren Zunge Cheelapats –, daß Shateh seine männlichen Bedürfnisse weder bei ihr noch bei den jüngsten und hübschesten Frauen des Stammes erleichterte. Teikan wäre dies unter allen Umständen seltsam vorgekommen, aber es war besonders beunruhigend, da Shateh seit der Nacht des Freudenfeuers bei keiner Frau mehr gelegen hatte. Und die Töchter Xohkantakehs und Zakehs hatten es beide nicht geschafft, neues männliches Leben hervorzubringen. In seiner Enttäuschung und seiner Entschlossenheit, sich ganz der Wiederbeschaffung des heiligen Steines zu widmen, hatte Shateh erklärt, daß er schon genügend Töchter zu ernähren hatte. Er hatte den neugeborenen Mädchen die Zugehörigkeit zum Stamm verwehrt, weil ihre Mütter in den bevorstehenden Tagen und Nächten der Wanderung zu sehr durch sie geschwächt werden würden.

Teikans Gesicht spannte sich an. Drei Tage nach der Verstoßung dieser Kinder, hatten Cheelapats Wehen eingesetzt. Und in der Nacht davor hatte sie sich zu ihm geschlichen und ihm grinsend ihren großen Bauch gezeigt, während sie flüsternd prahlte: »Schau dir das Leben an, das du mir in der Nacht des Freudenfeuers gemacht hast, Teikan! Siehst du, wie ich es trage? Es ist breit und nach vorne gestreckt. Xama und Unal haben beide gesagt, daß es ein männliches Kind wird. Bald wird es zwischen meinen Schenkeln hervorkommen – ein Sohn für Shateh! Hah! Es wird das Kind der Sehnsucht eines alten Mannes sein, daß dieser Frau durch einen ehrlosen Jagdbruder eingepflanzt wurde! Und Shateh wird ihm seinen Namen geben, obwohl es niemals seine Seele tragen wird, weil es nicht von seinem eigenen Blut ist. Es ist von deinem Blut, Teikan, von dem Blut eines Mannes, der längst an Shatehs Stelle hätte Häuptling sein können! Aber was soll's? Bald werde ich Wehakna vom Platz der ersten Frau am Feuer des Häuptlings verdrängen. Ich werde die Mutter von Shatehs Sohn sein und einen Ehrenplatz in seiner Hütte bekommen, weil du mir dazu verholfen hast.«

Teikan war der Atem in der Kehle steckengeblieben. Dann hatte die rachsüchtige Cheelapat eine Tochter zur Welt gebracht. Ihr war es also nicht gelungen, Wehakna als erste Frau in Shatehs Hütte zu verdrängen, und man hatte auch ihr nicht erlaubt, das Kind an ihre Brust zu legen. Es befriedigte Teikan sehr, zu sehen, wie sie zusammen mit den anderen

Frauen trauerte, die ihren Häuptling ebenfalls nicht mit einem Sohn hatten zufriedenstellen können. Doch als Teikan jetzt den Mann anschaute, wußte er, daß auch Shateh trauerte.

Der Krieger kniff leicht die Augen zusammen, als er Shatehs Abgezehrtheit und die Falten der Sorge sah, die genauso tief wie seine vielen Narben der Trauer waren. Teikan war überzeugt, daß Shateh nicht mehr lange leben würde. Was für eine Rolle spielte es, wenn er Cha-kwena fand und mit dem heiligen Stein in der Hand in der Haut des Betrügers tanzte – so wie ein Priester des Wachenden Sterns? Auch wenn er Häuptling oder gar Totem war, ohne einen Sohn, dem er seinen Namen weitergeben konnte, würde selbst der mächtige Shateh für immer sterben.

Und dann wäre Teikan Häuptling.

5

Die Männer machten sich wieder auf den Weg zum See. Banya, die Geisterfrau, sah ihnen nach. Vom Rand des Felsvorsprungs vor der Höhle blickte sie ins Tals der Toten hinunter, während ihr der warme Morgenwind ins Gesicht blies, und beobachtete die große Jagdgruppe, die sich auf den Teil des Sees zubewegte, in dem die Knochenreste des großen weißen Mammuts lagen. An jedem Tag unternahmen die Männer des Wachenden Sterns, bevor sie auf die Jagd gingen, einen Pilgerzug zum Skelett des Totems. Sie wateten in das seichte Wasser, um die Spitzen seiner riesigen Stoßzähne zu berühren, um dann auf die Knochen zu klettern und am halb versunkenen Skelett nach Resten ausgetrockneter Haut zu suchen und diese zu verzehren. Sie waren überzeugt, daß das, was noch von der Macht des Totems übrig war, ihnen Kraft für die Jagd geben würde.

Und so war es auch, denn an jedem Abend, seit Ban-ya aus der inneren Höhle geholt worden war, hielt der Stamm ein Festmahl aus gutem, rotem Fleisch von Hirschen, Pferden und Antilopen ab.

Ban-ya hob den Kopf. Zum erstenmal, seit sie sich im Tal der Toten aufhielt, fühlte sie sich gut, stark und im Einklang mit dem Leben. Ihre Zähne waren wieder in ihrem Kiefer festgewachsen. Ihr Haar fiel nicht mehr büschelweise aus. Die Verletzungen ihrer Haut heilten, und ihre Brüste waren mit Milch für »Shatehs Sohn« angeschwollen.

Ein Lächeln zerrte an ihren Mundwinkeln, als das langsame, stetige Saugen des kleinen Ea-ka ihr die sinnliche Befriedigung einer stillenden Frau zuteil werden ließ. Jeden Tag wurde das Baby fetter, fordernder und ungeduldiger, so daß die anderen keinen Verdacht hegten, es könnte sich nicht um den Sohn eines Häuptlings handeln. Aber wie war es nun wirklich? *Du mußt einfach Shatehs Sohn sein, wenn du am Leben bleiben willst.*

Ban-ya blinzelte nachdenklich, als sie die Jagdgruppe weiter beobachtete. Heute jagten sie nicht nur Fleisch. Heute wollten sie die Stoßzähne aus dem riesigen, halb versunkenen Kopf des Totems bergen. Wenn sie Erfolg hatten, würden sie die Stoßzähne zur Höhle bringen. Es war bereits eine Hebevorrichtung aus Baumstämmen und starken Tauen aus geflochtenen Riemen errichtet worden, um das Gewicht der Stoßzähne zu tragen, wenn sie über die steile Felswand zur Höhle hinaufgezogen werden sollten. Aber zu welchem Zweck? Ban-ya wagte nicht, danach zu fragen. Sheela, die Hohepriesterin des Stammes des Wachenden Sterns, hätte es bestimmt gewußt. Doch Ban-ya, die sich Sheelas Rang und Seele anmaßte, wußte es nicht. Also sah und hörte sie zu und versuchte zu lernen.

Seit einigen Tagen gaben sich die Männer des Wachenden Sterns nicht mehr damit zufrieden, nur zum Skelett des großen weißen Mammuts zu pilgern und kleine Stücke zu verzehren. Jetzt nahmen sie das Skelett Lebensspenders auseinander und kamen mit Wirbeln, Rippenstücken, Beinknochen und sogar einem großen Mahlzahn in die Höhle zurück. Und seit einigen Tagen – seit Tsana Boten ausgeschickt hatte, um den verstreuten Resten des Stammes die Nachricht von der Wiedergeburt des Totems zu überbringen – fanden immer wieder kleine, armselige Gruppen des Stammes des Wachenden Sterns ihren Weg ins Tal der Toten. Nachdem sie sich in der Höhle eingerichtet hatten, arbeiteten die Männer und Jungen abends an ihren Waffen, während sie tagsüber jagten und sich auf den Krieg vorbereiteten. Unterdessen schienen die Frauen und Mädchen mit fast atemloser Spannung auf ein Ereignis zu warten, das eine große rituelle Bedeutung hatte.

Als Ban-ya plötzlich spürte, daß sie beobachtet wurde, drehte sie sich um und starrte in die Höhle. Sie zuckte zusammen, als sie sah, daß Jhadel sie von seinem kleinen Platz aus anstarrte, den er sich neben dem Eingang zu der heiligen Höhle tief im Berg eingerichtet hatte. Ban-ya starrte zurück. Der Mann hatte keine Macht. Er verbrachte die meiste Zeit in der heiligen Höhle, um mit dem Geist des Totems zu sprechen. Zumindest behauptete er das, auch wenn sie es besser wußte. In Wirklichkeit versteckte er seine Häßlichkeit vor Tsanas kritischen Augen und seiner scharfen Zunge, denn seit er mit der Geisterfrau aus der heiligen Höhle gekommen war, war Tsana unbestritten der Häuptling der versammelten Stämme. Er gestattete Jhadel, am Leben zu bleiben, aber nicht aus Respekt vor dem Rang des Schamanen, sondern aus kluger Rücksicht auf die Tatsache, daß es im Stamm immer noch einige gab, die den Fluch des alten Mannes fürchteten, und weil die Krieger in den kommenden Tagen und Nächten einen heiligen Mann gebrauchen würden, um die Geister um ihre Gunst zu bitten, wenn sie sich in den Kampf stürzten.

»Du mußt essen, Geisterfrau!«

Ban-ya war erleichtert, als die narbengesichtige Frau Oan zwischen sie und den alten Mann trat.

Mit gesenktem Blick bot Oan ihr einen Hartholzspieß an, auf dem ein gut durchgebratenes Stück Geflügel steckte. »Tsana hat gesagt, daß die Seele seiner geliebten Frau wieder stark sein muß, wenn bald der Donner ertönt ... vielleicht schon heute abend, den Wolken nach zu urteilen, die letzte Nacht am Mond vorbeizogen. Doch diese Ente ist ...«

Ban-ya nahm Ea-ka von der Brust und reichte Oan das Kind, bevor die Frau zu Ende sprechen konnte. Sie nahm den Spieß mit beiden Händen und aß gierig ohne ein Wort des Dankes. Ban-ya fragte sich, ob ihr Appetit jemals nachlassen würde. Immer noch war es ihre größte Sorge, sich von den Entbehrungen in der heiligen Höhle zu erholen. »Hol mir die Pansen mit dem warmem Wasser, wenn sie fertig sind!« befahl sie, um sich dem zu widmen, was zu ihrem allmorgendlichen Ritual geworden war.

»Holt die Pansen!« rief Oan den anderen zu.

Kurz darauf eilten mehrere Frauen und Mädchen herbei. Während Ban-ya im Sonnenlicht auf dem Fußboden der Höhle saß und weiteraß, gossen die Frauen aus Tsanas Stamm ihr erhitztes Wasser über den Rücken und die Schultern. Es war ein wunderbares Gefühl. Ban-ya seufzte vor Vergnügen. Sie konnte niemals sauber genug sein. »Holt mir Seifenwurzel!« befahl sie dann. »Und macht noch mehr Wasser heiß!«

Die Frauen gehorchten. Bald knieten sich zwei junge Mädchen hin und seiften ihren Rücken ein. Ban-ya schloß die Augen und lächelte, während sie immer noch an dem Fleischspieß kaute. Tsanas Stamm sorgte in jeder Beziehung dafür, daß der Frau, in der sich die Seele Sheelas niedergelassen hatte, jeder Wunsch erfüllt wurde.

»Die von den Toten Auferstandene hat großen Appetit, vor allem auf Fleisch, das Sheela zu Lebzeiten verachtet hat«, stellte Jhadel mit unverhohlenem Sarkasmus fest.

Ban-ya erstarrte und öffnete die Augen. Als sie erkannte, daß es eine List des alten Mannes gewesen war, Oan mit einem Stück Ente zu ihr zu schicken, schleuderte sie den Spieß in seine Richtung. »Dieser Körper lebt nur, um Shatehs Sohn am Leben zu erhalten!«

Jhadel wich mühelos dem Geschoß aus abgenagten Knochen und Entenfleischresten aus. »Und um den Stamm darin zu bestätigen, Krieg gegen seine Feinde zu führen«, knurrte er.

»Genauso haben es auch Sheela und Ysuna getan«, sagte Oan schroff, die gleichzeitig verlegen und verwirrt zu sein schien, als sie mit neuem Essen vortrat, das sich diesmal in einem Blasenschlauch befand. »Hier, Geisterfrau. Das war wirklich Sheelas Lieblingsmahlzeit.« Oans Worte enthielten die unausgesprochene Bestätigung, daß sie auf Jhadels Befehl das Geflügel zubereitet und angeboten hatte. »Trink in tiefen Zügen von diesem Blut, das von der gestrigen Jagdbeute gewonnen wurde. Nur schade, daß es nicht von Mammuts stammt! Aber zumindest ist es Großwild. Hirsch und Pferd. Ich habe es selbst erwärmt. Es wird dich für das bevorstehende Opfer stärken.«

Ban-ya wußte, daß sie nicht zögern durfte. Sie nahm den Schlauch an und tröstete sich mit dem Gedanken, daß sie in den vergangenen Monden schon wesentlich widerlichere Nahrung zu sich genommen hatte. Während sie das dicke, klumpige Blut schluckte, spürte sie, daß alle sie beobachteten. Zufrieden stellte sie anschließend fest, daß Jhadel nachdenklich die Stirn runzelte, als sie der anerkennend nickenden Oan den fast völlig geleerten Schlauch zurückgab.

»Eine wahre Frau des Wachenden Sterns!« verkündete Oan.

»Wir werden noch sehen, wer sie ist«, zischte Jhadel. »Schon bald. Wenn der Donner kommt. Vielleicht schon heute abend. Ja. Dann werden wir sehen.«

Und so war es.

An jenem Abend wurden die Stoßzähne des großen weißen Mammuts in die Höhle gebracht, dann aufgerichtet und befestigt, so daß sie einen bleichen Bogen bildeten. Darunter brannte ein Feuer in einem Kreis aus Mammutwirbeln. Als sich dunkle Wolken sammelten und Donner durch das Tal der Toten rollte, wurde die Geisterfrau gerufen, um das Opfer durchzuführen.

Der Dolch, den Tsana Ban-ya reichte, war erst vor kurzem aus Mammutknochen geschnitzt worden. Sie starrte ihn an, während sie auf dem hohen Ehrenplatz saß, bei dem es sich um den gewaltigen Mahlzahn des großen weißen Mammuts handelte. Der Dolch hatte die Gestalt eines Wesens halb Frau, halb Rabe. Der mit Brüsten versehene Körper des Vogels bildete den Griff, der Kopf und Schnabel des Vogels die Klinge, die zweischneidig und von tödlicher Schärfe war.

»Für deine Hand, Sheela, um den Dolch zu ersetzen, der zusammen mit deinem irdischen Körper im Wasser des Sees verlorenging«, erklärte Tsana. »Das Messer wird einen Namen haben, nachdem es das geschmeckt hat, wozu es geschaffen wurde. Und dieser Name lautet ...«

»Seelenfänger.« Ban-ya starrte immer noch auf den Dolch. Sie kannte diesen Namen nur allzu gut, und zwar aus Geschichten über die kannibalischen Schreckenstaten des Stammes, in dem sie jetzt leben mußte. Das Messer war der Tod. Plötzlich erkannte sie, was man von ihr verlangte. Sie schluckte, aber ihr Mund war wie ausgetrocknet. Sie hatte damit gerechnet, solche Taten mit ansehen zu müssen, aber nicht damit, sie selbst auszuführen.

Du hast schon zuvor getötet, rief Ban-ya sich ins Gedächtnis. *Und du kannst wieder töten. Für deinen Sohn, zur Rettung deines eigenen Lebens und für die Rache an jenen, die dich an diesen Platz gebracht haben, kannst du alles tun!*

Ban-ya erhob sich, nahm Tsana den Dolch ab und blickte ihm in die Augen. »Ich bin Sheela!« sagte sie zu ihm.

»Ja«, antwortete Tsana. Seine Augen waren voller Liebe und Stolz. »Ich weiß.«

»Wir werden sehen, wer sie ist«, sagte Jhadel und lächelte gehässig. In sein rituelles Gewand gekleidet, begann er langsam im Kreis um die versammelten Menschen herumzugehen.

Ban-ya sah ihm zu. Sie wußte, was jetzt kommen würde.

»Eine Braut! Wir suchen eine Braut, die freiwillig zu Himmelsdonner kommt, dem Großen Geist des Wachenden Sterns, dem Quell der Macht!« rief der alte Schamane. »Das Blut dieser Vereinigung mit dem All-Schöpfer soll das Opfer sein, durch das dieser Stamm wieder stark wird, damit unsere Feinde in den kommenden Tagen und Nächten vor uns zittern, bevor wir sie vernichten!«

»Tritt vor, Braut!« rief Tsana.

Der Stamm wiederholte seinen Ruf.

Dann traten mehrere junge Mädchen aus der Versammlung vor. Jhadel ging zu ihnen, um sie zu mustern, sie zu berühren, an ihrem Haar und ihrem Atem zu riechen und zwischen ihre Schenkel zu greifen. Die Mädchen hielten sich tapfer, als der alte Mann sie auf ihre Jungfräulichkeit überprüfte. Die Menge seufzte anerkennend, wenn er seinen Finger aus einem der Mädchen herauszog und zufrieden nickte. Dann umkreiste er sie noch einmal langsam und wählte dann aus Gründen, die nur dem Geist eines Schamanen verständlich sein mußten, eine aus, die er behutsam nach vorn führte.

Ban-ya war verblüfft über seine Wahl. Das Mädchen war kleiner als die anderen und nicht gerade eine Schönheit. Aber es war auf seine eigene Weise durchaus ansehnlich mit seinen stämmigen, starken Beinen, dem üppigen Hintern und den für sein Alter recht großen Brüsten. Ban-ya hielt bei dem Anblick des Mädchens unwillkürlich den Atem an. Wenn sie Jhadel nicht schon vorher gehaßt hätte, hätte sie es jetzt getan, denn er hatte das Mädchen ausgesucht, das ihr selbst am ähnlichsten sah, als sie jünger gewesen war. Und als der Mann jetzt in ihren Augen erkannte, daß sie den Grund für seine Wahl verstand, lachte er laut über sie.

Atemlos riß sich Ban-ya von diesem Anblick los. Der Stamm sang jetzt ein fröhliches, feierliches Lied. Sie beobachtete, wie die Mutter und der Vater des Mädchens vortraten, um ihr Kind auf den Mund zu küssen.

»Du wirst tapfer zum Wachenden Stern gehen!« erklärte der Vater, dessen Augen vor Stolz strahlten.

»Ich werde tapfer sein!« erwiderte das Mädchen mit heller Stimme, in der sich Aufregung, Besorgnis und Angst mischten.

»Wirst du in der Welt jenseits dieser Welt auf uns warten?« fragte die Mutter beklommen.

»Ich werde warten! Und ich werde euch den Weg erleichtern, wenn eure Zeit gekommen ist!« Das Mädchen lächelte matt.

Ban-ya wurde übel. Im Gegensatz zu den Erwachsenen war sich das Mädchen dessen offenbar nicht ganz sicher, was geschehen würde.

Dann setzten plötzlich die Trommel, die schrillen Pfeifen und die klagenden Flöten ein. Die Kinder und Heranwachsenden wurden fortgeschickt, um die Nacht in der Obhut der Ältesten hinter geflochtenen Schirmen zu verbringen. Heilige Pilze wurden an die Erwachsenen ausgeteilt, und alle aßen davon. Ban-ya fand den Geschmack nicht unangenehm …

Sie wußte nicht mehr, wann die Welt plötzlich grün zu leuchten und zu pulsieren begann. Sie starrte auf die Erwählte, die vom alten Schamanen entkleidet und mit rotem Ocker eingerieben worden war. Die Farbe sah seltsam aus, genauso grün wie die ganze Welt. Ban-ya sah, wie Tsana dem Mädchen einen heiligen Salbeizweig reichte, und dann stand die Braut auf einmal vor ihr, während Tsana zu ihrer Rechten aufragte und Jhadel sich mit hämischem Grinsen links von ihr aufstellte. Die Augen des Mädchens wirkten seltsam, als es mit riesigen Pupillen vertrauensvoll zu Ban-ya aufblickte.

Ban-ya ist nicht hier, redete sich die Frau der Roten Welt ein, als sie nach dem Haar des Mädchens griff, um es zu streicheln. *Ban-ya ist weit weg! Es ist Sheela, die in der Hülle der Geisterfrau an diesem Ort mit dem Tod in der Hand dasteht!*

Und so war es nicht Ban-ya, sondern Sheela, die mit den Fingern ihrer linken Hand in das Haar des Mädchens griff und den Kopf nach hinten drückte, während sie den Dolch in der Gestalt des Raben und der Frau hob und dem Mädchen mit dem Seelenfänger die Kehle von einer Seite zur anderen aufschlitzte. Blut schoß hervor, bevor das Opfer wußte, was geschehen war – grünes Blut. Von Tsana und Jhadel gehalten, erstarrte die Braut und konnte nicht verhindern, daß das Messer ein zweites Mal in ihren Körper drang. Häßliche Laute kamen aus dem Mund des Mädchens, als der Dolch tief unter ihre Rippen stieß und mühelos zartes, junges Fleisch durchschnitt, bis es seinen Weg tief in das Herz des Opfers gefunden hatte.

Das Mädchen erschlaffte und brach dann auf dem Boden zusammen, als die Männer es losließen.

Die Geisterfrau sah blinzelnd durch einen pulsierenden grünen Nebel, ließ den Dolch fallen und wäre fast in die Knie gegangen, als sie beobachtete, wie Tsana seltsame Dinge mit der Leiche tat. Jhadel starrte sie mit durchdringendem Blick an und wartete darauf, daß sie in Ohnmacht fiel. Dies schürte ihren Haß auf ihn, den sie dazu nutzte, sich zu stärken. Plötzlich lag etwas Warmes, Feuchtes und Schweres auf ihrem Rücken, und Tsana hatte ihre Hände genommen.

»Sheela!« rief er den Namen seiner geliebten Frau.

Die anderen wiederholten seinen Ruf.

Die Geisterfrau hörte es durch einen grünen Schleier. Ein intensiver Blutgeruch stieg ihr in die Nase, als Jhadel ihr etwas Dunkles und Pulsierendes reichte. Seine Augen machten ihr begreiflich, daß sie das Herz ihres Opfers essen sollte. Sie gehorchte, und der Stamm jubelte. Es schmeckte süßlich, genauso wie rohes Fleisch immer schmeckte, und trotzdem mußte sie sich zusammenreißen, um sich nicht zu erbrechen, als sie es dem alten Mann zurückgab. Jhadel biß hinein und riß ein Stück heraus, wobei er sie nicht aus den Augen ließ, bis er das Herz an Tsana weitergab. Der Häuptling vergrub sein Gesicht in dem Organ, und als er blutbesudelt vom Kinn bis zu den Wangen wieder aufblickte, reichte er es Indeh. Dann wandte er sich wieder ganz der wiedergeborenen Frau zu.

»Komm!« forderte er sie auf zu tanzen. Sie erschrak, weil sie diesen Tanz vermutlich nicht kannte.

Die Versammlung tobte.

Jhadel blickte finster.

Während die enthäutete Leiche der Braut zu ihren Füßen lag, tanzte die Geisterfrau in der Haut des Opfers, und sie tanzte gut. Es war der Tanz des Sieges, der Tanz der Wiedergeburt. Es war ein wilder, instinktiver Rhythmus. Ihre Bewegungen wurden von dem Herzblut geleitet, von dem sie getrunken hatte, und vom Mann, der vor ihr tanzte und ihre Schritte führte.

»Jetzt!« drängte Tsana.

Die Feiernden brüllten auf.

Der Tanz wurde immer schneller und wilder. Die Geisterfrau sah, daß Tsana seine Kleidung abgeworfen hatte und nun nackt vor ihr tanzte, während er in einen Rhythmus verfiel, der noch vertrauter war als der erste. Diesen Tanz kannte sie sehr gut. Sie hob ihre milchprallen Brüste und bot sie Tsana an. Und dann vereinigte sie sich vor den Augen aller mit ihm, genoß das Gefühl, ihn tief in sich zu spüren und hüllte sich selbst und den Mann in die Haut des Opfers, bis sie auf dem Blut ausglitten, in die Knie gingen und immer noch vereint ihre wilde Paarung fortsetzten, während der Donner durch das Tal der Toten rollte.

Jetzt schlossen sich die Männer und Frauen des Stammes des Wachenden Sterns dem ekstatischen Tanz an, während Jhadel den Dolch nahm und das Fleisch der Braut austeilte, damit alle daran teilhatten. Doch Ban-ya wußte nichts von diesem grünblutigen, kannibalischen Wahnsinn. Sie war nicht da. Sheela, die Geisterfrau, hatte all das getan.

In den folgenden Tagen und Nächten drang der Geist der Frau aus der Roten Welt allmählich wieder durch den Nebel des Bewußtseins der Geisterfrau. Ban-ya erzitterte bei Erinnerungen, die nichts anderes als verrückte Alpträume sein konnten, und ihr wurde oft kalt vor Angst, wenn sie ihre Umgebung und ihre Stellung darin betrachtete.

Jhadel hielt sich jetzt fast nur noch in der heiligen Höhle auf, und der Stamm, mit dem Ban-ya in der äußeren Höhle zusammenleben mußte, wurde immer stärker und entschlossener, das Tal der Toten zu verlassen und sich auf die Jagd nach dem Totem zu begeben. Während sie den Männern zusah und ihrem endlosen Gerede über Macht lauschte, schwirrte es in ihrem Kopf wie ein Insektenschwarm über einem Sumpf an einem windstillen Sommertag. Sie starrte auf den Altar, der aus den Knochen des großen weißen Mammuts errichtet worden war, und sie fragte sich, warum der Stamm des Wachenden Sterns nach etwas suchte, das bereits tot war. Dann erinnerte sie sich an die Zeichnungen auf den Wänden der heiligen Höhle.

Das Totem wurde wiedergeboren! Irgendwo weit von hier entfernt lebt ein kleines weißes Mammutkalb unter dem Schutz der Mächte der Schöpfung. Cha-kwena und Shateh bewachen dieses Kind Lebensspenders. Doch wenn Shatehs Sohn von seinen Feinden als Geisel gehalten wird, sind der Häuptling und die Krieger des Graslandes zur Tatenlosigkeit verdammt, während Tsanas Männer das Totem erlegen und die Kraft Lebensspenders in sich aufnehmen.

Ban-yas anfängliches Mitgefühl für das Schicksal des neugeborenen Totems verschwand, als die Verbitterung über ihre eigene Zwangslage sie die Dinge in einem anderen Licht sehen ließ. *Shateh und Cha-kwena sind schuld, daß ich allein mit meinem Baby unter Kannibalen lebe, die mich und mein Kind töten werden, sollten sie jemals den Verdacht haben, daß mein Sohn nicht von Shateh ist oder daß ich keine Hülle bin, die vom Geist einer toten Frau beseelt ist!*

Ban-ya stöhnte qualvoll und verzweifelt auf. Tsana hatte jeden Tag mit den jungen Männern des Stammes verbracht, um sie im Kampf Mann gegen Mann und im Umgang mit ihren neuen Speeren zu unterweisen. Bald würden sie für den Krieg bereit sein, den es geben würde, falls Shateh sich weigern sollte, ihnen Zugang zum Totem zu gewähren. Der Gedanke machte sie fast wahnsinnig vor Angst, denn sie hatte keinerlei Zweifel, daß Tsana ihren kleinen Sohn genauso mühelos töten würde, wie er die Braut enthäutet hatte, wenn es so weit kam.

Es wäre so gut, wenn sie alle sterben würden, dachte sie, *Cha-kwena und der Stamm der Roten Welt, Shateh und der Stamm des Graslandes und Jhadel, Tsana und der ganze Stamm des Wachenden Sterns! Wenn sie tot wären, könnte ich …*

Die anfänglich angenehme Vorstellung verblaßte plötzlich, als Ban-ya sich erinnerte, daß ihr kleiner Junge Piku-neh und ihre geliebte Großmutter Kahm-ree immer noch unter den Menschen lebten, die sie verstoßen hatten. Und wenn all diese verhaßten Stämme tot wären, würde sie wieder ganz allein mit dem kleinen Ea-ka sein.

Das Baby schlief an ihrer Brust, und sie saß an ihrem Lieblingsplatz – im strahlenden Sonnenschein am Eingang der Höhle. Dennoch erschauderte Ban-ya, als sie das Kind betrachtete und sich fragte, was die Zukunft für ihren Sohn bereithalten mochte. In diesen Tagen gab es nichts, dessen sie sich sicher sein konnte, außer der Tatsache, daß dieses Kind nicht Shatehs Sohn war. Der Junge war kräftig und gesund

und wurde seinem wahren Vater Dakan-eh von Tag zu Tag ähnlicher, sowohl im Verhalten als auch im Aussehen. Diese Erkenntnis beunruhigte sie. Würde Shateh die Wahrheit erkennen? Und selbst wenn er sich täuschen ließ und diesen Sohn ihres Körpers als seinen anerkannte, blieb immer noch die Frage, was dann aus ihr wurde. Er würde ihr bestimmt niemals verzeihen, was sie Atonashkeh angetan hatte. Ban-ya zuckte bei der Erinnerung daran zusammen, wie Shateh seinen eigenen Sohn getötet hatte, um den Qualen des jungen Mannes ein Ende zu setzen.

Und was war mit Tsana? Wenn er mit Shateh sprach, würden irgendwann die Verbrechen ans Tageslicht kommen, für die der Häuptling sie zum Tode verurteilt hatte. Würde Tsana sich dann immer noch von ihr hinters Licht führen lassen? Aber es war Sheela, die Tsana liebte, nicht Ban-ya.

Erschrocken sah sie, daß er gerade die grob behauenen Stufen hinaufstieg, die zur Höhle führten. Ban-ya spürte, wie ihr Herz heftig zu klopfen begann. Sie wußte, was jetzt geschehen würde. Sie preßte Ea-ka so fest an sich, daß das Baby aufwachte und zu schreien begann.

»Still, mein Kleiner!« flüsterte sie in fiebriger Verzweiflung. »Vergiß nicht, solange Tsana glaubt, daß du Shatehs Sohn bist und daß Sheela in mir lebt, sind wir in Sicherheit! Und wenn er irgendwann diese Frau liebt und nicht mehr die andere, dann wird alles gut für uns sein und …« Sie verstummte, denn Tsana stand unmittelbar vor ihr.

»Sheela …«, knurrte der Mann voller Begierde, als er seinen Lendenschurz löste.

Ban-ya erstarrte bei seinem Anblick. Sie hatte Gerüchte gehört, daß er sich seit Sheelas Tod bei keiner Frau mehr erleichtert hatte – bis zu seiner ersten Vereinigung mit der Geisterfrau. Da er jetzt glaubte, daß seine Frau zu ihm zurückgekehrt war, genügte es ihm nicht, nur in jeder Nacht zu ihr zu kommen. Er kam auch an jedem Tag. Und wie jeden Tag eilte die ständig wachsame Oan von ihrer einsamen Feuerstelle herbei, um Ea-ka seiner Mutter aus den Armen zu nehmen.

In den Stämmen der Roten Welt und des Graslandes war es einem Mann durch die Traditionen der Ahnen verboten, sich mit einer stillenden Mutter zu paaren. Doch hier im Tal der Toten paarten sich die Überlebenden des Stammes des Wachenden Sterns und der Häuptling Tsana, wann immer sie dazu in Stimmung waren. Als Ban-ya jetzt den Hunger in Tsanas Augen und seinen angeschwollenen Mannknochen sah, wußte sie, daß er wenig Geduld mit ihr haben würde.

Ohne Widerspruch gab Ban-ya das Baby an die narbengesichtige Frau weiter, lehnte sich zurück, spreizte die Beine und nahm das von ihm entgegen, was er ihr geben wollte, während er einen Namen keuchte, der nicht ihr Name war.

Ban-ya verzog den Mund. *Es ist Sheela, die er haben will. Und wenn Ban-ya überleben soll, muß es Sheela sein, die er bekommt.* »Ja!« rief sie in gespielter Leidenschaft. »Ja! Komm wieder und immer wieder! Erfülle Sheela mit deinem Leben, wie du es dir so lange ersehnt hast. Sie kann nicht genug von dir bekommen!«

Tsana stemmte sich hoch und während sich der Stamm versammelte, um einer weiteren Demonstration seiner Männlichkeit beizuwohnen, stieß er in seine Frau, bis er sich noch einmal in sie ergoß. Die ganze Zeitlang stöhnte sie und bewegte sich mit vorgetäuschtem Vergnügen, bis Tsana sich endlich befriedigt zurückzog und sie allein ließ.

Ban-ya setzte sich auf und sah zu, wie er zum Hauptfeuer ging. Andere Frauen würden ihm jetzt zu essen und zu trinken bringen. Nach der Vereinigung vermied Tsana es, sie anzusehen. Ban-ya verstand den Grund und fürchtete ihn zugleich: Sein Geist war voller Erinnerungen an die Frau, die er wirklich liebte.

Gefährlich, gefährlich! Du mußt ihn jederzeit befriedigen, sonst wird er deinen Betrug durchschauen!

»Hier, Geisterfrau! Der Sohn Shatehs hat Hunger«, sagte Oan, während sie das Baby an die Mutter zurückgab.

Ban-ya nahm das Kind und stillte es, bis sie bemerkte, daß Tsana sie aus ruhigen, nachdenklichen Augen musterte. Vor Schreck wurde ihr eiskalt, dann schien die Angst sie zu verbrennen. Sie spürte, daß sie errötete. Warum starrte er sie an? Was sah er jetzt an ihr, nachdem er sich mit ihr befriedigt hatte? Nicht mehr das stinkende, ausgezehrte Ding, das er dem Tode nahe in der Höhle gefunden hatte. Jetzt war ihre Haut wieder glatt, ihr Fleisch voll und die Brüste fast genauso, wie sie vor ihrer Hungerzeit gewesen waren. Doch sie war immer noch Ban-ya und würde es immer sein – nicht Sheela, *niemals* Sheela.

Als ihr plötzlich unerträglich heiß in der Sonne wurde, stand Ban-ya auf und ging zu der Stelle, an der sich ihre vielen schönen, neuen Schlaffelle und Kleider befanden, die Tsana für seine Geliebte hatte anfertigen lassen. Sie setzte sich, hüllte sich in einen kunstvoll genähten Umhang aus Wolfsfellen und lehnte sich gegen die kühle Felswand. Ein Luftzug aus einem der vielen schmalen, fast unsichtbaren Risse im Hügel kühlte ihre Wange. Sie schloß die Augen, spürte Ea-ka an ihrer Brust und versuchte ihr pochendes Herz zu beruhigen.

Irgendwann stand eine alte Frau aus einem der erst vor kurzem eingetroffenen Stämme vor ihr und sah sich das Baby an. »Hmmm ... dieses Kind hat überhaupt keine Ähnlichkeit mit Shateh.«

»Was weißt du schon von Shateh?« fragte Ban-ya verärgert. Sie versuchte, in der Stimme der Geisterfrau zu sprechen, die sie sich zugelegt hatte. »Sein Geist ist hier in diesem Kind, in seinem Sohn!« stellte sie fest.

»Hmmm«, wiederholte die Frau und wackelte mit dem Kopf, während sie das Baby bewunderte. »Ich habe einmal einen Sohn Shatehs gesehen und auch dessen Sohn«, sagte sie. »Das war vor langer Zeit. Damals dachte ich, er wäre ein

Mann unseres eigenen Stammes. Später erfuhr ich, daß er einer der Söhne war, die Shateh verstoßen hat. Ysuna, die Tochter der Sonne, hat ihn im Sturm gefunden und ihn wie ihren eigenen Sohn aufgezogen.« Sie schüttelte den Kopf bei diesen Erinnerungen. »Ein hübscher Junge. Seine Mutter muß lange um den Verlust eines solchen Sohnes geweint haben. Einige meinten, er wäre der Beste von uns allen. Nachdem ich ihn gesehen hatte, konnte ich nur zustimmen. Aber das weißt du sicher schon alles, Geisterfrau.«

Einen Augenblick lang dachte Ban-ya, die alte Frau hätte zu Ende gesprochen und würde jetzt wieder gehen. Doch sie schloß die Augen und schwelgte glücklich weiter in ihren Erinnerungen.

»Ein Schneesturm hielt ihn einen Tag und eine Nacht lang in unserem Dorf fest. Er zeugte mit meiner Tochter einen Sohn, während ihr Mann nicht da war. Meine Tochter hat diesem niemals davon erzählt. Sie hat nur mir dieses Geheimnis anvertraut, denn ihr Mann war sehr eifersüchtig. Und obwohl er es als große Ehre betrachtet hätte, daß seine Frau auserwählt wurde, um Masau Vergnügen zu bereiten, dem großen und mächtigen Mystischen Krieger, hätte er niemals erlaubt, daß sie das Kind eines anderen Mannes zur Welt bringt. Viele Jahre später kam der Mystische Krieger noch einmal in unsere Jagdgründe. Meine Tochter und ich begrüßten ihn wie einen Fremden. Er hat das Kind betrachtet. Und ich frage mich, ob er etwas geahnt hat … Vielleicht war es nur aus Respekt vor dem Mann meiner Tochter, daß er nichts gesagt hat. Aber er wußte, was er getan hatte.« Sie öffnete die Augen, die immer noch in die Vergangenheit blickten. »Er war ein so gutes Kind – ein schlanker, schneller und kluger Junge mit Augen so schwarz wie Obsidian, ganz anders als das kleine, pummelige Ding, das du da stillst. Nein, dein Baby sieht wie ein Mensch der Roten Welt aus.« Sie verstummte und blickte Ban-ya nachdenklich und freundlich an. »Es ist gut, Söhne zu haben. Alle meine Jungen wurden im großen Krieg getötet. Und meine

Töchter. Und mein Stamm. Ich bin dem Gemetzel entkommen, weil ich damals schon im Dorf des Sohnes meines toten Bruders lebte. Er ist ein guter Mann, daß er mich aufgenommen hat und …«

Ban-ya unterbrach den Redefluß der alten Frau. »Und dieser angebliche Sohn von Masau – Shatehs Enkelsohn – ist er auch tot?«

Die alte Frau seufzte wehmütig. »Ich habe gehört, daß er und seine Schwester den Krieg überlebten und als Waisenkinder von Tsana aufgenommen wurden. Als Neea große Ehre zuteil wurde und sie Himmelsdonner als Braut geopfert wurde, lief Warakan fort. Es ist unwahrscheinlich, daß er die Stürme des Winters überlebt hat.«

Ban-ya – fassungslos und ungläubig – war froh, daß sie ein Stück von den anderen entfernt saß, an einer Stelle weit hinten in der Höhle, wo ein kühler Luftzug sie davor bewahrte, in Ohnmacht zu fallen. »Warakan? Bist du dir sicher, daß er so hieß?«

»Das war der Name, den der Mann meiner Tochter ihm gab«, bestätigte die Alte. »Damit wollte er die Seele seines eigenen Vaters ehren, nur leider war sein Blut und das Blut seines Vaters gar nicht in dem Jungen. Er war vom Blut des Häuptlings des Graslandes, und ich sage dir jetzt, daß Warakan der beste Junge war, ein tapferer Sohn, der es würdig war, den Namen des stärksten Mannes aus seiner Linie zu tragen – Shatehs Namen! Hätte Warakan überlebt, wäre aus ihm ein großer Jäger, Krieger und Schamane geworden, ein Mann, der den Namen und die Seele dieses Häuptlings verdiente. Aber es sollte nicht sein. Doch zumindest für dich ist es so doch ganz gut, oder? Denn wenn Warakan noch am Leben wäre und Shateh von ihm wüßte, wäre dieses pummelige, kleine Bündel niemals eine wertvolle Geisel. Aber wie ich schon sagte, ist das alles lange her, und ich habe niemand anderem davon erzählt. Aber ich weiß, daß ich Sheela, der Geisterfrau, vertrauen kann, daß sie mein Geheimnis bewahrt.«

6

Warakan war nicht ganz von seiner neuen Lebensaufgabe überzeugt, und er wußte, daß es nicht einfach war, den Bären die Mutter zu ersetzen.

»Es stimmt, was man über Zwillinge sagt!« rief Warakan. »Ihr macht nur Probleme, Kleine Bärenbrüder! Aber jetzt, wo ich mich zu eurer Mutter gemacht habe, was soll ich da tun? Ich muß mich doch um meine Jungen kümmern!«

Die »Bärenmutter« jagte für »ihre« Kinder mit Fallen und Spießen, die Warakan aus den langen Knochen und Sehnen ihrer wirklichen Mutter angefertigt hatte. Er machte sich Sorgen, weil er ihnen keine Milch geben konnte, und da ihm nichts Besseres einfiel, gab er ihnen statt dessen das Blut seiner Beute, in das er das Fleisch von Vögeln, kleinen Nagern und gelegentlich einem Hirsch mischte. Dann brachte er sie dazu, ihm diese »Bärenkindernahrung« von den Fingern zu saugen.

Am Tag war Warakan unterwegs. Die Jungen tollten ihm hinterher und behinderten sein Vorankommen durch endlose Erkundungszüge und Umwege, was ihn immer wieder zu Wutanfällen veranlaßte.

»Wohin wollt ihr denn jetzt schon wieder? Kommt zurück, sage ich! Wir werden niemals das Ende der Welt erreichen oder Cha-kwena und den heiligen Stein finden, wenn ihr nicht gehorcht und eurer Mutter folgt!«

Gegen Abend suchte er geschützte Stellen, wo die drei die Nacht in Sicherheit verbringen konnten. Manchmal hatte Warakan das Glück, eine kleine Höhle zu finden, in der nichts darauf hinwies, daß sie von Raubtieren bewohnt wurde. Öfter jedoch versteckte er sich und seine Bärenkinder in den Höhlungen unter den Wurzeln von Bäumen, die an unterspülten Flußufern wuchsen, oder fand zwischen hohen Felsblöcken einen sicheren Rastplatz. Wenn er sich für eine

Unterkunft entschieden hatte, stellte er Fallen auf, oder wenn ein Fluß in der Nähe war, Fischreusen aus kleinen Stöcken, bevor er sich schlafen legte. Wenn dann die Nacht von der Dämmerung gefressen wurde, hatten auch er und seine Jungen etwas zu essen. Frisches Fleisch, mit dem sie sich für die bevorstehende Tagesreise stärkten.

Ganz gleich, wie sicher der nächtliche Unterschlupf schien, Warakan hielt immer seine Spieße bereit, denn er wußte, daß er seine Kinder durch ein Land führte, in dem sie nicht die einzigen Jäger waren. An einem kalten, windigen Tag, nicht lange nachdem er dem ertrunkenen Land den Rücken zugekehrt hatte, hatte der Junge, der in das Fell der getöteten Bärin gehüllt war, Menschen gesehen, die am Horizont über die westlichen Hügel zogen. Er hatte gerade mit den Bärenjungen geschimpft, war aber sofort verstummt. Er hatte nach Westen gestarrt und gehofft, daß Shateh zu ihm gekommen war, doch das einzige, was in seine Richtung gekommen war, war ein gut geworfener Speer gewesen. Er hatte ihn nur knapp verfehlt, und Warakan konnte immer noch hören, wie die Waffe dicht neben seinem Ohr die Luft durchschnitten und die Schulter eines der Bären gestreift hatte.

»Mörder kleiner Bären! Was seid ihr nur für Jäger?« hatte Warakan vor Wut gebrüllt, während das verwundete Junge ängstlich davongetobt war. Dann waren die Menschen wieder hinter den Bergen verschwunden. »Kommt zurück! Ich will euch euren Speer wiedergeben, und zwar mitten in den Bauch desjenigen, der ihn auf meine Kinder geworfen hat!«

Die Menschen waren nicht zurückgekommen, worüber Warakan jedoch froh gewesen war. Der Speer hatte Farben und Markierungen, die ihm völlig unbekannt waren, und obwohl ihm der Gedanke gekommen war, daß die Fremden vielleicht wußten, in welche Richtung Cha-kwena gezogen war, hatte er sie nicht verfolgt. Das verletzte Junge hatte dringend seine Fürsorge gebraucht. Er hatte den Speer aufgehoben, sein versehrtes Junges auf den Arm genommen und den Rest des Tages damit verbracht, das verletzte Waisenkind davon zu überzeugen, sich von ihm behandeln zu lassen.

In dieser Nacht hatte der kleine Bär am Daumen des Jungen genuckelt und sich in den Schlaf gewimmert, während Warakan ihm die leichte Schulterwunde geleckt hatte. Und in vielen folgenden Nächten hatten sich der Menschenjunge und die Bären zusammengekauert, auf den Gesang der Riesenwölfe und Löwen und manchmal sogar auf das neugierige Schnaufen eines vorbeiziehenden Bären gelauscht.

Dann hatte Warakan den Jungen atemlos vor Sorge zugeflüstert: »Seid still, kleine Bärenbrüder! Wir haben viele Feinde. Und ihr habt jetzt Menschengeruch an euch. Die Bären werden euch fressen, wenn sie euch finden. Löwen und Wölfe und alle anderen nächtlichen Jäger mit Reißzähnen werden uns nur als Fleisch ansehen. Also bleibt in der Nähe Warakans! Eure Bärenmutter hat Waffen und dank dem feigen Krieger, der vor uns davonlief, sogar einen großen Männerspeer! Dieser Junge wird euch beschützen, wenn er kann.«

Und so vergingen die Tage und Nächte für Warakan und seine Bärenkinder, während sie sich in unbekanntes Land vorwagten, dem Ende der Welt immer näher kamen und darüber hinausgingen. Alles, was er vom großen Kriegshäuptling Shateh, von Lahontay und in dem Stamm gelernt hatte, in dem er geboren worden war, konnte er nun anwenden. Sein Geschick und seine Fähigkeiten, sich mühelos an neue Situationen anzupassen, überraschten ihn manchmal. Er wußte, wo er Wasser finden würde. Er wußte, wo die besten Lagerplätze waren. Als er dann immer wieder auf kleine Steinhaufen, angeritzte Felsen und eingekerbte Baumstämme stieß, war er verwirrt, denn hier schien jemand eine Art Fährte gelegt zu haben. Er folgte ihr und fand schon bald darauf einen Platz, an dem Menschen gelagert hatten.

»Hat der Schamane der Roten Welt absichtlich den Weg gekennzeichnet, den er gegangen ist, oder versucht der Betrüger mich auf diesem Weg direkt in die aufgehende Sonne zu locken?« fragte Warakan die Bären.

Sie gaben ihm keine Antwort und schienen sich ohnehin nicht für seine Probleme zu interessieren, denn sie balgten sich grunzend am Boden, wie zwei Menschenkinder, die ihre Kräfte maßen. Warakan runzelte die Stirn, als er sich an viele solcher Raufereien mit Namaray erinnerte.

Das *Tschack* eines Raubwürgers erwies sich als willkommene Abwechslung. Als der schwarz maskierte Vogel aus einem Dorngestrüpp aufflatterte, folgte Warakan seinem Flug und hatte das unwiderstehliche Gefühl, daß das Erscheinen des Vogels irgendein Zeichen war. »Du hast mich in der Vergangenheit gut geführt, Bruder Raubwürger. Wohin soll ich jetzt meine Schritte lenken?«

Der Vogel führte ihn in die nahe gelegenen niedrigen Hügel. Die Bärenjungen folgten ihm und liefen ihm schließlich voraus, wobei sie vergnügt Erdhörnchen und Eidechsen jagten. Warakan folgte seinen Kindern unter den Flügeln des Raubwürgers einen steinigen Abhang hinauf und blieb plötzlich vor einer Ansammlung großer Kristalle aus dem reinsten weißen Quarz stehen, die er jemals gesehen hatte. Er hockte sich davor und bestaunte sie kopfschüttelnd.

Als die Bären sich schnuppernd näherten, sagte er zu ihnen: »Diese weißen Steine gehören zu denen, die am schwierigsten zu bearbeiten sind. Aber in den Händen eines hervorragenden Werkzeugmachers könnten daraus Speerspitzen werden, die dem größten Häuptling oder Schamanen angemessen sind! Ich habe gehört, daß der Mystische Krieger Masau große, magische Speerspitzen gemacht haben soll ... Waffen von großer Macht ... aus diesem Stein. Sie gingen im Krieg verloren, wurden jedoch von Cha-kwena wiedergefunden, der eine benutzte, wie es heißt, um dem

Totem im Tal der Toten das Leben zu nehmen. Danach gingen sie erneut verloren und …«

Warakan hielt den Atem an, als er plötzlich eine Eingebung hatte. »Wenn ich dem Schamanen der Roten Welt so schöne weiße Steine zum Geschenk machen könnte, würde er sie vielleicht als Zeichen der Freundschaft aus meinen Händen entgegennehmen und vielleicht sogar einverstanden sein, mit dem heiligen Stein in Shatehs Land zurückzukehren!«

Der Raubwürger machte leise glucksende Geräusche in seiner grauen Kehle. Die Bären verloren das Interesse an den weißen Steinen und jagten einem Streifenskunk hinterher.

»Mit der Macht des heiligen Steines könnte Cha-kwena die größten aller Geschenke zu Shateh bringen – gutes Wetter, viel Wild und das Vertrauen seines Stammes! Dann wird Shateh nicht mehr böse auf diesen Jungen sein.«

Warakan überblickte das Land und vermutete, daß Chakwena durch das Tal der Toten zum Ende der Welt weitergezogen sein könnte. »Ja!« entschied er. »Das große weiße Mammut ist dort gestorben. Seine Knochen liegen im heiligen See. Wir werden dorthin gehen. Wenn ich diese Knochen berühre, werden sie mir vielleicht verraten, in welche Richtung das neue Totem gegangen ist.«

Die Nacht senkte sich über die Erde. Die Sterne erinnerten Warakan an die vielen Kochfeuer in Shatehs Dorf, und er sehnte sich nach dem Tag, an dem er zu seinem neuen Stamm würde zurückkehren können. Er kuschelte sich eng an die Bären und vertraute ihnen wieder seine größte Hoffnung an – daß Shateh ihm seine Gunst schenkte, wenn er mit Cha-kwena und dem heiligen Stein zurückkehrte. »Ich werde niemals seinen Namen als Geschenk erhalten oder die Ehre haben, seine Seele an jenem Tag, wenn er diese Welt verläßt, in mich aufzunehmen. Aber wenn ich ihm den heiligen Stein bringe, kann ich vielleicht darauf hoffen, zumindest sein Freund zu sein. Mit Cha-kwena an meiner Seite wäre das möglich. Ihr werdet sehen. Cha-kwena hat große Macht. Er ist das Totem. Wer in seiner Gunst steht, steht auch in der Gunst der Vier Winde und der Mächte der Schöpfung.«

Wieder gab der Raubwürger, der in der Nähe auf einem verkümmerten Baum hockte, leise, glucksende Laute von sich. Warakan starrte den Vogel an und vertraute ihm wie einem alten Freund seine Gedanken an. »Wozu würdest du mir raten, Raubwürger? Verhöhnst du mich, weil ich überlege, ob ich einem Mann Geschenke bringen soll, der sich zum Feind Shatehs gemacht hat? Vielleicht hast du recht. Selbst wenn ich es schaffen sollte, Cha-kwena zu überzeugen, mich in seinen Stamm aufzunehmen, weiß ich nicht, wie ich ihn dazu überreden soll, zu meinem Stamm zurückzukehren. Wir beide wissen, daß Shateh ihn töten würde. Trotzdem muß ich Cha- kwena davon überzeugen, daß ich sein Freund bin! Wie sonst soll ich den heiligen Stein stehlen?«

Die Frage beunruhigte ihn, genauso wie die Erkenntnis, daß er noch nie zuvor darüber nachgedacht hatte. Warakan blickte nachdenklich auf den blassen, von der Sonne gewärmten Quarzkristall, den er in seiner Hand hielt, während er geistesabwesend mit seinen Daumen über die glänzende Oberfläche strich. »Wie soll ich Cha-kwena den Stein wegnehmen, wenn ich den Ort entdeckt habe, zu dem er ihn gebracht hat?« fragte er und blickte wieder den Vogel an. »Ich kann nicht einfach zu ihm hingehen und ihn danach fragen. Und es wird auch nicht leicht sein, ihn zu stehlen, denn er trägt ihn ständig um den Hals.«

Der Junge schüttelte den Kopf, als seine Beunruhigung immer größer wurde. »Ich denke, ich kann mich vielleicht an ihn anschleichen, wenn er allein ist. Der große Speer, mit dem ein Mann beinahe meine Bären getötet hätte, gehört mir, und die feuergehärteten Knochenspieße, die die große Bärin mir zum Schutz ihrer Jungen überlassen hat, fliegen treffsicher durch den Wind. Auch wenn ich nur ein Junge bin und Cha-kwena ein Mann und Schamane ist, habe ich keine Angst davor, sein Leben zu nehmen!«

Diese Worte ließen Warakan innehalten. Er wußte, daß er überzeugter hatte klingen wollen, als er es war. »Cha-kwena ist nicht nur ein Schamane, weißt du«, erzählte er dem Raubwürger. »Er ist der Totemtöter! Und er ist der Betrüger, der schlau genug war, Shatehs Vertrauen zu erschleichen, um das Bündnis mit den Kriegern des Graslandes im Krieg gegen seine Feinde zu festigen.«

Der Gesichtsausdruck des Jungen wurde immer finsterer. Er wollte nicht vor sich zugeben, wer diese Feinde waren. Mit einem ungehaltenen Schnaufen tat er jeden Gedanken an den Stamm seiner wahren Väter ab. »Cha-kwena war tapfer im Krieg. Du hättest ihn sehen sollen, Raubwürger! Alle, die an seiner Seite gekämpft haben, sahen, daß er die Macht des getöteten Totems hatte. Wie sonst konnte ein Mann der Roten Welt, der mit Eidechsen, Ameiseneiern und gekochten Maden als Nahrung aufwuchs, so mutig und stark werden? Shateh nannte ihn Bruder und Totem und Schamane, als der Kampf vorbei war. Der Stamm des Graslands hat ihm vertraut. Doch Shateh ist nicht nur Häuptling, sondern auch Schamane. Er brauchte keinen Eidechsenfresser, um für ihn die Geister anzurufen! Das wußte ich schon immer! Und irgendwie habe ich auch schon die ganze Zeit gewußt, daß Cha-kwena der Feind ist.«

Warakan schüttelte erneut den Kopf. »Warum? Warum hat er sich, nachdem der Krieg vorbei war, gegen den gewandt, der ihn Freund nannte? Warum täuschte er vor, keine Macht zu haben, während er gleichzeitig die Vier Winde und die Mächte der Schöpfung beschwor, sich gegen Shateh zu wenden? Warum, Raubwürger? Und wie soll ich, ein kleiner und unbedeutender Junge, jemals den Betrüger betrügen? Cha-kwena wird mir niemals erlauben, zu seinem Stamm zu kommen. Ich befürchte, es bedarf schon eines

Schamanen, um einen Schamanen zu täuschen oder zu töten. Und ich habe kein solches Blut in meinen Adern!«

Der Raubwürger gluckste zum drittenmal, neigte seinen schwarz maskierten Kopf und stürzte sich angriffslustig durch die Äste. Warakan neigte seinen Kopf, als der Vogel ihn plötzlich an einen Mann erinnerte – an Masau, den Mystischen Krieger. Er erinnerte sich, wie er gutaussehend, überheblich, mit geradem Rücken und gekreuzten Beinen auf dem Ehrenplatz des Gastes in der ärmlichen Hütte von Warakans Eltern saß und ihn aus breiten, schwarzen Augen musterte, die so scharf und fein geformt und manchmal auch so gefährlich wie Speerspitzen aus Obsidian waren ... Augen, die ihn aus einer Maske schwarzer Tätowierungen anstarrten ... genauso wie die Augen des Raubwürgers.

Warakan verspürte Abscheu. Er hatte gehört, daß der Raubvogel der helfende Tiergeist des Schamanen Masau gewesen war. Wenn das stimmte, war es zumindest angemessen, denn trotz der Schönheit des Mannes und des Vogels waren beide gefährliche, hinterlistige Raubtiere, die ihre Beute hinterrücks überfielen, bevor sie sie aufspießten – der Vogel auf Dornen, der Mann auf Speeren mit Spitzen aus Chalzedon.

Warakan starrte auf den Stein in seiner Hand. »Chalzedon. Seltener weißer Quarz. Das ist dasselbe!«

Der Junge sprang auf die Beine und warf den weißen Stein auf den Vogel. »Geh weg! Warum verfolgst du mich? Ich will nichts mit dir zu tun haben! Masau mag seinen Frieden mit Shateh geschlossen haben, bevor seine Seele für immer vom Wind davongetragen wurde, aber vor diesem Tag war er ein kannibalischer Priester des Stammes des Wachenden Sterns, der gefangene Frauen aufspießte und viele tapfere Krieger tötete. Wenn sein Schamanengeist in dir lebt, sollte er einen Jungen in Ruhe lassen, der sich darüber freut, daß Masau für immer tot ist! Ich bin Warakan, der zur Mutter zweier Bären geworden ist, und wenn ein Tiergeist mich erwählt hat, um mir in diesem Leben zu helfen, dann ganz bestimmt nicht du, Raubwürger! Ich trage das Fell der großen Bärin, deren Fleisch und Blut jetzt in mir und meinen kleinen Bärenkindern lebt!«

Nachdem sein Wortschwall erschöpft war, stand Warakan wütend auf dem Hügelabhang und blickte über das weite, leere Land, in das seine Reise ihn geführt hatte. Der Raubwürger verschwand in niedrigem Gestrüpp, und das Echo warf die Worte des Jungen zu ihm zurück. Sie schienen ihn zu verhöhnen, als sie von den Wänden einer fernen Schlucht zurückgeworfen wurden, die er nicht sehen konnte. Irgendwo in östlicher Richtung schimpfte ein Blauhäher. Obwohl die Sonne ihm heiß auf den Rücken brannte, schauderte Warakan und zog das Bärenfell enger um seine Schultern.

Er blickte den Abhang hinunter, als er den Lärm seiner Bärenkinder hörte, die hemmungslos durch ein graues Dickicht aus Salbei tobten. Der Wind war kühl und trug den Geruch nach fernen, gletscherbedeckten Bergen mit sich, doch das Licht der Sonne schien grell auf den geröllübersäten Hügel. Die blassen Steine strahlten eine Hitze und ein Leuchten aus, das ihn blinzeln ließ. Er sah, wie seine Schützlinge fröhlich hinter dem Stein herjagten, den er weggeworfen hatte, und dabei eine kleine Lawine aus Staub und Kieseln auslösten.

Warakan mußte über die Streiche seiner Kinder lachen. Ihre unermüdliche Begeisterung und Neugier amüsierten ihn, und er atmete wohlig den reichen, öligen Duft nach Salbei ein, dessen Blätter sie mit ihren Tatzen zertreten hatten. Salbei war heilig. Den Geruch einzuatmen kam ihm wie ein Segen vor, und plötzlich wurde Warakan von der außergewöhnlichen Schönheit des Tages ergriffen. Als er die Erhabenheit wilder Hügel, ferner Berge und eines wolkenlosen, blauen Himmels wahrnahm, bedauerte Warakan seinen Wutausbruch gegenüber dem Raubwürger. Die Strömung des Flusses hatte ihn in die Jagdgründe des Vogels fortgerissen. Nur weil sein Aussehen ihn an jemanden erinnerte, für den er Haß empfand, durfte er seine feindseligen Gefühle nicht auf dieses Lebewesen übertragen. Schließlich hatte der Raubwürger ihm nichts Böses angetan. Er hatte ihn sogar zu einer Möglichkeit geführt, wie er das Vertrauen des Schamanen der Roten Welt gewinnen konnte.

Warakan kniete sich hin und hob ein weiteres Stück Quarz auf. »Ich besitze nicht die Fertigkeit, aus diesem Chalzedon solche Speerspitzen zu schlagen, wie sie auf dem Grund des Sees im Tal der Toten liegen, aber sogar ein Schamane und Betrüger wie Cha-kwena muß sich einfach von einem so schönen Stein blenden lassen! Er kann ihn selbst bearbeiten oder den Mann Kosar-eh damit beauftragen! Bestimmt wird er mich willkommen heißen und niemals meine wahre Absicht erraten, wenn ich mit einem so wunderbaren Geschenk vor ihn hintrete!«

Eine unsichtbare Wolke des Zweifels trübte Warakans Stimmung. In diesem Augenblick konnten ihn weder der kühle Wind noch die sonnigen Landschaften oder der duftende Salbei aufmuntern. Das einzige, was er in seiner Verwirrung klar erkannte, war das Ausmaß seiner Dummheit. Während seiner langen Wanderung war er so sehr mit seinem eigenen Überleben und seiner Sorge um die Bärenjungen beschäftigt gewesen, daß er gar nicht weiter über den Grund nachgedacht hatte, der ihn eigentlich vorantrieb – seine Hoffnung, eines Tages mit dem heiligen Stein in der Hand zum großen Shateh zurückkehren zu können.

Für Warakan sah die Zukunft sehr trübe aus, bis sein Blick sich auf einen Punkt in der viel zu leeren Welt konzentrierte und er unvermittelt den fernen Paß wiedererkannte, der ins Tal der Toten führte. Neue Hoffnung strahlte hell in ihm auf. Als die Bären den Hügel hinaufstürmten, um sich in seinen Schoß zu werfen und kraulen und kratzen zu lassen, gab er ihnen, was sie wollten, während er aufgeregt zu ihnen sprach.

»Unser Freund Raubwürger hat uns gut geführt!« verkündete er. »Wir müssen ihm danken, wenn wir ihn das nächste Mal sehen. Erkennt ihr den Paß dort in den Bergen? Im Tal dahinter opferte das große weiße Mammut Cha-kwena sein Leben. Seine Knochen liegen dort im Wasser des heiligen Sees. Vielleicht besitzen diese Knochen noch einen Rest von Zauberkraft, gerade genug für einen kleinen Jungen und seine Bärenkinder. Wir werden hingehen und es herausfinden.«

Diese Aussicht raubte dem Jungen den Atem und ließ seine Augen tränen. Neugierig leckten die Bären die glänzenden Streifen auf seinen Wangen ab. Warakan erwiderte ihre Geste, so wie es auch eine echte Bärenmutter getan hätte. Dann lachte er, als er sich an den langen, beschwerlichen Weg erinnerte, den er gekommen war, und die vielen Kämpfe mit den Mächten der Schöpfung, um diesen Ort lebend zu erreichen.

Plötzlich erschien ihm sein Vorhaben gar nicht mehr so unmöglich. Es war überhaupt nicht mehr unwahrscheinlich, daß er eines Tages wieder an der Seite des Oberhäuptlings ging, der ihm wieder seine Gunst geschenkt hatte.

»Die Vier Winde waren auf unserer Seite, kleine Bärenbrüder!« sagte Warakan zu seinen Schützlingen. »Im Tal der Toten werden wir die Knochen des Totems berühren und dann weiterziehen, um den heiligen Stein von Cha-kwena zu holen. Wir werden eine Möglichkeit finden. Ich weiß es! Dieser Betrüger aus der Roten Welt hat schon viel zu lange in der Gunst der Mächte der Schöpfung gestanden!«

7

Nichts war mehr wie früher, alles veränderte sich. Die Vier Winde rächten sich an Cha-kwena, und er wußte nicht, wofür. Seit er zu seinem Stamm zurückgekehrt war, spürte er auch wieder die alte, lähmende Ermattung am Tag, die ihn in der Nacht traumlos schlafen ließ. Er konnte dies nicht verstehen, denn nach der Wiedergeburt des Totems, dem Verschwinden der Herde beim Erdbeben und dem Leid seines Stammes hätte sein Schlaf voller Träume und Vorzeichen, voller Warnungen oder Hoffnungen sein müssen. Ohne Träume konnte er kein Schamane für seinen Stamm sein. Er war machtlos und ziellos.

Die Erde bewegte sich immer noch, aber das gelegentliche Erzittern oder die kurzen, heftigen Stöße waren seltener geworden. Obwohl er sich bemühte, die Geister der Vorfahren anzurufen, sich bei den Mächten der Schöpfung für den Stamm einzusetzen, waren seine Visionen flüchtiger als jemals zuvor. Und immer noch wurde sein Stamm vom Unglück heimgesucht.

Während er betrübt vor seiner Hütte saß, starrte der junge Schamane nach oben auf das Blätterdach der Hartholzbäume und absterbenden Nadelbäume. In diesem Wald fühlte er sich als Fremder, er konnte darin keine Schönheit finden. Der Sommer war heiß und erdrückend schwül in diesen dunklen Wäldern. Tiere und Vögel, die er nicht kannte, riefen und sangen bei Tag und bei Nacht zwischen den Blättern fremdartiger Bäume und im dichten Unterholz. Insekten umschwirrten das Lager und die neu geborene heilige Quelle. Die Kinder beklagten sich über Bisse und Ausschläge, und jeder – sogar die normalerweise ruhige und unerschütterliche Ta-maya – war gereizt. Gah-ti hatte Fieber. Und Cha-kwena hatte weder die Herde noch das kleine weiße Kalb wiedergefunden, obwohl er lange nach den Mammuts gesucht hatte.

»Wir müssen tiefer in die Wälder vordringen«, sagte er. »Wir müssen dem Totem folgen. Eule wird uns den Weg zeigen. Ich habe gehört, wie der Vogel nachts meinen Namen gerufen hat.« Er runzelte die Stirn, weil er sich der Wahrheit seiner eigenen Worte nicht völlig sicher war. Seine Träume waren trübe, schlammige Flüsse, die ihm keinerlei Erkenntnis, sondern nur Verwirrung vermittelten. »Das Totem ist hier und wartet auf uns.« Zumindest dessen war er sich sicher – oder?

»Wo?« wollte Kosar-eh wissen, der von seiner Arbeit aufblickte. In der Nähe des Lagers befanden sich keine guten Steine, so beschäftigte er sich damit, abgenutzte Speerspitzen und Werkzeuge nachzubearbeiten, die andernfalls weggeworfen worden wären. »Nicht einmal die Hunde sind aus diesem düsteren und verfluchten Wald zu uns zurückgekehrt! Zweifellos haben sie sich zu einem eigenen Rudel zusammengeschlossen und sind ins Land der Sonne und des Himmels zurückgekehrt! Und jetzt willst du uns noch tiefer in die Finsternis der Bäume führen? Wo sind die Mammuts, Cha-kwena? Ich habe schon seit Tagen ihren Trompeten nicht mehr gehört.«

»Sie sind da. Das Totem ist bei ihnen. In dieser Richtung... irgendwo.« Cha-kwena wußte, daß seine Unbestimmtheit keinen guten Eindruck machte, aber Kosar-ehs ständige Kritik verunsicherte ihn – und nagte am Rest des Vertrauens, das der Stamm seinem Schamanen noch entgegenbrachte ... und er sich selbst.

»Ich werde nirgendwohin gehen, solange Gah-ti nicht wieder gesund ist«, entgegnete der große Mann in schroffem Tonfall. »Und wenn er wieder kräftig genug ist, um weiterziehen zu können, werde ich mit ihm bestimmt nicht tiefer in diesen ...«

»Ich bin völlig in Ordnung!« protestierte Gah-ti mürrisch. Den Rücken gegen einen umgestürzten, moosbedeckten Baumstamm gelehnt, saß er ein Stück von der nächsten

Hütte entfernt. »Das Wasser an diesem Ort macht, daß ich einen seltsamen Durst bekomme, das ist alles.«

»Und warum trinkst du dann nicht, um diesen Durst zu stillen?« erwiderte Kosar-eh genauso mürrisch, obwohl er seine Besorgnis nicht ganz verbergen konnte. »Die Frauen bringen dir Wasser, und du schreist sie nur an, als wolltest du sie beißen! Seit dem launischen Verhalten des Hundes, den Cha-kwena getötet hat, habe ich nicht mehr eine solche Gehässigkeit erlebt, wie du sie ...«

»Ich kann nicht trinken!« unterbrach Gah-ti ihn und legte seine Hand an die Kehle. »Ich habe Durst, großen Durst! Aber es schmerzt, wenn ich trinke. Meine Kehle wehrt sich gegen alles, was ich hindurchzwängen will, sogar meinen eigenen Speichel!« Damit machte er einen krampfhaften Versuch zu schlucken und wurde dann von einem Anfall geschüttelt – so heftig, wie sich vor kurzem Mutter Erde geschüttelt hatte.

Mah-ree war sofort an seiner Seite. Sie wollte ihn berühren, um ihn mit ihren zarten, heilenden Händen und sanften Worten zu beruhigen. Doch er schrie und schlug so heftig nach ihr, daß sie zu Boden ging. Kosar-eh und Cha-kwena sprangen sofort auf und kamen zu ihm. Seine Brüder hielten sich zurück und starrten genauso verdrossen wie die Frauen und Mädchen, die nun aus ihren Hütten kamen. Als der junge Mann sich schreiend, zuckend und geifernd am Boden wälzte, begann die kleine Tla-nee zu heulen.

»Andere trinken von dieser Quelle und werden nicht krank«, rief Cha-kwena in Verzweiflung und Wut auf die Geister des Waldes. »Warum leidet dann dieser Mann?«

Mah-ree war wieder aufgestanden. Sichtlich erschüttert blickte sie auf Gah-ti hinab und bemühte sich nicht, ihre Hilflosigkeit zu verbergen. »Die Medizinfrau weiß nicht, was sie gegen diese Durstkrankheit machen soll. Gah-ti will die Medizin nicht schlucken, die ich für ihn mache. Er hat gesagt, daß seine Haut schmerzt. Nachdem das Totem wiedergeboren wurde, wächst jetzt vielleicht Gah-tis Arm nach, so daß sein Leiden bald ein Ende haben wird. Doch bis dahin mußt du Schamanenzauber einsetzen, Cha-kwena, damit er die heilenden Öle zu sich nehmen kann!«

»Was glaubst du wohl, was ich die ganze Zeit mache?« fragte Cha-kwena verärgert über ihre Andeutung, daß er nicht genug tat.

Mah-ree hatte sich ihm gegenüber verändert, seit er nach dem Erdbeben ins Dorf zurückgekehrt war. Auch alle anderen verhielten sich sehr zurückhaltend. U-wa war verschlossen und hatte kein Wort mehr an Mah-ree gerichtet, seit seine kleine Frau laut von der Wiedergeburt des Totems gesprochen hatte. Mah-ree war zerknirscht und kleinlaut, da sie von ihrer Schuld wußte, trotzdem hatte sie genausowenig wie die anderen vergessen können, daß Gah-ti davon erzählt hatte, wie »ihr Schamane« selbst das Tabu gebrochen hatte. Manchmal bemerkte Cha-kwena, daß sie ihn so traurig, enttäuscht und verletzt ansah, daß er beschämt zusammenzuckte, und manchmal blickte er von einer Mahlzeit auf und sah in ihren Augen so sehnsüchtige Liebe, daß es ihn beinahe wütend machte. Er konnte und wollte sie nicht lieben, bis er es geschafft hatte, seine Kräfte wiederzugewinnen und seinen Stamm davon zu überzeugen, das Totem zu suchen.

In den starken Händen von Cha-kwena und Kosar-eh entspannte sich Gah-ti endlich wieder, während er keuchend und verwirrt nach oben starrte. Es schmerzte den Schamanen, ihn in diesem Zustand zu sehen. Als er plötzlich spürte, daß Kosar-eh ihn ansah, drehte er den Kopf und erkannte in seinem Gesicht einen Ausdruck, den er dort noch nie zuvor gesehen hatte: Verachtung. Und Haß.

»Ich denke, daß du uns angelogen hast, Cha-kwena«, beschuldigte Kosar-eh ihn mit tiefer Stimme.

»Es wäre nicht das erste Mal«, sagte Mah-ree seufzend.

Cha-kwena warf ihr einen wütenden Blick zu.

»Ich glaube, daß dieser Ort keinerlei Macht hat«, sprach

Kosar-eh weiter. »Ich glaube, daß es vielleicht gar kein Totem und gar keine Mammuts gibt, sondern nur den Tod ... so wie für Shateh, als er dich noch seinen Schamanen nannte.«

Cha-kwena spürte, daß sein Gesicht brannte. »Was willst du damit andeuten?«

»Ich will gar nichts andeuten. Ich habe nur eine Frage und eine Anklage. Wenn Lebensspender wiedergeboren wurde, wann wird dann für unseren Stamm alles wieder gut werden? Und wann wird jemand anderer als du das Totem mit eigenen Augen sehen – wenn es tatsächlich ein Totem gibt?«

Es war Mah-ree, die eine zaghafte Antwort gab. »Die kleine Doh-teyah hat mir gesagt, daß sie es gesehen hat.«

»In ihren Träumen!« tobte Kosar-eh. »In Bildern, die von den leeren Versprechungen eines Schamanen heraufbeschworen wurden! Versuch nicht, meine Hoffnung mit süßen Worten zu schüren, Schamanenfrau! Du und dein Mann, ihr habt das Tabu gebrochen, das es verbietet, einen Wunsch auszusprechen! Cha-kwena hat geschworen, daß meine kleine Tochter wieder sehen und meinem großen Sohn der Arm nachwachsen wird, wenn das Totem wiedergeboren ist und ...«

»Es wird schon wieder gut, Vater«, wurde Kosar-eh erneut von Gah-ti unterbrochen, der Mah-ree einen sorgenvollen Blick zuwarf. »Laß mich nur eine Weile ausruhen. Der Schmerz läßt nach. Ich ...«

»Das genügt mir nicht!« unterbrach jetzt der Vater den Sohn. »Wenn das Totem wiedergeboren wurde, solltest du gesund und stark sein, und auch alles andere sollte für den Stamm wieder gut sein! So hat es der Schamane versprochen!«

»Die Ahnen haben es so versprochen!« warf Cha-kwena ein. »Ich habe nur ihre Prophezeiung wiederholt!«

Kosar-ehs Gesicht verzerrte sich vor Zorn. »Dann will ich es noch einmal wiederholen: Ich sage, daß du in den dunklen Wäldern gar kein kleines weißes Kalb gesehen hast. Kein

Totem! Keine Mammuts! Keine Omen der Macht! Ich sage, daß du uns hierhergeführt hast, um dich vor den Feinden zu verstecken, vor denen du dich fürchtest! Ich sage, daß du den Namen des Totems mißbraucht hast, um uns mit einer falschen Hoffnung auf Dinge zu ködern, die niemals eintreten werden.«

»Das Totem wurde wiedergeboren!« beteuerte Cha-kwena leidenschaftlich.

»Obwohl ihr, du und deine Frau, das Tabu gebrochen habt?« fragte Kosar-eh.

Mah-ree war so bleich, daß sie in Ohnmacht zu fallen drohte.

Cha-kwena bemerkte es nicht – oder es kümmerte ihn nicht. »Lebensspender zieht in Gestalt des kleinen weißen Kalbes durch die Wälder. Ich habe es wirklich gesehen!«

»Wo ist dann seine Macht?« hakte Kosar-eh nach, der ihm offenbar kein Wort glaubte. »Und wozu ist der heilige Stein nütze? Wir haben alles gewagt, um beide zu beschützen. Zur Belohnung bebt die Erde unter unseren Füßen, während wir um unsere Toten trauern. Quellen geben schlechtes Wasser oder versiegen ganz, meine Tochter ist immer noch blind, und mein einarmiger Sohn leidet unter Schmerzen, die nicht nur für ihn, sondern auch für alle anderen, die sich in seine Nähe wagen, gefährlich sind. Ist das der Dank der Mächte der Schöpfung, weil wir ihren Willen erfüllt und dem Land unserer Vorfahren den Rücken zugekehrt haben, um alles im Stich zu lassen, was wir kannten und liebten? Während meine Frau trauert und mein Herz betrübt ist wegen meines toten Babys, wegen meiner blinden Tochter und meines kranken Sohns, sage ich zu dir, Cha-kwena, daß es besser für uns gewesen wäre, in Shatehs Land zu bleiben und es noch einmal mit seinem Stamm zu versuchen, als so zu leben, wie wir jetzt leben.«

»Unmöglich! Wie kannst du so etwas sagen, nach allem, was geschehen ist? Wir sind dazu bestimmt, dem Totem zu folgen!«

»Cha-kwena, allmählich glaube ich, daß dir die Mammuts mehr am Herzen liegen als dein eigener Stamm. Der Herde ging es in Shatehs Land gut. Du warst es, der die Mammuts nach Osten getrieben hat.«

»Weil Shateh unser Feind ist! Er hätte dich gezwungen, zwei deiner Kinder zu verstoßen, und er hätte Mah-ree getötet ...«

»Du warst es, der ihn dazu getrieben hat. Du warst es, der sein Vertrauen mißbraucht hat. Das Totem hätte unter den Augen des Stammes des Graslands geboren werden können.«

»Damit Shatehs Jäger die große Kuh geschlachtet und vom heiligen Kalb gegessen hätten ...«

»Das sagst du!«

Cha-kwena war entsetzt über die Anschuldigungen und den Vertrauensverlust des Mannes. »Das habe ich in meinen Träumen vorhergesehen. Wenn die Mammuts uns vorausgehen, dann weil sie uns in ein besseres Land führen werden. Ich werde wieder in den Wald gehen. Ich werde das Totem suchen und dir beweisen, daß es so ist.«

Kosar-eh nickte nachdrücklich. »Immer und immer wieder hast du die Mammuts gesucht, seit wir dieses neue Lager aufgeschlagen haben. Mit deinen eigenen Worten hast du uns gesagt, daß es keine neuen Spuren der Herde gibt – kein frischer Kot oder Urin, keine aufgewühlte Erde oder abgeschürfte Rinde an den Bäumen.« Er schnalzte tadelnd mit der Zunge. »Vielleicht ist es ein Geistermammut, nach dem du suchst ... das überhaupt nicht fressen und sich entleeren muß. Dann wird es für sterbliche Menschen in der Tat schwierig, seine Spur zu finden.«

»Mein Schamane ist Schamane!« rief Mah-ree, doch ihre Wangen waren immer noch blaß. »Er muß es sein!«

»Beweise es!« entgegnete Kosar-eh.

»Ja«, sagte Gah-ti mit einer Ernsthaftigkeit, die seine erschöpften Züge vor Verlangen verzerrte. »Beweise es ... bitte, Cha-kwena ... bitte beweise es!«

Cha-kwena war erschüttert. Seine Hand suchte nach dem Medizinbeutel und klammerte sich um den heiligen Stein. »Ich werde jetzt in den Wald gehen. Ich werde das Totem suchen und euch beweisen, daß meine Worte wahre Worte sind.«

»Nein.« Kosar-eh schüttelte wieder den Kopf. »Die einzige nennenswerte Spur, die ich in der Nähe des Lagers gesehen habe, war der Kot eines kranken Bären auf dem Weg, der zu den Quellen führt.«

»Ah!« rief Mah-ree. »Vielleicht ist es derselbe Bär, den ich gesehen habe, als wir das erste Mal den Wald betreten haben!«

»Vielleicht«, sagte er, wollte sich aber nicht von ihr ablenken lassen. »Aber ich könnte mir vorstellen, daß in diesen dunklen Wäldern noch mehr von seinen Artgenossen leben. Es wäre nicht gut, wenn Cha-kwena sich jetzt weit vom Dorf entfernen würde, während nur ein Mann und seine Söhne zum Schutz der Frauen und Kinder da sind. Der Schamane muß seine Macht benutzen, um Gah-ti hier an dieser Stelle zu heilen.« Er wandte den Blick von seinem Sohn zu Cha-kwena. »Wenn du ein Schamane bist, Cha-kwena, dann benutze deine Macht, um das Totem herbeizurufen, damit wir alle es mit eigenen Augen sehen können. Teile dem weißen Mammut mit, daß dein Stamm schwach ist vor Krankheit und Trauer und wieder Zuversicht und Hoffnung in die Zukunft fassen muß. Tu das, Cha-kwena! Überzeuge mich davon, daß ich kein Narr war, als ich das Leben meiner Frau und meiner Kinder einem Mann anvertraut habe, der sie über das Ende der Welt hinaus geführt hat zu ... *dem* hier.«

Den Rest des Tages verbrachte Cha-kwena allein. Er begann zu fasten, aß und trank nichts mehr und saß am Rand des Dorfes im kleinen kreisförmigen Heiligtum, das er dort angelegt hatte. U-wa hatte den Kindern gezeigt, wie sie »Schamanengaben« aus Federn und Zunder zu ihrem Meister bringen sollten, damit er sein heiliges Feuer am Leben erhalten konnte, das seine Gebete zur Welt der Geister hinauftrug, während er sich an den »Ort der Träume« zurückgezogen hatte. Die Kinder kamen in völliger Stille, wie leichte, vorwitzige Windböen, denn selbst die Kleinsten unter ihnen wußten, daß sie auf keinen Fall Cha-kwenas selbstauferlegte Einsamkeit stören durften. Die runde Grube im Boden, die mit unverkleideten Zweigen überspannt war, hatte die größtmögliche Ähnlichkeit mit einer traditionellen heiligen Höhle in diesem Land der Bäume.

Er fastete und betete. Er beschritt den Pfad der Visionen eines Schamanen, auf dem er das Totem rufen und die Mammuts zu dem Ort zurückbringen konnte, an dem er die Herde zuletzt gesehen hatte. Langsam und ohne Nahrung oder Flüssigkeit, die seine Gedanken nur von spirituellen Bedürfnissen auf körperliche Funktionen gelenkt hätte, begann sich sein Geist zu klären. Doch wie sehr er auch versuchte, seinen Geist vom Körper zu lösen, er trieb nur in einer riesigen inneren Leere, die ihn frösteln ließ, lange bevor die erste kühlende Brise des Abends durch den Wald und die Äste des Heiligtums drang.

Cha-kwena griff nach dem heiligen Stein. Er war verzweifelt, weil er wußte, daß es Tage und Nächte endlosen Fastens dauern würde, bis er den geistigen Zustand erreicht hatte, den er anstrebte. Doch ihm blieb nicht soviel Zeit! Sein Stamm brauchte dringend die Macht des Schamanen! Also flehte er die Geister der Vorfahren und die Mächte der Schöpfung an, Klarheit in seine Gedanken zu bringen. *Das Totem wurde wiedergeboren. Der Geist Lebensspenders weilt wieder in dieser Welt. Ich habe ihn gesehen! Warum ist er dann verschwunden? Und warum sucht der Seelenfänger meinen Stamm heim? Seit ich in diesen düsteren Wald gekommen bin, habe ich mich bemüht, alle Traditionen zu achten und kein Tabu zu brechen, um nicht die Geister der Vorfahren zu beleidigen. Trotzdem befürchte ich, daß etwas die Mächte der Schöpfung erzürnt und ihre Gunst gegen meinen Stamm gewandt hat. Aber was?*

Und als er dann hörte, wie sich jemand vom Dorf her dem Heiligtum näherte und seine Gedanken nach außen zwischen die offenen Zweige gelenkt wurden, verließ ihn der Mut, als er erkannte, daß er die Antwort anscheinend bereits wußte.

Mah-ree kam zu ihm.

Cha-kwena erstarrte und blickte seine hübsche kleine Frau und Gesetzesbrecherin an. Sie trug seinen Wintermantel. Sie sah so lieblich aus, als sie durch die tiefer werdenden Schatten der anbrechenden Nacht auf ihn zukam und aus Respekt vor seinem Rang und seinem Geschlecht demütig den Kopf gesenkt hielt. Doch als er sie betrachtete, runzelte er die Stirn und fragte sich, ob sie vergessen hatte, daß es verboten war, einen Schamanen am Ort der Träume zu stören. Dann beruhigte er sich mit dem Gedanken, daß Mahree aus den Fehlern der Vergangenheit sicherlich genauso viel gelernt hatte wie er. Sie würde ihn nicht ansprechen, wenn sie seinen Mantel auf dem Boden ausgebreitet hatte. Sie würde ihn und die Gesetze ihres Stammes achten.

Wenn sich nicht durch die Lücken zwischen den Zweigen ihre Blicke getroffen hätten, wäre es vielleicht so gewesen. Cha-kwena würde es niemals erfahren.

Ihre Blicke ließen sich nicht mehr los. Er konnte seine Augen nicht abwenden. Zum erstenmal, seit er aus dem Wald zurückgekommen war, erkannte er in ihren Augen keinen Vorwurf. Er spürte, wie ihre Seelen sich berührten und wie er eine solche Liebe und Sehnsucht nach ihr empfand, daß er überhaupt nicht bemerkte, wie er ihren Namen sprach, bis das Wort seine Lippen verließ und er es flüsternd im Wind hörte. »Mah-ree …«

Aus ihrer Kehle kam ein überraschtes Schluchzen der Freude, und auf ihrem Gesicht erschien ein scheues, schnelles und dankbares Lächeln. Sie kniete sich hin und breitete den Mantel vor dem Heiligtum aus. »Die Nacht wird kalt. Die Kühle ist angenehm nach der Hitze des Tages. Dennoch habe ich meinem Schamanen seinen Mantel gebracht, damit er es warm hat, wenn er in seinen Träumen das Totem ruft. Du mußt es für uns rufen, Cha-kwena! Du mußt! Wenn du kannst.«

»Wenn?« Ihre Stimme war kaum mehr als ein Flüstern gewesen. Dennoch wurde der schöne Augenblick durch diesen Mangel an Vertrauen zerstört. »Du wagst es, das Schweigen der Meditation eines Schamanen zu brechen?«

»Ich … n-nein! Ich habe gesehen, daß du mich angeblickt hast. Die Augen und die Stimme meines Schamanen haben mich willkommen geheißen. Und ich dachte … ich habe darin … Liebe gesehen. Andernfalls hätte ich niemals gesprochen! Ich dachte, es wäre in Ordnung, wenn ich …«

»Bei den Mächten der Schöpfung, Mah-ree! Du mußt endlich aufhören zu denken! Man sollte es dir verbieten! Kein Wunder, daß das Totem im Wald verschwunden ist! Warum sollte es sich in der Nähe eines Dorfes aufhalten, in dem eine respektlose und gesetzesbrüchige Frau wie du lebt? Geh!«

Sie hatte die Augen weit aufgerissen. »Aber … mein Schamane war doch gar nicht auf dem Traumpfad! Du hast doch meinen Namen gesprochen und mich angesehen!«

»Ich will dich nicht mehr ansehen, Gesetzesbrecherin!«

Ihr Kinn begann zu zittern, ihre Augen wurden feucht, und sie sprang auf die Beine. »Diese Frau ist nicht das einzige Stammesmitglied, das die Gesetze gebrochen hat!« sagte sie mit versagender Stimme, als sie sich verletzt und verwirrt zurückzog.

Cha-kwena blickte ihr nach. Sein Gewissen drückte ihn. Sie hatte recht, denn auch er hatte das Tabu gebrochen, einen Wunsch nicht auszusprechen. Und er hatte sie wirklich angesehen und ihren Namen gesprochen. Er war nicht auf dem

Traumpfad gewesen. Sie hatte kein Gesetz gebrochen, wenigstens diesmal nicht.

Der zunehmende Wind des Abends berührte ihn und ließ ihn frösteln. Er griff nach seinem Mantel, zog ihn in sein Heiligtum, legte ihn um, schloß die Augen, nahm den heiligen Stein in die Hand und suchte erneut nach der Vision.

Es dauerte lange, bis sie kam, ein Traum aus Nebel und Dunkelheit, durch den er allein ging, ohne den heiligen Stein der Vorfahren, während die Mammuts ihm vorausschritten ...

Cha-kwena wachte unvermittelt auf. Er hatte das bestimmte Gefühl, daß eine große Zeitspanne verstrichen war, seitdem er die Augen geschlossen hatte. Und der ferne Ruf einer Eule in den Wäldern sagte ihm, was er zu tun hatte. Er lauschte. Tief erschüttert verstand er. Obwohl Kosar-eh zu Recht darauf bestanden hatte, daß er beim Stamm blieb, wußte er jetzt, daß er ihm diesen Wunsch nicht erfüllen konnte. Er war gezwungen, sich erneut auf die Suche nach den Mammuts zu machen. Diesmal würde er nicht eher zurückkehren, als bis er das Totem gefunden und den Rest der Herde zurück zur heiligen Quelle getrieben hatte, zurück zum Dorf und vor die zweifelnden Augen Kosar-ehs.

Doch bevor er in die Nacht hinausging, gab es für Chakwena noch etwas zu tun. Eine ganze Weile blieb er reglos in der Dunkelheit sitzen. Schließlich nahm er den heiligen Stein vom Hals und legte das Amulett in der Mitte seines Heiligtums auf den Boden, wo seine Macht Kosar-eh und seinem Stamm helfen sollte, wenn sie sie nötig hatten.

»Seid mit ihnen, Geister des Ersten Mannes und der Ersten Frau, und wacht über sie! Ich muß jetzt dem Totem folgen. Mögen die Vier Winde und die Mächte der Schöpfung mich in der Macht Lebensspenders stark machen, bis ich zurückkehre, um euch zu beschützen und wieder der Schamane für meinen Stamm zu sein!«

Mah-ree konnte nicht schlafen. Sie lag allein auf der Schlafstelle in ihrer Hütte wach, die Cha-kwena in letzter Zeit nur selten mit ihr teilte, und machte sich große Sorgen. Sie wollte so sehr, daß er zu ihr kam, doch sie wußte im Innersten ihres Herzens, daß er nicht kommen würde.

»Diesmal werde ich nicht sagen, daß ich mich geirrt habe!« flüsterte Mah-ree, während in ihr Schuldgefühle und Empörung miteinander wetteiferten. Sie schloß die Augen und versuchte sich zu entspannen und sich zum Schlaf zu zwingen. Doch es nützte nichts. Sie dachte nur an Chakwena.

Mah-ree setzte sich auf, zog sich ihr Schlaffell um die Schultern und starrte in die Dunkelheit. Sie sprach, als würde ihr Mann ihr gegenübersitzen. »Ich war oft eine Frau, die mit ihrer Dummheit und ihrer lockeren Zunge die Gesetze gebrochen hat, aber diesmal nicht!«

Sie seufzte vor Sehnsucht nach ihrem Mann. Sie seufzte erneut, als sie sich seiner Liebe unwürdig fühlte. Trotzdem sehnte sie sich danach, daß er zu ihr kam und sich für seine ungerechtfertigte Feindseligkeit entschuldigte. Doch Mahree kannte ihn gut genug, um zu wissen, daß er nicht kommen würde. Seit er den Stamm zu diesem neuen Lager geführt hatte, war er mit seinen Grübeleien beschäftigt. Er sprach kaum noch mit ihr, aber sie mußte zugeben, daß dies eher ihre Schuld war, denn sie war über Gah-tis Offenbarung von seiner Tabuverletzung so schockiert und entrüstet gewesen, daß sie lange Zeit nicht mit ihm hatte reden wollen. Trotz seiner vielen Warnungen! Obwohl er sie geschlagen und als Gesetzesbrecherin bezeichnet hatte, nachdem er selbst die ganze Zeitlang ein Gesetzesbrecher gewesen war! Trotzdem seufzte Mah-ree noch einmal, weil sie erkannte, daß er zur Rettung des Totems gezwungen gewesen war, das Totem gleichzeitig in Gefahr zu bringen. Als Schamane und Wächter des Stammes war ihm keine andere Wahl geblieben.

Jetzt verbrachte er trotz ihrer liebesfördernden Mittel, die sie ihm heimlich ins Essen gemischt hatte, fast jede Nacht im Heiligtum, und in dieser Nacht würde es nicht anders sein. Sie fühlte sich verletzt durch sein mangelndes Interesse an ihr und durch seine Ungerechtigkeit, während sie sich gleichzeitig Sorgen um ihn machte. Sie schlang ihre Arme um die angezogenen Knie und suchte in dieser Selbstumarmung Trost und Mut, um sich den Gedanken zu stellen, die in ihrem Kopf tobten.

Was war, wenn Kosar-eh mit seinen Anschuldigungen recht hatte? Was war, wenn es gar kein kleines weißes Mammut gab, gar kein Totem, von dem sich der Stamm führen und vor den Vier Winden beschützen lassen konnte? Was war, wenn ihr Schamane seine Macht verloren hatte? Er hatte sie zweifellos noch besessen, als er den Stamm von Shateh fortgeführt und in gute Jagdgründe jenseits der Schlucht gebracht hatte. Wenn er sie nun verloren hatte, konnte es nur geschehen sein, weil an jenem schrecklichen Tag, als sie unbeabsichtigt das Tabu gebrochen hatte, die große Mammutkuh ihr heiliges Kalb verloren hatte.

Mah-ree bekam eine Gänsehaut, als ihr die uralte Prophezeiung wieder ins Bewußtsein kam. *Am Tag, an dem das Totem stirbt, werden auch die Menschen für immer sterben.* »Und es wäre alles meine Schuld. Aber nein! Cha-kwena hat das Totem doch gesehen! Mein Schamane lügt nicht! Das Totem wird kommen. Kosar-eh wird es sehen! Wir alle werden es sehen!«

Außerhalb der geflochtenen Wände der Hütte rauschte ein heftiger Wind in den Bäumen. Mah-ree hob lauschend den Kopf. Und dann griff sie plötzlich nach ihren Mokassins. »Ich werde zu ihm gehen. Ja! Ich werde vor dem Heiligtum warten. In der Dämmerung wird das Totem dem Ruf meines Schamanen folgen und aus dem Wald kommen, und ich werde dabeisein. Ich werde es sein, die die anderen herbeiruft! Und mein Schamane wird wissen, wie stark Mah-rees Vertrauen in seine Macht ist!«

Also trat sie in die Nacht hinaus und entfernte sich lautlos von den Hütten des schlafenden Stammes. Nur das leise, qualvolle Stöhnen Gah-tis war zu hören. Mah-rees Herz schmerzte vor Mitleid. Kurz vor Anbruch der Dunkelheit hatte der Kranke seine Schlaffelle aus der Hütte geholt, die er mit seinen Brüdern teilte. Mit Schaum um den Mund hatte er geschrien, daß er es nicht ertragen konnte, jemanden in seiner Nähe zu haben, und hatte sich an den flechtenbewachsenen Baum gesetzt, wo er bereits den Tag verbracht hatte. Der junge Kiu-neh war mit blutiger Nase aus der Hütte gekommen und hatte Gah-ti nachgestarrt. Mah-ree konnte sich noch gut an Kiu-nehs verwirrten Gesichtsausdruck und an seine Worte erinnern, als er Gah-ti gewarnt hatte, daß er ihn umbringen würde, wenn er noch einmal seinen jüngeren Bruder schlug oder seine Geschwister angriff.

Mah-ree seufzte verzweifelt, als sie auf Zehenspitzen an ihm vorbeiging und flüsterte: »Ach, mein lieber Freund Gah-ti, ich weiß nicht, welche bösen Geister dich in diesen Tagen belästigen. Aber wenn das Totem kommt, wird es dir wieder bessergehen. Es muß einfach so sein!«

Dann erreichte sie das Heiligtum. Sie kniete sich hin und machte sich bereit, auf die Morgendämmerung zu warten. Nach einer Weile bemerkte sie, daß sich niemand in der Höhle befand. Langsam kroch sie auf den Knien näher heran und lugte durch die Zweige in die Dunkelheit. Dort entdeckte sie etwas Kleines und Bleiches, das mitten in der kreisförmigen Grube auf einem Medizinbeutel lag. Noch bevor sie es in die Hand nahm, wußte sie, daß es der heilige Stein war.

8

Warakan stand auf dem hohen Paß, der zum Tal der Toten führte. Es war sehr spät oder sehr früh – er war sich nicht sicher. Er war mit den Bären viele Tage lang unterwegs gewesen, seit sie die Hügel verlassen hatten, zu denen der Raubwürger sie geführt hatte. Er war mit dem ersten Licht der falschen Dämmerung aufgestanden und starrte nun nach Osten.

»Kommt, meine kleinen Bärenbrüder, ihr habt genug geschlafen!« sagte er zu den Jungen und stubste sie sanft mit dem Fuß an. »Wir gehen jetzt weiter. Wenn die Geister der Vorfahren Warakan immer noch günstig gesonnen sind, ist vielleicht noch ein bißchen Macht in den Knochen des großen weißen Mammuts übrig – nur soviel, um diesen Jungen wissen zu lassen, ob die Spur aus Steinhäufchen und markierten Bäumen der Weg ist, den der Schamane der Roten Welt gegangen ist, oder ob der Betrüger uns damit nur in die Irre führen will.«

Seine Worte machten ihm Hoffnung und ließen ihn vor Verlangen und Sorge zittern. Leise fügte er hinzu: »Und wenn dieser Junge seine Hände auf die heiligen Knochen des großen Mammuts legt, wird er vielleicht auch Weisheit und Mut finden, nicht nur für die bevorstehende Reise, sondern auch für die Wiederbegegnung mit Shateh, wenn er es jemals schafft zurückzukehren.«

Tu alles, um den heiligen Stein zu stehlen, auch wenn du dazu den Schamanen töten mußt, in dessen Besitz er ist.

Warakan sprach diese Worte nicht laut aus, denn je näher er dem Tal der Toten kam, desto stärker spürte er die Anwesenheit feindseliger Geister und ihrer Gedanken. Sein Mund war plötzlich wie ausgetrocknet, und er versuchte seine zunehmenden Befürchtungen zu verdrängen. Früher hatten der Schamane der Roten Welt und sein Stamm einmal in einer Höhle im Tal der Toten gewohnt. Soweit Warakan wußte, hatte Cha-kwena Spuren seiner Macht in jenem Tal zurückgelassen, um jeden zu verwirren, der mutig genug war, nach den Knochen des großen weißen Mammuts zu suchen.

Versuch nur, mich aufzuhalten! Der Junge mit den Bärenkindern wird keine Angst haben! Warakan wird dich finden, Cha-kwena, und den heiligen Stein für Shateh holen!

Wieder stärkten die unausgesprochenen Worte Warakans Hoffnung. Der Junge beruhigte sich damit, daß seine Aussichten auf Erfolg gut standen. Er versuchte zu schlucken, doch sein Mund war noch trockener als zuvor.

Mehrere ausgewählte Steine aus Chalzedon in einem Beutel, der aus dem ausgenommenen Kadaver eines Fuchses bestand – das Tier hatte den tödlichen Fehler begangen, sich eine tote Maus in einer von Warakans Fallen als Beute auszusuchen –, war der Junge bereit, noch einmal den Ort aufzusuchen, wo das große weiße Mammut gestorben war. Die Idee, Cha-kwena den seltenen weißen Stein als Geschenk zu bringen, erschien ihm immer noch sehr gut. Ob der Schamane ihn annehmen und dem Schenkenden seine Freundschaft anbieten würde, war jedoch eine ganz andere Frage.

»Was auch immer geschehen soll, wird geschehen, doch jetzt hat dieser Junge keine Wahl. Er muß die Macht suchen, die vielleicht noch im getöteten Totem liegt, und muß sich den Gefahren stellen, die ihn auf diesem Weg erwarten.«

Warakan seufzte. Diesmal hatten ihm seine Worte statt Hoffnung ein beunruhigendes Gefühl der Schicksalhaftigkeit vermittelt, das ihn beinahe verzweifeln ließ. *Suche Cha-kwena und bringe den heiligen Stein zu Shateh, wenn du nicht für immer ein Fremdling in dieser Welt sein willst, ganz allein, in den Jagddörfern der Menschen unwillkommen und von jedem als Feind geschimpft, außer von diesen zwei kleinen Bärenbrüdern. Und mit der Zeit werden sogar diese beiden dich verlassen, dich vergessen und ihren eigenen Weg gehen, während sie sich auf die Suche nach*

Bärenfrauen und warmen Höhlen und den langen Bärenschlaf des Winters machen.

Die Bärenjungen zu seinen Füßen gähnten und streckten sich schläfrig. Warakan blickte auf sie hinab und bemerkte, daß sie während des vergangenen Mondes ein gutes Stück gewachsen waren. Er fragte sich, ob auch er sich verändert hatte. Er trug immer noch das Bärenfell, aber es erschien ihm nicht mehr so schwer wie zu Anfang.

Er blickte zum spätnächtlichen Himmel hinauf. Die Sterne über ihm waren so hell wie Lagerfeuer, die über eine riesige schwarze Ebene verstreut waren. Plötzlich roch Warakan den Rauch ferner Kochfeuer. Er schrak zusammen, drehte sich um und starrte den Weg zurück, den er gekommen war. Er konnte die morgendlichen Feuer eines großen Stammes erkennen. Seine Eingeweide verkrampften sich. Wer war dort draußen? Welcher Stamm? Welcher Häuptling?

»Shateh?« Warakan sprach den geliebten Namen mit solcher Sehnsucht aus, daß ihm Tränen der Verzweiflung in die Augen traten. Für einen Augenblick überkam ihn dieselbe Hoffnung, die ihm damals die Kraft zum Weiterleben gegeben hatte, als er halb ertrunken dem Fluß entkommen war. »Mein Vater hat mich doch nicht vergessen!«

Atemlos vor Aufregung nahm der Junge die Bären in die Arme und hob sie hoch. Die beiden waren inzwischen recht schwer und groß geworden. Der eine hing über Warakans Rücken und knabberte an den langen Strähnen seines losen Haars, während der andere an seinem Ohr schnupperte.

»Seht, kleine Bärenbrüder! Shateh ist gekommen, um Warakan zu sich zu holen!« rief er.

Doch dann fragte er sich, ob dieser Anblick für ihn ein Grund zur Freude oder zur Besorgnis sein sollte. Es waren sehr viele Feuer – zu viele für Shatehs Stamm, erkannte er. Warakan drückte die Bärenjungen an sich. »Könnte dies der Stamm sein, der versucht hat, euch zu töten?«

Der Herzschlag des Jungen beschleunigte sich, während

er in die Ferne starrte. Bevor es dämmerte, konnte er nicht feststellen, wer sich dort draußen befand. Doch selbst dann würde es schwierig werden, weil die Menschen viel zu weit entfernt waren. Er mußte auf dem Paß bleiben und das volle Tageslicht oder sogar die Abenddämmerung abwarten, bis der Stamm sich weit genug genähert hatte, um sie an den Farben und Mustern ihrer Speere, ihrer Kleidung und Körperbemalung zu erkennen.

»Und wenn es trotz der vielen Feuer tatsächlich Shateh sein sollte, warum sollte er dann mit dem gesamten Stamm das Land der Vorfahren verlassen, um nach einem Jungen zu suchen, den er zu seinem Sohn ernannt hat? Die Bisonjagdgründe sind weit weg. In diesem Land, das wir schon einmal auf dem Rückweg vom Ende der Welt durchquerten, gibt es nichts für den Stamm des Häuptlings.« Warakan fühlte sich, als hätte ihn ein Schwall kalten Wassers getroffen, als er diese Möglichkeit in Betracht zog. »Es sei denn, auch er ist auf der Jagd nach Cha-kwena und dem heiligen Stein.«

Das war ein erschreckender Gedanke, bis der Junge sich umdrehte und das Tal überblickte. Er sah einen fernen Feuerschein, der aus einer Höhle in der Flanke eines Hügels zu stammen schien. Warakan hielt den Atem an, kniete sich hin und ließ die Bären los. »Wir werden sie zuerst finden!« verkündete der Junge. »Zu diesem Ort ist der Schamane der Roten Welt gekommen! Er ist vom Ende der Welt zurückgekehrt, hinter das er und seine gesetzesbrüchige Frau sich im Sturm geflüchtet haben. Ach, meine kleinen Bärenbrüder, er ist wirklich der Betrüger! Wer hätte gedacht, daß er seinen Stamm ausgerechnet ins Tal der Toten führen würde? Wenn das dort Shateh ist, wäre er an diesem Ort vorbeigezogen, ohne zu ahnen, was der Gelbe Wolf Cha-kwena getan hat. Aber wir werden uns heimlich zum See schleichen, in dem die Knochen des Totems liegen. Wir werden sie berühren und daraus Kraft gewinnen. Wir werden eine Möglichkeit finden, den heiligen Stein zu rauben! Dann werden wir ihn zu Shateh bringen. Dann wird der Häuptling trotz Teikans Lügen wieder Vertrauen zu Warakan fassen und ihn erneut seinen Sohn nennen!«

Als es dämmerte, hatte sich Cha-kwena weit vom traurigen kleinen Dorf im dunklen Wald hinter dem Ende der Welt entfernt. Der starke Nachtwind war mit dem Licht des Morgens erstorben, und jetzt – während sein Kopf viel klarer und seine Gedanken viel konzentrierter waren als seit Tagen – blieb er stehen, als er wieder das beunruhigende Gefühl hatte, von etwas anderem als der Mammutherde verfolgt zu werden.

Unter dem vorragenden Schnabel seines Eulenkopfschmucks legte sich Cha-kwenas Stirn in Falten. Seit er den Wald in der unmittelbaren Nähe des Dorfes hinter sich gelassen hatte, war er nicht mehr auf die Spuren des Bären gestoßen, der sich in der Nähe der Quelle aufhielt. Doch gelegentlich hatte er die Witterung von Riesenwölfen und den strengen Geruch von Katzenurin bemerkt. Dadurch war er auf der Hut vor Löwen und Sprungkatzen mit großen Reißzähnen. Er bedauerte seine Entscheidung, sich unbewaffnet in die Nacht hinausgewagt zu haben.

Doch jetzt bewirkte etwas anderes – das nichts mit der Bedrohung durch Raubtiere zu tun hatte –, daß sich seine Nackenhaare sträubten. Irgendwie waren die Mächte der Schöpfung in Aufruhr, sie bewegten sich unsichtbar auf ihn zu, wie die Wellen auf einem See im Wind. Fröstelnd erzitterte er, zog seinen Umhang enger um die Schultern und griff nach dem heiligen Stein. Doch er war nicht da. Cha-kwena verzog das Gesicht. Ohne das Amulett fühlte er sich machtlos und verletzlich in diesem fremdartigen, unbekannten Teil des Waldes.

»Enkelsohn Hoyeh-tays!«

Cha-kwena schrak bei diesem Ruf zusammen.

Er hörte ihn noch einmal. »Wächter des heiligen Steines! Viele haben gekämpft und sind gestorben, um dir das Amulett abzunehmen und seine Macht für ihre eigenen Zwecke zu benutzen. Keiner von ihnen hatte Erfolg. Und jetzt hast du den heiligen Stein in der Obhut anderer zurückgelassen, die nicht über deine Macht verfügen.«

Cha-kwena drehte sich und blickte in alle Richtungen. Wer hatte gesprochen? Er drehte sich noch einmal im Kreis, bevor ein Glucksen in den Zweigen links über seinem Kopf ihn auf die Gestalt einer alten, grauen Eule aufmerksam machte, die ihre Federn verlor. »Du!« rief er überrascht.

»Glaubst du, daß du dich ganz allein auf den Weg durch den dunklen Wald gemacht hast?« Der Vogel plusterte sein Gefieder auf. Die Lider schoben sich langsam über die goldenen Kugeln seiner Augen und zog sich wieder zurück. Die Eule starrte auf ihn hinunter, bewegte sich leicht auf ihren hornigen Füßen, breitete die Flügel aus, an denen etliche Federn fehlten, und war verschwunden.

Cha-kwena starrte ihr mit einem verärgerten Knurren nach. »Geh nur! Flieg weg! Das scheint das einzige zu sein, wozu du in letzter Zeit imstande bist! Weißt du, Eule, in diesen Tagen bist du für mich nicht gerade der helfende Tiergeist, der du für meinen Großvater warst! Wohin willst du mich führen? Und warum gefällt es dir nicht, daß ich den heiligen Stein zurückgelassen habe, obwohl ich damit doch nur den Geistern meiner Träume gehorcht habe? Was sonst hätte ich tun sollen? Bin ich nicht auch der Wächter des Totems und meines Stammes? Ich muß das kleine weiße Mammutkalb finden. Solange in meinem Dorf Krankheit und Verzweiflung herrschen, kann mein Stamm kein Vertrauen zu ihm und zu mir fassen. Bis ich mit Lebensspender zu ihnen zurückkehre, wird die Anwesenheit des heiligen Steines ihnen Mut machen! Bei ihnen ist er in Sicherheit!«

»Ist er das wirklich? … Wirklichwirklichwirklich …?«

Cha-kwena lauschte auf den fragenden Ruf der Eule, der

allmählich in der Ferne des Waldes verklang. Nach einer Weile schien das Geräusch nur noch der Schrei irgendeines Vogels zu sein. Er fragte sich, ob das Erscheinen des redseligen Raubvogels vielleicht gar keine Vision, sondern nur die Verkörperung seiner Bedenken gewesen war, den heiligen Stein zurückzulassen.

Cha-kwena war verärgert und enttäuscht, wie so oft, wenn er mit den Launen der Visionen eines Schamanen konfrontiert wurde. Er holte tief Luft, um sich zu beruhigen, und ging weiter. Es würde sich irgendwann zeigen, ob er das unergiebige, aber trotzdem tröstende Gespräch mit der Eule wieder aufnehmen konnte. Ansonsten fühlten sich sein Körper und Geist längst nicht mehr so ermattet wie während der vergangenen Tage. Er folgte den vertrauten alten Mammutspuren, die er schon zuvor erkundet hatte, bis er schließlich an eine Stelle kam, wo die Tiere im Kreis gegangen waren und dann eine ganz neue Richtung eingeschlagen hatten. Ermutigt blieb er stehen und überblickte das unerkundete Waldland. Er hatte keinen Zweifel daran, daß sich die Herde dort irgendwo aufhielt und daß das Totem bei ihr war. Er mußte nur weitergehen, um sie irgendwann wiederzufinden. Bis dahin war er überzeugt, daß das kleine weiße Mammut im Kreis seiner Artgenossen in Sicherheit war. Er wünschte sich, dasselbe von sich behaupten zu können. Ohne seine Speere und sein Amulett fühlte er sich den Gefahren hilflos ausgeliefert. Doch dann erschien plötzlich ein durchscheinender Nebel im gedämpften Licht des Waldmorgens, der sich zwischen den Bäumen zur Gestalt eines Mannes verdichtete. Die Erscheinung hatte ein blaues Gesicht, helle Augen und runzlige Haut wie eine uralte Schildkröte.

»Komm, Cha-kwena, mein Enkel, Kleiner Bruder der Tiere, Wächter des Totems, Gelber Wolf, Verwandter des Kojoten und Betrüger! Komm! Die Tiere dieser Welt sind deine Brüder und Schwestern. Du mußt keine Angst vor ihnen haben. Komm, sage ich! Warum zögerst du? Du erinnerst dich doch sicher noch an den Weg durch die dunklen Wälder!«

Cha-kwena stockte der Atem. Er kniff die Augen zusammen. War die neblige Gestalt seines Großvaters Wirklichkeit oder nur Einbildung? War die Stimme aus dem Wald vielleicht seine eigene gewesen? Er wußte es nicht. Sein Geist schien sich auszudehnen und dann durch die Zeit zurückzustürzen, bis er wieder ein kleiner Junge war, der sich in einem düsteren Wald verlaufen hatte, während Eule ihm den Weg durch eine Welt zeigte, die silbern glänzte, nicht im Licht des Morgens, sondern in dem der Sternenkinder des Mondes. Der Nachtwind umstrich ihn flüsternd, während Eule ihn rief und im dichten Wald verschwand. Ohne zu zögern, ging Hoyeh-tay ihm voraus, stapfte mit knochigen Beinen durch das Gestrüpp des Unterholzes. Und dann verschwand auch der alte Schamane zwischen den Bäumen.

»Warte!« rief Cha-kwena seinem Großvater nach. »Ich kenne diesen Wald nicht! Es ist zu dunkel zum Weitergehen!«

»Eule und ich kennen den Weg. Komm! Benutze dein drittes Auge – das innere Auge deiner Seele, durch das der Schamane den Pfad seiner Visionen erkennt. Beeile dich! Unser Großer Geist ist vielleicht nicht mehr an der Salzquelle in der heiligen Schlucht, wenn wir eintreffen!«

»Salzquelle?« Cha-kwena neigte den Kopf zur Seite, als er sich erinnerte und überlegte. »Ist das der Ort, zu dem die Mammuts mich und meinen Stamm führen wollen? Zum Salz? Es ist ein großer Schatz für sie und die meisten grasenden Tiere – und auch für die Menschen, wenn wir es finden.«

Cha-kwena!

Er blinzelte, als er seinen Namen hörte, doch in diesem Ruf lag ein anderer Tonfall, etwas Befehlendes. Er schien wie aus einer Trance zu erwachen. Er suchte im Wald nach der geisterhaften Gestalt Hoyeh-tays und wartete darauf, daß die Stimme ihn erneut rief. Bodennebel hüllte die Bäume ein, doch seinen Großvater konnte Cha-kwena nirgendwo erkennen. Statt dessen hörte er den Ruf einer Eule. Obwohl der Laut diesmal deutlich als der eines Vogels und nicht der eines geisterhaften Wesens zu erkennen war, schlug Cha-kwena trotzdem eine neue Richtung ein und folgte der Stimme der Eule. Ganz gleich, ob es sich um einen Geistervogel oder ein lebendes Geschöpf aus Fleisch, Knochen und Federn handelte, dort, wohin der alte Nachtvogel flog, würde er irgendwann unweigerlich die Mammuts finden, die im Schatten seiner Flügel weideten.

Auch heute würde es nicht anders sein. Kurz darauf fand Cha-kwena hinter den nächsten Harthölzern weitere Mammutspuren, die nicht einmal zwei Tage alt waren. Die Stelle war von Stoßzähnen aufgewühlt worden, es gab Kot, zerknicktes Gebüsch und zerfetzte Rinde und Blätter, so hoch sie die Mammuts erreichen konnten. Dies zu sehen, freute ihn genauso, wie es ihn gefreut hätte, etwas zu essen – wenn er daran gedacht hätte, sich Nahrung mitzunehmen.

»Wenn ich doch nur ein Mammut wäre und Bäume essen könnte!« sagte er und ging weiter. Er durchsuchte die Gegend, in der es jedoch nur ein paar Maden und Insekten gab, die kaum seinen Hunger lindern konnten.

Als er schließlich müde wurde, machte Cha-kwena in einem Gehölz aus uralten, moosbedeckten Nadelbäumen halt und suchte sich einen Platz, wo er sich einigermaßen in Sicherheit ausruhen konnte. Ein breiter, knorriger, ausladender Ast zog seinen Blick an. Er kannte die Koniferenart nicht, zu der er gehörte, doch er lächelte, als er sich an einen ähnlichen Baum aus der fernen Roten Welt seiner Kindheit erinnerte. Der Geist jenes riesigen Vaters aller Wacholder hatte ihn aus seinem Heimatdorf am See der Vielen Singvögel in den Wald gerufen. Während der Wind durch seine intensiv riechenden, schuppigen Blätter gekämmt war, hatte der uralte Baum ihn aufgefordert, seine gewaltigen Arme hinaufzuklettern und sich darauf wie ein junger Luchs unter den Sternen auszustrecken, um den Traum zu suchen, den alle Jungen der Roten Welt suchten, die einmal Jäger werden wollten – den besonderen Traum, der ihnen ihren helfenden Tiergeist der Jagd und damit den Namen offenbarte, den sie während ihres Erwachsenenlebens tragen würden. Der alte Hoyeh-tay hatte ihn in den Ästen des großen Baumes mitten im uralten Wacholderwäldchen gefunden und ihm gesagt, daß nur Schamanen von der Macht solcher Orte angezogen wurden. Obwohl der Junge sich heftig gegen seine Bestimmung gewehrt hatte, träumte er schließlich doch die Träume eines Schamanen und nicht die eines Jägers.

Als Cha-kwena jetzt die massigen, von Wind und Wetter geformten Bäume betrachtete, wußte er, daß sein alter Großvater recht gehabt hatte. Dieser seltsame, düstere und feuchte Wald flößte ihm immer noch Unbehagen ein, aber eine Baumgruppe wie diese besaß einen besonderen Zauber. Hier herrschte eine heilige und unbestimmbare Stille, die nur gelegentlich von Blauhähern und dem Kommen und Gehen des Windes unterbrochen wurde. Aber die Häher blieben nicht lange, und innerhalb der Zuflucht dieser Bäume wurde sogar der stärkste Wind besänftigt, so daß er mit respektvollem Raunen zwischen den aufragenden Stämmen der stummen Wächter hindurchrauschte, die ihre Arme nach der Sonne und den Sternen ausstreckten, während sie ungerührt zu Zeugen aller vergänglichen Dinge wurden, die in ihrem Reich lebten und starben.

Cha-kwena blickte nach oben. In seinem fernen Heimatland hätte er jetzt die Sonne durch die Äste der Wacholder und Pinien und die weiten offenen Kronen der Eichen sehen können. An diesem Ort jedoch war das Blätterdach des Waldes geschlossen wie eine große dunkle Hütte des ewigen Schlafs. Die vielen Schichten aus den Zweigen immergrüner Bäume und der Harthölzer strebten gemeinsam nach der Sonne, so daß nur noch dünne Lichtstrahlen auf das fielen, was unter dem Dach wuchs. Cha-kwena seufzte und fragte sich, wie weit er noch durch diesen Wald gehen mußte, bis er eine Lichtung fand, doch dann beschloß er, daß er zunächst Ruhe brauchte, bevor er seine Wanderung fortsetzen konnte.

Der junge Mann war so gelenkig, daß er sich nicht sehr anstrengen mußte, um auf den rauhen, flechtenbewachsenen Ast des großen Baumes zu klettern, vor dem er stehengeblieben war. In der tief zerfurchten Rinde fand er reichlich Halt und saß schon bald auf dem Ast, den Rücken gegen den Stamm gelehnt. Sicher vor Raubtieren war er bald darauf eingeschlafen …

Cha-kwena wußte nicht, wie lange er schon in tiefer, tröstender Dunkelheit geschwebt hatte, als der Traum zu ihm kam. Es war der alte Alptraum, allerdings wesentlich heftiger und gewalttätiger als jemals zuvor.

Er befand sich in der schattigen Tiefe der heiligen Schlucht. Die schwarzen Wände des Abgrunds ragten über ihm auf und wurden von adergleichen Wasserfällen durchzogen, die sich von der Höhe herabstürzten – rote Wasserfälle, die über den Rand flossen und sich in dicken, senkrechten Blutströmen zum Grund der Schlucht hinunterschlängelten.

Cha-kwena keuchte. In seinem Traum blickte er nach unten und sah, daß er knöcheltief in Blut und Knochen stand. Es waren Knochen und Stoßzähne von Mammuts, Knochen und Schädel von Menschen. Der Tod flog in Gestalt des Raben auf schwarzen Schwingen auf ihn zu und streifte mit dem Schnabel seine Kopfhaut, während er ihn rief. Unter dem warmen Wind seiner Flügel ging der Schamane tiefer in die Schlucht hinein, wischte sich Blut aus den Augen, und blickte dann auf bemalte Menschen, die in Wolfsfellen liefen, als sie das heilige Mammut unter einem brennenden Himmel jagten.

Er schrie ihnen zu, sie mögen aufhören. Sie drehten sich zu ihm um und lachten. Es waren Shateh und Teikan, Ynau und Ranamal, Xohkantakeh und alle Krieger des Graslandes – und auch die Krieger des Wachenden Sterns, die er im fernen Tal der Toten gesehen und bekämpft hatte. Cha-kwena war entsetzt. Wie konnten sich diese zwei Mächte verbündet haben?

Es spielte keine Rolle.

Cha-kwena sah, wie die Krieger Blitzspeere schleuderten, die Herde umkreisten und jedes Mammut abschlachteten, bis nur noch das kleine weiße Kalb am Leben war. Allein und verwirrt hob es seinen Rüssel und schrie wie ein ängstliches Kind.

»Lauf!« rief Cha-kwena, doch er selbst war es, der lief, auf das Totem zu, während er im anschwellenden Fluß aus Blut immer wieder hinfiel, aufstand und weiterrannte. Die Räuber näherten sich ihrer Beute. Hinter dem schmalen Ende der schwarzen Schlucht flog eine Eule in den blauen Himmel und auf einen großen weißen Bergzug zu, der wie Eis glänzte. Die Sonne ging dahinter auf und schüttete ihr Licht über die Welt.

»Lauf ins Gesicht der aufgehenden Sonne!« rief Cha-kwena.

Das kleine weiße Mammut war immer noch verwirrt, aber es bewegte sich jetzt, blickte sich jedoch zu den heulenden, in Wolfsfelle gekleideten Männern um, die ihm folgten. Cha-kwena kam seinen Feinden näher. Durch seine Willenskraft eines Schamanen gab er auch dem Totem die Macht, den Abstand zu den Kriegern zu vergrößern ... bis der Geist des großen beschämten Bären sich aus dem Blutstrom erhob, um ihm den Traumpfad seiner Vision zu versperren.

Cha-kwena blieb wie angewurzelt stehen.

Der große Bär ragte vor ihm auf.

Er beobachtete entsetzt, wie das Tier aufrecht wie ein in Felle gekleideter Mensch auf den Hinterbeinen vor ihm stand, wie es aus kleinen, hellen Augen seitlich der großen Schnauze auf ihn herabblickte. Die Kiefer des Tieres schlugen warnend zusammen. Die Lippen zogen sich zurück, um ihm Zähne zu zeigen, die sogar noch einer Leiche Furcht eingeflößt hätten. Und dort, neben dem Tier stand im Schatten seiner ausgestreckten Vordertatzen eine Frau, die einen Speer trug und seinen Namen sprach.

»Cha-kwena! Wach auf, mein Schamane! Hilf mir!«

Cha-kwena wachte voller Schreck aus seinem Alptraum auf. Mah-ree stand ein Stück von seinem Baum entfernt im Wald. Wölfe hatten sie umkreist. Er starrte fassungslos, während er sich fragte, ob diese Szene noch zu seinem Traum gehörte, denn er hatte dieses Bild schon einmal gesehen, damals, in der Nacht, als er und seine Frau vor dem Zorn Shatehs geflohen waren. Genau wie damals und genauso wie die Erste Frau in den uralten Geschichten stand Mah-ree den drohenden Wölfen mit einer dreiarmigen Vogelschleuder gegenüber, die sie über ihrem Kopf kreisen ließ.

Trotz ihres Hilferufes war sie gar nicht auf seine Hilfe angewiesen. Mit einem Schrei ließ sie die Steinschleuder wirbeln, bis die langen Arme der Waffe nach Befreiung heulten. Eingeschüchtert von dem Geräusch der Schleuder und von dem Anblick der mutigen, schreienden Frau zerstreuten sich die Wölfe und brachten sich im Wald in Deckung, bevor Mah-ree ihre Waffe loslassen konnte.

»Ay yah!« rief sie triumphierend, als ein Wolf vor Schmerz aufheulte und verschwunden war.

Cha-kwena sprang auf den Boden.

Mah-ree strahlte vor Stolz auf sich selbst und holte schnell ihr Gepäck, das sie offenbar kurz vor dem Angriff der Wölfe abgelegt hatte. Sie hob die eingerollten Felle, eine Handvoll kurzer Spieße und drei rote Speere mit blauen Umwicklungen auf, kam zu ihrem Mann und legte ihm diese Dinge zu Füßen. »Ich bin dir gefolgt, mein Schamane! Ich hätte dich gerufen, aber ich befürchtete, daß du mich zurückschicken würdest. Jetzt werden wir wie der Erste Mann und die Erste Frau gemeinsam zum Wohl unseres Stammes das Totem suchen! Der Wächter des Totems braucht seine Speere. Und seinen …« Sie griff an ihre Kehle und zog sich einen Riemen über den Kopf. »Den heiligen Stein! Als ich ihn sah, wußte ich, warum du ihn zurückgelassen hast. Du darfst nicht das Vertrauen in deine eigene Macht verlieren, mein Schamane! Wenn das kleine weiße Mammut allmählich erwachsen wird, wird auch deine Macht zurückkehren und …«

Cha-kwena konnte seinen Zorn nicht mehr zurückhalten. »Den Stein habe ich zurückgelassen, damit er den Stamm während meiner Abwesenheit beschützt!« brüllte er.

Ihr Gesichtsausdruck veränderte sich. »Aber die Macht des Steines spricht durch meinen Schamanen, der geschworen hat, das Amulett mit seinem Leben zu behüten. Wie kann mein Schamane es zurücklassen? Wie kann …«

»Ich habe geschworen, das Totem zu bewachen. Ich muß es wiederfinden. Ich muß sehen, warum die Mammuts den Wald in der Nähe der neugeborenen Quelle verlassen haben.«

Sie nickte. »Ja, das verstehe ich. Also bin ich zu dir gekommen …«

»Und hast es wieder einmal gewagt, die Waffen eines Mannes zu berühren und zu tragen!«

»Deine Speere! Ich habe sie nicht benutzt. Und die Spieße sind nicht mehr als zugespitzte Wurfstöcke. Bestimmt werden die Mächte der Schöpfung nicht böse sein, wenn ich …«

»Genug!« unterbrach Cha-kwena ihren Redeschwall mit einer Kälte, die ihn selbst zutiefst erschütterte. Sein Zorn war verraucht. Unter seinen Füßen wurde die Erde von einem weiteren Nachbeben geschüttelt. Es war nur ein kurzer Stoß, der schon im nächsten Augenblick wieder vorüber war, aber er war deutlich genug zu spüren, um Cha-kwena eine furchtbare Wahrheit zu offenbaren, während er seine Frau anstarrte. »Shateh hatte recht mit dem, was er über dich sagte, Mah-ree. Du bist tatsächlich die Ursache allen Unglücks, das unseren Stamm heimgesucht hat. Immer wieder habe ich dich davor gewarnt, dich nicht über die Gesetze der Vorfahren hinwegzusetzen! Immer wieder hast du sie gebrochen! Und jetzt erkenne ich, wer du wirklich bist ... die speertragende Frau aus meinen Alpträumen, die mit dem Bären geht und mir den Traumpfad der Vision versperrt!«

»Niemals!« protestierte sie.

»Immer wieder!« entgegnete er. »Du bist nicht imstande, meinem Willen oder den Gesetzen der Ahnen zu gehorchen. Du hast die Geister der Vorfahren beleidigt und den Zorn der Mächte der Schöpfung gegen unseren Stamm heraufbeschworen. Du bist schuld, daß die Kinder unseres Stammes krank werden und sterben! Du bist schuld, daß die Erde bebt, daß Wasser zu Gift wird und daß das Totem aus dem Land verschwunden ist, in das die Mammuts uns gebracht haben!«

Mah-ree schüttelte fassungslos den Kopf. »Nein, mein Schamane! Das kann nicht sein! Ich habe mich immer bemüht, gehorsam zu sein! Und selbst wenn ich es manchmal vergessen habe, so habe ich auf keinen Fall anders getan, als es die Erste Frau für ihren Mann getan hat.« Sie trat vor und blickte ihn verzweifelt an. »Mein Schamane soll wissen, daß diese Frau eher sterben würde, als ihm seinen Traumpfad zu versperren!«

»Dann laß mich allein!« sagte er zu ihr. »Du bist nicht die Erste Frau! Nimm deine verfluchten Speere und geh mir aus den Augen!« Obwohl er die Worte bereits bedauerte, als sie ihm über die Lippen kamen, nahm er sie nicht zurück. Er stieß sie so heftig von sich, daß sie aufschrie, sich den Kopf hielt und vor ihm auf die Knie fiel.

Mah-ree rührte sich nicht von der Stelle. »Ich kann meinen

Schamanen hier nicht allein lassen«, flüsterte sie mit verletzter Stimme. »Nicht ganz allein und unbewaffnet in der Dunkelheit ohne den …«

»Dann bleib hier! Dann werde ich eben gehen!« verkündete er und entschied mit einem Blick auf seine Speere, daß diese ihm vielleicht doch nützlich sein könnten. Ohne ein Wort nahm er sie an sich. Ihre kleinen Spieße klapperten leise, als er die längeren Speerschäfte mit den Steinspitzen herauszog. »Nimm deine Waffen und bring den heiligen Stein ins Dorf zurück!«

»Aber der Weg ist so weit! Und es wird bald dunkel. Diese Frau hat Angst um sich selbst und um ihren Mann! Mein Schamane soll erlauben, daß ich an seiner Seite bleibe.«

Cha-kwena schüttelte den Kopf. »Ich glaube nicht, daß du in deinem Leben jemals vor irgend etwas Angst gehabt hast, Mah-ree! Geh zum Dorf zurück! Gah-ti braucht die Medizinfrau. Cha-kwena nicht. Ich muß die Mammuts suchen! Ich muß mich davon überzeugen, daß sie in Sicherheit sind. Ich kann und werde nicht zulassen, daß du mir im Weg stehst!«

Sie blickte zu ihm auf. Hoffnung schimmerte in ihren Augen. »Diese Frau ist Cha-kwenas Frau. Mein Schamane kann Mah-ree nicht einfach zurücklassen.«

Das Beben, von dem Cha-kwena erschüttert wurde, kam nicht aus der Erde. Es war ein tiefes, aufsteigendes Erzittern der Entschlossenheit, das durch sein Herz fuhr und es entzweiriß. Bis zu diesem Augenblick war er ein Mann und ein Schamane gewesen. In diesem Augenblick erkannte er, daß er sich für eins von beiden entscheiden mußte. Und in diesem Augenblick wußte er, daß er nie wieder eine Wahl treffen mußte. Sein Traum hatte ihm gezeigt, daß das Totem in Gefahr war. Wenn das Totem starb, würden auch die Menschen sterben, und aus Gründen, die er nicht verstand, war diese kleine Frau eine Gefahr für sie alle. Sogar schon als kleiner Junge hatte er gewußt, daß der Pfad des Schamanen mehr von ihm verlangen würde, als er geben wollte. Vielleicht war dies das Opfer, vor dem er sich von Anfang an gefürchtet hatte.

Er schüttelte den Kopf. Der Pfad des Schamanen wartete auf ihn. Er konnte nicht mehr umkehren.

»Ich kann dich sehr wohl zurücklassen«, sagte er zu Mah-ree. »Ich muß dich sogar zurücklassen. Jetzt sollen die Vier Winde, die Mächte der Schöpfung und die Geister der Vorfahren die Worte dieses Mannes hören! Für immer und ewig soll diese Frau Mah-ree nicht mehr Cha-kwenas Frau sein!«

Damit drehte er sich um und ging weiter. Als sie seinen Namen rief, blickte er sich nicht um. Er wagte nicht, sich umzublicken. Die Frau, die Cha-kwena liebte, wartete im Wäldchen auf ihn, aber er war jetzt nur noch Schamane.

Mah-ree blieb sehr lange Zeit auf den Knien hocken. Sie wartete und war überzeugt, daß Cha-kwena zu ihr zurückkehren würde. Die Gegenwart des heiligen Steines in ihrer Hand beruhigte sie, und sie lächelte, als sie sich an die vielen Gelegenheiten erinnerte, bei denen sie ihrem Mann gefolgt war und er sie getadelt hatte. Am Ende hatte er ihr jedesmal verziehen und sie dennoch mitgenommen.

»Er hat es nicht so gemeint, wie er es gesagt hat. Er wird schon zu mir zurückkommen«, sagte Mah-ree zu dem Amulett. »Und auch zu dir, heiliger Stein. Er weiß ganz genau, daß es falsch ist, dich zurückzulassen, den Geist des Ersten Mannes und der Ersten Frau, denn ihr müßt immer in der Obhut eines Schamanen sein, durch dessen Seele und Mund ihr sprechen könnt. Und mein Schamane ist der beste aller Schamanen! Der mutigste! Der tapferste! Du darfst nicht böse sein, daß er dich zurückgelassen hat, heiliger Stein! Er sorgt sich mehr um unseren Stamm als um sich selbst. Er sucht die Mammuts und das Totem, um allen zu helfen!«

Sie seufzte. *Er wird ganz bestimmt nicht weit gehen,* dachte sie. *Sein Zorn auf mich wird vergehen. Er wird zu mir zurückkommen. Das tut er immer.*

Bald wich das schwache Tageslicht dem Abend, und Mahree saß immer noch allein da. Sie blickte sich um, lauschte auf die lauter werdenden Geräusche der Nacht und erzitterte. »Er wird kommen!« sagte sie mit bebender Stimme zu den Bäumen und den Tieren, deren Anwesenheit sie in den dunklen Schatten des Waldes spürte. Sie dachte an die Wölfe, die sie vertrieben hatte, und an den Bären, den sie im Wald hinter dem Dorf gesehen hatte. »Mein Schamane wird mich nicht allein lassen. Nicht wenn Raubtiere durch den Wald streifen!«

Erst als es völlig dunkel geworden war, nahm Mah-ree ihre Spieße und die Fellrolle auf und kletterte in den großen Baum. »Ich werde hier auf ihn warten«, sagte sie zu dem heiligen Stein. »Hier ist es sicherer für mich, bis er kommt.«

Während sie den heiligen Stein fest in der Hand hielt und gegen ihre Brust drückte, erinnerte sich Mah-ree an Chakwenas Befehl, mit dem Amulett ins Dorf zurückzukehren. Ein Gefühl der Verzweiflung überkam sie. *Wieder hat diese Frau ihrem Mann nicht gehorcht!* Ihre Stimmung wurde so düster wie die Nacht.

»Woher sollte ich wissen, daß er diesmal nicht zurückkommen würde?« fragte Mah-ree den Stein. »Ich bin kein Schamane. Ich bin nur die Medizinfrau. Und in diesem fernen Land hinter dem Ende der Welt sind mir die heilenden Geister der Bäume und Gräser und aller grünen Pflanzen unbekannt! Sie vertrauen mir ihre Geheimnisse nicht an, und obwohl ich eine Wunde vernähen kann, bin ich schließlich doch keine sehr gute Medizinfrau!«

Als Mah-ree an ihre Unfähigkeit dachte, dem leidenden Gah-ti helfen zu können, fühlte sie sich völlig nutzlos, während sie enttäuscht und einsam in der schützenden Höhe des großen Baums saß. Sie mußte zugeben, daß Chakwena sie zu Recht beschuldigt hatte, seinen Traumpfad zu versperren. Ihre Eigensinnigkeit und ihr Wunsch nach einem Kind hatten sie dazu veranlaßt, ihm mit U-was liebesfördernden Mittel die Träume zu rauben. Ihre Niedergeschlagenheit wuchs.

»Ich werde im Dorf nicht gebraucht. Ich bin zu nichts nütze. Ich bin keine Frau, keine Tochter, keine Mutter und keine Heilerin. Und selbst wenn es so wäre – hier im Wald gibt es Wölfe, und jetzt ist es zu spät für mich, allein zu meinem Stamm zurückzukehren.«

Diese Rechtfertigung beruhigte sie, bis ihr der Gedanke kam, daß die Dunkelheit für sie in der vorigen Nacht auch kein Hinderungsgrund gewesen war. Doch da war sie Cha-kwena dicht auf den Fersen gefolgt. Jetzt war alles anders. »Ich werde hier auf meinen Schamanen warten. Das ist es, was Cha-kwena eigentlich von mir will. Ich bin mir völlig sicher!«

Sie seufzte, weil sie wußte, daß sie sich überhaupt nicht sicher war. Verzweifelt lehnte sie ihren Kopf gegen den Baumstamm und schloß die Augen. »Diese Frau ist müde!« verkündete sie in einem Tonfall, der mit etwas Glück von eventuell zuhörenden Geistern wohlwollend aufgenommen wurde. »Diese Frau dankt dem Geist dieses Baumes, daß er ihr einen sicheren Platz gewährt, an dem sie sich ausruhen kann. Diese Frau wird wieder klarer denken können, nachdem sie geschlafen hat. Und bis dahin wird der Schamane dieser Frau bestimmt zurückgekommen sein.«

Wieder seufzte Mah-ree. Den letzten Satz hatte sie mit besonderem Nachdruck gesprochen. *So möge es sein! So möge es sein! So möge es sein!* Diesen Satz wiederholte sie in Gedanken wie eine unausgesprochene Litanei, die sie in tiefen Schlaf gleiten ließ …

Während sie den heiligen Stein in ihrer Hand hielt, träumte Mah-ree von ihrer Mutter und ihrem Vater und vom kleinen Piku-neh und von der kleinen Ha-xa-ree. Der Traum war nicht traurig, denn sie lebten alle glücklich in der warmen Roten Welt. Sie war wieder zu Hause, wieder ein glückliches Kind, das sich bedenkenlos über die Tabus der Ahnen und die Vorschriften für ihr Geschlecht hinwegsetzte, als es die Klippe über dem Bach zu Hoyeh-tays heiliger Höhle hinaufstieg. Cha-kwena war dort. Mah-ree lächelte im Schlaf und streckte die Arme nach ihrem Schamanen aus, doch er wehrte sich wie ein gereizter Falke gegen sie.

Und dann stürzte sie kopfüber die Klippe hinab. Sie fiel immer tiefer durch den Nachthimmel. Eine Sternschnuppe flammte hell auf, und ein kleiner schwarzer Bär watete durch den großen, funkelnden Himmelsfluß. Als das Tier stehenblieb, sich umdrehte und ihr helfend seine Tatze reichte, ergriff sie dankbar die Pfote, bis sich der kleine Bär plötzlich in den großen beschämten Bären ihrer Alpträume verwandelte.

Sie fuhr schreiend aus dem Schlaf hoch. Sie keuchte vor Furcht und erwartete, einen Bären zu sehen, der sich zwischen den Baumstämmen hindurchbewegte. Sie blickte nach unten und zitterte vor Erleichterung. Nichts bewegte sich in der Dunkelheit.

Doch mit dem neuen Morgen kam ein Raubtier aus dem Wald – nicht zur jungen Frau, die in den Ästen des Baumes auf ihren Schamanen wartete, sondern zur alten Frau, die das Dorf verlassen hatte, um in kopfloser Verzweiflung nach einem kleinen Jungen zu suchen, den sie niemals finden würde.

»Piku-neh!« rief die alte Kahm-ree den Namen ihres toten Enkelsohns. »Wo steckst du schon wieder, du ungehorsamer Junge? Hörst du nicht, daß deine Großmutter dich ruft? Deine Mutter wird sehr böse sein, wenn ich ihr sage, daß du schon wieder weggelaufen bist.«

Die Frau blieb stehen. Unter dem Blätterdach der Bäume war die Morgenluft schwer, windstill und neblig, so daß sich Tröpfchen an den Spitzen der Nadeln und Blätter bildeten und herabfielen. Sie hörte diesen sanften »Regen« nicht, aber sie spürte ihn und zog sich ihren alten, verschimmelnden Umhang aus Eichhörnchenfell enger um die Schultern.

U-wa hatte ihr einen neuen Mantel aus hervorragenden Otter- und Biberpelzen gemacht. Kosar-ehs Söhne hatten die Tiere nur für sie gefangen und sie abgehäutet, und Ta-maya hatte gute Arbeit geleistet, die Felle zu säubern und zu behandeln, bis sie so weich und glänzend wie geschmolzener Talg waren. Kahm-ree legte ihr bereits runzeliges Gesicht noch mehr in Falten. Vielleicht würde sie sich eines Tages dazu herablassen, den neuen Mantel zu tragen. Vielleicht ... Sie hatten sich alle solche Mühe gegeben, um ihr damit eine Freude zu machen. Aber der Mantel machte ihr keine Freude. Weil der alte Mantel aus Eichhörnchenfell sie an zu Hause erinnerte, wollte sie sich nur ungern davon trennen.

»Meine Ban-ya hat mir geholfen, diesen Umhang zu machen! Ich brauche keinen neuen!« verkündete sie, obwohl ihr außer der Luft und dem feuchten Nebel niemand zuhörte. »In der Roten Welt saßen wir zusammen am See der Vielen Singvögel und nähten und redeten, und meine kleine Ban-ya lernte dabei,wie man die Stiche macht. Ach, was war das für eine schöne Zeit!«

Kahm-ree riß die Augen auf. Etwas bewegte sich im Dickicht vor ihr. »Ban-ya? Bist du das, mein liebes Kind?« Dann machte sich Verwirrung in ihren Gedanken breit. Wo ist Piku- neh? dachte sie. Tot. Zusammen mit dem Baby Haxa-ree verbrannt. »Nein!« Sie keuchte auf und versuchte ihre Gedanken in eine andere Richtung zu lenken. »Piku-neh! Hast du endlich die Spur gefunden, die ich für dich zurückgelassen habe? Warte! Lauf nicht weg! Großmutter kommt zu dir!«

Kahm-ree stapfte mitten in die Büsche. Sie hörte Kosarehs und U-was besorgte Rufe, aber sie wollte erst zum Dorf zurückkehren, wenn sie ihren geliebten Jungen und seine Mutter gefunden hatte.

Gah-ti erhob sich fiebrig von der Stelle, wo er unter einer

Pinie geschlafen hatte, ein gutes Stück von der Hütte seiner Brüder entfernt. Kahm-ree achtete nicht auf ihn, denn er war zu alt, um ihr Piku-neh sein zu können.

Sie achtete nur auf ein verärgertes Schnaufen, das mitten aus dem Dickicht kam. Ein Bär richtete sich auf und starrte sie an. Seine schwarze Schnauze und die Pfoten waren blutrot vom Saft der Beeren, die er von den Sträuchern gefressen hatte.

Kahm-ree blieb stehen und neigte den Kopf. Es war schon viele Monde her, seit sie ihre Enkeltochter zum letztenmal gesehen hatte. In vergangenen Tagen hatten viele ihr geliebtes Mädchen beschuldigt, so unverfroren und reizbar zu sein wie ein Bär. Aber meine geliebte Ban-ya kann sich doch nicht so sehr verändert haben, dachte Kahm-ree. Oder?

»Ban-ya, meine liebe Enkeltochter! Bist du das?«

Vielleicht wäre der Bär friedlich weitergezogen, wenn sich die alte Frau mit dieser Frage zufriedengegeben hätte. Doch Kahm-rees Augen waren vom Alter getrübt. Sie mußte sich die Sache aus der Nähe ansehen, um ganz sicherzugehen.

Kurz darauf griff das Tier an.

Kahm-ree schrie auf, fiel zu Boden, rollte sich zusammen und spürte, wie sie immer wieder geschlagen wurde.

Plötzlich hörten die Prügel auf. Benommen wagte Kahm-ree einen Blick und sah im grellen Licht ihrer Furcht, daß das Tier davongelaufen war, nachdem ein Speer Kosar-ehs es gestreift hatte. Sie hörte das Klopfen ihres Herzens und Kosar-ehs Stimme.

»Gah-ti! Fang auf!« Der große Mann warf seinem ältesten Sohn einen zweiten Speer zu. Gah-ti war zwar die Benutzung einer solchen Waffe verboten, aber er war dem Bären näher und hatte deshalb eine größere Chance als die anderen Jungen neben ihrem Vater, den Bären niederzustrecken.

Der einarmige junge Mann griff instinktiv nach dem Speer und blickte dann erschrocken die Waffe an. Er stieß einen hellen Schrei zwischen seinen sabbernden Lippen hervor und warf den Speer fort, als würde ihm die Berührung Schmerzen bereiten. Dann rannte er unbewaffnet und schreiend in den Wald.

Als die Gefahr vorüber war, spürte Kahm-ree sanfte Hände auf ihrem Rücken, als U-wa und Ta-maya sich herabbeugten und ihr auf die Beine halfen. Entsetzt bemerkte sie eine warme Feuchtigkeit und einen dumpfen Schmerz auf ihrem Rücken, doch als sie aufschrie, war es nicht wegen ihrer Verwundung, die genäht werden mußte. Sie schrie, als sie sah, was der Bär mit ihrem Umhang angerichtet hatte. »Wir können ihn wieder flicken!« sagte sie schließlich.

»Zuerst müssen wir dich flicken«, entgegnete U-wa.

Ta-maya sagte gar nichts. Sie starrte in den Wald, in dem Kosar-eh, Ka-neh und Kiu-neh gerade verschwunden waren. Sie hatten Speere bei sich, aber sie wußte, daß sie nicht nur den verletzten Bären jagten. Sie verfolgten Gah-ti.

Er rannte, stolperte und schrie vor Schmerzen. Gah-ti hatte seit den langen Tagen und Nächten der Heilung, als der Löwe seinen Arm genommen hatte, nicht mehr solche Schmerzen erlebt. Feuer brannte unter seiner Haut und in seiner Kehle. Es tobte von der Kopfhaut bis zu den Fußsohlen durch seinen Körper, ein trockenes, wildes Raubtier, das ihn verbrannte und schwächte. Schmerzen lauerten in seinem Körper und flammten bei der leichtesten Berührung auf. Sogar das schwache Licht des Waldes stach in seine Augen und ließ sie anschwellen und tränen. Und wenn er schluckte – an Essen oder Trinken war überhaupt nicht zu denken – wurde das Feuer in seiner Kehle entfacht und ließ seinen ganzen Körper in Todesqualen zucken.

Dennoch wußte Gah-ti, daß Mah-ree irgendwo dort draußen zusammen mit einem verwundeten Bären war. Um sie zu retten, mußte er gegen die Bestie seines Schmerzes kämpfen und sie besiegen. Zu lange hatte er durch seine

Krankheit erschöpft dagelegen und gefürchtet, daß die kleinste Bewegung seine Qualen wieder aufleben ließ. Nachdem er die Hütte seiner Brüder verlassen und sich an den einsamen Ort zurückgezogen hatte, hatte er gesehen, wie Mahree ihrem Schamanen aus dem Dorf gefolgt war. Er hatte ihr nachgeblickt und sie dafür gehaßt, daß sie Cha-kwena lieber in die dunklen Wälder folgte, als zurückzubleiben und sich um den kranken, stöhnenden Mann zu kümmern, der sie verzweifelt brauchte.

Also hatte er niemandem etwas davon gesagt, daß sie gegangen war, sondern hatte still und einsam dagelegen, während er sie abwechselnd verflucht und dann über seine Liebe zu ihr nachgegrübelt hatte. Er wollte, daß sie draußen im Wald zusammen mit ihrem Schamanen den Tod fand, und dann wollte er wieder, daß sie zu ihm kam, sich neben ihn kniete und ihm versicherte, daß es ihm bald bessergehen würde, obwohl er allmählich davon überzeugt war, daß es niemals geschehen würde.

Das, was ihn bei lebendigem Leib mit Schmerz und Fieber auffraß, brachte ihn um. Wenn er schlief, träumte er vom Seelenfänger, und dann wachte er schluchzend auf. Er wußte, daß es nicht lange dauern würde, bis er den Tod als Erlösung empfinden würde. Dann wieder hielt er sich für ungerecht Mah-ree gegenüber. Warum sollte sie sich verpflichtet fühlen, sich um seine Bedürfnisse zu sorgen, wenn er sie schlug und jedesmal vor Schmerz zusammenzuckte, wenn sie ihn mit ihren heilenden Händen zu trösten versuchte?

Und jetzt hatten sie und Cha-kwena keine Ahnung von der Gefahr, die ihnen durch ein verwundetes Raubtier drohte. Er wollte sie warnen. Er wollte sie beide warnen, Mah-ree und den Schamanen, an dessen Macht er nicht mehr glaubte. Aber Gah-ti hatte das Vertrauen in jeden und alles verloren – außer in seine tiefe Liebe zu Mah-ree.

Gah-ti war tatsächlich froh, als er auf den Bären stieß. Er

blieb stehen und rief: »Halt! Jetzt wirst du sterben und meinem Stamm keinen Kummer mehr machen!«

Schmerzen flammten in seiner Kehle auf, als er sprach. Er spürte die qualvolle, allzu vertraute Verkrampfung der Muskeln, die seinen Körper schütteln wollte. Doch irgendwie fand er die Willenskraft, seinen Körper unter seine Gewalt zu bekommen und loszurennen, während er seinen einzigen gesunden Arm hob und sich auf den letzten Angriff vorbereitete, der den Bären bestimmt töten würde. Und dann lachte er, denn er hatte gar keinen Speer. Er hatte ihn weggeworfen. Sein Vater hatte über seine Behinderung hinweggesehen und ihn dadurch geehrt, daß er ihm die Waffe eines Mannes zugeworfen hatte, und er hatte sie abgewiesen! Was soll's? dachte Gah-ti und lief weiter.

Sie fanden ihn mit dem Gesicht nach unten in einem algenverseuchten Teich schwimmen. Die Farbe des Wassers verriet Kosar-eh, was ihn erwartete, als er seinen erstgeborenen Sohn herauszog.

»Wir werden den Bären finden und töten, der unseren Bruder getötet hat!« rief Kiu-neh.

Kosar-eh hob Gah-ti auf und sagte nichts. Er war überrascht, daß der Junge so leicht war. Die langen Tage und Nächte der Krankheit hatten Gah-ti nicht nur seiner Würde, sondern auch seiner ehemals gut entwickelten Muskulatur beraubt. Kosar-eh blickte in das geliebte Gesicht. »Kommt!« sagte der große Mann zu seinen überlebenden Söhnen. »Wir werden Gah-ti nach Hause bringen.«

»Aber der Bär!« protestierte Ka-neh. »Wir müssen ihn jagen und erledigen. Cha-kwena und Mah-ree sind da draußen. Und er könnte zum Dorf zurückkommen und ...«

»Dann wird er uns dort nicht mehr finden«, sagte Kosar-eh. Er war erschöpft und wußte, daß er nicht noch mehr Leid erdulden konnte. Er drehte sich um und trug Gah-tis

Leiche zurück ins Dorf – gefolgt von seinen verblüfften Söhnen.

»Seht meinen ältesten Sohn!« rief Kosar-eh, als Ta-maya, U-wa, die alte Kahm-ree und die Kinder sich um ihn versammelten. Die kleine Tla-nee weinte, als sie ihren zukünftigen Mann schlaff, blutig und leblos in den Armen seines Vaters hängen sah. »Jetzt hört diesem Mann zu: Von diesem Moment an gehört Kosar-eh nicht länger zu Cha-kwenas Stamm! Unser Schamane hat seine Frau und den heiligen Stein genommen und ist ins Unbekannte aufgebrochen. Ich werde nicht auf seine Rückkehr warten und ihm auch nicht folgen! Soll Cha-kwena doch dem Weg des Totems folgen, wenn es tatsächlich noch ein Totem gibt! Ich werde nicht in diesem Land bleiben, das mir meine Kinder nimmt! Ich werde ins Land meiner Vorfahren zurückkehren!«

»Aber dazu müssen wir die Jagdgründe durchqueren, die Shateh für sich beansprucht hat!« warf U-wa ein.

Ta-maya erbleichte. »Das Totem führt uns nicht auf diesem Weg, Kosar-eh!«

»Ich will nichts mehr mit dem Totem zu tun haben! Dieser Mann wird sich nur noch auf sein eigenes Urteil und seine Fähigkeiten verlassen, nicht auf das Vertrauen in Mächte, die es vielleicht gibt, vielleicht aber auch nicht. Und wenn es sie gibt, haben sie sich gegen mich verschworen!«

»Wir können nicht ohne Mah-ree leben!« sagte Ta-maya zitternd.

Deine Schwester Mah-ree ist ihrem Mann gefolgt«, sagte Kosar-eh kalt zu seiner Frau. »Die zwei gehen in der Macht des Totems und des heiligen Steines. Wir nicht. Ich werde nicht zulassen, daß mein Stamm noch einen Tag länger in diesem verfluchten Land bleibt.« Er verstummte und blickte U-wa an. »Mutter Cha-kwenas, du bist auch die Mutter von Joh-nee. Wirst du zum Wohl dieses Kindes mit uns kommen?«

U-wa zögerte nicht. »Ich werde mitkommen. Diese Frau ist nicht mehr die Mutter Cha-kwenas und seiner gesetzesbrüchigen Frau!«

9

Die Sonne war noch nicht über den östlichen Gebirgszügen aufgegangen, doch als Warakan im Tal der Toten am nebligen Ufer des großen Sees stand, hatte er das Gefühl, mit dem neuen Licht des anbrechenden Tages wiedergeboren zu werden.

»Bald werden wir wissen, ob an diesem Ort noch Macht für uns übrig ist!« sagte er und sah zu, wie die Bärenjungen durch das Schilf tobten und sich auf der Jagd nach Fischen immer wieder übermütig ins Wasser warfen. Er beneidete sie um ihre sorglose Zufriedenheit, wünschte sich jedoch, daß sie nicht einen solchen Lärm machen würden. Überall verrieten Spuren, daß Menschen durch dieses Schilf gegangen waren, und zwar sehr oft und vor gar nicht so langer Zeit.

Warakan starrte auf den Knochen des großen weißen Mammuts. Es hatte seine letzte Ruhe auf einer Art Unterwasserhügel oder einer Sandbank gefunden. Der Herzschlag des Jungen beschleunigte sich bei diesem Anblick. Trotzdem runzelte er die Stirn. Dem nach zu urteilen, was er im gespenstischen Nebel des Morgens erkennen konnte, war nicht mehr viel von dem Skelett übrig. Obwohl ein Mann mühelos hinüberwaten mochte, mußte Warakan schwimmen. Seine Kehle schnürte sich zusammen, als er daran dachte, wie er in der Vergangenheit beinahe schon ertrunken wäre. Dann rief er sich ins Gedächtnis, daß er die Strömung des Flusses nicht nur einmal, sondern zweimal überlebt hatte, und mit einem tiefenAtemzug, um seine Entschlossenheit zu bekräftigen, zog sich der Junge nackt aus. Er legte die Speere und seine Sachen beiseite und wagte sich ins Schilf.

Bald hatte er sein Ziel erreicht.

Er kletterte auf den halb versunkenen Schädel des großen weißen Mammuts, umfaßte das Totem mit den Armen und schloß die Augen. Er spürte, wie dessen Macht ihn kraftvoll durchströmte. War dieses Gefühl Wirklichkeit oder nur Einbildung gewesen? Warakan war vernünftig genug, um zu erkennen, daß es besser war, nicht um jeden Preis nach einer Antwort zu suchen. Es kam nur darauf an, daß seine Haut die Knochen des großen weißen Mammuts berührte, und er mußte seinen Geist öffnen, um die noch vorhandenen Reste der Totemmacht in sich aufzunehmen.

»Lebensspender ... Großer Geist ... All-Großvater ... wenn du diesen Jungen hören kannst, sollst du wissen, daß er einen weiten Weg gekommen ist, um dich um deine Hilfe zu bitten. Warakan sucht den heiligen Stein der Vorfahren. Warakan muß eine Möglichkeit finden, ihn von dem zu erhalten, der mit den Vier Winden Flüche zu Shatehs Stamm schickt. Warakan muß den heiligen Stein zu Shateh bringen, weil Shateh nur dann wieder stark werden kann ... der Häuptling aller Häuptlinge und der Schamane aller Schamanen ... und nur dann wird er diesen Jungen wieder seinen Sohn nennen!«

Nachdem er die Worte gesprochen hatte, preßte sich Warakan noch fester gegen den Schädel des großen weißen Mammuts. Er wartete auf eine Antwort, ohne daß er wußte, womit er eigentlich rechnete. Würde die Stimme des Totems klar und dröhnend aus dem Schädel erklingen, um ihm mitzuteilen, daß er nun über Weisheit und Macht verfügte, die weit über die eines gewöhnlichen Jungen hinausgingen, so daß er seine Suche fortsetzen konnte? Oder würde das Totem ihn vor seinem Vorhaben warnen und ihn einen anmaßenden Narren nennen? Würde er überhaupt irgendeine Stimme hören? Oder würde ihn ein geschärftes Bewußtsein erkennen lassen, daß sein Wunsch erfüllt oder verweigert wurde? Oder würde es gar ein wundersames Zeichen am Himmel geben?

Als Warakan weder von außen noch von innen eine Totemstimme gehört hatte, öffnete er die Augen und blickte auf. Der Himmel wurde immer farbenprächtiger, als die Sonne über den östlichen Bergen höherstieg. Bald würde die Welt in das volle Licht des Morgens getaucht sein, und die Wärme der aufgegangenen Sonne würde sich im Tal der Toten ausbreiten – bald, aber jetzt noch nicht.

Eine ganze Weile lang rührte Warakan sich nicht und wartete, während er vor Kälte erzitterte, als der kühle Hauch des frühmorgendlichen Nebels über seine bloße, feuchte Haut strich. Er wünschte sich, daß die Bärenjungen aufhörten herumzutoben, denn ihr Geplansche war aufdringlich laut. Irgendwo im Schilf hörte er den Ruf eines Raubwürgers. Er seufzte ungeduldig. Obwohl es ihn tröstete, daß sein alter »Freund« wieder bei ihm war, ärgerte Warakan sich jetzt über seine Stimme, denn sie lenkte ihn genauso wie der Lärm der Bären ab. Und die Geräusche dieser Tiere sind bestimmt nicht das Zeichen, auf das ich warte, dachte Warakan.

Er schloß wieder die Augen und wartete. Starr vor Kälte versuchte er sein Zähneklappern zu unterdrücken, während er auf die heilige Stimme des Totems lauschte. Statt dessen hörte er nur den gelegentlichen Ruf des Raubwürgers, das Planschen der Bärenkinder, das zunehmende Summen der Insekten, das Plätschern der Fische und die Geräusche anderer kleiner Wassertiere, die sich durch das Schilf bewegten. Irgendwo am anderen Ende des Tals brüllte ein Löwe. Aber keine Stimme kam aus dem Schädel des großen weißen Mammuts.

Nun erzitterte Warakan nicht nur vor Kälte, sondern auch vor Enttäuschung. Und dann hörte er, wie im Tal eine Trommel geschlagen wurde. Er erkannte das Geräusch sofort wieder. Er riß die Augen auf und schnappte nach Luft. In dieser und der nächsten Welt gab es nur ein Ding, das einen so tiefen und drohenden Rhythmus von sich geben konnte.

»Eine Donnertrommel des Stammes des Wachenden Sterns!« Entsetzt richtete Warakan sich auf dem Mammutschädel auf und starrte zu den Hügeln hinüber, von denen das Geräusch kam. »Hat es jemals einen dümmeren Jungen als diesen Jungen gegeben?« fragte er sich selbst, während er jetzt vor Angst zitterte. »Es leben wirklich Menschen in der Höhle in den Hügeln, aber sie gehören nicht zu Cha-kwenas Stamm!«

Mit der Erkenntnis, daß er unwissentlich in die neuen Jagdgründe derer, die der Krieg von seinem Stamm übriggelassen hatte, eingedrungen war, sprang Warakan ins Wasser. Er schwamm halb erstickt vor Furcht wie ein Frosch unter der Oberfläche, um schnell die Deckung des Schilfs zu erreichen.

O Lebensspender, Großer Geist, All-Großvater, wenn du jemals diesem Jungen helfen willst, dann solltest du ihm jetzt helfen! Warakan ließ das unausgesprochene Gebet an die Oberfläche blubbern, während er ans Ufer schwamm und, wie er hoffte, aus dem Sichtfeld derjenigen, vor deren kannibalischen Sitten er einst geflohen war, um ein treuer Sohn Shatehs zu werden. Er wußte sehr gut, daß sie ihn, wenn sie ihn faßten und ihn als Verräter erkannten, töten würden – langsam. Wenn sie ihn faßten und nicht erkannten, würden sie ihn versklaven – für immer. In jedem Fall wäre sein Leben vorbei. In jedem Fall wäre es ihm verwehrt, den heiligen Stein für Shateh zurückzuholen. Und wenn der ferne Stamm, der hinter dem Paß lagerte, tatsächlich der Stamm des Graslandes war, könnte er sie nicht mehr davor warnen, daß sie sich ins Land ihrer schlimmsten Feinde wagten. Und was würde mit den Bären geschehen?

In großer Angst um sich selbst und seine Schützlinge kletterte er ans feste Ufer. Der Raubwürger gab unruhige Rufe von sich. Warakan achtete nicht auf den Vogel. Er konnte seine Jungen sehen. Sie waren ein Stück vom Ufer entfernt und hockten bauchtief im Wasser, wo das Schilf plattgetrampelt war und alte Knochen eines Faultiers herumlagen. Warakan erkannte, daß sie sich rauh, aber herzlich um den Rest eines Fisches rauften. Er schnalzte mit der Zunge, um sie zu rufen, rechnete aber kaum damit, daß sie sofort reagierten, da sie einen zwar nicht dramatischen, aber ernsthaften Streit auszutragen hatten. Außerdem hörten sie niemals auf den ersten Ruf ihrer Ersatzmutter. Er schnalzte erneut und nutzte die Phase ihres Ungehorsams dazu, sich trockenzureiben, so gut es ging, seine zerfetzten Kleider anzuziehen, die Füße hastig in seine Schuhe zu stopfen und sich in die wohltuende Wärme des Bärenfells zu hüllen.

»Kleine Bärenbrüder, wir können hier nicht bleiben!« flüsterte er den Jungen zu, während er seine Sachen und seinen Speer aufhob.

Sie schienen ihn nicht gehört zu haben.

»Kleine Bärenbrüder, ihr müßt jetzt kommen!« flüsterte Warakan in deutlichem Befehlston.

Die Bären kamen nicht.

Doch plötzlich flatterte der Raubwürger auf und flog so dicht über Warakans Kopf hinweg, daß er verblüfft in die Knie ging und auf graues, weißes und schwarzes Gefieder blickte. Im selben Augenblick flog ein dunkler Speer in weitem Bogen auf den See zu. Kurz darauf hörte Warakan, wie eins der Bärenjungen aufschrie, und dann das Geräusch von Schritten, die im Schilf von hinten auf ihn zukamen. Er hielt seinen Speer bereit. Es war zu spät.

In der heiligen Höhle hörte niemand den Schrei eines Jungen inmitten des ständigen Dröhnens der Trommel. Ban-ya hörte und sah zu, wie der Stamm des Wachenden Sterns eine Trauerzeremonie für die alte Frau abhielt, die in der Nacht an einer Bauchkrankheit gestorben war. Der Anfall war ganz plötzlich gekommen, und das Ende war heftig und unangenehm gewesen, aber niemand machte sich darüber unmäßige Sorgen. Ban-ya, die auf ihrem Ehrenplatz innerhalb des heiligen Kreises der Mammutknochen saß, wo ihr neuer Stamm seine Rituale durchführte, zwang sich dazu, ihr Lächeln zu unterdrücken. Sie hatte gewußt, daß die Mitglieder des Stammes auf diese Weise reagieren würden. Die Frau war alt und ohne Bedeutung gewesen. Sie war erst vor kurzem im Tal der Toten eingetroffen und hatte ihre ganze Familie mit Ausnahme des Sohnes eines vor langem gestorbenen Bruders überlebt.

Jetzt betrachtete sie den Mann, der mit Tsana und Jhadel vor der großen Trommel stand, die mit der Stimme des Donners sprach. Der Neffe der Frau hatte dem Schamanen den umwickelten Schläger aus der Hand genommen und schlug nun den feierlichen Rhythmus, der die Geister der Vorfahren darauf aufmerksam machen sollte, daß einer von ihnen sich zu den Ahnen in der Welt jenseits dieser Welt gesellen würde. Der Klang der Trommel war nicht so kräftig und voll, als wenn er sich die Zeit genommen hätte, das Trommelfell über einem kleinen Feuer langsam zu erhitzen. Doch dazu hätte er kostbare Zeit für die Jagd und die Werkzeugherstellung verloren und hätte andere Männer finden müssen, die ihm dabei halfen. Der schwere Knochenrahmen der Trommel war mit einer alten und fürsorglich gepflegten Mammuthaut bespannt, und es war keine leichte Aufgabe, sie auf genau den richtigen Klang einzustimmen. Außerdem trauerten weder er noch irgend jemand anderer besonders wegen des Verlustes der alten Frau.

Wieder mußte Ban-ya ihr Lächeln unterdrücken. Den kleinen Ea-ka auf der Hüfte, stand sie in ihren prächtigen neuen Gewändern da, die die Frauen des Wachenden Sterns für sie genäht hatten. Ihr Haar war gekämmt und zu zahllosen federnbesetzten Zöpfen geflochten worden, die ölig glänzten, nachdem sie mit salbeiduftenden Fetten aus den weiblichen Drüsen der reichhaltigen Jagdbeute des Stammes eingerieben worden waren. Sie trug eine Halskette aus den Fingerknochen und dem kunstvoll geflochtenen Haar des letzten Opfers. Ein Umhang aus der tätowierten Haut des getöteten Mädchens lag auf ihrem Rücken. Zu Anfang war Ban-ya beim Anblick dieses grotesken Kleidungsstückes fast übel geworden, aber dann hatte sie sich allmählich daran gewöhnt. Nun verschafften ihr das Gewicht und der Geruch des Halsbandes und des Umhangs sogar ein seltsames, beruhigendes Gefühl der Macht. Manchmal, so wie jetzt, wenn sie diese Sachen trug und der kleine Ea-ka zum Zeitvertreib mit der Halskette spielte und an den Fingerknochen lutschte, fragte Ban-ya sich, ob vielleicht wirklich der Geist der getöteten Sheela in ihr lebte, um sie für ihre neue Rolle zu stärken und sie bei den Ritualen des Stammes, der sie aufgenommen hatte, zu unterstützen.

Dann brach der Trauerrhythmus ab. Der letzte lebende Verwandte der alten Frau gab den Schläger an Jhadel zurück und trat zur Seite. Ban-ya sah zu, wie sich der Stamm des Wachenden Sterns um die Trommel versammelte. Jetzt nahm zuerst Tsana und dann der Reihe nach jeder andere den Schläger von Jhadel entgegen und schlug einmal auf die Trommel, um die Seele der gestorbenen Frau zu ehren. Dann war Ban-ya an der Reihe. Sie rückte Ea-ka auf ihrer Hüfte zurecht und trat vor, um den Schläger entgegenzunehmen. Sie blickte Jhadel nicht an, damit der alte Mann nicht die Wahrheit in ihren Augen erkannte, als sie die Trommel schlug – nicht in Trauer oder Ehrfurcht, sondern im Triumph.

Jetzt wird niemand jemals dein Geheimnis erfahren, alte Frau! Es war richtig von dir, dich mir anzuvertrauen. Mein Fleischköder hat dich für immer zum Verstummen gebracht. Die Zubereitung ist eins meiner Lieblingsrezepte. Man muß nur etwas Salbei ins Fleisch mischen und dazu ein paar kleine zusammengerollte scharfe Knochensplitter.

Nach dem Essen werden die Knochenringe im Magen

feucht und dehnen sich aus, weil sie vorher sorgfältig getrocknet wurden. Dann durchbohrt der Wolfsköder die Eingeweide! Genauso habe ich auch dafür gesorgt, daß Atonashkeh, der Sohn Shatehs, starb, und ebenso …

Ban-yas Erinnerungen wurden abrupt unterbrochen, als Indeh erregt in die Höhle stürmte und die ausgeweideten Kadaver dreier Antilopen und mehrerer Waldhühner auf den Boden warf. »Wer ist gestorben? Bei den Mächten der Schöpfung! Ich habe die Trauertrommel im ganzen Tal gehört! Inzwischen müssen sie sie auch gehört haben!«

Ban-ya wunderte sich über die Nervosität des Mannes, der gemeinsam mit Unai und Hrak vor mehreren Tagen die Höhle verlassen hatte, um am anderen Ende des Tals auf die Jagd zu gehen.

»Sie?« fragte Tsana.

»Shateh!« Der Name explodierte geradezu auf Indehs Lippen. »Und eine große Menschenmenge, die durch den Paß in das Tal kommt!«

Ban-ya hätte schwören können, daß die Erde unter ihren Füßen erbebte.

Tsana wurde wütend. Er zeigte anklagend mit dem Finger auf Jhadel. »Du hast gesagt, er würde uns niemals im Tal der Toten finden!«

Jhadel schien auf die Hälfte seiner Größe zusammenzuschrumpfen, und eine große Verwirrung breitete sich wie eine Krankheit in der Höhle aus. Xanahay meldete sich freiwillig, die Frauen und Kinder in ein Versteck in den fernen Hügeln zu bringen, während die Krieger sich sammelten, um sich auf den Angriff gegen den anrückenden Stamm Shatehs vorzubereiten.

Der alte Schamane hatte sich wieder aufgerichtet und schüttelte herablassend den Kopf über Xanahays Vorschlag. »Bist du so wild darauf, schnell zu sterben?«

»Ich bin ein Krieger des Wachenden Sterns. Ich habe keine

Angst, mich meinen Feinden zu stellen!« antwortete der Mann.

»Solange wir in dieser Höhle bleiben, sind wir hervorragend vor jedem Angriff geschützt«, warf Jhadel ein. »Niemand kann sich uns nähern, ohne in die Reichweite unserer Speere zu kommen. Wir haben viel Fleisch eingelagert und eine nie versiegende Wasserquelle. Unser Stamm ist hier sicher vor Shateh.«

»Sicher?« rief Tsana. »Ich sage, daß die Krieger des Stammes des Wachenden Sterns die Vorstellung leid sind, sich wieder vor unseren Feinden zu verstecken. Ich jedenfalls will nicht sicher sein! Ich will den heiligen Stein. Ich will das Blut des Schamanen Cha-kwena. Und ich will, daß Shateh sich aus Angst vor mir verkriecht und nicht andersherum!«

»Dann laß ihn zu uns kommen«, riet der alte Mann gelassen. »Lade ihn ein, mit dir Rat zu halten. Gib ihm den Sohn, den er will. Schließe endlich Frieden mit ihm und laß ihn seiner Wege gehen!«

Indeh schüttelte langsam den Kopf. »Dieser Mann wagt es nicht, Shateh gegenüberzutreten. Er wird mich einen Verräter nennen. Und trotz allem, was in dieser Sache gesprochen wurde, gefällt es mir überhaupt nicht, wenn jetzt Frieden mit meinem Häuptling meines alten Stammes geschlossen werden soll. Wenn wir tun, was Jhadel sagt, lassen wir zu, daß Shateh weiterhin über die Macht des lebenden Menschentotems Cha-kwena und des heiligen Steines verfügt. Und wenn Shateh seinen Sohn bekommen hat, wer weiß, ob er dann nicht wieder Krieg gegen uns führen will?«

Jhadel antwortete mit angestrengter Geduld. »Shateh ist ein Mann, der immer sein Wort gehalten hat. Sowohl Indeh wie auch die Frau aus der Höhle haben gesagt, daß er alt ist und genug vom Krieg hat. Er braucht einen Sohn, der seinen Namen übernehmen kann.«

Indeh schüttelte immer noch unbehaglich den Kopf.

Tsana kniff die Augen zusammen. »Shateh wird seinen

Sohn bekommen – aber nur im Tausch gegen den heiligen Stein und das Menschentotem Cha-kwena. Und dann werden wir den Schamanen der Roten Welt töten! Nachdem wir sein Fleisch gegessen und sein Blut getrunken haben, wird die Macht des Totems uns gehören. Alle, die uns unrecht getan haben, werden der Rache des Stammes des Wachenden Sterns zum Opfer fallen!«

Ban-ya schlang die Arme um ihren Jungen. Und was wurde aus ihrem kleinen Ea-ka, dem Sohn Shatehs, wenn Tsanas Plan vollführt war? Furcht wallte in ihrer Seele auf. Der Augenblick war eingetreten, von dem sie gehofft hatte, daß er niemals eintreten würde. Aber nachdem sie ihren Sohn für den Fall eines drohenden Krieges als Geisel angeboten hatte, konnte sie ihr Versprechen jetzt nicht mehr zurückziehen. Ihr schwindelte, bis ihre Gedanken zu einem Tumult wurden, in dem sich eine schreckliche Möglichkeit mit der nächsten abwechselte. »Ea-ka!« Ban-ya wurde übel vor Sorge, als sie den Namen ihres Sohnes flüsterte.

Dann traten Hrak und Unai in die Höhle, um mit einer beunruhigenden Neuigkeit aufzuwarten. Ban-ya war nicht die einzige, die erstaunt starrte, als Hrak den Kadaver eines Bären von der Schulter auf den Höhlenboden fallen ließ, mitten zwischen Indehs Hühner und Antilopen. Der Jäger versetzte seiner Beute einen Fußtritt.

»Au!« schimpfte der Bär mit der Stimme eines wütenden Jungen.

Ban-ya riß die Augen auf.

»Was hat das zu bedeuten?« wollte Tsana wissen.

Er starrte genauso fassungslos wie alle anderen, als sich ein kleiner geprügelter Junge wütend aufsetzte und sich schützend das Bärenfell um die schmalen Schultern zog. Seine Augen funkelten in einem Gesicht, das offenbar mit dem stumpfen Ende eines Speeres Bekanntschaft gemacht hatte.

»Ich habe es gesehen, wie es auf den Überresten der Knochen des Mammuts hockte«, antworte Hrak auf Tsanas Frage. »Es muß denen vorausgegangen sein, die in diesem Augenblick über den Paß in das Tal kommen.« Er lachte. »Es hat mir einen guten Kampf geliefert, aber es war nicht gut genug. Jetzt ist es eine Geisel, ein Gefangener oder totes Fleisch – ganz wie du willst. Und sieh mal diese schönen Steine, die es bei sich hatte! Daraus lassen sich Speerspitzen fertigen, die eines großen Kriegers würdig sind!«

»Sie sind nicht für euch!« knurrte das Kind, das Mühe hatte, zu sprechen und durch seine gebrochene Nase und die aufgeplatzten Lippen zu atmen. Der Junge blickte sich mit der trotzigen Wildheit eines verwundeten Tieres um, das wußte, daß es von denen getötet werden wird, die es gefangengenommen hatten, und entschlossen war, sich tapfer bis zum Ende gegen seine Peiniger zu wehren. »Und ich bin kein ›Es‹! Ich bin Warakan! Ich bin der Sohn Shatehs! Wenn ihr mir etwas antut, wird es euch leid tun, weil er dann euren Stamm ein für allemal auslöschen wird!«

Ban-ya trat ängstlich aus dem Sonnenlicht, das in den vorderen Teil der Höhle drang. Wieder hätte sie schwören können, daß die Erde unter ihren Füßen erbebt war.

»Du bist kein Sohn Shatehs!« warf die Frau Oan ein, die entrüstet vortrat und auf den Jungen hinabblickte. Sie berührte ihre vernarbten Wangen. »Dein Gesicht ist zwar etwas verunstaltet und deine überhebliche kleine Nase eingeschlagen, aber ich habe dich nicht vergessen, Warakan.«

Ban-ya sah, wie der Junge im Bärenfell kleiner wurde.

Oan nickte und lächelte böswillig. »Ja, auch du hast mich wiedererkannt! Ich sehe es in deinen Augen. Gefallen dir meine Narben, Junge des Wachenden Sterns? Als du mir davongelaufen bist, waren diese Narben meine Belohnung, daß ich nicht genügend auf dich aufgepaßt habe.« Sie drehte sich zu Tsana um und verkündete mit leidenschaftlicher Befriedigung. »Dies ist der Junge, der uns an Shateh verraten hat! Tsana, diese Frau bittet darum, ihn wieder in ihre Obhut zu bekommen! Diese Frau hat sich lange danach gesehnt, ihn wieder bei sich zu haben, damit sie ihm mit endlosen Qualen heimzahlen kann, was sein Verrat uns allen angetan hat!«

Warakan machte einen Satz und rannte verzweifelt auf den Ausgang der Höhle zu. Er hätte es vielleicht geschafft, wenn Tsana nicht seinen Fuß auf das Bärenfell gestellt und ihn so zu Fall gebracht hätte.

Ban-ya hörte, wie dem Kind die Luft aus den Lungen getrieben wurde, als es auf dem Bauch landete.

Tsana zerrte Warakan an den Haaren hoch, musterte ihn unter gesenkten Augenlidern und ließ ihn dann wieder fallen. »Ja, ich erinnere mich an ihn. Du hast recht, Oan. Er muß die ganze Zeit bei Shateh gewesen sein. Ist es möglich, daß ein Häuptling des Graslandes ein Kind des Wachenden Sterns zu seinem Sohn ernannt hat?«

»Dann gibt es vielleicht wirklich noch Hoffnung auf Frieden«, sagte Jhadel.

Tsana schüttelte den Kopf. »Niemals! Nimm den Jungen, Oan. Kümmere dich um ihm. Wir werden sehen, ob Shateh ihn zurückhaben will, nachdem er erfahren hat, daß wir seinen wahren Sohn als Geisel halten. Wenn der Balg noch am Leben ist, nachdem wir mit unseren Feinden fertig sind, gehört er dir, und du kannst mit ihm tun und lassen, was du willst.«

Ban-ya sah zitternd zu, wie Oan den Jungen am Bärenfell packte und fortzerrte. Warakan versuchte sich zu wehren, aber die Frau prügelte auf ihn ein, bis er gehorchte. Ban-ya war erleichtert, als Warakan in Ohnmacht fiel. Als sie diesen Jungen zum letztenmal gesehen hatte, stand er hoch in der Gunst Shatehs, nachdem er sie beschuldigt hatte, den ältesten Sohn des Häuptlings getötet zu haben. Wenn er die Einzelheiten an Tsana verriet, würde man sie sicher anklagen, auch schuld am Tod der alten Frau gewesen zu sein. Jeder hatte gesehen, wie sie ihr Fleisch angeboten hatte. Was würden sie dazu sagen? Wie sollte sie sich rechtfertigen?

Ban-ya versuchte ihre Befürchtungen zu beruhigen. Ständig sterben alte Frauen! Niemand wird dich verdächtigen, dieser Frau den Tod gebracht zu haben! Und was Warakan betrifft, gibt es unter den Lebenden niemanden mehr – nicht einmal den Jungen selbst –, der weiß, daß er in Wirklichkeit von Shatehs Blut ist.

»Was starrst du so? Du kennst diesen Jungen?«

Ban-ya zuckte bei Jhadels unerwarteten Worten zusammen. Sie fragte sich, wie lange er sie schon beobachtet hatte. Sein Gesichtsausdruck war ernst und anklagend. Was hatten seine Schamanenaugen ihm über ihre Gedanken und Sorgen verraten? Sie richtete sich auf. »Die Frau Ban-ya kennt diesen Jungen«, antwortete sie selbstsicher. »Er kam zu Shatehs Stamm, als Ban-ya bei ihm lebte. Der Geist jener Frau spricht jetzt durch Sheela, um dir zu sagen, daß Warakan in der Tat derjenige ist, der euch an eure Feinde verraten hat!«

Der alte Mann grinste verschmitzt. »Der Geist Ban-yas spricht durch Sheela? Ich dachte, es wäre andersherum.« Mit einem verächtlichen Schnaufen machte er auf dem Absatz kehrt und stapfte davon.

Ban-ya fragte sich, ob ihr Gesicht genauso bleich und blutleer geworden war, wie sich ihre Seele jetzt fühlte. Alle starrten sie an.

»Kommt!« sagte Tsana und lenkte damit die Blicke auf sich. »Es ist Zeit, diese Höhle dem Schein nach auf einen Friedensrat vorzubereiten. In Wirklichkeit jedoch werden wir uns für den Krieg rüsten!«

»Das ist Wahnsinn!« rief Jhadel, der sich hinter seinen geflochtenen und mit Federn besetzten Sichtschirm zurückgezogen hatte.

Ban-yas Kopf ruckte hoch. Sie bedauerte es, daß sie dem Schamanen nicht auch etwas von dem Fleisch gebracht hatte, das sie für die alte Frau zubereitet hatte. Bald, schwor sie, bald! Doch in der Zwischenzeit hatte sie noch einen viel gefährlicheren Feind, oder? Ihr Geist verflüchtigte sich wie

Wolken in der Sonne eines Sommertages. Sie konnte ihre Gedanken nicht ordnen und keine klare Linie hineinbringen. Der kleine Ea-ka, der immer noch auf ihrer Hüfte hockte, spielte wieder mit der Kette um ihren Hals. Sie küßte ihn auf die Wange. Du wirst in Sicherheit sein, mein Kleiner. Deine Mutter wird einen Weg finden, wie sie dich vor den Feinden beschützt, die uns Böses wollen!

Shateh starrte über das Tal der Toten. Das unverkennbare Dröhnen einer Donnertrommel des Feindes in den fernen Hügeln hatte ihn innehalten und im Licht des kühlen Morgens eine Ratsversammlung einberufen lassen. Die Entscheidung war einstimmig ausgefallen:

»Wir werden gehen!«

»Wir werden den menschenfressenden Stamm des Wachenden Sterns suchen!«

»Wenn wir sie gefunden haben, wird der Klang ihrer Trommeln nie wieder in den Jagdgründen Shatehs und Axwahtals zu hören sein!«

Also hatte Shateh eine Handvoll Männer bei den Frauen, Kindern und Hunden zurückgelassen und war mit dem größten Teil seiner Krieger und der seines alten Jagdbruders Axwahtal durch den hohen Paß in das Tal der Toten gezogen. Sie hatte sich heimlich angeschlichen. Dennoch hatte man sie gesehen.

Und als er jetzt auf die Höhlen starrte, die die Hügel wie Pockennarben durchlöcherten, wo er einst dem Schamanen Cha-kwena gegenübergetreten war und dann ein Bündnis mit ihm geschlossen hatte, war die große Trommel wieder zu hören. Diesmal sprach sie die Einladung zum Rat aus. Shateh gefiel dies nicht, er traute der Sache nicht. Wenn er es richtig einschätzte, kam der Trommelschlag aus der Höhle, die einst der Stamm der Roten Welt bewohnt hatte.

Shatehs Schamanenherz schlug schneller. Seine Intuition

sagte ihm, daß jemand, der eine tiefe Verbundenheit mit seinem Blut und seiner Seele hatte, unter seinen Feinden in jener Höhle in Todesgefahr schwebte. Er verstand dieses Gefühl nicht. Seine Söhne waren tot. Warakan war tot. Das Trommeln kam von seinen uralten Feinden – nur der Stamm des Wachenden Sterns benutzte die Donnertrommel. Wenn er irgendeine Beziehung zu diesen Menschen hatte, dann war es der gegenseitige reine Haß. Dennoch ließ ihn das ungute Gefühl der Vorahnung nicht los.

»Der Stamm des Wachenden Sterns.« Teikan keuchte den Namen des verachteten Stammes, als er mit mehreren Männern neben den Häuptling trat. »Es ist passend, daß wir ihre Überreste hier finden … versteckt im Tal der Toten!«

»Wie wir sie schon einmal gefunden haben«, sagte Ranamal.

»Und bekämpft haben!« fügte Ynau hinzu.

»Und bezwungen haben!« sagte Xohkantakeh.

»Und sie über die Welt verstreut haben, wie die Blätter vom Atem des Großen Weißen Winters verteilt und zerfetzt werden!« rief Zakeh.

Axwahtals Augenbrauen hoben sich bis zu seinem Stirnband. »Es scheint, daß der Wind sie an diesen Ort zurückgeweht hat. Was sagtet ihr, wie viele Krieger sind noch von ihnen übrig? Wenn sie sich alle in einer Höhle versammelt haben, können es nicht so viele sein, oder? Und ihnen dürfte auch nicht der Sinn nach Kampf stehen, wenn sie einen Rat einberufen wollen.«

Shateh blickte den Mann nachdenklich an. »Axwahtal wollte nicht mit seinen Jägern in den großen Krieg gegen die Männer des Stammes des Wachenden Sterns ziehen, als ihre Anzahl noch so groß wie die der Sternenkinder des Mondes war. Sie haben immer wieder die Dörfer des Graslands überfallen und unsere Töchter für ihre kannibalischen Rituale geraubt, um den Sturmgeist zu besänftigen, den sie Himmelsdonner nennen. Viele sind in diesem Krieg gestorben.

Aber nach jahrelangen Kämpfen und Überfällen durch die Krieger Shatehs ist dieser Mann zuversichtlich, daß unsere Streitmacht den Kriegern des Wachenden Sterns um etliches überlegen ist, die den letzten großen Kampf überlebt haben, der an diesem Ort stattfand. Doch ich frage mich, warum Axwahtal seine Krieger hierhergeführt hat, wenn er nicht den Mut zum Kämpfen hat?«

Axwahtal war verärgert. »Dieser Mann ist ein Krieger des Graslandes! Der Mut dieses Mannes zum Kampf ist groß! Sehr groß! In den Tagen des vergangenen großen Krieges jagte Axwahtals Stamm Bisons auf den fernen Prärien. Kein Krieger des Wachenden Sterns hat unsere Töchter geraubt. Und keine Boten kamen über das Grasland in das Dorf Axwahtals, um ihn zum Kampf einzuladen! Schließlich erreichte uns die Nachricht von Shatehs Krieg, und Axwahtal wurde bekümmert, als er erfuhr, daß er eine Gelegenheit verpaßt hatte, seinen Speer im Kampf in Blut zu tauchen. Es wird gut sein, wenn er es jetzt tun kann – sein Speer dürstet nach dem Blut der Feinde! Axwahtal will nur wissen, ob im Stamm des Wachenden Sterns überhaupt noch genügend Krieger übrig sind, gegen die er kämpfen kann … oder ob vielleicht dieser Schamane der Roten Welt, den du suchst, sie alle getötet hat, so daß nur noch alte Männer und Frauen und Kinder in dieser Höhle sind!«

»Auch die Frauen, alten Männer und Kinder des Wachenden Sterns haben den Tod verdient, Axwahtal«, sagte Teikan. Die Vier Winde und die Geister der Vorfahren werden vor Freude singen und ihre Gunst denen schenken, die ihre Speere in das Blut der letzten dieses Stammes tauchen. Sie sind nur noch für die Aasfresser gut.«

»Sie taugen nicht einmal zu Sklaven?« Axwahtal wirkte enttäuscht.

Teikan schüttelte den Kopf. »Nicht einmal dafür.«

Eine tiefe Beklemmung in Shatehs Brust erschwerte ihm das Atmen. Er dachte an Warakan. Wie sehr er den Jungen vermißte! Wie sehr er sich danach sehnte, das Kind wieder an seiner Seite zu haben – so helläugig wie ein Flußotter und genauso schnell, klug und treu.

Nein! Shateh unterdrückte diese Gedanken. Sie waren zu schmerzhaft. Warakan war ein Unglücksbringer, dessen Anwesenheit in Shatehs Stamm immer wie ein Schatten vor der Sonne seiner Macht gewesen war. Seine Liebe zu dem Jungen war so groß, erkannte er, daß sie ihm immer wieder seine Kraft geraubt hatte. Und jetzt, wo ihm aus der Höhle Gefahr und möglicherweise Verrat drohten, mußte er seine Sehnsüchte der Vergangenheit vergessen und sich auf das konzentrieren, was ihm bevorstand.

Er dachte über Axwahtals beunruhigende Bemerkung über Cha-kwena nach. Natürlich war es möglich, daß der Schamane der Roten Welt seinen heiligen Stein dazu benutzt hatte, einen Todeszauber gegen seine alten Feinde zu schicken. Doch war es nicht genauso möglich, daß der Betrüger sich mit dem Stamm des Wachenden Sterns verbündet hatte, so daß Shateh trotz seiner überlegenen Streitmacht niemals gegen seine Feinde, die in der Macht des Totems standen, siegen konnte?

»Ja, genau ...«, sprach der Oberhäuptling seine Gedanken laut aus. »Und dann wäre dieser Ruf zur Ratsversammlung eine Falle ... ein Köder, der uns wie Fische in eine Reuse locken soll.«

Teikan war sichtlich verärgert. »Oder es könnte genau das sein, wonach es aussieht! Ein armseliger Haufen überlebender Feinde mit ihren Frauen und Kindern! Weshalb zögerst du, Shateh? Ganz gleich, an welchem Ort, wir haben geschworen, unsere Feinde zu töten und das Totem und den heiligen Stein zu suchen. Mein Häuptling hat doch sicherlich keine Angst!«

Die Beklemmung in Shatehs Brust spannte sich jetzt von Schulter zu Schulter quer über seinen Rücken und ging beinahe in Schmerz über. Er mußte sich sehr anstrengen, um nicht äußerlich darauf zu reagieren. Das war das einzige, was ihn davon abhielt, Teikans Herausforderung mit einem Gewaltausbruch zu beantworten. Mit einer Hand drückte er knapp unter dem Halsband aus den Flugfedern eines Goldadlers gegen seine Brust und musterte den Mann mit offener Verachtung. »Nur kleine Kinder, die noch niemals einen Krieg erlebt haben, sind vor dem Kampf ohne jede Angst. Teikan hat doch sicherlich auch Angst, oder?«

Teikans Gesichtszüge verhärteten sich.

Shateh stand reglos da. Allmählich ließ die Beklemmung in seiner Brust nach. Er konnte wieder leichter atmen und holte tief Luft. Dennoch war ihm etwas schwindlig, und er spürte, daß Teikan ihn aus zusammengekniffenen Augen betrachtete.

»Ich sage, daß wir mutig weitergehen, daß wir wie die Wölfe heulend auf unsere Feinde losrennen, daß wir ihre Einladung zum Rat in den Wind schlagen und sie zum Kampf rufen sollen, damit unsere Überlegenheit sie besiegen und vernichten wird! Kommt! Wer wird zusammen mit mir angreifen?«

Der Häuptling haßte diesen Mann. Er wußte, daß Teikan eine Schwäche an ihm bemerkt hatte und daß er die anderen darauf aufmerksam machen wollte. Shateh war entschlossen, ihm diese Genugtuung nicht zu verschaffen. Sein Kopf wurde wieder klar. Seine Beklemmung war verschwunden. Er erinnerte sich an seine Taktik während des letzten Kampfes an diesem Ort und sprach ruhig und sicher gegen die gefährliche Unbesonnenheit Teikans. »Wie Wölfe werden wir sein – aber nicht unbekümmert, sondern schlau und mutig. Vorsichtig und wachsam werden wir einen großen Trupp Krieger vorschicken, um unsere Macht zu zeigen und unsere Feinde einzuschüchtern – denn es können nicht mehr viele Überlebende sein. Gleichzeitig werden sich andere von uns unsichtbar anschleichen, um jene zu decken, die in der Höhle Rat halten werden.«

»Rat!« Teikan sprach das Wort aus, als wäre es ein fauler Bissen.

»Wenn Cha-kwena bei ihnen ist, werden wir ihn und den heiligen Stein verlangen«, erklärte Shateh. »Wenn sie uns den Schamanen und den Stein übergeben, werden wir unsere Feinde am Leben lassen … für kurze Zeit.«

»Und wenn sie in der Macht des Totems stehen und unsere Täuschung durchschauen?« wollte ein Krieger Axwahtals besorgt wissen.

Die Entscheidung hatte Shatehs Gedanken geklärt. »Wenn Cha-kwena bei ihnen ist, hat er sich vielleicht als heimlicher und zerstörerischer Feind in ihrem Lager eingenistet, wie er es in unserem Lager getan hat. Vielleicht werden sie froh sein, wenn sie ihn loswerden können.«

»Und wenn er nicht bei ihnen ist?« fragte Teikan.

»Dann werden wir weiterziehen«, antwortete er. »Wir werden den Schamanen der Roten Welt und den heiligen Stein suchen.«

»Und was geschieht mit dem Stamm des Wachenden Sterns?« hakte Teikan nach.

»Sie sind wenige, und wir sind viele«, antwortete der Oberhäuptling kalt. »Nie wieder werden Shatehs Krieger Feinde am Leben lassen, damit sie sich wie Raben versammeln, sich mit dem Seelenfänger verbünden und uns eines Tages den Tod bringen können.«

Nach diesen Worten machte er sich mit ernstem Gesicht daran, den anderen zu befehlen, auf welche Weise sie gegen die Hügel vorrücken sollten, in denen immer noch die Trommel zu hören war, die zum Rat einlud oder …

Der Schatten von Flügeln über dem Kopf des Häuptlings riß ihn aus seinen Gedanken und ließ für einen Moment seinen Atem stocken. Wieder raste sein Herz. Er blickte auf und schirmte seine Augen ab, als er das Gefieder eines vorbeifliegenden Raubwürgers erkannte.

Während Axwahtal etwas von Vorzeichen murmelte,

starrte Shateh dem Vogel nach. Er spürte, daß die anderen ihn ansahen, damit er etwas über die verborgene Bedeutung dieses Vogels sagte. Weil er nicht nur Häuptling, sondern auch Schamane war, wußte er, daß er irgendeine Antwort geben mußte, aber er war sich über die Bedeutung dieses Zeichens nicht ganz im klaren. Stirnrunzelnd erinnerte er sich daran, wie die Menschen vor vielen Jahren haßerfüllt über seinen toten Sohn Masau gesprochen hatten. Sie hatten gesagt, daß er sich durch seine Taten im Krieg und im rituellen Opfer den Raubwürger als angemessenes Totemtier verdient hatte.

Shatehs Augen verfolgten den Flug des Vogels ostwärts zu den Hügeln, in denen die große Trommel dröhnte. Wieder fiel ihm das Atmen schwer, und wieder hatte er das Gefühl, daß jemand von seinem Blut dort in Gefahr war. Doch wer konnte es sein? Die Falten auf seiner Stirn wurden tiefer. Er sagte sich, daß er sicher gleich alles verstehen würde. In wenigen Augenblicken würde er die Worte finden, die die Bedeutung des Omens erklärten. Nur noch einen Augenblick ...

Teikan atmete zischend durch die Zähne aus und nutzte diesen Augenblick für sich. »Wenn dieser Tag vorüber ist, werden wir mit unseren Feinden nach Art des Raubwürgers umgehen – wir werden sie aufspießen und in den Bäumen aufhängen, um eine deutliche Spur unserer Taten in diesem Land zu hinterlassen. Dann werden alle, die in künftigen Tagen in dieses Land kommen, die Farbe und die Markierungen unserer Speere erkennen und sich aus Ehrfurcht vor der Macht jener abwenden, die keine Feinde am Leben lassen, während sie das Totem und den heiligen Stein suchen!«

Beeindruckende Worte, mußte Shateh zugeben, der immer noch nach Osten starrte. Er konnte den Raubwürger nicht mehr erkennen. Er blickte nach oben und entdeckte die Gestalt eines einzelnen Raben, der vor der Sonne kreiste. Einige Augenblicke vergingen. Weitere geflügelte Gestalten gesellten sich zur ersten, und bald waren es viele Raben. Eine lebende Wolke aus schwarzen Flügeln verdunkelte das Licht der Sonne und die Stimmung des Häuptlings.

»Der Rabe und sein Clan versammelt sich jedesmal vor einer Jagd oder einem Kampf, wenn sie auf ein Festmahl hoffen können«, sagte Shateh. »Woher wissen sie, daß es wieder soweit ist?« Sofort bereute er diese Frage. Als Schamane war es seine Aufgabe, die Zeichen zu deuten und nicht seine Unwissenheit zu bekunden.

Shateh wandte den Blick vom Himmel ab und sah die Krieger an, die ihn umringten. Schnell beantwortete er selbst seine Frage. »Der Rabe sieht die Farbe unserer Kriegsbemalung und unsere Kampfspeere. Der Rabe ist klug. Viele Kriege und Jagden hat der Rabe mit seinen gelben Augen gesehen, während er auf dem Rücken der Vier Winde reitet und auf die Welt hinunterblickt, immer auf der Lauer nach Fleisch, das wir jedesmal für ihn übriglassen.«

Die Gesichter der Männer waren ernst, und ihre Augen blinzelten vor Sorge und im blendenden Gleißen der Sonne.

»Ich sehe keine Raben«, sagte Teikan.

Shateh blickte wieder in den Himmel. Die Wolke aus schwarzen Flügeln war verschwunden. Und plötzlich erkannte der Häuptling, daß sie niemals dagewesen war. Wieder spürte er die tiefe, erdrückende Beklemmung in seiner Brust. Er kämpfte um den lebenserhaltenden Atem und fragte sich, ob das düstere Vorzeichen des Todes nur ihm allein gegolten hatte.

10

Tief im Wald hörte Cha-kwena über dem lückenhaften Blätterdach einen Raben krächzen. Er blieb stehen, blickte auf und blinzelte im ungewohnt hellen Licht des Tages. Der Wald war hier weniger dicht, das stand fest, aber ob ein Rabe in den sonnenbeschienenen Zweigen über seinem Kopf saß, konnte er nicht erkennen. Er war froh darüber.

»Ich habe genug von düsteren Vorzeichen!« sagte er und blickte den Weg zurück, den er gekommen war.

Mah-ree war nicht da.

Cha-kwena konnte nicht bestreiten, daß er enttäuscht war. Seit zwei Nächten und beinahe zwei Tagen hatte er sich immer wieder über die Schulter umgeblickt und damit gerechnet, daß seine trotzige kleine Frau ihm in angemessener Entfernung folgte, daß sie sich im Schatten hielt und nur so nahe herankam, um ihn bei Gefahr zu Hilfe rufen zu können, während sie ansonsten auf den richtigen Augenblick wartete, um sich zu zeigen und ihn wieder einmal um Nachsicht zu bitten.

Als Cha-kwena jetzt den Wald überblickte, glaubte er allmählich daran, daß Mah-ree ihm tatsächlich gehorcht hatte und mit dem heiligen Stein ins Dorf zurückgekehrt war. Er sagte sich, daß es besser so war. Ohne ihren Schamanen und das Totem brauchte der Stamm die Macht des Steines. Doch wohl oder übel mußte Cha-kwena sich eingestehen, daß er sich, ohne seine Frau in der Nähe zu wissen, einsam fühlte. Und obwohl er sich anstrengte, seinen Geist für den Willen der Geister zu öffnen, die ihn immer tiefer in den Wald riefen, machte er sich ständig Sorgen um sie und empfand Bedauern, nicht unbedingt wegen seiner harten Worte, sondern wegen seiner Entscheidung, sie allein zurückzulassen.

»Was sonst hätte ich tun sollen?« fragte er laut. Dann wurde er plötzlich wütend auf sich selbst, weil er sich mit sorgenvollen Gedanken über Mah-ree aufhielt. Sein Herz verhärtete sich gegen sie. »Ich bin Schamane! Sie ist die Gesetzesbrecherin! Dieser Mann durfte es nicht riskieren, diese Frau auf seiner Suche nach dem Totem mitzunehmen, um nicht die Mächte der Schöpfung zu beleidigen!«

Mit dieser Rechtfertigung beruhigte er sich. Ihr würde schon nichts geschehen. Mah-ree kam immer allein zurecht. Sie hatte sich gegen die Krieger des Stammes des Wachenden Sterns durchgesetzt, gegen Bären und hungrige Riesenwölfe gekämpft. Und jetzt hatte sie außerdem den heiligen Stein ... und ihre verfluchten Spieße! Wer oder was konnte eine solche Frau besiegen? Nicht einmal ihrem Schamanen war es jemals gelungen! Cha-kwena schüttelte den Kopf. Er würde nicht umkehren und sie holen – nicht bevor er das Ziel seiner Reise erreicht hatte. Und dann wußten nur die Mächte der Schöpfung, was zwischen ihm und Mah-ree geschehen würde. Doch jetzt wollte er nicht mehr daran denken.

Die Mammuts trompeteten wieder. Cha-kwenas Herz machte bei diesem Laut einen Satz. Den ganzen Tag lang hatten sie in großer Aufregung gerufen. Er drehte sich um und setzte entschlossen seinen Weg nach Osten fort. Die Mammuts waren ihm ein gutes Stück voraus. Er konnte sehen, wie sie sich ihren Weg durch die Bäume und Sträucher suchten, die jetzt weiter auseinander standen. Bis auf zwei fast ausgewachsene Jungtiere und das kleine weiße Kalb, das eng an der Seite der großen Leitkuh ging, waren es riesige Tiere mit hohen Schultern, die ihr Winterfell abgeworfen hatten. Während sie langsam, aber zielstrebig weitertrotteten, zuckten ihre Ohren und Schwänze und erschwerten das Leben der kleinen braunen Vögel, die auf ihren Köpfen hockten und sich von stechenden Mücken und beißenden Fliegen ernährten, die den Mammuts das Blut auszusaugen versuchten, doch statt dessen in den Schnäbeln und Bäuchen der kleinen braunen Vögel endeten.

»Ah! Wohin führt ihr mich, ihr Großen?« rief Cha-kwena und eilte der Herde nach. »Ich bin von weither gekommen – so weit, daß ich fürchte, mein Stamm wird nicht bis hierher folgen wollen! Wollt ihr nicht mit mir durch den dunklen Wald zurückkehren? Wollt ihr nicht, daß Kosar-eh und die anderen, die das Vertrauen in eure Macht verloren haben, euch mit eigenen Augen sehen können, damit sie wissen, daß ihr Schamane sie gut geführt hat und daß das Totem wirklich wiedergeboren wurde?«

Doch die Mammuts trotteten unbeirrt weiter.

Cha-kwena wurde plötzlich von Verzweiflung, Hunger und Erschöpfung überwältigt. »Wann werdet ihr anhalten?« rief er.

Die große Kuh drehte ihren hellen, gescheckten Kopf und blickte sich zu ihm um.

Ihre Blicke trafen sich. Cha-kwena hielt den Atem an. Die stumme Zwiesprache mit dem Mammut traf ihn wie ein körperlicher Schlag.

»Bist du nicht Schamane?« fragte die Leitkuh. »Bist du nicht Cha-kwena, der Enkel Hoyeh-tays, der Bruder der Tiere und Wächter des Totems? Du weißt doch bestimmt, wann wir anhalten werden!«

Cha-kwena starrte sie an. Er wußte es nicht. Doch ohne den leisesten Zweifel wußte er, daß er ihnen so lange folgen würde, bis er es erfahren hatte. Nichts anderes zählte jetzt mehr. Er würde weitergehen. Er würde sich weder umblicken noch jemals wieder seine Berufung in Frage stellen. Er war Cha-kwena, der Enkel Hoyeh-tays, der Bruder der Tiere und Wächter des Totems. Sein Stamm – und seine kleine Gesetzesbrecherin – standen im Dorf unter dem Schutz des heiligen Steines, bis er zurückkehrte.

Sie waren fort.

Fassungslos ließ Mah-ree ihr Gepäck fallen, umklammerte den heiligen Stein und starrte auf das verlassene Dorf ihres Stammes.

»Kosar-eh? Ta-maya? U-wa? Gah-ti? Kinder meines Stammes?« Ihre Stimme zwängte sich durch ihre wie zugeschnürte Kehle und klang, als würde sie gar nicht zu ihr gehören, als würden diese Worte die Sprecherin entsetzliche Mühen kosten.

Es gab keine Antwort.

Ungläubig blickte Mah-ree auf die aufgegebenen Hütten. Zwei Tage und zwei Nächte lang hatte sie im tiefen Wald ausgeharrt und hartnäckig auf die Rückkehr ihres Schamanen gewartet. Sie hatte nicht glauben wollen, daß Cha-kwena sie wirklich ganz allein in der Dunkelheit und im gefährlichen Wald zurückgelassen hatte. Als schließlich die Wölfe zurückgekehrt waren, hatte ihre Entschlossenheit nachgelassen, auf ihn zu warten. Einsam und ängstlich hatte sie gewußt, daß Cha-kwena nicht zu ihr zurückkommen würde, aber sie wollte noch nicht daran glauben, daß er aufgehört hatte, sie für immer zu lieben.

Also hatte Mah-ree – wenn auch mit einiger Verzögerung – dem Befehl ihres Schamanen gehorcht und war zum Dorf zurückgekehrt. Dort wollte sie auf ihn warten und ihm mit allen möglichen Mitteln beweisen, daß sie nie wieder die Gesetze brechen würde. Doch wo war ihr Stamm? Wie konnten sie ihre Sachen gepackt und ohne ihren Schamanen weitergezogen sein?

Als Mah-rees Blick auf die Feuerstelle fiel und dann weiter wanderte, verstand sie. Sie riß die Augen auf. Sie wollte schreien, daß es nicht sein konnte, doch dann brachte ihre Stimme nur ein leises »Neiiin ...« zustande, mit dem sie letztlich doch die Wahrheit akzeptierte. Sie taumelte zum Kreis der Steine und dann zu dem, was kurz dahinter lag, und fiel auf die Knie.

»Gah-ti!« schluchzte Mah-ree seinen Namen und berührte die Überreste seines Körpers – verkohlte, fleischlose Knochen, die angeordnet waren, als warteten sie auf ihre Wiederbelebung, mit gestreckten Beinen, den einen Arm über die Brust gelegt, den Schädel in der geistersuchenden Haltung des Todes ausgerichtet, die ihr Stamm mit den Worten »für immer in den Himmel blicken« bezeichnete. Tränen sammelten sich unter Mah-rees Lidern, quollen hervor und flossen über ihre Wangen. Ihr Herz brannte, als sie ihre Hand auf den Speer legte, den Kosar-eh dort plaziert hatte, wo Gah-tis zweiter Arm gewesen wäre.

Langsam und liebevoll strichen Mah-rees Finger über die längliche, lanzettförmige Spitze aus Obsidian, über die Sehnenumwicklungen und den Vorderschaft aus Knochen und dann tiefer über den vollkommen geraden Hauptschaft aus Hartholz, der Kosar-ehs eingeritzte, schwarz und weiß gestreifte Jagdmarkierungen trug. Dies war der beste Speer des großen Mannes. Es war nicht der Speer eines Mannes der Roten Welt, sondern der eines Großwildjägers des Graslandes. Kosar-eh hatte seine Kriegszeichen am oberen Teil des Schafts angebracht – ein schmaler Streifen vom schwarzen Schwanzfell des Löwen, der Gah-tis Arm genommen hatte, die schwarz-weißen Flugfedern eines Teratornis und die makellos strahlenden eines weißköpfigen Adlers.

»Ja«, sagte Mah-ree und lächelte trotz ihrer Tränen und ihrer Trauer. Sie verstand die Bedeutung des Speers. Kosar-eh hatte ihn offenbar in Herausforderung der Gesetze der Ahnen dorthin gelegt, die seinem ältesten Sohn in dieser Welt jegliches Glück versagt hatten. »Möge die Seele Gah-tis auf den Flügeln des Adlers und des Teratornis aufsteigen! Mögen die Geister der Vorfahren auf den wunderbaren neuen Arm dieses Mannes blicken und wissen, daß er ein Krieger, ein Löwenjäger und ein Bärenkämpfer ist ... ein Mann von großem Mut, der es würdig ist, zusammen mit den anderen Männern in der Welt jenseits dieser Welt auf die

Jagd zu gehen.« Ihre Stimme brach, und sie ließ den Kopf hängen.

Da Mah-ree annahm, daß Gah-ti dem Fieber und den Schmerzen der Durstkrankheit zum Opfer gefallen war, sprach sie jetzt nicht zu den Geistern, sondern zu den Knochen des einarmigen jungen Mannes, der sie nie wieder voller Liebe und Sehnsucht anblicken würde. »Vergib dieser Frau, Gah-ti. Die Medizinfrau ist gar keine Medizinfrau. Die heilenden Geister wollten Mah-ree ihre Geheimnisse nicht anvertrauen. Sie war unwürdig, nutzlos ... weder für sie ... noch für dich ... noch für ihren Schamanen.« Wieder brach ihre Stimme. Diesmal schloß sie die Augen und weinte.

Die Schatten der unsichtbaren Sonne wurden immer länger, als Mah-ree schließlich nicht mehr weinen konnte. Sie blickte sich im verlassenen Dorf um und konnte es dem Stamm nicht übelnehmen, daß man sie zurückgelassen hatte. Sie fragte sich, wie lange sie schon fort waren. Es war klar, daß sie nicht die traditionellen vier Tage gewartet hatten, um den armen Gah-ti zu betrauern, und nach dem Geruch des Feuers zu urteilen, mußte sein Körper verbrannt worden sein, kurz nachdem sie Cha-kwena in den Wald gefolgt war. Wenn sie sofort danach aufgebrochen waren, waren sie jetzt seit zwei Tagen fort. Sie gingen zweifellos davon aus, daß sie, Mah- ree, an der Seite ihres Schamanen in Sicherheit war.

Vielleicht rechneten sie damit, daß Cha-kwena und sie dem Stamm folgten, wenn sie die Mammuts gefunden hatten – falls sie sie überhaupt finden würden –, denn jetzt entdeckte sie, daß der Stamm den Weg markiert hatte, den er gegangen war. Ein Streifen aus Kaninchenfell war an einen Baum gebunden, der außerdem die Spuren von Kahm-rees Messer trug. Oder vielleicht wußten die anderen gar nichts davon, und die alte Frau hatte den Fellstreifen in einem weiteren mitleiderregenden Versuch angebracht, eine Spur zu hinterlassen, auf der ihr eines Tages ihre geliebte Ban-ya folgen sollte.

Mah-ree seufzte. Vielleicht fand die alte Frau ihre Ban-ya wirklich wieder. Aber Kosar-eh wußte genau, daß Cha-kwena, wenn er das Totem fand, niemals daran denken würde, es in das Land jener Feinde zurückzubringen, die es jagen würden, wenn sie erfuhren, daß es wiedergeboren war.

Ein auffrischender Wind strich durch den Wald. Er war nicht sehr kalt, aber Mah-ree erzitterte dennoch. Sie fragte sich, ob ihr Stamm für immer gespalten worden war. Ihre Hände griffen nach dem heiligen Stein, den sie an dem Riemen um den Hals trug. Sie hielt ihn fest und blickte zu den schwankenden Kronen der Bäume hinauf. Irgendwo dort oben schien die Sonne – aber nicht in diesem verlassenen Lager.

Mit einem tiefen Atemzug verdrängte Mah-ree ihre Erschöpfung und ihre Reue und schloß wieder die Augen, um mit dem heiligen Stein zu sprechen. »Bitte, Geister des Ersten Mannes und der Ersten Frau, diese Frau ist nicht würdig, euch anzurufen, aber diese Frau wäre sehr dankbar, wenn ihr ihr sagen könntet, was sie jetzt tun soll!«

Kurz darauf hörte sie das Schnaufen eines Bären.

Mah-ree erstarrte und riß die Augen auf. Sie umklammerte den heiligen Stein so fest, daß ihre Handflächen schmerzten. Würde das Amulett sie vor Raubtieren beschützen? Verdiente sie überhaupt seinen Schutz? Oder hatten die Geister des Ersten Mannes und der Ersten Frau ihr geantwortet, indem sie einen Bären schickten, um sie zu verschlingen? Zumindest hatte sie oft genug von einer solchen Situation geträumt. Und hatte Cha-kwena ihr nicht gesagt, daß sie den Tod verdient hatte? Wegen ihrer Mißachtung der Sitten der Vorfahren litt ihr Stamm und hatte das Vertrauen in seinen Schamanen und das Totem verloren. Und vielleicht war sie auch daran schuld, daß das Totem den Stamm für immer verlassen hatte! Diese Vorstellung war entsetzlich.

Mah-ree starrte geradeaus, während ihr die vielen Gelegenheiten durch den Kopf gingen, bei denen sie die Traditionen der Vorfahren verletzt hatte. Von dem Augenblick an, als sie Teikans Speer aufgehoben und den tödlichen Wurf gewagt hatte, durch den der große Bär beschämt worden war, hatte sich für ihren Stamm alles zum Schlechten gewendet. Verzweifelt nahm Mah-ree ihre Schuld an und wußte, daß es keine Möglichkeit mehr für sie gab, die Tragödien ungeschehen zu machen, die sich in Folge ihrer endlosen Missetaten zugetragen hatten. Ha-xa, Ha-xa-ree, Piku-neh und Gah-ti hatten mit dem Leben bezahlt und wurden nun durch ihre Schuld für immer vom Wind davongeweht. Cha-kwena und U-wa hatten sie aus ihren Herzen verbannt. Wegen ihrer Gedankenlosigkeit war der Stamm auseinandergerissen worden.

Es gab nur eine Möglichkeit, wie sie verhindern konnte, daß sie jenen Menschen, die sie liebte, noch mehr Leid zufügte. Wieder seufzte sie und stand auf. Sie ging langsam wie im Traum zum Heiligtum und stieg hinein. Vorsichtig und ehrfürchtig legte sie das Amulett in den heiligen Kreis. Wenn Cha-kwena zurückkam, lag der heilige Stein dort für ihn bereit. Doch Mah-ree würde dann nicht mehr da sein.

Sie hörte Bewegungen in den Bäumen hinter dem Heiligtum und wußte, daß nicht der Wind dafür verantwortlich war.

»Ho, Bär! Diese Frau hört dich. Diese Frau kommt. Große Tatze hat viele Monde lang auf Mah-ree gewartet. Jetzt kommt sie. Jetzt wird Große Tatze sehen, daß sie keine Furcht hat!«

Sie schluckte und erkannte, daß sich nun ihre Träume und Cha-kwenas Visionen erfüllten. Bald würde sie in der Haut des Tieres sein, das ihm seinen Traumpfad versperrt hatte.

»Nie wieder!« schwor sie und versuchte tapfer zu sein, als sie das Heiligtum verließ und in den dunklen Wald ging, wo der Geist des großen beschämten Bären darauf wartete, sie zu verschlingen.

11

»Mach dir keine Sorgen, Oan. Ich brauche ihn nur für einen kurzen Moment. Du bist nicht die einzige, die diesem Kind den Tod wünscht. Einen langsamen Tod, nicht wahr? Aber zuerst müssen wir ihn zum Schweigen bringen. Wir dürfen nicht zulassen, daß er stöhnt und unsere Feinde auf sich aufmerksam macht, wenn sie in die Höhle kommen, um mit unseren Kriegern ›Rat‹ zu halten.« Ban-ya reichte Oan ihr Baby. »Hier, nimm solange den Sohn Shatehs, während ich tue, was getan werden muß.«

Die Worte der Frau holten Warakan aus dem Delirium. Seine angeschwollenen, blau verfärbten Augen öffneten sich unter Schmerzen. Er lehnte in sein Bärenfell gehüllt an der Rückwand der Höhle. Durch einen Schleier aus Schmerzen starrte er auf die Frau, die sich im Schatten der Höhle gehalten hatte, als man ihn hergebracht hatte. Sie kniete neben Oan und sah ihn mit einem unheilvollen Grinsen an.

»Ja«, sagte Oan. »Ich werde dir helfen. Ich kann den Sohn Shatehs mit einem Arm halten und dir mit dem anderen helfen, dich um den Verräter zu kümmern.«

Als die Frau aus dem Schatten sich über ihn beugte und nach seinem Bärenfell griff, erkannte er sie wieder.

»Ban-ya!« rief er.

Sie schlug ihn.

Furchtbare Schmerzen flammten in Warakans ohnehin schon zerschundenem Gesicht auf. Er hörte sie lachen. Es war ein tiefer, haßerfüllter Laut.

Warakan spürte Oans starke Hand auf seiner rechten Schulter, die ihn zu Boden drückte, so daß er sich kaum noch bewegen konnte. Er versuchte sich zu befreien, aber sein ganzer Körper schrie ob der Wunden, Abschürfungen und gebrochenen Rippen, die er dem Mann zu verdanken hatte, der ihn am See eingefangen hatte. Warakan wurde übel. Die

Welt schien sich immer schneller um ihn zu drehen. Von seinen Qualen erschöpft, lag er still da und blickte zu den Frauen und dem pummeligen Baby mit den kantigen Gesichtszügen auf, das sie beide als »Sohn Shatehs« bezeichnet hatten. Aus seinem Gedächtnis stieg ein Bild auf, wie vor vielen Wintern eine Frau mit wildem Blick um ihr Leben und das ihres ungeborenen Kindes flehte, nachdem sie ausgestoßen worden war, um allein im Tal der Toten zu sterben.

»Ja, Warakan«, sagte Ban-ya und beugte sich so tief über ihn, daß er den Gestank nach Salbei und Drüsenfett riechen konnte, der sie umgab. »Ich habe nicht gelogen. Ich war wirklich schwanger. Aber in deinem kleinen Verräterherzen war kein Mitleid für mich und diesen Sohn Shatehs! Also darfst du jetzt auch nicht hoffen, daß ich Mitleid mit dir habe ... wenn ich mich nun um dein armes, geschundenes Gesicht kümmere. Komm, dein Mund ist verletzt. Mach ihn auf! Ban-ya will sehen, wie sehr du verletzt bist.«

Trotz der plötzlichen Veränderung ihres Tonfalls war der Haß in ihren Augen geblieben. Warakan wand sich erneut und versuchte sich zu befreien. Doch es nützte nichts, denn es schmerzte zu sehr. Außerdem hockte sie jetzt rittlings auf ihm. Und als Oan dann seine Schulter fester drückte, sah er die Klinge. Bis jetzt hatte Ban-ya sie in ihrer Hand versteckt – einen kleinen, handflächengroßen Schaber, wie ihn die Frauen benutzten, um die letzten Muskelreste von kleinen, empfindlichen Fellen zu entfernen. Er starrte das Messer an und wußte, daß sie ihm damit weh tun wollte, daß sie ihn schneiden wollte. Und als er sich dann an die Worte erinnerte, die ihn geweckt hatten, wußte er, daß sie ihm die Zunge aus dem Mund schneiden würde, wenn er es zuließ. Ein Schrei nackten Entsetzens drang aus seiner Kehle, als er sich gegen sie und ihre Helferin wehrte. Ein schmerzhafter Stich seiner gebrochenen Rippe raubte ihm den Atem und die Kraft, als Ban-yas Finger in seinen Mund eindrangen. Er versuchte seine Zunge einzurollen, aber sein Mund war so angeschwollen und der Schmerz so groß, daß er befürchtete, das Bewußtsein zu verlieren.

»Laßt ihn los!«

Warakan wußte nicht, wer da gesprochen hatte. Es war eine männliche Stimme, die vom Alter rauh und keuchend geworden war. Wer immer es war, der Befehl hatte bei beiden Frauen sofortige Wirkung hervorgerufen. Sie lockerten ihren Griff, und in diesem Augenblick schaffte Warakan es, Ban-ya zurückzustoßen und sich loszureißen. Er kam stolpernd auf die Beine und flüchtete in eine Öffnung in der Höhlenwand. Er bückte sich und rannte los, in völliger Dunkelheit, bis er sich an der niedrigen Decke den Kopf stieß, aufschrie und stürzte. Doch er konnte sich wieder aufraffen und hastete weiter ... immer tiefer in die verschlungenen Gänge der Höhle hinein.

Ban-ya funkelte Jhadel wütend an.

»Shateh kommt«, teilte er ihr mit. »Du wirst am Eingang der Höhle gebraucht, wo man dich und den Sohn des Häuptlings sehen kann.«

Sie fragte sich, ob der alte Mann eine Ahnung hatte, woran er sie gerade gehindert hatte. Aber das spielte jetzt keine Rolle mehr. Sie tröstete sich damit, daß sich der Junge jetzt immer tiefer in der Finsternis der Höhle verirrte. In seinem geschwächten Zustand würde er sich vermutlich irgendwo wie ein verängstigter Wurm zusammenrollen, bis jemand ihn zurückholte. Doch während nun die Feinde vor der Höhle standen, würde niemand in der Stimmung sein, nach ihm zu suchen.

»Sheela!«

Tsanas Ruf brachte Ban-ya auf die Beine. Oan reichte ihr Ea-ka. Mit zitternden Händen nahm sie ihn entgegen und drückte ihn an sich. Dann nahm sie die würdevolle Haltung an, die man nicht von Ban-ya, der Eidechsenfresserin aus der

Roten Welt, sondern von Sheela, der Hohepriesterin des Stammes des Wachenden Sterns, erwarten würde, und trat zu Tsana und seinen Kriegern in das nachlassende Sonnenlicht auf dem Felsvorsprung vor der Höhle.

»Dort ist der Vater deines Sohnes!« teilte er ihr mit.

Mit erhobenem Kopf blickte Ban-ya über das Tal der Toten und dann hinunter auf Shateh und seine vielen Krieger aus dem Grasland, die knapp außerhalb Speerwurfweite unterhalb der Höhle stehengeblieben waren. Zunehmende Angst breitete sich in ihr aus.

»So viele«, sagte sie, während sie versuchte, sich ihre Begeisterung über diesen Anblick nicht anmerken zu lassen. Sie waren groß und mächtig und in den Kriegsfarben bemalt. Shateh stand an vorderster Stelle, der größte, mächtigste und imposanteste all dieser Männer.

Ihr Mund war wie ausgetrocknet. Wie würde Tsana auf die Anschuldigungen reagieren, die Shateh ihr bestimmt entgegenschleudern würde? Die Frage ließ sie vor Furcht schwindelig werden. Sie spürte, wie Ea-ka mit ihrem Halsband spielte und sie ihre Hand auf seine pummeligen kleinen Finger legte. Würde Shateh dieses Kind als sein eigenes annehmen? Was geschah, wenn er es tat? Würde Tsana ihm den Jungen geben und ihn weiterziehen lassen? Nein, dachte sie. Er wollte Shatehs Tod genausosehr wie sie. Aber würde er Ea-ka in Gefahr bringen, um dieses Ziel zu erreichen?

Ach, mein Baby! Ich würde lieber sterben, als noch einen Sohn verlieren! Nein, Tsana würde nichts tun, womit er die Zuneigung seiner Frau verlieren könnte. Und Ban-ya ist seine Frau. Nein! Sheela ist seine Frau. Sheela ist es, die er liebt. Ihre Gedanken rasten, und es schien viel zu hell zu sein. Sie schloß die Augen und hoffte, daß, wenn sie sie wieder öffnete, unter der Höhle nichts sein würde außer dem See und dem Tal und den schneebedeckten Bergen in der Ferne.

»Sie halten ihre Speere geneigt. Sie haben zugestimmt, sich mit uns zu beraten«, stellte Tsana fest.

»Der Schamane der Roten Welt ist nicht bei ihnen«, sagte Indeh verwirrt.

»Zumindest können wir ihn nirgendwo erkennen«, entgegnete Tsana.

Ban-ya blickte zu ihm auf. »Du wirst ihm doch nicht mein Baby geben?« Diese Frage brachte sie auf eine weitere, die genauso erschreckend war. »Oder diese Frau Shateh übergeben, wenn er ihr Leben fordert?«

Jhadel, der all seinen schrecklichen Schmuck angelegt hatte, war neben Tsana getreten. Er schnaufte spöttisch ob Ban-yas offensichtlicher Angst. »Sheela würde niemals um ihr Leben bitten oder sich Sorgen um das Schicksal des Säuglings der Eidechsenfresser machen!«

Ban-ya spürte, wie sie errötete. »Dies ist Shatehs Sohn!« verkündete sie.

»Vielleicht, aber ganz bestimmt ist es auch dein Sohn, Eidechsenfresserin!« entgegnete Jhadel.

»Ban-ya ist tot!« Tsanas tadelnde Feststellung ließ das Grinsen aus dem Gesicht des alten Mannes verschwinden. »Diese Frau ist meine Frau! Diese Frau ist nicht das, was sie nach außen hin zu sein scheint!«

»O ja, dem würde ich zustimmen!« sagte Jhadel und wandte seine Aufmerksamkeit der Streitmacht zu, die sich unterhalb der Höhle versammelt hatte. »Es ist noch nicht zu spät, um aufrichtig mit ihnen über den Frieden zu verhandeln. Ich sage dir: Wenn es zum Kampf kommt, werden auf beiden Seite viele Männer sterben.«

»Diesmal nicht«, schwor Tsana mit wilder Entschlossenheit. »Du weißt genauso wie ich, daß Hrak zusammen mit einigen unserer besten Männer die Höhle verlassen hat, um sich zu verstecken und dann gegen jene vorzurücken, die gegen uns angetreten sind. Und vergiß nicht deine fragwürdige Stellung innerhalb dieses Stammes, alter Mann!« warnte er Jhadel. »Ich brauche jetzt einen Schamanen an meiner Seite, aber wenn du später nicht zu mir hältst, dann ...« Er ließ den Rest der Drohung unausgesprochen. Dann richtete er sich auf und rief Shateh zu: »Ich bin Tsana vom Stamm des Wachenden Sterns. Ich richte meine Worte an Shateh vom Stamm des Graslandes. Ich frage, warum Shateh das Land des Totems verlassen hat und mit seinen Kriegern ins Tal der Toten gekommen ist? Will Shateh der Häuptling der ganzen Welt werden? Muß er meinen Stamm sogar an diesem Ort verfolgen?«

»Ich suche das Menschentotem Cha-kwena! Mein Stamm hat die große Trommel des Stammes des Wachenden Sterns gehört. Ihre Stimme sprach die Einladung aus, mit alten Feinden Rat zu halten. Meine Krieger möchten den Grund dafür wissen«, kam die Antwort.

Ban-ya zuckte beim Klang der verhaßten Stimme zusammen, während Jhadel und Tsana einen überraschten und verwirrten Blick austauschten.

»Der Schamane der Roten Welt ist nicht bei Shateh?« rief Tsana.

»Shateh ist der Schamane seines Stammes! Er braucht keinen anderen!« lautete die Antwort.

»Warum sucht Shateh dann den Schamanen der Roten Welt?« fragte Tsana. »Und warum nennt er Cha-kwena das Totem? Der Geist Lebensspenders lebt immer noch unter den Mammuts und muß inzwischen als neugeborenes Kalb mit seiner Herde durch das Grasland ziehen!«

Die Welle der Verblüffung, die durch Shatehs Männer ging, war von der Höhle aus deutlich zu sehen und zu hören.

Einige Augenblicke vergingen, bevor Shateh erwiderte: »Alle haben gesehen, was hier noch von Lebensspender übrig ist, was im See des Tals der Toten liegt. Die Herde, die einst mit dem großen weißen Mammut zog, hält sich jetzt östlich der Ödländer auf, in Richtung der aufgehenden Sonne, zusammen mit dem neuen Totem Cha-kwena!«

Jhadel lachte auf und rief laut: »Es scheint, daß der Schamane der Roten Welt einem der vielen Namen, mit denen er bezeichnet wird, alle Ehre gemacht hat – dem Namen des Gelben Wolfes und Betrügers, denn er hat ohne Zweifel uns alle betrogen!«

Und während Ban-ya jetzt reglos vor Angst dastand, sah sie, wie sich Tsanas Haltung veränderte. Er erstarrte. In seinem Gesicht standen Wut und Enttäuschung, als er seinen Kopf vorreckte. »Wenn das Totem nicht bei Shateh ist, dann hat er nicht mehr Macht als jeder andere Mann«, sagte er leise.

»Er ist Schamane«, warnte Jhadel.

»Er ist alt«, entgegnete Tsana. »Genauso wie du. Und wir alle haben gesehen, wie groß deine Macht ist.« Seine Lippen preßten sich gegen die Zähne und wurden zu einem dünnen weißen Strich, als sich sein Mund zu einem boshaften Lächeln verzog. »Jetzt haben wir ihn!«

Ban-ya klammerte die Arme um Ea-ka. Sie wußte, was als nächstes geschehen würde.

Tsana rief seinen Feinden zu: »Shateh soll in die Höhle kommen, damit er mit eigenen Augen die Zeichnungen sehen kann, die Cha-kwena in der heiligen Höhle hinterlassen hat, um uns alle zu verhöhnen!« forderte er ihn auf. »Nachdem Shateh es gesehen hat, wird er wissen, daß das Totem in der Mammutherde weiterlebt und nicht im Schamanen der Roten Welt!«

»Nein, Shateh! Vertraue ihnen nicht!« warnte Xohkantakeh.

»Seht!« rief die Stimme aus der Höhle. »Wir werden euch Frauen schicken! Geiseln, die unseren Friedenswillen beweisen sollen, falls Shateh um sein Leben fürchtet, wenn er zu denen hinaufgeht, die nur mit denen Rat halten und Frieden schließen wollen, die viel zu lange Zeit ihre Feinde waren!«

Shateh zuckte bei dieser gut verhüllten Beleidigung zusammen.

»Seht doch!« rief Teikan. »Sie kommen – Frauen! Junge Frauen!«

Shateh verzog angewidert ob der Reaktion des Mannes das Gesicht, aber Teikan hatte recht. Eine große Gruppe Frauen, darunter auch junge Mädchen, stieg über die flachen Steinstufen, die in die Klippe gehauen worden waren, von der Höhle herab.

»Tsana schickt Shateh die Töchter des Wachenden Sterns!« rief der Krieger, der an vorderster Stelle auf dem Felsvorsprung vor der Höhle stand. »Mögen Shateh und sein Stamm sie genauso freundlich behandeln, wie Tsana und sein Stamm diesen Sohn Shatehs aufgezogen haben!«

Es dauerte einen Moment, bis Shateh die Bedeutung dieser Worte bewußt wurde. Während er weiter zur Höhle hinaufstarrte, sah er, daß der Mann, der sich Tsana genannt hatte, die Hände zu der Frau ausstreckte, die zwischen ihm und einem grotesk geschmückten Schamanen stand. Dann trat die Frau einen Schritt zurück, und bei ihrer Bewegung regte sich etwas in Shatehs Gedächtnis. Er kam nicht dazu, diese Spur weiterzuverfolgen. Tsana riß ihr das Kind aus den Armen und hielt es hoch, damit alle es sehen konnten.

»Hat Shateh so viele Söhne von seinen Frauen, daß er diesem Sohn den Rücken zukehren würde, der von denen aufgezogen wurde, die nicht mehr seine Feinde sind?«

Jetzt ergaben die Worte Sinn. »Sohn ...?« Shateh sprach das Wort wie ein Gebet aus. Dann ahnte er Betrug und wollte wissen: »Wie kann das sein?«

Tsana antwortete: »In den Geschichten der Ahnen heißt es, daß einst, zu Anbeginn der Zeiten, alle Menschen ein Stamm waren. Also haben wir dieses Kind aufgenommen, in der Hoffnung, daß es eines Tages wieder so sein könnte. Wenn Shateh seinen Sohn in die Arme schließen möchte, muß er nur in Frieden zum Stamm des Wachenden Sterns kommen. Wir werden uns nicht länger gegenseitig durch Kriege schwächen. Statt dessen werden wir gemeinsam gegen einen gemeinsamen Feind ziehen. Es ist Cha-kwena, der den heiligen Stein gestohlen und das Totem aus dem Land unserer Vorfahren vertrieben hat. Gemeinsam können wir ihn jagen und gemeinsam vom Fleisch und Blut des Totems essen und trinken!«

»Wie kann dieser Mann einen Sohn unter euch haben? Keine meiner Frauen wurde im letzten Krieg von euch gefangengenommen.«

Tsana zerrte die Frau, die sich am Rand der Höhle aufgehalten hatte, nach vorn und verkündete, während er sie am Arm festhielt: »Diese Frau Ban-ya wurde zurückgelassen.«

Die Krieger Shatehs verfielen in dumpfes Schweigen. Alle erinnerten sich an Ban-ya. Und alle haßten sie.

Shateh war sprachlos. Sein Haß auf Ban-ya war so stark, daß er wieder eine Beklemmung in der Brust verspürte, die ihm den Atem zu rauben drohte. Er konnte sich noch gut daran erinnern, daß sie an jenem Tag, als sie von ihm verstoßen und zum scheinbar sicheren Tod verurteilt worden war, behauptet hatte, von ihm schwanger zu sein. Er hatte ihr weder geglaubt noch diese Möglichkeit überhaupt in Betracht gezogen – bis zu diesem Augenblick. Doch als jetzt der unsichtbare Flügel des Raben seine Wange streifte, um wieder die altvertraute Angst zu wecken, daß der Tod endgültig zu ihm kommen würde, wenn er keinen lebenden Sohn hatte, der seinen Namen übernehmen konnte, war er dazu bereit, an Tsanas Worte zu glauben.

»Shateh?« Teikan, der neben ihm stand und das Fell eines Bärenjungen trug, das er während der Durchquerung des Tals getötet hatte, sah den Ausdruck auf dem Gesicht des Häuptlings und schüttelte den Kopf. »Sei vorsichtig, Shateh! Böse Geister halten sich in der Nähe dieser Frau auf. Kein Mann würde einen Sohn von ihr als seinen eigenen anerkennen!«

Shateh hörte nicht auf die Warnung. Statt dessen erinnerte er sich an eine Vision, die er in der Schweißhütte in der

Nacht des Mondfestes gehabt hatte, als Warakan vom alten Lahontay auf die unheilvolle Suche nach dem Bären mitgenommen worden war. Es war das Bild von Masau, des besten und mutigsten und klügsten aller seiner Söhne – den er in den »sicheren« Tod geschickt hatte, genauso wie er Ban-ya verstoßen hatte. Daß Masau gegen alle Wahrscheinlichkeit überlebt hatte, ließ ihn daran glauben, daß es auch mit Ban-ya geschehen sein könnte. Und als er sich jetzt erinnerte, daß der Mystische Krieger dem Häuptling gesagt hatte, er sollte dort nach ihm suchen, wo er ihn am wenigsten vermutete, fragte sich der Häuptling, ob es möglich war, daß Masau durch Shatehs Samen von Ban-ya wiedergeboren worden war.

»Ich muß es wissen!« rief Shateh, und als die Frauen des Wachenden Sterns sich friedlich und unterwürfig seinen versammelten Männern näherten, machte er sich auf den Weg zur Höhle.

»Ban-ya war es, die Atonashkeh das Leben genommen hat!« warf Teikan ein.

»Ja!« stimmte Shateh zu. »Und vielleicht haben die Mächte der Schöpfung sie, die meinem Sohn das Leben nahm, aus diesem Grund dazu bestimmt, mir einen neuen Sohn zu gebären!«

Hoffnung machte sich im Herzen des alten Mannes breit. Er lächelte zum erstenmal seit sehr langer Zeit und befahl seinen Kriegern, in Stellung zu bleiben. Es bereitete ihm ein unendliches Vergnügen, Teikans eigene Worte zu benutzen, als er mit einem Seitenblick zu ihm sagte: »Komm, Teikan! Oder bist du plötzlich kein mutiger Wolf mehr, der heulend zu seinen Feinden laufen will? Warum zögerst du? Komm, sage ich! Gemeinsam werden wir in die Höhle des Stammes des Wachenden Sterns gehen! Jetzt ist die richtige Zeit, um ängstlich zu sein!«

Cha-kwena blieb unvermittelt stehen. Der Tag neigte sich seinem Ende zu. Der Wald lag hinter ihm. Er drehte sich um und staunte darüber, wie schnell der Wald dünner geworden und dann völlig zurückgewichen war. Links und rechts von ihm erstreckten sich vereinzelt Bäume bis zum Horizont, doch vor ihm lagen eine weite, mit Felsen übersäte Schwemmebene und ein See, dessen Anblick ihm den Atem raubte.

Müde ging Cha-kwena in die Hocke und starrte auf die Wasseroberfläche. Ein kalter Wind wehte ihm ins Gesicht, doch er bemerkte es kaum. In seinem ganzen Leben hatte er noch nie einen so großen See gesehen oder sich ihn auch nur vorstellen können. Obwohl er sich auf einer Anhöhe befand, konnte er nicht bis zum anderen Ufer blicken. Bergige Inseln aus Eis erhoben sich aus blauen Tiefen, die sich über Entfernungen erstreckten, deren Anblick seine Erschöpfung vertieften, während er zusah, wie die Mammuts über die Schwemmebene zum Wasser trotteten.

»Komm, Cha-kwena!«

Verblüfft blickte er auf und sah Eule, die aus der Dämmerung auf die Mammuts zuflog. Als der Vogel auf dem Kopf des kleinen weißen Kalbs landete und erneut nach ihm rief, hatte Cha-kwena keine andere Wahl, als ihm zu folgen.

Er kreuzte mehrmals die Spuren wilder Hunde, bevor er bemerkte, daß sie im Kreis gelaufen waren und ihm jetzt folgten. Er drehte sich um und hielt seinen Speer bereit, dann blickte er ihnen in die Augen.

»Ich bin Cha-kwena, der Enkelsohn Hoyeh-tays, der Bruder der Tiere und Wächter des Totems. Ihr Hunde solltet jetzt weiterziehen und euch andere Beute suchen.«

Die Hunde erwiderten reglos seinen Blick.

»Geht, sage ich!«

Die Hunde gingen nicht, dafür knurrten sie und zeigten ihm drohend die Zähne.

Cha-kwenas Nackenhaare sträubten sich. Er hatte diesen

Tieren noch nie getraut. Jetzt verachtete er sie. »Mörder des Totems, die kleine Kinder beißen und mit Krankheiten im Bund sind! Verschwindet!«

Die Hunde blieben, wo sie waren.

Cha-kwena wußte, daß sie ihn als leichte Beute betrachteten. Er wußte auch, daß ein Speer nicht genügen würde, um sie alle zu vertreiben. Also drehte er sich wieder um und ging weiter, langsam und darum bemüht, mutig und unbesorgt zu wirken und überhaupt nicht wie ein Beutetier. Doch die Hunde folgten ihm nicht nur, sie liefen sogar neben ihm her und blickten nach vorn, womit sie ihm zeigten, daß sie es auf andere Beute abgesehen hatten.

»Die Mammuts!«

Cha-kwena beschleunigte seine Schritte, und bald rannte er mit den Hunden zu seiner Linken und den Mammuts zu seiner Rechten, bis er plötzlich losjagte und die Herde mit wedelnden Armen und lautem Geheul in das Wasser trieb.

»Sucht euch andere Beute!« befahl Cha-kwena den Hunden, als er sich mit der Herde immer tiefer ins seichte Wasser vorwagte.

Dann verlor er plötzlich den Boden unter den Füßen. Die Eiseskälte des Wassers betäubte ihn. Er ließ seinen Speer los und griff nach dem heiligen Stein. Und während er sah, wie die Hunde in seine Richtung gepaddelt kamen, erinnerte er sich, daß er ihn nicht mehr hatte.

»Mah-ree!« rief er. »Bewahre ihn für mich sicher auf ...«

12

Feuer ... Dunkelheit ... überall feindliche, starrende Augen ... und das arglose, neugierige Gesicht eines Kindes. All das sah Shateh, als er die Höhle des Stammes des Wachenden Sterns betrat.

»Dieses Kind sieht Shateh überhaupt nicht ähnlich!« stellte Teikan frei heraus fest.

Shateh hob eine Augenbraue. Allmählich gewöhnte er sich an die Direktheit des Mannes, auch wenn sie ihm nicht gefiel. Angesichts der furchteinflößenden Umstände hielt sich Teikan sehr tapfer, und das war mehr, als man von ihm verlangen konnte. Nun stand Shateh ausdruckslos im Kreis seiner Feinde und betrachtete das nackte Baby, das eine narbengesichtige Frau ihm hinhielt. Er sah, daß Teikan recht hatte: Der Junge war klein und stämmig, ein Kind der Roten Welt.

Kurz löste er seinen Blick von dem Kind und suchte in der Menge nach Ban-ya. Dann hatte er sie gefunden, eine Gestalt, die im Schatten an der gegenüberliegenden Wand der Höhle stand. Sein Haß verklumpte sich wie ein Blutgerinnsel in seiner Kehle, und er spürte seinen widerlichen Geschmack. Er wußte, daß sich sein Gesicht vor Abscheu verzerrte.

»Seht diesen prächtigen Sohn von Shateh!« sagte Tsana, der mit dem Schamanen Jhadel neben der narbengesichtigen Frau stand. Er zeigte auf das Baby. »Sein Name ist Ea-ka. Er kam zwischen den Schenkeln Ban-yas zur Welt. Er ist stark, gesund und am ganzen Körper gut gewachsen.«

Shateh starrte das Baby an. Er konnte Tsanas Feststellungen nicht widersprechen. Der Häuptling nickte. Er wollte diesen Sohn, er brauchte ihn. »Shateh wird diesen Sohn annehmen – aber nicht seine Mutter.«

Teikan verlagerte sein Gewicht, schüttelte den Kopf und

flüsterte ihm zu: »Der Stamm Shatehs wird einen Sohn von Ban-yas Blut genausowenig willkommen heißen wie das Waisenkind Warakan.«

Das Flüstern wurde nur von den Menschen gehört, die in unmittelbarer Nähe des Häuptlings standen. Von diesen reagierte die narbengesichtige Frau am heftigsten. Sie keuchte laut auf, während der häßliche alte Schamane erstarrte. Doch es war Tsana, der das Wort ergriff.

»Warakan?« Der Mann des Wachenden Sterns sprach den Namen mit einer gewissen Belustigung aus. »Dieser Junge ist bei uns! Möchte Shateh ihn zurückhaben? Wir haben wirklich nicht das Bedürfnis, ihn bei uns zu behalten.«

Shateh zuckte zusammen. »Warakan ist tot! Er kann nicht hier sein!«

Tsana zuckte die Schultern. »Aber er ist hier! Er hat sich in die Tiefen der Höhle geflüchtet, um der Strafe dieser guten Frau Oan zu entgehen, die an seiner Aufsässigkeit verzweifelt. Komm! Vielleicht werden wir ihn finden, wenn wir zur heiligen Höhle gehen. Begleite mich jetzt in Frieden, Bruder aus dem Grasland, und sieh mit eigenen Augen die Wahrheit, die unser wahrer Feind auf die Wände der Höhle gemalt hat.«

Shateh zögerte. Er traute Tsanas plötzlicher Freundlichkeit nicht. Trotzdem ging er mit. Er wollte sehen, was Chakwena an die Höhlenwände gemalt hatte – wenn es tatsächlich etwas zu sehen gab. Doch vor allen Dingen mußte er sich davon überzeugen, ob Warakan noch am Leben war.

Der Schamane Jhadel beleuchtete ihren Weg, und weitere Männer mit Steinlampen folgten tiefer in die Höhle. Die Wände strahlten golden, doch während Shateh weiterging und sich tief bückte, um sich nicht den Kopf an der feuchten, rauhen Decke zu stoßen, spürte er überall lauernde Schatten, die scheinbar auf eine Gelegenheit warteten, ihre geisterhafte Gestalt zu verdichten, um das Licht und die Männer zu verschlingen.

Immer tiefer drang die Prozession in den Bauch der Welt ein. Shateh spürte kalte Luftzüge in der Dunkelheit. Gelegentlich tastete er nach rechts oder links, um sich abzustützen, doch seine Hände griffen oft in eine schwarze Leere, hinter der sich offenbar weitere Gänge verbargen, in denen er das Stöhnen des Windes hörte … oder die Stimme von Mutter Erde.

»Das gefällt mir nicht.«

Shateh hörte Teikans leises Flüstern hinter seinem Rücken, doch was dieser Mann dachte war für ihn jetzt ohne Bedeutung. Sie mußten sich dem stellen, was sie hier erwartete.

Und dann waren sie da.

»Seht die Wahrheit!« rief Jhadel, als er nach vorn und dann zur Seite trat.

Vor Shateh dehnten sich Licht und Raum aus. Fassungslos starrte der Häuptling wie ein staunender kleiner Junge mit offenem Mund in die heilige Höhle. Die Höhlenzeichnungen strahlten im Licht scheinbar unzähliger Steinlampen auf.

»Ah!« Shateh sah Bilder der Wahrheit, der Geschichte der Menschen seit Anbeginn der Zeiten, die großartige Wanderung des Ersten Mannes und der Ersten Frau aus dem nebligen Reich der Eisgeister in die Welt der Lebenden. Dann folgten die Darstellungen weiterer Wanderungen, wunderbarer Jagdzüge und großer Schlachten. Ein großes weißes Mammut erhob sich blutig aus einem See, drang in den Bauch der Leitkuh einer kleinen Herde ein und trat verwandelt als kleines weißes Kalb wieder in die Welt. Es führte einen kleinen Stamm der Roten Welt nach Osten, über das Ende der Welt hinaus in das Gesicht der aufgehenden Sonne … nicht in das Niemandsland des Vergessens, sondern in ein gutes, grünes Land mit unerschöpflichem Vorkommen an Wild, wo das wiedererstandene Totem für immer leben würde.

Shateh kam langsam näher, sah sich um und runzelte die Stirn, als er das Bild eines tanzenden Schamanen an der

Wand erkannte. Es war ein blauer Mann mit dem Kopf eines Kojoten, der um den Hals einen Medizinbeutel trug, der den heiligen Stein enthielt.

»Shateh sieht, daß Tsana die Wahrheit gesprochen hat«, sagte der Krieger des Wachenden Sterns.

»Shateh sieht viele Dinge«, erwiderte der Häuptling. Jetzt wußte er, daß Cha-kwena ihn belogen hatte, aber zumindest verstand er jetzt auch, warum der junge Schamane nicht über die Macht des Totems verfügte und warum es ihm so wichtig gewesen war, die Mammuts zum Ende der Welt zu treiben, wo die Speere der Menschen das Totem nicht mehr erreichen konnten, um es zu töten, zu essen und damit seine Macht in sich aufzunehmen. »Wir werden ihn jetzt jagen«, sagte er und konnte es Cha-kwena nicht übelnehmen, daß der Schamane ihn getäuscht hatte.

»Shateh ... Vater ...«

Die Worte waren ein zitterndes Flüstern im Halbdunkel, aber Shateh erkannte die Stimme. »Warakan?«

Überrascht blickte er nach unten. Hoffnung, Liebe und Sehnsucht nach der Wiedervereinigung mit dem geliebten Jungen erfüllten die Brust des Häuptlings, bis die alte Beklemmung sich wieder einstellte. Wieder wurde ihm der Atem geraubt. Dann sah er, wie Warakan in ein Bärenfell gekleidet an der dunkelsten Stelle der heiligen Höhle hockte und zu ihm hinaufstarrte.

»Wieder sieht Shateh, daß Tsana die Wahrheit gesprochen hat!«

Shateh ging nicht auf Tsanas Worte ein. Warakan hatte sich so tief in sein Bärenfell gehüllt, daß der Häuptling nicht viel von seinem Gesicht erkennen konnte. Aber er sah seine Augen, die angeschwollen waren, als hätte er geweint. Schmerz erfüllte Shatehs Körper und seine Seele, und er empfand ein entsetzliches Gefühl des Verlustes. Er konnte den Unglücksbringer nicht wieder in seinen Stamm aufnehmen, vor allem nicht, da er jetzt bei dem Stamm seiner Vorfahren Unterschlupf gesucht hatte. Er wäre wieder der Fremdling und Kannibalenjunge, und Shateh würde schließlich gezwungen sein, Warakan zum Wohl des Stammes zu töten. Nein, entschied er, es ist besser, wenn er hier bei seinen eigenen Leuten bleibt.

Shateh wandte sich an Tsana. »Behalte ihn. Er gehört zu deinem Stamm, nicht zu meinem. Ich habe einen Sohn in dem Kind, das du mir zurückgegeben hast.«

Dann blickte er Teikan an. »Wessen Skalp habe ich an dem Tag erhalten, als du schworst, daß du Warakans Leiche im Fluß gefunden hattest?«

Sogar im flackernden, goldenen Licht der Höhle war deutlich zu erkennen, daß sich Teikans Gesichtsfarbe veränderte.

»Namarays!« antwortete der Junge im Bärenfell anstelle des Mannes.

Shateh war fassungslos. »Du hast deinen eigenen Sohn skalpiert, damit ich glauben sollte, daß das Waisenkind, das ich meinen Sohn nannte, tot sei?«

Teikans Gesicht schien wie versteinert. Der Mann stand da, als wäre er gerade aufgespießt worden. Dann schüttelte er langsam den Kopf und blickte nach links und rechts. Als er erkannte, daß es für ihn keinen Fluchtweg gab und daß er einen tödlichen Fehler begangen hatte, als er sich heute dazu entschlossen hatte, an Shatehs Seite zu bleiben, straffte er sich. »Warum nicht?« Er sprach zu Tsana und nicht zu Shateh. »Seit viel zu vielen Monden waren Shatehs Entscheidungen wie Entscheidungen einer schwachen, alten Frau. Das Waisenkind hat nur Unglück gebracht. Es war gut für meinen Stamm, ihn loszuwerden. Was bedeutete diesem Mann schon ein Sohn mehr oder weniger, wo er viele Söhne mit vielen guten Frauen gemacht hat ... im Gegensatz zu Shateh, dessen Seele nach seinem Tod in der Haut eines Eidechsenfressers weiterleben wird!«

»Oder überhaupt nicht«, sagte Tsana lächelnd, während er seinen rechten Arm hob.

Shateh, den bereits Teikans verräterische Worte entsetzt hatten, starrte jetzt Tsana verwirrt an.

Ein greller Schrei stieg aus Tsanas Kehle auf, und Shateh spürte, wie sich ein starker Arm um seinen Hals legte. Er sah, wie zwei Krieger Tsanas Teikan von hinten packten. An den Haaren rissen sie seinen Kopf zurück, worauf Teikan vor Wut aufbrüllte. Dann schlitzten sie ihm die Kehle auf. Das Blut – schwarz im Licht der Lampen – schoß aus der Wunde.

Shateh bog seinen Rücken durch und beugte sich dann vor, um sich mit aller Kraft gegen Tsana und die zwei Krieger zu wehren, die ihn zu überwältigen versuchten. Er hörte ihr angestrengtes Keuchen, als sie mit ihm rangen, und wußte, daß sie ihre Zeit verschwendeten. Er war Shateh, der Häuptling und Schamane des Stammes des Graslandes, und in diesem Augenblick sammelte er seine Kraft – nicht die des Totems oder die eines heiligen Steins, sondern die seiner Jugend. Plötzlich war er so stark und unbesiegbar, wie er es auch mit Hilfe des Fleisches und des Blutes des großen weißen Mammuts gewesen wäre. Als er mit den Armen um sich schlug, verloren seine Angreifer den Halt. Er hörte ihren schweren Atem, als sie zurücktaumelten.

Immer noch auf den Beinen wirbelte er herum und grinste siegesgewiß ihre Gesichter an, in denen ... Spott stand? Er schnaufte verächtlich. Wieso wagten sie es zu spotten, diese Feiglinge? Wie viele dieser wagemutigen Krieger waren nötig gewesen, um ihn und Teikan – nur zwei Männer! – in die Tiefen einer Höhle zu locken, aus der es kein Entkommen gab? Zehn Männer. Ein Rudel Hunde, das über einen Bären herfiel! Und der Bär hatte sie zurückgeschlagen! Feiglinge!

Erst als Shateh ihnen dieses Wort zurufen wollte, erkannte er, warum sie ihn so spöttisch anstarrten und jetzt mit Fingern auf ihn zeigten und lachten. Seine Hände fuhren an seine Kehle. Und er spürte die Wunde – und das warme, pulsierende Blut. Von einem Ohr zum anderen zog sich ein klaffender Schnitt über seinen Hals. Er riß die Augen auf. Er starrte seine Mörder an und wußte, daß er ein toter Mann war.

Geduckt rannte Tsana durch die dunklen, feuchten Gänge zum Ausgang der Höhle. Begeistert blickte er ins Tal hinunter. Draußen tobte der Krieg. Sein Ruf in der heiligen Höhle war von den Männern weitergegeben worden, um das Zeichen für den Beginn der Schlacht zu geben.

Unter den angeblich weiblichen Geiseln, die man zu Shatehs Streitkräften geschickt hatte, waren viele Krieger in Verkleidung gewesen. Von Indeh angeführt und von den versteckt postierten Männern verstärkt, fielen die Krieger des Wachenden Sterns aus dem Hinterhalt über Shatehs Kämpfer her, als Tsanas Begleiter den Häuptling und seinen prahlerischen Gefährten getötet hatten, der sein Leben zu retten versucht hatte, indem er Worte sprach, mit denen er nicht nur seinen Häuptling, sondern auch sich selbst entehrte.

»Beide Männer hatten den Tod verdient!« verkündete Tsana, als er auf den Felsvorsprung vor der Höhle hinaustrat. Er rieb sich die Hände. Alles hatte sich wie geplant entwickelt. Als Shatehs Krieger sich jetzt zerstreuten und vor den heulenden Kriegern des Wachenden Sterns aus dem Tal der Toten flohen, warf er seinen Kopf zurück und lachte. »Schade, daß der Mond noch nicht höher steht, damit ich einen besseren Blick auf das Bild habe, nach dem ich mich so lange gesehnt habe!«

Gleichzeitig schockiert und erfreut drückte Ban-ya ihren Sohn an sich und entspannte sich zum erstenmal, seit sie unter ihren Feinden lebte. Sie jubelte über Shatehs Tod und die Niederlage seiner Streitkräfte. »Ich … Sheela hat sich auch danach gesehnt.«

Tsana drehte sich um, winkte sie heran und nahm sie in

die Arme. »Die Tage unserer Furcht sind vorbei, Frau. Shateh ist tot. Später, wenn ich mich an diesem Anblick satt gesehen habe, werden wir seine Leiche holen und sie auf einen hohen Pfahl spießen. Alle, die ihn sehen, werden wissen, welches Schicksal jene erleiden, die es wagen, sich gegen den Stamm des Wachenden Sterns zu stellen – oder ihm sein Vertrauen schenken. Wir sind Krieger! Wir halten keinen Rat, um Frieden zu schließen. Männer finden genügend Frieden, wenn ihre Knochen irgendwann für immer zum Himmel aufblicken!«

Ban-ya erzitterte in seinen blutigen Armen. Der Blutgeruch und die dunkle Macht, die von seinen kühnen Worten ausging, erregten sie.

»Jetzt werden die Überlebenden aus Shatehs Stamm über die Welt verstreut oder versklavt«, versprach er. »Und bald werde ich meinen eigenen Stamm zum Ende der Welt führen, um nach dem Totem zu suchen. Die Menschen werden wirklich wieder ein Stamm sein, Ban-ya! Unsere Feinde werden von uns niedergemetzelt. Du wirst sehen. So wird es sein. Unsere Söhne werden Häuptlinge und Krieger sein, die in der Macht des Totems stehen, so wie es die kühne Vision ihres Vaters und die unerschrockene Klugheit ihrer eidechsenfressenden Mutter vorhergesehen haben!«

Diese Bezeichnung schockierte sie. »Ban-ya ist tot, Tsana. Es ist Sheela, die du liebst.«

»Nein«, widersprach er freundlich, aber bestimmt, als er ihr Ea-ka aus den Armen nahm. »Ich weiß schon seit einiger Zeit, daß du dir diese Lüge ausgedacht hast, um dein Leben zu retten, Ban-ya«, sagte er zu ihr, während er Ea-ka wiegte und lächelte, als der Junge mit ehrlicher Zuneigung sein Gesicht berührte. »Aber es ist alles in Ordnung. Ich hege keinen Groll gegen dich. Ich empfinde Stolz und Bewunderung für das mutige Herz meiner neuen Frau.«

Ban-yas Herz floß vor Erleichterung und Freude über, als sie sah, wie liebevoll sich ihr neuer Mann um ihren Sohn kümmerte. »Manchmal ist es nötig zu lügen«, gab sie zögernd zu.

»So wie ich dich und Shateh belogen habe«, sagte er redselig. »Aber jetzt ist die Zeit der Lügen vorbei. An diesem Tag wurde der Stamm des Wachenden Sterns wiedergeboren. An diesem Tag wurde Ban-ya zu Tsanas Frau. Und von diesem Tag an wird er nicht mehr zusehen, wie sie den Nachkommen eines toten Feindes stillt und dadurch ihr Bauch nicht bereit ist, das neue Leben zu empfangen, das ich ihr gerne geben würde.«

»Ich … nein! Du verstehst nicht! Ea-ka ist nicht …«

Doch Ban-yas Protest kam zu spät. Ea-ka hing bereits tot in Tsanas Hand, der ihn gepackt und seinen Schädel an der Felswand der Höhle zerschmettert hatte. Sie starrte entsetzt auf das Hirn ihres Babys, das aus seinem geborstenen Schädel hervordrang. Jetzt kam auch Blut – aber nicht viel. Sie neigte den Kopf zur Seite. Das blendend grüne Licht leuchtete wieder in ihren Augen. Es war so hell! Sie kniff die Lider zusammen, als Tsana die Leiche ihres Sohnes aus der Höhle warf, als wäre es nicht mehr als ein Stück verdorbenes Fleisch.

»Jetzt ist Shateh für immer tot«, sagte er ihr. »Jetzt wird sich seine Seele nicht mehr erheben, um irgendwann Rache an Tsana zu nehmen. Jetzt hat er keine Söhne mehr, die seinen Namen übernehmen können.«

Ban-yas Geist stürzte in den Wahnsinn, doch Tsana bemerkte es nicht. Er hatte sich umgedreht und rief nach Jhadel.

»Wo bist du, alter Mann? Mein Stamm braucht einen Schamanen, der unserem Sieg den Segen gibt! Komm aus deinem Versteck und sieh dir mit eigenen Augen an, was du niemals für möglich gehalten hast! Komm, sage ich! Oder ich werde dich aus dem Stamm verstoßen und selbst deinen Platz einnehmen!«

»Söhne … Ea-ka … Ea-nok … Piku-neh … Hast du meine Söhne gesehen?« murmelte Ban-ya.

Auf Tsanas Gesicht erschien das hungrige Lächeln eines Mannes, dessen Bedürfnis nach der Vereinigung mit einer Frau geweckt war. »Ich werde dir viele Söhne geben – Söhne, die eines Kriegers des Wachenden Sterns würdig sind!« Seine blutigen Hände griffen unter ihre Felle, unter ihre Halskette aus menschlichen Fingerknochen, um schmerzhaft ihre Brüste zu bearbeiten. »Ja«, sagte er und riß sie gewaltsam zu Boden, wie er es am liebsten tat. »Öffne dich mir! Jetzt! Der Geruch nach Blut und Kampf ist für mich der Geruch des Lebens. Ah, Ban-ya … jetzt … jetzt …«

Er blickte in ihr Gesicht und sah, daß Ban-ya überhaupt nicht auf die wilde Vereinigung mit ihm reagierte. Ihre Hüften bewegten sich nicht, ihre Beine waren nicht um seine Hüften geschlungen. Sie starrte ins Leere, ohne Verstand, wie es schien, als würde ihre Seele vom zunehmenden Nachtwind davongetragen, wo sie unter den Sternenkindern des Mondes nach ihren verlorenen Söhnen suchte.

Jhadel hockte in der Dunkelheit der heiligen Höhle, wo Warakan sich über die Leiche Shatehs geworfen hatte. Der Schamane des Wachenden Sterns legte dem Jungen eine Hand auf die Schulter. »Komm jetzt, mein Junge! Komm jetzt! Ich muß die letzten Lampen löschen, bevor die anderen zurückkehren.«

Doch Warakan wollte Shateh nicht loslassen. »Vater! Vater! Du mußt doch wissen, warum ich fortgelaufen bin – um den heiligen Stein zu suchen und zu dir zurückzubringen. Vater, Shateh … bitte sag mir, daß du es weißt und …«

»Er kann nicht mehr zu dir sprechen, Junge! Aber vielleicht hat er dich gehört. Vielleicht hat er im letzten Augenblick noch alles verstanden. Aber jetzt komm! Wenn du hierbleibst, wirst du sterben!«

Taub vor Kummer wandte der Junge sein angeschwollenes, tränenüberströmtes Gesicht der tätowierten Fratze des uralten Mannes zu. »N-neiiin!« schluchzte er. »Ich werde ihn nicht wieder allein lassen.«

»Bah! Wir müssen gehen, sage ich! Sofort!« Der alte Mann griff in das Bärenfell und zerrte den Jungen auf die Beine. Dann ging Jhadel durch die Höhle und löschte alle Öllampen bis auf eine. Diese hob er am langen Steingriff auf. »Jetzt sieh dich ein letztes Mal an diesem Ort um und vergiß niemals, was du siehst!«

Zu schwach und verletzt, um sich noch gegen das Drängen des Schamanen wehren zu können, folgte Warakan dem alten Mann in kalte, schmale Gänge voller erstickender Dunkelheit, die nicht einmal das schwache Licht ihrer Lampe vertreiben konnte.

Zu seinem Erstaunen traten sie in Wind und Mondlicht hinaus. Warakan stellte schockiert fest, daß sie sich auf der anderen Seite der Hügel befanden, wo es einen Vorrat mit ausreichend Reiseproviant für zwei gab. Hier verband Jhadel dem Jungen den Brustkorb und behandelte seine Verletzungen mit einer schmerzlindernden Salbe.

»Noch bevor du kamst«, sagte der alte Mann, »und noch bevor der Wind durch die Ritzen in der Höhle zu mir sprach und mir verriet, wer du bist, wußte ich, daß ich früher oder später Tsanas Stamm verlassen mußte, wenn ich nicht getötet werden wollte.« Der alte Mann sah die Frage in den Augen des Jungen.

»Was meinst du damit? Was soll der Wind dir über mich verraten haben? Ich bin Warakan. Ich bin ...«

»Ein unwissender Junge!« Jhadel kicherte leise. »Der Wind trägt viele Stimmen durch den ausgehöhlten Hügel bis in die heilige Höhle, wo dieser alte Schamane das Feuer vieler Steinlampen unterhielt, während er die Wandzeichnungen studierte, um herauszufinden, wohin das Totem gezogen ist und wo er hoffen kann, Cha-kwena zu finden und ihm den heiligen Stein zu stehlen.«

»Du bist seiner nicht würdig!« schnappte Warakan.

»Wäre es dir lieber, Tsana würde ihn bekommen? Er wird auf die Suche gehen. Schon bald.«

»Auch er ist seiner nicht würdig. Niemand aus dem ganzen Stamm des Wachenden Sterns!«

»Aber du bist seiner würdig. Ich werde dich unterrichten, damit du seiner würdig bist. Der heilige Stein ist für dich bestimmt, Warakan, den Enkel Shatehs, den Sohn Masaus, des Mystischen Kriegers. Und eines Tages wirst du der größte aller Schamanen sein.«

»Du weißt nicht, was du da redest! Shateh hat mich seinen Sohn genannt, nicht seinen Enkel!«

Ein Schatten fiel auf die Erde, als ein großer Vogel vor dem Mond vorbeiflog. Der Junge und der Alte blickten auf und sahen überrascht, daß ein Adler durch die Dunkelheit flog.

Jhadel beobachtete den Vogel, der sich von den Aufwinden emportragen ließ, und sagte leise: »Viele Male hat der Wind das Geschenk der Erkenntnis zu meinen alten Sinnen gebracht. Einmal drang der Wind wie ein sanfter, kühler Fluß tief in die heilige Höhle ein und brachte die Worte einer alten Frau mit, die Ban-ya flüsternd ein großes Geheimnis anvertraute. Der Wind lügt nicht, Warakan. Hör zu ... sogar jetzt spricht er mit der Stimme des Adlers zu uns, der der Bruder des Mondes und der Sonne ist und als einziger aller Vögel in den höheren Regionen des Himmels willkommen geheißen wird. Die Ahnen sagten, wenn der Adler bei Nacht fliegt, trägt er die verlorenen Seelen dieser Welt in die Welt jenseits dieser Welt. Schau nur ... der Adler fliegt ständig vor dem Gesicht des Mondes hin und her.«

»Als würde er wollen, daß wir ihn sehen«, stellte der Junge fest.

»Ja! Und wir haben ihn gesehen!« Jhadel war aufgeregt. »Die Seele Shatehs fliegt in dieser Nacht auf den Schwingen des Adlers. Shateh ruft dich, Warakan. Er sagt dir, daß er, bevor seine Seele in der Höhle seinen Körper verließ, die

Worte desjenigen gehört hat, den er seinen Sohn nannte. Er hat gehört, wie du ihn Vater nanntest. Bald wird der Adler ihn auf dem Rücken der Vier Winde für immer aus dieser Welt davontragen. Schnell, Warakan! Steh auf! Nenne Shateh noch einmal deinen Vater! Fordere seine Seele auf, in dir weiterzuleben! Schnell! Bevor es für ihn zu spät ist.«

Warakan war fassungslos. War das möglich? Shateh hatte die Haut eines Goldadlers getragen, genauso wie sein Sohn Masau, und die Flugfedern dieses Vogels als Halsband. Erinnerungen flackerten auf … an einen Mann mit Obsidianaugen, die ihn über das Kochfeuer in der Hütte seiner Eltern hinweg anblickten, ihn beobachteten, ihn musterten – seinen Sohn!

Warakan sprang auf die Beine. Er hob seine Arme dem Himmel entgegen und rief die Vier Winde. »Shateh! Ich weiß nicht, ob Jhadel die Wahrheit spricht oder nicht, denn es kommt mir sehr unwahrscheinlich vor, daß ich ein Sohn deines Sohnes sein soll. Aber vor langer Zeit hat der Mystische Krieger mich angesehen, als würde er meine Seele erkennen, und dieser Blick hat mich immer wieder in meinen Träumen verfolgt! Wenn es wahr ist, Shateh, wenn dein Blut durch ihn auch mein Blut ist, dann ist Warakan derjenige, der deine Seele und deinen Namen am Leben erhalten wird, damit deine Seele für immer in dieser Welt leben kann! Komm! Lebe in mir! Jetzt und für immer!«

Der Wind drehte sich in alle vier Richtungen. Der Adler schrie und stieg steil in den Himmel auf. Dann drehte er ab und flog in den riesigen schimmernden Himmelsfluß, bis er nicht mehr zu sehen war. Warakan war atemlos und spürte ein seltsames und wunderbares Beben, das durch seinen Körper ging. Dann fiel etwas Weiches auf sein Gesicht, wie eine zärtliche Berührung. Als er seine Hand hob und danach griff, wußte er schon, was es war, noch bevor er es erblickte – die Feder eines Goldadlers.

»Dein Großvater hat gesprochen«, sagte Jhadel. »Shateh

erkennt seinen Enkelsohn an und hat dir dieses Geschenk als Zeichen seines Dankes geschickt. Seine Seele wird für immer in dir weiterleben, Warakan. Jetzt müssen wir weiterziehen. Ich glaube nicht, daß noch jemand diesen Weg durch die Höhlen zur anderen Seite der Hügel kennt, aber du mußt lernen, daß sogar ein Schamane niemals vorsichtig genug sein kann. Komm! Kannst du dein Gepäck tragen? Wir müssen gehen.«

Warakan gehorchte. Seine Verletzungen schmerzten, aber er beklagte sich nicht. Er hob das in Hirschfell eingerollte Gepäck auf, das Jhadel für ihn vorbereitet hatte, und eine neue Entschlossenheit verlieh seinem zerschundenen Körper Kraft. »Von diesem Augenblick an wird Warakan die Seelen und die Namen von Shateh und Masau in Ehren halten! Von diesem Augenblick an wird Warakan den heiligen Stein suchen. Von diesem Augenblick an wird Warakan das Totem und den Schamanen der Roten Welt jagen, der Shateh seine Macht verweigert und meinen Großvater in den Tod geführt hat!«

»Nimm dich in acht, was du sagst, Junge, und wie du es sagst, denn die Geister der Dunkelheit und des Lichts sind überall und hören alles ... und sie warten nur darauf, unsere Worte und Gedanken auf den Vier Winden zu den Mächten der Schöpfung zu tragen, die unsere Hoffnungen und Träume vielleicht für ihre eigenen Absichten benutzen. Und wenn wir sie beleidigen, kann nicht einmal ein Schamane vorhersagen, worin ihre Absichten bestehen werden.«

»Dann bittet Warakan die zuhörenden Geister dieser Nacht darum, seine Worte zu den Mächten der Schöpfung zu tragen. Mögen sie diesem Jungen ihre Macht verleihen, daß er eines Tages derjenige sein wird, der das Fleisch des Totems ißt und sein Blut trinkt ... nicht für sich selbst, sondern für Shateh. Sein Blut ist auch Warakans Blut! Solange Warakan lebt, wird auch Shateh in mir weiterleben! Und wenn ich größer und älter geworden bin und in der Macht der Vier Winde stehe, wird sich dieser Junge an Tsana für das rächen, was er Shateh am heutigen Tag angetan hat!«

Jhadel sah zu dem Jungen hinüber, während er sein eigenes Gepäck aufschnallte. »Eines Tages, bis dahin ist es noch lange Zeit hin. Komm jetzt! Wir beide haben noch einen weiten Weg vor uns.«

Warakan blickte nach Osten. Cha-kwena und der heilige Stein und das Totem waren dort irgendwo. Eines Tages würde er sie finden. Ganz gleich, wie lange es dauern mochte.

Warakan stand im Fell der großen Bärenmutter da, deren Kinder ihm auf so grausame Weise entrissen worden waren, und hielt die Feder des Goldadlers gegen seine Brust gedrückt, bis er schweigend dem alten Schamanen folgte. Die Mondgöttin und ihre Sternenkinder beleuchteten ihren Weg nach Osten.

13

Die Dämmerung ergoß ihr anfangs blasses, dann farbenprächtiges Licht über die verschneiten Berge, als Warakan und Jhadel rasteten. Sie machten nur so lange halt, um etwas von der Nahrung zu essen, die der alte Mann mitgenommen hatte. Der Junge steckte sich vorsichtig gegorene Stücke aus Fett und geräuchertem und zerstampftem Fleisch in den Mund und kaute um seine Verletzungen herum, während er nach Osten auf die fernen Gebirgszüge starrte, über denen die Sonne aufging. Als der Wind nachließ, sich drehte und dann heftig aus dem Norden wehte, dankte er stumm der großen Bärenmutter für das warme Fell, das sie ihm überlassen hatte.

»Der Große Weiße Winter wird in diesem Jahr wieder früh

kommen«, sagte der alte Mann, der sich in seinen schweren Reisemantel aus Bisonfell gehüllt hatte. »Vielleicht ist der Anbeginn der Zeiten gar nicht so weit entfernt, wie wir dachten. Vielleicht wird der Große Weiße Winter wieder über die Vier Winde herrschen, und die Pässe, durch die die großen Herden immer gekommen sind, um den Menschen als Nahrung zu dienen, werden sich verschließen, und Berge aus Eis werden wieder über die Welt wandern.«

Warakan erzitterte. Er erinnerte sich daran, daß der alte Lahontay sich die gleichen Sorgen gemacht und ihn beschuldigt hatte, den ewigen Winter gerufen zu haben. Er wollte gerade zu einem Widerspruch ansetzen, falls Jhadel ähnliches dachte, doch der alte Schamane hatte bereits seinen mit Rabenfedern geschmückten Kopf auf die Knie gelegt und war eingeschlafen. Warakan seufzte erschöpft, schluckte sein letztes Stück Trockenfleisch hinunter und nahm dieselbe Haltung ein wie Jhadel. Schon bald träumte er …

Er sah sich selbst als jungen Mann, der in die Felle aller Tiere gekleidet war, die den Menschen als Nahrung dienten. In einem mit Eis verstopften Bergpaß tanzte ein Schamane, dessen Kleidung nur aus weißen Fellen bestand, und fletschte seine spitz gezackten Wolfszähne, während er das grinsende Gesicht eines wachenden Mondes anheulte. Irgendwie waren beide Männer Warakan. Und dann wurde er noch zu einem dritten – einem Mann, der in das Fell eines Löwen mit schwarzer Mähne gekleidet war und der auf einer riesigen, schneebedeckten Ebene kniete, die wie Wasser gewellt war, während er magische Zeichen in eine Keule ritzte, die aus einem Rippenbogen des Skeletts eines Fisches bestand, der größer als ein Mammut war.

Wer weiß, wo unsere Seelen zu Anbeginn der Zeiten lebten? Raubtier … Beute … Mensch … Tier … alles, was jetzt lebt, lebte schon damals in anderer Haut.

Die Erinnerung an Lahontays beunruhigende Worte riß ihn aus dem Schlaf. Die Sonne hatte sich ein gutes Stück über die Gipfel der östlichen Berge erhoben. Jhadel war bereits aufgestanden und schulterte gerade sein Gepäck. Warakan erhob sich ernst, streckte sich, erleichterte sich, schnallte sein eigenes Gepäck auf den Rücken, und, die Feder des Goldadlers in eine Stirnlocke geflochten, folgte er Jhadel zum Ende der Welt.

Als sie einen sanft geneigten Abhang hinuntergingen, hatte er das Gefühl, von hinten beobachtet zu werden, und drehte sich um, als er das unverkennbare helle Schnaufen eines beunruhigten Bärenjungen hörte.

»Kleiner Bärenbruder!« rief Warakan mit einem freudigen Schluchzer, als er auf das Tier zulief.

Kurz darauf sah Jhadel verblüfft zu, wie sich der Junge auf den Boden warf und von den Tatzen eines braunen Geschöpfes umarmt wurde, das Laute der Begeisterung ausstieß.

»Aiee!« rief der alte Mann verwirrt, als er nach einem kurzen Speer griff und trotz seiner Angst um sein eigenes Leben aus größerer Sorge um die Sicherheit des Jungen losrannte, um ihn zu retten. Doch dann stellte er fest, daß es sich bei der vermeintlichen Gefahr um eine liebevolle, schmatzende Umarmung handelte.

»›Bärenbruder‹ sagtest du? W-was? … W-wie? …« Jhadel war immer noch verwirrt, aber nicht mehr besorgt. Er entspannte sich und befahl: »Steh auf, Warakan! So etwas schickt sich nicht! Was werden die Geister der Vorfahren sagen, wenn sie den Sohn Masaus, den Enkel Shatehs und einen künftigen Schamanen sehen, wie er die Schnauze eines Bären leckt!«

Widerstrebend befreite sich Warakan von dem über alle Maßen glücklichen Bärenjungen. Als er wieder auf die Beine kam, erklärte er: »Ich bin Warakan, der Sohn von Masau und der Enkel von Shateh, doch ich trage das Fell der Bärin, die dieses Junge geboren hat. Und seit ich ihr Leben genommen habe, bin ich an ihren Platz getreten. Der Bruder dieses Jungen starb im Tal der Toten. Dieser Bär ist mein Kind, und ich werde ihn weder zurücklassen noch jemals wieder einen seiner Artgenossen töten.«

Jhadel dachte mit finsterem Gesicht nach und zuckte dann die Schultern. »Wenn dieses ›Kind‹ zu einem ›Mann‹ heranwächst und uns als seine Eltern betrachtet, kann es beruhigend sein, es in der Nähe zu wissen. Wenn der Bär uns vor den Gefahren beschützt, die uns bestimmt erwarten werden, werde ich keine Angst mehr haben.«

Also gingen sie weiter, ein alter Mann, ein Junge im Bärenfell und ein verwaistes Bärenjunges. Gelegentlich hörten oder sahen sie einen Raubwürger. Warakan lächelte und nannte ihn seinen Freund. Die Sonne ging viele Male auf und wieder unter. Die Reisenden durchquerten Ödländer, deren Weite sie beinahe verzweifeln ließ.

Der alte Mann runzelte die Stirn und hielt mit Warakan auf einer breiten, felsigen und trockenen Hügelkette an. Im hohen, sommertrockenen Gras versteckt, zeigte er auf einen kleinen Menschenstamm, der in der Ferne vorbeizog.

Warakans Augen wurden immer größer, je näher sie kamen. »Es ist Cha-kwenas Stamm!« Doch dann legte sich seine Aufregung wieder. »Aber der Schamane der Roten Welt begleitet sie nicht auf ihrer Wanderung zu den Jagdgründen des Graslandes.«

»Hmmm …« Jhadel beobachtete die kleine Gruppe aufmerksam und schüttelte den Kopf. »Sie ziehen einer großen Gefahr entgegen. Tod oder Sklaverei erwarten sie, wenn sie Tsanas Wege kreuzen.«

Warakan hatte Mitleid mit ihnen. »Mein Herz empfindet keine Feindschaft gegen den Mann namens Kosar-eh. Wir sollten ihn warnen, bevor er …«

»Nein!« schnitt Jhadel ihm das Wort ab. »Was auch immer ihre Gründe sein mögen, sie haben sich für ihren Weg entschieden. Wir können ihnen nicht helfen, ohne uns selbst in Gefahr zu bringen. Komm! Wir werden Cha-kwena und den heiligen Stein suchen. Das Totem wird bei ihm sein.«

Sie zogen weiter. Es war Warakan, der die ersten Mammutspuren fand. Sie waren alt, aber unmißverständlich. Jhadels alte, aber erfahrene Augen bemerkten zuerst die merkwürdigen kleinen Steinhaufen und die Markierungen an Bäumen und Sträuchern.

»Diesen Weg sind sie gegangen«, sagte der alte Mann.

Und bald lagen die Ödländer hinter ihnen. Sie durchquerten ein gutes Prärieland mit Gras, das immer höher anstieg, bis sie in eine große Schlucht kamen, die in ein Land mit vielen unbekannten Bäumen führte. In der Nacht hockten sie nahe beieinander und blickten zum hohen Blätterdach des Waldes hinauf. Wenn der Wind die Baumwipfel bewegte, konnten Warakan und Jhadel den Himmelsfluß sehen, der hell über den schwarzen Mantel von Vater Himmel strömte. Gelegentlich entdeckten sie auch den Großen Bären und die Zwillingsbrüder des Himmels und den Wächter, der inmitten der Sternkonstellation, die sie beide als die Große Schlange kannten, auf sie herabblickte.

»Glaubst du, daß unsere Feinde uns folgen werden?« fragte Warakan.

»Irgendwann werden sie vielleicht kommen, aber jetzt noch nicht, denn bald wird der Große Weiße Winter in das Land zurückkehren. Tsana ist jetzt der Häuptling eines großen Stammes und hat viele Frauen, Kinder, Gefangene und Krieger zu ernähren. Er und seine Jäger müssen viel Fleisch besorgen und sich ein Winterlager einrichten, wenn sie bis zum Frühling überleben wollen. In der Zwischenzeit müssen wir, du und ich und der kleine Bärenbruder, diesen Weg weitergehen, den die Geister für uns markiert haben, bis wir einen geeigneten Platz finden, an dem auch wir uns niederlassen und auf den Winter vorbereiten können.«

Während sie weiterhin dem »Weg der Geister« folgten und von einem seltsamen Wind, der in der Nacht wie eine Frau klagte, und von dem dunklen Wald geleitet wurden, entdeckten sie drei Tage später ein verlassenes Dorf, das zwischen umgestürzten Bäumen lag.

»Dieser Ort gefällt mir nicht«, sagte Warakan.

Jhadel blickte sich stirnrunzelnd um. Der Wind wehte unruhig – ein kalter Wind aus dem Norden. Er brachte den Geruch von Schnee und Sturm mit sich. Und wieder kam das leise, ferne Klagen aus dem Wald.

»Ist es ein Geist?« flüsterte Warakan.

Jhadel schüttelte den Kopf. »Eine Frau. Eine trauernde Frau irgendwo in weiter Ferne.«

In dieser Nacht fielen die ersten Schneeflocken. Und obwohl es windstill wurde und das Klagen aus dem Wald nicht mehr zu hören war, schreckte Jhadel plötzlich aus dem Schlaf hoch.

»Was ist los?« fragte Warakan, der sich mit dem Bärenkind in das Fell der großen Bärin gehüllt hatte.

Der alte Mann schüttelte den Kopf. »Hörst du es nicht? Irgendwo weint ein Schamane, aber nur die Vier Winde und die Mächte der Schöpfung werden jemals wissen, warum.«

Cha-kwena kämpfte gegen den Schnee und die sich endlos hinziehende Küstenlinie und die Wassermassen, die seine Versuche vereitelt hatten, zu seinem Stamm zurückzukehren, seit er halb ertrunken auf einer öden, mit Felsblöcken übersäten Kiesbank aufgewacht war, irgendwo am tief eingeschnittenen Ufer des von Eisinseln durchsetzten Sees.

»Ich muß zurückkehren!« rief er dem Mond und den Sternen zu, obwohl er sie durch die Wolken gar nicht erkennen konnte. »Aber wie?«

Seit endlosen Tagen und Nächten, seit die Mammuts ihn bewußtlos aus dem eisigen Wasser gezogen hatten, war er verzweifelt darum bemüht gewesen, den Rückweg zu der Stelle zu finden, an der er aus dem Wald gekommen war – doch jede Bucht und jeder Zufluß sahen fast gleich aus, und die Küstenlinie war so gewaltig, daß sie seine Sinne verwirrte. Und die ganze Zeit über hatten die Mammuts und das kleine weiße Kalb ihn beobachtet, während sie von verkümmerten Fichten und Erlen fraßen. In der tiefsten Dunkelheit der kalten, verschneiten Nacht zogen sie nun endlich weiter.

»Wartet!« rief er. »Ich kann euch nicht länger folgen. Das müßt ihr doch wissen! Ich habe meine Frau allein zurückgelassen und den heiligen Stein der Vorfahren der Obhut meines Stammes anvertraut. Jetzt mußt du mit mir zurückkehren, Lebensspender! Du bist die Kraft und die Seele des Stammes. Du bist ihr Mut. Sie müssen dich sehen und wissen, daß du wieder in dieser Welt lebst, sonst werden sie den Mut und das Vertrauen in all das verlieren, was du ihnen seit Anbeginn der Zeiten bedeutet hast! Bitte, ich bin dir bis zum Ende der Welt und darüber hinaus gefolgt! Jetzt mußt du mir helfen, zu meinem Stamm zurückzufinden!«

Doch die Mammuts gingen weiter.

Enttäuscht folgte Cha-kwena ihnen über eine kalte, windige, steinige Ebene. Als es dämmerte, lief er unter einem klaren Himmel einen Abhang hinauf, während die Mammuts ein gutes Stück weiter stehengeblieben waren, auf dem Grat eines langen, steinigen Hügels. Außer Atem und erschöpft folgte er ihnen, bis er ebenfalls den Hügel erreicht hatte und fassungslos stehenblieb. Vor ihm lag die Schlucht aus seinen Träumen.

Hinter einer weiteren Ebene ragten dunkle Eiswände vor dem Himmel auf. Ein Fluß zog sich durch die riesige Spalte in der Erde. Der Boden der Schlucht war bewaldet, und Wasserfälle, die im ersten plötzlichen Frost erstarrt waren, stürzten sich in glänzender, durchscheinender Stille von der Höhe herab. Und jenseits der Schlucht lag ein Gebirgszug aus festem Eis, der sich weiter erstreckte, als er sehen konnte. Es war der herrlichste und traurigste Anblick, der Cha-kwena jemals vor Augen gekommen war.

»Ich kann euch nicht dorthin folgen! Nicht ganz allein ... nicht ohne den Stamm!« rief er den Mammuts zu. Seine Hand fuhr an seine Kehle, um Trost und Verständnis in der Berührung des heiligen Steines zu finden. Das bereits vertraute Gefühl, ins Leere zu greifen, erfüllte ihn mit einer unguten Leere. Dann sah er, wie neben den Mammuts der alte Hoyeh-tay erschien und Eule vom Himmel herabflog, um auf dem ausgestreckten Arm des alten Mannes zu landen.

»Ah, Cha-kwena, Enkelsohn Hoyeh-tays, schau mit dem inneren Auge der Visionen eines Schamanen, und du wirst auf dem Weg, den du jetzt gehen mußt, niemals Furcht oder Hoffnungslosigkeit erfahren! Dort ist das Ende der Welt! Hast du dich nicht schon immer danach gesehnt? Neue Länder zu entdecken, die noch kein lebender Mensch jemals zuvor gesehen hat?«

»Lebend?« Cha-kwena empfand plötzlich Unbehagen und Furcht. Seltsame Dinge geschahen an diesem Ort. Die Mammuts waren nicht mehr die einzigen Tiere, die am Eingang zur Schlucht standen. Hornnase war bei ihnen, gewaltig und granitgrau und stolz. Der Teratornis hockte in seiner ganzen, der eines Kondors ähnlichen Pracht auf Hornnases Rücken. Eine Herde kleiner, breitbäuchiger und braun gestreifter Pferde stand in der Nähe des Rhinozeros. Auch Kamele waren da und Faultiere und ein Paar Mastodons. Und zwischen den Grasfressern saßen – als wäre ihre Anwesenheit das Natürlichste der Welt – zwei Sprungkatzen, ein großer gefleckter Löwe, und ein riesiger Kurzschnauzenbär stand aufrecht da und schien mit der Stimme eines Menschen zu Cha-kwena zu sprechen.

»Die Welt verändert sich«, sagte der große Bär. »Nur noch

wenige meiner Art leben in der Welt. Bist du nicht mehr unser Bruder, Cha-kwena?«

»Nein!« rief er, als er erkannte, was von ihm verlangt wurde. Die Welt veränderte sich, und viele der Tiere, die durch die Jagdgründe der Vorfahren gezogen waren, würden bald nicht mehr in dieser Welt leben. Doch Cha-kwena hatte nicht den Wunsch, dorthin zu gehen, wohin sie gingen, wo auch immer das sein mochte. Denn jetzt erkannte er endlich, daß seine Liebe zu Mah-ree und zu allen Mitgliedern seines Stammes größer war als seine Liebe zum Totem oder zum heiligen Stein oder sein Bedürfnis danach, auf ewig durch unbekannte Länder zu ziehen. Er hatte das Totem gefunden! Er war ihm ohne Widerspruch gefolgt! Aber zu welchem Zweck, wenn er alles, was er liebte, für immer verlieren würde? »Ich werde nicht weitergehen! Ich muß umkehren!«

»Du kannst nicht in das Land zurückkehren, aus dem du gekommen bist«, teilte ihm der große Kurzschnauzenbär mit.

»Das werden wir ja sehen!« erwiderte Cha-kwena, als er sich umdrehte und zum See zurücklief – zurück zur Schwemmebene, zum Wald und zum Dorf seines Stammes, das irgendwo darin lag ... und vor allem zurück in die liebevolle Umarmung seiner kleinen gesetzesbrüchigen Frau Mah-ree – falls sie ihm jemals vergeben und ihn wieder in ihren Armen willkommen heißen würde.

»Halt!« forderte der große Bär.

Cha-kwena blieb nicht stehen.

»Du mußt zu uns zurückkommen!« riefen die Tiere des sterbenden Zeitalters.

»Das werden wir ja sehen!« rief Cha-kwena. Er wollte nicht auf sie hören, nicht mit ihnen sterben.

Er lief immer weiter, bis er die Küste des großen Sees erreicht hatte. Erschöpft ging er auf dem Gletschergeröll des steinigen Ufers in die Knie. Ein heftiger, eiskalter Wind schlug ihm ins Gesicht. Viele Meilen tiefen, offenenWassers und viele Inseln aus Eis lagen zwischen ihm und den Sturmwolken, die sich am fernen Ufer sammelten. Dort war der Ort, an dem der Große Weiße Winter lebte. Cha-kwena wußte, daß er ohne die Macht der Geister keine Hoffnung hatte, seinen Stamm jemals wiederzufinden.

»Der Stamm der Menschen hat sich entschieden, wie Samen vom Wind verstreut zu werden. Der heilige Stein ist für jemand anderen bestimmt. Bald werden die Raubtiere aus deinen Alpträumen folgen. Wer wird das Totem beschützen, wenn der heilige Stein geraubt ist und es keinen Stamm mehr gibt? Hier ... hinter dem Ende der Welt ... wird das kleine weiße Kalb zum großen weißen Mammut werden, und Lebensspender wird sicher unter dem Schutz des Wächters des Totems leben. Und obwohl es viele in der Welt der Menschen geben wird, die sagen: ›Kommt! Laßt uns das Totem jagen!‹ wird der Wächter des Totems antworten: ›Wir werden ja sehen! Ich werde euch aufhalten! Ich werde dafür sorgen, daß Lebensspender in dieser Welt jenseits der Welt nicht leicht zu finden ist!‹«

Cha-kwena zuckte zusammen, als er die bekannten Worte aus der Geschichte vom tapferen Häher und seinen glücklosen Abenteuern im blauen Land des Himmels hörte. Und plötzlich flammte die Vision auf, und unter seinen Augenlidern sah er die Raubtiere seiner Alpträume: Wölfe, Löwen, Pumas, Bären unbekannter Arten und Hunde ... geifernde, verräterische Hunde. Er keuchte. Dann veränderten sich die Bilder. Die Tiere wurden zu Menschen, zu Kriegern des Stammes des Wachenden Sterns und des Graslandes und – war das möglich? – der Roten Welt. Sie kamen wie Wölfe über das Land seiner Vision. In das Land seiner Träume kamen sie, schlanke Männer und Jungen, tätowiert und schwarz, rot und weiß mit Asche, Ton und Ocker bemalt. Und dann waren sie genauso schnell, wie sie gekommen waren, wieder verschwunden.

Cha-kwena saß allein am Ufer des großen Sees. Er blickte in die Vergangenheit, auf all das, was er geliebt und verloren hatte und nie wiedersehen würde. Die Sonne stieg bis zum Mittagspunkt auf, bevor er endlich den Mut fand, aufzustehen und sich der Zukunft zuzuwenden. Einem neuen Leben zu oder dem Tod? fragte er sich.

Er seufzte und ergab sich in sein Schicksal, wie immer es aussehen mochte. Immerhin war er Cha-kwena, der Enkel Hoyeh- tays, der Bruder der Tiere, der Gelbe Wolf, der Wächter des Totems und der Betrüger, und am Ende schien es ihm, daß er vor allem sich selbst betrogen hatte.

Die Mammuts zogen wieder weiter, trotteten in einer langsamen Prozession auf die große, sonnenbeschienene Schlucht und die Berge aus Eis zu, die dahinter aufragten. Cha-kwena folgte ihnen, während seine Stimmung so düster war wie eine Nacht ohne die Mondgöttin und ihre Sternenkinder und ohne die schimmernden Feuer des Himmelsflusses, die allem, was darunter wandelte, Licht und Mut spendeten.

Es war das ferne, rauhe Krächzen von Hähern in der Schlucht, das ihn innehalten ließ. Auf dem Boden zu seinen Füßen lagein Haufen weicher Federn. Er kniete sich hin, hob sie auf und hielt die weichen blauen Daunen in seiner hohlen Hand. Dabei erinnerte er sich an eine Nacht, als er und Mahree dicht aneinandergekuschelt gelegen hatten, geschützt vor den Stürmen des Lebens und gewärmt von ihrer Liebe und dem Feuer, das sie entfacht hatte.

»Sie möge in Sicherheit sein!« rief Cha-kwena den Vier Winden und den Mächten der Schöpfung zu. Er stand auf und blickte den Weg zurück, den er gekommen war, nach Westen, wo die Sonne den Regenbogen aus den dichten Sturmwolken geweckt hatte, die sich über dem Land der Vorfahren auftürmten, das er weit hinter sich gelassen hatte.

»Das werden wir ja sehen!«

Cha-kwena drehte sich um. Wer hatte gesprochen? Die

Mammuts zogen gerade in die Schlucht, und während die Sonne hell auf den Rücken des kleinen weißen Kalbes schien, drehte Lebensspender den Kopf, hob seinen Rüssel und sprach mit der Stimme des Totems: »Komm mit mir auf den Pfad der aufgehenden Sonne, Cha-kwena! Komm und hab keine Angst! Du und ich, wir werden leben und stark werden in den Geschichten, die Mah-ree über uns erzählen wird. Und solange wir leben, sollen auch die Menschen leben … für immer und ewig!«

ENDE

Nachwort des Autors

Dieser Roman fußt auf der reichhaltigen wissenschaftlichen Forschung auf den Gebieten der nordamerikanischen Archäologie, Paläoanthropologie, Geologie, Meteorologie und den intensiven Studien zur Vorgeschichte, Lebensweise und Mythologie der eingeborenen Amerikaner.

Daß die Ureinwohner Amerikas die Federn des Blauhähers traditionell als Zunder verwendeten, ist gut dokumentiert. Dies war die Inspiration für die Geschichte vom Mißgeschick des Hähers im blauen Land des Himmels. Die Erzählung ist jedoch meine eigene.

Mancher mag sich fragen, warum ich eine Eule als helfenden Tiergeist Cha-kwenas, des Schamanen der Roten Welt, gewählt habe, da dieser Vogel in den meisten Mythologien gleichbedeutend mit dem Tod ist. Eben deshalb. Indem Cha-kwena der Eule folgt, geht er auf das Ende eines sterbenden Zeitalters zu, das des Pleistozäns.

Wegen der langen und anhaltenden Eiszeitwinter habe ich mir erlaubt, *Mammuthus imperator* mit einem »Winterfell« auszustatten. Da moderne Elefanten oft eine rudimentäre Körperbehaarung besitzen, halte ich dies für sehr wahrscheinlich.

Jene Leser, die sich Gedanken über die Lage des großen Gletschersees und der Wälder und Feuchtgebiete machen, wo es jetzt Grasland und Ödländer gibt, mögen bedenken, daß die Welt vor elf- bis zwölftausend Jahren ein ganz anderer Ort gewesen ist.

Verbannen Sie bitte alle Vorstellungen über den nordamerikanischen Kontinent, wie er sich heutzutage darstellt. Stellen Sie sich vor, wie es dort gegen Ende des Eiszeitalters ausgesehen hat …

Die beträchtlichen Reste des kilometerdicken Kordillereneises halten immer noch den pazifischen Nordwesten, die kanadischen Rocky Mountains und die Berge der Alaska- und der Brooks-Kette in ihrem eisigen Griff. Auf der anderen Seite des eisfreien Korridors, der sich vom Yukon-Tal den östlichen Grat der Rockies entlangzieht, bedeckt immer noch das Laurentische Inlandeis den nordöstlichen Teil Kanadas und den äußersten Norden der Vereinigten Staaten. Auf seinem Rückzug nach Norden hat der größere der zwei abschmelzenden kontinentalen Eisschilde nicht nur das Land verändert und den Lauf vieler großer Flüsse umgeleitet, sondern auch den Erie- und Ontario-See geschaffen. Zu dieser Zeit liegt der größte Teil des Oberen Sees noch unter dem Eisschild, während der Michigan- und Huron-See – die unmittelbar an den Rand des Gletschermassivs angrenzen – einen einzigen großen See bilden.

Erstaunlicherweise ist dieser »doppelte« Große See bei weitem nicht so groß wie die Wasserfläche, unter der Manitoba, Minnesota, Teile von Saskatchewan und die nordöstliche Hälfte von Nord-Dakota liegen. Der prähistorische Agassiz-See ist so gewaltig, daß er die kontinentale Wasserscheide überflutet hat und während seiner maximalen Ausdehnung einige hunderttausend Quadratkilometer bedeckt! Zur gleichen Zeit erstreckt sich ein kalter, fünfzig bis zweihundertfünfzig Kilometer breiter Tundrengürtel entlang dem Rand des zurückweichenden Eises bis nach Neuengland hinein. In Teilen des Westens, des Mittleren Westens und Südwestens schaffen die trockenen Sommer und die langen, extrem kalten Winter Ödländer, Grasflächen und Wüsten, während sich die Reste der riesigen nördlichen Wälder der Eiszeit immer noch vom Atlantik bis zu den Rocky Mountains und südlich bis nach Carolina und tief in die heutigen Großen Prärien erstrecken.

Dies war die Welt der Eiszeitmenschen – eine Welt, in der alles von den Klimaveränderungen beeinflußt wurde, eine Welt, in der die Eiszeit nicht über Nacht aufhörte, sondern langsam zu Ende ging, auch wenn sich immer wieder milde

Wärmeperioden mit der Rückkehr extremer Kälte abwechselten. Die Entwicklung des Wetters ist bis heute ein Rätsel mit vielen Überraschungen. Sogar während ich dies schreibe, ist eine »noch nie dagewesene« südliche Verschiebung der Bahnen, auf denen sich die kanadischen Sommerstürme bewegen, dafür verantwortlich, daß es in den Rockies schneit und die vom Regen angeschwollenen Flüsse Mississippi und Missouri wieder ihre riesige eiszeitliche Schwemmebene beanspruchen. Wenn diese Wetterentwicklung noch ein paar Jahre lang konstant bliebe, würden sich in den Bergen wieder riesige Gletscher ausbreiten, Eisschilde würden sich von den Polen vorschieben, und die großen Sumpfgebiete und Seen im Mittleren Westen Amerikas während des Pleistozäns würden nicht mehr nur der Vergangenheit angehören. Es war meine Intention, diese Welt durch die Handlung und Darstellung in diesem Roman wiederzuerschaffen. Wenn mir das gelungen ist, gebührt der Dank dafür vielen Menschen, die mir bei den Recherchen geholfen und mich zu der Arbeit ermutigt haben.

Erneut muß der Autor Dr. Richard Michael Gramly danken, dem Kurator des archäologischen Depots des *Buffalo Museum of Science* in New York und Leiter des Clovis-Projekts an der *Richey Clovis Cache* in Wenatchee/Washington, für seine freundliche und anhaltende Unterstützung dieses Projekts. Die Beschreibung der »Knochenschuhe«, mit denen die hölzernen Kufen der Schlitten in diesem Roman geschützt werden, wurde durch Dr. Gramlys großzügige Informationen über seine Hypothesen möglich, die sich auf die jüngsten Analysen gewisser rätselhafter abgeschrägter Stäbe aus Beinknochen von Rüsseltieren begründen, die in der *Richey Clovis Cache* gefunden wurden. Die Beschreibung der Ernährungsgewohnheiten und einiger Lebensweisen der Stämme des Wachenden Sterns, der des Graslandes und der der Roten Welt beruhen ebenfalls auf Dr. Gramlys jüngsten Untersuchungen natürlicher Pigmente und menschlicher sowie tierischer Blutreste, die sich auf fast allen Steinwerkzeugen aus der *Richey Clovis Cache* finden.

Dank gilt auch John E. Mosley, dem Leiter des Griffith-Observatoriums in Los Angeles/Kalifornien, weil er dem Autor die Sternkarten zur Verfügung stellte, aus denen die prähistorische Stellung des Polarsterns und der anderen Sternbilder ersichtlich ist.

Weiterer Dank gilt all den Gelehrten, deren Werke dem Autor Licht auf dem Weg in die Urzeit und auf dem Pfad des Schamanen gebracht haben, besonders Dr. Joan Halifax für ihr außergewöhnlich informatives Buch *Shaman, Wounded Healer* (New York: *Crossroad Publishing Company*, 1982), dem die Zitate aus *Seeking Life* entnommen wurden; weiter Charles Cline, dessen Detektivarbeit in den »Hallen der Gelehrsamkeit« dem Autor wertvolle Zeit sparte; der Cheflektorin Laurie Rosin; der Lektorin Marjie Weber; sowie Pamela Lappies, Elizabeth Tinsley, Meredith LeClair, Sally Smith und dem unvergleichlichen Personal von *Book Creations*, weil es dieses Projekt termingerecht zu Ende gebracht hat.

Und zu guter Letzt danke ich den Mächten der Schöpfung, daß sie den »Mac« (und mich!) und den größten Teil dieses Manuskripts unversehrt gelassen haben, während sie die Erde so heftig unter dem Haus des Autors im Big Bear Valley/Kalifornien am Morgen des 28. Juni 1992 und danach während etlicher Monde noch viele Tage lang haben erzittern lassen.

William Sarabande
Fawnskin, Kalifornien

Band 13 683

Margaret Allan

Maya und der Zorn der Götter

Deutsche Erstveröffentlichung

Von Geburt an dazu bestimmt, Hüterin des Mammutsteines zu sein, trifft es Maja schwer, als plötzlich eine andere Schamanin ihren Platz einnimmt und sie aus dem Volk der Mammutjäger verstößt. Ihre Verzweiflung wächst, als sie von zwei grausamen Kriegern überwältigt und verschleppt wird, die bereits einen Gefangenen haben: einen verletzten Jungen.

Bei dessen Anblick glaubt Maja, die Erde beben zu fühlen. Wie sie hat auch er ein grünes Auge und ein blaues, und auch er ist Hüter eines Heiligen Steines – des Gegenstückes zu dem der Mammutjäger. Und nur Maja weiß eines: Bringt man die Steine zusammen, erlangt man damit soviel Macht, daß sogar die Götter sich herausgefordert fühlen . . .

BASTEI LÜBBE

Sie erhalten diesen Band im Buchhandel, bei Ihrem Zeitschriftenhändler sowie im Bahnhofsbuchhandel.